꽃은 춤추고
바람은 노래한다

라넬라 장편소설

초판 1쇄 찍은 날 | 2020년 12월 24일
초판 1쇄 펴낸 날 | 2020년 12월 31일

지은이 | 라넬라
펴낸이 | 권태완 우천제

편집책임 | 박은정
편집 | 박가연 유안진 심성경 손혜진 장현아 이예린

펴낸곳 | (주)케이더블유북스
등록번호 | 제25100-2015-43호
등록일자 | 2015. 5. 4
WFN | 제3-066호

주소 | 서울특별시 구로구 디지털로31길 38-9 에이스테크노타워 1차 401호
전화 | 02-867-4626 팩스 | 02-866-4627
E-mail | cl_production@kwbooks.co.kr

ISBN 979-11-293-6599-6 04810
     979-11-293-6597-2 (set)

꽃은 춤추고
바람은 노래한다

라넬라 장편 소설

II

위츠북

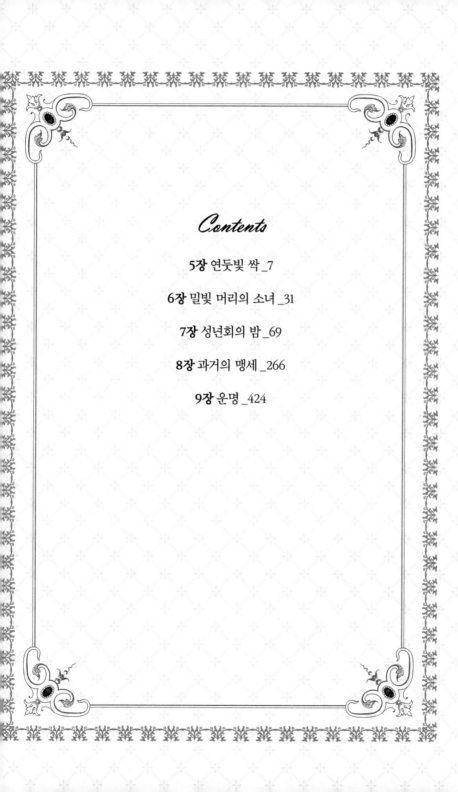

Contents

5장
연둣빛 싹

구불구불하게 헤엄치는 꽃무리가 보인다.

아, 저런 게 있었던가. 이전에 들렀을 때도, 저런 것이 있었던가.

모르겠다. 애초에 어머니가 후원에다 뭘 심는지 궁금하지 않았으니. 찬찬히 눈을 감았다 뜨기를 반복해 보았다. 노란 물결은 눈을 담으면 사라지고, 눈을 뜨면 펼쳐졌다. 느낌은 지극히 단순했다. 안 보이고, 보이고. 고작 그 정도 차이.

사위를 둘러보니 노란 꽃 외에도 색색의 꽃들이 피어올라 있었다. 흘러드는 걸 들은 바 정원의 구조나 꽃의 배열, 어떤 종류의 꽃을 심을지에 대한 것들은 정원사가 아닌 그의 어머니가 직접 맡아 한다고 한다.

문득, 그런 생각이 들었다.

보잘것없는 저 생명체에, 굳이 마음 써서 돌볼 만한 가치가 있는지. 제게 저것은 한낱 미물이며, 별 쓸모가 없는 사물에 지나지 않는데, 어머니는 어찌 저런 것들을 아끼는지. 저딴 게, 당신이 그럴 만한 가치가 있긴 한 건지.

하물며 저런 하찮은 것들에도 정성을 쏟는데…….

그는 생각을 끊어냈다.

고개를 돌려 어머니 되는 이를 보았다. 어딘가 넋 놓은 듯 그녀의 푸른 눈이 알 수 없는 경이로 물들어 있었다.

무슨 생각을 하기에. 불현듯 그것이 궁금해졌다. 사실 그는 저 여자에 대한 감정 여부를 떠나, 저 여자가 무슨 생각을 하는지 궁금했다.

차가운 눈으로 저를 볼 때, 무슨 생각을 하는지.

왜 저를 볼 때마다, 입술을 내리 무는지.

물려준 사람은 본인인 주제에, 왜 눈을 마주하면 시선을 피하는지.

왜 그렇게 저를 싫어하는지.

내가 죽으면, 당신은 웃을지.

가끔 그런 것들이.

어머니.

입에 붙지 않는 지칭.

어머니.

속에서도 부르지 못해 머리로 되뇌었다.

낯선 사람. 눈앞의 어머니를 보았다. 눈이 만나자 방긋 웃는다. 어머니라는 사람이.

언제부터였을까. 저 여자는 언제부터, 저를 보고 웃었을까. 감정이 수런거렸다. 그는 그녀에 대한 시선을 거두며 대답을 유보했다.

"기억나십니까?"

어쩌고 싶은지, 자신도 모르겠어서.

"예전 이곳에서 어머니가 제게 기사가 될 필요 없다고 하신 것 말입니다."

제가 뱉어낸 말이 뭔지도 몰랐다. 그저 자문한 답을 미루는 것에 불과했다. 그러나 에르셀라에게는 아니었는지 그녀의 낯빛이 희게 질렸다. 안 그래도 허여멀건 얼굴이 눈가루를 덮어쓴 듯하여 그는 웃었다.

"어떻게 잊겠어. 평생 기사가 되기 위해 살아온 네게 못 할 말이었는데……."

별 의도가 없는 말이었는데도, 저리 반응하는 게 웃겨서.

"그러면 어머니가 가정교사를 마음대로 자르신 일도 기억하십니까?"

"……너에겐 정말 할 말이 없구나."

모든 걸 내려놓은 듯이 그의 어머니는 입가에 한숨을 달았다. 동시에 축 처진 어깨가 땅이라도 꺼뜨릴 듯했다.

"피아노 교습을 좋아했는데, 내 스승이 어머니의 명에 잘려 나갔다고 들었을 때 얼마나 당황했는지는 아십니까?"

그녀의 눈이 놀란 토끼처럼 커졌다. 당황을 한가득 베어 문 목소리가 들려왔다.

"그랬…… 어?"

아니. 사실 그도 잘 몰랐다.

"……미안해. 네게 먼저 물었어야 했는데."

"사과하실 필요는 없습니다."

제가 그 시간을 좋아한 게 맞는지, 아닌지. 피아노 교습이 시작되기 전에 앞서 의자에 앉아 건반을 두드리는 행위가 무엇을 뜻하는지. 음악 선생이 내쳐진 후, 그것을 더 이상 의무적으로 배우지 않아도 된다는 생각에 어째서 아쉬움을 느꼈는지.

또 왜 갑자기 정치학, 외교학 교습이 지루해졌는지, 경제학, 철학, 법학 책을 자주 덮는지. 반면 사회학, 지리학, 역사학 책은 자주 들여다보는지.

이것이 자라면서 찾아오는 자연스러운 현상인 건지, 아니면 그의 어머니가 제멋대로 그의 선생을 끊어낸 결과물인지.

여전히 모르겠다.

"다음부턴 절대 그럴 일 없을 거야. 네 생각을 제일 우선으로 둘게. 약속해."

제 생각이란 게 무엇일까. 만일 저런 감정들이 좋고, 싫고 그런 것들이라면 그것이 과연 좋은 것일까.

딱히 모르겠다. 기분에 따라 어떤 것을 뜻매김한다는 것은 꽤 피곤한 일이니. 선호도의 기준이 없다는 것은 배움의 속도가 공평하다는 것이고, 정해진 길을 걷는 것은 길을 잃을 걱정이 없다는 것이다. 그것이 그가 지금까지 살아온 삶이었다.

오랜 시간 그는 바람이 불지도, 파도가 치지도, 볕이 너무 뜨겁지도, 눈보라가 몰아치지도 않는 섬에서 지내왔다. 그 작은 세계가 그가 구축한 평화였다.

비센테는 그 모든 것을 저버리고 한 치 앞도 알 수 없는 지표를 향해 내디딜 생각 따윈 조금도 한 적이 없었다.

그런데 왜 당신은 자꾸 나를 향해 웃나.

그는 눈앞에 펼쳐진 것이 망망대해임을 알았다. 그 가운데 존재하는 것은 풍랑에 언제 휩쓸릴지 모르는 허름한 나룻배 하나라는 것도.

만일 저것을 타고 나아간다면 대륙을 발견할 수도 있을 것이다. 하지만 파도에 삼켜져 영영 심해에 갇혀 죽을 수도 있을 것이다. 끝내 오르는 걸 거부하면 그는 여전히 섬일 테니, 상관없으리라.

그런데,

"또…… 뭘 좋아하니?"

왜 당신은 자꾸만 웃나.

언제나 그를 버리고 버려온 여자. 지금에 와서 반성하고 잘못을 뉘우친다고 없던 일이 되는 것은 아닐진대. 그 고고한 자존심은 어디다 내버리고 이러는지. 차라리 끝까지 그런 어미였다면 이리 우스워지지 않아도 됐을 텐데, 왜 당신은 망가지면서까지 이러는지.

하면 자신은 어쩌고 싶은지. 증오와 경멸로 되돌려 주기를 바라나? 무너지길 바라나? 부서지길 바라나? 무릎 꿇고 빌기를 바라나? 그는 그걸 바라는 것이 마땅한 것임을 알았다. 그리고 그랬으면 했다.

그러나 그러지 않았으면 하기도 했다. 어설픈 호의를 의심하면서도 속아주고 싶은 사람처럼.

대단한 호의를 받은 것은 아니었다. 실질적으로 에르셀라가 그를 위해 감내한 것은 별로 없었다. 외려 제멋대로 구는 것에 짜증이 날 때가 많았다.

한데 머리에 자꾸 맴도는 것이다. 웃는 눈, 상냥한 목소리, 이제껏 보지 못한 여러 표정, 그냥 그런 것들이. 그런 별것 아닌 것들이 날개라도 달린 양 그의 머릿속을 배회했다. 그러면 그는 그런 것들을 뇌리에 박는 스스로가 우스워 자조했다.

"좋아하는 과목이 있다면 그걸 우선으로 공부해 보자. 내가 말해 둘게."

에르셀라가 다정하게 말했다. 비센테는 그녀를 보았다. 마치 새까만 어둠 사이로 빛줄기가 드리우듯 그의 앞으로 손을 내미는 것 같았다. 지난날은 묻어버리고 앞으로 함께하자 회유하는 것처럼.

잡으면 어떻게 될까. 그 손은 저를 이끌고 어디로 갈까. 낙원일까. 진창일까. 그도 아니면 절벽 끝에서 놓아버릴까. 떨어져 처박힐 곳은 깊은 수렁일 테지.

그리 생각하니 헛웃음이 목 안에 그득 들어찼다. 그는 그제야 조금 알 것 같았다. 제가 어떻게 해야 하는지.

"아닙니다. 농담 좀 해본 것이니, 우스갯소리로 받아들이십시오."

그리 말하며 어머니를 보았다. 그녀는 금발에, 눈은 파란색이고, 피부는 희며, 붉은 입술을 가지고 있는 사람이었다.

"외출도, 즐거우셨다니 다행입니다."

"아…… 응. 재밌었지. 다음에 같이……."

"그러나 다음엔 홀로 외출은 삼가시지요."

"……."

"위험하십니다."

"걱정해 주는 거니? 고마……."

"아버지가 곤란할 만한 일은 지양하십시오."

"……."

모호하게 그은 선에 에르셀라의 눈빛이 잠깐 흔들렸다. 하지만 말 그대로 잠깐이었는지, 그녀는 그새 입가에 미소를 그렸다.

"맞아. 너무 나만 생각했지."

거슬린다.

"미안해. 다신 안 그럴게."

억지로 웃는 듯한 눈도, 미안하다 말하는 입술도. 가슴에 묵직한 돌덩이가 얹히듯이 그것이 답답했다.

그는 주먹으로 이마를 꾹 누르며 허탈하게 웃었다. 내리뜬 눈 사이로 보라색의 말린 자두 네 개가 보였다. 저절로 입안에 달큼한 과즙이 퍼지는 듯했다. 그러나 단내를 넘기는 목구멍은 쓰기만 하여 그는 미소 짓지 못한 채로 에르셀라에게 말했다.

"그리고, 곧 다가오는 기사 시험을 준비해야 합니다. 앞으로 식사는 함께 못 할 것 같아 미리 말씀드립니다."

이것이 맞는 것이다.

"어? 하지만 식사는 같이……."

"교습 시간이라, 먼저 일어나겠습니다."

긴 세월의 원망보다, 일순간 좋기도 하고 즐겁기도 했던 것 같은 짧은 시간을 지우는 게 더 쉬울 테니.

그저 늦었을 뿐이다.

어머니도, 자신도.

❋　❋　❋

에르셀라는 휑한 빈자리를 가만 응시했다. 그리고 테이블을 보았다. 달라진 건 없었다. 여전히 방금 구운 스콘은 고소한 향을 풍겼고, 잔에 담긴 찻물은 모락모락 김을 뿜어냈고, 접시에 놓인 말린 자두는 맛있어 보였다.

달라진 것은 그저 맞은편 빈자리일 뿐이다. 그녀는 한동안 제자리에 앉아 있었다. 지켜보다 못한 리엔이 다가왔다.

"마님……."

"리엔."

"네?"

우물쭈물하는 하녀에게 에르셀라가 물었다.

"기사 시험이 언제니?"

"헬리오스 전야제 2주 전으로 알고 있어요."

"겨울이구나."

묘하게 차분한 음성이었다.

"네, 겨울 말쯤이죠."

"그래."

"저…… 일단 들어가시는 건 어때세요? 여기는 서늘해서 감기 걸리실 것 같은데."

사실 춥기는커녕 더웠지만, 일단 에르셀라를 방에 들여보내야 할 것 같았다. 리엔의 말에 에르셀라는 고개를 끄덕이며 일어섰다.

"그래, 춥다."

에르셀라가 앞서 걸어갔고, 리엔이 에르셀라 옆에 조용히 따라붙었다. 리엔이 수시로 흘끗대며 에르셀라의 눈치를 살폈다.

"따뜻한 물에 목욕이라도 하시겠어요?"

"그럴까."

"준비해 둘게요."

리엔은 에르셀라를 침실로 보내놓은 뒤 즉시 목욕 준비를 했다. 준비를 마친 리엔이 에르셀라의 시중을 들었다. 에르셀라는 따뜻한 물에 들어가 몸을 풀며 턱을 괴었다.

"온도는 어떠세요?"

"적당해."

"장미 좀…… 더 넣을게요."

문득 하얀 몸 곳곳에 흐드러지게 핀 열꽃이 민망하여 리엔은 장미 잎을 욕조에 마구 들이부었다. 그것을 본 에르셀라가 마르게 웃었다. 무기물 같은 미소에 리엔의 얼굴이 파사삭 굳었다.

"넌 결혼 안 할 거니?"

"겨, 결혼이요?"

뜬금없는 물음에 리엔은 말을 더듬을 수밖에 없었다.

"왠지 리엔, 너는 내가 죽을 때까지 옆에 있을 것 같아서."

"에이, 설마요……."

리엔이 눈을 가느스름하게 뜨며 말을 길게 늘였다. 에르셀라는 그녀를 향해 한 번 더 웃었다.

"남자는 있어?"

"어, 마님. 그거 엄청 실례되는 말인 거 아세요?"

"없으면 내가 소개해 줄까?"

"저 자르시려고 그러죠?"

"좋은 남자로 골라줄게."

"오, 그건 좀 끌리는데요."

"그뿐이게? 예물도, 보석도, 결혼식 때 입을 드레스도, 집도, 지참금도 내가 다 해줄 수 있어."

에르셀라를 통해 속속들이 뱉어지는 호화로움에 리엔은 깜짝 놀라 입을 쩍 벌렸다. 에르셀라는 그것이 당연하다는 얼굴이었다.

"네가 내 옆에 있어준 세월이 얼만데, 널 그냥 보내겠니."

"마님. 그건 당연히……."

"걱정돼서 그래. 베스는 결혼했는데, 넌 안 했으니까. 나중에 내가 죽으면, 그럼 넌 혼자잖아."

"……."

"그건 싫어."

"왜……."

리엔이 어물어물 입을 열었다.

"왜 자꾸 죽는다는 말을 하세요?"

덜덜 떨리는 목소리에 에르셀라는 저도 모르게 턱을 괴었던 손을 내렸다.

"죽는다는 말은 안 했는데."

"죽는다면, 죽을 때까지. 자꾸 죽는다, 죽는다 하니 제가……."

"우, 울어?"

"제가……."

리엔의 눈가가 촉촉하게 젖어들었다. 재빠르게 손을 뻗은 에르셀라가 리엔의 눈물을 닦아주었다.

"뭘 이런 걸로 울어. 그리고 죽는다는 말 안 했대도?"

"제가 듣기엔 그랬어요."

"난 그런 의미로 말 안 했어."

"듣는 사람에게 그렇게 들리면 끝인 거죠."

울면서도 말대꾸는 따박따박 잘한다. 에르셀라는 역시 너무 오래 데리고 있었다고 투덜거리며 리엔의 눈가를 꾹꾹 눌러댔다.

"그걸 왜 네가 정하는데? 그리고 난 정말 그런 뜻 아니었다니까? 아무튼 너 빨리 눈물 그치렴."

"마님이 물기 있는 손으로 박박 문질러 대니까 그런 거거든요. 그만하세요. 눈 아파 죽겠네."

리엔의 말에 에르셀라는 멈칫했다.

"……그쳤으면 말을 하지 그랬어."

에르셀라의 손이 멀어지자마자 리엔이 두 손으로 얼굴을 쓸어내렸다. 리엔이 잔뜩 푸념을 늘어놓았다.

"이게 뭐예요. 다 젖었잖아요."

"닦아, 주려고 그런 건데……."

"옷도 다 젖었네."

"……."

흥건히 젖은 리엔의 옷을 보자 에르셀라는 할 말이 없어졌다. 아무래도 눈물을 닦아주려 손을 뻗었을 때 스친 물이 옷에 튄 듯했다.

"아침에 제 옷도 그렇게 찢어놓으시고."

"그건 내가 그런 게…… 말을 말자."

에르셀라는 체념해 버렸다. 이건 길게 말해봐야 그녀가 지는 싸움이었으니, 차라리 포기하자는 심정이었다.

"그래서, 너는 결혼 언제 할 건데?"

"갑자기 제 결혼에 왜 이렇게 집착하세요?"

"집착까지야……."

수상하다는 듯 리엔의 눈이 좁아졌다. 에르셀라는 욕조 물에 몸을 깊숙이 담그며 중얼거렸다.

"그냥. 언제까지 나만 따라다닐 순 없잖아. 좋은 남자랑 결혼도 해서 행복해야지."

"……."

"너만의 가족이 생기는 거야. 좋지 않아?"

리엔이 입술을 삐죽 모았다.

"잘 모르겠어요. 마님은 좋으세요?"

에르셀라는 웃었다.

"그럼."

대답이 묘하게 늦은 것 같은 느낌은 착각이리라.

"……근데 전 결혼할 남자도 없고, 제 나이가 이제 스물여섯인데……
늦었죠, 뭐."

리엔은 어물쩍 넘기며 한탄하듯이 말했다.

"그런 건 걱정 말고 마음에 드는 사람 있으면 말해. 내가 무조건 결
혼시켜 줄게."

"참 든든하네요."

"얘 좀 봐? 진짜래도."

리엔은 믿지 않는 눈치였다.

"어쨌든 시켜준다 할 때 빨리 결혼하렴."

"네네. 제 결혼은 제가 알아서 할 테니 신경 쓰지 않으셔도 된답니다."

막무가내인 사람을 대하는 듯한 태도에 에르셀라는 가슴이 답답해
졌다. 자신이 죽은 후에 리엔이 어떻게 되었을지 몰라 더욱 그랬다.

하르젠이 베른하르트에 계속 남겨두었을까. 아니면 피사리데로 돌
려보냈을까. 둘 중 하나라면 다행이지만, 만일 어느 쪽에서도 거두어
주지 않았다면…….

에르셀라는 리엔이 행복하길 바랐다. 스물여섯이면 늦었지만, 그래도
한창때다. 리엔이 그 시간을 자신에게 쏟아내며 보내지 않았으면 했다.

리엔을 보면 그날이 떠올랐다.

"마님, 바깥에 마님이 좋아하는 수국이 잔뜩 심어져 있어요. 꺾어 오고 싶었는데, 정원사님이 좀만 더 기다리면 활짝 필 거라지 뭐예요. 아주 예쁠 거래요. 이번 여름은 날도 유독 따뜻해서 작년보다 더 아름답게 필 거예요. 궁금하시죠? 근데 정원사님이 저리 말하니 어떡해요. 조금 더 기다리셔야 하는데, 기다리실 수 있으시지요?"

리엔은 계속 기다리라 말했지만, 그녀는 이야기 속의 수국을 볼 수 없었다.

"조금만 더 기다리시면 돼요. 그러니 제발……."

곧장이라도 떨어질 듯한 눈물에 깨달았다. 그녀가 기다리는 수국은 활짝 핀 지 오래라는 것을. 그녀의 숨을 잇기 위한 거짓말인 것을. 그리고 제가 사실은 수국을 기다리고 있지 않은 것도 알게 되었다.
그녀는 알면서도 입을 다물고 영영 보지 못할 수국을 기다리는 양 행동했다. 리엔도 그것을 알았을 것이다.
그렇게 서로가 서로에게 속아주며, 곧 다가올 시간을 견뎌냈다. 재 한 줌 안 남은 희망 속에서도 리엔이 들려주는 이야기만큼은 아름다운 동화 같았다.
"마님?"
적갈색 눈동자가 에르셀라를 향해 깜빡였다. 울컥 눈물이 밀려올 것만 같았다. 에르셀라는 눈을 감으며 리엔에게 당부했다.
"그냥 한 말 아니야. 결혼할 때 되면 꼭 말하렴."
리엔에겐 그 무엇도 아깝지 않을 테니.

이른 아침, 후작가에서 편지가 도착했다.

친애하는 에르셀라.
소식이 늦어 애탔을 내 동생에게.
이제야 편지를 보내는 것에 용서를 먼저 구하지. 그동안 나도 좀 바빴다. 그
렇다고 네 부탁을 소홀히 한 건 아니야. 네 부탁에 적당한 사람이 지금 갈리
드이에 있거든. 그자가 일주일 후에 베른하르트저에 방문할 테니 그때까지
좀 더 기다려라. 네가 반가워할 사람이니, 기대해도 좋아.
　　　　　　　　　　　　　　　　　　　　　－너를 사랑하는 네 오라비가.

후작저에 방문한 지 보름 만이었다. 카르온치고 웬일로 늦나 했는
데, 심부름꾼이 갈리드이에 있다니. 수도에서 비교적 먼 지역이라 납
득이 됐다. 그런데…….

네가 반가워할 사람이니, 기대해도 좋아.

반가워할 사람? 누굴까, 그 사람은? 결혼 전 후작가에서 친하게 지
냈던 사람 중 한 명일까? 에르셀라는 나름 추론해 봤지만, 그런 사람
이 워낙 많아 관두었다. 그리고 누가 되든 후작가 사람이라면 반가울
테니 상관없었다.
　그녀는 조금 설레는 기분으로 화장대 앞에 앉았다. 에르셀라의 싱
글벙글한 표정을 보며 리엔이 그녀의 머리를 매만졌다.
　"후작님이세요?"
　"응. 일주일 후에 오라버니의 사람이 오기로 했으니, 클리프턴에게
일러두렴."

"알겠습니다."

"신경 써달라고도 전해주고."

"집사님이 어떻게 후작가의 귀한 손님을 소홀히 대하겠어요. 염려 놓으셔도 된답니다."

"그렇기는 하구나."

확실히 클리프턴은 그녀의 손님을 정성을 다해 모실 터였다. 에르셀라는 안심하곤 일전 자르데아 백작 부인에게 받은 편지를 떠올렸다.

"자르데아 백작 영애가 사흘 후에 이곳에 올 예정인 건 잊지 않았지?"

"그럼요. 집사님도 하녀장님도 알고 계세요."

"그래."

리엔의 손길이 부드러운 탓이었는지, 에르셀라가 작게 하품했다. 리엔이 키득거렸다.

"이따 남작 부인 앞에서 조는 것 아니에요?"

"맙소사. 상상만 해도 민폐구나."

그녀는 거울에 비친 리엔을 흘겨보았지만, 그러거나 말거나 리엔은 장난스러운 미소를 감추지 않았다.

"일은 할 만하세요?"

에르셀라가 남작 부인을 통해 공작가 내정을 관리하는 일을 배운 지도 이제 2주째였다. 공작 부인으로서 마땅히 해야 할 것들이지만, 이제껏 하지 않았던 것들이기도 했다.

"……못 할 건 뭐 있니."

에르셀라는 새침한 투로 대답했다.

"헤매시는 것 같다고 그러던데요. 집무실에서 나오기만 하면 푹푹 한숨을 내쉰다면서요."

"뭐? 그걸 네가 어떻게 아는데?"

에르셀라가 휙 돌아 리엔을 바라보자 리엔이 천연덕스레 대꾸했다.

"지나가던 누군가가 말해줬답니다."

"누구?"

"어머. 당연히 비밀이죠. 그걸 제 입으로 어떻게 고자질해요. 그리고 머리 거의 다 됐었는데…… 처음부터 다시 해야겠네요."

리엔이 우거지상을 하자 에르셀라는 잠자코 고개를 원상태로 되돌렸다. 리엔이 다시 머리를 다듬었다.

"마님…… 거울을 통해 그렇게 노려보시면 무서워요. 그리고 처음인데 못하는 게 당연한 거죠. 어떻게 사람이 한 번에 잘해요."

"잘하고 싶으니까."

"지금 이렇게 다시 시작하게 된 것부터가 잘하고 계시는 거예요."

"……그게 뭐야."

삐친 듯 토라진 그녀의 목소리에도 리엔은 생글생글 웃기만 했다.

"뭐가 문제예요. 남작 부인도 잘 가르쳐 주신다면서요. 차근차근 따라가면 똑똑하신 우리 마님, 못 할 게 뭐가 있겠어요?"

띄워주는 척 놀리는 걸 누가 모를까.

"주인을 놀리는 건 그만두렴."

"네, 그럴게요."

리엔은 가벼운 어조로 대답했지만, 장난기 서린 표정은 그대로여서 에르셀라는 절로 한숨이 나왔다. 그녀가 일을 배우기 시작한 날부터 줄곧 저 상태인 걸 보니 어지간히도 신난 듯했다.

그러나 마냥 기뻐하기엔 자신이 일을 너무 못했다. 이제 2주째니 못하는 게 당연하다고 리엔은 말했지만, 그리고 그것을 사실 그녀도 알고 있었지만, 마음이 급한 건 어쩔 수 없었다.

자신의 실수에 남작 부인이 괜찮다며 웃어줄 때마다 조급함은 더 커졌다. 웬델만 콘타르 남작의 말을 들어보면 남작 부인도 현재 바쁜 듯한데, 제가 시간을 빼앗고 있으니……

'처음부터 내가 했으면 좋았을 텐데.'

에르셀라는 자신의 책무를 고스란히 맡게 되었던 남작 부인에게 미안함을 느꼈다. 남작가를 돌보기도 바쁠 텐데, 공작가 안살림까지…….

"그동안 나만 너무 편히 지낸 것 같아."

"그러시긴 했죠."

에르셀라의 한탄에 리엔이 장난스럽게 대꾸했다.

"그래도 너무 심려 마세요. 듣기에는 남작 부인께선 불만 하나 없으셨답니다."

"하지만……."

"하물며 봉토를 하사받았는데요, 뭘. 그 정도면 남는 장사 아니겠어요?"

리엔의 말대로 콘타르 남작가에게 내려진 베른하르트령의 소소하지만 그들에겐 결코 소소하지 않을 영지는 남작 부인이 맡은 일치곤 꽤나 과분한 보상이긴 했다.

리엔은 저도 그럴 수만 있다면 제 한 몸 불 싸질러서라도 공작가에 충성하겠다며 부러워했다.

이런 걸 보면 왜 가신들이 하르젠에게 그리 충성하는지 알 것 같았다. 공사를 명확히 구분하면서도 상을 내리는 데 박하지 않으며 벌을 부풀려 내리지도 않는다.

그 오랜 시간 동안 들이닥친 일을 적절하게 절충해 온 그에게 경이를 느꼈다. 에르셀라는 스스로가 부끄러워졌다. 돌이켜 보면 그는 언제나 맡은 책임을 피하지 않으며 묵묵히 할 일을 했다. 타고나기를 그리 타고난 것일까. 실로 군주의 자리에 걸맞은 사람이었다.

"그래도 책임을 떠넘겼으니 마음이 좋지 않기는 마찬가지야."

보상 같은 것을 다 떠나서 공작 부인의 의무를 저버린 것은 맞으니 마음 한구석이 찜찜하긴 했다. 하르젠과 자신을 비교해 보자니 더욱 그랬다. 에르셀라는 지금이라도 상황을 바로잡겠다고 다짐했다.

금방이라도 울적해할 것 같았던 주인이 의외로 괜찮아 보이자 리엔은 어렴풋이 안도했다.

"잘하실 거예요."

"그래야지."

말은 그렇게 해도 자신감은 쪼그라들었다. 차라리 혼내기라도 한다면 좋을 텐데, 남작 부인은 그녀가 잘하든 못하든 시종일관 자애로운 미소만 내비칠 뿐이었다. 에르셀라는 남작 부인이 제게 가지고 있는 호감의 연유를 몰랐기에 더욱 의아했다.

"음…… 도련님과는 오늘도 같이 식사 안 하시나요?"

비센테와 식사를 같이 안 한 지도 보름이 되었다. 하르젠이 있는 저녁 정찬은 같이했지만, 그 외에는 따로 먹었다. 에르셀라는 빙긋 웃으며 입을 열었다.

"기사 시험이 곧 다가오잖니. 그날만을 위해 여태까지 훈련했는데, 나 때문에 망치면 안 되지. 나와 같이 식사를 하면 시간을 잡아먹을 테니."

리엔은 대꾸하지 않은 채 고개를 한 번 끄덕였다.

에르셀라는 남작 부인과 시간을 보내며 그녀에 대해 몇 가지 알게 된 점이 있었다. 그녀는 처녀 적 메르헨가의 장녀였고, 열아홉 살에 웬델만 콘타르와 혼인해 슬하에 아들 하나 딸 하나를 두었다고 한다.

전에는 몰랐던 사실에 에르셀라는 그간 교류의 부재를 통감할 수밖에 없었다.

"이제 어느 정도 배우셨으니, 실전으로 넘어가 볼까 해요."

에르셀라의 시선이 남작 부인이 내민 서류 뭉치로 옮겨갔다. 촘촘히 쌓인 종잇장에 공포가 엄습했다.

"이제까지 산출했던 예산들이에요. 장부는 3년을 주기로 묶어놨어요. 그리고 이건 올해 제가 책정해 둔 수도 공저 1년 치 예산이에요. 한번 따로 예산을 짜보시겠어요? 참고로 다음 달에는 사용인도 좀 더 고용해야 한답니다."

"……네?"

끝말을 간신히 이은 에르셀라는 헛숨을 들이켰다. 엄지와 검지로 두툼한 종잇장을 슬쩍 들춰보자, 한눈에 보기에도 빽빽한 활자가 눈에 들어찼다. 심장이 벌렁거렸다.

"저, 아무래도 좀 더 배우고……."

고대했던 일이고 잘 해내고 싶었지만 그보다 실수할까 두려운 마음이 더 컸기에 거부감이 들었다.

"매해 예산은 크게 달라지지 않으니 어려울 건 없을 거예요. 막히면 도움을 청하시면 돼요, 부인."

"……음."

그녀의 시선이 옆으로 기울었다. 선뜻 확답하지 못하는 입술은 일자로 다물렸다.

"어렵지 않아요. 쇼핑이라고 생각해 보세요. 돈을 어디에 쓸까 하는 고민은 생각보다 재미있답니다."

에르셀라는 어색하게 미소 지었다. 남작 부인의 말이 도통 와닿지 않았던 탓이다. 애초에 가진 돈은 많았기에 그녀는 돈을 어디에 써야 할지 고민해 본 적이 없었다. 사고 싶으면 사들이는 삶이었다.

"예를 들면, 올해 열리는 공자의 기사 서임식 축하연의 비용을 산정하는 거라든가……."

"기사 서임식, 이요?"

"네, 그런 것들이요."

그녀가 흥미를 보이자 남작 부인은 기다렸다는 듯 맞장구쳤다. 그러나 남작 부인의 의도를 눈치채지 못한 에르셀라의 머리는 한창 바삐 돌아갔다.

비센테가 기사 서품을 받으면 축하연을 열어도 좋을 것 같았다. 아직 시험에 합격한 건 아니지만, 과거대로라면 올해 기사로 임명될 테니 미리 준비하는 것도 나쁘지 않겠지.

'작년에는 열었던가.'

그럴 리가. 어디선가 튀어나온 양심은 단호했다. 애당초 그녀가 비센테를 위해 뭔가를 해줬을 리 없잖은가. 하르젠도 딱히 그런 성정은 아니었고, 남작 부인도 그녀의 눈치를 보다 예사로 넘겼을 것이다.

'그러고 보면⋯⋯.'

눈가가 시큰해졌다. 저 하나 때문에 누려야 할 걸 누리지 못한 그 아이가 안쓰러워서.

생일 파티도. 서임 축하연도. 어쩌면⋯⋯ 성년회도.

누구보다 많은 걸 누려야 할 그 아이는 흔한 것조차 만끽하지 못했다. 오로지 저 하나 때문에.

뼈아프도록 잔인한 사실에 죄책감은 어김없이 도래했다. 드문드문하곤 했던 상상이 짙어졌다. 제게서 태어나지 않았더라면, 좀 더 좋은 엄마를 만났더라면. 이런 것들이.

'이번에는 열어주자.'

에르셀라는 침잠되어 가는 심상을 애써 털어냈다. 더 노력하자. 그녀는 마음속으로 읊조렸다.

"한번 해볼게요."

에르셀라는 그 뒤로 남작 부인에게 몇 가지 교육을 더 받았다.

처음 배우는 내용은 아니었지만 벌써 수년이 지난 일이었고, 그때는 이렇게 공작가 내정에 깊이 파고들 수 없었기에, 에르셀라는 모든 걸 처음 배우는 기분으로 남작 부인의 가르침을 받아야 했다.

종이에 빼곡하게 나열된 수식이 머리를 어지럽혔지만 남작 부인의 설명을 들으니 그럭저럭 이해는 되었다. 남작 부인이 펜을 내려놓은 건 설명이 끝날 무렵이었다.

"그럼 오늘은 이쯤 할까요? 궁금한 게 있으면 언제든 찾아오세요."

"그럴게요."

남작 부인은 서류를 차곡차곡 정리하며 자리로 돌아가려고 했다.

"그럼 내일 뵙지요."

"저 부인……."

끝말을 흐린 에르셀라가 일어서려는 남작 부인을 붙잡았다. 그녀에 대해 궁금한 게 하나 있었다.

"네?"

"그레이시반 출신이라고 들었어요."

알고 보니 그녀는 소싯적 그레이시반 아카데미에 입학한 전적이 있다고 한다. 그레이시반이라니. 입학한 여성이 있다는 말은 들어봤어도 직접 보는 것은 처음이었다. 그것이 신기하여 남작 부인을 빤히 바라보자, 그녀의 표정 위로 미세한 변화가 떠올랐다.

"남편에게 들으셨나요?"

남작 부인은 묘하게 웃으며 다시 자리에 앉았다.

"네."

며칠 전, 복도를 지나가다 웬델만과 마주친 날이었다.

"그레 베도 그 사람, 그레이시반 출신입니다. 공작 부인께서 염려하실 일은 없을 테니……."

제 부인이 공작가 안살림을 맡은 것에 흠결 하나 없을 것이라는 뉘앙스였다. 그는 에르셀라가 아내가 하던 일을 꼬투리 잡을까 염려하는 눈치였다.

"그 사람도 참 쓸데없는 말을 하고 다니네요."

남작 부인은 곤란한 듯 눈썹을 모았다.

"쓸데없는 말이라니요. 여성이 그레이시반에 입학한 것이 어찌 쓸데없다 할 수 있겠어요. 오히려 대단하다고 생각하고 있어요."

그러나 에르셀라가 보기에 남작 부인은 민망해할 것이 전혀 없었다. 만일 남작 부인이 자부심 가득하게 말했더라도 그녀는 납득했을 것이다.

남작 부인의 나이를 가늠해 보면 그레이시반에는 적어도 25년 전에 입학했을 것이다. 그 당시면 여성에 대한 아카데미 문턱이 성벽만큼 높았을 시기였다. 어찌 대단하지 않다고 할 수 있겠는가?

"대단하긴요. 그리고 엄연히 말하자면 졸업은 하지 못했으니 그레이시반 '출신'은 아니랍니다."

"아……."

에르셀라는 멍하니 남작 부인의 얼굴을 바라보았다. 뜻 모를 미소가 그녀의 입가에 걸려 있었다. 졸업을 하지 못했다니. 그것까진 몰랐기에 내심 당황은 컸다. 애초에 콘타르 남작이 말해준 적도 없었다.

"어머. 그렇게 보실 것 없어요. 이미 지난 일이기도 하고, 지금은 아무렇지도 않은걸요. 또 남편이 그 사실은 쏙 빼놓고 말했을 거예요. 그 사람은 나보다 그 일에 더 연연한다니까요? 정작 그 지독한 사회 관념은 잘도 운운하면서 말이에요. 참 쓸데없기도 하지……."

미안쩍어하며 자신을 보는 얼굴이 마음에 걸렸는지 남작 부인이 손사래를 쳤다. 미안함을 덜어주려는 듯 그렇게 내뱉는 목소리가 가뿐했다.

"정말 그렇게 보실 거 없어요. 부당한 일을 당한 것도 아니고, 가문이 망해 돈이 없어서 그런 것도 아니니까요."

"그럼 왜……."

에르셀라는 무심코 질문하려다 실례임을 알고 멈추었다. 그러나 남작 부인이 빨랐다.

"애가 생겼거든요."

의미 없이 서류 끄트머리를 만지작거리던 그녀의 손길이 뚝 멎었다.

"조심했어야 했는데…… 부주의했죠. 그런데 생겼으니 어쩌겠어요. 낳아야죠. 제 잘못이니 남 탓 할 수도 없고. 애가 생기니 할 게 많더라고요. 결혼부터 시작해서 새로운 가정을 꾸려야 하고, 아기가 태어나니 돌보기 바빴죠. 그러다 자연히 학업은 멀어졌어요. 아이들이 다 자라고 다시 시작할까도 해봤지만 그때의 열정은 이미 식은 지 오래였죠."

저 너머 꿈결에 잠긴 듯한 그녀의 얼굴이 에르셀라의 시야에 너울거렸다.

"뭐랄까……. 그 시절을 생각하면 허무하기도 하고, 아쉽기도 해서 다시 돌아가면 어떨까…… 가끔 그런 생각들을 해요. 하지만 신이 아닌 이상 어떻게 그러겠어요. 하물며 그라니아엔 신도 없는데. 어쩔 수 없죠. 지금 삶에 최대한 만족하며 사는 수밖에. 누군가의 아내로, 누군가의 어머니로, 남들이 바라는 이상적인……."

에르셀라는 남작 부인의 낯 위로 드러난 감정들을 뭉근하게 바라보았다. 어쩐지 그녀가 보이는 호감이 어디서 왔는지 알 듯했다.

"모두가 그렇게 살죠."

어느덧 현실이었다. 조금 숙연해지려는 찰나였다.

"하지만 모두가 그렇게 산다고 나도 그렇게 살라는 법 있겠어요?"

웃음기를 가득 머금은 목소리가 따스했다. 명료한 것 같으면서도 명료하지 않은 말. 가벼움을 꾸며내 말하지만 그 속을 들여다보면 꼭 제게 하는 말 같기도 했다. 모두가 그렇게 살지만 당신까지 그럴 필요는 없다, 라고.

"남편에게 들었는데, 공작 부인께서도 학문에 관심이 많았다던데요."

남작 부인이 뒤이어 한 말에 에르셀라는 어리둥절해졌다. 그것을 알아챘는지 남작 부인이 덧붙이듯 말했다.

"예전에 시간이 나면 종종 공부를 하셨다면서요?"

"그건 어떻게······."

남작 부인이 무슨 말을 하고 있는지 깨닫자, 한여름에 태양 볕이라도 쬔 듯 에르셀라의 낯이 벌게졌다.

"······예전 일인걸요."

땅에 묻었다면 지금쯤 썩었을 정도로 예전이라 부끄러움이 극에 달했다. 그러거나 말거나 남작 부인은 개의치 않아 하며 제의했다.

"괜찮으시다면 제 동기를 소개해 드릴까요?"

"동기요?"

"네, 저는 중도에 포기했지만, 제 동기 중 한 명은 학자가 되었거든요. 드물게도 여잔데 저번에 보내온 편지를 보니 곧 수도에 올라올 건가 봐요. 여기서 연구할 생각인데, 부수적으로 벌이가 될 일이 뭐 없는지 고민하는 눈치더라고요."

"학자라면 수도에서 일자리를 구하기 수월할 텐데요. 귀족가 자제의 가정교사가 되어도 좋고, 수도 아카데미에서 강연해도 되고요."

"음······. 그러려면 일단 조합에 들어가야 하는데, 기성 학자들이 받아주지 않는 모양이에요. 개인적으로 일자리를 구하는 방법도 있지만 수도에는 차고 찬 게 학자라 쉽지 않아 보이기도 하고요. 그 친구가 인맥도 넓은 편은 아니라······."

"아······."

잇새로 짤막한 탄식이 새어 나왔다. 이전에는 학자라 하면 마냥 멋있어 보였다. 많이 배운 사람들이니, 그만큼 사람들에게 많은 존경을 받을 것이라고 막연히 그렇게 생각해 왔다. 그렇게 치열하게 살아갈 줄은 몰랐다. 그리고 그녀의 삶이 남들보다 더 치열한 이유는 '그녀'라는 점에 있을지도.

"그러니 공작 부인께서 가엾은 제 친우를 거두신다면 더 바랄 게 없을 것 같은데, 어떠세요? 여전히 공부에 뜻이 있다면 이참에 다시 시작하는 것도 나쁘지 않을 거예요."

뜻밖의 권고가 그녀의 머릿속을 멍하니 부유했다.

'스승……'

다시 배우는 것이다. 그것이 무엇이든 간에, 다시.

학자, 선생, 스승, ……그리고 여성.

얼굴 하나 모르는 그 사람이 문득 궁금해졌다. 그녀는 얼마나 강한 사람일까. 눈앞에 장애물이 있을 때마다 어떻게 뛰어넘었을까. 그 여인은…… 어떤 삶을 살아왔을까?

"명석한 친구지만 그렇다고 절대 고리타분한 애는 아니에요. 물론 선택은 온전히 부인의 몫이랍니다."

남작 부인의 목소리에는 친구에 대한 애정이 담뿍 담겨 있었다. 에르셀라는 망설이다가도 남작 부인이 저리 열렬히 피력하니 거절하기도 무안해졌다.

아니. 사실 거절하고 싶지 않았다. 배우고 싶었고, 알고 싶었다. 그냥, 뭔가를 하고 싶었다.

"알았어요, 부인. 제가 선생으로 모시고 싶다고 그분께 전해주시겠어요? 아니면 제가 직접 서신을 쓸까요?"

"부인께서 그러실 필요 없어요. 제가 잘 말하겠습니다. 분명 부인도 제 친구를 마음에 들어 하실 거예요."

남작 부인이 싱긋 웃었다. 그 웃음이 제 친우의 구직 성공 때문인지, 그 밖의 다른 이유가 있는 건지는 알 수 없지만.

"정말 잘 생각하셨어요."

가슴 안에 연둣빛 싹이 움텄다. 간지러워 그녀는 노란색 드레스 자락을 꾹 움켜쥐었다.

6장
밀빛 머리의 소녀

그리 후덥지근하지 않은 여름날. 시원한 잔풍이 소녀의 밀빛 머리카락 사이사이를 어루만졌다. 얼굴에 달라붙는 몇 가닥의 머리카락을 귀 뒤로 넘기며, 열일곱 소녀가 만족스레 웃었다. 좋은 날이다. 왜냐, 시원하니까.

'지금 있는 곳이 실내였다면 더 완벽했겠지만.'

소녀는 다른 이에게 들리지 않을 아쉬움을 토로하며 정면을 응시했다. 가까이서 꽃줄기를 잘라내고 있는 여인이 보였다. 머리부터 발끝까지 화사한 여자였다. 옆얼굴에 송골송골 맺힌 땀방울이 실은 투명한 보석이 아닐까 의심될 정도로.

"마님! 이런 건 제게 맡기십시오!"

소녀는 소리의 근원지로 시선을 돌렸다. 턱수염이 수더분하게 자란 중년 남자가 소리치며 이쪽으로 뛰어오고 있었다. 꽃을 따는 데 집중하던 여인이 하던 일을 멈춘 것은 그 무렵이었다. 구슬 구르는 듯한 낭랑한 소리가 후원에 울려 퍼졌다.

"다 끝났단다. 이런 건 내가 하고 싶기도 하고."

날씨만큼이나 해사한 여자가 꽃을 한 움큼 들고 자리에서 일어섰다. 흰 드레스 자락이 땅바닥에 닿을 듯 말 듯 반원을 그렸다. 돌아선 여자가 소녀를 바라보았다.

"아도라."

……순간 너무 예뻐서 넋을 놓을 뻔했다.

"부르셨어요, 부인."

소녀가 뒤늦게 부름에 응했다. 영롱한 이슬과 찬란한 광채를 두른 여인이 소녀에게 한 발 한 발 다가왔다. 볕에 나부끼는 새하얀 드레스 천이 그 뒤로 길게 늘어지는 듯한 착각이 들 정도로, 우아한 몸놀림이었다.

"그래. 지낼 만하니?"

베른하르트 공작 부인이라 알려진 여인이 웃으며 질문했다. 그러니까, 제게.

아도라는 제가 이곳에 있는 까닭을 곱씹으며 나흘 전으로 되돌아갔다.

입술을 사리물며 아도라는 자르데아 백작 부인을 바라보았다. 냉랭한 보랏빛 눈동자는 삐끗하면 쏘아본다고 해도 될 만한 선을 아슬아슬하게 넘지 않는 수준이었다.

지금쯤 아도라는 라페른 신학교 기숙사에 있을 시간이었다. 그러나 그녀의 어머니인 자르데아 백작 부인의 명령으로 그녀는 수도에 입성할 수밖에 없었다. 아도라가 신학자가 되겠다며 순순히 굴지 않자, 백작 부인이 학비 지원을 끊겠다는 강수를 둔 것이다.

라페른은 아무것도 없는 평민에겐 관대하지만 귀족에겐 일정 치의 기부금을 걷어갔다. 결국 아도라는 무릎 꿇고 수도에 돌아올 수밖에 없었다.

"다 엉망이 되었어요."

"……."

"시기를 잘 맞춰주기라도 하셨어야죠. 이래선 학기가 꼬인다고요."

이번 학기만 마치면 아도라는 곧 상급생이 될 참이었다. 그러나 그녀의 어머니인 자르데아 백작 부인 덕에 이번 학기는 마치기는커녕 중간에 싹둑 잘려 나갔다.

"똑바로 앉으렴."

그러거나 말거나 자르데아 백작 부인은 한결같은 태도를 고수했다. 수도에서 태어나 교양 있게 자란 어머니는 이런 상황에서도 아도라의 자세를 지적하고 있었다.

"드레스는 오랜만이라 불편해요. 마차도 너무 흔들리고요. 너무 낡은 거 아니에요?"

차마 어머니에게 대놓고 짜증 부릴 수 없었던 아도라는 신경을 다른 데에다 쏟아부었다.

"지금은 신어를 해독하는 과제를 하고 있을 시간이에요."

해봤자 씨알도 안 먹히는 투정임을 알았지만 아도라는 그렇게 했다. 이렇게라도 양심의 가책을 느끼시라 넌지시 전하는 것이다. 딸의 불평을 가만히 듣던 백작 부인이 못마땅하단 투로 물었다.

"우린 지금까지 네가 원하는 대로 해줬어. 귀족들 사이에선 취급도 안 하는 라페른을 허락해 주고, 네가 싫다기에 성년식까지 물렸지. 하지만 그렇다고 네가 성인이 아닌 건 아니잖니. 대체 철은 언제 들래?"

"……."

"넌 네가 백작가의 후계자라는 것은 기억하고 있니?"

아도라의 입술이 고집스레 다물렸다. 어머니의 말은 틀린 게 없었다. 부모님은 관대했고 많은 것을 양보해 주었다. 그렇기 때문에 어머니의 말 하나하나에 가슴 시린 통증이 일었다.

아도라는 백작가 후계가 자신이라는 말을 조용히 곱씹었다. 부모님 사이에서 난 자식은 제가 유일했다. 사랑은 충분했지만 아도라는 갑갑했다. 그것만 아니었더라면 아버지와 어머니가 그녀에게 이리 집착하진 않았을 텐데. 딸아이가 끝끝내 말 않고 버티자 백작 부인은 노기를 누그러뜨리곤 그녀를 불렀다.

"아도라."

"……."

"이 세상에서 원하는 대로 살아가는 사람은 몇 없어. 하지만 넌 그 사람 중에 행운아란 걸 기억해야 한다. 길거리 고아들을 본 적 있니? 그들은 보살펴 줄 부모가 없어 언제나 배를 곯고, 차가운 바닥에서 자. 뭔가를 하고 싶다는 꿈도 못 꾸지. 그에 비하면 넌 어떠니. 네가 부모가 없기를 하니, 굶기를 하니, 땅바닥에 누워 자기를 하니? 넌 그들과 달리 드레스는 몇 벌이나 갈아치울 수 있고, 장신구를 사서 사치를 누릴 수도 있지. 또한 네가 원하기만 하면 이렇게 교육도 받을 수 있어."

"……."

"지금 네가 이리 생떼 부릴 수 있는 것도 너는 가진 자이기 때문이야. 네가 손에 쥔 것들이 네게 배부른 투정을 하게 만드는 거지."

아도라가 아무렇게나 걸터앉아 구겨진 옷감을 펴주며 백작 부인은 계속 말했다.

"하지만 본디 사람에겐 누린 만큼의 책임이 따르는 법이란다. 그리고 네가 져야 할 책임은 상당히 쉽지."

어머니의 손길은 정성스러웠지만, 아도라는 빈정대지 않을 수 없었다.

"그 책임이 결혼이고요?"

"그래."

한없이 따뜻한 목소리였다. 그 온도만큼 다정한 손길로 백작 부인이 아도라의 손을 그러잡았다. 이대로 있다간 어머니에게 말릴지도 몰랐다. 아도라는 도리질하며 잡힌 손을 빼내었다.

"전 결혼하기 싫어요, 어머니."

"하지만 해야 한다."

그러나 백작 부인은 강경했다.

"양자를 들이면 되잖아요."

"우리의 친자식인 네가 있는데 왜 그래야 하니? 아버님은 네가 백작가의 유산을 넘겨받길 원해. 너를 그토록 사랑하시는데, 네가 당신의 것을 잇기를 바라는 건 당연하잖니."

"결혼하면 제가 아니라 남편이 물려받겠죠. 자식이거나. 작위도, 지위도, 재산도 말이에요."

"그렇지만 네 경우는 조금 달라. 다른 여인과 달리 넌 남편을 바꾸어도 백작 부인 자리를 영위할 수 있잖니. 남편이 누구든 간에 넌 영원히 백작 부인이란다. 자르데아는 하나도 빠짐없이 네 것이야. 재산은 최대한 네 아들에게 양도되도록 조치해 둘 거니 그 문제도 걱정 말렴."

이것이 백작 부인이 아도라에게 해줄 수 있는 최선의 위로일 것이다. 그러나 사실 아도라가 바라는 건 그런 것이 아니었다. 재산, 지위, 명예. 그런 세속적인 것은 어찌 되든 상관없었다.

다만……

"다트너 후작 영식은 괜찮은 사람이야. 성정이 아주 부드러운 자더구나. 남편감으로 결격사유도 없고, 얼마나 다행이니."

다트너 후작 영식이란 말에 아도라의 입안이 떫어졌다. 일전에 받은 일방적인 통보가 떠올랐기 때문이다.

다트너 후작가의 차남과 네 혼담이 오가는 중이란다.

분명 편지에는 그렇게 적혀 있었다. 처음에 아도라는 눈을 의심했다. 제가 아무리 답답하기로서니, 어떻게 면식 하나 없는 남자에게 저를 보낸단 말인가. 사실 흔한 사례였지만, 그래도 아도라는 자신의 부모가 그랬다는 게 믿기지 않았다.

"그 남자는 아무리 차남이라 해도 그렇지, 이 보잘것없는 가문에 뭔 볼일이 있다고 그런대요?"

"선을 넘는 언행은 하지 말아라. 이 말을 들었다면, 네 아버지가 얼마나 속상해하시겠니."

어머니의 말대로 아버지는 다 제 잘못이라며 자책할 게 분명했다. 아도라는 슬쩍 눈을 내렸다.

"죄송해요. 말이 헛나갔어요. 하지만 사실이잖아요. 다트너가 왜 자르데아와 결연을 하겠어요. 아무리 당신 아들이 백작이 된다지만, 다트너 정도면 그 외 가지고 있는 작위도 몇 개 있지 않나요? 그쪽에서 절 탐탁지 않아 할 텐데요."

"그건 걱정 말렴."

"……"

"베른하르트 공작 부인께서 널 시녀로 삼아주시겠다는구나."

순간 기도로 숨이 확 넘어갔다. 아도라는 콜록거리며 간신히 입을 열었다.

"뭐라 하셨어요?!"

"베른하르트 공작 부인께서 널 시녀로 삼겠다고 하셨어."

"……세상에."

아도라는 혼이 나갈 것만 같았다.

"그분이 뭐가 아쉬워서요?"

"네 사정을 딱하게 여기더구나."

사정이란 말에 아도라는 침울해졌다. 사교계의 영애들과 잘 어울리지 못하고, 영식들이 제게 치근덕대도 어찌할 수 없는 사정을 말하는 거겠지. 그 모든 게 지긋지긋해서 라페른에 입학한 것이다.

그레이시반이나 노이엘로 아카데미에 입학하기엔 솔직히 머리가 안 따라주어 포기했다. 결과적으로 아도라는 만족스러웠다. 라페른에서의 삶은 나쁘지 않았고, 신학 공부도 제법 기질에 잘 맞았다. 여건이 된다면 신학자가 되고 싶기도 했다.

"여태껏 시녀 한 명 두지 않았던 분인데 네가 첫 시녀가 되었으니, 은혜에 감사하렴."

베른하르트 공작 부인의 시녀가 되는 것도 분에 차고 넘치는데 무려 첫 시녀라니. 이건 뭐 일생 감사하고도 남을 정도였다. 그 꼬리표를 달고 다트너의 차남과 결혼하면 아도라는 상류층 사회에 완전히 속하지는 못해도 물들 수는 있을 터였다.

그러나 그것이 과연 그녀가 바라는 일일까. 정작 그녀 자신은 신학을 익히며 유유자적 살아가는 삶을 원하는데…….

"왜 대답이 없어? 피한다고 되는 일이 아니잖니. 이것은 네 의무야."

아도라는 백작 부인을 바라보았다. 말투는 강요였지만, 표정만큼은 아니었다. 저 때문에 썩은 속이 얼굴에 훤히 드러나 있었다. 그것에 그녀는 죄책감을 느꼈다. 자꾸 돌아오라고 독촉하는 게 지겨워서 홧김에 부모와의 연을 끊겠다는 편지를 보낸 일이 아직도 마음에 걸렸다.

"……알았어요."

아도라가 패배를 시인하듯 고개를 끄덕였다. 내심 피할 수 없다는 것을 알았으니.

이것이 그녀가 현재 이 나라에서 가장 지체 높은 여인을 모실 수 있게 된 경위였다.

베른하르트 공작 부인, 피사리데의 직계, 왕비의 여동생. 화려한 수식어를 달고 있는 여인이 물었다.

"그래. 지낼 만하니?"

"배려에 분에 넘치게 편히 지내고 있어요, 부인."

아도라가 정중하게 답했다. 마음에도 없는 말은 아니었다. 그녀는 이곳에 지내며 정말 편안한 삶을 영위하고 있었다.

베른하르트 공작 부인의 시녀가 된 지 오늘로 사흘째였다. 아도라가 크게 해야 할 일은 없었다. 시중이란 시중은 대개 리엔이라는 하녀가 들었고, 공작 부인이 아도라에게 뭘 시키는 일도 없었다. 시녀로 배정된 방은 일반 영애의 방보다 화려했고, 전속 하녀까지 붙여주었다.

제가 사실 시녀가 아닌 손님으로 이곳에 머무르는 건 아닐까 싶을 만큼 호화로운 삶이었다.

"다행이구나."

공작 부인이 봄날처럼 산뜻하게 미소 지었다.

그때, 사용인 한 명이 잰걸음으로 달려왔다.

"무슨 일이니?"

"마님, 후작가에서 손님이 오셨습니다."

"지금?"

"예, 접빈실에서 기다리고 계십니다."

"이런."

공작 부인의 눈꼬리가 시무룩하게 쳐졌다. 맥없는 모습은 실망한 듯도 보였지만, 곧 기운을 차리고 아도라에게 소일거리를 넘겨주었다.

"난 보다시피 손님을 맞으러 가야 해서. 내 대신 아도라 네가 가주겠니?"

"그러겠습니다, 부인. 그런데 어디를요?"

공작 부인은 아도라의 품에 꽃을 안겨주며 싱그러운 눈웃음을 지었다.

"내 아들에게 전해줘."

아도라는 얼어붙었다.

저택 내부를 헤매던 아도라는 지나가는 사용인 한 명을 붙잡았다.

"저기……."

시녀는 다행히도 아도라를 알아보았다.

"이번에 마님의 시녀로 새로 온 자르데아가의 영애시군요. 무슨 일이신가요?"

"……베른하르트 공자의 집무실이 어디죠?"

"도련님의 집무실은 어찌하여 찾으시나요?"

"마님께서 제게 시키신 일이 있어서요."

사용인은 아도라가 들고 있는 꽃을 보더니 알 만하다며 팔을 뻗었다.

"이쪽으로 가다 왼편으로 꺾으세요. 거기서 세 번째로 보이는 방이 도련님의 집무실입니다."

"고마워요."

"아닙니다. 필요한 게 있다면 언제든 불러주세요."

하녀는 공손하게 대답하곤 제 갈 길을 갔다. 아도라는 한숨을 내쉬며 걸음을 재개했다. 오늘따라 발소리가 떨떠름한 것 같은 느낌은 기분 탓이리라.

또각또각.

고풍스러운 저택의 유일한 활기는 그녀의 발소리뿐이라는 듯 구두 소리가 유독 또렷하게 들려왔다. 왼 모퉁이를 돌며 아도라는 생각했다. 이곳은 모든 게 차분하다. 저택도, 사용인도, 베른하르트 공작 부인도, 베른하르트 공작도, 그리고…….

"어쩐 일이십니까."

저 소년도.

"이……."

문을 열자마자 제게 박히는 짙은 벽안에 아도라는 간담이 서늘해지는 듯했다.

"……있으셨네요?"

소년의 고아한 이마가 설핏 일그러졌다. 대뜸 '있으셨네요?'라니. 제가 듣기에도 어처구니없을 만했다.

"제 방이니."

사족 하나 붙이지 않는 담백한 대답이었다. 그러나 충분했다. 방 주인이 자기 방에 있는 걸 누가 무어라 하겠는가. 잘못은 방 주인이 당연히 없을 거라 생각하고 벌컥 들어온 자신에게 있었다.

"계신 줄 모르고 실례를 저질렀네요. 근래 기사 시험 준비에 만전을 기한다고 들어 연무장에 있으실 줄 알았어요."

"그렇다고 해도 여긴 영애가 허락 없이 들어와도 되는 곳이 아닙니다."

심장에 해로운 얼굴만큼이나 말도 해롭게 한다. 정확히 하자면 해로운 건 말이 아니라 냉기가 뚝뚝 떨어지는 목소리였지만.

"죄송해요, 영식. 다음부턴 주의하죠. 용서하시길."

물론 비센테의 말 자체는 틀린 것 하나 없어, 아도라는 즉시 잘못을 시인했다. 그러나 소년에게선 한참 지나도 괜찮다, 안 괜찮다 등 이런저런 답이 없었다.

아도라는 불편한 기류에 방에 들어가지도 나가지도 못한 상태로 문간에서 서성거렸다. 별안간 희미한 한숨 소리가 들렸다.

"이번만 넘어가겠습니다. 무슨 일이십니까."

태생부터 내재된 고귀함이란 저런 것일까? 권위적인 말투가 저리 자연스럽게 녹아 있다니. 딱히 권위 의식을 내세우고 있는 건 아니었는데도, 의미는 '봐드리겠다'로 명료했다. 신분을 따지자면 제가 아래여도 한참 아래이긴 한데……. 아도라는 조금 질린 기분으로 말했다.

"……공작 부인께서 꽃을 보내오셨어요."

그러자 푸른색 눈동자는 서늘하게 가라앉았다. 아도라는 갑자기 집이 그리워졌다.

'부인……'

그녀는 아무리 불러도 나타나지 않을 공작 부인을 마음속으로 아련하게 부르기를 반복했다.

뭐가 문제일까? 아도라는 품 안의 꽃다발을 보았다. 그녀가 보기에 꽃에는 전혀 이상이 없었다. 노란색 꽃이라 아주 예쁘기만 한데, 뭐가 문제란 말인가?

상냥한 공작 부인과 다르게 그 아들은 전연 상냥하지 않았다. 꼭 그녀에게 상냥할 필요는 없었지만, 마주치기만 하면 불편해지니 아도라에게는 고역이 따로 없었다.

차라리 리엔이라는 하녀가 오는 것이 더 나았을까. 그 하녀와 저 공자의 사이가 좋은지 나쁜지는 모르겠지만, 왠지 그럴 것 같았다.

그때였다. 차가운 목소리가 들려온 것은.

"왜 영애가 오셨습니까?"

……역시 꽃이 문제가 아니라, 제가 문제였던 듯하다. 차별받는 게 영 기분 좋지는 않아 아도라는 떫은 표정을 지었다. 그렇게까지는 안 봤는데 아주 못됐다.

"영식께서도 아시다시피 제가 마님의 시녀라서요."

토라진 것과 반대로 아도라의 말투는 매우 정중했다. 그녀의 담대한 간 덩어리는 부모님 앞에서만 커졌으므로.

'불초한 자식을 용서하세요. 아버지, 어머니.'

아도라는 목구멍으로 눈물을 삼키며 속없는 사람처럼 활짝 웃었다.

"그게 아니라……."

"네?"

"아닙니다."

눈앞의 귀하디귀하신 도련님은 뭐가 마음에 안 드는지 한쪽 눈을 찡그렸다. 얼굴 근육이 섬세하게 움직이며 또 하나의 표정을 그려냈다.

'잘생겼네.'

미인은 좋겠다. 저리 인상 써도 사색에 젖은 듯한 분위기를 풍길 수 있어서. 아도라는 속으로 감탄했다. 확신할 수 있었다. 저 얼굴은 두고두고 봐도 안 질릴 거라는걸. 하기야 부모가 훌륭한데 자식은 말해 뭐 할까.

"무슨 문제라도……?"

하다 만 말이 마음에 걸려 물었지만, 비센테는 고개를 저을 뿐이었다. 또다시 어색한 공기가 감돌자 아도라는 서둘러 공작 부인의 말을 전하기로 했다.

"부인께서 직접 오지 못해 미안하다 전하셨어요."

"……."

"지금 손님을 맞이하고 계시거든요. 손님께서 언제 가실지 예정에 없는지라, 저를 보내셨고요."

"손님?"

"네, 피사리데 후작님께서 보내신……."

"그렇습니까."

이번에는 또 뭐가 마음에 안 드는지 비센테는 다 듣지도 않고 아도라의 말을 싹둑 잘라냈다. 아도라는 께름칙한 기분을 느끼며 꽃을 들어 올렸다.

"그럼 전 이것만 화병에 놓아두고 갈게요."

허락이 떨어지길 기다리는데 비센테의 대답은 돌아오지 않았다. 아도라는 이번엔 또 뭔가 하며 비센테를 보았다. 그러나 무표정인 얼굴에 배어 나오는 감정은 없었다. 암묵적 동의인가 싶어 아도라가 방 안에 한 발짝 내디뎠을 때였다.

"가져가십시오."

"네?"

"그리고 더는 올 필요 없습니다."

아도라의 안면이 굳었다. 자세한 사정은 모르지만 풍기는 뉘앙스만으로도 알 수 있었다. 그것은 제가 아닌 베른하르트 공작 부인에게 하는 말이라는걸.

그냥 갈까 하다가 오전부터 쨍쨍한 햇볕 아래에서 땀을 흘리며 꽃을 딴 공작 부인이 마음에 걸렸다. 그게 안타까워서 아도라는 결국 지나치지 못했다.

"음, 그러면 공작 부인께서 서운해하실 텐데요."

"영애가 상관할 일 아닙니다."

"영식을 생각하며 직접 따신 거예요. 정원사에게 맡기지 않고."

"상관 마시라 말씀드렸습니다, 영애."

나직하게 떨어지는 음성은 권유가 아닌 명령이었다.

"하지만 그래도 어……."

……머니인데.

"아……."

자신의 실수를 알아채자 탄식이 새어 나왔다.

어머니라고 다 같은 어머니가 아닐 텐데. 그것도 이 사람 앞에서는 특히.

전부 내뱉지는 않았지만, 알아들었을 게 분명했다. 아도라는 곤혹스러웠다. 공작저에 들어오기 전부터 어머니인 자르데아 백작 부인이 신신당부한 걸 잊고 있었다.

"혹여라도 그 모자간에 끼어들 생각은 말아라. 최근에야 공작 부인이 공자를 신경 쓰는 것 같긴 하지만, 사람 속은 모르잖니."

"어머니가 공작 부인은 다정하신 분이라면서요."

"그래, 내게는 다정한 분이지. 하지만 친아들에게 관심 하나 두지 않은 분이기도 해. 의외로 뒤돌면 가차 없는 성격일지도 몰라. 아니면 어떻게 제 배로 낳은 자식에게 그럴 수 있겠니? 난 그분을 좋아해. 하지만 자식을 둔 어미로서 그 점은 꺼려지는 것도 사실이야. 그러니 너도 그 사이에 너무 깊게 발 들이지 말고, 그냥 공작 부인이 시키는 것만 잘하렴."

분명 그렇게 말했었지, 참.

사교계에서 몇 발자국 떨어져 있는 그녀도 공작 부인과 소년의 일화는 익숙했다.

아도라는 조심스러운 태도로 비센테를 보았다. 예상과 다르게 그는 무덤덤한 눈으로 아도라를 응시하고 있었다. 할 말 있으면 하고, 없으면 나가라는 듯한 건조한 시선이었다.

"알겠습니다, 영식."

아도라는 무릎을 굽혀 인사한 뒤 방문을 닫았다. 할 말이 있을 리가 없었다.

데일 버그만은 사방을 둘러보았다. 지금 그가 있는 곳은 무려 베른하르트 사저였다.

베른하르트라면 무언가! 나라의 위인 격인 기사를 여럿 배출한 가문이자, 대대로 왕실을 수호한 명망 높은 가문이었다. 기사 작위를 받은 지 스무 해를 훌쩍 넘은 그도 이곳에 발 들인 것은 꽤나 감격스러웠다.

공저의 문턱 한번 밟아보겠다고 기웃거리는 인간은 발에 챌 정도로 많았다. 정작 저택 안까지 들어온 외부인은 몇 없었지만 말이다. 유독 이번 대 가주는 유희를 즐기지 않는 성정으로 인간 관계도 몹시 삭막하다고 들었다. 그러니 그의 초대를 받은 이가 드문 것도 이상한 일은 아닐 것이다.

"이곳입니다, 기사님."

사용인이 정중하게 그를 접빈실로 안내했다. 귀빈을 대하는 듯한 융숭한 대접에 민망해진 투박한 사내는 머리를 벅벅 긁었다.

"곧 마님께서도 드실 터이니 좌정하여 기다려 주십시오."

그는 사용인이 가리킨 소파에 주춤주춤 앉았다. 데일은 다 좋았다. 다 좋은데, 다만……

'여기 분위기 왜 이래?'

그는 문 앞을 지키고 있는 사용인이 퍽 난감했다. 기실 그는 저렇게 지대한 관심을 받아본 적이 없었다. 관심이 아니라 감시 같은 거겠지만.

알음알음 알아본 바, 베른하르트 공작과 주군이 친애하는 사이가 아니라는 건 알고 있었지만 이 정도일 줄은 몰랐다. 공연히 목이 타는 바람에 데일은 차로 목을 축이는 데 열중했다. 그리고 두리번거리지 않으려 노력하며 애써 시큰둥한 얼굴을 했다. 피곤한 오해를 사는 건 사양하고 싶었다.

"베른하르트 공작 부인 드십니다."

사용인이 고하자 데일이 기립했다. 문을 열고 방 안에 든 공작 부인은 어린 시절 그가 본 모습에서 많이 자라 있었다.

보아하니 키도 자랐고, 머리…… 는 올려서 안 보이지만 길었을 테고, 얼굴은 완전히 성숙한 이의 것이었다. 지금도 나이에 비해 몹시 어리게 보였지만 그래도 그 시절의 소녀는 보이지 않았다.

'크흡.'

자신이 키운 것도 아닌데, 자란 아가씨를 보니 가슴이 찡해졌다. 활을 배우고 싶다고 카르온 님 뒤를 졸래졸래 쫓아다닐 때 얼마나 귀여웠던지!

어엿이 자란 모습이 감격스러워 데일은 콧잔등을 찡긋거렸다. 그의 주군이 하도 혹독하게 굴려 감정이 삭막해졌는지 눈물은 안 나왔지만.

극적인 상봉을 연출하지 못하는 것을 아쉬워하며 그는 가슴께에 손을 얹었다. 그리고 묵중하게 경례했다.

"데일 버그만, 위대한 산나르의 주인을 뵙게 되어 무한한 광영입니다."

촐랑거리는 내면과는 다르게 무척이나 엄중한 인사였다. 데일은 베른하르트가의 사용인 앞에서 나름 격을 지켰다며 뿌듯해했다. 그런데 뭔가 이상했다. 갑자기 저 하녀의 눈빛이 사나워지는 것 아닌가!

'뭐, 뭐가 문제지?'

제가 뭘 잘못했나 싶어 데일이 흠칫했다. 데일은 허둥지둥 기억을 헤집어보았지만, 마땅히 짚이는 게 없었다. 이상함을 느낀 것은 에르셀라도 마찬가지였는지 그녀의 시선이 미끄러졌다. 그러자 놀랍게도 그 하녀의 흉흉한 기색이 거짓인 양 싹 사라졌다.

'허!'

데일은 어이가 없었지만, 고자질할 수도 없는 노릇이라 속으로 한탄만 했다. 그때였다.

"말해보렴."

"……예?"

에르셀라가 대뜸 묻자 하녀가 어물어물 반문했다.

"할 말이 있는 게 아니었니?"

그새 하녀의 표정에 섞인 불만을 잡아챈 듯했다. 데일이 티 안 나게 기뻐했다.

"제가 어찌……."

황망한 듯 하녀가 고개를 수그렸다. 그러나 에르셀라가 계속해서 시선을 던지자 그녀는 우물쭈물하며 잔뜩 기어들어 가는 목소리로 말했다.

"그래도 말하는 것을 허하여주신다면……."

"허락한다."

"그럼……. 제가 주제 불고하고……."

몸을 낮춘 하녀는 신중히 말을 골랐다.

"제 짧은 소견으로는…… 방금 기사님이 하신 인사말이 맞지 않다고 여겨집니다. 본디 마님께서 산나르의 주인은 맞으나 이곳은 산나르가 아니며, 마님께선 이 가문의 안주인이시니 '베른하르트'의 이름을 입에 담으심이 옳습니다."

데일은 조곤조곤 할 말을 다 하는 하녀를 흥미롭게 지켜보았다. 후작의 지원하에 한량처럼 살아 성격도 허술하기 이를 데 없지만, 그는 평소 단련한 예리함으로 단숨에 하녀의 의중을 짚어냈다.

데일이 그녀를 '공작 부인'이 아닌 '산나르의 주인'으로 말하며 예를 차린 것이, 베른하르트의 '공작 부인'보다 후작가 소속인 '산나르의 주인'을 우선시한다는 의미임을 안 듯했다.

한편, 에르셀라는 묘한 기분이었다. 언제나 사적으로 말을 붙이지 않고 할 일만 마치면 바로 사라졌던 아이다.

그러나 지금의 그녀는 에르셀라가 베른하르트 소속이라 주장하고 있었다. 에르셀라는 그것이 조금 신기했다. 따로 그녀를 좋아한다는 표현이 없었기에 그런 생각을 하고 있을 줄은 몰랐다.

하녀는 순종적이면서도 고집스레 시선을 내리깔고 있었다. 혼날 각오로 말을 꺼낸 것이리라. 상황은 점점 난해해져 갔다. 후작가의 손님으로 온 데일에게 면박을 줄 수 없었고, 그렇다고 옳은 말을 한 저 아이를 혼낼 수는 더더욱 없었기 때문이다.

"그렇다는데, 경."

결국 에르셀라는 데일에게로 대답을 돌렸다. 거기에는 당신이 시작했으니 당신이 끝내란 함의가 들어 있었다. 데일은 생각했다.

'한 방 먹었군.'

그것도 겨우 하녀에게. 그는 카르온이 이 이야기를 들으면 어떤 반응일지 궁금해졌다. 아쉽게도 당황보다는 여유롭게 웃어넘기고 다음 보고를 들을 듯하지만 말이다. 데일은 싱겁게 끝난 상상을 접으며 새로운 예의를 갖추었다.

"실례한 것 같군요. 데일 버그만. 베른하르트의 에르셀라 님을 뵙습니다."

그제야 하녀는 만족스러운 듯 물러갔다.

"필요하면 불러주십시오."

에르셀라의 시선은 한참이나 하녀가 닫고 나간 문짝을 벗어나지 못했다. 알 수 없는 위화감이 발밑을 뱅뱅 돌았다. 그러나 손님을 오랫동안 세워둘 수 없는 노릇이어서, 그녀는 자리에 앉기로 했다.

"오랜만이야, 기사님."

"예……. 정말 오랜만이군요."

함박웃음을 내보이며 장난스럽게 인사하는 에르셀라를 데일이 감명 깊은 눈으로 쳐다봤다. 에르셀라가 자리에 앉았고, 그에 데일도 그녀의 맞은편에 앉았다.

"그간 별일 없으셨습니까?"

"나야 별일 있을 게 뭐가 있겠어. 경은 잘 지냈어? 오라버니가 반가운 손님이라 했는데…… 정말 그러네."

에르셀라는 데일을 보았다. 어릴 적 에르셀라에게 '우리 아가씨!' 하며 쾌활한 웃음을 지어주었던 사내였다. 에르셀라가 후작가에 있었을 때만 해도 틈만 나면 볼 수 있었지만, 그녀가 결혼하고 카르온이 후작위를 계승한 이후로는 그러지 못했다.

"버그만 경은요?"

"시킨 일이 있어서. 한동안 안 돌아올 테니 너무 기다리진 마라."

어딜 갔냐 물어보면, 카르온은 당분간 수도에 오지 않을 예정이라고 무심히 내뱉곤 했다.

"예, 저야 뭐…… 잘 지냅니다."

말과는 다르게 데일은 무척 수척해 보였다. 대체 무슨 일을 시킨 것이기에 사람 얼굴이 저 모양이란 말인가?

"오라버니가 성가시게 군 모양이네."

"하하! 각하께서 절 너무 믿으시니, 이리저리 고생 중이긴 합니다."

"너무 고생하는 거 아니야? 경, 사직하는 건?"

"어찌 그러겠습니까."

데일은 푸근한 아저씨와 같은 얼굴이었다. 반쯤은 진담이었지만 사실 에르셀라도 데일이 카르온을 저버리지 않을 것을 알았다. 그를 움직이는 것은 돈이나 명예 같은 것이 아니었다. 고아였던 그에게 손 내민 곳이 후작가였고, 검술을 배우게 해주고 기사가 되도록 도와준 사람이 카르온이었다. 데일의 충성심은 거기서 기인했다.

"그나저나 오라버니가 경을 보낼 줄이야. 말없이 사라져서 얼마나 놀란 줄 알아? 인사라도 하고 가지 그랬어. 많이 보고 싶었는데."

"이제야 소식을 전해 드려서 죄송합니다. 그래도 저, 공작 부인 만 난다는 생각에 급히 왔습니다?"

데일이 눈썹을 익살스레 들썩이자, 에르셀라가 못 말린다는 시늉을 했다.

"내가 괜히 번거롭게 군 건 아닌지 모르겠어."

"하나도! 번거롭지 않습니다. 덕분에 간만에 수도 구경도 하고 좋은 데요, 뭘."

"그렇다면 다행이지만."

에르셀라의 웃음은 차분했다. 데일이 아쉬움을 느낄 만큼. 개구진 웃음도 사랑스러웠던 아가씨였다. 나이가 들면 성숙해진다는 게 저런 건가. 하지만 저건 성숙하다기보다는…….

"우선 콘라드와 어떻게 되었는지 알고 싶은데."

데일은 찻잔으로 가져가던 손을 황급히 거두고 자세를 바로 했다.

"먼저 왕성에 도착한 선발대에 의하면 가르텐 공작이 별 탈 없이 외 교를 잘 마쳤답니다."

"무슨 거래가 오갔는지도 알아?"

"그럼요. 그라니아 북쪽, 셀몬의 개방입니다. 교역을 하자고 하더군요."

이전과 같은 협정 내용에 에르셀라는 훅 숨을 들이켰다. 저를 둘러 싼 현재와 과거가 달라져 조금씩 희망을 가졌건만, 이변은 없었다. 역 시 이런 국가 간 대사는 변하지 않는 것일까. 그러면, 자신도 결국 죽 게 되나. 죽으면 비센테는……. 생각이 꼬리를 물고 길게 늘어졌다.

"그렇구나."

"교역이야 지금도 찔끔찔끔 하고 있지만 좀 더 교류를 넓히는 걸 원 하는 듯합니다. 그에 가르텐 공작은 콘라드산 수입품에 관세를 높이 는 걸 내걸었습니다. 그리고 공작께서 이번 일에 대해 유감을 표하시 자 콘라드 국왕이 순순히 인정하며 아끼는 명마 열다섯 필을 그라니아 폐하께 선물까지 하셨다는군요. 제 생각에는 선물을 가장한 조공 같지만요."

"아즈렐에 관한 이야기는 없었어?"

"예, 없었습니다. 백 년도 더 된 땅입니다. 저들도 더 이상 달라고 떼쓰진 못하겠죠. 다만 요즘 타국과의 교류가 발전한 만큼 각 나라의 교역의 장을 지들 땅으로 하려는 심보인 듯한데……. 중개를 서며 중간에서 이득을 취하려고 한 듯합니다."

"하긴, 우린 레나르트와 아직 관계를 다 회복하지 못했고, 렌투아와 루델시아는 콘라드를 거치지 않고 교류하기는 힘들 테니……."

콘라드는 이번 일로 확실히 이윤을 얻을 것이다. 그러나 그라니아가 손해를 입은 것은 아니었다. 콘라드의 요구를 받아들이는 대신 관세를 높이는 일로 굽히는 태도는 취하지 않았으며, 콘라드 국왕이 아끼는 명마 열다섯 필을 선뜻 내주었다 하니 소소하지만 그 안의 의미는 컸다.

먼저 관리를 파견한 것에 상한 자존심도 어느 정도 회복되었다. 겉보기엔 손해 하나 없는 거래여서 그 당시 에르셀라를 비롯한 여러 사람은 신경 쓰지 않았다.

그렇다면 콘라드와 사이가 급격히 나빠질 이유는 뭐란 말인가? 미래만 보자면 콘라드는 아즈렐을 포기하지 않았다. 중간에 무슨 문제라도 생긴 것일까. 그녀가 알기로는…….

"안색이 많이 안 좋으십니다. 많이 걱정되십니까?"

데일이 근심 어린 표정으로 에르셀라를 살피고 있었다.

"생각할 게 있어서. 괜찮아."

"그렇다면 다행이지만…… 너무 걱정은 마십시오. 후작님께서 첨언하시길, 군사훈련 및 콘라드와의 관계에 좀 더 신경 쓰시겠다고 했으니까요."

"……그래."

그나마 카르온이 그녀의 말을 흘리지 않고 들어준 걸 행운으로 여겨야 할까. 과연 그것만으로 전쟁을 막을 수 있을지 모르겠지만, 그녀와 달리 카르온은 요직에 앉아 있었다. 그가 행동하면 콘라드와의 관계도 바뀔지 몰랐다.

오라비가 있어 다행이지만, 에르셀라는 자신이 할 수 있는 일은 여전히 없다는 게 아쉬웠다. 전쟁은 그녀가 감히 손 뻗칠 수 없는 영역이었다. 작위라도 받아 정계에 발 들이지 않는 이상 그랬다.

'작위라······.'

그것은 그것대로 어려운 일이 아닌가. 눈앞이 막막해졌다.

"그보다 시키실 일이 있으시다 전해 받았습니다."

들려온 말에 그녀는 의식의 흐름을 현실로 되돌렸다. 뇌까리던 모든 것을 멈춘 그녀가 데일을 응시했다.

"병명을 하나 알아봐 줬으면 해."

에르셀라가 이런 것을 부탁해 올지는 몰랐던 데일이 크게 당황했다.

"병명······ 이요? 어, 어디 아픈 데라도 있으십니까?!"

데일이 호들갑을 떨며 허겁지겁 에르셀라의 상태를 살폈다. 에르셀라는 고개를 설레설레 흔들었다.

"내가 아니라······ 다른 사람이야, 경."

미래를 설명할 길이 없어 에르셀라는 임의로 가상의 인물을 만들어냈다. 데일이 저리 걱정하듯 바라보니 이 정도는 선의의 거짓말이라 치기로 했다.

"휴, 그렇군요."

데일이 안도의 숨을 내쉬었다. 일단 누군가 병에 걸리긴 했으나, 에르셀라가 아니란 점을 다행으로 여기는 것 같았다.

"한데 병은 제가 아니라 의원을 찾아가 보시는 게······."

"의원들도 알지 못하는 병명이라 그래."

"음, 병세는 어떻습니까?"

"우선 각혈을 기점으로 초기에는 잠잠하다가 몇 개월이 지나면 몸이 말라. 폐부가 달라붙어 숨쉬기가 괴롭고, 지속적인 흉통이 가슴을 짓누르지."

데일의 얼굴이 처참하게 구겨졌다.

"……거참, 듣기만 해도 끔찍하군요."

"병증은 이게 다인데, 찾을 수 있을까?"

"글쎄요……."

데일은 선뜻 대답하지 못했다.

"저는 의원이 아니기도 하고, 병증을 개별적으로 보면 생각보다 흔한 증세라……."

"……."

"음독일 수도 있습니다. 저쪽, 루델시아에는 희귀한 독초가 난다더군요. 그거라면 이 나라 의원들이 모를 만도 하고요."

"그건 아니야. 사혈할 때 피는 여전히 붉었거든."

독을 마셨다면 어떻게든 몸에 변화가 일게 마련이다. 독에 관한 증상을 의원이 짚어내지 못할 리 없었다.

"음, 그렇다면 음독일 가능성은 낮겠군요. 다른 특징적인 것은 없습니까?"

"글쎄, 피가 약간 점성이 높은 편인 것 말고는……."

"점성, 말입니까?"

"피가 남들보다 끈적이고, 빨리 마르는 편입니다. 하지만 사람마다 개인차가 있을 수 있어, 병증이라 확답드리긴 어렵습니다. 만일 병증이라 해도 저도 이런 증상은 처음인지라…… 송구합니다, 부인."

레오네스 제국에서 파생된 나라 중 제일 의학이 발달한 렌투아의 의원도 알아내지 못했다.

"실례지만, 어느 분이 그런 병을 앓고 계신지 알 수 있겠습니까? 다들 쉬쉬하지만 가문의 대를 이어 전해오는 병력도 있다고 합니다. 가족력일 가능성도 있겠군요."

데일의 말대로 간혹 대를 타고 내려오는 병력이 있긴 했다. 당시에도 생각해 보지 못한 것은 아니라 카르온의 양해를 받아 피사리데의 기록서를 샅샅이 뒤졌지만 에르셀라와 비슷한 증세를 겪었던 조상은 없었다.

"개인적인 사정으로 누군지는 말할 수 없어, 경. 그래도 일단 가족력은 아니야."

"그렇습니까……."

데일은 실망한 눈치였다. 자신이 생각보다 알고 있는 게 없는 것 같아 에르셀라는 데일에게 미안해졌다.

"정보가 너무 부족해서 면목이 없네."

"아, 아닙니다. 일단 그라니아에는 없는 병이라니 타국을 수소문해 보겠습니다. 그럴 인력도 충분히 있고요. 지금도 각국에 제 사람들이 거주해 있으니……."

"다른, 나라에?"

에르셀라가 놀란 듯이 되묻자, 데일은 자랑스러운 듯 가슴팍을 탕탕 쳤다.

"말했잖습니까. 후작님 휘하에서 혹독한 시간을 보냈다고. 그새 상단 좀 꾸리고……."

데일은 잠시 머뭇거렸다.

"정보 조직도 만들고?"

"음……."

에르셀라가 뒷말을 잇자, 그의 눈이 이리저리 굴렀다. 마치 이 상황을 어떻게 하면 모면할 수 있을까 궁리하는 듯했다. 그러나 천연덕스레 굴려면 진즉 모르는 척 잡아뗐어야 했다. 고로, 그는 늦은 것이다.

"고민이 많나 보네요, 기사님."

데일의 귀로 부드러운 목소리가 감겼다.

"하하. 비밀입니다."

데일은 부정하는 게 소용없음을 알았는지 곧바로 긍정했다. 에르셀라가 한숨을 내쉬었다. 아버지도 아버지지만, 카르온은 한술 더 뜬다.

"그 일, 위험하진 않아?"

"아주! 안전하니 염려 붙들어놓으십시오."

아니. 사실 아주 아주 안전하지 않다. 정보 하나 건지겠다고 적진으로 들어갔다 칼부림 맞는 일이 비일비재했다.

그러나 이 사실을 어찌 공작 부인에게 꺼내놓겠는가. 심지어 그는 기사였다. 전쟁 속에 사는 게 당연했다. 비록 부류는 다르지만 이것도 전쟁이라면 전쟁이지 않겠나. 데일은 에르셀라가 또 뭔가 말하기 전에 먼저 화제를 돌리기로 했다.

"다만 언제까지 조사가 진행될지 모르고, 인력 소모가 상당할 거라 예상됩니다. 막대한 자금이 필요할 겁니다."

확실히 각국 도처에 널린 그들을 이용한다면 정보를 수집하기엔 유용할 것이다. 그러나 현실적으로 한계가 있었다. 무엇이든 일을 벌일 땐 돈이 중요했다. 돈은 인간이 살아가는 데 가장 기본적인 것으로 매우…….

"10년 치 산나르 소득이면 되나?"

중요한…….

"예?!"

뭐……? 데일의 입이 떡 벌어졌다. 산나르의 10년 치 수익? 제가 제대로 들은 게 맞나? 그는 귀를 다섯 번 정도 의심했다.

"더 필요하면 12년까진 가능할 것 같은데……."

잘못 들은 게 아니었다. 에르셀라는 심지어 거기에 2년 치 소득을 더 얹기까지 했다. 데일은 망치로 얻어맞은 듯이 머리가 띵해졌다.

산나르는 무려 그라니아 금광 지대 중 3할을 차지하는 영지다. 뿐만이랴. 광산도 몇 개 있으니 면적 대비 득실이 어마어마했다. 그런 산나르의 12년 치 소득이라니. 충분하고도 남은 것은 둘째 치고 그로서는 감히 누려볼 생각조차 하기 힘든 부였다. 이만해도 놀라운데 에르셀라는 여기에 덧붙이기까지 했다.

"……부족하면 내가 가진 보석을 되팔 수도 있어."

그렇게 많은 돈은 성큼 내놓고 정작 보석은 아까워하는 눈치였다. 데일은 슬슬 어처구니가 없어졌다. 그런 데일의 해탈한 웃음에 에르셀라는 설마 하는 마음으로 입술을 달싹였다.

"혹시…… 더?"

"아니요!"

듣기만 해도 황공하여 데일은 손사래를 치느라 애먹어야 했다.

"아닙니다. 그 정도면 충분…… 합니다."

아예 카르온을 등지고 공작 부인 밑에서 일하고 싶을 정도였다. 일하기 편하고, 돈은 많이 벌 테니까! 데일은 8할은 농담인 생각을 하며 공작 부인을 보았다.

"많이 소중하신 분인가 봅니다."

"뭘?"

"공작 부인이 이렇게까지 해서 그분의 병을 고치려 하니 말입니다."

"……아."

에르셀라는 대답할 말을 찾지 못해 그저 한번 웃었다. 에르셀라는 살 수만 있다면 산나르를 통째로 데일에게 가져다줄 수도 있었다.

스스로가 소중해서 이렇게까지 하는 게 아니었다. 비센테를 외면해 온 시간이 자그마치 15년이다. 그 15년을 꽉꽉 채우진 못해도 그 반절이라도 사랑해 주고 싶었다. 3년은 너무 짧았다.

"맞아, 중요하지. 그 사람은 하고 싶은 게 아주 많은 사람이거든. 그 사람이 소원을 이루지 못하고 죽지 않았으면 좋겠어. 그러니 부디 날 도와줬으면 해."

결연에 찬 푸른 눈이 간절하게 빛난다. 데일은 어릴 적 자신의 아가씨를 거부할 수 없었다. 데일 버그만은 가슴께에 손을 얹어 묵례했다.

"데일 버그만, 그분이 꿈을 현실로 가져오길 바라며 기꺼이 힘을 보태겠습니다."

✹ ✦ ✹

"그래서 무얼 부탁하던가? 내 누이께서는."

카르온의 목소리는 일면 감흥 없어 보였으나, 내심 속은 그렇지 못했다. 평소에도 에르셀라는 사소한 부탁 정도야 종종 해오는 편이었다. 하지만 이번은 느낌이 달랐다. 전에는 들지 않던 미묘한 위화감이 느껴졌다. 데일은 무릎을 꿇으며 제가 들은 것을 보고하기 시작했다.

"병명에 대해 알아봐 달라 부탁하셨습니다."

"병명?"

카르온의 눈썹이 들썩였다. 내심 전쟁과 관련된 일일 거라 짐작했는데, 데일의 보고는 그의 예측에서 완전히 엇나가 있었다.

"예, 전 의원이 아니라 소상히는 모르겠으나 제가 알고 있는 병세는 아니었습니다. 어쩌면 의원에 청하시는 게 나아 보이긴 하나……."

"하나?"

"이미 한차례 알아보셨더군요. 해서 콘라드, 레나르트, 루델시아 같은 이국에서 찾아보시길 원하셔서 제가 맡는 게 맞을 듯합니다."

"범위가 꽤 넓군."

"수색 비용을 공작 부인께서 지불하기로 하셨습니다."

그 말이 카르온의 심기를 불편하게 만들었다.

"산나르를 내걸었나?"

"영지는 아니고, 산나르 10년 치 소득입니다."

어찌 됐든 그의 예상과 크게 다르지 않았다. 에르셀라가 그 많은 실비를 감당하려면 산나르를 끌어올 수밖에 없을 테니. 마음대로 하라고 준 것이었으니, 내준 영지를 어떻게 쓰든 그는 관여할 생각이 없었다. 다만 그 병이 무어라고 그리 많은 자금을 내놓겠다는 것인지 몰라 신경이 쓰였다. 그의 관점에선 타당성이 부족했다.

"무슨 병인데?"

"모르…… 니까, 저에게 부탁하셨겠죠?"

"아, 그랬지."

누이의 기행에 순간적으로 사고가 마비된 게 틀림없다. 카르온은 이마에 손바닥을 짚었다.

"병세는 대충 어떻지?"

"간략히 설명하자면, 그 병에 걸리면 지속적인 흉통을 겪다 결국 죽는 병이라 합니다."

"그건 또 뭐야……."

카르온의 표정을 보니 설명이 너무 간단했나 보다. 데일은 머쓱해하며 덧붙였다.

"……음, 특이점이 있다면 사혈해서 뽑은 피가 공기에 닿으면 급속도로 마르는 성질을 가지고 있다더군요."

들을수록 괴이한 증상이었다. 카르온이 미간을 찌푸렸다. 그때 데일이 무엇인가 생각난 듯 탄성을 질렀다.

"아! 각혈 증세도 있습니다."

"각혈?"

"네, 흔하지만요."

"흔하지. 내 첫째 누이께서도 겪으셨으니."

"왕비 전하께서요?"

처음 듣는 소식에 데일이 고개를 갸웃했다.

"그래, 각혈하신 적이 있어. 회임 중에 피를 토했다는 사실이 알려지면 왕자에게 이상이 있을 거라는 소문을 우려한 탓에 내가 막았고."

"……."

"이제는 알려져도 상관없겠지만."

카르온이 씁쓸하게 되뇌었다. 데일은 숙연하게 시선을 내렸다.

"많이…… 그리우십니까?"

"돌아가신 지 1년도 채 되지 않았으니."

우회적인 대답이었다. 데일은 더 묻지 않았다.

에샤힐드 왕비는 네 번 임신하고 세 번 유산했다. 잦은 유산으로 그녀의 몸은 미력해졌고, 마지막 임신 때 의원이 잘못될 가능성을 제기했다. 아마 왕비도 마음의 준비를 하고 있었을 것이다. 그리고 종내 왕비는 난산으로 죽음을 맞이했다.

왕비가 서거했다는 전보를 받은 데일이 급히 수도에 올라온 날이었다. 하늘도 우는 날. 왕비의 장례가 끝난 뒤 도착한 데일은 그날, 폭우 속에서 죽은 듯이 서 있는 한 남자를 보았다. 절로 숨이 멎는 순간이었다. 그는 살면서 그토록 깊은 상실감을 본 적이 없었다. 고매하신 주군의 눈물도 난생처음이었다.

'…….'

망자처럼 무언가를 쉼 없이 되뇌는 소리. 멀리 서서 그 모습을 고요히 지켜보는 후작 부인. 빗소리가 온 세상을 채우고 있었음에도 정적이었다.

정적은 카르온이 허물어지듯 쓰러지면서 깨졌다. 데일이 그 자리에 있단 것을 언제부터 알았던 것인지, 후작 부인은 그를 향해 조용히 미소했다.

"침실로…… 옮겨야겠군요."

그날 이후로 카르온은 아무렇지 않아 보였다. 슬픔을 내비치지도, 혼이 나간 듯한 모습도 보이지 않았다. 놀랍도록 평소와 같은 모습이었다. 지금처럼.

"뭘 그리 보나."

"……안 봤습니다."

데일은 시큰둥하게 묻는 카르온의 시선을 슬쩍 피했다. 카르온은 싱거운 기색이었다.

"가르텐 영애의 성년회가 엿새 뒤던가?"

때아닌 질문이었다. 데일은 의아해하면서도 순순히 답했다.

"그런 걸로 알고 있습니다. 공교롭게도 가르텐 공작이 도착하는 날도 그날입니다."

"늦는군."

"뭐 뻔하죠. 거들먹거리기 좋아하는 자이지 않습니까. 콘라드에 거주해 있는 자국인에게 뇌물을 받아 처먹느라 늦는 겁니다."

"흠."

"한데 그건 왜 물으십니까? 혹시…… 참석하실 생각이십니까?"

"왜, 안 되나?"

능청스러운 대답에 데일의 안면이 경악으로 물들었다.

"안 되는 것 이전에 싫어하시잖습니까?!"

그가 가르텐 공작과 우호적인 사이가 아니라는 것쯤은 비밀도 아니었다. 카르온은 무려 피사리데의 가주이니 불참쯤은 괜찮았다. 가신인 블래노버 백작만 보내도 성의 표시는 될 터였다.

"그만큼 누이를 보러 가기엔 알맞은 자리야. 내가 부인들 티타임에 낄 수는 없으니."

"에르셀라 님 말씀이십니까?"

"그래. 아무래도 한번 봐야겠어."

데일은 이해하지 못했는지 고개를 어리둥절하게 기울였다.

"그거야 베른하르트 사저로 방문하시면 되시잖습니까? 공작 부인을 후작가로 초대하시거나."

데일의 주장은 원칙에 어긋남이 없었지만 카르온은 질색이라는 시늉을 했다. 그의 입매가 비뚜름히 휘어졌다.

"그 아이가 스스로 찾아오는 것도 싫어하는 마당에 무슨."

"그게 무슨……."

데일이 말끝을 흐렸지만, 카르온은 눈매를 이지러뜨릴 뿐 거기서 더 보태진 않았다. 그는 주군의 침묵을 지켜주기 위해 몸을 돌려 정중히 물러갔다.

＊　＊　＊

엉덩이에 깔린 쿠션은 푹신했지만, 마음은 가시방석에 앉은 것만큼이나 편치 못했다.

"영식께서 다신 이러시지 않으셔도 된다며 절 돌려보내셨어요."

"그렇구나."

공작 부인은 아도라에게 안겨 있는 꽃을 보며 나직하게 중얼거렸다.

"그럼 이건 여기에 꽂아두는 걸로 하자."

꽃가지를 가지런히 모은, 공작 부인은 콘솔 위에 놓인 빈 화병에 꽃을 꽂았다. 화병 바닥에 줄기 끝이 닿자 노란색 꽃무리가 저들끼리 엇갈리며 살포시 퍼졌다.

아도라의 예상과 다르게 공작 부인은 아무렇지도 않아 보였다. 다행이다 싶으면서도 기묘한 느낌이 그녀를 휘감았다.

"최근에야 공작 부인이 공자를 신경 쓰는 것 같긴 하지만, 사람 속은 모르잖니."

어쩌면 어머니의 말대로 뭔가 속셈이 있을지도. 베른하르트 공작이 죽으면 그 소년이 작위를 계승할 테니, 미래를 대비하는 것일지도 모른다. 그게 아니라면 좋지 않은 낌새 한 점 없이 저리 평온할 순 없을 터였다.

'나야 상관없지만.'

여하튼 그녀가 신경 쓸 필요 없는 일이었다. 베른하르트 공작은 건재하니 전쟁이라도 나지 않는 한 죽을 일은 없을 테고, 나중에 공작께서 작고하실 때면 자신도 이미 공작 부인의 시녀가 아닐 테니 말이다.

"색이 노랗기 때문인지 방 안이 화사해졌어요, 부인."

"그렇지?"

아도라의 역할은 그저 공작 부인의 비위만 맞추면 되는 거였다. 잘 알지도 못하는 관계를 파고드는 게 아닌. 사교계에서 어느 정도 입지를 쌓은 뒤 시녀 생활을 청산하고 라페른으로 되돌아가는 게 아도라의 최종 목표였다.

"마음에 들면 네 방에도 놓아줄게."

"그러실 것까진 없으세요. 후원에서 보는 게 더 좋기도 하고요."

친히 제안해 준 건 고마웠지만, 상대가 상대이다 보니 부담스러워 거절의 말이 나왔다.

"그러니."

공작 부인도 나긋한 웃음만 지을 뿐 더 이상 권하진 않았다. 아도라는 무례하지 않을 선에서 그녀를 바라보았다. 도저히 열다섯 살 된 소년을 자식으로 두고 있는 사람으로 보이지 않을 정도로 예쁜 사람이었다. 사교계에서 가장 아름답다고 회자될 만했다.

일설에 의하면 온실 속 화초를 본뜬 이의 정석이 베른하르트 공작 부인이라 한다. 아도라는 그녀의 실물을 본 뒤에야 왜 세간에 그리 전해지는지 알 수 있었다.

고생 한번, 위기 한번 안 겪어본 사람처럼 그녀는 상냥하고 다정하면서도 현실과 약간 동떨어져 있는 듯했으니까. 조금은 홀린 듯 아도라는 공작 부인을 보았다. 미색에 맥을 못 추려서라기보단 다른 개인적인 이유였다. 아도라가 넋을 잃은 사이 자리에 앉은 공작 부인이 입을 열었다.

"엿새 후면 가르텐 공녀의 성년회인 건 알지?"

"그럼요."

"거기서 널 내 시녀라고 소개할 거야."

아도라는 작게 '예'라고 대답한 후 고개를 숙임으로써 감사를 표했다. 연회에 가고 싶지 않았지만, 그 자리만큼 공작 부인이 아도라를 소개하기에 적합한 곳도 없었다. 공작 부인의 배려에 아도라가 되레 감지덕지할 판이었다.

그때였다.

"아, 내가 말했나? 네 옷은 미리 맞춰놨어."

"네?!"

아도라는 너무 놀라 공작 부인 앞이라는 것도 잊고 소리치고 말았다.

"네가 온 뒤 드레스를 맞추기엔 시간이 촉박할 것 같아서."

"제 치수는 어떻게 아시고……."

"백작 부인께 여쭤봤지."

"……."

"한 다섯 벌 정도 마련해 뒀는데, 네게는 연보라색 드레스가 가장 잘 어울리겠다. 그래도 옷은 입어보기 전까진 모르니 내일 한번 입어보자."

"다, 다, 다섯 벌이요?!"

아도라는 까무러치게 놀랐다. 드레스가 얼만데! 더 걱정되는 건 그 드레스 한 벌 한 벌이 그냥저냥 한 가격이 아닐 것 같다는 예감이다. 아도라는 필사적으로 손사래를 쳤다.

"부인. 이것은 제게 너무 과분합니다. 저는 받을 수 없으니, 부디 물려주세요. 말씀만으로도 충분히 감사드려요."

"너무 점잔 빼도 안 좋아. 나도 시녀를 두는 건 처음이라 설레발 좀 쳐보았단다. 그리고 나도 체면이 있지, 날 믿고 널 보낸 백작 부인을 봐서라도 이 정도는 해주고 싶으니 받으렴."

도움받은 쪽은 엄연히 자르데아였다. 그러나 공작 부인의 말을 들어보면 그렇지 않은 것처럼 들렸다. 이상한 사람이다. 자신의 은혜를 상기시키면서 은근히 짐을 지울 수도 있는데, 그녀는 그러지 않았다.

아도라는 공작 부인이 이렇게까지 나오니 할 말이 사라졌다. 게다가 드레스는 이미 제 치수에 맞춰 지어졌다지 않은가. 하지만 그렇다고 넙죽 받기도 뭐해 그녀는 우물쭈물 대답을 망설였다.

"옷은 사람을 특별하게 만들지. 백작 부인께 네가 연회를 별로 좋아하지 않는다는 얘길 들었어. 하지만 내가 가는데, 내 시녀인 네가 안 갈 순 없잖아. 그렇다고 거기서 가만히 서서 시간이나 때울 거야? 그건 네 귀한 시간만 낭비할 뿐이야. 이왕 가는 거 즐겨야지."

"……."

"한창 좋을 때잖아."

다정한 사람이었다. 아들을 모질게 내버렸다고는 믿기 어려울 만큼. 그 괴리감 때문일까. 어머니를 찝찝하게 만드는 것은? 아도라는 조금 현실감각을 잃은 기분으로 입을 열었다.

"그럼, 감사히…… 받겠습니다."

"그래."

"저……."

"응?"

그녀는 한 가지 의문이 들었다.

"공작 부인께선 제가 첫 시녀라고 하셨는데……."

"그런데?"

"왜 지금까지 시녀를 두지 않으셨는지 물어도 될까요?"

귀부인의 시녀는 마찬가지로 귀족인지라, 결혼한 부인은 친인척이나 가신의 자제 사이에서 몇 명을 선별해 시녀로 두곤 했다. 미혼의 영애가 귀부인의 시녀가 되는 건 영광스러운 일이었다. 모시는 사람의 신분이 귀할수록 그랬다. 덩달아 제 사회적 위치까지 높아지는 셈이니까 말이다.

베른하르트 공작 부인은 왕비나 왕녀, 대공비가 없는 지금 이 나라에서 가장 지체 높은 여인이었다. 가르텐 공작 부인도 있었지만, 외가가 피사리데보다 한참 밑이었다. 눈앞의 여자가 사실상 더 고귀하다 보아도 틀림은 없으리라.

그런 사람이니만큼 공작 부인의 시녀가 되고 싶어 자처하는 영애는 한둘이 아니었을 텐데. 그런데 그녀는 왜 시녀 한 명 두지 않았던 것일까? 또 왜 자신은 시녀로 받아준 것일까?

"뭘 그리 망설이나 했는데, 그거였어?"

어떤 사연이라도 있나 싶어 신중을 기한 질문이었는데, 공작 부인이 태연하게 대꾸해 외려 아도라를 당황하게 만들었다.

"……궁금해서요. 귀부인들은 대개 친인척을 시녀로 두니까요."

"곁에 두기 무서워서."

"네?"

"날 떠날까 봐. 그래서 두지 않았어."

사람을 좋아해서 연회는 빠짐없이 참석하는 사람이, 정작 옆에 사람을 두는 건 무서워한다는 게 무슨 의미일까.

공작 부인은 그것에 대해 더는 말하지 않았다. 아도라도 굳이 캐묻지 않았다. 대신 다른 것을 질문했다.

"그러면 저는 왜 시녀로 삼으셨어요?"

어머니의 말대로 사정이 딱해서였을까? 공작 부인은 미소 지었다. 마른 잎사귀에 맺힌 새벽이슬처럼 투명한 미소였다.

"그냥."

허무한 대답이다. 단순히 기분 여하에 따라 그랬다는 것과 크게 다를 것 없는. 아직 그녀를 믿지 못해서 솔직하지 않은 걸 수도 있었다. 하긴 공작 부인이 자신의 뭘 믿고 진실하겠는가. 이제 겨우 나흘째 본 사인데.

"머리, 빗어드릴까요?"

침묵이 쌓일 즈음 아도라가 제안했다.

"그래 줄래?"

공작 부인은 마다치 않고 뒤를 돌았다. 화장대에서 빗을 가지고 온 아도라는 그녀의 머리를 빗기 시작했다. 빗살이 머리카락 사이사이를 지나가며 결을 만들어냈다. 황금색 실 가닥 같은 머리채는 겉보기만큼이나 보드라워 중간에 걸리는 게 없었다.

"처음이라서 그런데, 제가 지금 잘하고 있는 게 맞나요?"

"난 괜찮은 것 같구나."

"다행이네요."

사실 빗다가 공작 부인의 두피까지 긁어버린 것 같았지만…… 당사자가 저리 말하니 아도라는 슬쩍 묻어두기로 했다. 빗질이 차츰 손에 익기 시작했을 무렵이었다.

"라페른에선 지낼 만했어?"

"그럼요. 좋은 곳이에요. 제 어머니는 싫어하시지만."

"외지잖아. 근처에 마을도 없고."

"어? 마차로 한 시간 거리에 마을 하나 있어요."

"그래? 생겼나 보네."

"네, 주거인은 많지 않지만, 인구밀도가 높아 활기찬 편이에요. 그런데 그런 건 어떻게 아세요? 가보신 적 있으세요?"

"건립 초기에 한 번 갔었지. 아는지 모르겠지만 어머니가 루델시아 왕녀시거든. 그라니아에 루델시아교를 기반으로 한 신학교가 생긴다는데, 루델시아 왕족인 어머니가 어떻게 안 가겠니. 의례적인 의식이었지만, 건립을 기념하러 갔단다. 난 거기 따라갔고."

선대 피사리데 후작 부인이 루델시아 8왕녀라는 것은 이 나라 귀족이면 누구나 아는 사실이었다. 그 당시에도 매우 떠들썩했다고 한다.

루델시아 왕족은 태초의 신 루델시아의 피를 물려받은 이들이라 칭해지며, 또한 스스로도 그렇게 믿고 있는 자들이었다. 그들은 자신들의 고귀함이 외부로 흐르는 걸 막기 위해 근친혼을 행했을 정도로 폐쇄적이었다. 그런 나라에서 귀한 왕녀가 그라니아에 시집을 왔으니 난리가 날 만도 했다.

그것에 대해 구체적인 까닭은 알려지지 않았으나, 의견은 대개 두 가지로 갈렸다.

하나는, 루델시아는 모계 계승을 우선으로 두는 나라이니만큼 당시 왕위 계승자 1순위였던 베아트리스 8왕녀가 현왕인 이부 오라비를 피해 그라니아로 도망쳤다는 이야기였고. 다른 하나는, 루델시아에 사절단으로 파견되었던 선대 피사리데 후작과 베아트리스 왕녀가 서로 한눈에 반해 혼인이 성사되었다는 낭만적인 이야기였다.

"다섯 살 때였나? 그랬을 거야. 황무지 땅에 건물 한 채만 달랑 있는데, 거기에 어린애가 뭔 흥미를 느끼겠니. 어렸을 때라 기억은 안 나지만, 여간 지루한 게 아니었나 봐. 어머니가 한눈파는 사이에 혼자 이리저리 돌아다녔던 모양이야. 다행히 친절하신 분 덕에 어머니가 날 찾을 수 있었대."

"세상에. 막 세워졌을 시기엔 외지라 정말 놀라셨겠어요."

"그랬겠지. 그날 생각만 하면 언제나 가슴 떨린다고 하셨으니. 결혼 후에도 얼마나 잔소리하셨는데. 날 보면 항상 하시는 말이 '넌 혼자 쏘다니다가 길 잃어 주변 사람 걱정하게 만들지나 않으면 다행이란다'였어."

"후작 부인이 쏘다닌다는 말을 하셨어요?"

"어휴, 그것만 했으면 다행이게? 잔소리꾼이 따로 없었지."

공작 부인은 손을 한 번 휙 내젓고는 머리를 절레절레했다. 그에 따라 단정하게 늘어뜨린 금발이 물결을 이루며 찰랑거렸다.

온몸에 빛을 두른 듯한 사람이다.

아도라는 무심결에 그녀가 이곳과 어울리지 않는다는 생각을 했다. 왜일까? 베른하르트의 드높은 이름에 그녀만큼 어울리는 여인이 어디 있다고. 쓸데없는 생각이었다.

"달이 밝네요."

그녀가 창밖에 뻗어 있는 달을 보며 말했다.

"깜깜한 밤이구나."

알 수 없는 대답이 되돌아왔다.

7장
성년회의 밤

시간은 착실하게 흘러 가르텐 공녀의 성년회 날이 되었다. 그러나
이쪽에서 준비할 건 없어 베른하르트는 한산했다. 에르셀라는 실내용
드레스로 갈아입고 하르젠의 집무실로 걸어갔다.

"집무실에서 밤을 지새우셨습니다."

……라는 클리프턴의 말 때문이었다. 그러고 보니 요즘 다시 늦게
들어오는 것 같기도 하고. 많이 바쁜가 보다.
"부인. 이곳엔 어쩐 일이십니까?"
집무실 앞을 지키고 있던 케이런은 에르셀라를 보자 놀란 눈치였
다. 이름 정도는 알고 있었지만 역시 친분은 없었기에 에르셀라는 데
면데면한 낯으로 머쓱히 웃었다.
"남편이 집무실에서 밤을 보냈다 해서요. 이 안에 있나요?"
"네, 그렇습니다."

"음……. 지금 들어가면 곤란할까요?"

어쩐지 제가 안으로 들어가지 않길 바라는 듯한 케이런의 표정에 에르셀라는 망설여졌다. 고민하듯 콧잔등을 찡그리던 케이런은 이내 고개를 저었다.

"아닙니다. 드십시오."

케이런이 문을 열었다. 에르셀라가 눈짓으로 고맙다 전하며 안으로 들어섰다. 그리고 그녀의 발길은 얼마 못 가 그치고 말았다. 에르셀라는 시야에 들어찬 광경에 볼을 긁적였다. 하르젠이 눈을 감은 채로 소파에 누워 있었다. 자고 있었을 줄은 미처 생각지 못했다.

그러다 에르셀라는 창을 통해 정면으로 쏟아지는 빛살에 눈을 찌푸렸다. 커튼을 안 친 탓에 집무실 안이 몹시 환했다. 방 안으로 스며드는 빛줄기를 따라 미끄러지던 그녀의 눈동자가 어느 한 곳에 멈추었다.

하르젠이 누워 있는 소파 앞 탁자에 어지러이 흩어져 있는 서류 더미가 보였다. 그녀의 입술 사이로 짙은 한숨이 새었다. 뭐가 바쁜지는 몰라도 고생이 컸을 게 눈에 훤했다. 어쩌면 잠깐 눈 좀 붙이려다 잠들었는지도.

에르셀라는 그냥 이대로 돌아갈까 하다, 마음을 바꿨다.

'그래도.'

자는 모습이라도 한 번 보고 가는 게 낫겠다는 생각이 들었다.

살짝 입술을 당겨 웃은 에르셀라가 살포시 치맛자락을 들어 올렸다. 바닥으로부터 살짝 띄워진 치맛자락 안에서 그녀의 다리가 살금살금 움직이기 시작했다. 혹시라도 그가 깰까 봐 숨소리마저 죽인 그녀는 어느덧 소파 앞에 다다랐다.

에르셀라는 하르젠이 자는 모습을 빤히 내려다보았다. 흰 셔츠 위로 느슨히 풀린 크라바트나 소매에 달린 커프스단추가 풀어져 있는 걸로 보아 그답지 않게 무방비한 상태였다. 곤히 잠들기라도 한 것일

까. 잠귀가 밝은 편이라 작은 소리에도 곧잘 깨곤 했는데, 그럴 기미
는 일절 보이지 않았다. 에르셀라는 조심스레 손을 뻗어 그의 얼굴 위
로 살살 흔들어보았다. 여전히 반응이 없었다.

'진짜 자네.'

신기해하며 손을 거두려는 순간.

"꺅!"

손목이 붙잡히며 에르셀라가 하르젠 위로 엎어졌다. 갑작스레 일어
난 일에 정신없이 고개를 들자, 여전히 눈을 감고 있는 상태로 그가
말했다.

"어지러워."

깨어 있었나 보다. 혹은 중간에 깼거나. 에르셀라는 포옥 한숨을 내
쉬며 입을 열었다.

"눈 감고 있으면서."

"그래도 알아."

잠긴 목소리가 귓가를 간질이듯 울렸다. 기분이 이상해서 에르셀라
는 괜스레 빙긋 웃으며 말했다.

"나 덕분에 깼어요?"

"때문에."

은근슬쩍 제 덕분이라고 묻어가려는 어휘를 하르젠이 정정했다. 에
르셀라는 눈을 샐그러뜨리다, 곧 등에 닿은 감촉에 흠칫거리며 물었다.

"……뭐 해요?"

"여기서 하긴 싫은데."

말과 다르게 등에 달린 드레스 끈을 풀어내려는 손길에 에르셀라
는 어이가 없어 헛웃음을 흘렸다. 마치 그녀가 이러기 위해 왔다는 양
구는 것이 어처구니없었다.

"지금 해 뜬 거 안 보여요?"

"난 상관없다만."

"전 상관있답니다."

등에 올라 있는 손을 탁 하고 잡아채자 저항 없이 손이 떼어졌다. 역시 그냥 놀릴 의도였던 게 분명했다. 가끔 짓궂을 때가 있긴 했지만, 여전히 적응 안 된다고 생각하며 에르셀라는 고개를 옆으로 돌렸다.

산만하게 어질러져 있는 종이 더미가 시야에 들어왔다. 영지에 대한 것일까. 그녀가 자세히 보려 눈을 가늘게 좁히려는 순간, 하르젠이 에르셀라의 머리를 감싸 품 안에 가두었다. 순식간에 눈앞이 깜깜해졌다.

"……숨 막혀요."

얇은 셔츠 한 장을 두고 그의 가슴 언저리에 맞닿아 있는 얼굴이 달아올랐다. 들이쉬다 내쉬는 숨결도 뜨거워 숨쉬기가 힘들었다. 대충 왜 이러는지 알 것 같았기에 에르셀라가 토라진 목소리로 말했다.

"안 볼게요. 됐죠? 어차피 봐도 잘 몰라요."

덧붙이자 손이 머릿결을 따라 스르륵 내려갔다. 그제야 숨통이 트인 에르셀라가 호흡을 골랐다.

그런데……. 에르셀라는 하르젠의 손을 타 삐져나온 잔머리를 흘긋 곁눈질했다. 리엔이 예쁘게 매만져 준 머리가 허사가 된 순간이었다.

"음……."

에르셀라는 사실 얼결에 종이에서 '피사리데'라는 단어를 본 터라 이것을 말할까 말까 고민하다 입을 다물기로 결정했다. 궁금하긴 했지만 알기를 원치 않는 것 같으니, 캐물어도 답은 얻어낼 수 없을 것이다.

"그래서 부인, 대낮부터 어쩐 일로."

하르젠이 눈가를 문지르며 낮게 웃었다. 눈을 뜬 그가 지그시 눈꺼풀을 내리자 에르셀라와 눈이 마주쳤다. 그녀의 대답을 기다리는 듯했다.

그러나 딱히 용건이 있어서 온 것은 아닌지라 에르셀라는 그저 미소만 지었다. 말없이 생글거리는 에르셀라를 보며 하르젠의 입가에도 희미한 미소가 머물렀다. 짧은 시간 서로를 향한 미소가 맞물리다 에르셀라가 먼저 말문을 열었다.

"오늘 공녀 성년회인 건 알죠. 진짜 안 갈 거예요?"

"폐하께서 부르시니."

그의 담백한 대답에 에르셀라의 입술이 비죽 모였다. 하르젠은 가르텐 공녀의 성년회에 참석하지 않는다. 보통 참가하여 여인이 숙녀가 된 것을 축하해 주는 것이 예사였지만, 자리하지 않는다 하여 이상한 일은 아니었다.

가문을 다스리는 가주가 일개 영애의 성년회에 참석하지 않는 경우는 흔했으니 말이다. 이런 경우에는 가문의 후계자나 일원, 가신 중 하나를 보내 축하를 대신하였다.

"그쪽에서 서운해할 거예요."

그러나 어쩔 수 없이 불만은 피어올랐다. 갈 필요는 없다지만 아들이 약혼할 여인의 성년회가 아닌가. 아버지 되는 자가 가서 얼굴 한번 비추는 게 뭐가 어렵다고. 아니, 그 전에 왕이 문제였다. 왕이.

"가르텐 공작과는 따로 얘기하기로 했어."

그 뒤로 침묵. 흐트러지든 말든 머리를 연신 쓸어내리는 손길을 막길 포기한 에르셀라는 불현듯 남작 부인의 아카데미 동기를 떠올리곤 반색했다.

"맞다. 남작 부인이 그레이시반 출신인 거 알아요?"

"졸업은 못 한 걸로 알고 있는데."

한번 이야기의 물꼬가 트이자 에르셀라의 목소리가 다소 가뿐해졌다. 그 생각만 하면 설레고 기뻤기 때문이다. 에르셀라는 하르젠이 저를 지긋이 바라보는 것도 모른 채 말을 이었다.

"응, 아무튼 그때 사귄 동기가 학자가 되었나 봐요. 연구 때문에 마침 수도에 정착할 생각인 것 같고요. 그런데 남작 부인이 내게 그 사람에게 가르침을 받아보면 어떠냐고 제안해 줬어요."

"……그래서?"

"그래서 한번 받아보려고요. 수도에 언제 도착할진 모르겠지만, 펠로체에서 짐을 정리하고 여기까지 오려면 대략 보름 정도 걸릴 테니까 지금쯤……."

이상하게 하르젠 표정이 안 좋은 듯해서 에르셀라는 말을 멈추었다.

"피곤해요?"

"……계속해."

"아, 응. 아마 공녀 성년회 끝나고 며칠 안에 만나게 되지 않을까 생각해요. 잘할 수 있을진 모르겠지만요. 그래도 남작 부인이 칭찬 일색이니 어떤 사람일지 궁금한 거 있죠?"

"……."

"고리타분할 일은 없을 테니 걱정하지 않아도 된대요. 그리고 한 번이지만 그레이시반에서 전체 수석도 한 적 있대요! 정말 대단하지 않아요?"

"……."

"집안도 그렇게 부유한 편은 아니라 힘들었을 텐데 말이……."

"이름은."

"이름이요?"

별안간 받은 질문에 에르셀라의 이마에 얕은 굴곡이 새겨졌다. 남작 부인에게 듣긴 했는데 워낙 생소한 가문인 탓에 기억이 잘 나질 않았다.

"레……."

"……."

레, 로 시작했던 것 같은데 뭐였더라?

"레, 레……."

"……."

"음, 기억이 잘……."

"……."

아!

"레어리 셀론! 그런 이름이었어요."

미래에 스승 될 분의 이름을 완전히 떠올린 에르셀라가 배시시 웃었다.

"여자 이름 같군."

"여자니까, 그렇겠죠?"

"……."

이번에는 하르젠이 입을 다물고 눈살을 찌푸렸다. 오랜 세월 같이 산 경험으로 나름 추측해 보자면 그는 당황한 것처럼 보였다. 그러나 그녀의 감은 틀릴 때가 많으므로 에르셀라는 새로운 해석에 들어갔다.

'설마…….'

그녀가 다급하게 부연했다.

"여성이라고 지식이 부족하다거나 그런 건 아닐 거예요. 나도 꼭 그 사람에게 수업받고 싶은데……."

"……."

"음, 하지만 그게 격을 떨어뜨린다고 생각하면 다른 사람을 한번 구해볼게요."

"원하는 대로 해."

"진심으로?"

그가 고개를 한 번 끄덕였다.

"그럼 나야 좋지만."

정말 진심처럼 보여 잠시간 무거웠던 마음이 가벼워졌다. 에르셀라가 웃으며 하르젠의 크라바트를 매주었다. 느슨히 풀려 있던 크라바트가 그녀의 손길 아래 찬찬히 여며지며 완벽한 형태를 갖추어갔다. 에르셀라는 저 혼자 흡족해하다 그와 눈이 마주치고 말았다. 그녀의 표정이 살짝 굳었다.

"······어."

에르셀라는 문득 하르젠 위로 올라탄 자세가 조금 낯부끄럽다는 생각을 했다. 그가 조금 전 꺼낸 황당한 말에 놀라느라 미처 인지하지 못했다. 에르셀라는 살며시 그의 위에서 내려왔다.

"무거웠겠다."

기실 그것 때문에 내려온 것은 아니지만, 그녀는 그런 척하며 제 행동을 배려로 나두었다. 그런 에르셀라를 빤히 바라보다 피식 웃은 하르젠이 목덜미를 문지르며 상체를 일으켰다. 에르셀라가 그 옆에 은근슬쩍 앉았다.

"안 졸려요?"

"누구 덕에."

저건 저 때문에 깼단 소리다. 잘 자고 있던 사람을 깨운 게 양심에 걸렸지만 에르셀라는 꿋꿋이 모르는 체했다. 그사이 하르젠은 손목을 돌린 채 풀어진 커프스단추를 셔츠 소매에 엇끼려 했다. 슬슬 일어날 생각인가 보다.

"해줄게요."

그 모습을 물끄러미 바라보던 에르셀라가 산뜻하게 말하며 그의 팔목을 제 쪽으로 끌어왔다. 그러다 소매 하단에 달린 커프스단추가 시야에 들어왔다.

푸른색 사파이어.

손끝으로 만지작거리자 미끄러운 면과 각진 모서리의 감촉이 번갈아 전해졌다. 그러고 보니 하르젠은 유독 청색 계열을 많이 착용하는 듯싶었다. 혹시 파란색을 좋아하는 건가.

'이런 것에 기호가 있을 줄은…….'

에르셀라는 조금 당혹스러운 심정으로 하르젠의 손목을 움켜잡았다. 16년을 같이 살았으면서 이런 것도 몰랐다니. 언젠가 날 잡아 보석점에 가서 푸른색의 보석이란 보석은 전부 털어 와야 하나 심각하게 고민하고 있을 때였다.

"보석. 원한다면 부인께 드리지."

……탐내는 걸로 보였던 걸까.

"필요 없어요."

"그렇다 하기엔―"

그가 소매 끝을 턱짓했다.

"이것만 만지던데."

얼핏 들으면 말에 웃음기가 녹아들어 있는 것도 같아 에르셀라가 샐쭉한 눈으로 하르젠을 흘겨보았다. 아무리 보석을 좋아한대도 남의 것을 빼앗을 정도는 아니란 말이다.

에르셀라는 솔직하게 말하려다 입술을 다물었다. 곰곰이 생각해 보니 그랬다. 모름지기 선물이란 상대가 예상 못 했을 때 건네줘야 감동이 더 큰 법 아닌가?

"아무튼 그런 건 아니랍니다."

그러니 일단 함구하자는 게 그녀의 계획이었다. 에르셀라는 나중에 벌어질 일을 상상하니 벌써부터 기분이 좋아졌다. 항상 받기만 했기 때문인지, 그를 위해 무언가를 해준다는 것 자체가 기뻤다.

하르젠이 묘한 표정으로 자신을 바라보는 게 느껴졌다. 에르셀라는 새침하게 시선을 피하며 나머지 단추를 마저 채웠다.

"다 됐다. 이제 또 입궁해요?"

"조금 있다."

"그렇구나. 나는 오전에는 남작 부인과 내정 좀 본 다음에 오후에는 공녀 성년회에 갈 준비해야 하는데. 시간이 안 맞네. 아쉽다."

만일 그녀에게 일정이 없었더라면, 오전엔 하르젠과 시간을 보낼 수 있었을 것이다. 그러나 때마침 업무가 있어 그럴 수 없자 아쉬움이 찾아들었다. 이래저래 그와는 시간이 도통 안 맞는 것 같다고 생각하며 에르셀라는 생긋 웃었다.

"미리 인사할까요? 오늘도 잘 다녀와요."

그녀를 가만 바라보던 하르젠이 짧게 웃더니, 에르셀라의 머리를 끌어다 이마에 입을 맞추었다. 맨 이마에 맞닿은 입술이 가볍게 떨어져 나갔다.

"다녀오시길."

남작 부인과의 오전 업무가 끝난 뒤, 에르셀라는 단장을 돕느라 수선스러운 하녀들을 둘러보았다. 여느 때보다 신경 써야 하는 날인 만큼 리엔과 베스로는 부족하여 여분의 인력을 불러들였다.

"마님, 드레스는 이번에 맞춘 메리웨인 마담께서 재단한 것으로 하려 하는데 어떠세요?"

"괜찮을 것 같구나."

에르셀라가 긍정하자 사용인이 마련된 드레스를 가지고 왔다. 행여나 드레스 밑단이 바닥에 끌릴까 조심스러운 움직임이었다.

"그럼 잠시 실례하겠습니다."

에르셀라 곁으로 두어 명이 더 다가왔다. 공손하면서도 정중한 손길이 그녀가 입고 있는 옷을 벗겨내기 시작했다.

묘한 느낌이 송진처럼 들러붙은 건 그 순간이었다. 지금 시중드는 이가 리엔이나 베스가 아니라 그런 것일까. 익숙한 얼굴들임에도 낯설었다. 하나하나 몸에 덧씌워지고 있는 새 드레스만큼이나.

"다 되었습니다."

에르셀라는 몸을 덮고 있는 살구색 공단 드레스를, 밑단에 수놓아진 금실을, 소매에 달린 얇은 레이스를 차례로 훑어보았다. 마지막으로 그녀의 눈길은 시중든 하녀에게 머물렀다. 하녀는 미소 띤 얼굴을 하고 있었다.

"오늘도 햇살처럼 아름다우세요."

경직되었지만 다감한 어조. 에르셀라는 느릿하게 두 눈을 맞붙였다 떼었다. 그리고 하녀를 멍하니 응시했다. 표정을 굳히지 않는 모습은 처음이었다. 아니, 정말로 처음이었던가? 정말로 저 하녀가 그녀의 앞에서 한 번도 웃은 적이 없었던가?

"네…… 이름이."

"안나입니다."

사실 에르셀라는 저 하녀의 이름을 알고 있었다. 한데 왜 자신은 새삼스레 그 이름을 듣고자 한 것일까.

"……안나."

에르셀라가 그 이름을 곱씹었다.

"네."

제 이름을 까먹은 것이 서운하지도 않은지 안나는 입매를 늘려 부름에 화답했다.

에르셀라는 하녀들을 죽 바라보았다. 레아, 디에나, 제인. 모두 알고 있는 사람들이었다.

……정말 그러네.

남들에게 들리지 않을 만큼의 목소리로 읊조려 봤다. 그것은 불시에 들이닥친 생경함이었다. 마치 일전 어떤 하녀가 데일 버그만 앞에서 에르셀라는 베른하르트 공작 부인이라며 주장하던 그날처럼.

"아, 벌써 갈아입으셨네요."

기묘한 기시감은 리엔의 등장에 가셨다.

"이제 장신구만 달면 되겠어요!"

리엔이 경쾌하게 외치며 손에 들린 보석함을 열어 보였다. 에르셀라는 보석함 안에 자리해 있는 고아하게 세공된 블루다이아몬드를 바라보았다.

"아직 시간이 좀 남았는데, 이따 착용하시겠어요?"

"아니, 지금 할게."

"알겠습니다."

리엔이 에르셀라 곁으로 다가가려 할 참이었다. 그녀는 수줍게 당겨진 안나의 입꼬리를 보았다. 리엔은 남모르게 씨익 입꼬리를 올리며 보석을 안나에게 넘겼다.

"장갑 가지고 오는 걸 잊었네. 안나, 부탁할게."

"리엔 언니, 장갑은 저기에……."

안나의 말을 다 듣지 않고 리엔이 후다닥 방을 나갔다. 안나의 어안이 벙벙해졌다. 안나는 저와 같이 의아해하고 있는 에르셀라를 힐끗 보며 물었다.

"……마님, 제가 시중들어도 될까요?"

"그러렴."

내려진 허락에 안나는 장신구를 에르셀라의 몸에 걸기 시작했다. 루비가 끼워진 팔찌를 채우는 안나의 손이 바들바들 떨리고 있었다.

'옷 시중을 들었을 때도 이랬던 것 같기도 하고.'

후작가에 있을 때 에르셀라를 모셨던 하녀인 레샤와 닮은 것 같기도 했다. 마지막으로 그녀가 자잘한 황금색 토파즈로 둘러싸인 목걸이를 에르셀라의 목에 걸음으로써 치장은 끝났다.

"고마워."

환하게 웃으며 고마움을 표하자 안나의 볼이 발그레 물들었다. 마치 그 어린 날의 레샤처럼.

준비를 마친 에르셀라는 드레스 자락을 살포시 잡아 올리며 계단을 내려가다 걸음을 멈추었다. 1층에서 비센테와 아도라가 그녀를 기다리고 있었다.

"안녕."

어색한 인사였다. 지나가다 간간이 마주치긴 했지만, 대화다운 대화를 나눈 적은 없어, 그녀는 한동안 못 본 사람처럼 비센테가 낯설었다. 비센테는 형식적인 몸짓으로 예를 취했다. 누가 보아도 정감 한 점 없는 고갯짓에 지켜보던 클리프턴이 흠흠 헛기침을 내뱉었다.

"마님. 마차가 대기하고 있습니다."

그 말에 에르셀라는 계단을 마저 내려왔다.

"그럼 세 분 조심히 다녀오시길 바랍니다."

아도라의 목구멍으로 침이 꼴깍 넘어갔다.

마차에 오르기까지 비센테가 에르셀라를 에스코트했다. 정중하지만 선을 긋는 태도였다.

"고마워."

에르셀라는 다정하게 말을 붙였다.

"해야 할 일을 했을 뿐입니다."

비센테는 바람에 한 번도 마모된 적 없는 바위처럼 딱딱하게 굴었다. 두 사람이 오르자 마차가 지표를 향해 내달렸다.

느닷없이 서늘해진 공기가 헛헛해 아도라는 어깨를 오므렸다. 제삼자인 아도라도 느끼는 기류를 못 느끼기라도 하는 것인지, 공작 부인은 시종일관 웃음을 잃지 않았다. 어쩌면 눈치가 조금 부족한 사람일지도.

"무도회는 처음이지?"

"예."

첫 무도회였음에도 비센테의 얼굴에는 평범한 사람이 갖는 설렘 같은 건 서려 있지 않았다. 목석처럼 창문만을 뚫어지게 바라보던 그의 눈길이 공작 부인 주변으로 미끄러졌다.

아도라 눈에는 그것이 퍽 순수해 보였다. 일부러 에르셀라의 눈을 마주치지 않겠다는 의지가 엿보였기 때문이다.

"별로 기대되는 표정은 아니네."

"……."

비센테는 대꾸하지 않았다.

"어떨 것 같니?"

그러나 에르셀라도 만만치 않았다.

질문으로 끝맺는 말 때문이었을까. 한숨처럼 비센테의 입술이 열렸다.

"화려하고 시끄럽고 불편하고…… 그렇겠죠."

소년은 꽤 성실했다. 뒷말이 질의 형식이기만 해도 답을 주니까.

화려하고 시끄럽고 불편하다고 말하면서도 그는 정작 확신하지 못하는 눈치였다. 에르셀라는 엷게 웃으며 입술을 달싹였다.

"맞아. 무도회장은 천장의 불빛은 번잡하고, 사람들은 북적이고, 소란스럽고 겉도는 대화가 대다수라 불편한 곳이지."

어째 연회를 좋아하는 사람치곤 평가가 박했다. 아도라의 생각도 공작 부인과 다르지 않았다. 그곳은 모두가 즐기기 위한 곳이었지만, 동시에 우아함을 가장한 뱀 같은 웃음이 즐비한 곳이기도 했으니까.

"하지만 잠시 눈이 부실지언정 쉬이 잊히지 않을 아름다운 곳이며,

많은 사람과 만나 그들의 삶을 간접적으로 경험해 볼 수 있는 곳이며, 형식적인 대화 속에서 진실한 마음 한 점을 찾아내 소중한 교분을 맺을 수 있는 곳이기도 하단다."

그렇기에 에르셀라는 춤을 사랑하고, 파티를 사랑하고, 아름다운 샹들리에를 사랑했다. 그녀를 스쳐 가는 모든 만남을 사랑했다.

에르셀라는 자신이 그곳의 모든 순간을 친애하는 것처럼 비센테도 그러길 원했다. 그들의 이야기를 통해 비센테가 알았으면 했다. 세상엔 이리 신기하고도 재미난 일이 많다는 것을.

"이번 파티는 네게 좋은 경험이 될 거야."

만약 좋은 인상을 남기지는 못해도 겪어보는 것만으로도 의미는 있을 것이다.

"가서 첫 춤도 춰봐야지."

춤. 비센테에겐 내키지 않는 단어였다. 추는 법은 알았지만, 그는 춤같이 번거로운 것을 왜 추는지 이해하지 못하고 있었다. 장난기 어린 목소리가 비센테의 귓속을 긁은 것은 그 찰나였다.

"우리 아들, 가서 숙녀의 발을 밟기라도 하면 어쩌지?"

"저를 뭐로 보고……."

비센테는 입안을 짓씹다, 다시 입을 열었다.

"가문에 누가 되는 행동은 하지 않을 것입니다."

억지로 다른 문장을 끌어와 붙인 대답은 가문으로 귀결되었다. 비센테는 저와 에르셀라 사이를 가문을 두어 막았다. 그러자 중심을 잃고 덜컹거리던 수레바퀴가 점차 제자리를 찾는 듯했다. 아니, 그런 줄 알았다. 돌연 풋 하고 들려온 가벼운 웃음소리에 다시 균형을 잃고 덜컥이기 전까진.

"그거 한 번 밟았다고 가문의 명예가 실추되진 않는단다."

"……."

"한 백 번 밟아보면 또 모르겠구나."

비딱한 시선이 왼편으로 꺾이며 에르셀라를 향했다. 에르셀라가 놀란 듯 자신의 입을 가렸다. 그럼에도 그 희멀건 얼굴에는 웃음기가 만연한 게 잘 보여 못마땅한 그의 기색은 지워지지 않았다.

에르셀라도 비센테의 일그러진 인상이 무엇을 의미하는지 모르진 않았지만, 미소를 감추기 힘들었다. 어느 누가 춤추다 상대의 발 한번 밟았다고 가문과 직결해 생각하겠는가. 그것이 귀엽기도 하고 오랜만에 이리 가까이서 얼굴을 보니 마냥 좋기도 해서 그만 농담을 하고 말았는데, 비센테에겐 썩 좋게 들리진 않았나 보다. 저리 노려보는 것을 보니.

그녀를 바라보는 푸른 눈이 꽤나 흉흉해서 등줄기에 식은땀이 흐르기 시작했다. 에르셀라는 목청을 가다듬고 입가에 감도는 미소를 전부 지워냈다. 얼굴 하반을 가렸던 손을 내렸을 때는 약간의 웃음기도 보이지 않은 채였다. 속은 여전히 웃음 밭이었으나 비센테가 자신의 속까진 알 길이 없으니 상관없다 여기기로 했다.

에르셀라는 한 단계 내린 목소리로 아까에 이어 말했다.

"행여 네가 가문에 누를 끼친다 해도 뭐 어때. 네 아버지가 널 쫓아내기라도 할 것 같니? 넌 여전히 그의 아들이고, 내 아들이고, 베른하르트의 아들일 텐데."

비센테의 뜻 모를 시선이 에르셀라를 향했다.

"그런 건."

"……."

"어머니답지 않은 말입니다."

에르셀라는 가슴이 먹먹해졌다. 이전 후원에 있을 때도 한번 들었던 말이었다.

"나다운 건 어떤 건데?"

그렇다면 그녀다운 것은 어떤 것일까.

"네가 생각하는 나는 어떤데?"

그에게 그녀는 여전히 고귀한 피를 타고나, 고귀하게 자라온, 그런 사람에 지나지 않는 것일까.

"불편합니다."

"……."

"이런 대화."

그러나 비센테가 사무적인 태도로 대화를 단절했기 때문에 에르셀라는 그 답조차 들을 수 없었다. 에르셀라는 그럴 자격도 없는 자신의 처지를 절감했다.

"미안."

그녀는 설핏 미소 지었다. 흩날릴 듯이 사라질 미소에 비센테가 창밖으로 시선을 돌렸다.

'엄마야……'

침체된 분위기에 아도라는 차라리 질식하는 게 낫겠다 싶었다. 그 뒤로 익숙한 정적이 잇따랐다.

※　✦　※

시가 연기가 자욱한 대합실에 도합 열 명의 인사가 들어차 있었다. 술잔 부딪히는 소리가 어지러이 방 안에 울려 퍼졌다. 하르젠의 빈 잔을 보고 판테츠 백작이 넌지시 물었다.

"한 잔 더 하시겠습니까?"

"감사히 받지."

대답이 떨어지자 술잔이 채워졌다. 판테츠 백작이 껄껄 호쾌한 웃음을 터뜨렸다.

"오늘따라 각하께서 술을 마다치 않으시고 별일입니다. 기분 좋은 일이라도 있으십니까?"

하르젠은 말없이 피식 웃으며 술잔을 기울였다. 그것을 시큰둥하게 지켜보던 왕이 주변을 둘러보며 무심히 입 열었다.

"자리가 하나 비는군. 후는?"

레데아 백작이 저도 의아하다는 식으로 대꾸했다.

"피사리데 각하라 하시면…… 가르텐 공녀의 성년회에 참석하고 계십니다."

"이런, 정작 그 아비인 공께서는 이 자리에 있으신데. 언제부터 그대들이 이리 친분이 도타웠다고?"

우측에 있는 가르텐 공작을 향해 왕이 야유를 퍼부었다.

"후작의 미모에 그대 딸의 미색이 가려지는 건 아닌가 모르겠군. 아, 그 전에 공작 부인이 있었나?"

"계집아이 우는 소리가 여기까지 들리는군요."

가르텐 공작이 웃으며 시가를 비벼 껐다.

"아무튼 가르텐 공은 먼 길 왔다 갔다 하느라 수고했네."

"별것 아닙니다."

"내 그대 여식에게 성년 선물을 하나 보냈는데, 가서 확인해 보고."

"영광입니다, 폐하."

가슴께에 손을 얹으며, 가르텐 공작이 우아한 동작으로 허리를 숙였다. 그것을 지켜본 왕이 비식 한쪽 입꼬리를 당겼다.

"해쓱한데."

"송구하게도 급히 오느라 몸단장을 하지 못했습니다."

"그렇지. 콘라드에서 바짓가랑이 붙들고 늘어지는 놈이 워낙 많았겠지."

"……."

"아니면 자네가 잡혀준 거거나."

가르텐 공작의 입매가 잠깐 굳다 매끄럽게 곡선을 그렸다.

"낯부끄럽군요. 함구하지요."

공작의 얼굴에는 일말의 민망함도 없었다. 왕은 턱을 괸 채로 물끄러미 그의 얼굴을 쳐다보다, 허공으로 잔을 들어 올렸다.

"내 오늘의 목적을 그만 잊었군. 추궁이 아닌 치하하려고 부른 자리였는데 말이야. 잊지. 그만 들게."

"카자라이넬에 영광을."

"고루하군."

클라우스 백작의 건배사를 가차 없이 잘라내며 왕이 술을 들이켰다. 그 뒤로 소소한 대담이 오갔다. 이리저리 섞인 음성들에 시끌벅적해지는 건 한순간이었다.

"확실히 후가 없어 그런가. 분위기가 분방한데."

"고고하신 분이니 말입니다."

"짐은 왕이라 고고한 게 좋다만."

왕이 우스갯소리 하듯이 툭 내뱉었다. 왕의 빈 잔에 가르텐 공작이 독주를 채워 넣었다. 분위기가 무르익자 누군가 주섬주섬 이야기를 풀어냈다.

"한데 그거 들으셨습니까? 마일라 백작이 백작 부인과 이혼한다더군요."

"아, 알지. 이혼 경위가 꽤 떠들썩했으니. 백작 부인이 떠돌이 음유시인과 흘레붙었다던가? 한데 이혼 소송은 부인이 하셨고."

"면상 하나 반반하답니다. 뭐 계집이 그렇죠."

"음, 그걸 따지기 전에 마일라 백작의 수많은 정부를 되짚어야지. 어쨌든 잘 어울리는 한 쌍이야. 죽고 못 사는 것처럼 굴더니 파란만장해, 아주. 이 자리에도 조심해야 할 이가 많아 보이는데. 무서운 세상이니 다들 유의하게."

"허허. 폐하, 그게 무슨……."

"좀 솔직해지지그래. 이 자리에 있는 모두가 옆자리에 정부 하나는 끼고 살 텐데. 아, 베른하르트 공은 아니 그런가?"

왕은 하르젠을 바라보며 짓궂게 눈을 휘었다. 그 적막 속 가르텐 공작이 잔을 빙빙 돌리며 입을 열었다.

"그러고 보니 콘라드의 왕께서 무희 하나를 제게 선물하셨습니다. 금발에 푸른 눈인데 절색이더군요. 어떤가? 공께서 취하겠다면 기꺼이 양보하지."

"……."

"왠지 그런 여인이 취향일 듯하여."

가르텐 공작이 의미심장하게 눈을 좁히며 하르젠을 쳐다보았다. 물 끼얹은 듯 분위기가 차갑게 가라앉았다. 침 넘어가는 소리 하나마저 적나라하게 들리는 고요함 속, 하르젠은 저를 주시하는 시선을 무심히 흘려내며 고저 없이 말했다.

"아쉽게도 내 공 같은 취미는 없어서."

"이런. 꽤 훌륭한데."

가르텐 공작이 안타깝다는 듯이 눈썹을 위로 쓱 밀어 올렸다. 그러나 더 권하는 우를 범하진 않았다. 그때 험악한 분위기를 깨뜨리려는 듯한 웃음소리가 비집고 들어왔다.

"아하하하. 금발에 푸른 눈이면 공작 부인 버금가는 미색입니까? 그럼 저나 주십시오. 제가 또 그쪽이 취향이라."

무희의 외양을 상상해 그려본 클라우스 백작이 쾌활한 목소리를 냈다. 그런 클라우스 백작을 향해 하르젠이 술을 들이밀었다.

"잔이 비었는데 한 잔 받지."

무려 공작과의 대작에 클라우스 백작이 당황하며 자세를 바로잡았다.

"가, 감사합니다."

"그 입까지 닥치면 더 좋고."

"아…… 예?"

백작은 귀를 의심하듯 반문하다, 잔의 꼭대기까지 채워지는 독주에 아연했다. 무슨 일이 벌어지고 있는지 모르겠다는 듯이 눈만 끔뻑이는 그를 향해 하르젠이 한 번 웃었다.

"피곤하게 구는 건 질색인데."

그가 술잔을 향해 턱짓했다.

"마셔."

나직이 떨어지는 명령에 그제야 무슨 의미인지 직감한 백작이 체념하듯 호박빛 액체를 입안에 털어 넣었다. 독주를 꿀꺽꿀꺽 넘기는 식도가 타는 듯이 뜨거웠다. 백작은 죽을 듯한 열기에 목을 부여잡으며 콜록콜록 헛기침을 연발했다. 그것을 가엽게 보던 왕이 쯧 혀를 찼다.

"아무것도 모르는 어린애를 너무 쥐 잡듯 잡는군."

"폐, 폐하. 쿨럭. 소…… 신 이, 제 스물여덟입니다."

"아아. 그 나이에 피사리데 후는 여기 이 가르텐 공에게 말로 한 방 먹였었는데, 인상 깊었지. 비교해 보니 그대는 아직 아이야."

클라우스 백작의 얼굴이 새빨갛게 물들었다. 술과 부끄러움의 향연이었다. 왕은 가르텐 공작의 입술이 작게 비틀리는 것을 보며 턱을 매만졌다.

"이런, 우리 공께서 또 심통 나셨군. 후작 얘기만 나오면 이러니. 8년 동안 갈구다 한 방 당하니까 열이 좀 뻗쳤나?"

"알게 뭡니까. 그딴 놈."

"짐의 처남에게 너무하는군. 하긴 후도 온화한 얼굴로 성깔 좀 있었지. 지금은 많이 감추는 듯하지만. 자네 누이는 뭐가 좋다고 후작 꽁무니만 졸래졸래 쫓아다녔나?"

에이레네의 동생 글라디엠 백작에게로 질문이 넘어갔다. 글라디엠 백작이 예의 부드러운 미소를 지었다.

"인품이 훌륭하신 분이다 보니."

"그 인품이 이목구비에 몰려 있나 보군."

폭소가 터졌다. 글라디엠 백작이 맞은편에 있는 하르젠의 잔에 술을 따르며 물었다.

"공작 부인은 잘 지내고 계십니까?"

"근래 기분은 좋아 보이더군."

"다행이군요. 잔병치레가 많으신 걸로 기억해 걱정했었는데요. 아, 요사이 아내가 렌투아 의원에게 약재를 지어 먹는다는군요. 덕분에 쇠약한 몸이 나아졌다는데, 필요하다면 소개해 드릴까요?"

"그것도 나쁘지 않지."

심상히 대꾸한 하르젠이 잔을 비워냈다.

"공작이 오늘따라 술이 길어."

"맛이 좋군요."

"콘라드산이라 그런가."

"아, 그래도 칵테일이나 샴페인은 콘라드산으로 구입할 거예요. 술은 그쪽이 맛있으니까."

하르젠은 무심결에 술은 콘라드 것이 맛있다고 속삭이던 에르셀라를 떠올리곤 싱거운 웃음을 흘렸다. 그것을 보던 왕이 심드렁한 어조로 이죽거렸다.

"술에 먹히기라도 했나?"

"광인 취급은 사양하겠습니다."

"그러지. 슬슬 일어나야 하니."

왕이 탁자 위에 잔을 탁 내려놓고 자리에서 일어섰다. 그가 가르텐 공작을 향해 손짓했다.

"즐기지. 가르텐 공은 잠시 나 좀 보고."

"분부대로."

가르텐 공작이 옷에 묻은 먼지를 털어내며 주저 없이 일어났다.

성년회의 밤이 밝았다.

올리비아를 중심으로 수도 영애들이 옹기종기 모여들었다.

"성년을 축하해요, 올리비아 양."

"평소에도 고왔지만 오늘 정말 예쁘세요, 영애. 그건 그 유명했던 아르키 광산에서 나는 사파이어블루 목걸인가요?"

"네, 맞아요."

"세상에, 너무 아름답네요! 가르텐 공작 부인께서 올리비아 양을 정말 사랑하는 게 눈에 보이네요. 정말 부러워요!"

"별거 아니랍니다."

올리비아가 생긋 웃음 지었다. 그 베른하르트 공작 부인도 못 구했다던 사파이어블루 목걸이였다. 그것을 별거 아니라 말하는 올리비아를 영애들이 부럽다는 눈으로 쳐다봤다.

"저…… 가르텐 양. 세인가에서 보낸 선물은 잘 받으셨나요?"

그때 세인 남작 영애가 조심스럽게 물어왔다. 보나마나 아버지인 세인 남작의 부추김이 있었을 것이라고, 이 자리에 있는 모두가 생각했다. 올리비아는 난감한 표정을 지으며 고개를 갸웃거렸다.

"죄송하지만, 너무 많은 선물을 받아서요. 뭘 보내셨는지 말씀해 주시겠어요?"

"아, 아……. 셰리프 광산에서만 나는 희귀 광물을 세공한 머리 장식이에요."

올리비아는 그제야 가르텐 공작가에 보내진 선물 중 이 빛 저 빛 죄 섞여 있던 머리 장식을 떠올렸다.

"아, 기억나네요. 제 마음에 드는 선물이었답니다. 남작님께 감사하다고 전해주세요."

"별것 아닌데요, 뭘. 부디 영애의 아름다움에 보탬이 되길."

올리비아가 눈을 접으며 답하자 세인 남작 영애가 속으로 안도했다. 올리비아의 해맑은 목소리가 들린 것은 그때였다.

"세인 남작님께서는 정말 마음 씀씀이가 넓으시네요."

"예?"

"셰리프에서 난 광물은 귀하여 값어치가 작은 영지의 반년 치 예산이라고 알고 있는데, 그걸 아무렇지 않게 성년 선물로 보내주시다니. 물론 영애께도 자주 선물해 주셨겠죠? 세인 영애가 하도 검소하시기에 전 정말 몰랐지 뭐예요."

"그건……."

세인 남작 영애의 볼이 화르륵 불타올랐다. 세인 남작가는 부유하지 않았다. 그녀는 아버지에게 값나가는 장신구 하나 선물받은 적이 없었다. 이번 선물도 아버지가 가르텐 공작에게 잘 보이려 영지의 일부분을 팔아 마련한 것이었다.

"세상에, 세인 남작님께서요? 캐더 영애는 알았나요?"

"전혀요, 저도 몰랐는걸요. 그런 아버님을 두다니. 세인 영애, 왜 진작 말씀하지 않으셨어요."

"남작 영애께서 워낙 내세우시는 걸 좋아하지 않는 성품이라 그런가 봐요. 전 이번에 아버지에게 졸라 진주 목걸이를 샀더니 어머니께서 크게 혼내시지 뭐예요. 저더러 세인 남작 영애 좀 본받으라고요!"

"레이튼 양도 참."

까르르 웃음소리가 일제히 사방에 퍼졌다. 세인 남작 영애의 얼굴은 어느새 익은 고구마처럼 울긋불긋했다. 당장에라도 도망가고 싶었지만, 그랬다가는 부모님이 크게 야단치실 것이다. 그녀는 울며 겨자먹기로 자리를 지킬 수밖에 없었다.

"그러고 보니, 가르텐 양. 그 소문이 사실인가요?"

레이튼 영애가 손뼉을 치며 주의를 집중시켰다.

"뭘 말씀이시죠?"

"베른하르트 영식과 약혼하신다면서요!"

레이튼 영애를 포함한 귀족 영애들의 눈이 반짝 빛났다.

"저도 들었어요. 진짜예요?"

"그럼 오늘 베른하르트 공자도 공녀의 성년회에 참여하시나요?"

"당연히 오겠죠! 약혼할 여인의 한 번뿐인 성년회잖아요. 안 오면 평생 서운할걸요?"

"가르텐 양도 참! 뜸 들이지 말고 말해주세요. 듣자 하니 그렇게 공작 각하를 빼닮았던데, 얼마나 기대되는지 몰라요. 저는 궁금해서 어제 잠도 못 이뤘답니다."

알음알음 퍼진 베른하르트 공자의 훤칠한 외모와 공작가의 후계자라는 타이틀은 뭇 귀족 여인의 마음을 설레게 만들었다. 급기야 트란 영애가 올리비아의 팔에 매달려 졸라대자, 올리비아는 그제야 그들의 궁금증을 해소해 주었다.

"네, 성년회가 끝나고 좀 지난 다음에 약혼하기로 했어요."

"소문이 사실이었군요!"

"결혼은 그분께서 성년을 맞이하고 나서야 할 것 같지만요."

"어머, 그래도요."

부럽다는 의미를 담은 시선이 시종일관 올리비아에게 따라붙었다. 올리비아는 만족감을 느꼈다.

"가르텐과 베른하르트라니, 너무 완벽한 조합 아닌가요?"

"듣자 하니 베른하르트 공자께서는 베른하르트 공작 각하를 닮아 수려한 외모를 지니셨고, 공녀께서는 이렇게나 아름다우시니 두 사람이 함께하면 그림이 되겠어요."

베른하르트라는 이름은 어차피 못 먹는 감이다. 시기를 던져봤자 상대가 가르텐이라 만만치도 않았다. 그들은 올리비아를 추어올리며 부러움을 대놓고 표현하는 방식을 택했다.

한편, 이 작은 영애들끼리 한 말들은 주위에 조금씩 흘러나가기 시작했다. 파도의 물결처럼 말이 말을 타고 무도회장 곳곳에 퍼져가는 것은 순식간이었다.

✳ ✦ ✳

에르셀라와 비센테, 아도라가 도착했을 때, 연회장은 나긋한 선율을 배경으로 짝지어 춤을 추거나 한담을 주고받는 사람들로 즐비해 있었다.

"성년회가 벌써 시작됐나 봐요, 부인."

"그런가 보구나."

에르셀라는 아도라의 말을 받으며 비센테를 바라보았다. 비센테가 팔을 내밀었다.

"고마워."

비센테의 팔에 손을 얹은 에르셀라는 상아색 타일을 밟아 나아갔다. 아도라가 그 뒤를 따랐다. 세 사람을 향해 시선이 우르르 쏟아졌다. 사람들은 저들끼리 곁눈질하다 귀엣말하기를 반복했다.

초반이라서 그런지 다가오는 이는 없었다. 원래 이런 자리는 특별한 친분이 있지 않은 이상 분위기가 무르익을 때까지 상대에게 다가가는 걸 삼가긴 했다. 다른 이들에게 서두르는 듯한 인상을 남기고 싶은 사람은 없을 테니 말이다. 에르셀라도 지나가다 아는 이들이 눈에 띄면 눈인사를 하는 정도로만 예의를 지켰다.

'가르텐 공작 부인을 찾아가야 하나?'

에르셀라는 우선 그것을 고민했다. 먼저 찾아가기엔 관계가 애매했다. 비센테와 올리비아는 구두로 약혼 의사를 나눈 것뿐이지, 정식으로 약혼한 관계가 아니었기 때문에 입장하자마자 올리비아와 공작 부인을 찾지 않아도 예의에 어긋나는 일은 아니었다.

에르셀라는 가르텐 공작 부인과 올리비아가 비센테와 제게 다가오는 경우를 생각해 보았다. 그들은 연회의 주최자이니 사람들이 즐기고 있는지를 핑계 삼아 자연스럽게 에르셀라에게 다가올 수 있었다. 다만 그녀가 그럴 것 같냐면…….

'그럴 리는 없지.'

에르셀라는 이 점에 대해선 단언할 수 있었다. 가르텐 공작 부인은 체면을 중요하게 여기는 사람이고, 자존심도 셌다. 당장 에르셀라와 비센테를 찾아와 제가 아쉬워하는 모양새는 보이지 않을 것이다.

그렇다면 이 경우엔 어떻게 해야 할까? 베른하르트와 가르텐이 평상시에 친분을 나누고 있었다면, 바로 다가가도 이상하지는 않을 터였다. 그러나 지금까지 베른하르트는 가르텐과 이렇다 할 친교를 맺은 적이 없을뿐더러, 피사리데인 자신이 끼는 바람에 상황이 복잡해졌다. 에르셀라는 카르온을 생각했다. 카르온은 이 사실을 알고 있을까?

'알 것 같은데…….'

모르는 게 없는 사람이니까. 에르셀라는 가까스로 한숨을 삼켰다. 카르온이 안다면 어떤 반응일지 예상되었기 때문이다. 에르셀라는 하르젠과 카르온이 화기애애하기를 바랐다. 그러나 이로써 그녀의 오랜 염원은 산산이 부서졌다.

'왜 안 좋은 걸까.'

직접적으로 사이가 안 좋다는 걸 드러낸 적은 없지만, 사람이 눈치가 있지 그동안 그 둘을 지켜봐 왔던 에르셀라는 두 사람의 사이가 마냥 평안하지는 않다는 걸 알았다.

슬쩍 떠보아도 하르젠은 웃으며 말을 돌리고, 카르온은 의미심장한 말만 내놓는 통에 이유는 몰랐다.

에르셀라는 그것이 불만이었지만 수긍했다. 본디 자신과 잘 맞는 사람이 있는가 하면, 안 맞는 사람도 있는 법이니까. 가르텐 공작 부인과 자신처럼.

에르셀라는 기질이 맞지 않는 건 정말 어쩔 수 없다고 생각하며 오전에 하르젠이 한 말을 떠올렸다. 가르텐 공작은 왕을 알현하느라 늦을 것이라는. 듣고 조금 어이가 없긴 했다. 하나뿐인 딸의 성년회였다. 왕에게 사정을 말한다면 왕도 이해할 터였다.

그런데 꿋꿋이 왕을 배알하다니, 가르텐 공작도 어떻게 보면 대단한 사람이지 않은가? 에르셀라는 혀를 내두르려다가 본인도 그와 다를 것 없다는 생각에 슬그머니 관두었다.

에르셀라는 다시 사고를 원점으로 돌렸다. 지금 올리비아와 공작 부인에게 간다면 에르셀라와 비센테는 그들과 적지 않은 시간을 보내야 할 터다.

그렇다면 비센테를 많은 사람에게 소개하려던 본연의 목적에 어긋났다. 에르셀라는 역시 어쩔 수 없다고 생각하며 성년회의 주인공에게 인사하는 일은 나중으로 미루기로 했다. 사실 공작 부인을 가장 먼저 보고 싶지 않아서였지만, 에르셀라는 이것이 지극히 합리적인 결정이라고 단정 지었다.

거듭된 고민 끝에 그녀는 비센테를 사람들에게 소개시키는 것을 우선시하기로 했다. 에르셀라는 비센테를 올려다보았다.

"특별히 친분을 쌓고 싶은 사람이 있니?"

에르셀라의 질문에 비센테는 얼마간 머뭇댔다. 사실 그는 얼굴 한 번 본 적 없는 귀족들을 궁금해한 적이 없었다. 그가 호기심을 가졌던 사람은 그의 외숙이 유일했다.

당시 제가 피사리데 후작을 궁금해한 데 뚜렷한 이유는 없었다. 그저 아버지가 그를 한 번도 언급한 적 없기도 했고, 그의 어머니 되는 자의 혈육이라 하니까…….

"비센테?"

제 이름을 부르는 목소리에 비센테는 표정을 굳히고 고개를 저었다.

"없습니다."

비센테가 아무 이름도 대지 않았기에 고민은 에르셀라의 몫으로 되돌아왔다. 그녀는 팔짱을 낀 채 부채로 턱을 톡톡 두드리며 시름에 잠겼다.

'그럼 누굴 먼저 소개해 줘야 할까?'

에르셀라는 성년회에 참석할 만한 사람들을 하나하나 떠올렸다. 유력 가문의 가주들은 입궁해 있다 하니 제외했다. 그 휘하의 가신들에게도 비센테가 눈도장 찍을 필요 없을 테니 그것도 제외했다.

베른하르트나 피사리데 친인척을 소개해 주는 것도 나쁘지 않지만, 우선일 필요는 없었다.

'비센테가 존경할 만한, 인망이 두터운 사람들은 어떨까?'

그러다 퍼뜩 한 가지 생각이 뇌리를 스쳐 지나갔다.

'……친구.'

또래 친구. 그래, 그게 좋을 것 같다. 에르셀라가 만족감을 느끼며 비센테 나이대의 영식이 누가 있는지 속으로 열거하고 있던 차였다.

"오랜만이네요, 공작 부인."

차분하고도 기품 있는 목소리가 들렸다. 에르셀라는 소리 나는 쪽으로 몸을 돌렸다.

"오랜만이에요, 메이언스 백작 부인."

갈색 머리를 낮게 말아 올린 중년 여성은 에르셀라와 사이가 크게 좋지도 나쁘지도 않은 사람이었다.

"베른하르트 영식과 같이 오셨군요."

메이언스 백작 부인이 고아하게 웃으며 비센테를 바라보았다. 그녀도 베른하르트의 모자간 관계를 알 것이다. 그러나 그것에 대해 에르셀라 앞에서 놀라 하는 무례를 저지르진 않았다.

"그렇답니다. 비센테예요. 비센테, 여긴 메이언스 백작 부인이시란다."

"처음 뵙겠습니다. 비센테 베른하르트입니다."

"만나서 반가워요, 영식. 난 엘리자와 메이언스라고 해요. 각하와 남편이 이 자리에 있었다면 더 좋았을 텐데, 아쉽네요."

"저도 그래요, 부인."

에르셀라가 가뿐하게 동의하며 이번에는 아도라를 돌아보았다.

"여긴 제 시녀 아도라예요. 자르데아가의 영애죠."

제 차례가 흐르는 물처럼 자연스레 돌아오자 아도라는 순간 당황했지만 그것을 내비치지 않으며 무릎을 굽혔다.

"메이언스가의 귀부인을 뵙게 되어 기쁩니다. 아도라 자르데아입니다, 부인."

백작 부인이 아도라를 향해 부드럽게 미소 지었다.

"반가워요, 영애. 자르데아 백작 부인과는 일전 티파티에서 함께 시간을 보낸 적이 있죠. 그때 부인이 영애 얘기를 했는데, 부인께선 겸손도 하시지. 영애가 이리 어여쁜 소녀일 줄은 몰랐네요."

"칭찬 감사드려요, 부인. 어머니는 칭찬에 인색하신 분이라 그런 말을 도통 안 해주세요."

"어머, 이렇게 예쁜 딸을 두고? 그 점은 내가 백작 부인에게 한번 말해봐야겠어요."

따스한 온기가 감돌고 소소한 안부가 오갔다. 그러다 문득 에르셀라는 백작 부인이 비센테를 흘끔거리고 있다는 것을 눈치챘다.

'뭐지?'

단순한 호기심처럼은 안 보였기에 에르셀라는 의아해졌다. 이어진 백작 부인의 말에 의해 의문은 쉽게 풀렸다.

"듣자 하니 가르텐가와 혼인을 하신다고요."

에르셀라의 눈이 둥그레 커졌다. 비밀은 아니었지만 공식적으로 밝힌 일도 아니었다. 그새 말이 새어 나간 것일까.

'가르텐 쪽에서 말했을 수도.'

이상한 일은 아니라고 생각하며 에르셀라가 대답했다.

"그저 약혼이랍니다."

약혼을 하면 결혼까지 할 확률이 높았지만, 그녀는 일단 그렇다고 못 박았다. 약혼이야 깨지는 경우도 허다하니 혹시 몰랐다.

"그렇군요."

에르셀라는 고개를 갸웃했다. 말씨는 온화하지만, 백작 부인의 표정이 좋지 않아 보였다. 에르셀라는 일단 말을 붙여보았다.

"네, 성년회를 치르고 어느 정도 시간이 흐른 후에 약혼할 예정이에요."

"축하드려요. 하지만 역시 이리 영식을 직접 보니 아쉽기도 하네요."

아, 그거였나. 에르셀라는 비로소 백작 부인의 얼굴에 드리운 그늘의 원인을 알아챌 수 있었다.

"베른하르트 영식을 단단히 보호하셔야겠어요. 세간에 들리는 소문에 의하면 가르텐에서뿐만 아니라 판테츠, 메이언스, 라페인에서도 탐낸다는 말이 들리더군요."

그러고 보니 레데아가의 티타임 때, 자르데아 백작 부인이 그런 말을 했던 것도 같다. 그때는 흘려 넘겼는데 메이언스 백작 부인의 얼굴을 보니 베른하르트와 혼맥을 맺으려 꽤 고군분투한 듯했다.

메이언스가는 선대 백작이 장관직을 지냈을 정도로 가문이 괜찮았지만, 현재 이렇다 할 정체성이 없었다. 좋게 말하면 중립이고, 나쁘게 말하면 타 가문과 협력하지 못해 아등바등하고 있었다. 해서 메이언스 백작 부인은 결혼을 통해 베른하르트와 연결되려 심혈을 기울였으나, 하르젠은 고려조차 안 한 듯했다.

'내력이 짧아서 그런 건가?'

어쩌면 그럴 수도 있겠다. 가르텐이 이러나저러나 유서 깊은 가문인 건 맞으니까. 물론 비센테가 사랑하는 사람과 결혼하길 바라는 에르셀라 눈에는 가르텐이나 메이언스나 탐탁지 않은 것은 마찬가지였다.

"각하께서 공녀를 참 어여삐 보셨나 보네요."

미련이 뚝뚝 떨어지는 목소리였다. 어떻게 봐야 하르젠이 올리비아를 예쁘게 여겨 비센테와 약혼시키는 것이겠는가. 가르텐과 이런저런 이해가 오갔으니까 그런 것이지.

"그러게요. 그이가 그럴 사람이 아닌데, 공녀가 얼마나 마음에 찼으면 이리 서두를까요. 저도 듣고 얼마나 놀랐는지 몰라요."

에르셀라는 '가문 탓이 아닌 단순히 하르젠의 개인적 선택으로 결정된 약혼'이라 말하면서 백작 부인을 달랬다. 백작 부인도 알아들었는지 고개를 끄덕였다.

"그래요. 마음은 이르게 정하는 게 좋죠. 저는 그러지 못해 딸의 혼인 적령기를 넘겼지만요."

그라니아에서 혼인 적령기는 18세에서 22세 사이이고, 대개 20살에서 22살 사이에 식을 올린다. 물론 고위 귀족은 그보다 빨리 결혼하곤 했다.

에르셀라는 딸의 혼인 적령기까지 넘기며 비센테에게 사력을 다했음을 암시하는 말에 난감함을 느꼈다. 백작 부인도 그녀의 탓이 아닌 것을 알 텐데, 굳이 저 얘기를 꺼낸 걸 보면…….

'소개해 주기라도 바라는 건가?'

그녀의 가까운 친척이라도 소개받길 원하는 것 같았다. 에르셀라는 피사리데와 가까운 친인척 중 괜찮은 영식이 누가 있는지 떠올려 보았다.

그러나 이내 관두었다. 카르온이 메이언스를 원하는지도 불분명했고, 중간에 서서 두 남녀의 혼사를 추진할 여력도 없었다. 그리고 혹시 몰랐다. 각자 결혼하고 싶은 상대가 있을지. 만일 그렇다면 그들의 사랑을 제가 갈라놓은 꼴이 되는데…… 그러기엔 영 찝찝했다.

"백작 영애는 더 좋은 인연을 만날 거예요. 부디 심려 마세요."

완곡한 거절인 것을 알았는지 백작 부인은 한숨 쉬듯 웃었다.

"그리 말해줘서 고마워요. 다시 한번 약혼 축하해요, 영식."

"감사드립니다."

비센테는 흐트러짐 없이 대답했다. 백작 부인도 치맛자락을 들어 올리며 백조처럼 우아하게 고개를 내렸다.

"두 가문이 부디 아름다운 결실을 보길."

그 말을 끝으로 메이언스 백작 부인은 인파 속으로 사라졌다.

백작 부인이 가자 한숨 돌리기 무섭게 측면에서 두 귀부인이 걸어왔다.

"에르."

그 순간 비센테의 눈썹이 꿈틀대다, 다시금 반듯해졌다. 아도라가 그런 그를 이상하다는 듯이 바라보았다.

"오랜만이야. 레니, 시시."

공작 부인이 환하게 인사했다. 불린 애칭을 받아들이는 태도가 자연스러운 것을 보니 공작 부인의 친구들인 듯했다. 레니라 이름 불린 여자가 먼저 입을 열었다.

"네가 날 빈손으로 만들지만 않았더라도 오랜만일 일은 없을 텐데, 썩 애석하구나."

레니아 비네쉬의 빈정거림에 에르셀라가 시에라를 돌아봤다. 시에라는 진절머리가 난 듯 혀를 찼다.

"세상에, 애도 아니고 이런 걸로 삐치니. 아까부터 쫑알쫑알."

작금의 상황을 혼자만 파악 못 한 에르셀라는 무슨 말을 하는 건가 싶어 어리둥절하기만 했다.

"무슨 소린데?"

"어느 순간부터 편지가 누락되었던데."

그러고 보니 편지를 하지 않았다.

'할 수 있을 리가.'

에르셀라는 억울해졌다. 누가 3년 전쯤에 내가 이랬었지, 하며 일일이 기억해 내겠는가? 그녀는 천재가 아니었다. 레니아가 아닌 다른 지인들과도 줄곧 편지로 교류하고 있었는데, 그걸 몽땅 잊고 있었다고 생각하니 절로 머리가 아파왔다. 돌아가자마자 밀린 답장부터 써야 할 판이었다.

"미안. 갑자기 바쁜 일이 생겨서."

얼토당토않은 변명이 더욱 빈축을 샀는지 레니아가 에르셀라를 쏘듯이 보았다. 그러다 그녀의 시선이 비센테에게 옮겨 갔다. 레니아가 야살스레 웃었다.

"이분은……."

의도적으로 흐린 끝말에 에르셀라는 못 말린다고 생각하며 손을 비센테 앞으로 쭉 펼쳤다.

"제 아들 비센테랍니다, 백작 부인."

"어머."

몹시 놀란 듯 레니아는 두 손으로 입을 가렸다.

"에휴."

누가 봐도 과장된 반응에 시에라가 대놓고 핀잔 같은 한숨을 늘어놓았다. 그러나 그녀도 내심 궁금했던 게 분명했다, 눈을 세차게 깜빡이는 걸로 보아. 어서 소개하라는 무언의 압박에 에르셀라는 어쩔 수 없다는 듯이 웃었다.

"인사하렴. 여기 두 분은 비네쉬 백작 부인, 아클라 자작 부인이시란다. 내 오랜 친구지."

"뵙게 되어 반갑습니다. 비센테 베른하르트입니다."

"정말 오랜만이다!"

비센테의 인사가 끝나자마자 시에라가 손뼉을 치며 반색했다.

"갓난아기 때 이후로 처음이던가? 얼굴이 넓적한 게 참 귀여웠는데."

"무슨 갓난아기 때야. 공자가 아장아장 걷는 것도 봤으면서."

"아, 그랬었나? 너무 오래전이라 기억 안 나."

"얘는, 그때 네가 애가 너무 귀엽다면서 각하께 데리고 살면 안 되냐고 물었다가 분위기 싸해진 거 기억 안 나?"

"⋯⋯아, 그러네. 에휴, 그때 생각하면 참⋯⋯."

소름이라도 돋았는지 시에라는 두 팔을 교차로 쓸어내렸다.

"추억이네."

레니아가 부채를 살랑살랑 펴들며 맞장구쳤다.

한편 비센테는 본인을 앞에 두고 오가는 수치스러운 대화를 멍하니 듣고만 있었다. 그 시절은 그가 기억도 못 할, 까마득히 오래전 일이었다.

"품."

옆에서 웃음을 참는 소리가 들려왔다. 아도라였는데, 그녀는 비센테와 눈을 마주치자 화급히 눈을 내리깔았다.

"그나저나 가르텐 공녀와 약혼한다며? 사실이야?"

아니나 다를까. 퍼질 만큼 퍼진 건지 약혼 얘기가 그들의 입에서도 나왔다. 에르셀라는 반쯤 체념하며 물었다.

"아까 메이언스 백작 부인도 그러더니. 그건 또 언제 퍼진 거야."

만나는 이마다 답해줄 생각을 하니 벌써부터 노곤함이 몰려왔다.

"그렇다 하는 말은 전부터 있긴 했지. 확실시된 건 오늘이고."

"아무튼 사실 맞아."

"정말?"

이런저런 서론 없이 에르셀라가 시원하게 인정하자, 그에 시에라가 짧은 탄식과 함께 중얼거렸다.

"아쉽네. 애인 없으면 내 딸이라도 데려가라 하려 했는데."

"그 아홉 살 꼬마 숙녀를?"

에르셀라가 풋, 하고 짧게 웃음을 터뜨렸다.

"뭐 어때. 나이 차가 여섯 살이면 고상하지. 더한 이들도 있는걸."

"그렇긴 하지만 아홉 살이라니……."

에르셀라는 무심결에 호응하려다 비센테를 보자 아차 싶었다. 비센테의 표정이 서서히 얼어가고 있었다.

"놀리는 건 이쯤 해둬."

그녀에겐 이상하지 않을 일상적인 대화의 흐름이라 비센테의 입장을 고려하지 못하고 말았다.

"내 아들은 이런 것에 익숙하지 않아."

에르셀라의 말에 비센테는 여태껏 벌어진 대화가 단순히 저를 놀리기 위한 것임을 알고 떨떠름히 입매를 굳혔다.

"어머, 그랬나요?"

시에라가 몰랐다는 듯 되물었다. 상냥함으로 무장한 웃음이 한때의 에르셀라가 떠오를 만큼 얄미워 비센테는 언짢음을 느꼈다. 그러나 귀부인이자 어머니의 친구를 무안 줄 수는 없는 노릇이다. 그는 곧 팽팽했던 입가를 풀었다.

"아닙니다."

"아니긴요. 무례를 용서하세요. 친애하는 친구의 아들을 보아 기쁜 마음에 잠시 짓궂어졌어요. 제대로 된 소개가 늦었네요. 아클라의 시에라예요."

괜찮다는 말에도 시에라는 결례를 범한 것에 대한 사과를 잊지 않았다. 비센테는 그것이 또 의외였다.

"큰 신경은 않으니 걱정 마십시오. ……부인의 존함은 익히 들어 알고 있습니다."

시에라가 살포시 미소 지었다.

"존함이라니. 나는 그리 공대받을 만한 이가 아닌데요."

"동부의 아클라와 서부의 셔넷의 유구함을 누가 모르겠습니까. 충분히 그만한 대접을 받을 분이십니다. 겸손은 접어주십시오."

시에라는 자신의 처녀 적 성까지 알고 있는 비센테를 놀란 눈으로 바라봤다. 아클라와 셔넷이 그라니아에 뿌리내린 지 오래된 가문인 것은 맞았지만 명가라 하기엔 애매했다. 부는 있었으나 작위와 명성이 드높지 않았다. 장차 베른하르트를 물려받을 이에게 듣기에는 과한 감이 있었다. 무언가 생각에 골몰하던 시에라가 대뜸 입을 열었다.

"에르, 파혼하면 내 딸도 한번 생각해 보는 건?"

에르셀라는 빙그레 웃었다.

"약혼하기도 전에 초 치니?"

"만약에 말이야, 만약에. 원래 약혼이라는 게……."

"거기까지 하지?"

"대신 내 말 기억해 둬야 돼, 알았지?"

"너를 어떻게 말려."

에르셀라가 어깨를 으쓱일 때였다.

"어머, 공작 부인!"

"한동안 뜸하시더니, 이제야 뵙네요!"

그들에게로 몇몇 귀부인이 다가왔다. 다섯 명이 순식간에 두 배 넘게 불어나 열세 명이 되었다.

"반가워요. 여긴 제 아들 비센테와 제 시녀 아도라예요."

그녀의 소개가 끝나자, 사람들이 밀물 들어오듯 비센테에게 말을 붙여왔다.

"반가워요, 공자."

"마침 제 아들도 영식과 동년배랍니다. 괜찮으시다면 이참에 교우를……."

"어머, 제 딸도요."

"팔론가의 조카 녀석이 올해 열넷이 되었는데……."

일일이 대답하던 비센테는 머리가 지끈거렸다. 천장에 걸린 샹들리에의 빛이 산란되어 눈을 괴롭히니 더욱 그랬다. 급기야 사람들이 거리를 좁혀오기 시작하자, 그는 찡그려지는 눈살을 풀려 신경을 집중해야 했다. 그때였다.

"아들에게 또래 친구가 생기는 것은 언제나 환영이죠."

에르셀라가 살짝 몸을 내밀어 그들을 막아섰다. 매우 부드러운 동작이었지만, 그 안에 숨겨진 뜻을 파악한 사람들이 발걸음을 멈추었다.

에르셀라가 말했다.

"릴데 부인, 릴데 영식이 벌써 열다섯이던가요? 영식을 데리고 언제 한번 베른하르트 사저에 방문해 주세요. 부인이라면 언제든 반갑게 맞을 준비가 되어 있으니 말이에요."

에르셀라는 그들을 자신의 선에서 끊어내기로 했다. 이미 시에라와 레니아를 한차례 겪은 비센테의 안색이 좋지 않았다. 그런 상황에 이렇게 많은 이를 상대한다면 부담이 갈 게 분명했다.

"그리고 헤리트 영애가 내년이면 성인이 되나요? 축하해요. 나중에 티타임을 열 예정인데 백작 부인과 함께 초대할 테니 들러주시겠어요? 팔론 부인, 부인의 조카분은 익히 들어 물론 알고 있답니다. 그레이시반의 인재라지요. 수도에 올라온다면 언제 한번 귀띔해 주세요. 제 아들이 팔론가의 자제분과 교분을 쌓는 걸 마다할 리가요."

비센테는 에르셀라를 보았다. 그것은 일상에 있을 수 있는 사소한 배려에 불과했다. 문제는 에르셀라에게 받는 이 별것 아닌 배려가 비센테는 익숙하지 못하다는 점이었다. 속이 불편했다.

"언제 한번 다 같이 티타임을 즐겨도 좋겠네요."

"공작 부인께서 초대해 주신다면 기꺼이요."

"어머, 당연하죠."

에르셀라가 내비친 공평한 상냥함에, 알게 모르게 자식, 조카들을 내세우던 부인들이 눈에 보이지 않는 다툼을 멈추었다. 그 뒤로는 일상적인 대화의 나열이었다.

그리고 비센테는 부인들 사이에 간단한 안부가 오가고, 간단하게 시작된 안부가 기나긴 대화로 변질되는 과정을 목격할 수 있었다.

"이건 어느 공방에서 만든 것인가요? 디자인이 참 독특해요."

"펠리체 공방에서 만든 거랍니다. 디자이너가 콘라드 출신의 마담인데, 콘라드에선 요새 이렇게 교차하는 방식으로 보석을 꿰는 것이 유행이라더군요."

"콘라드는 요새 갖가지 양식이 많이 들어온다죠? 유행도 금방금방 변한다던데요. 언제까지나 촌스러울 줄 알았는데, 별일이에요."

"그러게요. 요즘은 저나 남편이나 이국의 유행에 관심이 많답니다.

저 멀리 타국까지 다녀온 상인들이 가져온 풍문에 의하면 렌투아의 건축이 그리도 아름답대요."

"그쪽 건축양식은 세련되지 못하고, 낡았다 들었는데요."

"오래된 멋이 있다더군요. 이번에 콘라드와의 교역이 확장된다는 소식 들었나요? 잘하면 그쪽을 통해 렌투아식 건축물이 그라니아에 나타날지도 모르겠어요."

비센테는 쉴 새 없이 이어지는 부인들의 입담을 잠자코 들었다. 대충 요약하자면 요사이 유행하는 드레스는 시폰 소재에 밑단에 레이스보다는 금실이나 은실의 자수가 들어간 것이고, 보석은 루비보다 사파이어를 선호하며, 향수는 라벤더보다 수국이 낫다는 이야기였다.

'쓸데없군.'

그리고 그것은 그에게 별 도움이 되지 않는 대화였다. 신기한 건······.

"헤리트 백작 부인께선 요즘도 수국을 기르시나요?"

영양가 없는 대화 한편에는 에르셀라도 있다는 점이었다.

"물론이죠. 저는 아직까진 수국 말고 다른 품종을 기를 생각이 없답니다."

"역시 그렇군요. 일전 헤리트 백작가의 수국 정원을 본 뒤로 그 광경은 물론 향 또한 잊히지 않는데······. 아름다운 화원을 가지신 백작 부인이 얼마나 부러운지요."

"초대할 테니 공자와 언제 한번 들러주세요, 공작 부인."

"그렇다면 감사하죠."

비센테는 에르셀라가 저렇게 말을 유창하게 잘하는지 처음 알았다. 그가 그녀를 봐 온 날 중 오늘이 에르셀라가 가장 말을 많이 한 날일 것이다.

끝말이 질문으로 맺힌 것도 아닌데 말에 꼬리가 달려 있는 것처럼 그들은 상대방의 말미를 잡고 놓아주지 않았다. 대화는 간결하게 하는 것을 선호하는 비센테는 티 안 나게 질색인 낯빛을 했다.

여전히 낭랑한 에르셀라의 목소리가 그의 귓전을 울렸다.

"어머, 리클리 자작께서 그러셨단 말이에요?"

"그러니까요. 정말 재밌으신 분이죠."

"세상에, 말도 안 돼요. 그 점잖은 분이!"

"다른 분들에게는 비밀이랍니다. 오라비는 제가 이런 말을 공작 부인께 했다는 것을 알면 땅굴이라도 팔 인간이니까요."

비센테는 천진하게 웃고 있는 에르셀라를 보았다. 리클리 자작이 자작 부인에게 청혼할 때 저택 후원에서 노래를 불렀는데, 불행히도 음치라 자작 부인을 울렸다는 이야기였다. 흥미로운 이야깃거리도 아닌데 어머니의 입가에 걸린 초승달은 내내 사라질 생각을 안 했다.

'뭐가 그리 즐거우신 건지.'

그는 어쩐지 그런 에르셀라가 못마땅했다.

"그거 들으셨어요?"

한창 이야기가 농익었을 때, 은밀한 목소리가 비집고 들어왔다.

"카튼 백작님에게 정부가 생겼대요."

에르셀라를 제외한 모두가 화들짝 놀랐다. 놀랄 만도 했다. 에르셀라도 과거에 그 이야기를 들었을 때, 놀랐으니까. 헤리트 영애가 믿을 수 없다는 듯이 말했다.

"말도 안 돼요. 그렇게 로맨티시스트이신 분이 왜요? 카튼 백작 부인을 너무 사랑하셔서 백작 부인의 빚도 다 갚아주신 분이잖아요. 사람들을 만날 때마다 부인 칭찬을 빠짐없이 하시던 분인데, 대체 왜……."

릴데 부인의 눈꼬리가 시무룩하게 쳐졌다.

"음, 백작 부인이 출산 후 살이 좀 쪘잖아요? 백작님 눈에는 그 모습이 예전처럼 예뻐 보이지 않았나 봐요. 티파티 때도 카튼 백작 부인

이 농담으로 그런 말씀을 하시긴 했는데…… 이제 보니 그럴 낌새가
있었나 보네요."

"백작님도 정말 너무하시네요. 사랑해서 결혼했으면서……."

헤리트 영애의 목소리에는 백작 부인에 대한 동정이 가득 차 있었다.

"맞아요. 안타깝죠. 하지만 어쩌겠어요. 이런 일이 카튼 백작 부인
에게만 나타나는 일도 아니니까요."

"하지만 카튼 백작 부인은 아름다운 분이잖아요."

"그래서 백작님이 사랑하셨겠죠? 근데 살이 찌니까 아무래도…… 음,
백작님 심정도 이해가 안 가는 건 아니에요. 남편은 아내가 예쁘길 바
라니까요. 백작님도 결혼 전과 달라진 아내의 모습에 실망한 거겠죠."

"그게 카튼 부인의 잘못은 아닐 텐데요."

"물론 그렇긴 하죠."

릴데 부인이 깔끔하게 인정했지만, 헤리트 영애의 답답한 속은 풀
리지 않았다. 에르셀라는 헤리트 영애가 왜 그러는지 알았다.

"제가 동경하던 부부였는데, 속상하네요."

뭇 영애는 결혼에 대한 환상을 가질 때 카튼 백작 부부와 같은 삶
을 꿈꾸곤 했으니까 말이다. 환상은 물이 위에서 아래로 흐르는 것만
큼이나 깨지기 쉬운데도.

"이번에 아이를 가졌다고 좋아하던 백작 부인이 불쌍해요."

"아이를 갖는 건 불쌍한 일이 아니에요. 축복이죠."

"그렇긴 하지만……."

충격이 컸는지 헤리트 영애는 더 이상 아무 말도 하지 않았다.

"아, 이번에 마일라 백작 부인이 이혼 소송한 얘기 들으셨어요?"

주제는 자연스럽게 넘어갔다. 넘어간 주제도 썩 달가운 것은 아니
었다. 마일라 백작 부인이 마일라 백작을 상대로 사법부에 이혼을 청
구해 물의를 일으킨 이야기였다. 당연히도 에르셀라는 소송의 끝을

알고 있었다.

"승산이 있을까요?"

"그럴 리가요."

"역시 그렇겠죠?"

모두의 예상대로 패소였다. 마일라 백작이 이혼을 원하지 않고, 백작 부인의 친정에 힘이 없다는 것도 한몫했다.

에르셀라는 비센테와 아도라를 돌아보았다. 묵묵히 듣고 있긴 하지만 권태로워 보였다. 일순간 그녀의 머리에 온갖 걱정이 차올랐다.

'왜 그러지?'

자세히 보니 비센테의 얼굴이 약간 창백한 것도 같았다. 에르셀라는 대화에서 빠져나와 비센테에게 물었다.

"어디 안 좋은 곳이라도 있어? 안색이 좋지 않은데……."

비센테는 염려의 기색이 역력한 에르셀라의 얼굴에 망설이다가 입술을 뗐다.

"……잠시 어지러워서."

그 말이 미친 파장은 컸다. 에르셀라가 급작스럽게 비센테의 어깨를 붙들었다. 달달 떨리는 목소리가 그의 귓속에 들어박혔다.

"어, 어지럽다니? 어째서? 마차가 너무 덜컹였나? 속도 그래? 막 울렁거린다거나……. 아니, 아니다. 이럴 게 아니라 어서 의원을……."

안절부절못하며 에르셀라가 돌아다니는 시종을 찾았다. 정말로 의원을 부를 기세에 비센테가 어깨에 닿아 있는 에르셀라의 팔을 꽉 붙잡아 내렸다. 이곳은 베른하르트가 아니고 가르텐이다. 고작 이런 일로 의원을 부르는 망신은 사양하고 싶었다.

"그 정도까진 아닙니다. 곧 괜찮아질 테니 그러실 필요 없습니다."

"어떻게 그만두니. 멀미 하나 없던 애가 갑자기 어지럽다는데!"

높아진 에르셀라의 언성에 비센테는 곧바로 후회했다. 어지럽다 할

게 아니라 보통 때처럼 괜찮다고 해야 했다. 그는 왜 입에서 그런 나약한 말이 튀어나온 건지 이해할 수 없었다.

그는 주위를 살폈다. 에르셀라의 외침 탓인지 사람들이 이쪽을 보고 있었다. 골이 울렸다.

"처음 접하는 환경이 낯설어서 그런 겁니다. 정말 별일 아닙니다."

비센테의 시선이 닿자 사람들은 하나둘 눈길을 돌렸다. 처음부터 그들을 의식하고 있지 않았던 에르셀라의 눈은 여전히 불안한 빛이었다.

"……조금이라도 다시 어지러워지면 꼭 말해야 해. 알았어?"

"그리하겠습니다."

"아니, 아니다. 아무래도 걱정이 되는구나. 그러고 보니 넌 예전에도 크게 앓았던 적이 있었지. 그래, 맞아. 겉보기와 다르게 연약했어. 역시 의원을……."

"어머니."

비센테가 힘주어 그녀를 불렀다. 이쯤 하시라는 함의에 에르셀라의 입술이 슬그머니 다물렸다.

"그 말이 지금 왜 나옵니까? 제가 앓았던 건 기억도 안 날 만큼 예전 일이고, 그 정도는 어렸을 때라면 누구나 앓습니다."

그녀의 말에 반론하는 목소리가 자못 예민했다. 에르셀라는 서둘러 자신이 한 말을 돌아가 짚었다.

뭐가 문제였을까. 그것에 매몰돼 있을 때 연약하다는 말이 사고 회로에 삐걱 걸렸다. 비센테는 열다섯이었고, 곧 정식으로 기사 서품도 받을 예정이다.

기사.

자신의 말실수를 인지한 에르셀라의 낯빛이 파리해졌다. 기사가 될 사람에게 연약하단 말이 웬 말인가?! 기분 나쁠 만도 했다.

"미안해. 네가 약하단 뜻은 아니었어. 내가 너무…… 유난이었네."

그런데 뭔가 잘못 말한 것일까? 비센테의 푸른 눈이 전보다 서늘해져 있었다.

'……이게 아니야?'

에르셀라는 울상 지었다. 또 오답인 모양이었다. 그럼 그는 뭐 때문에 저러는 것일까. 슬프게도 연약하단 말 외엔 짐작 가는 데가 없었다.

'어렵구나.'

당연한 건데도 그런 생각이 들었다. 출구 없는 미로에 갇혀 헤매는 느낌. 에르셀라는 씁쓸한 속내를 감추며 비센테를 보았다. 무슨 생각을 하는지 그는 생각에 수몰된 것처럼 보였다.

"비센테?"

에르셀라가 이름을 불러서야 비센테의 눈에 초점이 맺혔다. 온전히 그녀를 보게 된 비센테는 정신이 들었는지 마른세수를 했다. 피곤해 보이는 얼굴에 그녀의 걱정이 배가되었다.

저택에서만 지내다가 많은 사람에게 시달리니 적응이 안 될 만했다. 안쓰러운 마음에 에르셀라는 자기도 모르게 그의 손을 잡아 쓰다듬고 말았다.

"어……."

인지는 빠르게 찾아왔다. 에르셀라는 손을 빠르게 떨쳐냈다.

'내가 무슨!'

그녀는 당황했다. 아무리 편해졌다 한들 살가운 접촉까지 허락 없이 해도 되는 사이는 아니었다. 심지어 그들은 오늘만 해도 어색한 분위기를 풍기며 마차를 타지 않았던가?

슬쩍 보니 비센테도 손을 들어 올린 채로 굳어 있었다. 그가 쳐내기 전에 그녀가 먼저 쳐낸 듯했다.

"미안. 내가 너무 마음대로……."

"됐습니다."

비센테의 차가운 대꾸에 그들 사이의 공기가 한층 딱딱해졌다. 에르셀라는 부자연스럽게나마 웃어 보였다.

'미치겠네.'

한편 이 모든 일련의 장면을 빠짐없이 지켜보고 있던 아도라는 불편함에 몸을 사렸다. 다른 곳은 훈풍이 부는데 이곳은 냉기가 뚝뚝 떨어졌다. 어쩌다 이런 애매한 관계에 끼게 된 것인가. 그녀는 공기라도 되고 싶었다. 겨우 짜낸 듯한 음성이 아도라의 귀에 걸린 건 그 무렵이었다.

"잠시 목이라도 축일래?"

간단한 담소를 나누며 얼마간 자리를 지켰으니, 이만 슬슬 빠져도 될 것 같다는 게 에르셀라의 의견이었다.

"그러시지요."

"……네."

겨우겨우 내뱉은 듯한 아도라의 대답을 마지막으로 세 사람은 인근의 테이블로 걸음을 옮겼다.

테이블 위에는 여러 종류의 샴페인과 음료, 한입 크기의 다과가 마련되어 있었다. 무의식중에 딸기와 치즈를 곁들인 카나페를 집으려던 에르셀라의 손이 멈추었다. 의아스러운 눈으로 비센테가 물었다.

"안 드십니까?"

에르셀라는 무슨 생각을 하는지 몇 초간 석고상이라도 된 듯 그 자세였다.

"생각이 없네."

곧 그녀는 여상히 웃으며 팔을 거두었다.

"그러십니까."

평연히 대답하던 비센테의 눈길이 밀빛 머리카락을 가진 소녀에게로 고정됐다. 아도라가 뜻 모를 시선으로 에르셀라를 보고 있었다.

비센테의 시선을 느꼈는지 그녀가 고개를 돌렸다. 보랏빛 눈동자는 그와 시선이 맞닥뜨리자 감길 듯이 스르륵 내려갔다. 비센테의 눈매가 잘게 일그러졌다.

※　◈　※

"아아, 영식. 그레이시반에 오셨더라면 동문이 될 수 있었을 텐데요."

"저도 아쉽군요."

에르셀라는 제 나이대 소년과 말을 주고받고 있는 비센테를 흐뭇하게 바라보았다. 그러나 아도라는 무리에 섞이지 못하는 것 같아 걱정이었다.

"자르데아 영애와 이제야 말을 트다니 아쉽네요. 우리, 파티에서 가끔 봤던 것 같은데."

"아…… 그랬죠."

기본적으로 에르셀라의 시녀가 된 아도라에게 말을 거는 사람은 많았지만, 정작 아도라는 자신에게 쏠리는 관심을 반가워하지 않는 걸로 보였다. 사람들 사이에 원만히 섞이지 못했던 그녀는 급작스레 바뀐 그들의 태도에 적응이 안 되는 것 같았다. 그러나 이것은 아도라 스스로 헤쳐 나가야 할 관문으로 그녀가 도와줄 수 없었다. 그때였다.

"그동안 격조하였구나, 에르."

머리 위로 그림자가 드리워졌다. 웃는 인상이 좋은 60대 초반의 남자는 에르셀라가 잘 알고 있는 사람이었다.

"숙부님."

가슴께에 손을 얹으며 에르셀라가 무릎을 굽혔다.

"반갑습니다, 베른하르트 공작 부인."

로이든 자작이 장난스럽게 대구하며 그녀의 어깨 너머를 가리켰다.

"에르셀라, 저 잘 자란 신사가 네 아들인 게냐?"

"그렇답니다. 소개를······."

에르셀라가 부드럽게 미소 지으며 비센테를 부르려 했다. 그러나 로이든 자작이 손을 한 번 내저었다.

"됐다. 또래와 대화하는 게 보기 좋구나. 나 같은 늙은이가 껴서 분위기 망칠 일 있느냐."

"아직 젊으신데요, 뭘."

"빈말이라도 고맙다. 아무튼, 내 오늘 깜짝 놀랐지 뭐냐. 듣던 대로 각하를 빼닮았구나. 아, 물론 눈은 사랑스러운 내 조카님을 닮았고."

로이든 자작의 입꼬리가 씨익 올라갔다. 백날 듣는 칭찬이었지만 좋지 않을 리 없어 에르셀라도 따라 웃었다.

"네 부군을 닮아 크면 한 인물 하겠구나."

로이든 자작의 말대로 가족이라서 그런지, 비센테는 크면 클수록 하르젠과 닮아가는 듯했다.

'하르젠도 어렸을 때 저렇게 생겼을까?'

에르셀라는 자신이 3년 전이 아니라 20년 전쯤으로 돌아왔더라면 어땠을까 상상해 보았다. 그때도 그는 사교계를 멀리한 상태라 만나진 못했겠지만······.

"그래, 이제 마음을 다잡은 게냐?"

상념이 그쳤다. 로이든 자작이 무어라 지칭하지는 않았지만 에르셀라는 그것이 비센테를 말하는 것임을 알아챘다.

아직까지 불편한 건 사실이었기에 표정 관리가 잘 되질 않았다. 그녀는 어색하게 굳으려는 입 근육을 풀고 나서야 간신히 대답할 수 있었다.

"아······ 그렇죠."

그 대답이 만족스러웠는지 로이든 자작이 에르셀라를 향해 흐뭇한 미소를 보냈다.

"잘 생각했다. 힘든 건 이해하지만, 너무 유난인 건 좋지 않지. 어쨌든 네가 어미잖니."

로이든 자작의 말에 수많은 언사가 머릿속을 스치며 지나갔다.

"어머니잖……."

"그래도 네가 엄마니까……."

"네…… 힘든 게 뭐가…… 고."

"네 아이야! 내가! 내가 널, 널 얼마나!"

유리 조각 깨지듯 날카로운 환청이 귓속을 파고들었다. 머리에 맴돌던 여인의 잔상이 안개처럼 흐릿해졌다. 그러다.

"서거하신 왕비 전하께서도 뿌듯해하실 게다."

그 말에 명멸하던 과거의 잔재가 되살아났다. 귀가 아닌 마음을 찢는 찢어질 듯한 울음소리. 어쩐지 가까이에서 들리는 듯했다.

"그럴까요?"

"그럼. 에샤힐드 님을 보아서라도 네가 마음잡고 살아야지."

'언니는…….'

의문을 남겨도 알 도리는 없으리라. 에르셀라는 그만 언니에 관한 기억을 지웠다. 지금은 생각을 가지처럼 뻗을 여유가 없었기에, 죽은 자를 애도하는 기간은 저번 생에서 끝났다 여기기로 했다. 더는 슬퍼하지 않아도 그녀는 이해해 줄 것이다.

"그런데 각하께서는 안 오셨나 보구나."

하르젠을 찾는지 로이든 자작이 사방을 두리번거렸다. 그 모습을 보자 갑자기 그녀의 속이 꿈틀거렸다. 에르셀라는 로이든 자작을 향해 성의 없이 툭 말했다.

"여전하시죠."

이런 거 싫어해요, 그 사람은.

미묘하게 불만이 묻어난 말투였지만, 로이든 자작은 알아채지 못했는지 태연히 그녀의 말을 받았다.

"하긴, 왔다간 피곤해지실 게다. 아첨을 즐기는 분은 아니잖니."

아첨 좀 받으면 뭐 어때서요.

"그렇죠."

다소 회의적인 목소리였다. 자작의 입술에 푸근한 웃음이 스쳤다.

"요사이 기사단 일로 바쁘시기도 하고 말이다."

"기사단 일이요?"

에르셀라가 되물었다. 하르젠이 바쁘다는 것은 알지만, '요사이'가 마음에 걸렸다.

"그래, 이번에 네 오라비인 카르온이 폐하께 병력 증진을 주청드렸다는구나."

"병력 증진이라면……."

"아, 오해는 하지 말거라. 사병이 아니고 왕실 상비병을 말하는 것이니. 최근 지방에서만 벌어지던 흉흉한 일이 수도까지 뻗치기도 했으니 걱정일 만도 하지."

로이든 자작은 에르셀라가 무엇을 걱정하는지 오해한 듯했다.

"오라버니께서, 그렇군요."

에르셀라는 카르온을 생각하는 중이었다. 약속대로 카르온이 왕에게 군사 증강을 요청한 듯했다. 그리고 그것은 지방의 흉악범을 단죄하기 위함이 아닌 콘라드와의 마찰을 대비한 것일 터였다.

"과했다는 평론도 있지만…… 군력은 어디서나 요긴하게 쓰이니까 나쁠 건 없지."

숙부의 말에 그녀는 사람들이 마냥 카르온의 의도를 순수하게 보지만은 않는다는 것을 알 수 있었다. 로이든 숙부도 마찬가지고.

애초에 그런 협잡배가 나라의 근간을 뒤흔들 수 있을 리 없었다. 뿌리부터 고귀하게 자라온 왕과 귀족들이 그런 자들에게 위협을 느낄리 만무했다.

이것을 기회 삼아 왕은 영주들에게 병사를 차출하여 군력을 늘리고, 보호 명분으로 그들의 영지를 감시할 수 있을 것이다. 그 구실을 마련해 준 것이 카르온이었다.

하지만 에르셀라는 한 가지 의아한 점이 있었다. 그 빈약한 명분으로 어떻게?

"난 물론 그 아이의 생각과 상충할 마음이 없다. 내가 뭘 어떻게 할수도 없는 일이고 카르온, 그 애도 걱정되어서 그런 거겠지. 카르온이널 아끼는 것은 누구나 아는 사실이잖니."

"무슨 말씀이세요?"

"수도에서 일어나는 실종 사건에 휘말릴 뻔했다 들었다."

숙부의 뜬금없는 말에 에르셀라가 고개를 까닥 기울였다. 제가 언제?

"다음부턴 평민들이 활이나 쏘는 그런 천한 데는 가지 말거라. 이것 보렴. 꼭 뭔 일이 생기잖니."

평민? 활?

에르셀라는 당황스러웠다. 로이든 숙부의 말을 들어보면 비센테와 활터에 갔을 때를 말하는 것 같았다. 그런데 실종 사건이라니. 꼭 최근 수도에서 활개 쳤다는 흉악범들이 활터와 연관 있다는 것처럼 들리지 않는가.

'설마……'

정말로? 거기까지 생각이 이르자 팔뚝에 소름이 오스스 올라왔다. 한데 그녀 자신도 모르고 있던 것을 숙부는 어떻게 안 것일까.

"잡힌 이들 중 한 명이 자백했다더구나. 처음부터 널 노렸다고."

에르셀라의 미간이 좁아졌다. 그럴 리가 없지 않은가. 그곳은 그녀가 생각해 내고 스스로 찾아간 곳이었으며, 결과적으로 그녀에겐 아무런 일도 일어나지 않았다. 인신매매단 소식도 그녀는 뒤늦게 알았다.

"그 외에도 노리고 있던 귀족의 이름을 다수 발설했다더구나. 듣기로는 꽤 많았다고."

"그럴 리가요."

에르셀라의 단호한 대답에 로이든 자작이 턱수염을 만지작거리며 침음을 삼켰다.

"역시 그렇구나."

"고문이 있었나요?"

조작했을 가능성이 있는가.

"죄인을 고문하는 것은 당연한 거란다. 다만 죄인의 자백이 언제나 진실하리란 법도 없지. 그러나 여기서 중요한 건 그자의 입에서 네 이름이 나왔고, 그 장소에서 널 본 목격자가 나왔으니 폐하께서도 이를 좌시할 수 없다는 점이다. 너는 에샤힐드 님의 동생이며, 이 나라에서 가장 귀한 여성이니 말이다."

로이든 자작은 말을 아끼려는 건지 명확하게 답하지 않았다. 에르셀라는 쓰게 웃었다.

카르온이 그녀를 이용했다.

설마하니 그 빈약한 명분을 어디서 채웠나 했더니 자신이었을 줄이야. 우연이라 하면 우연일 수도 있었다. 그녀가 카르온에게 부탁한 시기는 활터에 간 시기보다 뒤였으니. 어쩌면 우연이 맞물려 때마침 카르온이 그것을 이용했을 수도 있었다. 그리고 설사 그렇다 하더라도 그녀에게 돌아온 피해는 일절 없었으니 탓하기도 이상했다.

"그렇군요."

에르셀라는 조용히 납득했다. 카르온은 오라비 이전에 정치가였다. 이용 가능한 건 기꺼이 써먹는 게 옳았다. 그가 이번 일로 에르셀라를 이용했다 하더라도 카르온이 그녀를 아낀다는 사실은 변함없을 것이다. 그녀에게 피해가 갈 조짐이 보였다면 그는 행하지 않았을 것이다.

"그런 일이 있었는데 조용하네요. 전 이 이야길 숙부님께 처음 듣거든요."

"음…… 죄인이 너를 비롯한 라페인, 메이언스 다트너, 레데아, 가르텐, 판테츠의 이름을 언급하는 바람에 말이다."

"그게 말이 되나요?"

로이든 자작이 앓는 소리를 냈다.

"그런 건 상관없을 게다. 이 일이 알려지면 손해 보는 것은 귀족이지 왕이 아니니까. 이것을 빌미로 왕에게 더 군사를 차출당하고 싶은 게 아니라면 누구라도 이 일을 빨리 덮고자 할 테니."

"하면 폐하께서는요?"

"덮으실 게다. 네 이름을 이용해 그들을 눌렀지만, 애초에 그것은 한시적인 효력일 뿐이잖니. 누가 모르겠니. 이 일에 네 오라비의 입김이 있었다는 것을. 이쯤에서 서로 양보하는 게 모양새가 보기 좋다 생각했을 거다. 석연찮은 점은 여전히 몇 가지 있지만……. 정치란 게 그렇잖니. 저 좋을 대로 갖다 붙여 해석하는 거지. 자세한 건 네 오라비에게 물어봐라. 오늘 연회에 와 있으니까. 그 아이가 나보다 더 잘 알고 있겠지."

에르셀라는 로이든 자작의 말에 깜짝 놀랐다.

"오라버니가요?"

"그래, 웬일로 참석했더구나."

"처음 듣는 얘기네요. 오라버니께 따로 연락받은 게 없거든요."

올 거라는 생각조차 안 했다. 카르온이 가르텐 공녀의 성년회에 올 이유가 뭐가 있겠는가. 피사리데 후작과 가르텐 공작 사이가 어떤지 알 만한 사람은 다 알았다. 초대장은 형식적으로 보내졌을 테지만 이런저런 핑계를 붙여 거절하고 가신이나 보냈을 카르온이었다. 실제로 과거에도 그랬고 말이다. 무엇보다…….

'궁에 안 갔나?'

가르텐 공작의 귀환으로 인한 왕의 부름이 있었을 터였다. 강제가 아니라면 거절할 순 있었겠으나…… 대신 택한 장소가 '굳이?'라는 말이 절로 나올 정도로 영 좋지 않았다.

"방금도 대화를 나누었단다. 여전하더구나."

여전히 능청스럽고 여유롭다는 뜻일 것이다. 어쩐지 가르텐가의 내부에 들어와 아무렇지 않게 파티를 즐기고 있을 카르온의 모습이 눈앞에 선했다.

"숙부님, 오라버니가 어디 계신지 아세요?"

"음…… 잠시만 찾아보자…… 오, 저기 있구나."

로이든 자작의 손가락이 홀의 왼편을 가리켰다.

"옆에는…… 다트너 후작 대부인인가? 요새 눈이 침침해서 그것까진 모르겠다."

에르셀라는 가늘게 시선을 모았다. 먼 거리에다가 눈에 걸리는 사람이 많아 형체가 뚜렷하진 않았지만, 특유의 백금발이 시야에 찼다. 참, 자신의 오라비라지만 어딜 가나 눈에 띄었다. 마음속에 새록새록 불만이 피어올랐다.

하르젠은 바빠 파티에 오지도 못했는데, 정작 자신은 즐겁나 보지?

정확히 말하자면 오지 못한 게 아니라 오지 않은 것이고, 따지고 보면 이 일의 원흉은 그녀였지만 카르온이 하도 괘씸하여 에르셀라는 그런 자잘한 건 배제하기로 했다.

"아주, 잘, 보이네요."

로이든 자작이 껄껄 웃었다.

"역시 젊어서 그런지 눈이 좋구나."

그 무렵, 카르온은 다트너 후작 대부인에게 시달리고 있었다. 적당히 끊고 지나치기엔 다트너는 피사리데와 교분을 유지하고 있는 가문 중 하나였고, 무엇보다 대부인의 딸이 에샤힐드의 시녀 출신이었다.

　　이렇듯 다트너와는 여러 관계로 얽혀 있으므로 이야기가 길어지더라도 후작 대부인에게 예의를 차리는 게 나았다.

　　"각하께서 가르텐을 택하실 줄이야. 가르텐 양을 직접 보았다면 그런 결정은 못 하셨을 텐데요."

　　"왜 그리 말씀하십니까. 아주 어여쁘다고 입소문이 자자하던데요."

　　"베른하르트 공작 부인을 아내로 두고 있는 분인데 가르텐 양이 어여뻐 봤자죠. 베른하르트 공자가 아까워요."

　　"직접 보신 적도 없으시면서."

　　"후작께서도 참. 안 봐도 다 알죠."

　　다트너 후작 대부인은 부드러이 주변을 살폈다. 제게 집중하고 있는 시선이 없는 걸 확인한 후작 대부인이 카르온에게 은근한 어조로 물었다.

　　"베른하르트가 가르텐을 탐낼 만한 이유가 있던가요?"

　　이런 일에 쏟을 시간 따위 없다는 듯이 노골적인 질문이었다.

　　"글쎄요."

　　카르온은 느긋하게 딴청을 피웠다.

　　"그러지 말고 살짝만 말해주세요. 저희와 남도 아니면서."

　　'남은 맞지.'

　　카르온은 생각했다. 마지막으로 피사리데에 다트너의 피가 섞인 게 언제였나. 상당히 오래전이었다. 지금은 그 피가 희석돼 흔적도 남아 있지 않을 정도로. 그것을 후작 대부인도 모르지 않을 터였다. 무엇이라도 얻어내고자 끌어다 붙인 말에 불과하리라.

"저는 항상 진실합니다, 부인."

대부인은 입술로만 웃었다. 승냥이 같은 눈은 제자리였다. 성가시다고 생각하며 카르온이 어깨를 으쓱였다.

"공께서 제게 미주알고주알 떠들 분은 아니지 않습니까."

"그렇긴 하지만……."

카르온의 말은 뭐 하나 틀린 것이 없었기 때문에 후작 대부인도 부정하지는 못했다.

"정말 알 수 없는 분이네요, 그분은. 결혼도 헤르미아 왕녀와 하실 줄 알았는데……. 음, 이건 공작 부인의 오라버니 앞인 만큼 실례였나요?"

"그렇게 느끼셨다면 제 답을 이미 알고 계실 것 같군요."

"어머, 결국 승자는 공작 부인이잖아요. 괘념치 마세요."

"승자라…… 글쎄요."

카르온의 모호한 대답에 후작 대부인이 속으로 코웃음 쳤다. 세 치 혀로 왕을 꾀어 헤르미아 왕녀를 루델시아 왕족과 혼인시켜 버린 게 누구였나. 바로 이 남자였다. 그 고루한 사상을 가진 나라에서 왜 헤르미아를 왕자비로 맞아들였는지는 모르겠지만, 왕실 유일의 적통이 나라 간 화합의 상징으로 팔려 갈 것을 누가 알았겠는가.

"후작께서 그리 생각한다면 그렇겠죠."

그러나 그녀는 그것을 들추어내지 않고 물 흐르듯 새로운 이야깃거리로 넘어갔다. 기실 그녀의 목적은 이것이었으므로.

"그보다 알렉시스 전하에 대한 걱정이 이만저만이 아니에요."

궁에서 얌전히 잘 크고 있는 왕자의 이름이 언급되자, 카르온의 얼굴 위로 피로가 스쳤다.

"도대체 폐하의 심중을 저 같은 게 감히 헤아릴 수 있겠느냐만…….

그래도 왕자는 폐하의 적자예요. 왕자 전하께 평민 출신 유모가 가당키나 한가요? 몇 개월째 상소문이 빗발치는데 이리도 답을 안 주시니……."

다트너 후작 대부인이 열변을 토했다. 아니나 다를까. 전부터 꽤 떠들썩했던 논란거리였다. 왕이 왕자의 유모를 지정했는데, 그 유모의 신분이 하필 평민이라는 점이.

"폐하의 결정에 어찌 가타부타 말을 하겠습니까. 피사리데는 언제나 폐하의 뜻에 따를 뿐입니다."

"어찌 제 생각이 후작님과 다르다고 할 수 있을까요. 하나 중론은 그게 아니지요. 누구도 아닌 에샤힐드 비 전하 소생의 왕자님이세요."

왕자의 유모는 대개 귀족이었으니 후작 대부인의 말도 일리가 있었다. 더군다나 알렉시스 왕자는 태어나자마자 모후를 잃었다. 어미의 지위에 상응하진 못할지라도, 누를 끼치진 않을 여인을 유모로 들이는 게 옳을 터였다.

그러나 왕이 택한 것은 왕비의 침방 하녀였다. 유모는 왕자의 유년 시절을 보살피는 만큼, 어린 왕자에게 가장 많은 영향을 끼치는 사람이다. 그런 자리에, 고작 하녀라.

"그런 만큼 조금 더 나은 선택지가 있었을 텐데…… 아쉽네요."

대부인이 우수에 젖은 눈가를 훔치려 시선을 내리깐 사이, 카르온의 얼굴이 지루함으로 물들었다.

그녀는 그가 유모에 관한 일로 왕께 항거하길 원했다. 또 왕이 카르온이 선별한 여인은 유모로 두지 않을 것을 알았다. 그 틈을 파고들어 에샤힐드의 시녀였던 그녀의 첫째 딸을 유모로 올릴 터였다.

"그렇다고 제가 뭘 어찌할 수 있겠습니까."

다트너니 나쁘진 않지만 이용당해 주고 싶은 생각은 없어 카르온은 잡아뗐다. 그리고 이젠 에두르며 대화를 오래 끌고 싶지 않기도 했다. 그것이 후작 대부인을 초조하게 만들었다.

그녀가 어찌 모르겠는가. 이 남자가 하고자 하면 그렇게 될 일이 아주 많다는 것을. 한데 돌아오는 것은 한결같은 태도였다. 대부인이 신경질적으로 부채를 접었다. 차마 눈앞의 후작씩이나 되는 이에게 노여움을 표할 수는 없어 그녀의 화가 서린 불티는 엉뚱한 곳으로 튀었다.

"이게 다 그 여자 때문이에요. 폐하께서 최근 다시 그 여자 궁 침소에 드신다는데, 그 여자가 사주한 게 틀림없……."

바짝 졸아든 공기가 대부인의 입술을 다물렸다.

'아.'

그녀는 순식간에 차게 식어버린 녹안을 바라보며 실수했다는 것을 깨달았다.

"무슨 말씀이신지 모르겠군요."

카르온의 일축에 대부인의 입꼬리가 찢길 듯이 휘어 올라갔다.

"피곤했는지 헛소리를 했네요. 근래 근심이 많아 가끔 이런답니다."

카르온은 대답 없이 조용히 웃었다. 지극히 온유한 미소였지만 그녀는 섬뜩한 괴리감을 느꼈다. 슬슬 자리를 벗어나야겠다는 판단이 섰을 때 앳돼 보이는 소년이 그들에게 다가왔다.

"아버님, 여기 계셨습니까."

피사리데 후작과 닮은 듯하면서도, 좀 더 유순한 분위기를 가진 소년. 피사리데의 장자인 라셀리온이었다. 라셀리온은 다트너의 귀부인을 향해 흠결 없이 인사했다.

"귀한 분과 대화 중이셨군요. 오랜만에 뵙습니다, 후작 대부인. 즐거운 시간을 방해한 결례를 용서하시길."

"전혀 방해되지 않았어요, 공자. 오히려 내가 바쁜 분을 붙잡아둔 것 같아 미안하네요. 후작께서는 그저 늙은이의 한담이라고 생각해 주시겠어요?"

"신사 된 자로서 어찌 레이디의 말을 귀담아듣지 않을 수 있겠습니까. 제게도 유익한 시간이었습니다, 부인."

카르온은 신사처럼 대답했다. 라셀리온은 두 사람 사이에 껴 있는 이물감을 눈치챘으나 잠자코 있었다.

"한데 무슨 일이냐?"

"아, 에르셀라 고모님께서 와 계십니다."

"늦었군."

"저희가 너무 빨리 온 게 아닐까요?"

"어찌 됐든 넌 헤리트 영애도 보고 좋잖으냐."

"그건 그렇지만……."

"그럼 됐다."

라셀리온이 민망한 듯 뒤통수를 긁적였다. 카르온은 그런 라셀리온의 머리를 쓰다듬어 주었다. 투박한 손길이었지만 이따금 보여주는 애정 표현에 라셀리온의 뺨이 발그레 물들었다.

"아, 아버지. 고모님을 뵈러 가실 것입니까?"

"그래야겠지."

카르온이 긍정하며 후작 대부인을 돌아보았다.

"아쉽지만 이만 가봐야 할 것 같습니다, 대부인."

고해진 작별에 다트너 후작 대부인이 다감한 목소리로 끝인사를 늘어놓았다.

"공작 부인과는 사이가 여전하시네요. 보기 좋아요."

"가족이니까요."

몸에 밴 습관처럼 그의 대답은 망설임 없이 흘러나왔다.

카르온은 등을 돌렸다.

불편한 분위기가 지나고 순탄한 대화가 찾아왔다. 로이든 자작은 기본적으로 사람을 편안하게 해주는 성격으로 에르셀라는 금세 그가 만든 분위기에 녹아들 수 있었다.

그는 늦둥이 손자 얘기가 나오자 말이 많아졌는데, 손자의 재롱이 어지간히도 귀여웠는지 칭찬을 멈추지 않았다. '엄마나 아빠보다 할 아버지란 말을 더 먼저 했단다'는 말은 결국 에르셀라가 소리를 입은 웃음을 터뜨리게 만들었다. 말 사이사이로 농담을 주고받다 보니 어느덧 음악이 바뀌었다.

"이만 아들에게 가봐야겠구나. 베른하르트 공작 부인과 함께할 수 있어 영광이었다."

"저야말로."

에르셀라의 기다란 목이 우아하게 굽어지며 로이든 자작을 배웅했다. 문득 로이든 자작이 에르셀라를 돌아봤다.

"실은 이 말을 해야 할지 말아야 할지 고민됐는데, 알고 있어 나쁠 건 없을 테니 그냥 말하마."

"……."

"로베르트의 자제들이 이곳에 와 있다는구나."

푸른 눈이 일순간 굳었다.

"가르텐 각하께서 무슨 생각으로 그들을 초대했는지는 모르겠다 만……. 너무 걱정은 말아라. 마주한다 해도 그들이 너에게 해를 가할 수 있는 것도 아니잖니. 그래도 꺼림칙하니 될 수 있는 한 만남은 피하거라."

"……."

"서로에게 유쾌한 관계는 아니잖니."

에르셀라는 그 말을 내뱉고 휘적휘적 걸어가는 숙부의 뒷모습을 멀거니 바라봤다. 미소 짓던 표정은 사라지고 없었다. 그녀는 흘러들려는 상념을 쳐내며 그녀가 고개를 바삐 돌렸다.

시야에 비센테가 잡혔다. 가까운 거리에 있었으므로 찾는 건 어렵지 않았다. 비센테는 네다섯의 사람 사이에 둘러싸여 있었는데, 곤란할 거란 생각이 들었다. 그녀가 당장에라도 움직일 것처럼 구두 굽 소리를 냈다.

"내 아들이 가 있을 테니 그리 걱정할 것 없다."

뒤에서 들린 목소리만 아니었다면 에르셀라는 지금쯤 한달음에 달려가고도 남았을 것이다.

"오라버니?"

카르온이었다. 인기척도 없이 언제 온 것일까.

"바로 조카에게 갈 건가? 너무 과보호하는 것은 안 좋을 텐데."

"과보호라뇨. 저 애는 연회에 처음 온걸요. 걱정하는 것도 당연해요."

누이가 발끈하자, 카르온의 이마에 자잘한 주름이 조각나듯 새겨졌다.

"너무 애로 보는군. 잊었나? 네 아들은 이제 열다섯이다. 심지어 네 잘난 남편을 빼다 박은. 혼자서도 잘하겠지. 아까 멀리서 봤을 때도 대처가 나쁘지 않더구나."

그가 조목조목 찌른 허점에 에르셀라는 주춤댔다. 저도 모르게 그런 생각을 하고 있었나.

비센테를 성숙한 사람으로 취급하고 싶지 않다.

아이로 대하며 오랫동안 보살펴 주고 싶다.

기사가 되지 않았으면 좋겠고, 전쟁에 나가지 않았으면 좋겠다.

영원히 자신의 보호 아래 있었으면 한다.

전부 그녀의 욕심이자 이기심이었다. 비센테를 방치한 죄책감이 만들어낸 강박이자 집착이기도 했다.

'비센테는 아이가 아닌데도.'

그가 보살핌을 받을 시기는 이미 지났다. 열다섯의 비센테에게 필요한 것은 부모의 믿음이지, 과보호가 아니었다. 에르셀라는 기회만 생기면 비센테를 아이 취급하려고 한 자신을 부정하지 못했다.

"……그러네요."

기운 없이 인정했다. 비센테는 언제나 눈에 닿는 곳에 있어야 하는 아이가 아니다. 카르온의 말대로 비센테는 혼자서도 잘할 것이다. 그녀가 없던 지금까지처럼.

여유를 가져야 할 듯했다. 에르셀라는 울적한 마음을 추스른 후 씩씩하게 팔짱을 끼었다.

"좋아요. 친애하는 오라비와 대화하는 것도 나쁘지 않죠. 마침 물어볼 것도 있으니까."

"……뭔데, 그 불건전한 태도는."

삐딱선을 탄 아이 같은 태세가 자못 불길해진 카르온이 떨떠름하게 물었다.

"이번엔 또 무슨 수작인지 불어요, 당장."

"수작이라니. 넌 역시 오라비에게 하는 말본새부터 고쳐야 한다."

"가르텐 공녀의 성년회에 온 이유가 뭐예요?"

"물어본다는 게 고작 그거군."

"옛날에는……."

안 왔잖아요.

에르셀라가 다급히 뒷말을 집어넣었다. 하마터면 미친 사람 취급받을 뻔했다.

"옛날?"

그러나 어찌나 예리한지, 카르온이 놓치지 않고 짚는 통에 모골이 송연해졌다.

"아, 아무튼. 제가 얼마나 놀랐는지 알아요? 동생에게 언질 한번 주는 게 뭐 그렇게 힘들다고."

"목소리 높이지 않아도 다 들린다. 이게 그렇게 놀랄 일도 아니고."

어떻게 놀라지 않을 수 있을까. 가르텐 공작이 콘라드와의 외교를 잘 마쳐 왕의 환대까지 받고, 그 증거가 이 연회장 곳곳에 박혀 있었다. 카르온은 아무렇지 않은 걸까. 그리 싫어하던 가르텐인데도 그는 싫은 얼굴이 아니었다.

오라비지만 참 속 모를 사람이라고 에르셀라는 생각했다. 어릴 때는 대놓고 싫은 티도 내고 표정이 다양했던 것 같은데 말이다.

"정말 공녀의 성년을 축하해 주러 오기라도 한 거예요?"

"가르텐 공녀가 성인이 되었든 아니든 내 알 바 아니지. 그냥 네가 온다기에 걸음 좀 해보았다."

그가 이곳에 온 이유가 에르셀라 때문이라 말하는 게 마치 적선하듯이 던져주는 호의와도 같았다.

'그럼 그렇지.'

"참 귀한 걸음에 감사드려요. 공저에 방문하시거나 절 후작저로 부르면 될 일을 이렇게까지 하시다니."

비꼬는 목소리에도 카르온은 그저 웃을 뿐이었다. 마치 아이를 보는 듯한 눈빛이었다. 새삼스러울 것도 없었다. 과거부터 지금까지 카르온은 한결같이 저런 눈으로 자신을 바라보곤 했으니까.

"언니와 로웨나는 안 왔나요?"

"두 사람은 글라디엠령 본성에 있어. 부인께서 그립다 하시기에, 다녀오라 했지."

"그곳은 온천욕을 하기 좋다지요."

"너는 네 아들과 둘만 왔나?"

카르온이 물었다.

"네, 인사는 좀 있다……."

"아, 공작은 왕을 배알하러 갔지 참."

"잘 아시네요."

잘 알겠지. 하르젠을 그렇게 만든 게 누군데. 그녀는 심통 난 마음을 숨기지 않으며 빈정댔다.

"폐하께 제 남편 좀 그만 부리시라 건의해 주세요. 근래 자주 늦는다고요."

"그건 곤란해. 누구 말마따나 이국의 침공을 경계해야지."

일고의 여지 없이 거절이 돌아왔다. 에르셀라는 이제는 너무 짙어져 버린 녹색 눈을 들여다보았다.

궁금했다. 자신의 부탁을 들어주기 위해 그리한 것인지. 그리하기 위해 자신을 이용한 것인지. 만약 후자라면…… 그러나 쓸모없는 의혹이었다. 서운할 수는 있어도 자신의 존재가 가족에게 도움이 되었다면 그건 그것대로 기뻤으니.

"불공평해요. 궁에 기사들도 널렸는데 왜 일은 하르젠만 하는 것 같죠?"

에르셀라는 '카르온이 자신을 이용했다'라는 명제에서 파생된 감정을 묻기로 했다. 자신은 그저 오라비에게 투덜거리는 동생의 역할을 하면 되는 것이다.

"그자들도 열심히 일한다. 그리고 기사단 훈련을 기사단장이 하지 누가 해. 정 억울하면 사직하라고 하든가."

역할은 보람도 없이 끝났다.

"아주 죽일 듯이 보는군."

카르온은 전력을 다해 자신을 노려보고 있는 에르셀라에 혀를 내둘렀다.

"그게 지금 할 말이에요?"

에르셀라는 어이가 없었다. 지금 혀를 내두르고 싶은 게 누군데! 일국의 기사단장이 어떻게 귀가가 늦는다는 이유로 사직한단 말인가. 하르젠이 쌓아왔던 명예와 명성이 한 줌의 재가 될 것은 물론 그의 일생에 크나큰 오점으로 남을 것이다.

카르온은 별 뜻 없이 던진 농담이겠지만, 그녀 안에 깊숙이 도사리고 있던 죄책감은 반응했다. 하르젠은 이미 그녀로 인해 사직한 전적이 있었다. 그때 당시 그녀는 미안함보다 제 몸 추스르기 바빠 그에게 다시 기사단으로 돌아가라 말하지 못했다. 이기적이었다. 과거 제가 부린 치기에 에르셀라는 독주를 마신 듯 속이 쓰라렸다.

"됐어요. 그보다 절 왜 만나고자 한 건지나 알려주세요."

누그러진 기운이 어디서 비롯됐는지 알기에 카르온도 바로 본론으로 들어갔다.

"데일에게 듣자 하니 네가 병 하나를 찾고 있다 하던데."

"……그래서요?"

"그래서라니. 산나르를 이용할 정도면 네게 중요한 일인 거겠지. 왜인지 알아야 할 것 같아서."

에르셀라의 이마에 깊은 골이 팼다.

"제 부탁을 들어주기로 했을 때부터 아무것도 묻지 않기로 약속된 것 아니었나요? 말하진 않았지만 저는 서로가 충분히 알아들었다고 생각했는데요."

분명히 그랬었다. 사람이 왜 필요하냐는 질문에 침묵함으로써 암묵적 약속이 성립되었던 것이다. 그런데 돌아온 건 오리발이었다.

"그랬었나?"

그랬었나, 라니. 그게 지금 할 소린가? 에르셀라는 너무 어이가 없어 화도 나지 않았다.

"하지만 생각해 봐라. 데일도 알고 있는 걸 내가 모르는 게 말이 되는지."

카르온도 점차 식어가는 누이의 표정에 상황 파악이 되었는지 슬쩍 핑계를 내놓았다. 물론 핑계 같지 않은 핑계는 에르셀라에게 와닿지 않았다.

"그렇군요."

별안간 귓전을 울리는 누이의 사근사근한 목소리에 카르온이 흠칫하며 시선을 내렸다. 에르셀라의 입매에 불길한 호선이 번져 있었다.

"제가 아직 부족해 오라버니의 마음을 헤아리지 못하였네요. 못난 동생을 용서하시길."

카르온이 고분고분한 그녀의 태도에 의구심을 가질 때였다. 에르셀라가 카르온의 어깨에 한 손을 올렸다.

"뭐 하는데."

카르온의 말을 흘려 넘긴 그녀가 나머지 팔로 카르온의 손을 잡았다. 그리고 연주의 흐름에 맞춰 우아하게 발을 뒤로 뻗었다. 카르온은 저도 모르게 이끌리다······.

"윽."

느닷없는 통증에 침음을 내뱉었다.

"······이건 좀 아픈데."

고통이 발등을 타고 올라왔다. 설마하니 발을 밟을 줄이야.

"제가 춤도 부족하여 그만."

카르온은 실소를 흘렸다. 강제로 이끈 주제에 변명이라 하는 것도 헛소리라니.

"춤은 처음부터 추고 있지도 않았어."

억울한 건 방금 일어난 일련의 과정이 퍽 자연스러워 아무도 이 행각을 보지 못했다는 것이다. 카르온은 어디 가서 호소할 수도 없었다.

"그대 누이는 여러모로 부족한 게 많네요. 죄송해요."

"그대?"

이제 선까지 긋는 에르셀라를 보는 카르온의 오른 눈썹이 삐죽 솟았다.

"데일에게 캐물은 건 미안하지만, 난 네 가족이야."

그녀가 제 사람이라 두고 있는 것은 행동반경이 좁은 하녀 한 명뿐이었다. 심부름꾼도 알지 못해 이번 일도 오라비에게 부탁한 것이다.

왜 이야기가 새어 나가지 않을 거라 단정했던 걸까. 데일 버그만은 그의 사람인데. '가족이니까'라는 카르온의 말은 틀린 것 없었지만, 에르셀라도 가족이기 때문에 걱정하게 하고 싶지 않았다.

"전에도 말했다. 위험한 짓은 하지 말라고."

에르셀라는 그 말도 마음에 들지 않았다. 살아오면서 얌전히 지내 왔다고 자신할 수 있었다. 그런데 뭐만 하면 애 취급이었다.

"위험한 짓 아니에요. 그냥 아는 사람이 많이 아픈데…… 왜 그런지 몰라서 그런 것뿐이니까. 큰일도 아니고 무엇보다 오라버니는 모르는 사람이에요. 이런 걸로 신경 쓰게 만들고 싶지 않았어요. 바쁘잖아요."

에르셀라는 거짓말을 하는 걸로 보이진 않았다. 카르온은 마음을 놓으며 한결 부드러운 목소리를 냈다.

"산나르의 10년 치 수익을 망설임 없이 내놓겠다는 것 자체가 큰일이야. 쓰라고 물려준 걸 미련 맞게 모아둘 줄이야. 죽어서 가져갈 수 있는 것도 아니잖아."

일부러 그 많은 돈이 쌓이도록 내버려 둔 것은 아니었다. 단지 쓸 일이 없었다. 그녀가 보석이나 드레스를 좋아하긴 해도 산나르의 수익까지 끌어다 쓸 정도로 사치스러운 것은 아니었으니.

"그러게요."

에르셀라는 그게 그렇게 놀랄 일인가 하며 산나르의 수익이 얼마인지 되짚어보았다.

'많긴 하네.'

적당히 가늠해 보니 오라비의 말대로 과하긴 과했다. 물론 그녀는 후회하지 않았다. 그래 봤자 죽으면 가져가지도 못할 돈이지 않은가.

"위험한 짓을 할 예정이거든 차라리 내게 말해. 미리 알아야 수습을 하든가 하지."

"말뿐이라도 감사하네요."

말뿐임이 아님을 알았지만 에르셀라는 부러 싱겁게 반응했다. 지금 이 사람에게 '2년 후에 제가 병에 걸릴 예정이에요'라고 말하면, 카르온은 '저런, 의원을 불러다 주마'라며 안타까운 듯 혀를 찰 게 분명했기 때문이다. 에르셀라는 말하고 싶지 않았다.

"그보다 재밌는 이야기를 들었지 뭐야."

"……."

"자식을 가르텐의 딸에게 홀랑 넘기다니."

무슨 말을 하려는가 싶었는데 또 그거였나. 화제 선택이 영 별로였다. 에르셀라는 카르온의 표현이 마음에 안 들었으므로 살짝 정정해 주기로 했다.

"넘기다니요. 약혼이죠. 마음에 안 드는 건 이해하지만 누가 들으면 우리가 아들을 이용해 장사라도 하는 줄 알겠어요."

소용없었는지 코웃음 치는 소리가 들려왔지만.

"어감이 그리 듣기 좋은 건 아니지만 틀린 말은 아니잖아. 귀족이라면 모든 부모가 그리하지. 그만큼 당연한 일이기도 하고. 너, 나, 누님, 이 중 어디 하나 정략이 아닌 게 있었나?"

냉정하지만 맞는 말이었다. 그들에게 이해관계를 따져 가약을 맺는 것은 숨 쉬듯 자연스러운 일이었으니.

결혼 상대는 이름뿐인 반려자로 두고 사랑하는 연인을 정부로 삼는다. 그것이 그들에게 가장 이상적인 삶이었다.

에르셀라는 문득 자신이 현실에 너무 찌든 건 아닌가 걱정했다. 예전에는 왕자와 공주가 결혼하여 오래오래 행복하게 살았다는 동화 속 이야기를 절대적으로 믿는 시절도 있었던 것 같은데 말이다. 슬프게도, 동화는 전부 허상이라는 듯이 실재하는 현실은 그것을 비웃었지만.

카르온의 시들한 목소리가 들려왔다.

"판테츠 백작 영애만 아쉽게 되었지. 좀 더 현명하게 굴었다면 훗날 베른하르트 공작 부인이 될 수도 있었을 텐데."

에르셀라는 뜬금없이 언급된 '판테츠 백작 영애'에 떨떠름함을 느꼈다.

"판테츠 백작 영애요?"

"그래. 내가 보기엔 판테츠가의 차녀를 먼저 생각해 둔 것 같거든."

판테츠 백작가의 차녀라니.

"그 영애는……."

"엘리시아 판테츠. 너도 알 텐데."

카르온의 말대로 에르셀라는 그녀를 알았다. 나이 차가 있는 만큼 친하진 않았지만 간간이 인사 정도는 했다.

그러나 지금의 에르셀라에겐 그것이 중요한 게 아니었다. 과거에 판테츠 백작 영애가 비센테와 약혼을 맺을 뻔한 여인이라는 것이 중요했다.

원래대로라면 비센테의 약혼 이야기가 거론되었을 시기는 지금보다 후일이었고, 약혼할 여인도 올리비아 가르텐이 아닌 엘리시아 판테츠였다.

판테츠는 지지 기반이 단단한 중앙 귀족이다. 그러나 판테츠 영애와 비센테의 약혼은 이루어지지 않았다. 당시 그녀는 사랑하는 사람이 있었는데, 하필 그 연인의 아이를 임신했던 것이다.

'난리였지.'

혼전 임신에 사교계는 발칵 뒤집혔다. 백작 부인은 수치스러웠는지 그 뒤로 사교계에 출입하지 않았고 말이다.

만일 판테츠 영애의 비행이 아니었다면 두 사람은 무난하게 약혼했을 것이다. 에르셀라는 그 뒤에 어떻게 되었는지 떠올려 보려 애썼지만, 판테츠가와의 혼담이 깨졌다는 것 외엔 기억나는 게 없었다.

"쉬쉬하지만 알아본 바로는 백작 영애가 웬 하인 녀석과 동침하다 그날따라 일찍 귀가한 백작에게 걸렸다는군."

정체 모를 연인이 하인이었다니. 충격이었다.

"공작이 모를 수가 없지. 그래서 판테츠가 아닌 가르텐으로 선회한 것 같아. 딱히 현명한 판단은 아니었던 것 같다만. 물론 내 사적인 감정을 담은 평가긴 해."

"판테츠 백작은 그날 왜 평소보다 일찍 귀가한 건데요?"

핀트가 엇나간 질문이었다. 카르온은 별걸 다 묻는다는 기색을 하면서도 충실히 답해주었다.

"그날 회의가 있었는데 공작의 사적인 일로 잠시 미뤄졌어. 고민이 많은 표정이더니 공저에 가봐야 할 것 같다더군. 네 부군 덕에 시간이 비어버리니 어쩔 수 있나. 다들 궁에 남아 있거나 귀가하는 분위기였지. 판테츠 백작은 백작저로 돌아갔고, 마침 딸의 비행을 목격한 모양이야."

하르젠이?

"그 시기가 언제예요?"

"콘라드 대표 사절단으로 누가 갈지 고민하던 때일 거야. 거의 판테츠 백작으로 확정되었는데 집안일로 무산되었지. 그 후에 가르텐 공작이 자원해서 그가 파견되었고. 음, 어쩌면 백작이 갔었다면 콘라드와의 우호를 더 다질 수 있었을지도. 고작 말 몇 필이 아니라 더 받아냈을 수도 있었겠지."

에르셀라는 일반적으로 그런 것을 우호라 부르는 이는 없으며 판테츠 백작이 갔더라도 결과는 같았을 것이라 말해주는 대신 그 시기에 무슨 일이 있었는지 지나간 시간을 되새김질했다.

'하르젠이 보통보다 일찍 귀가한 날이…… 아.'

한 번 있었다.

확실하진 않지만 짐작 가는 날이 있었다. 비센테의 교육 문제로 다투었던 날이 아닐까? 그가 너무나 순순히 교육 권한을 넘겨주어 다투었다 하기엔 애매했지만.

그런데 하르젠이 단순히 그 일로 회의를 미루고 나왔다 하기에는…… 그것도 좀 이상했다.

에르셀라는 사건을 순서대로 나열해 보았다. 먼저 하르젠으로 인해 판테츠 백작이 이른 귀가를 하게 되고, 딸의 과실을 알게 되었다. 그 때문에 비센테의 약혼녀가 바뀌었다. 그렇다면 과거는 무질서하게 바뀌는 것이 아니란 뜻이 된다.

'마치……'

그녀가 레데아 부인의 티파티에 초대받았던 것처럼. 자르데아 백작 부인이 그녀에게 딸에 대한 고민을 털어놨던 것처럼. 에르셀라가 비센테를 사랑하지 않았더라면 일어나지 않았을 일이었다.

에르셀라가 이전과 별반 다를 것 없는 태도를 보였다면, 레데아가의 티파티에 참석한 부인들은 그녀에게 비센테의 안부를 묻지 못했을 것이고, 자르데아 백작 부인도 자식에 관한 일로 그녀에게 도움을 요청하지 않았을 터였다.

그녀의 변화가 변화를 일으키고 일련의 사건을 연결한다. 소소한 변화였지만 '어쩌면'이라는 가정이 떠올랐다.

어쩌면, 정말 죽지 않을 수 있을지도 모른다는 그런 가정이.

만일 전쟁이 일어나지 않고 죽지 않고 산다면 그녀는 비센테가 성인이 되고, 결혼하고, 한 아이의 아버지가 된 모습을 눈에 담을 수 있을 것이다.

'그럴 수 있다면 정말 행복하겠지.'

그런 걸 바라는 게 과분한 욕심인 걸 알면서도 가슴은 두근거렸다.

"아무튼 판테츠 영애 일은 유감이야. 가르텐 공녀는 언제쯤 만날 생각이지? 지금쯤 너와 네 아들을 오매불망 기다릴 텐데."

"가르텐 공작이 아직 궁에서 돌아오지 않았다고 들었어요. 공작이 참석하면 소개할 생각이에요."

"지금은 왜 안 가고?"

"공작 부인과 이렇다 할 친분이 없어 벌써부터 같이 있기엔 어색해요. 비센테가 사람들과 교분을 쌓아두었으면 하는 바람도 있고요."

"아아, 그렇군."

카르온은 이해했다는 듯이 턱을 매만졌다. 그때 악단들이 새로운 곡을 꺼냈다. 미뉴에트였다. 일반적인 음률이 아닌 그라니아식에 맞춘 변주곡으로 원곡보다 발랄한 분위기였다.

카르온의 눈매가 장난스레 휘어졌다. 그가 에르셀라에게 팔을 내밀었다.

"어때. 나와 한 곡 추는 건?"

에르셀라는 내밀어진 그의 손바닥을 멀뚱멀뚱 응시했다. 카르온과 춤을 춰본 게 언제였더라. 심지어 먼저 춤 신청을 해온다. 어렸을 때는 그녀가 열 번을 졸라야 한 번 춰줄까 싶을 정도로 비싸게 굴었으면서 말이다. 기분이 이상해 가만히 바라보고 있자 카르온이 핀잔하듯 그녀에게 말했다.

"설마 거절하려고?"

서운하단 말투였다. 에르셀라가 피식 웃었다.

"이번만이에요."

에르셀라가 선심 쓰듯 주는 손을 카르온은 기막혀했다.

"예전에 네가 내게 득달같이 조른 건 기억 안 나?"

아무래도 그는 누이와 입장이 뒤바뀐 게 불만인 듯했다.

"잘 춰주지도 않았잖아요."

에르셀라가 부루퉁하게 그의 말을 받았다.

"내가?"

"네, 그대가요."

"너, 진짜."

"제가 그때 얼마나 서운했는지 알아요? 같이 출 만한 사람이라곤 오라버니밖에 없는데 만날 바쁘대. 찾아가면 공부해야 한다, 책 읽어야 한다, 검술 연습해야 한다, 활 쏴야 한다. 이제 보면 다 저 피하려고 그랬던 거죠?"

카르온이 어깨를 으쓱였다.

"네가 날 그리도 괴롭히니."

"언니랑은 잘 췄으면서."

"누님은 당신께서 바빴으면 더 바빴지 날 괴롭히진 않았거든."

그건 또 맞는 말이라 에르셀라는 할 말이 없어졌다.

"얼른 춤이나 추어요."

"그리하지."

카르온이 에르셀라를 끌어당기자 드레스 하단이 깃털처럼 바닥에 쓸렸다. 1년 만에 추는 것이었음에도 몸은 익숙했는지 곡을 따라 옮기는 발걸음이 유연했다.

"네 데뷔탕트, 그때도 미뉴에트였나?"

카르온이 물었다.

"왈츠였죠."

"그래?"

"아닌가? 미뉴에트였나? 사실 기억 안 나요. 왕자님 발을 밟았다는 것밖에는."

아버지의 소개로 왕자와 춤을 추게 되었는데 긴장해서 떠는 바람에 실수로 왕자의 발을 밟은 적이 있었다. 가슴 철렁이던 그 순간이 어찌나 강렬했는지, 데뷔탕트였음에도 그것 말곤 기억나는 게 없었다.

"아, 그랬었지."

카르온도 생각났는지 고개를 끄덕였다. 에르셀라가 빙글 돌았다.

"그때 네가 왕자님과 혼인하고 싶다 졸랐던 거 기억나?"

순간 박자를 놓치며 그녀가 발을 삐끗했다. 카르온이 에르셀라의 허리를 휘감았다.

"조심해야지, 누이."

그가 아니었다면 휘청거렸을 것이 분명했지만, 에르셀라의 머리에서 고맙다는 인사는 저 멀리 날아가 있었다. 황당함이 우선이었다.

"그게 언제 적 얘긴데요."

"네가 열네 살 때쯤?"

에르셀라는 어안이 벙벙해졌다.

"까마득히 오래전이네요. 그리고 순서가 틀렸잖아요. 왕자님과 결혼하고 싶다는 소원은 왕자를 보자마자 접은 거 기억 안 나세요? 상상했던 왕자와 너무 달라서 생각이 바뀌었다고."

"어떻게 달랐는데?"

"금발에 다정한 왕자님을 기대했는데, 붉은 머리에 안 다정한 왕자님이셨죠."

카르온이 비식 웃었다. 왕자에 대한 흥미가 식은 이유가 동화와 다른 이미지 때문이었다는 것이 우스운 듯했다.

에르셀라는 그를 흘겨보았다. 그는 영영 모를 것이다. 소녀들에게 왕자님이란 얼마나 낭만적인 존재인지를. 나이가 들고 현실을 알아갈수록 환상은 옅어졌지만 그래도 왕자는 왕자였다. 왕자! 입에 담기만 해도 달콤해 에샤힐드가 부럽기도 했다. 왕자와 결혼한 언니는 꼭 공주님처럼 보였기 때문이다.

에르셀라가 '나도 순수했던 때가 있었구나' 하며 혼자 흐뭇해하고 있을 때였다.

"지금이라도 구해다 주면 갈래?"

"가다니요?"

"왕자는 아니겠지만 금발에 다정한 귀족쯤은 어때?"

그녀는 순간 귀를 의심했다.

"⋯⋯농담이죠?"

"왜, 네가 원하는 이상형을 붙여주겠다는데."

아니면 그가 미친 건가? 또 그렇다 하기엔 카르온은 썩 진지해 보였다. 에르셀라는 그게 더 충격이었다.

"제가 결혼한 부인이란 걸 잊었어요? 혹시 건망증이라도⋯⋯."

"아직 멀쩡하다만."

그는 알까. 그녀의 눈에는 지극히 비정상으로 보인다는 걸. 미친 사람을 보는 듯한 시선에 카르온이 억울했는지 몇 마디 덧붙였다.

"네가 원한다면 언제든 그래 줄 수 있어, 이제는."

"헛소리 마세요."

에르셀라는 질겁하며 단호하게 물리쳤다. 농담이라도 그런 말은 꺼낼 수 없을 텐데 말이다.

"지금은 어떤데."

"뭐가요?"

"네 결혼 생활."

"⋯⋯."

"만족해?"

묘한 기시감이 그녀를 덮쳤다.

"그자와 결혼한 걸 후회하지 않아?"

이전에도 비슷한 질문을 들은 적이 있었다. 그것이 무의미한 물음임을 잘 알 텐데도. 이미 결혼한 사람에게 저런 질문은 무례였고, 만족하지 않는다고 대답해 체면을 깎아먹는 귀부인도 없을 것이다.

아버지나 어머니, 언니까지, 누구도 그녀에게 그런 질문은 하지 않았다. 자신과 하르젠의 결혼은 엄연히 계약이었다. 서로가 서로에게 얻을 것을 얻기 위한.

그녀의 아버지가 베른하르트에게 무엇을 약속했는지는 몰라도 에르셀라는 하르젠이 자신을 원했던 이유가 고작 왕녀의 청혼을 물리는 것 하나에만 있다고 생각하지 않았다. 그것이 뭔지 궁금해서 물어보면 선대 후작은 네가 걱정할 것은 없노라 하시며 미소만 지으실 뿐이었다.

"그럼요."

어찌 됐든 피사리데는 원하는 바를 모두 이루었다. 하지만 카르온이 원하는 대답이 진정 그게 다일까.

그녀는 그가 좀 더 본질적인 것을 요구하는 듯한 느낌을 받았다. 아마도, 그 남자의 곁에서 살아가는 것이 만족스럽냐는……. 왜 그런 걸 물어보는 걸까. 그런 건 중요한 게 아닐 텐데.

"하르젠은 좋은 사람이에요."

무엇보다 그는 그녀에게 충분히 좋은 사람이었다. 아내로서 그를 존경하고 애정한다.

"그 사람만큼 책임감이 강한 사람도 드물어요. 자기 일을 남에게 떠넘기거나 소홀히 하는 무책임한 성정도 아니죠. 맡은 일은 끝까지 해요. 안 맞아도, 힘들어도, 그냥 해요. 그렇게 그 사람은……."

목울대가 가려웠다.

"저까지 책임졌어요."

"에르셀라."

카르온이 화를 내는 것도 같았다.

"오라버니도 알잖아요. 하르젠이 아니라 다른 사람이 남편이었다면 전 버려지고도 남았을 거예요. 하르젠은 객관적으로 다정한 사람은 아니지만 그래도 제겐…… 그렇게 보여요. 절 많이 배려해 줘요. 아껴, 주는 것도 같고요. 제가 새롭게 좋아하는 꽃이라도 생기면 며칠 지나지 않아 후원에 그 꽃이 한가득 피어 있어요. 그 사람은 내게 아무것도 묻지 않아요. 그런데 알아요. 그냥, 알고 내가 원할 만한 걸 해줘요. 무엇보다 저 말고 다른…… 여, 자도 없으니까……."

"……."

"……오라버니가 보기에도 좋은 사람 같지 않아요? 그렇잖아요. 가르텐 공작만 해도 알려진 정부가 몇인데……. 어, 음, 제 말은……."

카르온이 묘한 눈으로 에르셀라를 지켜보았다. 만면에 드리워진 웃음이 사그라지고 사춘기 소녀 같은 모습만이 그의 시야에 비쳤다.

"그, 러니까……."

두 입을 떼고 맞붙이고 늘리고 늘어뜨리고 아랫입술을 당겨 물다 놓기를 반복한다. 마치 무언가를 말하기 머뭇거리는 사람처럼. 이윽고 에르셀라의 입술이 완전히 떼어졌다.

"전 그 사람이 좋아요."

그리고 카르온은…….

"오라버니?"

"아. 네가 그럴 줄은."

웃었다. 아주 재미난 이야기를 들은 사람처럼. 에르셀라는 그가 또 자신을 놀리나 싶었지만 웃음소리에 장난기는 섞여 있지 않았다.

"그래, 그렇단 말이지."

그는 스스로를 일깨우려는 사람처럼 재차 고개를 주억였다. 에르셀라의 눈에는 그 모습이 부자연스러워 보였다.

"……뭐예요. 매번 알아듣지 못할 말만 툭툭 던지고."

"난 네가 눈치가 빠르지 않아서 좋은데."

그와 동시에 음악이 끊겼다. 얇아진 끝 음이 아스라이 사라지자 에르셀라의 발목이 붙잡히듯 멈추었다. 카르온도 더 이상 움직이지 않았다. 두 시선이 길게 마주했다.

그가 또다시 웃었다.

✺　✦　✺

떠들썩한 주변 사람을 적당히 대하고, 물리고, 받아들이고, 해치우기를 반복하기를 얼마간, 비센테는 지척에서 라셀리온과 눈이 마주쳤다.

"오랜만입니다, 형님."

"……반갑다."

"그간 평안하셨는지요?"

"그래."

고작 한 번 본 사이임에도 라셀리온의 태도는 무척 살가웠다.

"이리 뵙게 될 줄이야. 아버지를 따라오길 잘했군요."

"후작 부인도 이곳에 와 계신 거냐."

"어머니는 로웨나 그 녀석과 글라디엠령에 가 있습니다."

비센테는 피사리데 후작 영애가 이곳에 없다는 소식에 안심했다. 인근 테이블만 해도 과자나 음료가 한가득이었다. 로웨나가 왔다면 후작가에서 보낸 티타임이 재연됐을 것이다. 비센테의 표정이 느슨하게 풀린 것을 알아챈 라셀리온은 다 이해한다는 듯한 눈빛을 보냈다.

"형님께서는 고모님과만 같이 오셨습니까?"

"그래."

그는 무심코 대답하다 문득 아도라를 떠올리곤 덧붙였다.

"자르데아가의 영애도 같이."

"아, 들었습니다. 고모님께서 백작 영애를 시녀로 들이셨다지요?"

라셀리온이 아도라 쪽을 흘긋거렸다.

"그런데 안 도와주셔도 괜찮겠습니까? 좀 곤란해 보이는데요."

고개를 돌리자 라셀리온 말대로 얼이 나가 있는 듯한 소녀가 보였다. 제 방을 방문했을 때도 저랬던 것 같은데. 비센테는 아도라에게 두었던 시선을 거두었다.

"알아서 잘하실 거다."

냉정하고도 정 없는 목소리였다. 라셀리온은 사람들 사이에 둘러싸여 '네, 네', '아, 그런가요?', '그렇군요!'만 기계처럼 되풀이하는 아도라를 바라보았다.

'알아서 잘 못 하는 것 같은데.'

그녀 나름대로 열심히 하려는 것 같지만 타고나기를 저리 타고났는지 말주변이 없어 보였다. 아니면 또래를 대하는 데 영 서툴거나. 그러나 그가 참견하는 건 이상한 그림이라 라셀리온은 자르데아 영애를 향한 동정을 깔끔하게 접었다. 그는 다시 비센테에게 집중했다.

"형님. 가르텐 영애와 약혼하신다 들었는데, 참말입니까?"

비센테가 턱을 까닥여 긍정하자 외숙을 닮은 초록색 눈동자가 매끄럽게 접혔다.

"정말 축하드립니다."

"고마워."

비센테는 약간 질리는 기분이 되었다. 벌써 몇 번째인지. 만나는 사람마다 어김없이 건네는 축하에, 비센테는 사실 그것이 인사말이 아닐까 하는 착각까지 들 지경이었다.

비센테의 무미건조한 반응에 라셀리온의 고개가 천진하게 넘어갔다.

"별로 안 기뻐하시는 것 같습니다."

"기뻐할 이유라도 있나?"

"약혼하실 분은 만나보셨습니까?"

"아직."

사실 에르셀라를 따라간 수도 보석점에서 가르텐 공녀를 한 번 만났지만, 그는 부러 그렇게 대답했다. 그렇다고 했을 때 뒤따를 관심이 귀찮았기 때문이다.

"전 아까 간단히 인사를 드렸는데 예쁘셨습니다."

비센테는 말을 아꼈다. 무슨 대답을 원하는 것인지 잠시 갈피를 놓쳤다. 아무런 답도 들려오지 않자 라셀리온은 의아해하며 물었다.

"좋지 않습니까?"

"왜 좋아야 하지?"

"이왕이면 아내가 예쁜 사람이면 좋잖습니까. 제 친구들도 다 그리 말합니다."

에메랄드를 닮은 눈은 녹색이었음에도 피사리데 후작이 아닌 후작 부인을 닮은 것 같은 착각이 일었다. 후작을 닮은 얼굴로 저리 말하니 비센테는 말문이 막혔다.

"그 이야기는 이쯤 하자."

그가 강제로 대화를 끊어냈다. 그는 가르텐 공녀가 어떤 사람인지 궁금하지 않고, 그녀를 주제로 라셀리온과 이런저런 대화를 나누고 싶지도 않았다. 라셀리온도 비센테의 의도를 읽어냈는지 더는 가르텐 영애 얘기를 꺼내지 않았다.

그쯤 음악이 한차례 끊기고 새롭게 이어진 음률이 공백을 메우기 시작했다. 라셀리온이 입을 열었다.

"두 분께서 춤을 추실 생각인가 봅니다."

그 말대로 어머니와 외숙이 손을 맞잡고 있었다. 남매라 그런지 썩 닮은 것도 같다고 비센테는 생각했다.

"어머."

저토록 화려한 용모가 한곳에 있는데 이목을 끌지 못할 리 없다. 찰나 희미한 목소리가 비센테의 귓가로 들려왔다.

"……려요."

"……게요. 베른하르트 공작 부인은 여전하시네요."

"말도 마세요. 옛날에는 더했답니다."

"두 분께서 함께 계시니 그림 같네요. 언제 봐도 보기 좋은 남매예요."

자기들 딴에는 속닥거리는 거겠지만 집중하면 들릴 크기였다. 라셀리온이 흐뭇해하며 비센테에게 귀엣말을 했다.

"아버지도 모처럼 즐거우신가 봅니다. 저리 웃는 모습은 오랜만입니다."

후작뿐만이 아니었다. 에르셀라도 웃고 있었다. 비센테는 그런 어머니를 가만가만 바라보았다. 그녀가 원호를 그리며 돌자, 풍성한 치맛자락이 허공에 개화하다 바닥으로 낙화했다.

소소한 환성, 점잖은 박수 소리, 소곤대는 말씨가 어우러지는, 시끄럽고 복잡하고 어지러운 곳. 에르셀라는 그 한가운데에 존재했다. 가장 환하고, 가장 아름답게.

그녀에게 쏟아지는 빛이 끔찍이도 찬란하여 눈이 아렸다. 그는 눈을 감았다 다시 에르셀라를 보았다. 생기가 피어오른 얼굴에 궁금함이 일었다. 무슨 대화를 하는지, 뭐가 그리 즐거운지, 춤추는 게 왜 좋은지, 왜 그렇게 예…….

"고모님은 오늘도 아름다우시군요."

간결하지만 고조된 찬사가 비센테의 사고를 멈춰 세웠다. 그는 제가 무슨 생각을 하고 있었는지 잊어버렸다. 그리고 그것은 왠지 그에게 안도감을 가져다주었다. 라셀리온이 그를 돌아봤다.

"그렇지 않습니까?"

비센테는 저에게 동의해 주길 바라는, 기대를 가득 머금은 시선이 성가셨다. 가슴을 차게 식힌 비센테는 무뚝뚝하게 대답했다.

"예쁘다 안 예쁘다를 떠나 그런 건 내게 중요하지 않아. 딱히 생각해 본 적 없어."

"하지만 웃고 계신데……."

멈칫.

"저는 형님께서도 고모님이 예뻐서 웃으시는 줄 알았습니다. 그런데 아니라니……. 그럼 왜 웃으신 겁니까? 좋은 일이라도 있으십니까?"

주눅 든 라셀리온의 표정은 보이지 않았다. 비센테는 느리게 제 입가를 쓸었다. 미미하지만 입술 끝이 올라가 있었다. 그것을 깨닫자 이어진 목소리에는 한층 짜증이 배었다.

"그저 다른 생각을 하고 있었을 뿐이야."

한숨과도 같은 말소리였다. 라셀리온은 더 묻지 못하고 그 자리에서 입술을 맞붙였다.

카르온이 시간을 가늠했다.

"이제 가야겠군."

"벌써요?"

"널 봤으니 됐어."

정말로 에르셀라를 만나는 것이 목적이었는지, 카르온은 가르텐 공작이 올 때까지 남아 있는 성의를 보일 생각이 없는 듯했다.

"그럼 애들에게로 가요."

에르셀라는 황당했지만 차마 반대하지 못했다. 자신의 입으로 오라비에게 가르텐 공작을 만나고 가라 할 순 없었다.

비센테와 라셀리온이 있는 곳으로 발걸음을 옮기니 〈헤쿠스의 전쟁론〉, 〈펠로비스의 저서〉와 같은 단어가 들렸다.

"대화 중이었니?"

에르셀라와 카르온을 발견한 라셀리온은 약식 예법으로 기품 있게 인사했다.

"그렇습니다, 고모님. 티타임 이후로 뵙는군요. 그동안 잘 지내셨습니까?"

"그럼. 라셀리온, 너는 잘 지냈니?"

"소중한 이들의 보살핌으로 탈 없이 지내고 있습니다."

제법 신사 티가 나는 대답을 에르셀라는 흐뭇한 미소로 맞아주었다. 그다음에 그녀는 비센테를 보았다.

"오셨습니까."

표정이 안 좋아 보이는 건 기분 탓일까. 어쩐지 뚱해 보이는 얼굴에 에르셀라는 의아해졌다. 무슨 일이 있었는지 궁금했지만 묻다가 자칫 그를 연약하다고 했을 때와 비슷한 사고가 날지 몰라 에르셀라는 말을 삼켰다.

"이만 가자."

카르온이 라셀리온의 어깨에 묵직하게 손을 올려놓으며 말했다.

"벌써 말입니까?"

라셀리온이 놀란 듯 되물었다. 연회는 2부도 되지 않았는데 벌써부터 퇴장한다는 게 이해가 안 가는 듯했다.

"그래. 더 있고 싶으면 있다 와도 된다만. 마차는 따로 보내놓으마."

"아, 아닙니다. 가겠습니다, 아버지. 그런데 저……."

라셀리온이 기어들어 가는 목소리로 카르온의 눈치를 살폈다.

"헤리트 영애와 인사를 못 했는데 하고 와도 될까요?"

연하게 상기된 라셀리온의 뺨을 바라본 에르셀라는 곤란해졌다.

'헤리트 백작 영애를 마음에 두고 있을 줄은 몰랐는데……'

라셀리온은 미래에 라페인 후작 영애와 약혼을 한다. 이제껏 피사리데와 라페인 사이에 이상기류는 없었으니 이변이 없다면 두 사람은 결혼까지 할 것이다.

"기다리마. 하고 오거라."

잠시 한숨지은 카르온은 선선한 허락을 내렸다.

"서둘러 다녀오겠습니다."

에르셀라는 라셀리온의 빠른 걸음을 눈에 담다 카르온을 보았다.

카르온은 라셀리온의 풋사랑을 다소 시큰둥하게 쳐다보고 있었다. 그의 입장에선 성가실 일도 아닐 것이다. 라셀리온은 이제 열네 살이고, 그 시절 품은 마음이 커서도 보존될 확률은 거의 없을 테니. 지금은 놔둘 생각이리라. 아들이 원하는 여인을 혼인 상대로 고려하는 일 없이.

그리고 그것은 비센테도 마찬가지겠지.

"그럼 나는 가봐야겠군. 아쉽지만, 조카님은 나중에 따로 보지."

"살펴 가십시오, 외숙."

"그래. 그럼 누이, 나는 이만."

우아한 동작으로 허리를 숙인 카르온의 백금발이 잘게 흔들렸다.

"나중에 찾아뵐게요."

"만남을 고대하지."

태어난 이후로 고상하지 않은 적이 한 번도 없던 남자는 발소리도 내지 않고 뒤돌아 걸어갔다. 에르셀라는 그 모습을 바라보다 비센테에게로 시선을 돌렸다.

"미안해. 내가 자리를 너무 오래 비웠지?"

"어린애가 아니니 전 괜찮습니다. 걱정 않으셔도 됩니다."

"그래, 넌 언제나 혼자서 잘해왔으니까. 걱정하지 않아. 너를 믿어."

에르셀라의 부드러운 목소리에 비센테의 푸른 눈이 한기를 띠었다. 에르셀라는 영문을 몰랐지만 이번에도 그 이유를 물으면 안 될 것 같아서 미소로 대신했다.

"웃지 마십시오."

"······응?"

뜬금없는 요구에 에르셀라는 순간 당황했다.

이제는 웃는 것까지 밉상인 것인가. 그녀는 어쩐지 서글퍼져 입꼬리를 살짝 내렸다. 그럼에도 비센테의 뚱한 얼굴은 풀리지 않았다.

❋　✦　❋

재색 예복 차림의 남자가 빛을 등지며 계단을 걸어 내려갔다. 빛을 머금어 반작이던 백금발이 어둠에 물들어갔다.

남자는 제자리에서 반 정도 돌아 제가 걸어 나온 건물의 외관을 보았다. 선연하던 녹안이 심연에 잠긴 듯 흐릿한 빛을 띠었다.

"이렇게 될 줄은, 몰랐는데."

스스로 인식하지 못한 듯한 수줍은 미소가 그의 시야에 아른거렸다. 카르온의 얼굴 곳곳에 미약하게 균열이 일었다. 조금 곤란하다는 듯이.

"내가 운이 나쁜 건가. 아니면······."

"······."

"공께서 운이 좋은 건가."

회한이 묻어나는 목소리가 바람을 타고 흩어졌다. 우두커니 하얀 대리석을 깎아 올린 기둥을 바라보던 그는 빛을 등지고 아무 일도 없던 사람처럼 걸음을 옮겼다.

백의 룩이 흑의 폰을 잡았다.

"기다리게 한 데에 심심한 사과를 하지. 공작도 알다시피 오늘은 가르텐 공의 하나뿐인 딸이 성년을 맞이하는 날이라, 뒤에 잡아둘 수가 없었어."

"괜찮습니다."

흑색 비숍이 대각선에 놓여 있는 백색 룩을 잡았다.

"이런."

적색의 눈썹을 삐뚤게 기울인 남자가 나이트를 한 칸 옮긴 후 사선으로 이동시켰다.

"기사를 내줄 순 없으니."

"퀸을 지키셔야 했습니다."

그 순간 백색의 퀸이 검정색을 두른 비숍에 의해 무참히 쓰러졌다.

탁, 하고 짤막한 소리를 낸 후 넘어진 퀸을 내려다보던 남자의 눈이 설핏 휘어졌다. 그에 따라 길게 늘어진 붉은 속눈썹이 매끄러운 호선을 그렸다.

"합당한 지론이야, 공."

남자는 이번에는 무슨 말을 움직여야 할지 고민했다. 남자의 손톱 끝이 일정한 간격을 두고 체스 판을 두드렸다.

탁. 탁.

"군사 증원은 무리가 없나? 영주들은 더 반발하지 않고 있지만, 내 좀 걱정되는군."

탁. 탁. 탁.

"반발을 걱정하실 만큼 많이 걷지도 않았습니다."

"그게 중요한가? 가졌던 걸 빼앗긴 게 중요한 것이지. 원래 있던 걸 잃는 게 더 뼈아픈 법이지 않는가. 반발은 필연이야."

탁.

백의 나이트가 이동했다.

"다시 내놓을 작정이 아니시라면 지금 대화에 무슨 의미가 있는지 모르겠습니다."

"아, 눈앞의 베른하르트 공께서는 효율 없는 대화를 질색하셨지. 짐이 잠시 잊고 있었군."

하르젠이 손을 뻗어 퀸을 뒤로 물렸다.

"흠, 왕을 이동시키는 게 나았을 것 같은데. 그러면 다음 순서에 비숍으로 나이트를 잡을 수 있었을 테고. 무엇보다……."

남자가 상대 진영에 있는 자신의 하얀색 나이트를 움직였다.

"체크메이트."

그라니아 국왕, 케니언스 카이사르 카자라이넬의 입술선이 매끄럽게 올라갔다.

"이런 상황도 오지 않았을 테고."

흑의 킹은 어느덧 물러날 곳 없이 하얀 체스 말에 둘러싸여 있었다.

"제가 졌군요."

담백하게 패배를 인정하는 하르젠에게 눈길을 준 케니언스가 심드렁히 입을 열었다.

"애초에 제대로 할 생각도 없으셨겠고."

"체스엔 재주가 미약한지라."

"그렇다 하기엔 패착 요인이 훤한걸."

"즐기지 않는 것도 그 연유에 한몫합니다."

"공께서는 여전히 재미없군. 시종장, 그렇지 않은가?"

왕이 시종장을 돌아보며 손을 내밀었다. 시종장이 준비된 시가를 들려주며 말했다.

"언제나 한결같으시죠."

"어쩐지 칭찬으로 들리는데. 그대는 누구 사람인가?"

시가를 피우며 케니언스는 언짢은 듯 콧잔등을 찡그렸다.

"이런 일에 어찌 편을 가르오리까."

"오늘부터 그대는 사직하라. 내 그 자리에 글라디엠 백을 올릴 테니."

"허허. 제가 사직한다 해도 정정한 이가 워낙 많아 글라디엠 백작은 턱도 없을 텐데요."

"그대가 말하는 정정한 이란 다 마흔, 쉰 먹은 노인네들 아닌가? 백작이 몇 살이더라……."

"스물아홉일 겁니다."

"그럼 안 될 것도 없군. 선례도 있으니."

케니언스가 시가를 빨아들이던 무렵 시종장이 진득한 한숨을 내쉬었다. 졌다는 얼굴이었다.

"제가 잘못했습니다, 폐하. 이제 됐습니까?"

"용서는 보류하지. 짐이 또 쪼잔하여."

"아이고."

두 사람의 옥신각신을 지켜보던 하르젠은 눈을 내리떴다. 한눈에 보아도 작금 벌어지는 유치한 공방에 한발 떨어져 있고 싶어 하는 듯했다. 케니언스가 의자에 몸을 깊게 파묻었다.

"그래, 가르텐과 혼담이 오간다고?"

그가 길게 눈을 좁히며 눈앞의 남자를 바라보았다.

"그리됐습니다."

"한데 그대는 왜 공녀의 성년회에 안 가고 짐과 재미없는 체스질이나 하고 있나. 미리 말했다면 굳이 부르진 않았을 텐데."

"아내가 가 있습니다."

"아, 공작 부인은 잘 지내나?"

"예."

한 음절로 끝난 답문에 시종장은 제가 다 어색해졌다. 아무리 봐도 이 둘은 안 맞는다는 게 여실히 와닿았다.

"공작 부인이 쉬이 허락하던가? 가르텐이라 곱게 보지 않았을 텐데."

"그녀는 베른하르트이니."

그 뒤로는 굳이 덧붙이지 않아도 알 수 있었다. 공작 부인은 베른하르트이니 피사리데가 배척하는 가르텐을 질시할 필요 없다는. 그것이 케니언스의 즐거움을 더해주었다.

"공작 부인 얘기가 나오니 꺼내는 말인데, 짐이 제안을 하나 할까 해."

흑발 흑안의 사내는 그제야 무심히 내렸던 눈을 움직여 케니언스를 주시했다.

"공도 알다시피 요즘 짐의 한 살배기 아들이 한창 인기지."

왕의 목소리는 일상 가십거리를 내뱉듯이 경쾌했다.

"짐이 궁에 돌아다니는 하녀를 지목해 유모로 임명했더니 난리도 아니더군. 제 아들도 아니면서 참견이 왜 이리도 많은지, 원. 아무튼 귀한 왕손을 평민에게 맡길 순 없다는 것엔 짐도 동의하는 바라 유모를 새로 구하고자 한다. 내 신중히 추려본 결과 공의 아내가 적합해 보이더군. 친애하던 언니의 자식이니 잘 돌보아주겠지. 어떤가. 공작 부인이 왕자를 한번 키워보는 건?"

"불가합니다."

재고해 달란 요청도 아닌 거절이었다. 천금 같은 기회를 숙고 없이 물린 공작에 시종장은 상당한 놀람을 금치 못했다.

왕이 인심 쓰듯 제안해 별거 아닌 것 같아 보이지만 무려 왕자의 유모 자리였다. 그 안에 있는 타산을 마치면 저런 직관적인 대답이 나올 수 없을 터였다. 케니언스 또한 미련 한 점 없어 보이는 베른하르트 공작의 태도를 재미있다는 듯 직시했다.

"왜, 요즘 다트너 대부인이 그 자릴 차지하려고 혈안인데. 공은 혹하지 않나 보지?"

"제 아내가 아닌 누가 그 자리를 차지하든 베른하르트는 개의치 않을 것입니다."

"음, 좀 개의해 보는 건? 안 그래도 요즘 우리 공작 부인께서 육아에 재미 좀 붙였단 얘기가 허다해. 내 한 팔 거들지. 왕자와 남도 아니지 않은가? 어떻게 보면 나 다음으로 가까운 사람일 텐데."

"불가하다 말씀드렸습니다, 폐하."

정중하지만 단호함이 낮게 깔렸다.

"정 필요하다면 알맞은 자를 추려 입궁시키겠습니다."

"공……."

"잊으신 듯하여 말씀드립니다. 그녀는, 아직 회복 중입니다."

회복 중이기는.

케니언스가 입가를 씰룩였다. 그의 인척 되는 여인이 몸이 안 좋아 빌레네로 요양 간 것도 이제 수년 전 얘기였다. 한데 그 일을 아직까지 들먹이니 케니언스는 헛웃음만 나왔다. 그로서는 장난 반 진심 반을 섞은 꽤 후한 제안이었는데 공작은 일고의 가치도 없다는 듯 반려했으니 그럴 만도 했다.

"그래, 공작 부인이 그 몸으로 공자까지 챙기느라 고생이 말이 아니겠군."

"염려하실 만큼은 아닙니다."

배배 꼬아 빈정거려도 얻어지는 건 형식적인 대답뿐이다. 케니언스의 시선이 하르젠에게 아교처럼 눌어붙었다. 살짝 내리깐 흑안은 굴종의 기색 없이 오연했다. 왕은 그러한 눈빛을 가진 자들을 하루에도 몇 번이나 마주했다.

베른하르트, 피사리데, 라페인, 다트너……. 그가 왕좌를 거머쥐는 데 일조한 자들. 의자걸이에 팔꿈치를 괸 왕은 음미하듯 시가를 빨아들였다.

"그래, 공은 이만 나가보지. 수고했네."

느른한 축객이 명해졌다.

"그럼 물러가겠습니다."

베른하르트 공작은 따분한 인사말을 끝으로 자리를 떴다. 문은 잡음 없이 매끄럽게 열리고 닫혔다. 널찍한 공간에는 단 두 사람의 숨소리만이 맴돌고 있었다.

"음, 고민되는군."

왕의 얼굴에는 아까와 같은 장난기는 찾아볼 수 없었다.

"시종장."

"예, 폐하."

"베른하르트가 한창 내 아우의 세력을 죽여갈 때 의외로 꼬리가 많이 밟혔다지?"

"그렇습니다. 로베르트 휘하 가문인 토르벤 자작가와 카사 남작가의 멸문에 그가 관여한 증좌를 가지고 있습니다. 뿐만 아니라 칼릭스 대공을 지지한 루더스, 체스테인이 운영하던 로튼, 키른 상단의 교역을 중간에서 끊어버린 것도 있지요. 그 결과 그들은 자금줄을 잃어 연쇄작용으로 쇠락의 길을 걸었습니다."

"아아, 놀라웠어. 용병을 고용하지 않고 이두르인, 그 야만족을 그라니아에 끌어들일 줄은 몰랐거든. 누가 그들을 공작과 연관 있다 여기겠나. 미리 머리를 잡아두지 않았다면 증좌 또한 없었겠지."

케니언스가 미소 지으며 중얼거렸다.

"공작이 날 위해 해준 수고가 많아."

"……."

"데먼셔, 그 거치적거리는 것까지 치워주고."

시종장이 숙연하게 시선을 내렸다. 제아무리 주군의 정적이라 하더라도 데먼셔에 도래한 비극은 함부로 언급하기엔 무거운 주제였다.

"옛 데먼셔령의 바덴 지역에 유통된 독초도 베른하르트 공작 휘하에 있던 케셔른 체이슨 남작이 유출한 것이었지."

팔걸이에 손가락을 툭툭 내리찍으며 왕은 그때 일을 회상했다.

한 영지 자체가 말라 죽은 끔찍한 사건으로, 데먼셔의 본성이 있는 영지 바덴에 불명의 독초가 은밀히 대량 유통된 적이 있었다. 론데만 데먼셔의 누이였던 베델 데먼셔가 죽음에 이르고 데먼셔 가문이 수도 밖으로 밀려났을 때 일어난 일이었다.

론데만 데먼셔가 무기력함과 비탄으로 술과 약에 절어 지냈을 당시 바덴의 귀족, 기사, 농민들은 영지에 대거로 풀린 중독 성분이 있는 독초에 서서히 길들여지고 있었다. 점차 독에 빠져 사람들은 제 일을 하지 않고 길바닥에 나돌아 다니는 경우가 비일비재했다.

그로 인해 바덴의 체계가 급격히 무너져 내렸다. 처음엔 어딜 가나 흔히 구할 수 있던 독초는 시간이 지날수록 종적을 감추었고 이를 구하지 못한 사람들은 금단증세를 겪었다.

그들의 끝은 대개 비슷했다. 봉기를 일으켜 영주에게 대항하다 죽거나 몸에 퍼진 독으로 인한 죽음이었다. 뒤늦게 정신을 차린 데먼셔의 가주가 그 일의 배후를 알아내고자 했으나 때는 한발 늦은 후였다.

독에 중독된 영지민의 수가 8할로 사태는 손쓸 도리 없이 불거져 있었다. 종내 바덴은 몰락했다. 데먼셔의 주력 영지인 바덴을 잃은 론데만 데먼셔는 성벽에서 떨어져 자살했고, 뒤이어 백작위를 물려받은 카사로 데먼셔 또한 스러져 가는 데먼셔를 지켜보다 본성에서 죽은 채로 발견되었다. 지금은 역사로만 남은 중앙 가문의 비참한 말로였다.

"그게 독초인지도 몰랐지. 하즈리라고 했던가? 루델시아에서만 나는 식물이라더군."

"예. 루델시아는 신의 축복을 받았다 하여 워낙 희귀한 작물이 곧잘 나는지라……."

케니언스가 허, 하며 시종장에게 비웃음을 선사했다. 시종장도 제 말이 우스워 뒷목을 긁적였다. 신의 축복을 받아 희귀한 독초가 난다니. 어불성설도 이런 어불성설이 없었다.

"대체 그런 건 어디서 알았을까. 공은 재미난 것도 많이 알고 있군."

"루델시아에선 꽤 특별한 꽃이라 하더군요."

"케셔른 체이슨은 죽었을 테고."

"살려둘 리가요. 다만 이 점에 대해선 심증만 있을 뿐 물증은 없습니다. 그래도 다른 것에 대한 증좌는 제법 있으니 심려 마시지요."

시종장이 늘어놓은 범법 행위는 이전에도 한차례 들은 것이었다. 그리고 그의 보고는 거짓이 아니었다.

"이상한데."

그럼에도 케니언스는 석연찮은 기분을 지울 수 없었다.

"흔적을 너무 많이 남겼어."

왕은 지속해서 그 의심을 입안에 굴렸다.

"그대는 어떻게 생각하지?"

넘겨받은 의심을 어찌해야 할지 판단을 유보하던 시종장이 떨떠름히 입을 열었다.

"……베른하르트 공작답지 않습니다."

"어찌하여?"

"데면셔, 로베르트를 내칠 때까지만 해도 파고들 틈 없이 후처리가 깔끔했습니다. 선왕 폐하의 빈이셨던 베델 님만 해도 그렇습니다. 폐하, 당시 데면셔는 그 일에 관여한 시녀 하나, 하녀 하나의 머리카락 한 올 찾아내지 못했습니다. 숨었는지 죽었는지도 그들은 알지 못했습니다. 외람되나 고작 왕의 총희 하나 내쫓기 위해 그리 오래 공을 들였습니다. 그만큼 치밀하게 획책을 꾸민 자가 겨우 루더스가의 가신 하나 제거하는 것에 흔적을 남겼습니다. 그 뒤로도 아시다시피 자잘한 건 힘으로 덮거나, 돈으로 매수하는 식으로 일이 급하게 진행되었습니다. 공작의 안배가 있을 수는 있으나…… 제가 보기엔 이러한 미흡함이 고의는 아닌 듯합니다."

"그 시기에 공가에 무슨 일이 있었는지 새로 알아낸 게 있나?"

"일을 치기 전에 공작이 친족들도 다 정리해 둔 터라 딱히."

"……."

"다만……."

시종장이 신중히 말을 골랐다.

"시기가…… 베른하르트 공작 부인이 병치레를 했던 때와 맞물립니다."

"병치레라면 우울 증세를 말하는 건가?"

"그러합니다, 폐하."

"병치레라 하기도 민망하군."

케니언스가 심드렁하게 말했다. 베른하르트 주치의의 옆구리를 찔러 알아본바, 공작 부인이 어느 날부터 원인 불명의 우울 증세를 앓았다는 것은 그도 알고 있었다.

그러나 그때 그는 그 말을 귓등으로 흘려 넘겼다. 죽는 병도 아니었고 공작이 고작 그런 걸로 중대사를 망칠 것이라 생각하지 않았기 때문이다.

"의외군. 공작이 공작 부인을 귀여워한다는 소문은 들었지만."

"……."

"난 또. 짐의 이복 누이를 거부한 것에 화를 면키 위한 치레인 줄 알았지."

헤르미아 리자넬르 카자라이넬.

빈에게서 태어난 그나 칼릭스와 다르게 선왕비 소생으로 왕실 유일의 적통. 왕의 이복 누이인 그녀는 왕실에서 가장 고귀한 피를 물려받은 여인이었다. 그 혈통이 훌륭하니 케니언스는 헤르미아가 공작 부인이 될 것이라 믿어 의심치 않았다. 비단 그뿐만 아니라 대다수가 그리 생각했다.

그러나 그런 모두의 예상을 뒤엎고 베른하르트 공자가 선택한 여인은 고작 후작가의 차녀였다. 왕녀의 청혼까지 물리치기에 얼마나 대단한 계집과 혼인하나 하였는데, 내심 당황했더랬지.

에르셀라 피사리데.

에샤힐드의 여동생으로 피사리데와 왕래하다 그도 몇 번 마주친 적이 있었다. 소녀에 대한 소감은 지극히 단순했다. 제 누이에 비하면 반반한 것 외에는 뭐 하나 빼어날 것 없는 계집. 데뷔탕트 때 그의 발을 밟은 게 걸렸는지, 케니언스를 볼 때마다 소심하게 움츠러들던⋯⋯.

첫인상은 적당히 귀여웠던 걸로 그의 기억에 남아 있었다. 그만큼 크게 볼 것이 없었다. 그런데 제게 큰 인상도 남기지 못한 여자가 베른하르트가의 후계자와 결혼한다 하니 절로 실소가 나왔었다.

'얼굴 때문인가?'

처음엔 그러한 의혹이 들었지만 곧 그마저도 접었다. 공작은 그동안 아름답기로 소문난 헤르미아에게 일절 여지 하나 주지 않은 자였다. 애초에 그런 것을 중요하게 여기는 자는 아닐 것이다.

케니언스는 뭔가가 있어 피사리데가의 차녀를 선택한 듯한데 그것을 몰라 끙끙 앓아대던 부왕이 떠올랐다. 부왕의 모후가 피사리데인데다, 에르셀라 피사리데의 모친은 무려 우방국인 루델시아 왕녀였다.

차마 벌줄 수도 없어 화만 삼키던 게 참으로 장관이었다. 총애하는 딸을 위해 그가 할 수 있는 일이라곤 이제 막 결혼한 남자를 전쟁터로 내모는 것뿐이었으리라.

그것만 따지면 그 여자를 선택했던 것이 현명하긴 했다. 혈통만 보자면 헤르미아에게 견줄 바가 못 되지만 나름 대단한 계집인 것 같기도 하고.

물론 케니언스는 두 사람이 사랑해서 결혼했다는 저자의 소문을 믿지 않았다.

왕족의 청혼은 왕족 스스로가 물리기 전까지 거절할 수 없는 게 불문율이다. 그러나 베른하르트 공자가 피사리데 여식을 너무나 원한 나머지 왕녀의 청혼을 거절했다더라.

듣기에는 퍽 달콤한 언변이었다. 그 가십거리를 주워섬기는 자도 꽤 되었다. 거의 사실로 굳은 일설을 들은 케니언스는 베른하르트 그자가 머리깨나 굴릴 줄 안다는 감상평을 내렸고 말이다.

그 모든 것이 치기 어린 사랑으로 포장되었기 때문에, 그 상대가 왕실과 가까운 피사리데 여인이었기 때문에…….

헤르미아를 거절한 왕족모독죄가 덮였으니까.

'가여운 누이.'

케니언스는 눈을 감고 조소했다. 원하던 남자를 부군으로 삼지 못하고, 피사리데 후작의 물밑 작업으로 인해 머나먼 타국으로 떠나야 했던 헤르미아에 대한 동정 섞인 비웃음이었다.

"폐하?"

시종장의 호명에 케니언스가 느른하게 얼굴을 문질렀다.

"아, 조금 생각할 게 있어서."

"왕녀 전하를 생각하십니까?"

"잘 지낸다던가?"

"왕자와의 사이에서 왕손을 세 분 두셨으니 사이는 원만한 듯합니다."

"왕자비로 보낸 지가 언젠데 그 늙은 왕도 참 안 죽어."

"허허."

시종장의 소탈한 웃음소리를 가만 듣던 케니언스도 잠깐 웃었다.

"여러모로 누이에겐 미안하게 됐지. 나도 후작이 그렇게까지 약아빠지게 나올 줄은 몰랐거든."

"송구하지만 왕녀 전하가 계셨다면……."

"아아, 나도 그건 알아. 적통이 있으니 내 계승에 약간의 잡음이 있긴 했을 거야. 그라니아엔 여왕의 선례도 몇 번 있었으니. 그 점은 나도 고맙게 생각하네, 시종장. 물론 나를 위해서가 아닌 동생을 생각해서 그리한 것도 있을 테고. 상대가 왕녀다 보니 좀 찜찜하잖나."

"……."

"그래서, 그대는 어떻게 생각하나? 둘 중."

유쾌했던 목소리는 순간 돌변했다. 명료하지 않은 질문이었으나 시종장은 알아들은 듯 입을 열었다.

"피사리데는 크게 잡히는 것이 없습니다."

"베른하르트 뒤로 숨어버렸나?"

"후작은 교활한 자입니다. 그 진흙탕에 발 한 번 담그는 법이 없습니다. 당분간 내치시기는 힘들 겁니다. 베른하르트는 국법을 어긴 중죄가 몇 있으나 국경을 수호하는 가문입니다. 공작은 비록 수도에 있지만 그 휘하의 기사들은 여전히 북부를 단단히 지키고 있습니다. 베른하르트를 대체할 가문을 찾아야 하는데 그는 이미 오래전……."

"로베르트를 다시 불러들이지."

"……예, 폐하."

왕에게서 로베르트가 언급되자 시종장의 눈빛도 한층 깊어졌다.

"하지만 그렇다 하여도 베른하르트를 먼저 실각시키는 것은 피사리데의 꼬리를 자르는 격이라…… 감히 말립니다. 그렇게 해선 원하는 것을 얻으실 수 없을 겁니다."

"알고 있다. 그리고 나도 아직 고민 중이기도 하고."

"어찌하고 싶으신지 여쭈어도 되겠습니까?"

케니언스는 대답하지 않았다. 낮게 가라앉은 눈이 체스 판을 훑어 내렸다. 그의 시야에 체스 말들이 떠올라 생생하게 움직였다.

폰, 비숍, 나이트, 룩, 킹, 모든 게 되살아났는데 딱 하나, 백색의 퀸은 여전히 체스판에 쓰러져 있었다. 그는 비식 웃으며 눈을 감았다.

"폐하."

나긋한 목소리가 귓가에 스친다. 그는 눈을 떴다. 달빛이 내리는 금발, 녹음을 가득 머금은 녹안이 그의 앞에 드리워져 있었다. 환영임을 알았음에도 줄곧 유지하던 평정에 금이 가기 시작했다.

"세실리아 로베르트가 죽은 게 제 잘못인가요?"

여전히 가느다란 허리는 굽어지는 법 없이 꼿꼿하며 오만한 눈빛은 꺼뜨릴 줄 모르니. 그녀는 그보다 낮은 주제에 그보다 고귀하게 살아온 여자였다.

"제 가문을 증오하세요?"

여인의 입술이 우미한 곡선을 그리며 휘어진다. 케니언스를 향해 차갑게 웃고 있다. 마치 어리석다는 듯이.

"당신이 그 자리에 있을 수 있는 이유였는데도?"

환영 속 여인의 형상을 보며 케니언스는 그저 웃었다.

아아. 나의 비는 죽어서도 건방지구나.

❋　✦　❋

회랑을 걸어가던 하르젠의 발길이 짤막한 기척과 함께 그쳤다. 가르텐 공작이 회랑 끝에서 그를 기다리고 있었다.

"공녀가 좋은 아비를 두진 못했나 보군."

가르텐 공작은 피식 웃으며 희끗희끗한 수염을 쓰다듬었다.

"그 아이는 내가 자기 성년회에 있는 것보다 왕을 한 번 더 알현하는 것을 좋아할 걸세. 애가 날 닮아서 욕심이 많고 영악하거든."

"……."

"한데 어미를 닮아 멍청하지. 가지고 싶으면 가져야 하고, 물러설 때를 몰라. 말을 생각 없이 할 때도 많고. 공작 부인께서 가르칠 게 많겠어."

가르텐 공작은 제 말에 무감각한 반응만 내보이는 하르젠의 표정을 읽어내려 하다 포기한 듯 어깨를 으쓱였다.

"공도 알다시피 공과 나는 같은 부류의 사람은 아니지."

그는 흔쾌히 인정한다는 태도로 하르젠에게 바투 다가왔다.

"자네와 달리 세간에선 나를 욕망에 찌든 인간이라 비난하니 말이야. 하지만 웃기는 일이야. 욕망 없는 인간이 어디 있단 말인가? 다들 고상한 척, 자신은 남과 다른 척하지만 삐끗하면 잡아먹힐 욕망을 가슴에 품고 살지. 공께서도……."

뱀처럼 웃은 남자는 하르젠의 어깨 위로 손을 올렸다.

"그렇지 않은가?"

여유롭게 말을 끝낸 공작이 하르젠의 어깨를 묵직하게 두드렸다. 하르젠의 무미한 낯은 균열 하나 없이 단정했다. 그는 날것 그대로의 감정 하나 가져본 적 없는 사람처럼 메말라 있었다.

하르젠은 가르텐 공작에게 시선을 떼지 않은 채로 공작의 팔을 잡아 내렸다. 가르텐 공작의 손을 말끔하게 떼어낸 그가 고저 없이 말했다.

"서론이 길군."

가르텐 공작의 날 선 눈빛이 음산하게 가라앉았다. 낮고 탁한 그의 목소리가 회랑을 울렸다.

"욕망은 추저분한 것이 아니네."

그는 알았다. 고결한 척하지만 이자도 욕망에 먹히는 인간과 다르지 않다는 걸. 내재된 욕망은 인간을 움직이게 만든다. 그것이 바른 길이든 아니든. 그리고 가르텐 공작은 베른하르트, 이자의 욕망이 무엇인지 이미 알고 있었다.

"그걸 기억했으면 해서 말이야."

"……."

"그럼 먼저 가보지. 딸이 기다리고 있으니."

뒷짐을 진 가르텐 공작이 하르젠을 지나쳐 걸었다. 새까만 흑안이 그가 사라지고 남은 회랑의 끝을 응시했다.

빛 하나 들 길 없는 암흑. 그는 천천히 그 속으로 걸어 들어갔다. 그림자에 먹혀갈 때마다 서늘한 바람이 날카롭게 그의 살갗을 스쳤다. 그 옛날, 여자와 맞았던 것과 달리 지독히도 차가운, 그런 바람이.

사위가 어스름해지며 그 시간들이 형상을 갖추어갔다. 하나하나 잊지 못하고 떠올렸다. 그렇게 제게 닿았던 금실 한 오라기마저 뇌리에 박히듯 선명하게 떠올렸을 때,

"욕망은 추저분한 것이 아니네."

귓속으로 불쾌한 진득함이 괴어들었다.

연회 내내 웃는 인상이던 가르텐 공작 부인의 입술이 이례적으로 샐그러졌다. 그녀의 미간에는 옅은 신경질이 서려 있었다.

'왜 안 와?'

파티는 이미 달아올랐다. 아까부터 아첨하는 자, 얼굴 한번 들이밀고자 하는 자, 은근히 청탁하는 자가 기승을 부리는데 정작 베른하르트 공작 부인은 코빼기도 비추지 않았다.

꼴에 혈육이라고 피사리데 후작 또한 얼마간 얼굴을 비추더니 쌩하고 자리를 떴다.

그럴 거면 왜 왔는지. 대놓고 우롱하는 것도 아니고, 원. 아주 남매가 쌍으로 마음에 안 들었다. 그 와중에 남편인 가르텐 공작도 안 오니 참 기가 안 살았다. 가르텐 공작 부인의 심기가 불편해 보이자 트란 부인이 그녀의 비위를 맞추는 것에 시동을 걸었다.

"아주 콧대가 살았네요. 저리 고집부려서야……."

트란 부인이 짐짓 불만스럽게 말끝을 흐렸다. 주체는 명시하지 않았지만 누구를 표적으로 하는지 모르는 이는 없었다. 그럼에도 가르텐 공작 부인의 기분은 풀리지 않았다.

저 조그마한 체구에 깃든 아집이 장난 아니었다. 베른하르트 공작의 뜻이 그러한데, 제가 뭘 할 수 있단 말인가. 기껏해야 베갯머리송사겠지. 했는지 안 했는지는 모르겠지만 만일 했다면 그마저도 실패한 셈이었다.

"아직 공작 각하께서 오질 않아서 그럴지도 모르죠."

그건 그것대로 마음에 안 들었지만, 가르텐 공작 부인은 애써 미소를 되찾았다. 사랑하는 딸의 성년이었다. 이 좋은 날에 어찌 인상을 구기겠는가.

"어머니."

사랑스러운 목소리가 들려왔다.

"올리비아."

공작 부인이 올리비아를 보며 환하게 미소 지었다. 파티의 주인공인 만큼 올리비아는 단연 돋보였다. 공작 부인은 딸의 아름다움이 만족스러웠다.

"친구들과 더 있다 오지 않고."

"충분히 있을 만큼 있었답니다. 아버지는 언제 오시죠? 아버지가 보고 싶어요."

올리비아는 베른하르트 공자가 언제쯤 인사하러 올 것이냔 말을 잘도 돌려 말했다. 가르텐 공작 부인은 속마음을 곧이곧대로 내보이지 않는 딸이 기특했다. 남자에게 매달리는 것만큼 비참한 것은 없었으니.

별안간 그녀는 머리끝까지 치미는 남편에 대한 분노를 꾹꾹 눌러 담았다. 아랫도리 하나 간수하지 못하는 행실로 자신의 체면을 얼마나 깎았던가. 이제는 남편의 전처가 남기고 간 아들놈까지 그녀를 무시했다.

"아버지는 곧 오실 거란다, 올리비아."

감정을 누르며 공작 부인이 말했다. 올리비아는 길게 늘어뜨린 자신의 머리카락을 따분하게 꼬아대는 것으로 하고 싶은 말을 참았다. 공작 부인은 그것이 딸의 은근한 투정임을 모르지 않았다. 그녀가 올리비아의 기분을 달래주려던 차였다.

"어머, 드디어 공작 각하가 오셨네요!"

가르텐 공작이 왔다는 소리가 웅성웅성 홀 안에 퍼졌다.

가르텐 공작의 등장을 알리는 외침은 에르셀라의 귀에도 들어왔다.

그것은 알게 모르게 미뤘던 인사를 더는 미룰 수 없다는 걸 뜻했다.

"부인."

호명을 들었는지 가까이에 있던 아도라가 다가왔다. 에르셀라가 그녀에게 말했다.

"우린 이만 공녀에게 가야 할 것 같아. 아도라, 너도 함께 가겠니? 아니면 잠시 백작 부인을 보고 와도 괜찮아."

가르텐 공녀냐, 어머니냐는 갈래 길에 아도라의 선택은 뻔했다.

"전…… 어머니를 뵙고 와야 할 것 같아요."

에르셀라가 그럴 줄 알았다는 듯이 웃었다.

"그래, 가렴. 돌아와야 하는 건 잊지 말고."

에르셀라가 새를 날려 보내듯이 아도라의 등을 부드럽게 떠밀었다. 그에 아도라도 미소 지으며 사뿐히 무릎을 내렸다.

"아무렴요. 그럼 두 분, 즐거운 시간 보내시길."

비센테는 고개를 한 번 까딱이는 것으로 답을 대신했다. 에르셀라는 비센테를 보았다.

"이제 공녀의 성년을 축하해 주러 가자."

"예."

결혼까지 할지 모르는 여인을 만나러 가는 남자치고는 무료한 반응이었다. 에르셀라는 그것이 아쉬웠지만 비센테는 아이가 아니라는 점을 상기했다. 비센테는 웬만한 또래보다 키가 컸고, 어른인 그녀보다 어른스러운 면모가 많았다.

에르셀라와 그녀의 친구들이 아이 취급한다고 비센테가 진짜 아이가 되는 일은 없을 것이다. 홀로 자라 버린 그에게 어머니는 필요하지 않았다. 약혼 역시 스스로 판단할 수 있으리라.

에르셀라는 비센테를 데리고 길을 열었다.

공작의 주위는 사람들로 복작복작 들끓었다.

'시끄러운데 괜찮을까?'

에르셀라는 비센테의 얼굴을 유심히 관찰했다. 비센테는 크게 불편한 눈치는 아니었다.

"베른하르트 공작 부인."

순간 에르셀라의 만면에 귀찮음이 떠올랐다. 확인하지 않아도 저목소리의 주인이 가르텐 공작이라는 것쯤은 알았다.

눈이 어찌나 좋은지 공작은 사람의 물결 틈에서 그녀와 비센테를 잘도 찾아냈다. 어찌 됐든 그 덕분에 에르셀라와 비센테는 수월하게 연회의 주최자 앞에 도착할 수 있었다.

"그간 평안하셨는지요, 각하."

에르셀라는 짐짓 화색하며 안부를 물었다. 가르텐 공작이 흐뭇하게 미소 지었다.

"오랜만입니다, 공작 부인. 이렇게 가까이서 얼굴을 마주하는 건 정말 오랜만이군요. 한 장소에 있어도 어찌 그리도 엇갈렸는지."

그야 그것은 그만 보이면 에르셀라가 일방적으로 피했기 때문이다.

"험난한 여로를 마치고 무사히 돌아오셔서 정말 기쁩니다."

에르셀라는 시치미를 뚝 뗐다.

"공작 부인께서 친히 걱정해 주실 정도는 아닌지라, 이거 참 민망하군요."

가르텐 공작은 말꼬리를 물지 않고 유들유들하게 받아쳤다. 졸지에 눈앞의 작자를 걱정하는 사람이 된 에르셀라는 잃어가려는 웃음을 힘겹게 사수해야 했다. 그것을 응시하던 가르텐 공작 부인이 눈을 접으며 공작을 돌아보았다.

"왜 이렇게 늦으셨어요. 당신 딸이 많이 기다렸답니다."

일순 공작의 얼굴에 귀찮다는 기색이 지나쳤지만, 누구도 알아채지 못했다. 공작이 올리비아를 보며 팔을 뻗었다.

"오, 올리비아. 성년회는 어떠냐. 즐겁니?"

"덕분에 행복한 시간을 보내고 있어요, 아버지."

올리비아가 환하게 그를 반겼다. 공작은 올리비아의 어깨를 끌어안으며 비센테를 바라보았다. 그가 히죽 미소 지었다.

"들던 대로 강직하신 베른하르트 공을 무척 닮았습니다, 부인."

빈번히 듣는 말이지만 기저에 깔린 뉘앙스가 묘했다. 어쩐지 비꼬는 것 같은……. 그러나 공작의 말은 겉으로만 보자면 아무런 문제가 없었기에 에르셀라는 찜찜함을 제쳐두고 대답했다.

"다들 그리 말한답니다. 정식으로 소개해 드리지요. 제 아들 비센테예요."

"고명하신 가르텐의 가주님을 뵙습니다. 베른하르트의 비센테입니다."

"반갑다네. 영식의 아버지와는 조금 전에 따로 이야길 나누었지."

에르셀라는 머리를 갸웃했다. 하르젠이 가르텐 공작과 따로 만난다 하기에 공식적으로 공저에 초대할 줄로만 알았다. 그가 가르텐 사저에 가거나. 그 잠깐 사이 보았다니. 만남이 참으로 간소한 게 하르젠답다 해야 하나.

그래도 하르젠이 공작과 길게 보진 않은 게 마음에 들었다. 에르셀라가 의식의 흐름대로 물었다.

"무슨 이야길 하셨나요?"

"서로의 근황만 나누었을 뿐, 별말은 하지 않았습니다."

"하긴 콘라드에서 오늘 돌아오셨을 테니 긴한 말을 하기엔 피곤하시겠네요."

"그런 것도 있지요. 하지만 상관없지 않겠습니까. 앞으로 만날 날은 무궁무진할 테니까요."

곧 약혼으로 묶일 테니까. 가르텐 공작의 속뜻을 이 자리에서 모르는 이는 없으리라.

"제 여식이 철이 없어도 부인께서 예쁘게 봐주리라 생각합니다."

"이리 사랑스러운 공녀를 어찌 밉게 볼까요."

"허허. 그렇다면 다행입니다."

시작은 의외로 평탄했다. 카르온의 이름을 들먹이며 그녀를 불편하게 만들 줄 알았던 공작은 예의에 어긋나지 않을 주제만 꺼냈다. 그도 이제 유치한 말장난은 그만두기로 한 듯했다. 에르셀라로서는 좋은 일이었다.

정신없는 와중에 형식적인 인사가 끝났다. 아이들끼리 시간을 보내길 바란 것인지 공작은 이쯤에서 자리를 나누었다. 그가 등을 돌림으로써 그를 기준으로 미묘한 선이 그어졌다. 저쪽에선 비센테와 올리비아가 대화를 나누고 있을 것이다. 무슨 대화를 나누는지 궁금했지만 크고 작은 소음이 뒤엉켜 잘 들리진 않았다. 에르셀라는 귀 기울이는 건 포기하고 가르텐 공작, 공작 부인과 어색한 사담을 나누었다.

요사이 뜨거운 가십거리나 드레스, 보석, 정원에 대해 이야기하면 가르텐 공작이 추임새를 넣는 식이었다. 에르셀라는 지루한 심정이었지만, 최대한 정성을 다했다.

그사이 가르텐 공작의 등장으로 일시에 멈추었던 춤곡이 재개되었다. 자연스레 변주된 곡은 성년회의 2부를 알렸다.

올리비아와 비센테가 춤을 출 시간이었다. 춤을 추고 얼마간 자리를 지키면 이 만남은 끝나리라. 그 후엔 남아서 연회를 즐기거나 집으로 돌아가는 선택지가 있었다.

에르셀라는 이곳에 남아 비센테가 친구 사귀는 것을 보고 싶은 마음도 있었고, 집으로 돌아가서 구두를 벗어 던지고 싶은 마음도 있었다.

안 신던 구두여서 그런지 발뒤꿈치가 사포처럼 쓸렸다. 안나가 가져온 구두였다. 리엔이나 베스라면 세심히 살펴줬을 텐데, 아무래도 안나가 개인 시중을 맡는 일은 거의 없다 보니 이런 일이 벌어진 듯했다. 그래도 지금 입고 있는 드레스와 조화가 괜찮았다.

'돌아가면 칭찬해 줘야지.'

에르셀라는 시간을 재며 비센테와 올리비아를 힐끔거렸다.

'춤은 언제 출까?'

그때 그녀 앞으로 손 하나가 내밀어졌다.

"한 곡 청하지요, 부인."

가르텐 공작이 음흉한 눈을 빛내며 춤 신청을 해왔다. 이번엔 또 무슨 장난일까. 에르셀라가 선뜻 응하지 않자 가르텐 공작이 다시 한번 채근했다. 그에 공작 부인의 눈 모양이 날카롭게 벼려지자 에르셀라는 식은땀이 흘렀다.

"첫 춤곡 아닌가요? 전 가르텐 공작 부인을 대신할 자신이 없답니다, 각하."

에르셀라는 저와 공작 부인 사이에 가르텐 공작을 둘 생각 따윈 추호도 없었다. 상상만 해도 소름 끼쳤다.

"이런. 좋은 날인데 거절하시렵니까? 내 공작의 낯을 보기 부끄럽군요."

이젠 하르젠의 이름을 들먹이며 협박 아닌 협박까지 해온다. 에르셀라는 공작이 무슨 꿍꿍이인지 짐작하기 어려웠다. 오늘따라 춤 신청을 하는 사람이 많았다. 카르온과 같이 단체로 약이라도 먹은 건 아닐까. 험한 상상을 하며 그녀는 무너지려는 표정을 다잡았다.

"이런 날까지 거절치 말아주시지요. 제가 오늘이 아니면 언제 공작 부인과 춤을 같이하겠습니까. 그간 상황도 여의치 않았잖습니까."

이 음흉한 인간과는 말도 섞지 않고 싶다는 그녀의 본심을 슬프게도 가르텐 공작은 몰라주고 있었다.

에르셀라는 잠시간 망설였다. 왠지 거절해도 공작은 들어먹지 않을

것 같았다. 약혼으로 연결될 가문만 아니라면 거부할 수 있었을 텐데
그게 안 되니 조금 답답했다.

이곳은 남녀가 춤추는 게 이상하지 않은 무도회장이며 상대는 혼
약을 치를 가문의 가주였다.

'어쩔 수 없나.'

에르셀라는 그래, 한 번 춰주자 하는 성인의 마음가짐으로 손을 주
려했다. 그때였다.

"유감스럽게도 춤을 익히지 못했습니다. 공녀께 예를 다하지 못하
는 무례를 용서하십시오."

비센테의 목소리가 사위로 뻗쳤다.

비센테는 생그레 웃는 올리비아를 보았다.

"와주셔서 제가 얼마나 기쁜지 모르실 거예요."

"당연한 일을 했을 뿐입니다."

"약혼 시기가 가을인 건 아시나요? 공자께서 기사 시험을 보기 전
인데."

"아버지께 전해 들어 알고 있습니다, 공녀."

"공자께서 기사 시험에 떨어질 일은 없을 테니 축하연도 함께할 수
있겠네요."

그는 올리비아의 말에 만일 제가 기사 시험에서 떨어지면 어떻게 될
지를 생각했다. 그러면서 그는 올리비아의 목에 걸려 있는 목걸이를
보았다. 에르셀라가 갖고 싶다던 목걸이였다. 투명한 게 햇살에 젖어
반짝이는 바다 같았다. 어머니의 눈 색과 비슷한 것도 같았다. 실없
는 생각을 하고 있을 때 올리비아의 목소리가 들렸다.

"눈이 왔으면 좋겠어요."

그라니아에는 눈이 잘 내리지 않는다.

"눈이 오면 좋은 일이 생긴다고 하니까요."

그라니아에 그런 속설이 있다지만, 이제 막 성년을 치른 여자가 아닌 소녀가 할 법한 생각이었다. 열여섯이니 아직 소녀는 맞긴 하겠으나.

"바라는 일이라도 있으십니까?"

"공자와 결혼하는 것이요."

비센테는 순간 할 말을 잃었다. 올리비아는 그것에 아랑곳하지 않았다.

"공작 부인이 되는 것이요."

"……."

"가장 귀한 여인으로 살아가는 것이요."

적막이 일었다. 이제 막 성년을 맞이한 여인의 입에서 나오는 소리치고는 맹랑했다. 이렇게 직설적일 거라 생각지 못했다.

"하면 비가 되시는 것이 나을 터인데요."

기실 가장 고귀한 여인으로 살아가길 원한다면 왕비가 되길 바라는 게 옳을 것이다. 그러나 올리비아는 그 말에 숨어 있는 허수로움을 알아차린 듯 난색을 표했다.

"이제 두 살이 되실 왕자 전하를 말씀하시는 거라면 부디 거두어주세요. 왕족을 제외하면 어찌 됐든 가장 고결한 자리는 공자의 옆자리 아닌가요? 공자는 베른하르트 공작 각하처럼 이름 높은 기사가 될 거고, 베른하르트의 주인이 되겠죠. 난 베른하르트 공작 부인이 될 거고요. 전 그거면 충분해요."

"어째서 그것을 바랍니까?"

"저는 공작 영애예요. 결혼 시장에서 왕녀 다음으로 가장 귀한 상품이죠. 그런 내가 공작 부인이 되는 것은 당연한 이치예요."

외려 왜 그런 질문을 하는지 모르겠다는 양 스스로를 상품 취급하는 공녀의 얼굴에는 어떠한 수치심도 배어 있지 않았다. 태생부터 학습된 것처럼 자연스러웠다.

"당신과 나는 가문의 소유 아래 있는 물건이죠. 어떻게 팔려야 값진 거래일지 공자도 나도 알고 있어요."

"……."

"공자께서도 왕녀가 없는 지금 제가 가장 나은 신붓감일 텐데요. 그렇지 않나요?"

문득 저를 그런 식으로 결혼시키고 싶지 않다던 에르셀라가 떠올랐다. 어머니가 제 정략을 원치 않던 이유가 아버지 때문인 것일까. 결혼 생활이 불행하기라도 했나. 그가 알기로는 두 분이 모두 정부는 없었다. 하면 어머니는 어떤 마음으로 그랬던 것일까. 그녀는 부족할 게 없는 사람인데.

"제 생각이 공녀와 다르진 않을 겁니다."

비센테는 짧게 수긍했다. 부정할 마음도 없었고 구태여 부정해서 진을 빼고 싶지도 않았다. 올라비아는 그의 대답을 만족스러워했다.

"공자의 뜻과 제 뜻이 합치하니 이리 기쁠 수가 없어요."

뭐 하나 긁히는 말은 아닌데 이상하게 긁혔다. 뒷목 언저리가 뻐근했다. 가르텐의 딸에게 싫다거나 부정적인 감정이 든 것은 아니었다. 다만 내키지도 않았다. 하지만 그게 무슨 상관이란 말인가. 사랑해서 하는 결혼은 뭐가 다르기에. 비센테는 그리 생각했다.

"그간 가르텐과 베른하르트의 교류가 원활하지 않았다는 것을 알아요. 하지만 이제 그래선 안 될 일이지요. 약혼하면 얼굴 뵈러 종종 베른하르트저에 방문해도 될까요?"

요청은 정중했으며 명분도 작지 않았다. 비센테는 거절할 이유를 찾지 못했다. 그러면서도 왜 제가 거절할 생각부터 했는지 의문이 들었다.

"원하신다면 그리하십시오."

"고마워요, 공자. 베른하르트 공작 부인께서 좋아하실 만한 차를 가지고 방문하도록 할게요. 아, 그 전에 공작 부인이 티타임에 초대해 주실지 확실할 순 없지만요."

"어머니께서도……."

비센테가 흘긋 에르셀라를 보았다.

"즐거이 공녀를 반기실 겁니다."

아까 보니까 별로 좋아하는 것 같진 않던데. 왜 에르셀라가 걸리는 건지 모르겠는 채 비센테는 그렇게 대답했다.

"그렇게 말씀해 주시니 기뻐요."

해사한 목소리였지만, 비센테는 답할 수 없었다. 에르셀라를 훑어 내리는 가르텐 공작에게로 온 감각이 겨누어졌다. 능청스럽게 그를 살펴본 것과는 확연히 다른 시선이었다. 겉으로는 신사다웠지만 눈빛만은 읽혔다. 아니나 다를까. 가르텐 공작이 에르셀라에게 손을 내밀었다.

'부인이 옆에 있는데 춤 신청이라.'

속이 보여 거슬렸다. 에르셀라의 손끝도 희미한 망설임을 내보이고 있었다. 그 순간이었다.

"아직 춤은 안 추신 걸로 알고 있어요. 제게 신청해 주시겠어요?"

치맛자락을 펼친 올리비아가 다소곳이 청한 것은.

비센테의 시선이 기대하는 올리비아의 눈을 지나쳐 에르셀라에게 못 박혔다. 올리비아가 그의 대답을 기다리고 있었지만 비센테는 그것에 신경 쓸 여력이 없었다. 에르셀라가 손을 들었고 두 손이 맞닿으려 하고 있었다.

"유감스럽게도 춤을 익히지 못했습니다. 공녀께 예를 다하지 못하는 무례를 용서하십시오."

이성적으로 사고하지 못하고 그가 말했다.

❋ ✦ ❋

정적이 일었다. 크지도 작지도 않은 음성이 홀을 잠식했다. 그것은 에르셀라뿐만 아니라 올리비아에게도, 가르텐 공작과 공작 부인에게도, 그리고 주위 사람들에게도 빠짐없이 전해졌다.

연회장 안이 술렁였다. 그러나 술렁임은 곧 조롱 섞인 비꼼으로 변모했다. 트란 부인이 시작이었다.

"베른하르트가에서는 예절 교육도 안 하나 보군요. 어떻게 다 큰 영식이 춤 하나 배우지 못한 채로 연회에 올 수 있는 거죠? 그것도 곧 약혼할 여인의 성년회에 말이에요. 이건 상대에 대한 예의가 아니죠. 너무 무례해요!"

트란 부인의 말에 편승하며 주변 사람들도 수선을 피웠다. 그들은 요깃거리라도 찾은 듯 은근한 시선을 집중했다.

"확실히, 공녀에게 실례되는 행동이군요."

"맞아요. 오늘 성년을 맞이하신 숙녀인데…… 공녀께서도 서운하시겠어요."

무도회장은 비난으로 산만해졌다. 에르셀라는 멍한 얼굴로 굳어 있었다. 춤을 배운 적이 없다니, 사실이 아니다. 집사의 보고에 의하면 비센테는 이미 예절 교육을 받았다. 춤도 기본 몇 곡은 익혔다고 들었다. 이곳에 오기 전까지만 해도 비센테는 춤을 배운 적 없다는 일언반구조차 하지 않았다. 무엇보다 비센테가 저런 행동을 할 리 없잖은가. 그런데 갑자기 왜…….

"다른 가문도 아닌 이 나라의 유서 깊은 베른하르트가 그랬다니…… 믿기지 않네요. 레이디를 대하는 기본 지침도 가르치지 않은 거잖아요. 베른하르트 영식이 어린아이도 아니고 이제 열다섯인데 말이죠."

사람들의 말은 들리지 않았다. 에르셀라는 비센테를 보았다. 온갖 신랄한 비판에도 비센테는 동요하지 않았다. 다만 조금 피곤한 얼굴이었다. 그것이 더욱 공녀를 무시하는 태도라고 사람들은 숙덕였다.

'……비센테.'

사람들의 말에 상처를 받은 것은 아닐까. 비센테가 왜 그런 말을 했는지보다 당장 그것부터가 걱정됐다. 덤덤해 보인다고 괜찮은 것은 아닐 터다. 그를 힐난하는 소리가 들렸다.

약혼할 여인에게 예의를 차리지 않은 것. 다른 누구도 아닌 베른하르트이기에 논란으로 불거졌다. 상대 가문을 무시하는 것으로 비칠 수도 있었다. 비센테의 의도가 뭐였든 간에 그 의도는 곡해될 터였다. 비센테에게 쏟아지는 시선이 곱지 않았다. 에르셀라는 가르텐 공작 부인을 보고 흠칫했다.

"조금……."

그녀가 서릿발처럼 냉한 낯으로 에르셀라를 응시하고 있었다.

"당황스럽군요. 공작 부인께서 이 정도의 신경도 쓰시지 않았을 줄은 몰랐거든요."

숨이 턱 막혔다. 어머니로서 자식 교육 하나 제대로 해내지 못했다는 비난이었다.

"허어……. 이것을 베른하르트 공도 아시는지 궁금하군요."

흥미롭다는 듯 하르젠을 언급하는 가르텐 공작에 에르셀라가 입술을 깨물었다. 사냥감을 찾은 하이에나처럼 달려드는 걸 보니 저쪽에선 이 사안을 가볍게 넘길 생각이 없는 듯했다.

사교계의 우위는 사소하게 결정되기도 한다. 유치하더라도 어쩔 수 없었다. 이 작은 세계의 규범을 이용해 깎아내리고, 면박 주고, 질시한다.

하지만 그녀는 베른하르트의 이름을 달고 이 자리에 왔다. 유감을 표할 순 있어도 가르텐에게 굽힘으로써 가문의 위신을 떨어뜨릴 수는 없었다. 저들도 그것을 알 것이다. 그저 베른하르트에게 빚을 하나 달아두려는 얕은 수에 불과하리라.

가르텐 공작에게 아량을 구걸해야 한다는 게 마음에 안 들었지만, 현재를 넘기는 게 급선무였다. 쏟아지는 말이 비센테가 듣기에 너무 날카로웠다. 에르셀라는 예의 부드러운 미소를 지으며 입을 열었다.

"제 아이가 부득이하게 실례를 저질렀네요. 가르텐 양을 좀 더 정성껏 대하고 싶은 마음에 그런 것이니 부디 어여쁘게 봐주셨으면 해요."

그러나 가르텐 공작 부인은 싸늘하게 일갈했다.

"지금 이게 뭐 하자는 거죠? 제가 원하는 건 사과예요. 변명이 아니라."

생각이 멍하니 부유했다. 가르텐 공작 부인이 사과를 원할 줄은 몰랐다. 공작을 보니 그도 공작 부인의 발언이 꺼림칙했는지 미간을 찌푸리고 있었다. 그러나 공작 부인은 턱을 들며 발언을 물리지 않았다.

"여인의 성년회가 얼마나 특별한 날인지 알 거라 믿어요."

에르셀라는 당황했다. 결연할 가문이다. 이렇게까지 나올 필요가 있던가. 혼란스러워하다 그녀는 불현듯 가르텐 공작 부인이 제 자식 하나는 끔찍하게 여긴다는 사실을 기억해 냈다. 두 사람이 공작가에서 완전하게 가르텐가의 일원으로 취급받지 못한다는 것도.

가르텐가의 실권은 가르텐 공작과 그의 전처가 낳은 아들인 가르텐 소공작에게 있었다. 설마 비센테가 올리비아를 무시했다고 여기는 것일까. 난감하다 싶다가도 공작 부인이 아예 이해가 안 가는 것은 아니었다.

에르셀라는 공작 부인의 과도한 요구를 지적해야 할지, 사과의 뜻을 밝혀야 할지 고민했다. 전자를 택하면 자존심은 지킬 수 있으나 분위기는 더욱 과열될 것이고 비센테가 모진 소릴 들을 우려가 있었다. 반면 후자는 자존심과 가문의 이름만 약간 깎이면 상황을 모면할 수 있었다.

사실 선택지만 보아도 답은 나온 것이나 마찬가지였다. 그녀에겐 비센테가 더 중요했다. 사교계에서 일어난 일이니 하르젠에게 큰 영향을 미치진 않을 것이다. 그 점은 다행이라고 생각하며 에르셀라는 감정을 추슬렀다.

어느 정도 마음의 준비가 끝나자 그녀는 가르텐 공작 부인의 앞으로 걸어갔다. 가르텐 공작 부인은 빳빳한 태도로 에르셀라를 내려다보았다. 제 딸의 성년회를 망친 것을 어떻게 수습할 것이냐는 눈빛이었다. 에르셀라는 공작 부인과 한 번 눈을 맞춘 후 시선을 내리깔았다. 그리고 모두가 보는 앞에서 허리를 굽히고, 고개를 숙였다.

"제 아들이 공녀께 무례를 저질렀습니다."

"세상에……!"

소란이 거세졌다.

조금 어지러운 것도 같다. 아, 역시 이런 건 익숙하지 않다. 가르텐 공작 부인에게 머리 숙일 날이 올 줄이야. 비단 공작 부인이 아닌 다른 사람이었어도 마찬가지였겠지만. 그래도 생각보다 못 견딜 정도는 아니었다. 에르셀라는 일단 이곳을 벗어날 생각만 하기로 했다.

"……하지만 저 애가 무슨 죄가 있겠습니까. 이 모든 것이 제가 모자란 탓인 것을요. 그러니 저를 탓하시고 앞으로 유지될 관계를 보아서라도 이번 일은 너그러이 넘어가는 관용을 부탁드려요, 부인. 생애 한 번뿐인 따님의 성년회에 속상한 기억을 남겨 드린 것에 대한 사과 또한 어떤 것으로든 하겠습니다. 부디 아량을 보여주시길."

누가 보아도 일방적으로 숙이는 태도였다. 비센테가 굳은 얼굴로 한 발 다가오는 것을 에르셀라가 눈짓으로 만류했다. 그에 비센테는 이해 안 간다는 눈빛을 했다. 그 둘을 번갈아 보던 가르텐 공작 부인이 서늘하게 미소를 지었다.

"제가 다 민망하군요. 이리 거창한 사과를 바란 것은 아니었는데…… 고개를 들어요, 부인. 베른하르트 공자께서 군령을 어긴 것도 아니고, 왕명에 반하는 행동을 한 것도 아닌데 말이에요. 그저 교육을 받지 못해 레이디에게 실례를 저지른 것뿐이죠. 물론 공자께선 엄연히 열다섯이고, 그 나이 정도면 레이디를 상대할 교양 정도는 알고 있어야 하지만 몰라도 큰 잘못이라 할 순 없어요."

"……."

"그것이 내 딸의 성년회에서 일어난 일일지라도."

고상한 목소리는 돌멩이가 걸린 듯이 딱딱했다. 사실 가르텐 공작 부인은 에르셀라에게 책임을 물을 수 없었다. 책임을 묻기엔 잘못의 경계가 애매했다.

베른하르트의 이름을 약간 깎고 말 이 해프닝이 심각해진 것은 이 일을 크게 부풀려 가르텐이 한몫 챙기길 바라는 그녀의 측근 탓도 있었고, 은근슬쩍 베른하르트 공작을 언급한 그녀의 남편 탓도 있었고, 괜찮다는 말 한마디 없이 사태를 관망하는 그녀의 딸 탓도 있었다.

사교계의 생리를 잘 아는 에르셀라가 이를 몰랐을 리 없었다. 그러나 에르셀라는 모르쇠로 일관하지 않으며 담담히 사과를 전했다.

가르텐 공작 부인은 어쩐지 그 이유를 알 것 같았다. 빨리 이 상황을 넘기고 싶은 마음에 그랬을 것이다. 시간을 끌면 자존심을 지킬 수는 있겠지만 그사이 무도회장 안엔 여러 이야기가 꺼내질 터였다.

그녀가 아들에게 매질한다는 등 전혀 근거 없는 소문까지 나오겠지. 결국 떠돌이 소문이 아들의 귀에 들어가는 게 두려웠던 것이다.

그러나 가르텐 공작 부인이 에르셀라를 동정하는 일은 없었다. 어떤 때보다 완벽했어야 할 올리비아의 성년회가 망쳐졌다. 그 어떤 음모와 계략도 오가지 않아야 하며, 딸이 가장 행복해야 할 날이었다.

그녀는 이 상황이 여기까지 오게 된 원인인 베른하르트 영식도, 문제 상황을 부풀린 측근들도, 고분고분히 구는 에르셀라도 마음에 안 들었다.

"그리고 어떤 것이든, 이라 하셨나요?"

가르텐 공작 부인이 빈정거렸다.

"제가 사과의 증표로 공작 부인께서 소유하고 계신 '에델리안의 목걸이'를 원한다 말하면 어쩌시려고 그런 말씀을 하시죠? 책임지지 못할 말씀은 하지 않는 게 맞죠."

에델리안의 목걸이. 그 여덟 글자에 에르셀라의 눈꺼풀이 바르르 떨렸다. 그것은 함부로 주어서도 요구해서도 안 되는 보화였다. 베른하르트에서 시작되었으며 끝도 베른하르트여야만 하는 베른하르트의 보물로, 제가 재 한 줌이 되어 죽어도 이고 갈 수 없는 과분한 것이었다. 이 자리에 있는 모두가 그것을 청하는 것이 지나치다고 여길 것이다.

가르텐 공작 부인도 그것을 알 테다. 그럼에도 그것을 언급하는 것은 그저 에르셀라에게 부채 의식을 하나 더 지우려는 행위에 불과했다.

"……제가 너무 놀란 마음에 성급했던 것 같습니다. 그러나 사과의 마음만은 진심이며 결코 공작 부인을 농락하려는 의도는 아니었습니다. 곡해하지 말아주세요."

한 번도 겪지 못한 굴종에 가지런히 모은 두 손끝이 떨렸다. 머리는 괜찮다, 괜찮다 하더라도 몸이 반응했다. 미세하게 떠는 얽힌 손가락을 본 가르텐 공작 부인이 비소했다.

"제가 어찌 공작 부인의 진심을 다른 뜻으로 해석하겠어요. 오늘 일은 그저 재미있는 해프닝인 걸로 하죠. 제 딸도 그렇게 생각할 거랍니다. 그렇지, 올리비아?"

가르텐 공작 부인이 보드랍게 올리비아를 불렀다. 올리비아가 잰걸음으로 에르셀라에게 다가오며 그녀의 손을 감싸 쥐었다.

"전 괜찮아요, 공작 부인. 공자께서 일부러 그러신 것도 아니잖아요. 모욕을 느끼지도 않았답니다. 너무 그러지 않으셔도 돼요."

"……공녀."

"아이 참, 일이 이렇게 커질 줄이야. 정말 난감하네요. 그렇지 않으세요, 아버지?"

올리비아가 무구한 눈으로 올려다보자, 공작이 목청을 가다듬었다.

"흠음, 네 말이 맞다."

그리고 그가 사방을 향해 팔을 뻗으며 소리쳤다.

"이 자리에 계신 귀빈들께 알립니다! 잠시 소란이 있었으나 파티는 정상적으로 진행될 예정입니다! 제자리로 돌아가 모두 즐기시지요!"

유쾌한 외침에는 명령이 깃들어 있었다. 사람들은 서로의 눈치를 보다 유유히 흩어졌다. 식은 홀을 달구려는지 이전보다 화려한 음색의 연주가 시작되고, 그들은 발 빠르게 파트너를 찾아 춤을 추었다. 아무 일도 일어나지 않았던 것처럼 그 자리엔 그들의 발자취만이 남아 있었다.

돌연 올리비아가 에르셀라를 붙잡은 손에 힘을 주었다. 에르셀라는 아프지 않게 조여오는 여린 손을 바라보았다. 웃음기 어린 소녀의 목소리가 들렸다.

"저는 이 일로 우리가 더욱 돈독한 관계가 될 수 있을 거라 생각해요."

"……"

"저는 정말 베른하르트 영식이 마음에 들거든요. 그래서 약혼부터 결혼까지, 어떠한 불화도 없이 무사히 이뤄졌으면 좋겠어요."

올리비아는 에르셀라의 손을 귀한 것을 다루듯 쓰다듬으며 방긋 웃었다.

"공저에 종종 방문할게요. 반가이 맞아주셨으면 좋겠어요."

악의 없는 미소였지만, 에르셀라는 설익은 과실을 베어 문 것처럼 입안이 떫었다.

"……물론이에요, 가르텐 양."

"올리비아라고 부르세요. 그게……."

탁.

"먼저 실례하겠습니다."

성큼 다가온 비센테가 에르셀라의 팔을 잡으며 올리비아의 말을 끊었다.

"이번 일은 매우 유감입니다, 공녀."

올리비아의 미간이 찌푸려졌다. 비센테는 신경 쓰지 않으며 웃음기 없는 얼굴로 에르셀라와 함께 자리에서 벗어났다. 쯧. 뒤에서 혀를 차는 소리가 들렸다.

"거기서 끝냈으면 좋았을 것을."

공작이 경멸스러운 눈으로 그녀의 어머니를 보고 있었다.

"멍청한 네 어미 덕에 내 등만 굽어지게 생겼구나."

"무슨 말씀이세요?"

올리비아가 물었지만 공작은 혐오스럽다는 시선만 내던질 뿐 대답하지 않았다.

무도회장의 기류는 폭풍이 지나간 뒤 고요가 내리는 것처럼 한층 가라앉아 있었다.

카일은 심기가 언짢아 보이는 가르텐 공작 부인을 보며 혀를 끌끌 찼다. 남자는 본디 이곳에 있어선 안 될 이였다. 콘라드에 가기로 내정되었던 판테츠 백작이 집안에 불미스러운 일이 생겨 가르텐 공작으로 대체되지만 않았더라도, 가르텐 공작이 그에 호의를 보내지만 않았더라도 그는 이곳에 절대 한 발짝도 붙이지 않았을 것이다.

"카일, 대체 무슨 생각으로 그자에게 붙어먹은 것이냐!"

카일은 저에게로 떨어진 노성을 떠올리곤 인상을 구겼다.
"젠장, 누군 이러고 싶어서 이러는 줄 아시나."
그도 체면이 있었다. 옛적 자신들을 버리고 저 혼자만 빠져나간 가르텐이 역겹지 않을 리 없었다. 하지만 어쩌겠는가. 그는 귀한 로베르트의 장손으로 태어났다. 가문의 이름에 걸맞게 살아야 했다.
카일은 대가문을 등에 이고 있는 기사였음에도 베른하르트에 눌려 아무것도 하지 못했다. 기껏해야 맡은 일이 가르텐 공작의 호위였으니 더 말할 것도 없었다.
아버지인 로베르트 후작은 나이가 들어 모험을 꺼렸다. 아내와 딸을 잃은 후 로베르트 후작은 저택에 칩거하여 쥐 죽은 듯 살아가는 것을 선택했다. 다시는 그 어떤 권력도 쥐려 하지 않은 채. 카일은 그것에 조소했다. 남아 있는 아들은 고려하지 않은 이기심에 환멸이 일었다.
해서 당신께서 보란 듯 온 곳이 이곳이었다. 그는 로베르트가 다시 부흥하길 바랐다. 그것을 위해서라면 배신자에게 거머리처럼 붙어산다는 수치심 따위 견딜 수 있었다.
로베르트는 다시 일어설 것이다. 그가 그렇게 만들 것이다. 그렇게 된다면 가문을 풍비박산 낸 것들에게 언젠가 복수할 수도 있으리라.
"남의 가족은 잘도 죽여놓고……."
으득, 이가 갈렸다. 피사리데 후작과 베른하르트 공작 부인을 보니 더더욱 그랬다. 멀리서만 봤을 뿐임에도 분노가 용솟음쳤다. 그럼에도 아무것도 할 수 없다는 무력감이 그를 좀먹었다.

힘이 없다는 것은 그런 것이다.

그래서 가르텐의 힘을 빌려서라도, 그렇게 구차하게라도 높은 자리에 오르기를 원했다. 로베르트 후작은 그것이 욕심이라며 동생의 반만이라도 닮으라고 꾸짖었지만 카일은 개의치 않았다. 이대로 있다간 로베르트는 그라니아의 귀족 회의에도 제명될 것이다. 데먼셔가 그랬던 것처럼.

카일은 옆에 서 있는 사내에게 짓씹듯 내뱉었다.

"언젠간 다 갚아주자. 이 수모도, 이 치욕도. 그럴 날이 올 거다."

"……."

"왜 그러느냐, 후안?"

카일은 표정을 굳히고 있는 동생을 보았다. 온유했던 갈색 눈이 드물게 메말라 있었다. 그의 입술이 열린 건 이상함을 느낀 카일이 어깨에 툭 손을 올렸을 때였다.

"……다시는."

"……."

"이런 곳에 절 부르지 마십시오, 형님."

그는 카일의 손을 뿌리치고 사박사박 걸음을 옮겼다. 그 냉담한 동작에 카일이 혀를 내둘렀다. 저런 놈을 닮으라니. 역시 아버지는 잘못 생각하고 있는 게 분명했다.

＊ ◈ ＊

에르셀라는 비센테에게 단단히 붙들린 채 너른 홀을 가로질렀다. 그들이 도착한 곳은 인기척 없는 테라스였다.

비센테가 문을 열자 밀려온 선선한 바람에 에르셀라의 드레스 자락이 잔잔히 물결쳤다. 비센테는 문턱을 넘어 난간 앞에 다다라서야 그녀의 팔을 놓아주었다.

"괜찮아?"

빠르게 걸어 흐트러진 잔머리를 정돈할 정신도 없이 에르셀라가 말을 붙였다.

어미에게 외면당했던 과거가 얼굴도 모르는 사람들 앞에서 낱낱이 드러났다. 괜찮을 리 없었다.

"혹시 사람들이 아무렇게나 떠드는 말에 상처받진 않았니? 그 사람들은 신경 쓰지 마. 널 나쁘게 봐서 그런 게 아니라 저 사람들에게 그건 그냥 하나의 재미일 뿐이야. 그런 자들 때문에 네가 상처 입을 필요는……."

아무런 감정도 떠올라 있지 않은 비센테의 표정에 에르셀라의 입술이 느리게 다물렸다.

"……미안해. 여기 오는 게 아니었는데."

위로의 말은 사과로 변했다. 오지 말걸. 에르셀라는 마음속으로 후회를 읊어보지만 그녀와 비센테를 둘러싼 조롱 어린 시선은 이미 기억에 각인되었다.

"미안해."

에르셀라는 손마디가 도드라질 만큼 손을 세게 움켜쥐었다. 비센테가 무슨 생각으로 저답지 않은 행동을 한 건진 몰라도 그의 잘못은 아니었다.

처음부터, 처음부터 그녀가 처신을 올바르게 했으면 받지 않아도 됐을 비난이었다. 무엇보다 그들이 보낸 비난은 그녀를 가르텐보다 밑으로 끌어내리려는 속셈에 불과했다. 하지만 그 과정에서 비센테가 이용되었다고 생각하니 에르셀라는 울컥 화가 치밀었다.

"돌아가자. 돌아가서 다시는 이런 데 오지 말자. 이런 즐거움 몰라도 잘 사는 사람이 얼마나 많은데, 네가 뭐가 아쉬워서……!"

비센테의 팔을 잡아끌며 소리쳤으나 비센테는 단단한 바위처럼 굳어서 움직여 주지 않았다. 입술을 꾹 다문 에르셀라가 비센테를 붙든 팔에 한 번 더 힘을 준 순간이었다.

"왜 그러셨습니까?"

상황과 맞지 않는 낮은 목소리에 그녀는 주춤했다.

"왜 그러셨습니까?"

혼잣말에 가까운 되뇜은 차분했다. 그러나 에르셀라는 그 차분함 안에 감추어져 있는 기묘한 비틀림을 읽어냈다.

"화났어?"

화가 날수록 깊게 가라앉는 눈빛이 하르젠과 닮아 있었다.

"과하셨습니다."

비센테는 그 한마디뿐이었지만 그의 기분이 저조한 상태라는 것쯤은 어렵지 않게 알 수 있었다. 조금 전 그녀의 무모한 행동에 단단히 화가 났다는 듯이 비센테의 눈동자는 평소보다 더 서늘한 빛을 띠고 있었다.

에르셀라는 한숨을 내쉬었다. 품위 없이 가르텐에게 허리를 숙여 베른하르트의 명예를 죄다 깎아먹었으니 그럴 만도 했다.

"걱정 마. 가문의 명성은 이런 걸로 실추되진 않아. 그래도 수습은 최대한 해볼 테니……."

"지금 중요한 게 그겁니까?"

"비센테?"

언뜻 짜증 섞인 목소리에 에르셀라의 눈이 둥글게 커졌다.

"시작부터 제 잘못이었고 아무렇지 않게 넘어갈 문제가 가문의 이름 때문에 불거진 것을 압니다. 하나 제가 비난받고 끝날 문제였습니다. 그 어디에도 어머니가 굽힐 까닭은 없었단 말입니다. 그렇게 생각 없이."

……행동하지 않아도.

비센테가 내리눌렀을 뒷말을 알아차리는 것은 어렵지 않았다. 스스로가 생각해도 조금 전 자신의 대처는 바보 같은 짓이었고 생각 없이 행동한 것도 맞았다. 하지만 어찌하겠는가. 후회한다 한들 이미 지나버린 일인데. 에르셀라는 조금 웃었다.

"내 잘못이지."

들춰봤자 지난 일이며 애초 그 일의 인과는 저로부터 기인한 것이었다. 그리고 그녀는 잠시 창피하다 말 순간을 후회하지 않았다.

"자식의 예절 교육은 부모의 역할이잖니. 하지만 난 널 가르치지도 예절 선생을 구해다 주지도 않았지. 그러니 이번 일은 내가 사과하는 게 맞아."

모든 일을 자신의 잘못으로 끌어안는 에르셀라가 우스워 비센테는 조소 섞인 실소를 흘렸다.

"모르는 체하지 마십시오. 제게 예절 스승이 있다는 것을 당신은 이미 아십니다."

자애로운 척 성녀 행세를 하는 에르셀라의 모습에 속이 뒤틀렸다. 그러나 더 같잖은 건…….

"그러니."

아무리 날 선 대꾸를 해도 칭찬이라도 들은 양 웃고 마는 그 눈이었다.

"그래. 사실 네 말이 맞아. 그럼 이렇게 하자. 그냥 나는 가르텐 공작과 춤추는 게 싫었고, 사람들이 시끄럽게 구는 게 머리 아팠어. 그런데 현명하지 못해 그 상황을 벗어날 수 있는 방법을 도무지 모르겠더구나. 그래서 네 말대로 과하게 굴었나 봐."

비센테는 이해가 안 간다는 듯이 에르셀라를 보았다.

"어쩌겠어. 네 어미가 이리 어리석은 사람인 것을. 마음 넓은 네가 이해하렴."

왜 웃지?

그는 상황에 맞지 않는 멍청한 미소를 걸고 있는 에르셀라의 모습에 눈썹을 찌푸렸다. 그는 모욕을 안아 떠는 어깨를, 목이 막힌 듯 잠긴 목소리를 기억했다.

베른하르트와 피사리데를 이고 살아온 여자였다. 눈에 빤한 수에 당해줄 위치의 여자가 아니었다. 저렇게 자신을 어리석다 칭하며 스스로를 낮출 여자도 아니었다. 겸손이 아니라 귀족이라면 마땅히 부끄러워해야 할 행동이었다. 그녀는 사과, 그것을 어떠한 모멸감도 없이 함부로 입에 올려선 안 되었다.

그녀는 공작 부인이며, 후작 영애였으며, 이 나라에서 가장 귀한 여인이었다. 그녀는 어머니가 아니었다.

이제 와서 어미 노릇을 한다고 자신이 진짜 어머니라도 되는 줄 아는가. 헛웃음을 삼킨 비센테의 표정이 차츰 싸늘해져 갔다.

"제가 일부러 그랬다면 어쩌시겠습니까?"

에르셀라의 눈빛이 점차 굳어졌지만 비센테는 차갑게 몰아붙이는 말을 멈추지 않았다.

"일부러 그랬습니다. 그 모습이 어디까지 가나 궁금해서 그리했습니다."

그는 차라리 에르셀라가 제게 실망하기를, 화를 내기를 바랐다. 그러면 적어도 그녀가 가증스러워 보이진 않을 것 같았다.

"너는 충분히 그래도 돼."

그러나 에르셀라는 실망하지도 화를 내지도 않았다.

"네가 무슨 짓을 하더라도 나는 괜찮을 거야."

여전히 가증스럽게 걸친 가면 그대로 거북한 말을 건네왔다.

비센테는 조금 삐딱하게 웃었다.

"화를 내지 않는 것은 지난날의 잘못을 사죄하기 위함입니까? 제게 잘못한 게 많다고 생각하시니 만회하고자?"

"화가 나지 않는 걸 어떡하니."

"……."

그러나 비센테의 웃음은 곧바로 지워지고 얼굴은 무표정으로 덮였다. 허름한 돛배에 새하얀 천이 내렸다. 파도는 여전히 휘몰아쳐 온 바다를 덮고 있는데…….

바람이…… 따뜻해서.

그 바람이 꼭 저를 어느 너른 땅으로 인도할 것만 같아서.

"정말 화 안 났어."

그는 이를 악물었다. 그렇게 하지 않으면 모든 게 비틀릴 것 같았다. 눈가도, 입가도, 표정 하나까지도 괴이한 형상을 갖출 게 분명했다. 저 눈을 보고 있자니 더욱 그랬다. 자신은 그 모든 것이 형편없이 일그러지는데, 어찌하여 저 눈은 탁한 빛 하나 없이 온전한가.

"난 이제 네게 조금도 화나지 않아."

귀에 거슬리는 목소리에 무표정했던 비센테의 얼굴이 차츰 일그러져 갔다. 도발해도 응하지 않는다. 수긍하고 인정하며 매끄럽게 넘긴다. 그것이 꼭 손아귀에서 빠져나가는 모래알만큼이나 허무하여 그는 멍하니 입을 열었다.

"……역겹습니다."

그제야, 에르셀라의 얼굴에서 지긋지긋한 웃음이 걷혔다.

"아…… 나, 는……."

파르르 떠는 속눈썹이 깜빡깜빡 감았다 뜨였다. 그 사이에 드러난 눈에 띄게 흔들리는 푸른 눈동자가 비센테에게 어렴풋한 안도감을 가져다주었다.

이제야 모든 게 제자리를 찾은 듯한, 예전으로 돌아갈 수 있을 것 같은, 그런.

"나는……."

에르셀라는 당황한 듯 말을 더듬거렸지만 비센테는 그 입에서 나올 말이 무엇인지 알았다.

"미안해. 내가 많이⋯⋯."

웃음이 나왔다.

"내가 많이⋯⋯."

"당신은."

그럼 그렇지, 하는 생각에.

"제게 미안하다는 말씀밖에 안 하십니다."

감정을 섞지 않고 내뱉은 말에 에르셀라가 흠칫 어깨를 떨었다. 무슨 생각을 할까. 불현듯 그것이 궁금하다가도.

"그야⋯⋯ 미안하니까."

저 머릿속에 가득 차 있는 게 얼마나 덧없는 과오인지 알기에 호기심은 빠르게 식었다.

"아니요."

그는 부정했다.

"어머니는 진정으로 제게 미안한 것이 아닙니다. 그저 자신의 죄책감을 씻어내고자, 혼자 편하고자 입버릇처럼 내뱉는 말에 불과합니다. 앞으로도 당신은 틈만 나면 그리 말하겠죠. 미안하다. 사과할 일이든 아니든 제 눈치를 보며 미안하다 말하실 겁니다. 그게 당신께서 속죄하는 방식이라면 그리 여기겠으나⋯⋯ 그거 아십니까? 듣는 저는 불쾌합니다. 들을 때마다 불편하고 짜증만 납니다."

비센테는 에르셀라를 똑바로 보았다. 깨질 것처럼 연약해 보이는 푸른 눈동자를 외면하지 않으며 그는 입을 열었다.

"그러니 결국 당신만 편한 겁니다."

"⋯⋯."

"예전의 그 이기적인 모습대로, 당신은 결국 변한 게 없는 겁니다."

그렇게 마지막으로 떨어진 칼날 같은 선고가 에르셀라의 눈을 질끈 감기게 했다.

'아……'

쿵쿵, 불규칙하게 뛰는 심장 언저리를 짚으며 그녀는 멍하니 생각했다. 이기적으로 살았다. 변하지 않았다. 그 말에 대해.

에르셀라는 당장 아니라고 말하고 싶었다. 사과는 결코 제 마음 편하고자 한 것이 아니라고, 한 점의 거짓 없는 진심에서 비롯된 것이라고, 그렇게 해명하고 싶었다. 하지만 자신에 대한 의심은 어김없이 가슴에 흘러들었다.

정말로 이기심이 아닐까.

알고 있지 않나. 저 아이가 제 사과 따위 원하지 않는다는 걸.

자신은 정말 용서받길 원하지 않나? 정말로 그런 욕심이…… 아예 없었다고 할 수 있나? 자신은 정말로…… 미안하다, 그 끝없는 사과가 받아들여지지 않아도 괜찮은가?

유수처럼 밀려드는 의심에 에르셀라는 손을 꾹 쥐었다. 그리고 생각했다. 이번엔 뭘 잘못한 것인지. 뭐가 잘못된 것인지. 미안하다. 그 말이, 그렇게 잘못된 것인지.

그럼 내가 어떻게 해야 했는데?

그러나 들려오지 않는 답은 에르셀라의 고개를 형편없이 아래로 떨구었다.

비센테는 손대면 허물어질 듯한 에르셀라를 무감정하게 지켜보았다. 힘없이 처진 몸은 곧 꺼질 듯한 등불처럼 가엾기 그지없건만, 어찌하여 증오는 무게를 더하는가. 그는 연유를 알았다. 그것이 지겹기도 해서 그는 눈앞의 여자를 상처 입히기를 주저하지 않았다.

"또 피하십니까? 외면하고, 덮고, 이제껏 그렇게 제멋대로 살아왔던 것처럼? 아버지가 하나하나 다 받아주셔서 그러는 게 습관이라도 됐나 본데."

언제나 피하고 도망가는 그 모습을 그는 경멸했다.

"이제껏 그러셨습니까? 지금 제 앞에서 그러듯 툭 하면 울 것같이, 그러셨습니까? 대체 나이가 몇인데……."

주먹을 움켜쥔 하얀 손이 파들거렸다. 비센테는 신경질적으로 시선을 비꼈다.

"사과만 줄줄 한다고 다 해결되는 게 아니듯, 떼쓸 시기는 지났습니다. 제멋대로 굴 나이도 아니십니다. 참 편하게도 사십니다. 도대체 어머니는 무슨 생각으로 살아오신 겁니까? 주변 사람들 생각은 안 하십니까? 당신이란 사람은 왜 그렇게 항상……!"

"……그럼 내가 어떻게 해야 했는데?"

제 성을 이기지 못해 언성이 높아졌을 때 쇳소리가 그의 귓가를 긁어 내렸다. 뒷말이 목 뒤로 영영 잠기며 그제야 에르셀라가 보였다.

"말해줘. 내가…… 어떻게 해야 했는지."

에르셀라가 눈꺼풀만 내리면 눈물이 후두둑 떨어질 것 같은 눈으로 그를 보고 있었다.

"네게 너무 미안해 죽겠어서, 미안하다는데…… 그게 잘못된 거야?"

"……."

"……역겨워?"

비센테는 입안을 짓씹었다. 그래, 역겹다. 눈물로 상황을 모면하려는 그 모습 자체가.

"기다렸어. 나, 나 계속…… 정말……."

눈물을 머금어 울먹이는 목소리가 달달 떨렸다. 에르셀라는 서러운 울음을 토해내기라도 하듯 끝없이 말을 쏟아냈다.

"네, 가 나 피하는 거…… 알고, 있었어. 아는데도 기, 다렸어. 기다렸어. 그것밖에 하, 할 수 있는 게 없었어."

그러다 어느 순간.

"그것밖에 할 수 있는 게 없었어!"

떨림이 그쳤다.

"미안해하면서 속죄하고 기다리는 것밖에 난! 난!"

화가 뒤섞인 울음소리가 그의 심장에 묵직하게 박혔다. 비센테는 마른침을 삼켰다. 목이 졸린 사람처럼 숨이 잘 쉬어지지 않았다.

"그럼 내가 어떻게 해야 했을까?"

"……."

"내가, 내가…… 나도 힘들었다고 어렸다고 무서웠다고 그렇게 네게 투정 부려야 했을까? 그렇게, 네게 계속 상처 줘야 족했을까?"

"……."

"내가!"

악에 받친 고함이 들렸다.

"네 잘못이 아닌 걸 알면서도 널 얼마나 원망했는지! 하나하나 깨우쳐 줘야 했을까!"

찢어질 듯한 소리가 고막을 파고들고 화에 못 이겨 씩씩 밭은 호흡을 내뱉는 어머니가 보인다. 시뻘게진 눈으로 그를 죽일 듯이 노려보는데…… 이상하게 가슴이 아렸다.

"잘못한 거 알아. 네가 나 싫어하는 거 아는데도 내 멋대로 이기적으로 굴었고, 말로는 용서 원치 않는다고 했지만 용서받고 싶다는 욕심이 드는 것도 사실이야."

"……."

"그런데 그게……."

에르셀라는 질끈 눈을 감았다.

미쳤어.

미쳤어, 너.

그렇게밖에 생각할 수가 없었다. 미치지 않고서야 자신이 그런 말을 할 수는 없었다. 잘못했다고 빌어도 모자랄 판에 이게……

"……짜증 나."

최악이었다, 정말.

"널 놀려서 기분 나쁘게 한 친구들도, 가르텐 그 작자들도, 주위에서 수군거리던 버러지 같은 놈들도, 평소엔 본체만체하다 갑자기 널 생각한답시고 고개 숙인 나도 다 짜증 나. 가증스러워."

머리끝까지 올라온 자기혐오에 에르셀라는 치켜들었던 고개를 푹 숙였다. 눈시울이 뜨거워지며 눈앞이 흐릿해져 갔다. 짜증이 났다.

"뭐 하나 내 마음대로 되는 게 없어서……."

푹 숙인 고개 밑으로 눈물방울이 뚝뚝 떨어졌다.

"……왜 뭐 하나 마음대로 되는 게 없는 건데."

난 또 왜 네게 못되게 말하는 건데.

자꾸만 흐르는 눈물을 멈추지 못한 에르셀라는 결국 흐느껴 울기 시작했다.

끝났다. 미움받을 것이다. 비센테는 더 이상 제게 어떠한 기대도 품지 않을 것이다. 이제 그녀에게 웃어주지 않을 것이다. 더더욱 경멸할 것이다. 증오할 것이다. 그것에 계속해서 눈물이 났다.

"……미안해. 잘못했어."

에르셀라는 아이처럼 끅끅거리며 울고 또 울었다.

미안해. 그 말밖에 할 줄 모르는 사람처럼 에르셀라의 입에서 끝없이 반복되는 사과에 비센테는 손에 얼굴을 묻었다. 또다시 쇳소리가 귓가에 부서졌다. 나오는 웃음은 허탈하기만 했다.

"이런 게 엄마라서…… 네게 너무 미안해."

어른이 되지 못한, 오래전 시간이 멈춘 여자.

그것이 경멸스럽고 또 가슴이 아파서.

원치 않는 눈물이 끝없이 쏟아졌다. 뭐 하나 뜻대로 되는 게 없었다. 가슴 구석구석 자기혐오가 스며들었다. 비센테가 한숨을 쉬는 게 보였다. 그녀의 가슴이 철렁였다. 또 우냐고, 그리 말하면 어떡하지. 그쳐야…… 하는데. 그녀는 재빨리 눈물을 쓱쓱 닦아냈다.

'왜 안 그치는 건데.'

그러나 투명한 눈물은 볼을 가로질러 떨어질 뿐 멎을 생각을 안 했다. 비센테 앞에서 운 것도 짜증 나 죽겠는데, 눈물 그치는 것 하나 마음대로 할 수 없다니. 에르셀라는 자신이 너무 못나고 창피해서 아무도 없는 곳으로 도망치고 싶었다. 이 순간, 정말 못나게도 그 모든 게 원망스러웠다. 다 미웠다. 뭐가 미운지도 정확히 짚어내지 못하는 주제에 그냥 다 싫었다.

시큰거리는 눈으로 비센테를 바라보니 그는 또 한숨을 내쉬었다. 연달아 들리는 체념한 듯한 한숨에 에르셀라의 가슴이 따끔거렸다. 무슨 생각을 하는지 알 것 같았다. 한심하다 생각할 것이다. 제 감정 하나 못 다스려 시도 때도 없이 우는 그녀를 끔찍하다 여기고 있을 것이다.

제가 봐도 너무 바보 같은데, 비센테 눈엔 어련할까. 에르셀라는 고통스러운 마음에 눈꺼풀을 지그시 내렸다. 비센테를 보고 싶지 않았다. 아니, 볼 수 없었다. 그리 생각한 순간 비센테의 목소리가 들렸다.

"언제나 느끼는 거지만."

눈가에 미진한 열기가 스며들었다.

"눈물이 많으십니다."

에르셀라는 고개를 들어 올렸다. 비센테가 손을 뻗어 그녀의 눈물을 닦아내고 있었다. 여전히 무표정으로 그가 말했다.

"울지 마십시오. 운다고 해결되는 것은 없습니다."

냉담한 목소리가 그녀의 가슴을 콕콕 찔러왔다.

"……알아."

에르셀라는 기운 없이 대답했다. 누군 울고 싶어서 우는 줄 아나. 에르셀라는 눈을 부릅떴다. 하지만 쓸데없는 오기였는지, 눈물은 계속 터져 나오며 그녀를 조롱했다. 닦아내고 닦아내도 새는 눈물에 비센테는 체념하듯 입을 열었다.

"손수건, 있으십니까?"

"……없는데."

비센테의 미간이 지그시 좁아졌다.

"수행원을 데려올 테니, 잠시 여기서 기다리십시오."

"괜찮, 은데."

"어머니는 괜찮겠지만, 전 아버지에게 죽습니다."

진지한 비센테의 말에 그녀는 지금 그런 말이 나오느냔 의미로 눈을 치켜떴다. 그러다 따끔거리는 눈가에 입술을 당겨 물었다. 거울을 보진 않았지만 분명 눈시울이 붉어졌을 것이라 생각하니 암담했다. 눈물을 말끔하게 걷어내지 않으면 자국이 남으리라.

눈이 부으면 어떡하지. 에르셀라는 더 이상 고집부릴 수 없음을 인정했다.

"그럼…… 부탁할게."

"쉬고 계십시오."

비센테는 그 말을 끝으로 홀 안에 들어갔다.

"왜 그리 보십니까, 영애?"

아도라는 눈앞의 허우대 멀쩡한 남자를 바라보았다. 이 순간만큼 자르데아 백작 부인을 원망한 적이 없다. 기껏 찾아갔더니 대뜸 '결혼할' 남자를 들이미는 것은 어느 경우란 말인가.

"아닙니다."

"조금 민망하죠. 저도 그래요. 그러니 긴장 푸세요."

사람 좋은 얼굴과 유한 말씨의 소유자였다. 캐론 다트너라 했나. 듣기로는 무난한 사람이라 했다. 크게 좋은 평도, 나쁜 평도 없는. 하기야 어머니가 신중히 고른 남자이니 그렇겠지마는. 그럼에도 아도라는 마음에 들지 않았다. 저 남자가 부족하다는 게 아니었다. 그저 결혼하고 싶지 않다는 일념 하나로 모든 게 삐뚤게 보였다.

"저희 둘 다 성인이니 빠르면 내년에 결혼할지도 모르겠네요."

"그렇군요."

"걱정되세요?"

캐론 다트너의 염려에 아도라는 그제야 제 표정이 너무 굳어 있었음을 인지했다. 확실히 이건 실례였다. 아도라는 애써 웃음 지으며 살며시 고개를 끄덕였다.

"조금요."

"걱정 마세요. 제가 백작이 된다 해도 영애를 홀대할 일은 없을 테니."

"……."

"아껴 드릴게요. 아, 그리고 신학을 공부한다고 들었어요. 신기하네요. 그라니아에 루델시아 신학을 배우는 이는 몇 없을 텐데요."

이 나라에선 쓸모없는 학문으로 인식되니 별로 좋아하지 않으려나? 아도라가 망설이다 입술을 떼려 하자, 캐론 다트너가 손을 내저으며 웃었다.

"걱정 마세요, 봐드릴 테니. 원하시는 공부는 자유롭게 하셔도 돼요. 영애의 부군 될 자로서 제지할 생각은 없습니다."

"······감사드려요."

아도라는 그리 말하면서도 왜 제가 그것에 감사해야 하는지를 생각했다. 생각이 머릿속에서 빠르게 회전했다. 이 남자에게 '홀대'의 범위란 어디까지인가? 아낀다는 의미는? 기한은? 제 행동의 어디까지 봐주겠다는 거지? 아니, 애초에 그가 저를 봐줄 만한 자격이 있던가? 만일 저 마음가짐이 변한다면? 저는 어떻게 되는 거지?

어림짐작해 보아도 그녀는 저 남자를 처음 겪어보았으니 알 수 없는 일이었다.

"베른하르트 공작 부인의 시녀가 되셨다는 말을 들었어요. 힘들진 않으세요?"

"모시기 어렵지 않은 분이세요."

"그 가문에도 영윤이 한 분 계시다는데."

"베른하르트 영식을 말씀하시는 거라면······."

아도라는 비센테를 생각했다. 첫인상은 상상했던 것과 다르지 않았다. 제 지위에 걸맞게 권위적이며 적당히 관용을 베풀 줄 아는 무뚝뚝하고 사무적인 소년이었다.

"······저택 안에서 마주칠 일이 없어 잘 모르겠네요."

아도라는 그리 답했다. 마주칠 일이 뭐가 있겠는가. 사는 세계가 아예 다른데. 그 고귀한 소년은 언제나 본인을 낮춰야 했던 그녀와는 본질적으로 다른 사람이었다. 공작 부인의 시녀가 되지 않았더라면 아도라가 얼굴 볼 일도 없었을 것이다.

"아, 제가 듣기로는······."

일순 홀 안에 소란이 돌았다. 하려던 말을 멈춘 캐론은 소음의 진원지로 고개를 돌렸다. 아도라의 시선도 그쪽으로 옮겨갔다. 동시에 그녀는 사람들의 소곤거림을 들었다.

"뭔 일이래요?"

"들었어요? 베른하르트 공자가 공녀와 춤추기를 거부했다는군요."

"네? 약혼할 사람인데요?"

"춤을 배운 적이 없다는데, 어떻게 된 일인지……."

"세상에, 열다섯 살짜리가, 그것도 베른하르트씩이나 되는 귀족이 그걸 모른다는 게 말이 돼요? 공작 부인은 무슨 생각으로 그런 아들을 이곳에 데리고 왔대요?"

"몰랐나 보죠. 워낙 제 아들에겐 관심 없던 분이시니."

"허! 아무리 그래도!"

아도라는 입을 다물지 못했다. 예법 하나 틀리는 법 없던 그 소년이 춤을 익히지 못했다니. 말도 안 된다. 하지만 춤추는 법을 안다고 해도 문제였다. 알면서도 그랬다는 것은 공녀에게 예의를 차리지 않았다는 것이다. 그쪽의 무례함이 더 컸다.

"참 안타깝네요."

"그게 무슨 말씀이세요?"

캐론 다트너가 작게 혀를 찼다.

"자식에게 냉정한 어머니는 한두 명이 아니라지만, 공작 부인께서도 그런 분이라 하니 씁쓸합니다. 소문에 의하면 폭력도 행사하셨다는데."

"소문일 뿐이에요."

아도라가 즉시 반박하자 남자는 능청스레 비난을 이어갔다.

"어쨌든요. 태어난 아이는 죄가 없잖아요."

"……."

"그렇게 사랑받았던 사람이, 사랑을 주는 게 어렵나 싶기도 하고."

아도라는 대답하지 않았다. 그것이 매서운 침묵임을 알아챈 캐론 다트너는 난감한 얼굴이 되었다.

"공작 부인의 시녀분께 괜한 소릴 했네요. 부디 새겨듣지 말아요."

아도라는 입술을 꾹 눌렀다. 귀한 집안답게 그는 선을 넘는 언행을 저지르진 않았다. 물을 수 있을 정도의 말만 툭 던지고, 대화를 접었다.

따지면 틀린 말을 한 것도 아니었다. 공작 부인이 아들에게 무심하다고 한 것도, 아들을 때린다는 소문이 돈다고 한 것도, 태어난 아이는 죄가 없다는 것도, 사랑받은 사람이 사랑을 주는 게 뭐가 그리 어렵냐는 것도 잘못된 것은 없었다. 그러니 아도라가 시녀랍시고 감싸는 말을 꺼냈다가는 변명에 불과하게 될 터였다.

아도라는 무심코 생각했다. 공작 부인이 어떤 말을 해도 그것은 한낱 변명이 되겠구나, 라는 그런 생각을.

한시적으로 들끓었던 열기가 꺼지자 무도회장은 본연의 분위기로 돌아갔다. 아도라도 캐론 다트너와 이야기를 나누었는데, 지루함은 면할 수 없었다.

그보다 공작 부인이 어쩌고 있는지 걱정이었다. 이쯤 시기적절하게 대화를 끊어주면 좋으련만, 캐론은 그럴 생각이 없어 보였다. 그는 아도라와 하고 있는 대화가 꽤나 재미있는 듯했다.

그것이 아도라에겐 불행이었다. 그녀는 대가문에 적을 두고 있는 남자를 앞에 두고 등을 돌릴 수 없었다. 그랬다간 어머니에게 화살이 날아갈 게 분명했다. 속으로 하릴없이 제 처지에 대해 한탄할 때였다.

"……영식?"

비센테가 그들 곁으로 걸어왔다.

"자르데아 영애, 잠깐 따라와 주셔야겠습니다."

그는 캐론 다트너는 쳐다보지도 않고 있었다.

"무슨 일 있나요?"

"있습니다."

짧게 대꾸하며 비센테가 아도라에게 손을 내밀었다. 안 하던 짓을 하는 걸 보니 급한 일인 듯했다. 그녀가 주저하지 않고 손을 얹으려는 찰나였다.

"베른하르트가의 영윤을 예서 다 보네요."

캐론 다트너였다.

"저는 다트너가의⋯⋯."

"반갑습니다. 캐론 다트너 영식. 정식으로 인사드리고 싶으나 지금은 상황이 여의치 않군요."

비센테는 캐론의 말을 자르며 귀찮다는 듯이 고개를 까닥였다. 아도라는 그의 무례한 태도에 놀라 저도 모르게 캐론을 쳐다보았다. 캐론의 웃는 인상이 사라져 있었다.

"지금 공자께서 잡고 계신 그분은 제가 결혼할 사람입니다. 약혼녀께서 아시면 곤란할 텐데요. 아까 그런 일까지 벌여놓고."

"당신은 아직 자르데아 양과 혼인하지 않았고, 저 역시 아직 약혼한 게 아닙니다. 그러니 곤란할 일도 없을 겁니다."

아도라는 두 사람 사이에 낀 채 어정쩡하게 서 있었다.

"그리고 영애는 제 어머니의 시녀입니다."

"그게⋯⋯."

"어머니가 찾으십니다."

캐론 다트너의 입이 스리슬쩍 다물렸다. 모시는 사람이 찾는다는데 할 말이 뭐가 있겠는가.

"그럼, 실례하죠."

그 성의 없는 인사만을 남기고 비센테는 아도라와 자리를 떴다. 캐론 다트너에게서 멀어지자 아도라가 입을 열었다.

"공작 부인께 무슨 일이라도 생겼어요?"

"손수건은 가지고 계십니까?"

아도라가 그 속에 담긴 의미를 알아채고 깜짝 놀랐다.

"네, 있는데…… 공작 부인께서 우셨어요?"

"……얼굴에 바르는 분도 필요합니다."

울었다는 뜻이다. 한데 한 가지 문제가 있었다. 얼굴이 눈물투성이라면 화장을 처음부터 다시 해야 한다는 소린데…….

"저 화장 못해요."

그녀는 화장을 할 줄 몰랐다. 당연했다. 그녀도 나름 귀족이었으므로. 그러나 비센테에겐 당연한 게 아니었는지 그의 눈이 찡그려졌다. 입 밖으로 내진 않았지만, 마치 그럼 할 줄 아는 게 뭐냐고 묻는 듯한 눈에 아도라는 억울해졌다.

"……다시는."

후안은 설욕에 사로잡힌 카일을 차갑게 보았다. 그는 잠시 호흡을 고르다 문장을 완성했다.

"이런 곳에 절 부르지 마십시오, 형님."

그는 카일에게서 멀찍이 떨어져 정처 없이 걸었다. 영락의 길로 접어든 가문의 차남에게 관심을 두는 사람은 없었다.

그러나 막상 갈 곳이 없어 발은 제자리에 멎었다. 지금 이 순간조차도 가문에서 완전히 벗어나지 못했다는 무력감에 후안은 헛숨을 들이켰다. 그렇게 한참을 서 있을 때였다.

그의 곁으로 흑발의 소년이 지나쳤다. 후안의 시선이 멍하니 소년의 뒷모습을 좇았다. 베른하르트 공작을 닮은 소년. 피사리데와 베른하르트의 자식이었다. 로베르트 몰락의 원천이 저곳에 있었다. 그는 문득 스스로를 의심했다. 저는 정말 증오하지 않는가. 원망하지 않는가. 소름 끼치는 의문에 후안이 얼굴을 쓸어내렸다.

'머리 좀 식혀야겠군.'

악의에 사로잡히는 멍청한 짓 따윈 하지 않을 것이다. 찬바람을 쐬면 괜찮아질 거라 생각하며 그는 테라스 문을 열었다.

"……."

그리고 만났다.

"후안 경?"

그때처럼 울고 있는 여자를.

에르셀라의 가슴은 비센테가 사라진 빈자리만큼 허했다. 에르셀라는 고개를 젖혀 밤하늘에 총총 박힌 별을 관찰하며 눈물을 말렸다.

"미쳤어."

"……."

"너 진짜 미쳤어."

"……."

"너 정말……."

주룩. 눈물이 뜨겁게 괴어오르며 얼굴의 옆면으로 흘렀다. 왜 이렇게 되어버린 거지. 스스로에 대한 원망을 풀 길이 없어 에르셀라는 죄 없는 바닥을 구두로 내리찍었다.

"어머니……."

에르셀라는 울음을 터뜨리는 아이처럼 어머니를 찾았다.

"행복하렴, 내 딸."

언제나 그녀의 머리를 소중하게 쓰다듬어 주던 후작 부인이 뿌연 시야에 어른거렸다. 그녀는 다정한 눈으로 에르셀라에게 말하고 있었다.

"행복하렴, 내 딸."

에르셀라는 슬프게 미소 지었다.

차라리 괜찮다고 해주시지 그러셨어요. 다 괜찮을 거라고, 그리 말해주시지 그러셨어요, 어머니.

후작 부인은 딸의 행복을 바랐지만, 에르셀라는 행복하지 못했다. 행복한 줄 알았는데, 행복하지 않았다. 그녀는 너무나 많은 사람을 괴롭게 하고 지치게 했다. 너무 이기적으로 살아왔다. 물러설 곳 없는 현실에 덤덤히 인정하자 심장이 욱신거렸다.

"이제……."

……어쩌지.

이제 정말 어쩌지. 에르셀라는 실의에 젖은 목소리로 중얼거렸다. 어떻게 해야 할까. 빌까. 잘못했다고, 용서해 달라고 비는 게 나을까. 높디높은 벽에 가로막힌 듯 앞날이 보이지 않았다. 절망이 머리 위로 쏟아졌다.

언제부터였을까. 예전에는 세상의 중심이 자신 같았고, 난관이 있어도 헤쳐 나갈 수 있다는 믿음이 있었다. 하지만 지금은 아니었다. 아득하게 펼쳐진 길은 장애물투성이였고, 하나하나 뛰어넘기가 힘들었다. 자꾸만 넘어진다. 넘어져도 일어나겠다고 다짐한 주제에 이렇듯 또다시 주저앉아 버린다.

서늘한 밤공기가 가슴 구석구석을 헤집고 지나갔다. 그녀는 추워서 팔을 쓸어내렸다. 거의 자포자기하는 심정으로 실소를 흘릴 때였다.

끼익. 테라스 문이 벌어지는 소리에 에르셀라의 전신이 굳었다. 비센테가 되돌아오기엔 이른 시각이었다. 그렇다면 다른 사람이라는 말인데…….

꼴사나운 모습을 제삼자에게 보이고 싶지 않은 것은 당연했다. 문이 열리는 사이에 식은땀이 흘렀다. 심장이 두근거렸다.

'제발……!'

에르셀라는 고개를 푹 숙이며 조마조마한 마음으로 테라스 문이 닫히길 간절히 바랐다. 그러나 문은 완전히 열렸다. 남성의 구두가 시야에 들어왔다. 단념하듯 에르셀라의 시선이 길게 뻗은 다리를 타고 올라갔다. 이윽고 구두의 주인의 누구인지 확인한 그녀의 동공이 한층 커졌다.

"후안 경?"

그녀는 의식을 거칠 새도 없이 남자의 이름을 입에 담았다. 어두운 계열의 남색 예복을 입고, 무표정으로 에르셀라를 바라보고 있는 사람은 틀림없이 후안이었다.

그가 왜 여기 있는 것일까. 잠시 의문을 가졌으나 일전 만났을 때보다 더 멋들어진 차림새에 그 까닭을 알 수 있었다. 그는 저 차림을 한 채 가르텐가에 와 있다. 귀족일 거라는 그녀의 예상이 맞은 듯했다. 짐작은 했지만 막상 마주치니 신기하긴 했다.

후안은 여전히 다정한 색의 눈동자로 에르셀라를 보고 있었는데, 표정은 없지만 에르셀라만큼이나 당황한 것 같았다.

"역시 귀하게 자란 게 맞네요."

에르셀라는 제가 맞았다는 듯 의기양양하게 웃어 보였다. 그럼에도 후안은 미소 하나 짓지 않았는데, 에르셀라는 그것을 이상히 여기다 이내 자신의 처지를 자각했다.

"봤나요?"

조금 전의 소란을 말한 것이었다.

"어쩌다가, 그렇게 됐습니다."

후안은 어색해하며 그녀의 눈을 피했다. 그런 모습은 또 처음이라 에르셀라는 갸웃거렸다. 분명 민망하긴 하겠으나, 보고 싶어서 본 것도 아닐 텐데 그는 어지간히도 서먹하게 굴었다. 그럴 필요까진 없는데.

"그럼 내가 누군지 알겠네요."

"자리를 피해 드리는 게 좋겠군요."

두 목소리가 동시에 울려 퍼졌다. 후안은 나가려던 몸을 돌려 에르셀라를 보았다. 쓴웃음이 그의 입가에 걸려 있었다.

"에르셀라 베른하르트 공작 부인."

"……."

"오늘부로 알게 되었습니다."

그 목소리는 씁쓸한 것 같으면서도 무언가를 억누르고 있는 것처럼 들렸다. 에르셀라는 말끄러미 후안을 바라보다 장난스럽게 푸른 눈을 접어 올렸다.

"신사분의 이름은요?"

이제 서로의 신원을 알 차례였다. 그만 자신을 아는 것은 불공평하지 않은가. 해서 물었건만, 후안은 묵묵부답이었다.

"여기에서까지 안 알려줄 생각은 아니죠?"

"……."

"경?"

왜 그럴까? 이제 보니 반듯한 얼굴에 실금이 가 있는 듯도 했다. 그 이유를 알 수 없어 에르셀라가 한 번 더 물으려는 순간이었다.

"부인! 무슨 일이 있으셨다고……!"

테라스 문이 벌컥 열리며 아도라가 성큼 들어섰다. 에르셀라는 뜬금없는 이 상황이 어떻게 연출되었는지 의아해하다, 곧 그녀가 제 시녀라는 사실을 상기했다. 마땅히 부를 이가 없어 아도라를 부른 것이리라. 아도라의 맹렬한 움직임은 지척에 있는 후안을 발견한 뒤에야 멎었다.

"그런데 이분은……?"

때마침 아도라의 뒤편으로 비센테가 들어섰다. 4명이 되니 널찍했던 장소가 순식간에 좁아졌다. 아도라는 어찌할 바 몰라 하며 후안과 에르셀라를 번갈아 보았다.

에르셀라는 멋쩍어졌다. 그녀가 결혼했기에 망정이지 처녀였다면 꼼짝없이 추문의 주인공이 되었을 것이다. 그러나 결혼했다고 해도 남자와 단둘이 밀담을 가지는 듯한 이 장면이 보기 좋은 그림은 아니었다. 비센테 앞이라 더욱 그랬다.

어찌한담. 어느 가문의 영윤인지도 모르니 소개할 수도 없고. 에르셀라가 한참을 고민하는데 말없이 잠잠하던 후안의 입술이 떼어졌다.

"처음 뵙겠습니다, 레이디. 로베르트가의 차남 후안이라 합니다."

……어?

"길을 잘못 든 것 같군요. 전 기다리는 분이 있어 이만 가보겠습니다. 일행분과 좋은 시간 보내시길."

되물을 새도 없이 문이 열리고 닫혔다. 지금 무슨……. 사고가 정지한 듯 생각이 끊기고 이어졌다.

"……로베르트."

비센테가 나직이 읊조렸다. 그리고 다급히 에르셀라를 추궁했다.

"방금 나간 자가 어머니께 해코지한 게 있습니까?"

비센테도 그녀에게 로베르트가 얼마나 꺼림칙한 존재인지 아는 만큼 걱정인 듯했다. 에르셀라는 고개를 가로저었다.

"……아니."

"폭언이나 그 외, 불편한 말들은 없었습니까?"

"……응."

보통 때면 그 걱정을 기쁘게 받아들였겠지만, 상황이 상황인 만큼 에르셀라는 그럴 수 없었다.

"한 번 더 묻겠습니다. 정말 아무 일 없었습니까?"

"그럴 시간이 없었대도……. 그리고 내게 예의를 차리는 모습을 보았잖니."

잔뜩 풀 죽어 있으면서도 목소리는 단호했다. 그것에 안심했는지 비센테는 더 묻지 않고 아도라에게 시선을 돌렸다. 아도라는 그제야 허둥지둥 에르셀라의 상태를 유심히 살피기 시작했다.

"부인, 왜 여기 계세요. 휴게실에 계시지."

아도라가 걱정스러운 얼굴로 에르셀라의 눈가를 어루만졌다. 에르셀라는 늘어지듯 힘없이 대꾸했다.

"이 상태로는 좀……."

"아……."

아도라는 끝말을 흐리며 납득했다. 공작 부인이 눈물범벅인 채로 무도회장을 돌아다니다니. 안 될 일이었다.

아도라는 마차에서 급히 챙겨 온 화장 도구를 꺼냈다. 얼른 저 얼굴에 잔존한 처참함을 지워야 했다. 아도라는 앓는 소리와 함께 결의를 다지듯 말했다.

"화장은 잘 못하지만, 일단 해보겠습니다."

"……응."

에르셀라는 불안함에 모기 소리만큼이나 작게 답했다. 빗질 하나 제대로 하지 못해 제 두피까지 긁어버린 시녀였다. 그 때문에 미안하게도 믿음은 별로 가지 않았다.

그러나 아도라에게 맡기는 것 외엔 달리 방법이 없는 것도 사실이었다. 에르셀라는 애써 낙관적으로 여기려 노력했다. 화장을 망쳐봤자 얼마나 망치겠어. 긍정적 세뇌를 걸며 에르셀라는 화장이 끝나기를 기다렸다. 그러다 무의식적으로 후안을 생각했다.

'로베르트였구나.'

가문을 밝히지 못하는 사정이란 게 그런 것일 줄은 몰랐다. 에르셀라 앞이 아니었더라도 제 가문을 당당히 소개하긴 어려웠을 것이다. 로베르트에 대해 아는 사람들이라면 동정을 보내거나 위로의 말을 건네려 할 테니 말이다.

로베르트의 차남, 후안.

에르셀라는 그 이름을 듣고 왜 그를 로베르트와 연관시키지 못했는지 알 수 있었다. 장남의 이름은 얼핏 알고 있었지만 차남의 이름까지 기억하고 있진 않았다.

더불어 로베르트는 기사 가문이다. 후안의 곱디고운 손바닥은 검 한번 잡아보지 않은 것처럼 보였다. 그레이시반을 졸업하고 렌투아로 유학까지 간 걸 보면…… 기사가 아닌 학자가 되기를 택한 것일까.

자세한 건 추측만으론 알 수 없었지만 대강 짜깁기하면 그런 것 같기도 했다. 불현듯 후회가 갑작갑작 전신을 좀먹었다.

알았어야 했다. 알아서, 서로를 위해 모르는 척 끊어냈어야 했다. 그의 가문을 짓밟아 버린 피사리데의 일원으로 태어나 뻔뻔하게도 로베르트의 도움을 받다니.

그녀의 아버지는 1왕자비로 내정되어 있던 세실리아 로베르트를 밀어내고 에샤힐드를 왕자비로 올렸다. 만일 세실리아 로베르트가 왕자비가 됐다면 지금쯤 왕비가 되었을 것이고, 그렇다면 로베르트는 지금과 감히 견줄 수 없을 정도로 높이 올라 위광을 떨치고 있었을 터였다.

가슴이 먹먹했다. 그는 지금쯤 제게 베푼 호의를 후회하고 있을까. 그럴지도 모르겠다. 저 같아도 그럴 테니.

로베르트.

아버지가 밀어내고, 카르온이 누르고, 하르젠이 치워 버린 가문. 에르셀라는 초연할 수 없었다. 마음이 묵직하게 침몰했다. 긴 시간 동안 켜켜이 쌓인 거북함이 존재를 드러냈다. 죄책감 비슷한 감정에 깊이 침식당하는 듯했다. 그녀를 현실로 끌어 올려준 건 아도라였다.

"다 됐어요."

마지막으로 구겨진 드레스 밑단을 정리해 준 아도라는 그녀에게 거울을 내밀었다.

"대충 분만 칠했는데…… 한번 확인해 보시겠어요?"

"……."

에르셀라는 숨을 훅 들이켰다.

"그래도 막 그렇게 이상하진 않아요!"

이상하지 않기는. 후안에 관한 것도 잊고 에르셀라는 면경에 담겨 있는 여자를 떨떠름히 바라보았다. 화장은 뜨고 색조는 지워져 있었다. 그나마 붉은 기가 가신 걸 위안으로 삼아야 할까.

"고맙…… 구나."

"그럼 부인, 전 먼저 가 있겠습니다. ……영식과 천천히 오세요."

그 고맙다가 진정 고마운 게 아니란 것을 알아챈 아도라가 스리슬쩍 몸을 내뺐다.

"……그래."

아도라가 쏜살같이 사라지자, 테라스 안은 다시 에르셀라와 비센테뿐이었다. 어색한 침묵이 흘렀다. 제 처지를 잊고 화까지 내버렸다. 비센테를 이제 어떻게 대해야 할지에 관해 갖가지 번뇌가 일었다.

에르셀라는 저 안에서 펼쳐지고 있을 황홀할 무도회를 생각했다. 연회는 한창 후반을 내달리고 있을 것이다. 그러나 그녀는 더 이상 이곳에 있고 싶지 않았다. 즐기고 싶은 마음이 들 리가 없었다.

하지만 비센테가 결혼할지도 모르는 여인의 성년회였다. 성년회의 주인공에게 섭섭함까지 안겨주었으니 끝날 때까지 자리를 지키는 게 맞으리라.

에르셀라는 울적함에 입술을 잘근 깨물었다. 정말로 그러는 게 나을까. 비센테는 있길 원할 것이다. 미래의 약혼녀에게 못다 한 예의를 지키기 위해서라도. 선택의 여지가 없었다. 그래서 에르셀라는 애써 밝게 소릴 냈다.

"우리도 안으로 들어갈까?"

아까 일은 싸그리 잊은 듯이 말하는 목소리가 참으로 해맑았다. 그녀가 듣기에도 생각 없이 들렸다. 싫어하려나. 에르셀라는 의기소침하게 비센테를 힐끔거렸다.

그때였다.

"아니요."

"……."

"집에 가는 게 좋겠습니다."

전혀 예상치 못한 대답에 에르셀라는 다소 멍청한 표정이 되었다. 잘못 말한 건가 싶었지만 비센테는 자신의 말을 정정하지 않았다. 에르셀라는 바보같이 두 눈만 깜빡였다. 그것을 시큰둥하게 내려다보던 비센테가 여상한 어조로 말했다.

"역시 파티는 화려하고 시끄럽고 불편하기만 합니다."

"……."

"그러니 돌아가요."

그는 조금 망설이다 이어 붙였다.

"……어머니."

비센테는 에르셀라에게 손을 내밀었다. 그것을 빤히 바라본 에르셀라는 눈에 힘을 실었다. 어쩐지 눈물이 날 것 같았다. 그녀는 구겨질 정도로 드레스 자락을 꾹 움켜쥐며 고개를 끄덕였다.

"……그래, 가자."

덜컹거리는 마차 안에서 에르셀라는 뚫어져라 거울만 들여다보고 있었다. 가라앉혔다고 생각한 붉은기가 눈가에 도드라지듯이 올라왔기 때문에 그녀는 걱정이 이만저만이 아니었다.

"아무래도 운 것처럼 보이겠는데."

"……죄송해요."

"아도라, 널 탓하는 게 아니란다."

이것은 아도라가 아닌 리엔이 와도 해결할 수 없는 문제였다. 그럼에도 아도라는 책임을 느꼈는지 에르셀라에게 한 가지를 제안했다.

"제가 먼저 영식과 들어가 주의를 끌 테니 그사이에 들어오시는 건 어떠세요? 영식, 도와주시겠어요?"

"……그리하겠습니다."

아도라의 계획은 이루어지지 않을 가능성이 높았다. 사용인들이 에르셀라를 맞이하는 것은 필연적으로 일어날 일이었다.

비센테는 그보다 사용인들의 입을 막아두는 게 좀 더 효과적일 거라 판단했다. 한 사람만 모르면 된다. 그럴 리는 없겠지만.

"바로 침실로 올라가셔서 씻고 잠자리에 드세요. 제가 집사님께는 따로 말씀드릴게요."

베른하르트의 집사가 가주가 아닌 시녀의 말을 들을 리 없는데도, 아도라는 무슨 배짱인지 그리 장담했다. 비센테는 허튼짓이라고 생각했다.

"그래야겠구나."

에르셀라도 별로 실현 가능하다 믿는 눈치는 아니었으나, 달리 대안이 없었는지 순순히 아도라의 의견에 따랐다.

"근데 눈이 부을 것 같니?"

"……제 생각으로는 그럴 것 같긴 해요."

"곤란하네."

남작 부인을 어떻게 봐야 할지. 에르셀라가 중얼거렸다. 아도라는 그
것보다 더 큰 문제가 있지 않느냐고 말하려다 그만두었다. 에르셀라도
알고 있는 듯했다. 미안에 서린 근심이 떠날 생각을 않으니 말이다.

"울어도 예쁘세요."

아도라는 근심이라도 덜어주려는 양 사실을 기반으로 한 아부를 입
에 담았다.

"어머, 얘는."

에르셀라는 살포시 미소 지었다.

"그래도 젊음은 못 당하지."

"맙소사, 꼭 오십 년 사신 노부인처럼 말씀하시네요."

"칭찬은 거절하지 않을게."

"부디요."

그 뒤로 소박한 말장난이 오갔다. 턱을 괸 비센테가 둘을 지켜보았
다. 조금 시끄럽지만, 괜찮은 것 같기도 하다고 생각하며 그는 눈을
감았다.

✻　✦　✻

세 사람이 공모한 작고 허술한 계획은 당연히 실패로 돌아갔다. 막
상 저택 문간에 도착하자 에르셀라를 뒤에 숨긴 듯한 모양새가 상당
히 이상하게 보인 까닭이었다. 결국 세 사람은 나란히 사용인의 환대
를 받아야 했다.

"귀택하셨습니까. 세 분 즐거운 시간 보내셨⋯⋯?"

클리프턴의 말끄트머리가 말리며 쉰 소리가 났다. 주인의 마음을
헤아리는 집사답게 입 밖으로 내진 않았지만 그는 에르셀라의 발개
진 눈시울에 경악하고 있는 것 같았다.

그는 순간 출처가 도련님이 아닐까 의심해 보았다. 그러나 비센테의 낯 위로 감정 하나 건질 수 없자 의아함만 깊어졌다.

"주인님께선 지금 집무실에 계십니다."

클리프턴은 우회적으로 에르셀라에게 도움이 될 소식을 귀띔해 주었다. 아도라와 에르셀라의 안색이 밝아졌다. 아도라가 어서 올라가자 눈짓했고, 알아들은 에르셀라는 마지막으로 비센테를 보았다.

"그럼 비……."

이런. 목소리가 잠긴 게 영락없이 운 사람의 것이었다. 에르셀라는 헛기침하며 목을 가다듬었다. 얕게 호흡을 고른 그녀는 내리깐 목소리로 천천히 말했다.

"내일 보자."

"……예."

그마저도 이상했는지 비센테는 떨떠름한 표정이었다. 에르셀라는 주변 사람들도 잊고 다급히 계단을 올라갔다. 미리 마중 나온 리엔이 그녀를 뒤따랐다.

리엔은 에르셀라의 얼굴을 보고 화들짝 놀랐지만, 감정을 표출하지 않고 주인의 취침을 도왔다.

리엔의 주도 아래 에르셀라는 씻고, 옷을 갈아입고, 잘 준비를 마칠 수 있었다. 여전히 머리는 젖어 있었으나 머리까지 말리기엔 사치였다. 에르셀라는 하르젠이 아직 올라오지 않은 것에 감사하며 불을 끄기 위해 문 쪽으로 걸어갔다.

"……."

……타이밍이 나쁘기도 하지.

서너 걸음 남짓 두고 문밖에 서 있는 장신의 남자를 보자 에르셀라는 숫제 낭패감을 느꼈다. 불안감이 등줄기를 따라 올라오며 미세한 솜털까지 곤두서는 듯했다. 에르셀라는 종종걸음으로 그의 앞에 다가셨다. 그리고 더없이 환한 표정으로 그를 반겼다.

"어머, 왔어요? 나 이제 자려는데. 당신도 자야죠. 좋은 꿈……."

"무슨 일인지 먼저 말해."

첨예한 음성이 그녀에게 떨어졌다. 과하게 끌어당긴 에르셀라의 입술 끝이 파르르 경련했다. 역시 바로 안 듯했다. 하르젠이 지친 얼굴로 저리 말하니 의기소침해졌지만, 에르셀라는 웃음을 유지하기로 마음먹었다.

"무슨 말인지……."

"입씨름하기엔 피곤하군."

아, 웃음으로 때우는 것은 아무래도 무리였나 보다.

"당신이 생각하는 그런 건 아니랍니다."

밤을 베어 물들인 듯한 검은 눈이 서늘하다 못해 싸늘했다. 에르셀라는 일단 주춤주춤 후퇴하기 시작했다. 누가 봐도 부질없는 그 도망을 하르젠이 가만히 주시했다. 마치 어디까지 가나 보자는 사람처럼 그는 조금도 미동하지 않았다.

도망은 뒷걸음치던 다리가 침대 턱에 걸림으로써 머지않아 끝났다. 얇은 침의를 거쳐 잘 다듬어진 마호가니 목재의 감촉이 느껴졌다.

에르셀라는 침대 위로 털썩 주저앉았다. 그런 그녀에게로 빛을 등진 그림자가 쏟아졌다. 그녀는 어느새 손 뻗으면 닿을 거리에 와 있는 하르젠을 올려다보았다.

"목 아파요."

에르셀라가 옆을 툭툭 두드렸다. 하르젠은 살짝 인상 쓰면서도 그녀의 옆자리에 앉았다. 에르셀라는 착잡한 마음으로 하르젠을 보았다. 가까운 거리에서 두 시선이 맞물렸다. 에르셀라는 차갑게 굳어 있는 검은 눈에 낙담해 손을 뻗었다. 가느다란 손가락이 하르젠의 눈가를 어루만졌다.

"그렇게 보지 말아요."

에르셀라의 손끝이 그의 속눈썹을 만지작거리다 볼을 타고 미끄러졌다. 턱선을 따라 살짝살짝 손이 스치다 이내 그의 뺨을 부드럽게 쓸어내렸다. 그러나 그녀의 체온이 머무를수록 하르젠의 눈빛은 점점 가라앉았다. 그것을 모르는 에르셀라가 설핏 눈을 휘려는 찰나였다.

"……버릇이 안 좋군."

하르젠이 성마른 동작으로 그녀의 팔을 잡아 내렸다.

"의도 있는 접촉은 내키지 않는다 말했을 텐데."

그에 에르셀라가 움찔했다. 순간적으로 그것을 담아낸 흑안이 약간 누그러졌지만, 그럼에도 냉담한 기세는 사그라지지 않았다. 에르셀라의 눈동자가 쉴 새 없이 흔들렸다.

그랬었나. 생각해 보니 몇 번 들은 적 있던 것 같기도 했다. 단순히 처한 상황을 피하고 싶어 웃거나 안겨서 넘겨 버리려 할 때 그가 가끔가다 했던 말이었다. 스스로도 정확히 인지하지 못했던 버릇이었다. 그것이 습관으로 굳을 줄이야. 이건 그녀가 생각해도 정말 좋지 않았다. 자꾸만 맞닥뜨리는 자신의 못난 모습에 에르셀라는 쓰게 웃었다.

"그래서 누구야."

하르젠이 대화를 원점으로 돌렸다.

"그 나이에 예전처럼 후작과 싸워 울진 않았을 테고, 부인들과 말다툼이라도 있었나?"

"……"

"아니면 비센테, 그 녀석이 제멋대로 굴었나?"

"……그럴 애 아니란 거 알잖아요."

"그럼 뭔데."

기분이 별로 좋지 않은 날이었다. 에르셀라는 이 기분 상태로 대화를 지속하다 또 무슨 말실수를 할까 두려웠다. 지금의 감정을 삭여야 했다. 또한 털어놓고 싶은 게 없는 것도 이유의 한편을 차지했다.

잔상처럼 사람들의 말이 잊히질 않았다. 사실인 것도 있고, 사실이 아닌 것도 있었다. 하나 그 말들엔 그녀와 비센테가 상처받기에 충분할 만큼 가시가 돋아 있었다.

제게 어떤 악감정이 있어서 한 일은 아닐 것이다. 사교계의 정점에 올라 있는 가르텐 공작 부인의 비위를 맞추기 위한 것일 뿐.

그러나 문제는 그게 아니었다. 비센테가 알았다는 것이다. 저를 두고 무슨 이야기가 나도는지. 그것을 어떻게 제 입으로 말하겠는가. 결국 물어뜯을 덜미를 내준 것은 자신인 것을!

"말하고 싶지 않아요."

"그럼 비센테에게서 듣지."

돌아온 대답에 당황할 틈도 없이 하르젠이 일어났다. 본능적으로 그의 팔을 붙잡은 에르셀라가 최대한의 힘을 발휘해 하르젠을 다시 앉혔다. 순간적으로 낸 힘에 가쁜 숨이 몰아쳤다. 평소와 달리 이번에는 잘 이끌려 주지도 않았기에 팔에서 힘이 쭉 빠졌다. 에르셀라는 씨근거리는 숨소리를 내며 하르젠을 노려보았다.

"당신 정말……."

알고자 한다면 수행원들에게 들어도 될 일이었다. 그렇게 하면 되거늘 굳이 비센테에게 듣겠다는 저의는 뭐란 말인가.

"그러면 화낼 거예요. 진짜 가만 안 있을 거야. 이미 말했잖아요. 걱정할 만한 그런 건 아니라고. 그냥 운 거예요. 조금 슬픈 일이 있었는데, 말하기 부끄러울 정도로 별거 아닌 거라 창피해서……."

"핑계는 한 번으로 족하지 않나?"

"내가 언제……."

에르셀라의 입술이 찬찬히 다물렸다.

"소설을 읽었어요."

"소설?"

"네. 귀족 아가씨와 천민 출신 기사의 사랑 이야기요. 헤어지는 장면이 너무 슬퍼서 나도 모르게 울었나 봐요."

비센테와 후원에서 대화한 뒤 펑펑 운 날이었다. 하르젠이 무슨 일이냐 물었을 때 차마 비센테의 이름을 댈 수 없어 오래전에 읽었던 소설책을 핑계로 삼았다. 웬일로 믿나 했더니 그것마저도 속아 넘어가 준 거였다니. 그녀가 신경질적으로 내뱉었다.

"당신은 왜 다 알고 있죠? 내게 비밀이란 게 있긴 해요?"

"모르면 불안하니까."

귓전을 나직하게 울리는 소리. 사실이라는 듯 저만을 담고 있는 눈. 찔끔거리는 심장이 따가웠다. 꾹 손을 쥐어보지만 통증은 사라지지 않았다. 불안하다니. 어울리지도 않는 단어를 잘도 입에 담는다. 그녀는 조금 삐딱하게 그의 말을 재단했다.

"그렇게 궁금했으면 직접 와서 보지 그랬어요."

"무슨……."

"왔으면 됐잖아요. 그런데 당신이 안 온 거잖아."

헝클어진, 배배 꼬인, 미지근하기보단 뜨거운 열로 엮은 감정이 그에게로 쏟아졌다.

"내 성년회마저, 당신은 안 왔잖아."

해마다 있는 왕녀의 탄일 연회는 갔으면서.

있는 힘껏 자제력을 끌어올린 에르셀라는 뒷말이 나오려는 것만은 막았다. 에르셀라는 실수했음을 느끼며 자책했다. 이래서 얘기하고 싶지 않았던 건데…….

이미 16년이 지난 일이다. 이제 와서 꽁꽁 감춰두었던 서운함을 토로하기엔 늦었다. 그러니, 거기까지만으로도 그녀는 충분히 유치한 것이었다.

후회는 침묵 속에서 빠르게 찾아왔다. 그녀의 말은 지금 하는 대화와 조금도 관련이 없었다. 그저 이제껏 숨겨왔던 서운함을 드러내며 화풀이하는 것에 지나지 않았다. 결과적으로 소강되지 않을 불편함만 야기한 셈이었다.

"그러니까……."

내가 대체 왜 갑자기 이런 말을…….

"나는, 갔었는데……. 아니, 이게…… 아니라."

말이 잘못 나갔다고 해야 하는데……. 머리가 백지가 된 것처럼 그러기가 힘들었다. 그녀가 생각해도 이것은 너무 치졸했다. 쪼잔하고도 저속한 감정이었다. 진짜 미친 게 분명했다. 대체 나이가, 나이가 몇인데…….

'질렸을까.'

마음이 회한에 잠겼다. 하르젠은 지금 어떤 표정을 하고 있을까. 실망했을까. 귀찮아하고 있을까. 아니, 아니다. 그는 그저 조금 피곤한 듯 얼굴을 굳히고 있을 것이다. 배려 차원인지는 몰라도 그런 감정마저도 쉽게 보이는 사람은 아니었으니. 하지만 그마저 허무해 입가에 의미 없는 미소가 서리려는 순간이었다.

"갔었어."

자그마하게 미소를 그리려던 입매가 얼어붙었다. 에르셀라의 어깨가 허물이 벗겨지듯 툭 늘어졌다. 가슴 곳곳이 텅 빈 듯한 허탈감으로 채워지는 기분을 느끼며 그녀는 입술을 열었다.

"거짓말."

이런 식으로 달래는 것은 정말 별로다. 이렇게 농락당하는 것은 정말이지 싫었다.

"참석자에 당신 이름 따위……!"

"하늘색 드레스, 예쁘던데."

망연한 시선이 하르젠에게 머물렀다.

어머니가 가장 신경 써주셨던 파티였다. 드레스마저 루델시아의 일급 재봉사에게 맡긴 것으로 하얀색 레이스를 곁들인, 전체적으로 하늘색이 물든 듯한 디자인이었다. 어찌 잊겠는가, 어머니의 정성을.

"진짜…… 왔었어요?"

온전히 믿는 것은 아니었음에도 목소리엔 떨림이 묻어 나왔다. 에르셀라는 우습게도 그 목소리에 아까와 달리 한 뼘 정도의 희망이 곁들어 있음을 인정했다.

"끝날 때쯤에 갔었지."

"……"

"……일이 생겨 되돌아가야 했지만."

어찌 됐든 결과는 똑같이 불참인 셈이었다. 그럼에도 왔다는 사실 하나만으로도 환희가 피어올랐다. 에르셀라는 반색하려다 일이 생겨 돌아가야 했다는 그의 말에 멈칫했다. 그 일이라는 게 혹시…… 헤르미아 왕녀와 관련된 것일까. 궁금했으나 에르셀라는 묻지 못했다. 그 이름을 언급함으로써 이 남자가 그 고귀한 왕녀를 떠올리지 않았으면 했다. 어리석지 않으며 우아하고 아름다운 그 여인과 비교당하고 싶지 않았다.

에르셀라는 이 추악한 감정이 무엇인지 어렴풋이 알았다.

어쩌면, 이 남자의 최선은 자신이 아니었을지도 모른다는, 왕녀와 성혼을 치르는 것이 나았을 것이라는, 무의식적으로 품고 있던 보잘 것없는 열등감.

"마음에 두고 있었을 줄은 몰랐군."

"기다렸어요!"

에르셀라가 저도 모르게 소리쳤다. 하르젠의 눈빛이 흐트러졌지만,

그녀는 알아챌 여력이 없었다.

"기다렸어요. 기다렸어요, 하루 종일. 성년…… 미리 축하한다고 했잖아요."

물론 그것이 오겠다는 의미는 아니었다. 잘 알고 있었음에도 서운함에 억지를 부리는 것일 뿐이다. 미리 축하한다고 인사까지 건넸으면서 왜 안 갔냐는. 그러면서 왜 왕녀의 탄일은 왔냐는.

하르젠은 비스듬히 고개를 기울인 채 에르셀라를 응시하고 있었는데, 무언가 생각에 골몰한 듯했다. 잠시 후 그가 한 박자 느리게 대답했다.

"……카사로 데먼셔, 그자와 있더군."

맥락 없이 꺼내진 이름에 에르셀라는 그만 멍멍해졌다.

카사로 데먼셔? 그 사람이 갑자기 왜? 그를 따로 만난 적이 있던가?

성년회 날 그녀는 밀려드는 사람들 탓에 경황이 없었다. 카사로를 따로 만날 시간이 있을 리…….

일순 하르젠의 입매가 유려하게 휘었다.

"별관 앞에서 밀회를 즐기고 계시기에."

상세히 들려주는 장소에 에르셀라는 그날 잠깐 카사로를 따로 만났던 사실을 상기해 낼 수 있었다.

에르셀라는 억울해졌다. 10분도 채 되지 않았을 지극히 간결한 만남이었다. 그마저도 카사로, 그 사람이 반 억지를 부려 나간 것이다. 밀회 취급당하기엔 한참 부족했다. 한데 그 지긋지긋했던 만남이 밀회로 보였다니.

"밀회라뇨. 그럴 리 없잖아요."

"그러면."

"잠깐 할 얘기가 있어서 만난 것뿐이에요."

"무슨 얘기."

"별로 그렇게 중요한 건……."

"내겐 중요해."

집요한 관심에 에르셀라의 말이 멎었다. 입만 벙긋거리는 에르셀라를 바라보던 하르젠이 희미하게 미소하며 그녀의 뺨을 감아올렸다.

"궁금하군."

"……."

"그자가 어떤 달콤한 말로 당신을 꾀려 했는지. 당신은 그것에 넘어갔는지. 한 번이라도 동한 적이 있었는지. 동했다면 그것은 이성이었을지, 마음이었을지."

"……."

"단 한순간이라도 데면서, 그 시시한 이름을 가질 의향이 있었는지."

살짝 들린 턱으로 인해 반강제로 시선이 맞춰졌다. 에르셀라는 하르젠을 보았다. 대대로 그라니아와 명맥을 같이했던 가문을 시시하다고 칭하며 오만하게 웃고 있는 남자. 낯선 모습이었다.

"말해봐."

대답을 종용하는 듯한 어조. 그러나 에르셀라는 속박당한 것처럼 아무 말도 할 수 없었다.

사탕처럼 달콤하게 늘어놓은 말에 넘어갔느냐고? 넘어갔다. 비록 마음은 아닐지라도 머리는 동했다. 데면셔, 그 이름을 가질 의향도 있었다. 단순히 카사로 데면셔, 그가 자신의 최선이었기에 내린 마음가짐이었다.

당신이 내 최선이 되기 전에.

그렇지만 그 말을 꺼내는 순간 우리는 또 비틀리겠지.

에르셀라는 씁쓸한 침묵을 택했다. 하르젠은 이미 그녀의 답을 알고 있다는 듯이 나른하게 입을 열었다.

"당신이 가족을 얼마나 소중히 여기는지 알아. 카르온 피사리데, 에샤힐드 피사리데. 저버릴 수 없었겠지. 당신을 보면 가끔 가족이 무엇인지를 생각해. 저잣거리 소설이나 읽으며 사랑을 꿈꾸던 당신이, 가문을 얼마나 사랑하면 사랑하지도 않는 남자의 품에 안길 수 있는 건지. 내게 안기며 당신은 무슨 생각이었을지. 날 닮은 아이를 낳았을 때 무슨 기분이었을지. 대관절 네게 가족은 어떤 의미를 갖는지. 그렇다면 난 네게 가족일지."

"……당연하죠, 그건."

"영광이군."

감흥 없다는 듯이 여상한 투로 그가 말을 맺었다. 권태롭게 기울어진 입술은 그녀의 말을 믿지 않는 것처럼 보였다.

에르셀라는 어느새 무표정으로 돌아와 있는 남자를 바라보았다. 새까만 흑안은 그녀가 실오라기 하나 걸치고 있지 않더라도 동하지 않을 것처럼 무감정했다.

그 무미한 낯과 대조된 손길이 에르셀라의 얼굴 곳곳을 스쳤다. 뺨에 닿았던 손가락이 속눈썹을 훑어 내렸다. 소중한 것을 다루듯 조심스러운 손길이 간지러웠다. 에르셀라는 힐긋 저를 감싼 큰 손을 곁눈질했다. 그녀는 문득 약간 억울해졌다.

'자기는…… 만지지 말라 해놓고.'

그래 놓고 그는 이렇듯 아주 잘 만졌다. 에르셀라는 체념하며 그 손길을 온전히 받아들이다 풍겨오는 술 냄새를 알아차렸다.

"술 마셨어요?"

"조금."

그 말을 들으니 평소와 약간 달라 보이는 것 같기도 했다. 에르셀라는 생각했다.

'많이 마셨나?'

얼굴색은 그대로인 걸 보면 멀쩡한 것 같기도 했다.

"당신은 안 마신 것 같은데."

"……응."

"다행이군."

그가 나른하게 안도했다. 에르셀라는 순간 부끄러워졌다.

"많이…… 민폐였어요?"

"그렇다면 안 마실 건가?"

불가능한 일에 에르셀라가 앓는 듯이 신음했다.

"그렇게…… 민폐였을까요?"

되묻는 게 거짓말으로라도 민폐가 아니라고 말해주길 바라는 듯했다. 그에 하르젠이 조금 신경질적으로 웃었다. 잔뜩 취한 채 다른 남자의 품에 안겨 춤추는 것만 생각하면 속이 뒤집히는데, 그리 태연히도 말하지 너는.

"됐어. 무슨 일이 있었는지나 듣지."

에르셀라는 낙담했다. 긍정도 부정도 않으며 끊어내는 걸로 보아하니 저건 분명 긍정이었다.

'민폐구나.'

그녀는 당분간 자제할 필요성을 느꼈다. 어차피 연회를 많이 갈 생각도 없었다. 비센테를 신경 쓰기에도 모자랄 나날이었다.

그 와중에 본연의 목적을 잊지 않는 그의 모습에 에르셀라가 속으로 혀를 내둘렀다. 유연히 넘어가나 했는데, 넘길 생각이 없었나 보다.

에르셀라는 오늘 하루 일어났던 일을 되짚어보았다. 많은 일이 있었다. 카르온은 알쏭달쏭한 말만 내뱉고, 사람들에게 비난받고, 가르텐에게 사죄하고, 비센테에게 염치없이 화내고, 로베르트 앞에서 뻔뻔한 웃음을 내보였다. 좋지 않은 일의 연속이었다.

차라리 다 말해 버릴까. 가르텐 그 사람들이 너무 싫다고. 약혼하지 않으면 좋겠다고, 간청해 볼까. 울며불며 사정하면 이 사람은 들어주지 않을까. 에르셀라는 제 약은 머리에 조소했다.

"사과만 줄줄 한다고 다 해결되는 게 아니듯 떼쓸 시기는 지났습니다. 제 멋대로 굴 나이도 아니십니다. 참 편하게도 사십니다."

비센테 말대로 참 편하게 해결하려 한다. 눈물 찔끔 흘리고 떼쓰며, 아이들이 할 법한 유치한 짓으로.

세상일이 모두 제 뜻대로 돌아가지는 않는다. 만일 그것을 담담히 받아들이고 새로운 길을 모색했더라면 지금쯤 뭔가 달라졌을까. 자신을 향해 뼛속까지 차 있는 불신을 달랠 수 있었을까.

믿음을, 줄 수 있었을까.

몇 번이나, 이 남자의 최선은 자신이 아니라는 생각이 뇌리를 파고 들었다. 에르셀라는 쓰게 웃으며 체념하듯 말했다.

"나는⋯⋯."

"⋯⋯."

"당신에게 왜 자꾸 미안할까."

"⋯⋯."

"왜 당신에게 투정 부리고 당신을 힘들게 하는 걸까."

마치⋯⋯ 그래도 당신은 날 떠나지 않는다는 걸 확인받고 싶은 사람처럼.

저열한 의심에 자괴감이 느껴졌다. 혼자 일어나겠다고 했는데도, 그러고 싶은데도, 그가 있으면 기대고 싶고⋯⋯.

"변하고 싶은데⋯⋯."

"이대로 있어."

하르젠이 말하는 '이대로'란 무슨 의미일까. 그도 알 것이다. '이대로'는 안 된다는걸. 에르셀라는 선명하지 않은 시야 속 하르젠을 직시하며 물었다.

"내가……"

"……"

"……당신에게 여전히 필요한 존재야?"

자신이 없었다. 모든 것에 무심해 보이는 이 남자의 삶에서 저는 얼마만큼의 지분을 차지하고 있을지. 하르젠이 한숨을 내쉬었다.

"엇갈리는군."

물을 필요도 없이 대화를 뜻하는 것이었다. 성년회에서 무슨 일이 있었는지 끝까지 말하지 않는 그녀의 고집에 결국 그가 한 수 접었다.

"무슨 대답을 바라는지는 모르겠다만……"

"……"

"그래, 필요해."

"……"

"그러니 옆에 있어."

에르셀라는 멍하게 하르젠을 바라보았다.

"난 늘 귀애할 테니."

당신을. 낮게 덧붙여 오는 소리.

정신이 아득했다.

그는 문고리에 새겨진 음각을 검지로 쓸었다.

"다시 드시겠습니까?"

미련이 보이는 행동에 클리프턴이 조심스레 물었다. 그의 주인이 그러지 않으리란 것을 잘 알았음에도. 그리고 클리프턴의 생각대로 하르젠은 그러지 않았다. 외려 클리프턴의 말을 기점으로 문고리에 얹었던 손을 거두어들였다.

"비센테는?"

"도련님께서는 방에 들어 계십니다."

클리프턴은 비센테가 지금쯤 못다 한 서류 작업을 하고 있을 것이라는 말은 굳이 하지 않았다. 도련님이 시간을 허비하지 않는다는 사실은 아버지인 그가 누구보다 잘 알 터였다.

"서재로 불러라."

클리프턴은 내심 피곤해할 비센테가 걱정됐지만 불복은 있을 수 없었다.

"예, 주인님."

아버지가 부른다는 전언에 비센테는 옷을 갈아입고 방을 나섰다.

비센테는 서재로 가는 길에서 누군가를 보고 짐작만 했던 상황을 확신하게 되었다. 가르텐 공녀의 성년회에 데리고 갔던 수행원이었다. 귀찮게 되었다는 생각조차 안 들었다. 일이 크게 불거진 만큼 그의 아버지가 언젠간 알게 될 사안이었다.

어느덧 그의 발은 서재에 다다랐다. 대기해 있던 사용인이 비센테가 왔다는 것을 고하고 문을 열었다.

"부르셨습니까."

"앉아라."

하르젠이 서재 탁자 맞은편을 향해 턱짓했다. 들어오자마자 날아오는 착석 요구를 그는 그대로 따랐다. 비센테는 단정한 자세로 바로 앉으며 시선을 내리깔았다. 의자에 몸을 기댄 하르젠은 그런 비센테를 지켜보았다.

"닿지 않은 짓을 했더구나."

고저 없는 음성이 비센테에게 떨어졌다. 탓하는 것이 아닌, 일상에서 들을 법한 소리였다.

"면목 없습니다."

"이유는?"

애초에 계기란, 가르텐 공작의 눈빛이 심중에 거슬린 탓이었다. 지극히도 개인적인 이유였다. 비센테는 제가 한 짓에 내세울 명목이 없음을 잘 알았다. 구실을 이쪽에서 내주었으니 가르텐가에 정식으로 책임을 물을 수도 없었다.

"없습니다. 그저 제 생각이 짧았을 뿐입니다."

비센테는 구구절절한 변명 따위 올리지 않았다. 그저 모든 것을 자신의 책임이라 시인했다. 그렇게 배웠고, 그렇게 키워졌다.

"그 짧은 생각이 네 어미의 자존심을 얼마나 갉아먹었는지도 잘 알 거다."

"……부족함에 송구합니다."

하르젠 또한 비센테에게 변명의 기회를 주지 않았다. 죄송하다 고사하는 말을 대강 흘린 하르젠이 그에게로 잔 하나를 밀어 보냈다. 비센테는 그제야 탁자 위에 럼주와 술잔이 준비되어 있음을 눈치챘다.

"전 괜찮……."

"한잔해라."

"……예."

술은 즐기지 않는다. 아버지 앞에서 취하는 것은 특히나 반갑지 않았다. 상상만 해도 질색이라 거절하려 했지만, 하르젠이 권한 술을 비센테가 거부하기란 힘들었다.

공손히 받아 든 유리잔에 투명한 갈색 액체가 흘렀다. 풍겨오는 냄새가 짙은 게 꽤나 센 술인 듯해 비센테는 작게 침음했다.

"가르텐의 딸이 네게 무례를 저질렀나?"

하르젠이 잔을 비워냈다.

"아닙니다."

비센테 역시 대답 후 잔을 비웠다. 쓴맛을 넘어 목구멍을 덴 듯한 느낌에 비센테의 눈썹이 찌푸려졌다. 고통스러운 와중에도 잔은 다시 채워졌다.

"제가."

자작하려는 하르젠을 비센테가 만류할 때였다.

"하면 외양이 마음에 영 안 차더냐. 네가 그리 경우 없이 굴 정도로?"

비센테가 놀란 듯이 하르젠을 보았다. 그답지 않게 농이 다분히 섞인 질문이었다.

"……그런 것으로 사람을 판단하지 않습니다."

"네 어미 눈에는 중요해 보이던데."

하르젠이 작게 웃으며 잔을 기울였다.

"그건 그렇지만……."

비센테는 차마 부정할 수 없었다. 도리어 에르셀라가 하르젠에게 그런 것들을 스스럼없이 털어놓았다는 게 신기했다. 어머니는 어렵지 않은 걸까, 저 사람이. 비센테는 그가 제 아버지임에도 도통 알 수 없는 심중이 어렵기만 했다.

"제게는 사람의 외모가 그다지 가치 있진 않습니다."

아버지와 이런 대화를 하게 될 줄 몰랐던 비센테는 어색함에 술을 들이켰다. 쓰디쓴 감각이 입안을 어지럽혔다.

"그럼 네가 생각하는 가치 있는 것은 무엇이관대."

이번엔 조금 어려웠다. 하르젠은 비센테의 생각을 궁금해한 적이 없었다. 그들의 대화는 명을 내리면 받드는 것에 불과할 만큼 단순했다. 이런 식의 대담은 손에 꼽을 정도였다.

그래서 비센테는 다른 사람이 물었다면 바로 답할 수 있던 질문에도 머뭇거릴 수밖에 없었다.

"사람의 마음을 얻는 일입니다."

의외의 대답이었는지 하르젠이 술을 따르는 행위를 멈추고 비센테를 응시했다. 비센테는 그 눈을 피하지 않으며 말했다.

"저는 아버지의 뒤를 이어 베른하르트에 군림할 군주로서 짊어질 무게를 압니다. 영주란 영지를 기반으로 그 안에 벌어지는 모든 것에 책임을 갖는 사람입니다."

"……."

"영지를 풍요롭게 만드는 것은 물론, 영민이 가난에 배를 곯고 추위에 얼어 죽는 일이 없게 해야 하고, 권력의 부당한 판결로 하층민들이 억울함을 느끼지 않게 해야 하며, 개인의 욕심으로 그들을 희생시켜선 안 됩니다. 원치 않아도 왕에게 숙여 불필요한 목숨을 낭비하지 않을 수 있다면 저는 응당 그렇게 할 것입니다."

사실 아랫사람을 위해 윗사람에게 숙인다고 말하는 것이 군주의 그릇은 아닐 것이다. 인자함을 베풀 수는 있으나 권위가 상하지 않을 정도여야 한다. 그의 아버지가 바라는 대답은 아닐 터였다. 그럼에도 비센테는 처음으로 제 생각을 가감 없이 드러냈다.

"권력이 부패하면 그 악취는 아무리 감추려 해도 틈을 타고 올라오는 법이며, 도의를 저버리면 두 번 다시 옳은 길을 걸을 수 없고, 제 사람 하나 귀한 줄 모르는 자는 나중에 그 대가를 받습니다. 저는 군림하는 자로서 언제나 취합니다. 제가 가진 편리함에, 떠받드는 거짓된 충성에. 뭐 하나 얻어보려 빌붙는 세력을 권력자로서 당연히 여깁니다."

"……."

"그러니 지금은 이리 굳건해도 언젠간 제가 쥔 검에 그릇된 피는 튈

것이고, 사실 이미 그 흔적이 있는 것도 같습니다. 저는 제가 완전하지 못한 군주가 될 것을 알고 있습니다. 유혹에 넘어갈 수도, 입에 발린 소리를 달게 들을 수도, 판단력을 잃을 수도 있습니다."

"……."

"그래서 사람이 필요합니다. 제가 흔들리지 않을 수 있게, 부당하지 않을 수 있게, 무결할 수 있게 베른하르트를 지켜줄 사람이 필요합니다. 그리고 저는 그들의 마음을 얻기 위해 무던히도 노력할 것입니다."

"어찌하여."

"지금 당장 잔을 엎으면 쏟아질 술처럼 사람을 버리는 일은 너무나 쉽지만, 사람을 얻는 일은 쏟아진 술을 잔에 채우는 것만큼이나 어렵기 때문입니다."

그는 자신을 닮은 소년의 눈을 지그시 바라보았다. 시선을 맞추려는 것이 아닌 그 안에 담긴 눈동자를 보려는 것처럼.

"그래서 네가 네 어미의 뒤를 쫓아다니는 것도 마음을 얻기 위한 일환인가?"

"아닙니다. 맹세코 그런 것은……."

대답은 중간쯤 이르자 흐릿해졌다. 저 스스로도 자신의 행위를 설명할 길이 없었다. 그럼 뭐라 해야 하나.

에르셀라는 비센테에게 존재 말고는 쓰임이 없었다. 비센테가 마음을 얻으려 티끌만큼도 노력할 필요 없는 상대였다. 그런데 어찌하여. 속절없는 회의가 몸 안에 군데군데 안착했다.

"두려우냐."

"……."

"언제 변심할지 모르는 그 마음이."

한번 내던져 본 듯한 언사였지만, 그 말에 꿰뚫렸음을 인지했다. 그 말대로 비센테는 손바닥 뒤집듯 하루아침에 바뀐 에르셀라를 믿지 못했다. 한순간에 내밀어진 손이다. 거두어지는 것도 한순간이겠지. 비센테는 간신히 쥐어 짜내듯 내뱉었다.

"아니요."

아니, 진실로 두렵지 않은가. 사실 알고 있다. 자신은 끝없이…….

"난 두렵던데."

그 말이 그의 상념을 꺼뜨렸다. 비센테의 푸른 눈이 밤하늘을 닮은 남자에게 고정됐다. 설핏 웃은 하르젠이 고개를 꺾어 잔을 비워냈다.

"난 두려워."

전혀 두려워하지 않는 얼굴로 그의 아버지는 두렵다 말하고 있었다. 그 대비되는 언행이 비센테에게 무척이나 낯설고 이질적으로 다가왔다.

"시도 때도 없는 그 변덕에……."

"……."

"말라 죽을 것 같거든."

어머니를 사랑하십니까.

왠지 그 말을 할 수 없었다. 위태로이 걸친 저 웃음이 그것만을 의미하진 않을 것 같았다. 그가 감히 재단할 수 없을 무수의 감정이 뒤섞여 있었다. 나무에 유리가 부딪치는 소리가 투박하게 울렸다. 비워진 잔은 더 이상 채워지지 않았다.

"네가 보기엔 지금의 베른하르트는 어떻지? 썩고 썩어 악취가 올라오고, 도의 따윈 존재하지 않는 권력의 온상이 되어버리진 않았나?"

"제가 어찌……."

"전장에서 헛되게 빼앗은 목숨 하나 없거늘, 나라보다 작은 가문 하나를 무너뜨릴 때는 죄 없는 희생자를 얼마나 만들어냈는지 아나?"

"……."

"그 사건 하나 은폐하기 위해 처리한 아군의 수는."

"……."

지금은 지도상에서 사라진 데먼셔의 바덴, 체스테인의 테스란, 루더스의 알도르만 해도 몇인가. 바덴은 영지 자체가 썩어버리다 못해 반란까지 일어났으니 바덴의 영민은 전멸했다 봐도 무방할 것이다.

"네 말처럼 사람을 버리기란 그리도 쉬운데……."

어둑한 달그림자가 흑발 위로 내렸다. 어머니의 금발 위로는 언제나 햇살이 내리는 듯한데……. 서글픈 일이다.

"……얻는 것은 무슨 수를 써도 되질 않으니."

극과 극에 서 있는 것처럼 그렇게나 다르다는 것은.

※　✦　※

똑똑. 문을 두드리는 소리가 적막을 무너뜨렸다.

"들게."

카르온은 손에 든 시가를 창틀 아무 곳에나 꺼뜨리곤 몸을 돌렸다. 블래노버 백작이 들어서며 공손히 읍했다.

"부르셨습니까. 어쩐 일로……."

블래노버 백작이 말을 다 하기도 전이었다.

"계획을 조금 수정해야겠어."

"계획이라 하시면…… 에르셀라 님과 얘기가 잘 안 됐습니까?"

"그런 것 같아."

그에 백작은 얼굴을 쓸어내렸다.

"골치 아프게 됐군요."

고개를 가로젓다 곧이어 드는 불길한 낌새에 백작이 넌지시 물었다.

"각하, 설마 도우시렵니까?"

그 설마가 맞다는 듯이 카르온이 어깨를 으쓱였다.

"별수 있나."

"안 됩니다. 차라리 에르셀라 님을 설득해 보시지요."

백작이 정색하며 말했다.

"왕비 전하께서 승하하신 이상 베른하르트는 필요하지 않습니다. 게다가 왕에게 꼬리까지 잡혔으니 이대로 두다간 피사리데도 휘말릴 가능성이 높습니다. 베른하르트는 잘라내고 에르셀라 님은 새로 혼처를 물색하는 게 최선입니다. 정 재혼하지 않겠다 하시면 후작가에 거처를 마련하는 것도 괜찮겠지요."

"그래, 그게 최선이었지."

카르온이 씁쓸하게 뇌까렸다. 이미 죽은 누이가 들었다면 성을 냈을 것이다. 예전에도 그랬던 분이니.

"슬슬 폐하께서 움직이실 겁니다. 아시잖습니까. 그분의 궁극적 목표는 베른하르트가 아닌 피사리데입니다. 베른하르트의 뒤를 봐주어 잘못하다 얽히기라도 한다면……."

"애초에 우리로 인해 묻은 구정물이지."

"……각하께서 이제 와 그런 걸 상관하십니까."

"10년만."

카르온이 앞날을 가늠하듯 턱을 매만졌다.

"딱 10년만 참지."

"……."

"그때 되면 왕자도 자라 있을 테니."

엄숙한 암시에 백작이 침묵했다. 카르온이 입가를 느른하게 풀며 머리를 쓸어 넘겼다.

"누님께서 남기고 간 유일한 자식이야."

"……."

"빌어먹게도, 그것 때문에 그 개자식에게서 등 돌릴 수도 없어."

온화하게 웃고 있는 얼굴과 다르게 목소리에는 억지한 분노가 서려 있었다. 방 안은 숙연해졌다. 후작가의 측근인 백작이 궁에서 왕비가 어떤 취급을 받았는지 모를 리 없었다.

왕이 과거 정인을 못 잊어 왕비에게 모욕을 일삼았더라.

왕비가 가장 총애하던 시녀를 눈앞에서 빼앗아 밤 시중을 들게 했다더라.

왕비가 유산하면 석녀라 비웃는 건 물론이요, 하녀 앞에서까지 망신을 주었다더라.

왕이 얼마나 왕비를 끔찍하게 여겼는지 궁 밖으로 크게 새지 않은 것이 용할 정도였다.

그런 에샤힐드를 지키기 위해 카르온이 얼마나 힘을 가지려 했던가. 동생에게서 기인한 권력을 끌어다 쓰고, 노회한 정치인이 깔린 정치판에서 숱한 질시를 받으며 악착같이 지금의 자리에 올랐다. 그러니 왕비가 죽은 지금 그의 주군은 그 모든 걸 부질없다 여기고 있을지도.

"하지만 그래도, 지금 상황에서 베른하르트를 안고 가기엔 위험부담이 큽니다. 내력이 내력이니만큼 쉬이 무너지진 않겠으나, 해가 될 만한 건 미리 쳐내심이……."

"일단 두고 보지. 마음이란 언제든 변할 수 있는 것이니."

카르온은 에르셀라가 부디 마음을 돌렸으면 하고 바랐다. 생각할 것도 없이 그쪽이 더 수월했다.

"한데, 이혼시킬 방도가 있긴 하십니까? 그쪽에서 안 놔주면 그만일 텐데요."

마땅한 이혼 사유가 없는데 이혼하겠다고 덥석 법정의 승인을 받을 수 있을 리 없었다. 하물며 상대는 베른하르트다. 피사리데가 상대하기엔 버거운 가문이었다. 그러나 카르온은 염려하는 기색 없이 여유로웠다.

"그건 걱정하지 않아도 돼. 번거롭긴 하겠지만 아예 방도가 없는 건 아니니."

카르온은 자조했다.

이용할 대로 이용하다 이제 와 버리겠다는 생각이 우스웠던 까닭이다. 그러나 물릴 생각은 없었다. 그것이 최선임은 변함없으니.

옛적 카르온이 이런 말을 했다.

"아, 그 늙은이? 사람 신경 살살 긁는 재주가 있어. 성질은 급한 주제에 제법 교활해 여간 성가신 게 아니지. 다음 생에는 마주칠 일 없었으면 좋겠구나."

현재 에르셀라는 그 말에 뼈저리게 동의할 수밖에 없었다. 에르셀라는 제 앞에 놓인 '것'들을 뾰로통하게 바라보았다. 풀잎에 맺힌 이슬이 햇살에 녹아 사라지기도 전, 가르텐가에서 다짜고짜 공작 부인의 마음이라면서 편지와 선물을 보내왔다. 에르셀라는 편지를 펼쳐 읽어보았다.

베른하르트 공작 부인께.

지난날은 딸을 사랑하는 마음에 제가 지나쳤던 것 같습니다. 시간이 흐르니 별것 아닌 일로 어른스레 대처하지 못했던 게 후회가 되더군요. 그때 과도했던 제 요구를 받아주신 것에 너무 미안하고 염치없을 따름이에요. 그 일에 대해 마음을 담아 소정의 선물을 보냅니다.

-레이미아 가르텐.

에르셀라는 편지를 탁자에 두고 그 옆의 휘황한 은색 보관으로 시선을 옮겼다. 그녀는 그 보관의 주인이 이사벨라 가르텐 왕비의 것을 알자 꺼림칙한 기분을 감출 수 없었다.

'왜 이걸⋯⋯.'

아니, 대충 의미는 알 것 같았다. 그날 제게 성급히 에델리안의 목걸이를 요구한 것에 대한 사과의 증표일 것이다. 가문의 보물을 요구한 결례를 가문의 보물로 갚겠다는 의미의.

'공작인가.'

에르셀라는 이 일의 배후를 짐작해 보았다. 본디 가르텐 공작 부인은 이럴 위인이 못 되었다. 그 점을 차치하고서라도 그녀가 가르텐가의 보물을 멋대로 가져다줄 위치가 아니라는 점을 짚어보면 가르텐 공작의 입김이 있었을 가능성이 컸다.

"잘 받았다고, 감사하다고 전하게."

에르셀라는 꽁한 기분을 감추며 기립해 있는 가르텐가의 시종에게 말했다.

"마음에 차시다니 기쁩니다, 공작 부인. 그럼 받아주신 걸로 알고 그렇게 전하겠습니다."

시종이 퇴장하자 리엔과 아도라가 에르셀라의 곁에 바짝 붙었다. 크고 작은 보석이 어우러진 보관을 보며 리엔이 아도라에게 물었다.

"아도라 님, 제가 잘 몰라서 그러는데 원래 귀족들은 이리 귀한 걸 아무렇게나 선물로 주고받고 그러는 건가요⋯⋯?"

리엔은 선물의 무지막지한 단위에 놀라는 중이었다.

"아, 아뇨, 리엔. 전 왕비의 보관을 본 적도 없답니다."

그러나 아도라도 별반 다르지 않은 처지였다.

"부인, 안 기쁘세요?"

아도라가 슬쩍 에르셀라의 기분을 살폈다.

"왜 안 기쁘겠니."

기쁘다고 말하면서도 에르셀라의 입술은 뚜하게 삐뚤어져 있었다. 그 겉모습만큼이나 그녀의 속도 상쾌하진 못했다. 내심 가르텐 공작 부인의 화가 끝까지 치달아 약혼은 없던 일로 진행되었으면 했는데, 요행은 일어나지 않을 건가 보다. 이리 선왕비의 보관까지 보내온 걸 보면.

에르셀라는 공작의 약삭빠른 행동에 혀를 내둘렀다. 그저 그런 보화도 아니고 왕비의 보관을 보내오다니. 언제부터 공작의 배포가 이렇게 컸단 말인가?

'그렇다고 이쪽에서 요구하기엔……'

명분이 부족했다. 가르텐 공작 부인이 과했던 건 사실이지만, 시작이 비센테인 관계로 적반하장의 여론이 조성될 게 분명했다. 그렇게 된다면 여차여차 약혼이 무산된다 해도 비센테의 다음 혼처를 물색하는 데 걸림돌이 될 것이다.

베른하르트를 마다하는 가문이 있겠느냐마는 그래도 에르셀라는 비센테에게 이 이상 그 어떤 홈 하나 안겨주고 싶지 않았다. 더군다나 가르텐에서 이런 막대한 선물까지 보내왔으니 성년회 날 벌어진 일을 핑계 삼을 수도 없었다.

'쉽지 않네.'

게다가 하르젠도 파혼은 원하지 않는 듯하니 별도리가 없었다. 에르셀라는 가르텐 공작과 하르젠 사이에 생각보다 많은 것이 얽혀 있음을 느꼈다.

그게 뭘까. 물어볼까 하다가도 말해줄 요량이었다면 다툰 날에 진즉 말해줄 사람이란 걸 알기에 에르셀라는 한숨만 삼킬 따름이었다.

"리엔, 클리프턴에게 보물고에 가져다 두라고 전하렴."

"안 써보시나요? 잘 어울리실 텐데."

리엔이 아쉽다는 투로 중얼거리자, 에르셀라가 장난스럽게 어깨를 으쓱였다.

"응, 지하 창고에 평생 썩혀둘 거야."

그녀 나름의 소심한 복수란 걸 알기에 아도라가 작게 웃음을 터뜨렸다.

"마님의 뜻이 그렇다니 어쩔 수 없네요."

상황을 모르는 리엔은 의아쩍은 눈으로 뭔 소린가 하다 보석함을 들고 나갔다. 아도라는 에르셀라의 기운 빠진 몸가짐에 우려를 드러냈다.

"많이 걱정되세요?"

"그냥…… 내가 괜한 고집 부리는 건가 해서."

비센테 앞에서는 네 선택이니 존중하겠다고 말했으면서도 확신이 없었다. 올리비아와 결혼하면 비센테가 행복할까.

'그나마 약혼인 게 다행인가.'

"약혼이라면 서로를 알아갈 시간도 있겠지."

"그렇죠."

아도라는 대답하며 캐론 다트너를 떠올렸다. 신사다웠음에도 정이 설탕 한 스푼도 안 드는 사람이었다.

"오래 붙여두면 없던 정도 생긴다잖아요. 너무 걱정 마세요, 부인."

물론 캐론 다트너와는 오래 만날수록 정이 더 떨어질 것 같았지만, 속마음을 숨기는 건 어려운 일이 아니었다. 아도라의 위로가 도움이 됐는지 에르셀라는 웃음으로 고마움을 표시했다.

"슬슬 일어나야겠구나."

그녀는 기지개를 켜며 찌뿌둥한 몸을 일으켰다. 할 일이 많은 날이었다.

에르셀라가 선생으로 둔 레어리 셀론은 독특한 사람이었다. 시골 변방에 자리한 셀론가의 부인이었으나 굽슬굽슬한 머리를 헐겁게 묶고 낡은 드레스를 걸친 모양새는 절대 귀족이라 보아줄 수 없었다. 세가 약하다는 건 들었지만, 체면치레도 하지 못할 정도였다니. 에르셀라의 당혹을 알아차렸는지 레어리가 난색을 표했다.

"급히 오다 보니 무거운 짐은 챙길 수 없어서요. 본의 아니게 공작부인을 앞에 두고 초라한 행색을 보이네요. 다음부턴 유의하죠."

"괜찮아요, 셀론 부인."

에르셀라가 만류했다. 조금 놀란 건 사실이었지만, 남루한 옷차림에 기분 상한 건 아니었다. 그리고 어느 누가 사람의 면전에다 대고 '네, 그러네요. 주의하세요'라고 말하겠는가. 적어도 에르셀라는 아니었다.

"양해 감사드려요."

레어리가 차분하게 웃었다. 그것이 레어리 셀론과의 첫 만남이었다.

"어머, 부인. '하라트'의 어원은 '하라즈'로 이 부분에선 '하라즈'라 발음하셔야 돼요."

이번 만남이 일주일째였다. 에르셀라는 레어리의 지적에 신경을 집중했다.

"비슷하지만 달라요. 마찬가지로 '뮈에트'는 '뮈라즈'로부터 파생된 것으로 '격조 높은 아침'을 뜻해요. 상대방에게 식사를 청할 때 사용되는 말이죠."

"그렇군요."

에르셀라는 가르침에 따라 책의 활자를 어설프게나마 따라 읽었다.

"잘하시네요."

구절만 되풀이한 것뿐인데 칭찬이 날아오니 쑥스럽기만 했다.

"잘하셨어요."

무해한 칭찬은 그녀가 뭐만 하면 귓가에 날아와 사뿐히 안착했다. 에르셀라의 몸이 쪼그라들었다. 이 사람은 왜 이렇게 칭찬에 너그러운 걸까. 심하게 너그럽다 보니 우쭐함은커녕 민망함만 깊어졌다.

"'슬레아'는 '귀하다'를 의미하는데, '슬레아 디 뮈라즈'는 '귀빈을 모셔 식사의 격조를 높이고 싶습니다'라는 좀 더 정중한 언어 표현이에요."

"……."

"여기서 좀 더 나아가면 '슬레아'에서 변형된 단어로 '슬레티'가 있어요. 발음이 귀엽죠? 사물을 대상으로 할 땐 '귀중하다'는 뜻이 되고, 사람을 대상으로 할 땐 '귀애하다'는 뜻으로 사용되죠."

발음을 따라 흐르던 에르셀라의 목소리가 잦아든 건 그 순간이었다.

"난 늘 귀애할 테니."

아버지에게도, 어머니에게도, 에샤힐드에게도, 심지어 카르온에게도 들어봤던 말이 낯설게 귀에 겹쳐왔다.

에르셀라는 괜스레 목덜미에 손을 얹었다. 익숙하기만 한 그 말이 왜 그날 그토록 생경하게 느껴졌는지 모를 일이었다. 입술을 꾹 붙이며 시선 처리를 잘 못하는 에르셀라 본 레어리가 설마 하며 물었다.

"혹시 어렵나요?"

"아뇨, 잠시 딴생각을 했네요. 계속…… 하죠."

딴짓한 것을 인정한 에르셀라는 열이 오른 목을 식혔다. 생각해 보니 그랬다. 그 얼굴로 그렇게 말하는데 어찌 동하지 않을 수 있을까. 목석처럼 가만히 있는 게 이상한 거지.

'그럼그럼.'

그리 결론을 내리자 마음이 한층 가벼워졌다. 에르셀라는 상쾌히 결론 내린 뒤 다시 수업에 집중했다.

"벌써 끝났네요."

레어리가 기지개를 켜며 경쾌하게 말했다.

"잘하셨어요."

그녀는 역시 칭찬도 잊지 않았는데, 에르셀라는 꼭 싫은 건 아니었지만 민망함이 더 커서 그녀가 그만해 주길 바랐다. 그래서 그녀는 처음으로 레어리의 말을 부정했다.

"아니에요. 잊은 지 꽤 됐다 해도 레나르트어는 배운 적이 있으니까요. 그러니 부족한 거죠."

그에 레어리는 당황했는지 어물어물 답했다.

"그래도 그 정도면 훌륭한데요."

그레이시반 전체 수석을 한 수재에게 그런 소리를 들으니 썩 신뢰감이 들진 않았다. 에르셀라는 시무룩하게 꿍얼거렸다.

"하지만 쓸데없지 않나요."

후안은 쓸모없는 학문은 없다고 했지만 그녀가 생각하기에 레나르트어는 정말로 쓸데가 없었다.

"음, 그렇기는 하죠."

레어리의 주저 없는 동의가 그 생각에 더 확신을 실어주었다. 딱 자른 대답에 에르셀라는 멋쩍은 듯 볼을 긁적였다.

"아무래도 바보 같은 짓인가요? 역시 다른 것을 공부하는 게 나을까요."

소심하게 갈피를 못 잡는 목소리에 레어리는 겸연쩍어졌다. 속으로는 단호함을 보인 자신을 자책 중이었다.

"그렇다면 어떤 걸 공부하고 싶으신가요?"

이번에는 에르셀라의 말이 뚝 멎었다. 멀뚱멀뚱 저만 바라보고 있는 에르셀라를 향해 레어리가 흔연히 손짓했다.

"배우고 싶은 게 있다면 말씀하세요, 부인. 그걸로 같이 공부해 보죠. 아, 그 전에 한 가지 물어볼게요. 부인께서는 배운 것이 꼭 쓰임이 있어야 한다고 생각하시나요?"

"그건 아니지만……."

에르셀라는 망설였다. 꼭 쓰임이 있어야 배울 가치가 생긴다는 것은 가문의 방침에 어긋났다. 배우는 것만으로도 의미 있는 행위였다. 언제부터였을까. 그 믿음이 흐려진 건.

"맞아요. 꼭 그런 것만은 아니에요. 연금술만 봐도 그래요. 몇백 년 동안 공을 들여놓고도 실패한 사람이 수두룩하잖아요? 이쯤이면 다들 알 거예요. 연금술은 무가치한 학문이라는걸. 그럼에도 그 똑똑하다는 인재들이 모인다는 그레이시반에도 연금술을 배우고자 하는 학생이 몇몇 있어요. 실속 없다는 걸 알면서도 그들은 계속 연구하죠. 그리고 전 그 행위들이 무의미하다고 생각하지 않아요. 연금술 덕분에 대수학이 발달한 것은 물론, 다양한 물질이 발견되었죠. 비록 그들이 원했던 건 비금속 성질을 금속으로 변환시키는 것이었고 실패했지만, 화학의 발전에 기틀을 마련한 셈이에요."

"……."

"음, 이야기가 조금 딴 데로 샜군요. 제가 생각하는 대로 말하는 버릇이 있어서요. 그러니까 제가 하고 싶은 말은……."

손안에 쥔 펜을 한 번 돌린 레어리가 에르셀라의 눈을 똑바로 마주했다.

"쓸모 있는 것, 쓸모없는 것. 그런 것에 제한을 두면 공작 부인께서는 아무것도 배우지 못하실 거예요. 언어를 포함해서 외교, 정치, 경제, 경영, 사회, 지리. 이런 것들이 부인께 도움이 되는 학문은 아닐 테니까요."

무지몽매한 사람을 깨우치는 듯한 어조는 아니었다. 그저 당연한 것을 읊는 것처럼 레어리의 목소리는 일관 무료하게 들리기까지 했다.

"제가 감히 공작 부인이나 되는 분을 판단하기엔 주제넘으나, 한번 해보죠. 제가 며칠간 지켜본 공작 부인은 꽤 똑똑한 분이세요. 어릴 때부터 여러 나라의 언어를 배운 탓인지 글의 변형과 흐름을 잘 이해하는 편이고요. 적당한 조기교육이 긍정적 영향을 미친 경우죠. 암기력도 좋은 편이에요. 제가 내준 숙제도 꼬박꼬박 해 오는 걸로 보아 성실하시고. 근데 자신감이 없으세요."

"……."

"제가 보기엔 충분히 잘하고, 충분히 훌륭해요. 수재 소리까지 들을 정도는 아니나, 부족함은 없어요. 그러니 자신을 너무 낮게 평가하지 말아요. 쓸모없는 학문이라 생각되신다면 공작 부인이 의미를 붙이면 되는 거예요. 그럼 전처럼 더 이상 쓸모없는 게 아니게 되겠죠."

줄곧 칭찬만 하던 레어리가 이번에는 한 발자국 떨어져서 객관적인 평가를 내놓았다.

"배운 것들을 어떻게 사용할지는 부인이 결정할 일이에요. 한번 생각해 보세요. 성별을 바꾸거나 신분을 뒤엎는 걸 제외하곤 마음만 먹는다면 못 할 일은 없으니까요."

레어리는 책을 덮으며 뻐근한 듯 어깨를 주물렀다. 에르셀라가 그 모습을 물끄러미 바라보았다.

세 명째였다. 그녀에게 저런 말을 해준 사람이.

후안, 남작 부인, 레어리. 멀다고 느껴졌던 타인들이었다.

촛대가 일렬로 나열된 복도를 거닐며 에르셀라는 생각에 잠겼다.

'내가 그동안 너무 마음을 닫고 살았나? 아닌데…….'

레어리 셀론의 충분히 잘하고 있다는 말이 잊히질 않았다. 에르셀라는 그러한 말을 벌써 세 번 들었다. 공교롭게도 모두 타인이었다. 다들 자꾸만 그녀에 하고 싶은 걸 하라고 한다. 자신은 그럴 자격이 없는데도. 현재 그녀가 바라는 건 비센테와 관련되어 있다. 지난날의 후회가 그렇게나 깊었으니 당연했다.

'내가 하고 싶은 거……'

"……아니야."

에르셀라는 생각을 훌훌 털어버렸다. 지금도 자신은 충분하게 누리고 있었다. 여기서 뭘 더 하길 바라는 건 염치없는 짓이다.

"좋은 날입니다, 마님."

그녀를 보고 창문 닦기를 멈춘 사용인이 인사를 해왔다. 몇 초가 지났을까. 에르셀라는 묘한 기분으로 그 인사를 받아주었다.

"좋은 오후구나, 안나."

그러자 안나의 어깨가 전기가 통한 것처럼 움찔댔다.

'왜 그러지?'

"일이 많이 힘드니?"

"……예?"

"피곤해 보이는구나."

"아, 아닙니다."

안나의 고개가 부정하듯 세차게 흔들린다. 불필요할 정도로 격한 동작이 에르셀라는 어리둥절하기만 했다. 그녀는 왜 그러는지 묻는 대신 덕담을 늘어놓듯 안나에게 말했다.

"참, 저번에 네가 가져온 구두가 마음에 들더구나. 수고했어. 다음에도 네가 골라 주렴."

공작 부인의 칭찬에 다문 조개 같던 안나의 입술이 허둥지둥 열렸다.

"무, 물론이에요. 맡겨만 주신다면……."

"……."

"저 그런데……."

돌연 말꼬리를 늘인 안나가 에르셀라의 면면을 살피듯 보았다. 불손하진 않았지만, 미심쩍어하는 듯한 눈길에 에르셀라는 머리를 갸웃했다. 말수가 적은 저 하녀가 오늘따라 이상했기 때문이다. 하녀의 엷은 입술이 벌어진 건 에르셀라가 얘기하라는 뜻으로 손짓하고 나서였다.

"······어디 편찮으신 데라도 있으신가요?"

"······."

"의원이 필요하지 않을지······."

난데없는 의원 타령에 에르셀라는 말문이 막히고 말았다. 안색이 창백해 보이기라도 했던 걸까.

"괜찮은데······ 그건 왜?"

"······아닙니다. 주제넘었습니다."

그러나 안나는 밍밍한 답만 내놓으며 쪼르르 물러갈 뿐이었다. 에르셀라는 훤한 복도를 우두커니 보았지만, 이미 사라진 안나가 다시 올 리는 없었다.

어쩐지 몸이 죽 늘어지는 것 같았을 때 에르셀라는 희미한 피아노 소리를 들었다. 햇살에 부서지는 물비늘같이 잔잔한 선율이 실바람을 타고 그녀에게 날아왔다. 에르셀라는 무언가에 홀린 사람처럼 저벅저벅 걸었다.

매료된 걸음은 복도 끝에서 멈추었다. 그녀를 가로막고 있는 문 건너편이 아름다운 음률의 근원지였다. 에르셀라는 문고리를 돌려 잡은 채 문만 조심조심 밀어보았다.

벌어진 간격 사이로 보인 건 햇살을 등진 채 연주하고 있는 소년이었다. 건반 위에 기다란 손가락을 늘어뜨린 비센테는 무기물처럼 무감각해 보였지만 연주는 끊어지지 않았다.

'피아노 교습을 좋아한다더니 진짜였구나.'

흐르는 물처럼 이어지는 유려한 선율이 아름다웠다. 에르셀라는 듣기 좋아서 눈을 감고 감상했다. 그러나 어느 순간 소리가 들려오지 않자 감았던 눈을 뜬 에르셀라는 당황하고 말았다. 비센테가 그녀를 직시하고 있었다.

에르셀라는 엉거주춤 뒷걸음질 쳤다. 서두르지 않는 속도로 비센테가 다가오고 있었다. 당연하겠지만, 그다지 기꺼운 기색은 아니었다.

"이젠 이런 것도 훔쳐보십니까?"

마음에 안 든다는 듯 매섭게 세운 눈썹이 위협적이었다. 훔쳐보다니. 그녀는 억울했지만 반박하진 못했다. 분명 고의는 아니었지만 상황이 훔쳐보고 그걸 딱 들킨 상황이었다. 어쩌다가 스토커가 된 에르셀라는 해명 대신 평소 마음에 걸렸던 것을 입 밖으로 내놓았다.

"피아노 선생을 다시 고용해 줄까?"

"됐습니다."

거절은 화살처럼 날렵했다. 민망해진 에르셀라는 귓바퀴를 만지작거렸다. 그것을 스치듯 보며 비센테가 말했다.

"제게 아무것도 해주지 마십시오."

그 말을 마지막으로 그는 에르셀라를 지나쳤다. 에르셀라는 멀어지는 소년의 등을 시무룩하게 바라보았다. 아무것도 해주지 말라니.

'해준 것도 없는데.'

너무 없어서 그게 문제인 건데. 찬바람 쌩쌩 부는 태도에 자신감이 몸을 웅크렸다. 그러나 더 이상 제자리걸음할 수는 없었다. 에르셀라는 의지를 굳혔다.

그녀의 굳은 의지는 저녁 정찬 때 드러났다.

"잘 먹네. 그게 맛있니? 하긴 성장기니까 그럴 만도 하지."

일순 양고기를 자르던 비센테의 나이프가 끼긱 접시를 긁으며 격 없는 소리를 질렀다. 하르젠의 시선이 잠시간 그쪽에 머무르자 비센테가 바로 실수를 인정했다.

"죄송합니다."

죄송하다는 말을 입 밖에 내면서도 억울함이 밀려드는 건, 방금 실수가 온전히 탓은 아니었기 때문이리라. 그 와중에 책임의 반절은 차지하고 있을 여자는 얄밉도록 방긋 웃었다.

"죄송할 게 뭐가 있어. 내가 네 나이 땐 그보다도 더했어."

비센테가 가늘게 눈을 좁혔다. 지금 이게 뭐 하자는 것인가. 지그시 노려보아도 그녀의 철면은 부서질 생각을 않았다. 저 홀로 딴 세상에 와 있는 듯 기쁨에 겨워하는데, 그것이 외려 비센테의 속을 긁어 부스럼 천지로 만들어놓았다.

"하르젠, 그거 들었어요? 선생들이 우리 비센테가 그렇게 뛰어나다고, 수재가 따로 없다고 그러지 뭐예요."

"……선생들이 그리 호들갑을 떨었는지는 몰랐군."

그야 당연했다. 호들갑은 고지식한 아카데미 선생이 아닌 에르셀라가 다 떨고 있었으니.

"그래도 그레이시반이나 유학은 절대 안 보낼 거지만요."

저리 친근하게 굴어오는 걸 보니 그는 에르셀라가 조금 약은 것도 같다고 생각했다. 아버지 앞에서 그가 어쩌지 못할 것을 아니 저리 등등한 것일 터였다.

"그리고 보니 키가 좀 더 큰 것 같다. 저번에 맞춘 옷이 맞지 않을 것 같은데, 새로 맞추는 건……."

"클리프턴."

비센테가 클리프턴을 호명하며 에르셀라의 말을 가로막았다. 자연스러우면서도 미묘하게 의도적인 느낌이었다.

"부르셨습니까, 도련님."

"어머니께서 입이 심심하신가 보다. 음식을 더 내드려라."

그 말을 들은 클리프턴의 눈에 선명한 당혹감이 어렸다.

"어? ……어어."

놀란 것은 에르셀라도 마찬가지였다. 에르셀라는 제 몫의 접시를 내려다보았다. 몇 점 썰어 먹고 남은 양고기가 아직도 한가득이었다. 그녀가 얼떨떨해하며 비센테를 보았다. 비센테는 입술을 비틀다 이내 미소하며 에르셀라에게 말했다.

"시장하시겠습니다. 조금만 기다리시지요."

에르셀라가 억지로 입매를 끌어 올렸다. 어찌 모르겠는가. 저것이 입 좀 다무시라는 의미인 것을. 그러나 에르셀라는 포기할 수 없었다. 이깟 장단쯤은 언제든 맞춰줄 수 있었다. 오히려 오기가 일기까지 했다.

"그래, 내오렴. 맛이 좋구나."

활기를 머금은 목소리는 누가 들어도 작위적이었으나 클리프턴은 떨떠름히 명을 받았다.

"알겠습니다. 잠시만…… 기다려 주십시오."

클리프턴이 만찬실을 나간 뒤 에르셀라는 나이프와 포크를 들었다. 건너편에 착석해 있는 비센테를 보았으나, 그는 에르셀라 쪽으로 눈길 하나 주지 않았다.

에르셀라는 뚱한 얼굴로 접시 위의 양고기를 입에 구겨 넣듯 해치우기 시작했다. 두 번째로 내온 접시도 예외는 없었다. 먹는 속도는 현저하게 느려졌지만 에르셀라는 꾸역꾸역 먹었다. 고기가 한 점 한 점 그녀의 입안에 들어갈수록 리엔과 베스의 낯이 파리해져 갔다. 그들이 신호를 보냈으나 에르셀라의 접시는 모조리 비워지고 말았다. 에르셀라는 비센테에게 의기양양한 목소리로 고마움을 전했다.

"네 덕분에 진미를 맛보는구나."

"그렇다면 더 드시지요."

"……그, 그래. 하나 더 내오렴."

누가 이기나 한번 해보자는 각오로 에르셀라가 클리프턴에게 명령했다. 클리프턴이 걱정을 안고 주방으로 걸음하려던 순간이었다.

"물려라."

가만히 상황을 주시하던 하르젠이 여상한 태도로 에르셀라의 요구를 물리쳤다.

"예, 주인님."

에르셀라의 눈썹이 불만으로 삐죽 솟았다.

"왜요? 맛있는데? 난 먹을⋯⋯."

"먹지 못할 거면 거기까지 해."

그녀의 고집은 하르젠의 일축에 무로 돌아갔다. 에르셀라는 새침하게 눈을 내리다 배를 바라보았다. 뜻하지 않게 과식하고 말았다. 속이 울렁거리는 것 같기도 하고⋯⋯.

하르젠은 안색이 어두워진 에르셀라를 보다, 비센테에게 손짓했다.

"넌 이만 올라가거라."

한숨이 났다.

"도련님!"

저를 부르는 소리에 비센테가 뒤편을 응시했다. 리엔이 잰걸음으로 달려오고 있었다. 비센테 앞에 딱 멈춰 선 리엔은 헉헉거리며 숨을 골랐다. 비센테는 리엔의 호흡이 제 박자를 찾아갈 때까지 기다려 준 뒤 입을 열었다.

"무슨 일이지?"

"알아주셨으면 하는 게 있어서요. 도련님, 마님께서 그렇게 드시면 몸이 거부할 거예요. 양을 늘리면 토하세요."

처음 들은 것은 둘째 치고 황당한 소리에 비센테는 할 말을 잃었다. 식사를 하면 먹기는 하는 건지 의심될 정도로 어머니의 접시는 변화가 일지 않는다. 그렇게 먹다간 요절한다 해도 이상한 일이 아닐 것이다.

"식사량이 너무 적으시다. 저렇게 먹다가는 기력이 떨어질 텐데."

"하지만 살이 찌잖아요."

"……뭐?"

비센테는 순간 제가 잘못 들은 게 아닌가 싶었다. 무슨 그런 하찮은 이유가 다 있나. 그럴싸한 이유조차 되지 못한다. 그러나 리엔은 진지한 표정이었다.

"그 부분에선 조금 예민하세요. 그러니 다음부턴 유념해 주셨으면 해요."

문득 가르텐 공녀의 성년회에서 카나페 하나를 집으려다 관둔 에르셀라가 상기됐다. 그는 이해할 수 없다는 듯이 리엔을 보았다.

"주치의가 뭐라 했을 텐데."

"몸이 약한 편이긴 하세요. 잠도 많으시고. 그런데 어쩔 수 없는 걸요. 워낙 마르신 데다 식사량도 적으니 기력이 쇠할 수밖에요."

"……아버지는 별말 없으셨나?"

"하시긴 하셨는데…… 마님께서 그쪽에 관해선 고집이 세신지라……. 대신 의원을 통해 약을 지어요. 기력을 회복하는."

"어머니께서는 왜 그러는지 아나? 어떤 지병이라도."

"없어요. 그냥 살이 쪄서 그런 거예요."

리엔은 눈꼬리를 늘어뜨리며 띄엄띄엄 말했다.

"그럼 전, 가보겠습니다."

몸을 돌린 리엔이 후다닥 사라졌다. 기묘한 기분이 그를 휘감았다. 모르겠다. 왜 이런 기분을 느끼는지. 그리고 왜 하필 저 여자가 이곳에 있는지. 멀지 않은 거리에서 아도라가 보이자, 비센테는 조금 신경질적으로 눈을 문질렀다.

비센테는 알지 못했다. 아도라가 어떤 것을 보고 있는지. 분명 그가 보지 못한 것들을 보고 있음이 분명한데, 그것이 뭔지 그는 짚어낼 수 없었다. 지금도, 그는 알지 못했다. 카나페를 집으려다 만 에르셀라를 보던 보라색 눈이 왜 지금과 꼭 닮아 있는지. 그것을 왜 제가 거슬려 하는지도.

"뭡니까?"

신경 끄트머리까지 날이 섰다. 그래서 평소처럼 지나칠 수 있는 것도 지나치지 못했다. 일견 화가 서린 듯한 선득한 음성에 아도라가 움찔했다. 그러나 곧 빠른 걸음으로 비센테에게 다가왔다.

"주치의에게 가봐야 해요."

"주치의는 왜……."

"공작 부인께서 체하신 것 같아요."

꺼낼 말은 무궁무진하게 많았음에도 어머니가 체했다는 그 한마디에 전부 휘발되었다. 원체 식사량이 적었던 사람이다. 그리도 음식을 욱여넣었으니 체하는 것은 당연하건만……. 불현듯 자조가 일었다.

아도라는 비센테를 오묘하게 바라보다 시간을 지체했음을 느꼈다.

"그럼 전 먼저 가볼게요. 평안한 밤 되시길."

아도라가 의례적 인사를 읊으며 멀어졌다. 비센테는 방금 걸어 나온 만찬실을 보았다. 먹지 못할 거면 안 먹으면 될 일이다. 제 장단에 맞춰줄 게 아니라. 그런데 왜……. 끓어오르는 감정을 목 안으로 눌러 넘기며 소년은 얼굴을 쓸어내렸다. 그는 살면서 저리 어리석은 사람을 본 적이 없었다.

"체기가 있습니다."

에르셀라를 진단하던 의원이 간략히 증상을 댔다. 느낌이 체한 것과 비슷하더라니, 역시나였다. 에르셀라는 살살 배를 쓰다듬었다.

"부인, 혹시 오늘 무엇을 드셨는지요?"

의원은 종전에 그녀가 저지른 만행을 모르는 이였다. 그는 음식에 문제가 있을지도 모른다고 판단한 듯했다. 애석하게도 음식은 먼지만큼의 문제도 없이 훌륭했다. 그저 자신의 미련한 고집 때문이었다. 에르셀라는 느리게 고개를 저었다.

"별것 아닌…… 욱."

메스꺼운 신음이 목을 비집고 흘렀다. 에르셀라는 목을 뒤로 젖혔다. 속이 더부룩한 건 물론 목도 꽉꽉 막힌 것 같았다. 의원이 염려 깊은 표정으로 에르셀라를 살폈다.

"많이 거북하십니까?"

"좀 그렇구나."

목을 젖히자 시선이 위로 꺾인다. 하르젠이 보였다. 무언가 마음에 들지 않는 듯한 얼굴에 에르셀라가 배시시 웃었다. 장난기 가득한 벽안을 그는 표정 없이 바라보다 의원에게로 시선을 던졌다.

"우선 약부터 처방하지."

"그리하겠습니다. 그리고 좀 걸으시는 게 어떨지……. 바로 주무시면 내일 분명 속이 개운치 못할 것입니다."

산책하는 게 어떠냐는 의원의 권유에 에르셀라가 급하게 입을 열었다.

"지금은 움직이기가 좀……."

"그래야겠군."

작은 푸념은 하르젠의 말에 사위었다. 에르셀라는 짐짓 기운 없는 체 호소했다.

"못 움직여요. 눕고 싶어요."

"말 좀 듣지."

"힘드시겠지만 잠깐만 걷고 오시지요, 부인."

하르젠만으로도 벅찬데 의원까지 합세하니 별도리가 없었다. 에르셀라는 다리를 땅에 붙여야 했다.

'아, 배 아프다……'

적당히 무리했어야 했는데, 과하게 무리한 게 문제였나 보다. 배 속이 빈 공간 하나 없이 꽉 찬 느낌이었다. 누군가 눈앞에 음식을 들이민다면 토할지도 몰랐다. 하르젠이 어정쩡하게 서 있는 그녀의 팔을 잡고 바로 세웠다. 몸이 확 일으켜지니 또다시 속이 울렁였다.

에르셀라는 흉부를 주먹으로 쳐볼까 하다 바로 그만두었다. 과거에 아팠을 때 흉부가 숨통을 조여왔던 것을 떠올리니 도저히 칠 수가 없었다. 그녀는 스스로를 소중히 다룰 것을 다짐하며 하르젠과 후원으로 향했다.

달빛에 한가득 적셔진 후원은 한밤임에도 푸르렀다. 에르셀라는 하르젠의 손을 잡은 채 내키지 않는 산보를 하고 있었다. 한데 어째서 시간이 지날수록 먹은 것들이 소화되기는커녕 포만감만 더해지고 있는 것인가.

"잠시만……"

걸은 지 얼마 되지 않아 에르셀라가 허리를 굽혔다. 그 자리에서 찬찬히 배를 부여잡고 심호흡을 했다. 밤공기가 제법 선선해서일까. 답답했던 가슴이 뚫리는 것 같기도 했다. 그러고 보니 이제 여름이 지나간다.

에르셀라는 하염없이 흘러가는 시간이 야속하다고 생각했다. 그녀에게 주어진 시간은 유한했으니. 불안이 고조되며 몸을 불려온다. 데일을 독촉해야 하나 고민하고 있을 즈음.

"속은."

그의 목소리가 들려왔다. 에르셀라는 하르젠을 보았다. 걱정하고 있을까. 얼굴에 드러나지 않아 잘 모르겠다. 에르셀라는 고개를 살살 저었다.

"괜찮아요, 이젠."

더부룩한 감각은 있었으나 걷는 게 도움은 됐는지 어느 정도 숨통이 트이긴 했다. 그러나 그녀의 말이 못 미더웠는지 하르젠이 손을 뻗었다.

"좀 보지."

"됐어요!"

소스라치게 놀란 에르셀라가 전력을 다해 그의 손을 저지했다.

"뭐, 뭐 하는 거예요?"

더듬거리는 에르셀라의 말에 하르젠이 눈살을 찌푸렸다.

"……뭐?"

"왜, 왜 갑자기 손을……."

보물단지 감추듯 자신의 배를 감싸 안는 그녀를 하르젠이 어이가 없다는 듯이 바라보았다. 살까지 섞었으면서 고작 배 하나 못 만지게 하니 어처구니 없을 만도 했다.

하지만 이것만은 그녀도 절대 양보할 수 없었다. 방금 먹은 것은 평소 식사량의 족히 세 배는 될 것이다. 사실 에르셀라는 한참 전부터 있는 대로 힘주고 있어야 할 정도로 배가 볼록 나온 상태였다.

이것을 어떻게…… 어떻게…… 보여주겠는가. 창피해서라도 절대 그렇게 할 순 없었다.

"지금 뭐 하자는……."

"그, 그리고 당신이 만진다고 뭘 아는데요? 당신이 의원이에요?"

저도 모르게 까칠한 반응이 튀어나왔다. 이번 변명은 일리가 있었는지 하르젠도 더는 아무 말도 해오지 않았다. 다만 느닷없이 내외하는 그녀의 태도가 불만인 듯 검은 눈이 서늘했다.

에르셀라도 지지 않고 맞섰지만 의미 없는 눈싸움은 머지않아 그쳤다. 이래 봤자 소용없는 짓임을 안 것이다. 눈꺼풀을 반쯤 내린 에르셀라가 소심히 말했다.

"……살찔 거예요."

어쩌면 이미 쪘을지도 모른다. 내일 몸이 무거우면 어떡하지. 다시 찌는 건 정말 싫은데……. 잔걱정이 뇌리를 떠나가질 않았다.

"제발 쪘으면 좋겠군."

머리 위로 내리는 한숨 소리. 에르셀라가 찬찬히 고개를 들었다. 저보다 한참 작은 몸을 탐색하듯 위아래를 훑어 내리던 하르젠의 입매가 어슷하게 휘었다.

"건드리기만 하면 픽픽 쓰러지니."

짓궂은 그 말에 목덜미까지 열이 차올랐다. 에르셀라는 본능적으로 붉은 기가 올라 있는 목을 두 손으로 감싸 쥐었다.

"……지금 농담이 나와요?"

"농담하는 걸로 들리나?"

"그게 농담이 아니면……."

"예뻐."

뚝. 말이 멎었다. 손바닥에 스며든 열이 델 듯이 뜨거웠다. 열로 얼룩진 목을 주물러 보지만, 열기는 가실 생각을 않았다.

"거짓말."

입버릇처럼 그 말이 나왔다. 그토록 담백하게 예쁘다고 말하는 사람은 처음이었기 때문일까. 남들이 건네는 칭찬은 잘도 받아내면서 그의 말엔 도저히 태연할 수가 없었다.

'왜 이러지…….'

스스로도 이해 못 할 삐딱함이 뱃속에 똬리를 틀었다. 하르젠이 의아한 듯 고개를 비스듬히 기울였다.

"왜 그리 단정하는지 모르겠군."

"그야……."

이유를 대보려 해도 어질러진 정신머리에서 건져지는 건 없어 입만 무력하게 달싹일 때였다. 한숨인지 웃음인지 모를 소리가 들려온 것은.

"나도 사내인지라 당신에게 동하지 않는 건 아니다만."

에르셀라는 이상했다. 저런 말이, 저 남자 입에서 나왔다는 게. 그것이 너무나도 이상하여 어떤 표정을 지어야 할지, 어떤 말을 건네야 할지, 어떤 행동을 해야 할지 몰랐다. 마법에 걸린 듯 옴짝달싹할 수가 없었다. 심장이 또다시 죄여왔다. 그녀는 의식적으로 손을 꾹 쥐었다 폈다. 저 말을…… 어떻게 받아들여야 할까.

'잘……'

잘…… 모르겠다. 사내인지라 동한다는 게, 제게 욕정한다는 게, 단순히 외적인 것에 기인한 말인지, 아닌지.

그녀는 아직 그에게서 그런 것들을 구별해 낼 능력이 없었다. 못난 생각이 벌레처럼 머리를 갉았다. 만일 제가 형편없어진다면……. 생각이 멈추었다.

"내게 동한다면."

"……."

"정부 같은 거 들이지 말아요."

그의 곁은 온전히 자신이 차지하고 싶었다.

"그랬다간 영원히 용서 안 할 거야."

비단 영원히 용서치 않겠다는 그 말은 그에게 협박조차 되지 못할 것을 알았음에도 욕심이 났다. 그녀가 16년간 지켜온 자리였다. 누구에게도 넘겨주고 싶지 않았다. 에르셀라의 말에 하르젠은 뭐라 대답해야 할지 모를 복잡한 눈이 되었다. 그러나 그는 이내 덧없다는 듯 웃었다.

"부인에게 어긋날 만한 짓은 한 적 없는데."

"앞으로도예요."

"약속하지."

"……."

"대신 당신도."

"……."

"곁에 두지 마. 다른 남자."

에르셀라는 순간 당황했다.

"그…… 그건 당연한 거예요."

"더듬는군."

하르젠이 차갑게 입매를 비틀었다. 하지만 그녀는 너무 놀란 나머지 해명할 시간을 놓쳤다.

정말 이상했다. 다시 사는 삶은 그녀에게 낯선 일만 안겨다 주었다. 이전에는 오가지 않았을 말이 오가고, 뱃속에서 날것의 감정이 솟구친다. 저열하고, 저속하고 한없이 속되기만 한 그런 것들이. 지금도 그렇듯.

"만일……."

자꾸만 시험하려 드는 것처럼.

"내가 죽으면 어떨 거 같아요?"

제가 죽은 후 하르젠은 어떻게 살았을까. 평소와 다를 것 없이 살았을까. 새로운 부인을 맞아들였을까. 자신의 죽음을 조금은 슬퍼해 주었을까. 그녀는 그런 것들이 매양 궁금했다. 생소한 물음이었는지 그의 대답은 조금 늦게 들려왔다.

"……글쎄."

맥이 빠졌다.

"모르겠는데."

좀 진지하게 말해줄 순 없는 것인가. 에르셀라의 눈매가 새치름히 늘어졌다.

"모르겠어. 내가 어떻게 될지."

그러나 하르젠은 빈말조차 않으며 정말 모르겠다는 듯이 옅게 웃을 뿐이었다. 에르셀라는 괜스레 땅에 박힌 돌멩이를 툭툭 쳐댔다.

"난 당신이 죽으면 아주 많이 슬플 텐데."

매일 밤을 눈물로 지새우는 건 물론이고, 한동안은 제대로 살아갈수 없을지도 몰랐다. 에샤힐드가 죽었을 때처럼.

"그런가."

그러나 하르젠은 별 상관없다는 듯이 보였다. 에르셀라는 입안이텁텁해졌다. 그는 모를 것이다. 그가 전쟁터에 가 있을 때마다 무사할까 제가 얼마나 심장을 졸였는지. 그의 몸에 군데군데 자리해 있는 자상을 볼 때마다 얼마나 속이 상하는지.

전쟁에 출정하여 군공을 세울수록 상처는 늘어간다. 몸에 눌어붙은 핏자국은 참혹한 전장을 그대로 옮겨놓은 듯했고, 그는 살았지만매번 다쳤다. 그것을 볼 때면 언제나 깨닫고 마는 것이다. 그녀가 동화 속 공주가 아니듯, 그는 동화 속 왕자가 아님을.

삶은 고요한 전쟁이나 다름없었다.

결혼 생활은 환상처럼 달지도, 꿈처럼 감미롭지도 않았다.

그녀는 언제나 울었고, 그는 달랬다. 그들의 결혼은 그것이 전부였다. 너절해진 마음은 더 이상 아무런 기대도 품을 수 없었다. 무상하고 부질없는 꿈임을 그녀는 알았다. 아는데도…… 어찌하여 덧없는환상은 고개를 드는 것인가. 이미 다 바래 버린 마음에 색이 스며들어 보았자 잿빛으로 무너질 것을 아는데도, 그럼에도 열여섯의 소녀는 모습을 드러내고 만다.

"좋아해요."

에르셀라는 이것을 사랑이라 말할 수 없었다. 그녀가 아는 사랑은 달기만 하고 서로를 배려하는 것이었다. 상처가 될 걸 알면서도 날 선 말을 건네고, 비수를 꽂고, 그러면서도 버림받지 않길 원해 그의 앞에서 예쁘장한 웃음을 내보인다. 자신에게 갖는 죄책감과 책임감을 이용해 붙잡아두려고 한다. 에르셀라는 그런 파멸적인 사랑을 알지 못했다.

"좋아해요, 하르젠."

전해졌을까. 아니면 또 버림받고 싶지 않아 마음에도 없는 말을 지껄인다고 생각할까. 말을…… 자세히 해야 하는 건 아닐까. 미숙하게나마 그녀의 입이 열리려 할 때였다.

"나도."

"……"

"좋아해."

들려온 서툰 고백에 귀가 먹먹해졌다. 처음이었다. 좋아한다, 그 말에 답을 들려준 적은.

'이상해.'

발에 차이는 모래알만큼이나 흔하디흔한 고백이었다. 그러나 가슴은 감당하지 못할 정도로 벅차올랐다. 숨소리조차 적요한 밤. 에르셀라는 그의 발치에 길게 늘어진 달빛을 바라보다 말간 웃음을 터뜨렸다.

"그렇구나."

당신도 날 좋아하는구나.

좋아해.

그 한마디를 내뱉기까지 그가 얼마나 조심스러워했는지 알지 못한 채, 그녀는 마냥 행복하게 웃었다.

선선한 바람이 부는, 바야흐로 어느덧 가을.

비센테와 올리비아가 약혼했다.

8장
과거의 맹세

약혼을 허한다는 왕의 인가를 받은 후 식은 일사천리로 진행되었다. 사람들은 베른하르트와 가르텐의 값비싼 이름만큼 호화로운 식을 예상했지만, 기대와는 다르게 두 사람의 약혼은 있는 듯 없는 듯 치러졌다. 세력을 과시하기 위해 자식의 약혼식을 성대하게 열곤 했던 여타 가문과는 다른 행보였다. 약혼식장에는 각 가문의 직계와 소수의 방계만이 초대되었으며, 피로연도 지극히 짧게 지나갔다.

확실히 가문의 명성에 비하면 단출했지만, 베른하르트 가주의 성정을 생각하면 이해 못 할 일은 아니라고 사람들은 생각했다.

가르텐 공작 부인도 처음에는 딸의 소박한 약혼에 불만을 보였으나, 그래도 격에 맞게 치러졌다는 점에 만족하기로 한 듯했다.

약혼하고 나서 가르텐과 정기적으로 저녁 만찬을 가졌다. 처음은 베른하르트에서 가졌기 때문에 이번 만남은 가르텐가에서 이루어졌다.

막상 공작과 얼굴을 맞대고 식사를 해야 하는 상황이 오자 에르셀라는 양심에 가책을 느꼈다. 카르온에게 죄짓는 기분이 들었기 때문이다. 그나마 다행인 점을 꼽으라면.

"공작 부인, 입맛에는 맞으십니까?"

"물론이에요, 각하."

"다행이군요."

바로 공작의 태도였다. 지난번과 다르게 공작은 그녀에게 치근덕거리지도 끈적이는 눈길도 보내오지 않았다. 말을 몇 번 붙이긴 했으나 그마저도 형식적이었고 횟수도 적었다. 아예 다른 사람이 된 것처럼 에르셀라를 대하는 그 모든 게 담백했다. 에르셀라에게는 불행 중 다행스러운 일이 아닐 수 없었다.

"아, 공. 들었나? 요번 회담 때 레나르트와 콘라드가 칼레르에 관련해 마찰을 빚었다더군."

"리나스전 협상은 삼십 년 전에 깔끔하게 끝난 걸로 아는데."

"그랬었지. 한데 알게 모르게 잡음이 있던 모양이야. 회담이 결렬된 걸 보니."

대화는 주로 가르텐 공작과 하르젠 위주로 흘러갔다. 간간이 올리비아와 비센테가 대화를 주고받았고, 에르셀라도 이따금 대화에 참여하긴 했지만 그것이 다였다. 족히 서른 명은 끌어안을 수 있는 만찬실이었지만 오가는 대화는 소략했다. 별안간 공작이 에르셀라를 향해 물었다.

"어떻게, 술은 좀 즐기십니까? 이번에 로셀 양조장에서 주조한 술을 미리 받아봤는데. 아직 뜯진 않았지만 그 지방 영주가 맛이 훌륭하다 장담하더군요. 괜찮다면 같이하시지요."

로셀 양조장에서 주조한 술은 에르셀라도 익히 아는 것이었다. 술답지 않게 끝 맛이 상큼한 탓인지 남성보다는 여성에게 인기가 많았다. 에르셀라도 즐겨 먹곤 했다.

가르텐 공작이 한 말 중 가장 반가운 말이라 에르셀라는 반색하려다 돌연 느껴지는 시선에 고개를 돌렸다. 하르젠이 에르셀라를 보고 있었다. 그는 별말 없이 입 끝만 올리고 있었는데, 딱히 제지하진 않았지만 어쩐지 마시면 안 될 것 같은 느낌이 들었다. 결국 에르셀라가 꼬리를 말았다.

"아쉽지만 다음에 해도 될까요?"

"그러시다면야."

가르텐 공작은 미련 없는 태도로 제안을 거둬들였다.

"공은 한잔할 텐가?"

"나도 오늘은 내키지 않는군."

"흐음, 벌써부터 이리 인기가 없어서야, 원. 로셀 자작에게 한 소리 해야겠어."

가르텐 공작이 혀를 차며 술을 집사에게 들려 보냈다. 결과적으로 에르셀라를 제외한 모두가 로셀주를 마시고, 에르셀라가 그것을 아련하게 바라보는 불상사는 일어나지 않았다.

에르셀라는 조만간 에이레네에게 로셀주를 한 병 보내야겠다고 생각했다. 에이레네는 애주가니 분명 좋아해 줄 테지. 에이레네도 그녀 못지않게 거나하게 취한 적이 한두 번이 아니라 카르온이 고생하긴 하겠으나…….

'상관없겠지.'

에르셀라는 오라비의 고생 따위 제 알 바 아니라며 흔쾌히 넘겼다.

"부인, 뭐가 그리 즐거우십니까?"

가르텐 공작의 목소리에 상념은 퍼뜩 깨어났다. 자신도 모르게 실실거린 모양이었다.

"아, 오라버니가……."

……고생할 생각을 하니.

에르셀라의 입이 스스륵 다물렸다. 저를 주시하는 여러 쌍의 눈동자에 긴장이 돌았다. 가르텐 공작이 의미심장한 목소리로 에르셀라에게 물었다.

"식사 중에도 후작 생각을 하다니. 듣던 대로 오누이의 사이가 좋은가 봅니다."

"아…… 그렇죠."

에르셀라는 말끝을 흐린 채로 간신히 대답을 마쳤다. 가르텐가에서 카르온 얘기를 꺼내다니, 상관은 없지만 좋은 것도 아니었다.

에르셀라는 가르텐 공작을 보았다. 그는 턱을 쓸며 하르젠을 한 번 보았을 뿐, 별말을 꺼내진 않았다. 카르온 얘기를 꺼냈기 때문일까. 분위기가 급작스럽게 가라앉았다. 알 수 없는 위화감 가운데, 하르젠이 재미있다는 듯 웃으며 칼을 내려놓았다.

만찬이 끝났다.

개인적으로 에르셀라가 제일 고역이라고 여긴 시간은 만찬이 끝나고서였다. 식사를 마치면 하르젠과 가르텐 공작은 따로 사적인 대화를 나누었는데, 그 덕분에 남은 사람들끼리 도란도란 티타임을 가져야 했다. 성년회 이후로 두 번째였지만 여전히 껄끄러운 만남이었다. 접대실 안에는 유일하게 올리비아만이 싱글벙글 웃고 있었다.

에르셀라는 공작 부인을 보았다. 표정이 썩 밝지 못한 걸로 보아 역시 왕비의 보관을 보낸 건 자의가 아닌 듯했다. 에르셀라도 마음 같아선 돌려주고 싶었다. 물론 파혼한다는 전제가 깔려 있어야 하겠지만.

"차는 어떠신가요?"

올리비아였다. 차를 입에 대지 않은 상태였기에 에르셀라는 잔을 들어 향을 맡아보았다. 익숙한 향이었다.

"……산스체로군요."

"좋아하신다기에 특별히 준비해 봤어요."

특별하긴 했다. 산스체는 피사리데령에 속하니 말이다. 제 환심을 사기 위해 피사리데에서 나는 것까지 구해 오다니. 에르셀라는 이 정성 어린 대접이 약간 부담스러워졌다.

"신경 써주어 고마워요."

"별것 아닌데요, 뭘. 영식은 어떠신가요?"

"괜찮습니다."

단조로운 대답이었지만, 올리비아는 만족스러운 듯 입술에 차를 적셨다. 미묘하게 어색한 시간은 겉으로나마 평화롭게 흘러갔다. 문득 올리비아는 아까부터 안색이 좋지 않아 보이는 공작 부인의 손을 잡았다.

"어머니, 어디 편찮으신가요? 기운이 없어 보이는데."

편찮아 보이는 게 아니었다. 이 자리 자체가 언짢아 보였다. 에르셀라는 왜 그럴까 생각하다 곧 수긍했다. 그 드높은 자존심이 타의로 꺾였으니 속이 말이 아닐 것이다. 공작 부인은 손을 들어 올리비아의 손등을 덮으며 입을 열었다.

"괜찮단다, 올리비아. 아까 먹은 음식이 속에 잘 받지 않은 듯하구나."

어두운 안색과는 다르게 목소리는 부드러웠다. 올리비아를 따뜻하게 바라보던 공작 부인은 그다음, 에르셀라에게 작게 눈짓했다.

"모처럼의 만남인데 이런 모습을 보이게 되어 유감이네요."

"괜찮아요."

순식간에 확 바뀌는 공작 부인의 인상에 에르셀라는 묘한 기분이 되었다. 저 사람도 저런 표정을 지을 수 있구나, 하는 생각에. 딸을 소중히 여긴다는 건 알고 있었지만, 막상 지켜보니 신기했다.

올리비아는 어머니의 괜찮다는 말에 걱정을 풀었다. 그녀가 해사한 얼굴로 돌아와 손뼉을 쳤다.

"다음에는 다 같이 야유회를 한 번 가는 건 어떨까요? 가르텐령도 좋고 베른하르트령도 좋아요. 전 상관없어요."

올리비아의 말에 에르셀라가 눈가를 늘어뜨렸다.

"음, 당분간은 어려워요. 알다시피 비센테가 기사 시험이 있는지라."

"아, 그렇군요. 그럼 끝나고 가도록 해요. 영식, 영식은 어디가 좋으세요?"

"나중에 다시 얘기하는 게 좋겠습니다."

비센테가 무례하지 않게 주제를 잘라냈다. 에두른 거절임을 알았는지 올리비아가 미간을 좁혔다.

"어렵네요, 약혼까지 했는데. 혹 그날 일 때문에 그런가요? 그 일은 저희 가문에서 보관을 보내면서 끝난 걸로 알고 있는데요."

이제 막 성년을 치른 소녀는 아버지를 닮아 성질이 급한 모양이었다. 요즘 보면 공작의 성질이 과연 급한 것인가 의심되긴 했지만 말이다.

그때 올리비아가 다시 말해왔다.

"마음이 아직 안 풀리셨나요? 하지만 약혼까지 했는데 굳이 그러실 필요가 있는지……."

"올리비아."

가르텐 공작 부인이 타이르듯 올리비아를 멈추게 했다. 엄한 음성에 올리비아의 입술이 부루퉁히 다물렸다.

에르셀라는 남몰래 한숨을 삼켰다. 공작 부인이 오냐오냐 키운 게 틀림없었다. 솔직하지 않아도 될 부분에서 솔직한 걸 보니 말이다. 이제 세 번째 만남이었음에도 시작이 별로 좋지 못했다.

"주인님과 각하께서 대화를 마치셨습니다."

그들의 티타임은 사용인의 고함에 끝났다.

침대맡에 기대앉은 에르셀라는 가르텐가에서 있었던 일을 곱씹었다. 느낌이 안 좋은데. 올리비아를 만난 뒤 비센테의 얼굴에 밴 피로를 떠올리면 더욱 그랬다.

대화가 술술 흘러가기만 해도 약혼을 긍정적으로 생각할 여지가 있었을 텐데, 아쉽게도 그런 일은 일어나지 않을 듯했다.

"하르젠."

어느새 곁에 다가와 제 허리를 감아 당기는 남자를 보며 에르셀라가 입술을 달싹였다.

"음……."

"말해."

"음…… 아니에요."

말꼬리만 늘이며 싱겁게 입을 다물자, 하르젠의 고개가 살짝 꺾였다. 하지만 에르셀라도 선뜻 말하기가 어려웠다. 약혼 얘기가 나오면 분명 싫어할 것이다.

에르셀라는 또…….

'이미 다 끝난 일이기도 하고.'

그런 생각이 드는 한편.

'그래도 더 늦기 전에 말해보는 게 좋지 않을까?'

그런 생각도 들었다. 상반된 생각이 공존하여 갈등을 불러일으키자 에르셀라가 끙 신음을 냈다.

그는 에르셀라를 의아하게 바라보다 곧 드레스 끈을 매만졌다.

얼마 지나지 않아 어깨를 감싼 천이 헐거워지며 공기가 맨살에 닿았다. 옷 시중이라는 것도 알아차리지 못한 채 에르셀라는 생각에 빠졌다. 말할까. 말까.

'음…….'

말을 꺼내도 화를 낼 것 같진 않은데. 또르르 생각을 굴리듯 눈을 굴린 에르셀라는 마침내 결심하곤 떠듬떠듬 입을 열었다.

"약혼 말인데요. 그거…… 으응…… 말하고 있는데……."

그러나 말문은 목 부근에 비벼지는 입술에 막히고 말았다. 에르셀라가 눈을 질끈 감으며 어깨를 움찔댔다. 여전히 살갗에 입술을 묻은 상태로 그가 흘리듯 말했다.

"지금 이럴 때 그렇게 말해오면 조금, 곤란해서."

말을 마친 하르젠이 에르셀라의 허리를 찬찬히 당겨 안았다. 곧이어 드레스를 헤치며 허벅지를 타고 올라오는 손길에 에르셀라는 바르작거리며 하르젠의 목을 감아 맸다. 말할 틈도 안 주고 계속 속살을 헤집는다. 제가 베갯밑공사라도 칠까 염려하는 걸까. 에르셀라는 궁금함에 물었다.

"원하는 게 있으면 들어줄 거예요?"

문득 목 언저리를 지분거리던 그가 난감한 듯 웃음을 흘렸다.

"……원하는 게 뭔데."

그녀에게 동한다는 게 거짓은 아니었는지 상당히 곤란한 목소리였다. 아마 그녀가 원하는 게 뭔지 그는 알 것이다. 그럼에도 저리 묻는 것은 조금이라도 대화를 끌려는 나름의 의도였으리라.

이렇게까지 곤란해 보이는 적은 처음이라 에르셀라도 내심 당황하고 말았다. 여기서 파혼했으면 좋겠다고 말하면…… 들어줄까. 그러다 저절로 한숨이 났다. 이런 식으로 원하는 걸 얻을 생각을 했다니. 제가 생각해도 비겁했다. 아무래도 이번은 넘어가야 할 듯하다. 그리 생각하며 에르셀라는 제게 파묻힌 남자의 머리를 부드럽게 쓸어내렸다.

일순 경직된 듯 하르젠의 숨소리가 고요하게 가라앉았다. 에르셀라는 작게 웃음을 터뜨리며 그의 귓가에 소곤거리듯 말했다.

"당신이요."

그 말과 동시에 낮은 웃음소리가 귓가에 어렸다. 고개를 들어 올린 하르젠이 손을 뻗어 그녀의 뒷목을 감쌌다. 입술이 빠르게 삼켜졌다.

※　✦　※

주방에 옹기종기 모여든 사용인들이 하나같이 시름에 잠겨 있었다. 팔짱을 낀 채 한 사용인의 말을 경청하던 주방장의 표정이 심각하게 굳었다.

"레아, 너도 그렇구나."

"주방장님도 역시……."

"그래. 어제도 그런 일이 있었지."

그는 딱딱하게 고개를 끄덕이곤 전날 밤을 회상했다.

"마님께서 내가 요리한 농어가 참 맛있다고 칭찬하셨지 뭐냐."

"네에?"

"심지어 이번이 열두 번째였지."

"어찌 그런……."

무려 열두 번째라는 말에 사용인들은 일제히 놀람을 금치 못했다. 주방장의 말을 기점으로 그들은 너도나도 자기가 경험한 것을 주섬주섬 풀어내기 시작했다.

"그러고 보니 저도 제가 가져간 구두가 마음에 든다면서 다음에도 부탁한다고 하셨어요."

"안나, 너도? 나도 내가 가져온 머리 장식이 예쁘다며 마님께서 시중을……."

"저도, 저도요! 제가 만든 케이크가 맛있다고 종종 구워달라고 하셨습니다!"

"그뿐이겠어요? 창틀을 닦고 있는데 저보고 마님께서 너무 무리하는 건 안 좋다고 다음 날 쉬는 게 어떠냐고 그러셨다니까요? 전 그저 창틀을 닦고 있었을 뿐인데요!"

각양각색의 일화가 우르르 쏟아졌다. 그 가운데 한 명이 난관을 맞닥뜨린 듯 탄식을 내뱉었다.

"뭔가 문제가 있는 게 틀림없다."

"이미 제가 의원을 청하시는 게 어떨지 물어보긴 했으나……."

안나가 말을 흐리며 고개를 저었다.

"다들 여기서 뭐 해요?"

리엔이 콧노래를 흥얼거리며 들어온 것은 그때였다. 그러나 리엔의 발걸음은 제게 달라붙는 스산한 시선에 주춤대고야 말았다.

"뭐, 뭐예요?"

"언니는 알고 있죠?"

"……뭘?"

어쩐지 따박따박 따지는 듯한 말투에 리엔은 저도 모르게 반걸음 뒤로 물러섰다. 그녀는 단지 에르셀라에게 낼 다과를 가지러 온 것일 뿐인데, 난데없는 봉변이 따로 없었다. 슬금슬금 물러서는 리엔을 주방장이 날쌘 동작으로 잡아챘다.

"말해다오, 리엔!"

아니, 그러니까 뭐를! 답답함에 가슴을 탕탕 치며 무슨 뜻이냐는 눈으로 주방장을 보자, 그가 곧바로 기운을 수그리곤 입을 열었다.

"마님께서 요즘 이상해지신 이유를 알고 싶구나."

"……예?"

리엔이 얼떨떨하게 반문했다.

'마님? 이상해?'

그녀가 아는 마님이라면 에르셀라 하나뿐이었고, 이상하기야……
가끔 이상하시긴 하지만, 이렇게 대놓고 이상한 취급을 받을 정도는 아니었다.

리엔은 황당함에 입만 뻐끔거리고 있는데, 그러거나 말거나 안나는 답을 독촉하듯 리엔의 팔을 세차게 흔들어댔다.

"언니, 정말 뭔가 이상해요. 마님의 개인 시중은 원래 언니 아니면 베스 언니만 맡잖아요. 그런데 마님께서 요새 우리에게 돌아가면서 시키세요. 어떻게 이럴 수 있죠?"

"……좋은 거 아냐?"

"좋죠, 좋지만! 사람이 어떻게 하루아침에!"

"맞아요! 심지어 우리 이름을 하나하나 불러주신다고요!"

끄덕끄덕. 동감한다는 듯 여덟 개의 머리통이 파도처럼 위아래로 물결쳤다.

"미…… 아, 아프신 건 아닐지!"

"너 방금 미친 거 아니냐고 말하려고 그랬지."

"제가요? 언제요?"

리엔이 뒷말을 짚어내자 안나가 절박하게 도리질 쳤다. 모시는 주인을 그리 말하다니 불경 중의 불경이 아닌가. 집사님이나 하녀장님에게 들킨다면 화를 면치 못할 터였다.

"아무튼 요사이 달라지신 건 사실이잖니. 우린 그 이유를 알고 싶구나."

주방장이 슬쩍 대화를 끌어오며 안나의 편을 들어주었다.

"주인님께 말씀드려야 하는 건 아닐까 하다가도…… 워낙 사안이 사안인지라 조심스럽구나."

"아니, 그러니까 이야기가 왜 꼭 그쪽으로 흘러가는데요?"

"어어? 그야……."

"마님께서 성격이 더러웠다가 갑자기 상냥해지신 것도 아니잖아요."

"그야 원래 친절하시긴 했지만……."

주방장의 말이 엿가락만큼이나 길게 늘어졌다. 리엔이 갑갑하다는 표정으로 바라보자 사용인들이 눈치를 보며 주방장의 뒷말을 받았다.

"……이전엔 뭔가 묘한 거리감이 있었다고 해야 하나?"

"맞아, 맞아. 우리에게 정 붙이지 않으려는 사람처럼."

하녀들이 아직 어려서 솔직하게 말했지만, 안타깝게도 리엔은 이 자리에서 유일하게 그 솔직함을 이해하지 못하는 사람이었다. 리엔의 고개가 갸웃 넘어갔다.

"그래?"

"아아, 마님의 총애를 한 몸에 받으시는 언니는 모르시려나요."

그제야 무언가를 알아차린 듯 리엔이 삐질삐질 진땀을 흘렸다. 제게로 오는 새초롬한 여러 쌍의 눈초리가 그녀는 참으로 억울했다. 따지자면 그녀도 할 말이야 많았다.

"그런데 너네도 딱히 서글서글하게 군 건 아니었잖아?"

"그렇지만 어떻게 저희 따위가……."

"집사님과 하녀장님이 주인님과 주인마님께 쓸데없이 말 붙이지 말고 얌전히 있으라 하셨는걸요."

"그 때문에 나도 힘들었다고."

리엔은 베른하르트저에 처음 발 들일 때 저들이 어땠는지 똑똑히 기억했다. 그간 사용인이 몇 번 교체되긴 했지만, 들어오는 족족 하나같이 농담을 모르는 양 따분한 사람들이었다.

적응하기까지 리엔도 많이 힘들었지만, 문제는 에르셀라였다. 후작 영애 시절 사용인과 허물없이 지내다 선대 후작께 호통을 들은 적도 있던 그녀는 유독 새로운 환경을 못 견뎌 했다. 리엔도 한밤중에 목이 말라 내려간 주방에서 들은 까르르 웃음소리만 아니었다면 영영 그들이 그런 사람인 줄 알았을 것이다.

"아무튼 어디 아픈 건 아니니까 걱정 마세요."

최근 방실거리는 횟수가 잦아 조금 걱정되긴 하지만……. 리엔은 그 정도야 마님의 변덕이라고 치기로 했다. 도련님과의 관계엔 별다른 진척이 없었지만, 그래도 그것에 전처럼 크게 좌절하는 모습을 보이지 않는 것만으로도 감사한 일이었으니.

가르텐 공녀의 저택을 방문할 때를 제외하고는 확실히 요사이 에르셀라는 기분이 좋아 보였다. 그녀에게 자꾸만 결혼하는 게 어떠냐며 옆구리를 찔러대는 것만 아니면, 지금의 변화가 나쁘지 않은 것 같다고 생각했다.

'정 붙일 때도 되셨지.'

리엔은 대충 그렇게 결론을 내리곤 무심히 말했다.

"마님과 셀론 부인 드실 다과나 좀 주시고요."

"어? 어어, 그래그래!"

견습 주방장 하퍼가 허겁지겁 바구니를 감싼 천을 헤쳤다.

"너무 많이는 안 돼요!"

접시에 그득한 다과를 보며 리엔이 소리쳤다. 그에 하퍼가 찌릿 리엔을 노려보았다.

"너무하는군. 우리 마님을 굶겨 죽일 셈인가?"

뭐라는 거야, 정말. 가관이 따로 없는 장면에 헛웃음밖에 나오질 않았다. 리엔은 이 광경을 보았으면 하는 사람이 정작 이 자리에 없는 것에 아쉬움을 금치 못했다.

※　✦　※

한편 주방에서 벌어지는 일을 모르는 에르셀라는 교습에 집중 중이었다. 레어리와는 이번으로 꼬박 열 번째 만남이었다.

"슐레르 드 아드무어."

"당신이 춤을 청하면 받아들이겠어요. 무도회에서 여성이 마음에 드는 남성에게 하는 말이에요."

에르셀라가 자신감 넘치는 목소리로 답하자 레어리가 살포시 웃음 지었다.

"맞아요. 그라니아의 여성은 남성이 춤 신청을 해올 때까지 기다리거나 부끄러워하며 춤을 청하는 게 미덕이지만, 여성의 당당함을 중시하는 레나르트에는 종종 저런 표현이 사용되곤 하죠."

에르셀라는 무심결에 고개를 한 번 주억였다.

"레나르트에는 여성 기사도 있다고 하니까요."

"그건 어떻게 아시나요?"

"남편이 말해줬어요."

"아아, 각하께서도 레나르트와의 전쟁에 출정하셨지요."

돌연 에르셀라의 낯에 화색이 피어났다.

"그뿐이에요? 국경 협정도 성공적으로 마쳐 리누레스도 얻어냈는데. 그 땅에 속한 광산만 해도 몇 개예요. 폐하께서도 그 일에 대해 치하를 아끼지 않으셨답니다."

에르셀라는 마치 제가 한 일인 양 들떠 주절댔다. 발갛게 상기된 얼굴로 제 남편의 칭찬을 늘어놓는 에르셀라를 레어리가 귀엽다는 듯 바라보았다.

"자랑스러운 부군을 두셔서 좋겠어요."

"그럼요. 나가는 전쟁마다 족족 이기고 돌아오는걸요. 물론 다치지 않는 건 아니지만 그래도……."

에르셀라는 그제야 제 팔불출 같은 면을 자각하곤 입을 헙 다물었다. 레어리는 괘념치 말라는 뜻으로 에르셀라의 들뜸에 호응해 주었다.

"각하께서 가져오신 승전보는 그라니아 국민이라면 다 아는 사실인걸요. 전쟁을 길게 끌지 않고 적절한 때에 타협해 많은 그라니아인의 목숨을 구하기도 하셨죠. 무공에 눈이 멀어 불필요한 전쟁을 지속하던 전대 위인들과 비교하면 충분히 존경할 만한 분이세요. 자랑스러워하시는 것도 당연해요."

레어리의 말에도 에르셀라는 쑥스러운 듯 양 뺨만 붉힐 뿐이었다. 끝없이 달아오를 듯한 볼이 부끄러워 에르셀라는 양손으로 턱을 받쳤다. 본의 아니게 꽃받침을 한 에르셀라가 우물댔다.

"그래도 안 나가는 게 제일 좋지만요. 그만큼 많이 다치거든요."

"많이 좋아하시나 봐요."

"좋아해요. 정말로."

에르셀라는 강하게 긍정하다 돌연 근심을 내비쳤다.

"그래서 제가 더 부족하게 느껴져요. 남편에 비하면 전 제가 뭘 잘하는지도 모르겠고……."

"어머, 그런 말씀은 안 하시기로 하지 않았나요?"

"그래도요."

에르셀라는 투정 부리며 탁자에 놓여 있는 과자를 베어 물었다. 와그작 씹히며 입안에 고소한 향기가 돌았다. 에르셀라는 입맛에 꼭 맞는 과자가 불만스러웠다. 주방장은 왜 이리 맛있게 만들어서 자꾸 손이 가게 만드는 것일까.

우물우물 먹다가 그녀는 문득 레어리를 대하는 제 태도가 가벼웠음을 느끼곤 머쓱해졌다.

"저…… 선생님을 앞에 두고 너무 격 없이 군 건 아닌가 모르겠네요."

그간 레어리와 이런저런 얘기를 나누다 보니 정이 좀 들었는가 보다. 조금 친해졌다고 그새 체통 없이 구는 걸 보면. 어쩌면 자잘한 티 파티에 참여하지 않아서 그런 것일 수도 있었다. 예전에도 말벗이 없을 때는 혼잣말을 주저리주저리 하곤 했으니까.

"친밀하게 대해주시면 저로서도 나쁠 건 없답니다. 그리고 제가 보기엔 정말 나무랄 데 없어요. 잘하고 계세요."

"얼마만큼요?"

쳇바퀴처럼 들려오는 칭찬에 에르셀라가 얄궂게 눈을 휘었다. 그녀는 장난기 반, 호기심 반으로 되물었다.

"그레이시반에 제가 입학한다면 몇 등 할 것 같나요?"

에르셀라는 애초에 그레이시반에 입학한다는 전제를 깔아놓고 시작했다. 스승이 하도 칭찬일색이라서 그런 것일까. 그녀는 겸연쩍음도 잊고 가끔 소소하게 우쭐거리기도 했다. 제가 그렇게 잘하나? 간혹 거만함에 취할 때는 하르젠에게 종종 자랑하기도 했다. 그녀의 말을 조용히 경청하다 한 번 웃고 마는 그 반응은 별로 재미있진 않았지만.

"어……."

레어리는 시선 처리를 명확히 하지 못하며 머뭇거렸다.

"……9등?"

"반에서요?!"

에르셀라가 반색하여 소리쳤다. 전교에서는 당연히 그럴 일 없으니 그 등수는 반에서일 거라 생각했다. 하지만 그것만으로도 어딘가. 전국의 수재가 모여 있는 곳인데!

그러나 레어리의 시선은 여전히 지진이 난 것처럼 태풍이 몰아치기만 해서 에르셀라가 의아하게 여길 때였다.

"아뇨. 전교긴 한데……."

"……."

"……뒤에서라 해야 하나."

뒤에서면 뒤에서지, 뒤에서라 해야 하나는 또 무언가.

말없이 두 눈만 깜빡거리는 그녀를 향해 레어리가 띄엄띄엄 변명을 붙였다.

"그레이시반이니까요, 부인."

착각일까. 뒤에서 9등이라는 그 말도 후하게 쳐준 것 같은 느낌은? 가슴에 손을 얹으며 에르셀라는 생각했다. 어쩐지 심장이 아픈 것은 기분 탓일 거라고.

* * *

발랄한 걸음걸이는 눈앞에 맞닥뜨린 소년의 모습에 우뚝 멈추었다.

"서재에 가니?"

에르셀라가 손가락을 빼꼼 내밀며 비센테에게 들려 있는 책을 가리켰다. 그는 대략 여섯 권 정도의 두꺼운 책을 든 채였다.

"예."

비센테는 건성으로 대답하곤 에르셀라를 스치려 했다. 그러나 보란 듯이 앞을 막는 에르셀라 때문에 발길은 머지않아 그칠 수밖에 없었다. 비센테의 입이 미세하게 실그러졌지만, 그녀는 그것을 짐짓 모르는 체하며 환한 얼굴로 양손을 내밀었다.

"무겁진 않니? 들어줄게."

요리조리 발랄하게도 움직이는 그녀의 이목구비에 시선을 두던 그가 잠시 멈칫했다.

"……됐습니다."

그 대답에 에르셀라는 '그러니?' 하며 팔을 거두었다. 더 권해봤자 거절의 말만 들려올 걸 알았기 때문이다.

"그럼, 서재까지 같이 갈까? 마침 나도 그쪽에 볼일이 있어서."

"그리하십시오."

행선지를 다 들킨 마당에 잡아떼기도 뭐해 비센테는 에르셀라가 따라붙는 걸 막지 못했다. 어느새 자신이 에르셀라가 걷는 속도에 발 맞추고 있다는 것도 모른 채 그는 그녀와 서재로 향했다. 에르셀라의 시선이 비센테가 들고 있는 책에 머무른 건 그때였다.

"루델시아 신어구나. 어렵진 않아?"

"······할 만은 합니다."

"음, 나도 신어는 잘하는데. 어려우면 내가 도와줄까?"

비센테는 대답하지 않고 에르셀라를 빤히 바라보았다. 어쩐지·······.

"기분이 좋아 보이십니다."

"그럼. 너와 함께 서재에 가는 중이잖니."

대수롭지 않게 답하는 목소리에 그는 저도 모르게 제자리에 멈추었다. 노랫가락을 흥얼거리던 에르셀라가 그것을 알아채고 뒤를 돌았다. 여자의 머리가 살짝 기울어지는 게 보였다.

"비센테?"

언제부터였을까.

"······아닙니다."

제 이름을 부르는 저 목소리가 익숙해진 것은.

그는 흘러드는 모호한 기분을 떨치려 애쓰며 걸음을 옮겼다.

낙조가 맑게 물든 서재 안.

비센테는 손에 든 책을 선반에 두고 2층으로 향했다. 에르셀라도 자연스레 그의 뒤를 따랐다. 체중을 싣자 계단에서 삐걱삐걱 낡은 소리가 났다.

2층에 올라서니 성의 없는 동작으로 종이를 휘리릭 넘기고 있는 비센테가 보였다. 보기는 하는 건지 모를 정도로 빠른 속도로 그는 활자를 훑다 책장에 꽂아 넣었다. 그 옆의 책을 빼 드는 걸 보니 따로 찾는 내용이 있는 듯했다. 그럴 리 없겠지만 혹시 뭔가 도움이 될까 하여 에르셀라가 책을 슬쩍 곁눈질했다.

"볼일이 있다고 하셨습니다."

고개 돌리는 시늉조차 않으며 비센테가 말했다. 직역하자면 방해 말고 사라지라는 얘기였다. 에르셀라는 시치미 떼듯 곧바로 두툼해 보이는 책 한 권을 골랐다.

"볼일, 있지."

능청스레 굴며 책을 빼내었을 때였다. 먼지가 화르륵 피어오르며 안면을 강타했다. 콜록콜록 기침을 쏟아낸 에르셀라가 허둥지둥 책을 제자리에 꽂았다. 그간 누구의 손도 타지 않은 고서를 운 나쁘게 건드렸나 보다. 사용인이 일을 대충했거나.

연거푸 연발하는 마른기침에 비센테가 어이없다는 눈으로 에르셀라를 보았다. 하는 일마다 허점투성이인 사람은 처음이라 관자놀이가 지끈댔다. 물가에 내놓은 아이도 아니고.

'내정이 걱정되는군.'

이쯤 되니 어머니가 다시 맡기 시작했다는 공저 내정 쪽으로 걱정이 미쳤다. 지금까지의 행동을 보면 가문을 말아먹지만 않으면 다행인 듯한데.

"말씀하십시오."

"……."

"서재가 아니라 제게 볼일이 있는 거 압니다."

그는 다 큰 어머니를 보살필 생각은 추호도 없었다. 차라리 얘기하고자 하는 것을 듣고 내보내는 게 상책이리라. 그의 말에 에르셀라의 안색이 밝아졌다.

"아, 나 내일 시내에 갈 건데 같이."

"안 갑니다."

"……후계자라 그런지 판단이 빠르구나, 아주 훌륭해."

칼 자르듯 거절하니, 비 맞은 강아지인 양 어물어물 혼잣말을 읊조린다.

"집에만 있으면 답답하지 않아?"

"예."

안 답답합니다. 이 여섯 글자도 아까워서 인색하게 구냐고 에르셀라가 핀잔했다. 차마 타박할 순 없었는지 목소리는 소심함의 극치였지만. 매양 저자세로 나오면서도 꼬박꼬박 말 붙일 시도를 하니 용기는 가상하다고 해야 하나.

"그렇다면 어쩔 수 없지."

돌연 에르셀라가 태도를 바꿔 시원스럽게 어깨를 으쓱였다. 무슨 속셈인가. 한 줌의 미련도 있지 않은 말투는 하찮았지만 그냥 넘기기엔 꺼림칙하여 비센테는 미간을 구겼다.

"공녀를 잘 부탁할게."

"제게, 말입니까?"

"사실 그날 공녀가 와도 되냐는 편지를 보내왔거든. 근데 네가 이곳에 있겠다면 딱히 거절할 이유가 없잖니. 약혼까지 했는데."

"……."

"모쪼록 나 대신 네가 잘 모시렴."

"기사 시험이……."

"어, 이건 내 생각인데, 벌써부터 약혼녀를 홀대한다는 인상을 주는 건 좋지 않을 것 같아. 하나뿐인 딸인데 그쪽에서도 얼마나 서운해하겠어. 네 아버지 입장도 생각해야지."

저번부터 느낀 건데, 필요할 때마다 하르젠을 언급하는 게 살짝 약았다는 생각이 들었다. 마치 그게 아니라면 그가 따르지 않을 걸 안다는 듯이. 비센테는 그것이 조금 짜증스러웠다.

저 사람이 혼자서 할 수 있는 것은 정녕 무엇일까. 없을 듯하다. 원체 남의 손만 빌려 사는 사람이었으니.

"가겠습니다."

"어?"

"그러니 오지 말라 회신하십시오."

그런 사람에게 휘둘리는 자신도 단단히 미친 게 분명했다.

다음 날.

비센테는 저택 문간에서 실랑이 아닌 실랑이를 목격했다.

"오늘은 아들도 같이 갈 거예요. 제 시녀도 함께하니 호위는 많이 붙이지 않았으면 해요."

에르셀라가 케이런에게 부탁하고 있었다.

"그럼 두 명 정도……."

"한 명이면 될 것 같은데, 오늘은 사람이 많은 날이기도 하고."

"죄송하지만 그렇게는 안 됩니다. 각하께서…… 소가주님을 뵙습니다."

케이런이 지척에 다가온 비센테에게 묵례했다. 비센테의 시선이 그의 뒤에 좌우로 늘어서 있는 자들에게로 향했다.

그는 알 만하다는 듯이 에르셀라를 보았다. 그간 불평하지 않았던 걸로 아는데, 한 번 홀로 외출하더니 그새 불편해진 모양이었다. 그나마 전처럼 호위를 대동하지 않겠다는 말은 하지 않으니 다행인가. 그는 대충 생각을 정리하며 케이런에게 말했다.

"내가 호위를 겸하여 동행할 것이니 전부 물리지."

"안 됩니다. 각하께서 허락하지 않으실 겁니다."

"불미스러운 일이 발생할 시에는 내가 책임지겠다."

케이런이 간청하듯 비센테를 보았지만, 비센테는 사람을 줄줄이 붙이고 다닐 생각이 없었다.

케이런은 비센테가 도무지 번복하지 않을 듯하자 작게 침음했다. 그에겐 그야 주군의 명이 우선이었으나, 그의 뒤를 이어 모든 권한을 갖고 있는 비센테의 명에 불복하기에도 어려웠다. 특히나 비센테가 책임 지겠다고 했으니. 졸지에 고래 싸움에 등 터진 새우 신세가 된 케이런은 피곤한 기색으로 에르셀라를 보았다.

'어째 점점 엇나가시는 것 같은데.'

그간 지시한 대로 따르기만 하던 여인이 어느 순간부터 하나씩 요구가 늘어간다. 이러다 영역이 넓어져 나중에는 허락 없이 멋대로 나가는 것은 아닐까 하는 걱정까지 들었다. 게다가…….

'후안 로베르트라고.'

케이런은 그것에 대한 근심도 이만저만이 아니었다. 주군을 두고 뒤로 다른 사내나 만나는 모습이 좋게 보일 리 없었다. 엇나감의 시작이 다른 남자와의 정분일 가능성까지 보이자 골이 아프다 못해 쪼개질 지경이었다. 속단하긴 이르지만 만일 맞는다면…….

'세기의 사랑이 따로 없군.'

그는 속으로 이죽거렸다. 피사리데의 사람이 로베르트를 만나 대체 무얼 했던 걸까. 그는 초조하기만 한데 그의 주군은 무슨 생각인지 가만 놔둘 뿐이었다.

"대답은?"

"……알겠습니다."

정해져 있는 것이나 다름없는 대답을 읊으며 케이런이 한숨을 냈다. 미래의 주군으로 모시게 될지도 모르는 분이다. 공작 부인의 청은 거절할 수 있어도, 비센테의 명은 거부하지 못한다.

별 탈은 없겠지, 하며 낙관적으로 사고를 돌렸을 때였다. 비센테를 돌아본 아도라가 의문을 드러낸 것은.

"전부터 궁금했는데, 한 가지 물어도 되나요?"

"물으십시오."

"공작 부인께서는 호위를 달고 갈 때도 '일개' 수하의 허락을 받아야 하나요?"

그 자리에 있던 사람들의 시선이 아도라에게 빗발쳤다. 잘 맞물린 톱니바퀴처럼 자연스럽던 장면에 처음으로 의문이 제기된 것이다.

비센테는 아도라를 보았다. 일개라는 단어에 힘이 팍 들어간 것은 기분 탓인가. 불쾌한 듯 얼어붙은 케이런의 표정을 보면 저만의 생각은 아닌 듯했다. 성가심을 느끼며 비센테가 입을 열었다.

"허락은 케이런 경이 하지만, 경은 근본적으로 아버지가 내린 지시에 따릅니다."

"왜요?"

답을 했는데 의문이 꼬리를 문 듯 되돌아온다. 그동안 저택에서 지내면서 존재감 없이 에르셀라의 시중만 들던 여인이었다. 이 정도면 기행이라 보아도 무방했다.

"무슨 문제라도."

"보통 부인들은 외출 시 수행원을 대동하곤 하지만 순전히 자신의 '의지'대로 해요. 홀로 나가고 싶으면 홀로 나가고, 사람이 필요하면 몇 명을 골라 외출하죠. 대낮의 수도면 사실 호위까지도 필요 없어요. 보좌할 시녀나 하녀면 충분하죠. 이건 너무……."

"하나 결국 그들도 수행원을 대동하니, 이리 시비를 논할 일은 아닙니다."

아도라는 짜증스럽다는 듯 이를 악물었다.

"그러네요."

더 상대하기 싫다는 듯 마지못해 하는 대답에 비센테도 살짝 기분이 상했다. 애초에 당사자도 가만히 있는데 타인이 왈가왈부하는 건 뭔가. 그는 에르셀라를 보았다. 에르셀라는 사색에 젖은 듯하다 지체할 수 없었는지 한마디를 내뱉었다.

"슬슬 출발하자."

결과적으로 시내까지 향하는 길은 분위기만으로도 험로였다. 아도라는 무엇이 불만인 듯 휙 고개를 돌리고 있었고, 비센테도 얼음장처럼 싸늘한 얼굴로 정자세를 유지하고 있었다.

에르셀라는 미간을 짚으며 한숨을 되삼켰다. 한참이나 어린애들 틈에 껴서 아닌 때 고생이라니. 그녀는 차게 식어 있는 공기를 달래기 위해서라도 아도라를 구슬릴 수밖에 없었다.

"아도라, 가는 길이 심심한데 신학교 생활이 어떤지 말해주지 않겠니?"

"······부인."

"안 그래도 궁금했던 참이란다."

"······그럴게요."

공작 부인의 청을 외면할 수 없었는지, 아도라는 싫은 내색을 하면서도 에르셀라의 말을 거절하진 않았다. 목을 가다듬는 아도라를 비센테가 가만히 지켜보았다.

"우선····· 라페른 신학교가 세워진 곳이 루델시아가 그라니아에 선물한 땅인 건 아실 거예요. 자기네 땅에서 주기적으로 약탈을 일삼던 이두르인을 그라니아가 물리쳐 준 것에 대한 감사의 표시죠. 아시겠지만, 이두르인을 정벌했던 기사는 선대 베른하르트 공작 각하셨고요."

"압니다."

비센테는 선대 공작의 무용담이 나오자 신경을 집중했다.

"이건 별로 필요 없는 이야기고."

아도라는 정작 그 얘기는 빠르게 넘기고 본론으로 들어갔다.

"신학교는 기본적으로 루델시아교를 기반으로 한 신학과 교리를 배워요."

비센테는 어쩐지 뚱한 표정이었는데, 아도라는 영문 몰라 하면서도 이야기를 풀었다.

"기본적으로 나이와 신분에 제한이 없어 누구나 입학이 가능해요. 반은 하급반, 중급반, 상급반으로 나뉘고, 그 안에서 각자 신학을 배우며 진로를 선택하죠. 선택지는 많지 않은 편이에요. 대개 신학자가 되거나 루델시아로 가서 사제가 되는 걸 정석으로 삼곤 하니까요."

"신기하네. 그라니아인들은 웬만해선 신을 믿지 않을 텐데, 사제가 되는 사람이 있다니."

"신학교에서 고아도 몇 명 거두거든요. 밥 꼬박꼬박 주고 잠자리도 제공해 주는데 솔직히 없던 신심도 솟구치죠."

"......"

"......물론 그것만으로 사제가 될 리는 없겠지만."

어쩌다 보니 동기의 희망 진로를 폄하하는 발언을 해버린 아도라가 구차하게 덧붙였다. 그녀는 이왕 이야기를 시작한 것 조금 더 살을 붙이기로 했다.

"실제로 루델시아 신화에 관심이 많은 학생도 많아요. 지금은 많이 각색되고 퇴색되었지만, 루델시아는 신성 국가여서 신화를 바탕으로 한 신비로운 것이 많이 존재한다고도 하니까요. 일례로 소망석이라 불리는 '아티넬 신석'이 있죠. 사랑하는 사람이 죽자 그 사람의 심장을 뽑아내어 자신의 피를 더해 만든 게 그 신석이에요. 신의 피를 이은 자에게만 응답하며, 무슨 소원이든 이루어준다더군요. 루델시아가 천 년 동안 건재할 수 있었던 이유도 신석이 루델시아를 지켜주었기 때문이라고 해요."

"그렇다면 애초에 이두르인을 쫓아내는 데 그라니아의 힘을 빌릴 필요는 없었을 겁니다."

비센테가 그 안의 허점을 냉소적으로 지적했다. 애초에 모든 것을 이루어주는 신석이 있다면 루델시아의 군력이 그리 약하지 않았을 것이다. 이두르의 침략을 받을 일도 없었을 테고, 영생을 지독히도 원했다는 루델시아의 어느 왕도 죽지 않고 치세를 계속 이어나갔으리라.

아도라는 비센테의 지적을 겸허히 받아들이며 제 생각을 얹었다.

"맞아요. 그래서 더 흥미롭지만요."

"신화부터가 터무니없습니다."

그에 아도라가 나긋이 웃었다. 비센테는 여태껏 저만 보면 찢어질 듯하던 눈이 온화해지니 기분이 묘해졌다. 하지만 뒤에 들려온 말에 그 기분도 금세 날아갔다.

"그 이름을 가지고서 그렇게 말해봤자예요."

"이름, 말입니까?"

"네, 비센테. 신어로 해석하면 '사랑스러운 아이'란 뜻이니까요."

비위가 뒤집어지는 건 순식간이었다.

변화가 드문 표정이 종잇장 구겨지듯 우그러졌다. 아도라는 엉겁결에 손을 입가로 가져갔다. 고작 이름의 뜻을 읊은 것뿐인데, 이리 예민하게 반응할 줄이야. 도움을 바라는 보랏빛 눈동자가 공작 부인을 향했다. 그런데 뭔가 이상했다.

"부인께서 지으신 이름이 아닌가요?"

신어이니 당연히 그녀가 지었을 것이라 생각했는데, 정작 공작 부인도 처음 안 듯한 눈치였다.

"아니란다. 오히려……."

에르셀라는 당혹스러웠다. 이름의 어감이 그라니아식과 거리가 멀다는 건 느끼고 있었지만, 신어라는 것까지는 몰랐다. 그렇기에 말은 바로 이어지지 못하고 한 호흡 띄어져 나왔다.

"……하르젠이 지었는데."

"공작 각하께서요?!"

아도라가 뜻밖이라는 듯이 되물었다. 비센테도 의외라는 눈빛이었다.

"각하께서 신어를 알고 계시다니 놀랍네요. 그것도 고어(古語)를요!"

"고어?"

"네, 이제 루델시아인 사이에서조차 잘 쓰지 않는 말이에요. 왕족이나 고위 귀족, 사제가 아니면 따로 배우지도 않는다 하더라고요. 워낙 어렵기도 해서 저도 몇 개 빼고는 알지 못해요."

"그렇구나."

에르셀라가 덤덤히 대꾸했다. 듣고 보니 자신이 '비센테'가 신어인 것도 몰랐을 만했다. 문제는 그녀도 모르는 고어를 하르젠이 어떻게 알고 있는지였다.

에르셀라는 루델시아 왕녀였던 어머니에게도 어떠한 언질도 받지 못했다. 단순히 우연일까. 의심이 흐릿하게 피었다. 에샤힐드와 카르온은 알고 있었을까.

무의식중으로 손가락을 얽다 비센테와 눈이 마주쳤다. 그녀는 무아지경에 빠지려는 의식을 바로 하며 이 순간 가장 들려주고 싶은 말을 했다.

"하르젠이 널 많이 사랑하나 봐."

비센테가 알았으면 했다. 마냥 무뚝뚝하게만 보여도 제 아버지가 자신을 사랑한다는 것을. 사랑받고 있다는 것을.

"……아닙니다."

비센테는 그럴 리 없다고 생각했는지 에르셀라의 시선을 회피했다. 그로서는 하르젠이 그랬다는 것이 믿기지 않는 듯했다. 그러나 그는 아들을 사랑한다. 사랑하지 않았다면, 비센테의 일로 그녀에게 화를 내지도 않았을 것이다.

"의미 없이 그 이름을 붙여준 건 아닐 거야."

"맞아요. 각하 눈에는 영식이 정말 예뻐 보였나 봐요."

"……영애."

비센테가 나직하게 아도라를 불렀다. 그녀는 모르는 게 분명했다. 그 고분고분한 호응이 외려 제 속을 휘젓고 있음을.

'아버지가……'

비센테는 멀미가 있는 것도 아닌데 속이 울렁거렸다. 고역 같은 시간은 잡다한 사담이 몇 번이나 오가고서야 끝이 났다.

"도착했네요!"

기다렸다는 듯 마차에서 내린 비센테가 팔을 들어 올렸다.

"바닥이 낮습니다."

"응."

그는 에르셀라를 조심스레 마차에서 내렸다. 연이어 아도라를 에스코트하려 했을 때였다. 흘러든 기억에 그의 손이 살짝 낮아졌다. 그 덕에 아도라의 손은 허공에 붕 뜨게 되었다.

"영식?"

"사교계에서 안 좋은 일을 겪으신 걸로 압니다."

그녀가 에르셀라에게 의탁하게 된 이유에 사내들에게 당한 희롱도 포함되어 있다고 들었다. 그래서였을까. 순간적으로 제 손이 꺼려지는 건 아닐까 하는 생각이 들었다. 그의 걱정이 무색하게도 아도라는 싱겁다는 듯이 웃을 뿐이었다.

"공녀의 성년회 때는 잘만 내미셨잖아요."

"그때는."

그때는 어머니의 일로 부차적인 것까지 고려할 여유가 없었다. 그러나 에르셀라가 있는 자리에서 꺼내기엔 적절하지 않아 그는 침묵했다. 아도라는 다 이해한다는 듯이 허공에 떠 있는 손을 살포시 내렸다. 제 손에 얹힌 손을 비센테가 물끄러미 쳐다보았다.

"영식이 그런 것도 아니잖아요. 그런 저질스러운 놈들과 동급 취급할 생각 없어요."

"······그렇다면."

그는 아도라를 잡은 손에 힘을 주었다. 사뿐히 이끌린 여자의 발이
땅에 안착했다.

✳　✦　✳

에르셀라는 시내에 도착하자마자 보석점을 찾았다. 그녀가 주인에
게 일 순위로 한 요구는 청색 계열의 커프스단추가 있으면 전부 보여 달
라는 것이었다. 보석상을 털어버릴 기세에 비센테가 한마디 당부했다.

"부탁건대, 무리하지 마시길 바랍니다."

에르셀라가 그를 믿지 않게 흘겼다.

"걱정 말렴. 내 개인 재산이니."

"그런 뜻이 아니라······ 한데 이것은 왜 사십니까?"

"네 아버지에게 선물하려고. 몰랐는데, 파란색을 좋아하는 것 같아."

"그럴 리 없습니다."

"그럴 리도 있더구나."

단호한 대답에 에르셀라도 단호하게 대꾸했다. 아들이나 저나 편견
에 사로잡혀 있었다니. 이쯤 되면 물건 같은 것에 애착 하나 보인 적
없는 하르젠의 책임도 있다.

"하나만 사시지요."

"마담?"

에르셀라는 비센테의 의견을 묵살하며 주인을 불렀다.

"고르셨나요?"

"네."

길게 고민할 것도 없었다. 그녀의 손가락이 왼쪽 끝에서 오른쪽 끝
까지 직선을 그렸다.

"여기부터 저기까지 다요."

우려했던 일이 벌어지자 비센테가 마른세수를 했다.

그리하여 장장 30여 개나 되는 커프스단추는 저택으로 보내졌다. 금전 감각이 없는 것은 차치하고 이리 다량으로 구입할 거였으면 처음부터 주문을 하는 게 낫겠다 싶었지만, 원체 집에 있는 걸 갑갑하다 여기는 사람이었으니 비센테는 그러려니 했다.

그리고 그것이 체념의 징조인 것을 비센테는 스스로도 알아채지 못했다. 보석만 사고 귀가할 줄 알았던 에르셀라는 아도라와 비센테를 데리고 시내 구석구석을 활보했다.

"저기 노란 간판 있지. 저기는 동국에서 들여온 도자기를 파는데, 청자라 불리는 도자기 색이 얼마나 예쁜지 몰라."

"과일 꼬치 먹어봤니? 분수대 광장에서 조금 걷다 보면 나오는데 맛있더라. 먹기 힘들긴 하지만."

"음, 저기는 맛없어. 별로야."

묻지도 않은 걸 주절주절하는 목소리가 졸졸 흐르는 시냇물 같았다. 별것 아닌데도 의미를 붙인다. 내가 갔던 가게, 내가 산 팔찌, 내가 사려 했던 찻잔, 내가 먹은 음식, 이런 식으로.

하루 동안 알뜰하게도 돌아다녔다. 사람이 안 붙었다고 그새 입에 대선 안 될 음식까지 손수 찾아 먹은 걸 보니 말이다.

무사히 돌아온 게 다행이라 해야 할지. 미묘하게 통통 튀는 듯한 걸음걸이라든지 이리저리 휙휙 움직이는 손가락이 금방이라도 사고를 칠 것만 같아 한시도 눈을 뗄 수가 없었다. 그냥 뭘 하든 걱정이었다.

"부인, 리건 씨의 설탕 과자점도 가보셨나요? 간다면 쉬엘링이라는 과자를 꼭 먹어봐야 해요. 설탕으로 된 막을 살짝 깨물면 잼이 나오는데 그게 정말 맛있거든요."

"그러니? 우리도 사 갈……."

그 순간 멀지 않은 곳에서 맞닥뜨린 인물에 에르셀라는 뒷말을 잇지 못했다. 에르셀라의 시선이 멍하니 그 사람에게로 못 박혔다.

후안.

잘못 본 게 아니라면 분명 그였다. 에르셀라가 저도 모르게 그를 좇으려 할 때 차분한 부름이 그녀의 움직임을 막았다.

"어머니."

그녀는 비센테를 돌아보았다.

"슬슬 귀택하는 게 어떠십니까?"

그녀는 응하지 못했다. 후안에게 한 가지 묻고 싶은 말이 있었다. 하르젠의 사람이 붙지 않은 지금이 기회인 것도 알고 있었다.

"금방."

망설임은 오래가지 않았다.

"금방 돌아올게. 잠시 여기서 기다려 줄래?"

그 말을 끝으로 에르셀라는 달리기 시작했다.

"이게 무슨……!"

그녀의 돌발 행동에 비센테가 에르셀라를 좇으려는 찰나였다. 아도라가 그의 팔을 꽉 붙잡았다.

"무슨 짓입니까?"

"여기에서 기다려요. 공작 부인이 여기에 있으라고 하셨잖아요. 괜히 엇갈리면 어떡해요."

"지금 그게 말이 되는 줄 아십니까? 저리 놔뒀다가 무슨 봉변이라도 당한다면 영애께서 책임지시겠습니까? 놓으십시……."

"그분은 아이가 아니에요!"

그 외침에 비센테는 저를 붙잡고 있는 팔을 뿌리쳐야 한다는 것도 잊고 아도라를 바라보았다.

"그게 무슨……."

"최근에 범죄자들이 판쳤다 하더라도 경비가 더 강화된 지금, 수도는 안전해요. 더군다나 밤도 아니고요. 공작 부인께서도 그렇게 생각하셨기 때문에 저흴 여기에 놔두고 간 것이고요."

"그녀가 누군지 잊으셨나 본데."

"알고 있어요. 공작 부인이시죠. 영식이야말로 잊고 계세요. 그분은 공작 부인이며, 당신이 강제할 수 없는 분이라는 걸요."

"그런 적 없습니다."

정곡을 찔린 느낌을 비센테는 애써 부정했다.

"아니요. 제가 보기엔 다르지 않아요."

그러나 아도라는 물러서지 않았다. 그는 피곤함에 눈가를 꾹꾹 눌렀다.

"영애, 이건 그런 문제와 궤가 다릅니다. 그분은 공작 부인으로 만에 하나 어떤 작은 문제라도 생긴다면 가문에……."

"그럼 공작 부인은 평생 이렇게 살아야 하나요? 허락 없이는 혼자서 외출하지 못하는 신세로? 가신들은 그분이 공작 부인이라는 자각이 있긴 한가요? 당신의 한마디면 물러가는 호위들이 공작 부인은 아무리 간청해도 꿈쩍하지 않잖아요."

"영애가 무엇을 말씀하시는지 잘 알겠습니다. 하지만 그분은 피사리데이며 베른하르트입니다. 사람은 누구나 자신이 지고 있는 이름에 책임을 져야 하고, 져야 할 순간이 옵니다. 어머니는 그저 일신의 안위만 보전하면 되십니다. 답답해 보이실 수 있지만, 호위만 거느리면 그다지 제약 있는 삶도 아닙니다. 아버지는 어머께 관대하시기도 하니……."

"관대하지 못하면요?"

비센테의 입안에 맴돌던 말이 조각조각 갈라졌다. 무슨 소릴 해도 반론할 수 있다고 생각했다. 그 말을 듣기 전까진.

"어느 날 각하께서 마음을 바꾸면요? 그렇게 된다면 공작 부인의 삶은 밑바닥부터 무너질 텐데……."

그는 한 번도 그런 쪽으로 생각해 본 적이 없었다. 하르젠의 마음이 변한다면, 그로 인해 따라올 사소할 변화에 대해. 그것이 에르셀라에게는 조금도 사소하지 않으리란 것도.

비센테는 조금 멍한 감각으로 아도라를 바라보았다.

"공작 부인이 어떻게 사는지 아시나요? 아침에 일어나면 푸석푸석해진 피부를 걱정해요. 눈가에 주름이 난 건 아닐까 몇 번이나 만지작거리죠. 딸기 케이크를 좋아하는데도 살이 찔까 한 입, 많아 봐야 세 입밖에 들지 않으세요. 사용인들에게 관심이 많은 편이 아닌데도, 어쩌다 예쁘장한 하녀가 눈에 띄면 그 하녀를 빤히 바라보세요. 이게 무엇을 뜻하는지 영식도 어렴풋이 알 거예요. 온통 한 사람에게 국한된 삶을 살아가요. 이상한 일이죠. 그분은 이 나라에서 가장 귀한 여인인데, 혼자선 아무것도 하지 못하는 사람 취급을 받으며 관상화가 되어 그 저택에서 시들어가요."

"……."

"그런데 피사리데라서, 베른하르트라서 어쩔 수 없다는 걸로 정당화하다니요. 사람의 존재 자체를 민폐 취급하는 것과 뭐가 달라요. 그분이 정말로 사람들이 자신을 어떻게 생각하는지 아무것도 모를 거라 생각하세요?"

제비꽃 눈동자가 금방이라도 울 것처럼 휘어졌을 때, 그는 처음으로 생각했다.

혼자서 아무것도 하지 못하는 여자. 그것에 처음으로 의문을 가졌다. 정말로 그녀가 혼자서 아무것도 하지 못하는 여자인지. 혼자서 아무것도 하지 못하게 만들어진 여자인지.

모두가 그녀를 전자로 대했다. 그조차도. 왜냐하면 그녀는 자라지 못했고, 사유할 줄 모르고, 끌어주는 사람 없인 일어설 줄 모르니. 언제 꺾여 부러질지 모르는 사람이었으니. 그렇다면…….

문득 얼굴에 번지는 물줄기에 그는 하늘을 올려다보았다.

후두둑 비가 쏟아지고 있었다.

달음박질이 멈추었다. 에르셀라는 남자가 자취를 감춘 골목 어귀를 바라보며 숨을 시근덕거렸다. 더 쫓아갈 체력은 바닥난 지 오래였으며, 구석진 골목길은 음산해 보여 이 이상 쫓는 것도 힘들었다. 차가운 감촉이 정수리에 퍼지자 그 생각은 더욱 짙어졌다. 부슬부슬 내리는 빗방울에 에르셀라는 고개를 젖혔다. 하늘이 온통 먹구름 천지였다.

"고튼 경, 이만 돌아……."

에르셀라는 여느 때와 같이 호위를 찾다, 현재 자신이 호위를 거느리지 않고 있음을 깨달았다. 뒤를 돌자 이질적인 광경이 눈에 들어왔다. 낯선 길, 낯선 골목, 낯선 가게, 낯선 사람들. 물씬 두려움이 엄습해 정신이 흐리멍덩해졌다.

에르셀라는 자꾸만 뭉개지는 시야에 머리를 한 번 흔들었다. 그리고 차근히 주변을 훑었다. 새하얗게 탔을 줄 알았던 머리는 의외로 많은 것을 기억해 냈다. 노란 지붕, 붉은 담벼락 집, 예복점, 타번, 포목상…….

에르셀라는 차분히 발길을 돌렸다.

그녀는 길을 알았다.

여자의 뒷모습이 작아지다 점이 되어 완전히 사라졌다. 후안은 안도하며 몸을 두르고 있는 깜깜한 그림자에서 벗어났다.

"밀회도 사람을 봐가면서 해야지, 뭐? 베른하르트? 그 여자가 누군지 잊었어? 철이 없는 거냐, 가문 따윈 안중에도 없는 거냐!"

잘못 짚어도 한참인 카일의 오해는 군이 풀어줄 필요성을 못 느꼈지만.

"네게 사람이 붙었어. 위험한 자니, 조심해."

나지막한 경고는 귀 기울일 필요가 있었다. 위험한 자가 누구를 지칭하는지도 알았다. 여자의 신분을 안 순간에 뒤를 밟힐 거란 예상은 했었으니. 착오가 있다면 이렇게나 빨리 찾아낼 줄은 몰랐다는 점이었다.
후안은 방금 전까지 여자가 서성이던 곳을 바라보았다.
그녀가 자신을 쫓아온 이유는 알 수 없었다. 이유가 궁금하긴 했지만 구태여 피한 것은 알았기 때문이다. 그녀와 단둘이 마주치는 건 그녀에게도 제게도 좋지 못하다는걸. 물론 그것을 그녀가 모를 것이라 생각하진 않았다.
투두둑.
빗줄기가 점점 거세졌다. 빗물에 흙먼지가 가라앉고 구두에 흙탕물이 튀었다. 후안은 구두를 바라보다 자그맣게 읊조렸다.
"어서 돌아가셔야 할 텐데."

비가 아우성칠수록 마음은 조급해져 갔다. 그렇게 초조히 원래 장소로 되돌아갔을 때, 에르셀라는 경악하고 말았다. 아도라와 비센테가 비도 피하지 않고 그 자리에 꿈쩍 않고 있었다.

"왜 여기 있어!"

비를 피할 장소라면 지천에 깔렸고, 당장 저 앞만 해도 천막이 있었다. 그 아래에서 그녀를 기다리고 있으면 될 일이었다.

언제부터 이렇게 말을 잘 들었다고! 비에 쫄딱 젖은 꼴을 보니 속상함이 이만저만이 아니었다.

"안 되겠다. 어서 돌아가자."

"……예."

빗속이라서 그런 것일까. 비센테의 목소리가 약간 잠겨 있었다. 무슨 일 있었나 싶어 아도라를 쳐다보았지만, 그녀도 작게 고개를 저을 뿐이었다.

마음에 걸리는 게 한둘이 아니었지만 지금은 그런 걸 따질 때가 아니었다. 돌아가는 게 우선이리라.

에르셀라는 두 사람을 데리고 귀로에 올랐다. 눅눅한 마차 안만큼이나 분위기도 눅진했다. 오늘의 외출은 별로 좋은 선택이 아니었는지 따라주는 게 별로 없었다. 사람도, 날씨도, 기분도.

에르셀라는 비센테를 보았다. 내켜 하지 않는 사람을 반강제로 끌고 나와 비까지 맞게 한 것에 죄책감이 일었지만, 사과의 말을 꺼냈다간 무슨 역풍을 맞을지 몰랐다.

그녀는 말을 아끼기로 했다. 헛헛한 공기에 휩싸인 마차 안은 또다시 침묵에 접어들었다.

귀가한 그들을 맞은 건 의외의 인물이었다.

"일찍, 왔네요?"

얼결에 목소리가 떨렸다. 이 시각에 하르젠이 와 있을 줄은 몰랐기 때문이다. 그는 비 맞은 생쥐 꼴을 하고 나타난 에르셀라를 일별하더니 하인에게 명령했다.

"불 좀 피워야겠군. 감기라도 걸리면 곤란하니."

"예, 주인님."

대기해 있던 하인이 분주히 움직였다. 하인은 벽난로에 마른 장작을 모아두고 불을 붙인 뒤 물러갔다.

그사이 가벼운 린넨 드레스로 갈아입은 에르셀라는 소파에 앉아 타닥타닥 장작불이 타는 것을 지켜보았다. 불티가 튀며 그 주변에도 온기가 번지자, 어스레한 빛이 방 안에 아늑하게 감돌았다.

바들바들 떠는 그녀의 몸 위로 하르젠이 담요를 둘러주었다. 에르셀라는 담요로 어깨를 꽁꽁 감싸며 비센테에게 물었다.

"춥지 않아?"

"괜찮습니다."

같이 비를 한바탕 맞은 처지인데도 그녀와 달리 비센테는 말끔한 행색이었다. 다만.

'착각인 줄 알았는데.'

왠지 기운이 없어 보였다. 단순히 우중충한 날씨 때문에 기분이 저조한 건 아닐 것이다. 혹시 자신이 후안을 쫓아간 사이에 아도라와 무슨 일이 있었던 걸까.

'싸웠나?'

오전부터 아슬아슬하게 삐걱대던 두 사람을 생각하면 그럴 수도 있겠다 싶었지만, 저 둘이 싸울 이유가 뭐가 있단 말인가. 서먹하여 평소에는 말도 안 하고 지내는데 말이다.

"다음부턴 사람을 저택으로 부르지."

걱정은 하르젠의 말에 뿔뿔이 흩어졌다. 에르셀라는 뾰로통한 얼굴로 테이블을 쏘아보았다. 정확히 말하자면 쏘아짐의 대상은 그 위에 주르륵 정렬된 커프스단추였다.

태양처럼 빛나는 커프스단추는 조금 전에 주문한 것들로, 어찌나 신속히 운반됐는지 보여선 안 될 사람의 눈에까지 닿았더랬다. 덕분에 깜짝 선물로 놀라게 해주려던 계획이 철퍼덕 엎어지고 말았다. 가장 실망스러운 건 선물에 대한 하르젠의 반응이었다.

"감상은 그게 다?"

놀라는 건 바라지도 않는다. 좋아하는 척이라도 해주면 차암 기쁠 것이었다.

"마음에 안 들어요?"

"들어."

하르젠은 건성으로 대답하며 수건으로 에르셀라의 머리카락을 지그시 눌렀다.

"흠, 안 그래 보이는데."

"가만히."

"아, 응."

에르셀라가 머리를 움직이려 하자 그가 제지했다. 그녀는 다시 자세를 바로 했다.

"정성껏 골랐는데, 기쁜 척도 안 해주고. 진짜 못된 거 알죠?"

"내 눈엔 무분별하게 다 쓸어 온 것처럼 보이는데."

에르셀라는 눈을 감았다. 머리를 만져주는 손길이 기분 좋았다.

"여자들의 로망이란 말이에요."

"글쎄, 예물을 그리 갖다 바쳐도 과하다는 말만 들었던지라. 잘 모르겠군."

그 말에 에르셀라가 흠칫 어깨를 모았다. 몰랐는데, 할 말을 잃게 만드는 재주가 있었다.

"엄, 밀히 말하면 과한 게 맞죠. 아버지도 많이 놀라셨고요. 콘타르 남작 보기가 얼마나 민망했는지 알아요? 그렇게 많이⋯⋯."

"다 어울릴 것 같아서."

"⋯⋯."

"뭘 좋아할지 모르기도 했고."

퍼뜩 눈꺼풀을 밀어 올린 에르셀라가 홱 뒤를 돌았다. 돌발적인 움직임에 균형을 잃고 흔들리는 허리를 하르젠이 빠르게 받쳐 들었다.

"조심 좀 하지."

몇 번이나 말해도 길러지지 않는 조심성에 그가 핀잔을 놓았지만, 그녀에게 중요한 건 그게 아니었다.

"직접 골랐어요?"

"뭘."

"예물."

그가 고개를 끄덕였다. 에르셀라는 꿀 먹은 벙어리가 된 것처럼 입을 다물지 못했다. 왕의 눈을 속이기 위해 예물을 많이 보냈던 건 알았지만, 직접 선별했을 줄은 몰랐다. 당연히 수하에게 맡겼을 거라 생각했다.

"왜, 왜 말 안 했어요?"

"말해야 했나?"

"그건, 아니지만⋯⋯."

그의 말대로 말할 의무는 없었지만⋯⋯ 말해주었으면 기뻤을 텐데 말이다. 어쩐지 이 사실을 죽을 때까지 몰랐다는 것에 억울함이 파도처럼 밀려왔다.

기사는 원래 다 이런 것일까. 데일을 보면 안 그런데. 급기야 비센테와 결혼할 가르텐 공녀에게 동정이 들기까지 하자 에르셀라는 포르르 한숨을 내쉬었다.

"전 이만 가보겠습니다."

한편 부모의 대화를 무감동하게 듣고 있던 비센테가 자리에서 일어섰다. 그에 에르셀라의 머리가 기계처럼 딱딱하게 돌아갔다.

콜록!

사레들린 듯 헛기침이 튀어나왔다. 에르셀라는 화들짝 놀라며 하르젠에게서 한 뼘 떨어졌다.

"잠시 몸이라도 녹이고 가지 그러니."

"송구하게도 일이 있습니다."

눈 깜짝할 새에 비센테가 나갔다. 아들이 있다는 것도 잊고 둘이서만 대화하고 있었다니. 소외감을 느꼈을까 봐 걱정인데, 하르젠은 그러려니 하는 듯했다. 정말 사랑하는 거 맞…….

"맞다! 신어는 언제 알았어요?"

때마침 아도라가 마차에서 했던 얘기가 섬광처럼 뇌리를 스쳤다.

"오늘 아도라가 말해줬는데 비센테, 사랑스러운 아이라는 뜻이라면서요?"

에르셀라의 말에 하르젠의 눈빛이 묘해졌다.

"그 영애가 그건 어찌 알고."

"라페른 신학교를 다니거든요."

"……별일이군."

'어?'

하르젠은 다소 미지근한 태도였는데, 내심 대화를 꺼려 하는 것처럼 느껴지기도 했다.

"아버님 덕분에 세워진 학교라 그래요?"

"오늘따라 궁금한 게 많은 것 같은데."

"난 항상 궁금해요."

그 순간 하르젠의 입가에 머물렀던 잔잔한 웃음이 잦아들었다.

"비센테라는 이름을 그라니아에서 들은 적은 없다지만 설마 루델시아 이름이었을 줄이야. 사랑스럽다. 당신이 짓기엔 너무 안 어울리잖아."

에르셀라는 토라진 듯 콧잔등을 찡긋거렸다. 이름에 뜻이 있다면 말해줬어야 하는 거 아닌가.

'만날 숨기고.'

그러고 보니 뭐 하나 명확하게 말해준 적이 별로 없는 듯했다. 어린 시절도, 부모 얘기도, 카르온과의 일도.

에르셀라는 그 이유가 자신이 그가 기대기엔 많이 부족한 사람이기 때문인 것을 알았다. 그래서 마냥 서운해할 수도 없었다. 믿음을 주지 못한 건 온전히 그녀의 책임이었다. 그렇다면 언제가 돼서야 그는 자신에게 기대줄까.

에르셀라는 하르젠을 보았다.

"사랑스러웠으니까."

달고도 쓴 미소로 답하는 그를.

비센테는 어머니의 젖은 머리를 세심히 말리는 아버지를 떠올렸다. 감기라도 들까 걱정이었을까. 하녀에게 시켜도 될 일을 손수 수발을 든다. 에르셀라의 입가에는 미소가 번져 있었다. 제삼자인 그가 보기엔 평범한 부부의 모습이었다. 그럼에도 일상으로 넘길 수 없던 이유는 아도라가 한 말 때문이었다.

"어느 날 각하께서 마음을 바꾸면요? 그렇게 된다면 공작 부인의 삶은 밑바닥부터 무너질 텐데⋯⋯."

겉보기엔 별것 아닌 그 다정함이 그녀에겐 절박한 것이었을까. 비센테는 지금까지 그녀가 연약한 것과는 별개로 약자라고 생각해 본

적이 없었다.

피사리데니까. 베른하르트니까. 아버지가 어머니를 사랑하니까. 평생 가문을 위해 살아온 사람이 에르셀라를 위해 가문을 저버렸을 정도니까.

그래서 그 사랑 또한 변하지 않을 것이라 생각했다. 그러나 그는 깨달았다. 확신할 수 있는 건 아무것도 없다는 것을.

저 다정함은 불변이 아니다. 마음은 언제나 변할 수 있는 것이며, 어머니에 대한 아버지의 마음 또한 언젠가 식을 수 있었다. 혹은 그 마음이 다른 곳으로 향할 수도 있었다. 그렇게 된다면…… 그 여자의 삶은 어떻게 될까.

가신들의 대우는 이보다 더 낮아질 것이며, 사용인들의 태도 또한 그것과 다르지 않을 것이다. 권한은 줄어들고 행동반경은 좁아질 것이다.

그것은 에르셀라가 원하든 원하지 않든 오롯이 하르젠의 관심 여하에 달려 있었다. 비센테는 처음으로 이 우스운 이치를 인식했다.

누군가에게 종속된 삶. 권력자와 싸우면 도망칠 곳이 침실밖에 없는 여자. 혼자서는 외출할 수 없는 여자. 그 삶은 무엇을 의미할까.

그는 의문했다. 생각했다. 알아야 했다. 알고 싶었다. 무엇이 옳고 그른지.

"도련님?"

그래서 그녀의 삶을 알 법한 사람을 찾아갔다.

"말해줬으면 해서."

"……."

"이곳에서 어머니가 어떻게 지냈는지."

"저도 잘 안다고 자신할 순 없지만……."

하녀의 말소리는 그렇게 시작됐다.

"우선 마님께서 결혼하고 이곳에 처음 들어왔을 때 그리 환대받는 분위기는 아니었다고 생각해요. 피사리데라서 그런 건지 아니면 다른 이유가 있었던 건지 몰라도 선대 공작님을 비롯해 가솔들도 모두 시큰둥한 태도였거든요. 처음엔 그것 때문에 조금, 아니, 많이 힘들어하셨어요. 주인님이 있다고 해도 결혼 전 한두 번 만난 사이라 속마음을 깊이 터놓기엔 모자랐고, 또 주인님이 그런 쪽으론 워낙 무신경한 분이라 이해해 줄지 확신이 없으셨나 봐요. 그래도 집안 가풍은 다를 수 있다고 여기며 일단 최대한 적응하시려 한 것 같아요. 선대 공작님이 맡기신 일도 빠르게 배우려 노력하고, 좋아하시던 것들도 한동안 끊으셨거든요. 음, 가신들과도 친해지시려고 했는데 아무래도 성별이 다르고 나이도 마님보단 한참 위니까 어려우셨나 봐요. 더군다나 클레이먼트 자작님과 콘타르 남작님이 살가운 분들도 아니셨고요. 나이가 비슷한 사람은 기껏해야 사용인뿐인데, 장차 공작 부인이 되실 분이 사용인과 격 없이 지낼 수는 없는 노릇이잖아요. 그러니 결국 마님께선 주인님이 오실 때까지 기다리시는 수밖에요. 매일 저녁때가 되기만을 기다리셨어요. 조금만 늦어도 발을 동동 구르며 불안해하시기에 저는 그때 마님께서 주인님을 많이 좋아하시는구나, 라고만 생각했는데……."

리엔은 더 말하지 않고 말을 돌렸다.

"주인님은 상냥하진 않지만 좋은 분이라고 생각해요. 마님을 위해 선대 공작님의 심기를 거스르면서까지 왕비 전하를 저택으로 초청하시고, 종종 저나 베스에게 물어서 마님이 갖고 싶어 하는 것, 좋아하는 것이 있다면 어김없이 마련해 주었으니까요. 이따금 마님을 데리고 후작가에 방문하기도 하셨고요. 그러니 마님에겐 그분이 유일한 버팀

목일 수밖에요. 그러다가……."

리엔은 비센테의 눈치를 한 번 본 다음 입을 뗐다.

"회임을…… 하셨는데."

비센테는 막지 않았다. 그럼에도 리엔은 불안했는지 다급히 손을 저었다.

"오해하실까 봐 말씀드리자면, 거짓말이 아니라 정말로 좋아하셨어요. 아직 나오지도 않은 배를 쓰다듬으며 제게 '여기에 아이가 있대. 신기해, 리엔' 이러면서 하루 종일 웃기도 하셨고요. 무엇보다 아이를 가지신 후 선대 공작님의 태도가 전보다 부드러워지셨거든요. 가끔 마님을 보고 가시기도 하고, 필요한 게 있다면 늦지 않게 준비되도록 사용인들에게 직접 지시하시기도 했으니까요. 마님도 무뚝뚝한 분이 이것저것 챙겨주시니까 좋으셨는지, 인정받은 느낌이라고, 아들이면 좋겠다며 방방 들뜨셨어요. 저도 마님이 그제야 좀 적응하신 것 같아서 한시름 놓았고요. 그런데…… 입덧을 너무 심하게 겪은 게 문제였는지 어느 순간부터 조금, 이상해지시는 거예요. 자꾸만 우셨거든요. 자다가 일어나 한밤중에 저택을 돌아다닌 적도 몇 번 있어서 마님을 찾으려고 소동이 일어나기도 했어요. 주로 후원에서 맨발로 웅크린 채 발견되었는데, 주인님이 왜 그러냐고 물으면 가슴이 답답해서 바람 좀 쐬고 싶었다는 말밖에 하지 않으셔서 정확히 뭐가 문제인지는 아무도 몰랐어요. 의원들도 임신하면 생길 수 있는 증상이라면서 점차 나아질 거라는 말만 하고 제대로 된 해결안은 주지 않는지라 갑갑하기만 했죠."

"그래도 가끔 주인님과 오페라나 연극을 보러 갈 때는 기분이 나아 보이셔서 다행인가 싶었는데……."

비센테는 그다음을 알고 있었다.

"하필 그때 주인님께서 레나르트로 출정하시는 바람에……. 집에서 유일하게 대화를 나누던 사람이 없으니 무기력해하시더라고요. 자주 쓰다듬으시던 배도 어느 순간 쓰다듬지 않고, 할 일을 마치면 침대에만 누워 있는 시간이 길어지셨거든요. 친구분들을 만나는 건 어떠냐고 여쭈어봤지만, 선대 공작님께서 병이 깊어지셔서 그러지 않는 게 좋을 것 같다고만 말하고 가끔 후작가에 가시는 게 다였어요. 그런데 아무래도 너무 우울해하시니 주변 사람들도 조금씩 지쳐갔던 것 같아요. 뭘 먹고 싶다고 해서 가져오면 갑자기 헛구역질하시고, 임산부니 살은 당연히 찔 수밖에 없는데 살찌는 것에도 예민하게 구시고, 가끔 접시를 침대 밖으로 밀다가 깨뜨리기도 하셨거든요. 어느 날은 제가 그 깨진 유리 조각에 다친 적이 있었는데 마님께서 그걸 보시더니 깜짝 놀라면서 미안하다고, 자기도 왜 그러는지 모르겠다고, 다신 안 그러겠다고 하면서 우시는 거예요."

"……."

"그런데 너무…… 서럽게 우셔서. 울지 말라고 위로해 드리면 주인님이 보고 싶다고만 하시고……. 그런데 그건 제가 들어드릴 수 없는 거잖아요. 난감하기만 했죠. 그 와중에 소란을 듣고 몰려온 사용인들의 입에서 무슨 말이 샜는지, 다음 날 클레이먼트 자작님께서 당분간 일을 그만두고 쉬시는 게 좋을 것 같다고 그러셨고요. 전 그때, 그 당시 마님이 지쳐 있으시기도 하고 그래서 당연히 좋은 생각인 줄 알았는데, 마님 생각은 다르셨나 봐요."

"왜요? 난 아이를 갖는 걸 빼면 아무짝에도 쓸모없나요?!"

"……라고 소리치셨거든요. 다들 당황했죠. 가신들이 싸늘하게 표정을 굳히자 마님도 정신이 드셨는지 요즘 예민해서 말이 헛나갔다고, 사과하고 도망치듯 발을 돌리셨어요. 그다음부턴 내정에 관여하지 않고 배 속의 아기를 돌보는 데만 신경 쓰셨고요. 그리고 마님께선 주기적으로 주인님께 편지를 보내곤 했는데, 전쟁터라 전달이 원활히 되지 않았는지 답장이 오질 않았어요. 마님은 소식이 없으니 더욱 불안해하셨고요. 그러다가……."

"……."

"……선대 공작님께서 돌아가셨는데, 혹시 파센 백작님 일을 아시나요? 선대 공작님이 돌아가시자마자 그분이 저택으로 쳐들어와 대리인 자격을 주장했거든요. 마님은 당연히 안 된다며 돌려보내려고 하셨고요. 하지만 당시 마님께 얼마나 큰 권한이 있었겠어요. 마님이 시집을 때 친히 데리고 온 저희조차도 은근히 세작 취급을 받는 처지였는걸요. 임신 중에 심적으로 많이 몰리셨을 거예요. 후에 주인님이 돌아오셔서 일단락하긴 했는데, 문제가……."

리엔이 깊게 심호흡을 했다.

"주인님께서 제롬 파센 영식을 죽음으로 치죄한 뒤 그 시체를 파센 백작님 앞에 던진 걸 마님이 빠짐없이 보신 게 조금……. 한동안 잠을 제대로 못 주무셨어요. 왜 그러는지 주제에 감히 다그치니 마님께서 말씀하시기를, 꿈에 자꾸만 피를 뒤집어쓴 파센 영식이 자신에게 다가온다고, 무섭다고. 그런데 더 무서운 건 그 앞에 칼을 들고 무표정하게 서 계신 주인님이라고……."

"……."

"……배 속의 아이도 그렇게 자라면 어떡하느냐고."

비센테는 얼굴을 쓸어내렸다.

"하지만 어쩌겠어요. 기사이신 주인님께서는 사람 목숨을 거두는 게 일상일 터이고, 마님께선 그것을 일상으로 받아들일 수 없는 환경에서 자라신 것을요."

비센테는 쓰게 미소했다. 기사라고 사람 목숨을 거두는 게 어찌 일상일 수 있겠나.

정적을 베기 위해 희생자를 만들어내면서도 전장에서조차 그리 헛되이 목숨을 거둔 적 없다며 허탈하게 웃던 아버지의 모습이 아직도 뇌리에 선연한 것을.

제롬 파센에 관한 일은 알고 있다. 엄연히 치죄할 대상은 파센 백작이었으니, 그렇게 죽을 자도 아니었다는 것도. 그 한심한 치는 어머니에게 더러운 음심만 품지 않았더라도 목숨은 부지할 수 있었을 터였다.

"그래도 시간이 지날수록 안정을 찾으셨고 한동안은 평화로웠어요. 마님은 무사히 출산하시고, 카르온 님이 작위를 계승하시고, 에샤힐드 님께서 왕비가 되셨으니 이제 걱정할 건 아무것도 없다고 생각했는데…… 그런데 이번엔 자꾸만 도련님이 자기 아이가 아닌 것 같다고 그러시는 거예요. 점점 아이를 찾는 횟수가 줄어드니 그 문제로 주인님과도 몇 번 마찰을 빚으신 걸로 기억해요. 주인님뿐만 아니라 왕비님께도 꾸지람을 들으셨는지 옛날에는 왕비님만 뵙고 오면 환했던 얼굴이 어느 순간부터 어두워지시더라고요. 그런 날은 밤마다 자책하셨어요. 자기도 이러고 싶지 않은데, 그게 너무 안 된다고. 주인님과 비 전하께 너무 미안하다고."

"……."

"그사이 마님이 자식을 아예 놓아두고 파티에나 돌아다니는 걸 험담하는 사람도 생겨났고요. 물론 도련님께 저지른 행동은 씻을 수 없는 큰 죄지만, 죄송하게도 전 솔직히 사람들의 비난에 동의하지 못해요. 제 눈엔 마님의 그 행위가 도망치는 걸로만 보였으니까요. 파티에서 즐겁게 지내고 오시다가도 울음을 터뜨리거나 술에 취해서 주인님께 안기는 경우가 몇 번 있었거든요. 그리고 이건 도련님 앞에서 감히 해서는 안 되는 말이지만……."

차마 비센테와 눈 맞추며 이야기할 수 없는 부분이었는지 리엔은 고요히 눈을 내리깔았다.

"저는…… 마님이 가여운 분이라 생각해요. 사람들은 그분이 부족한 것 없이 다 가진 사람이라며 부러워하지만, 정작 마님께선 본인의 삶을 선택해 보신 적이 없으세요. 열여섯에 떠밀리듯 주인님의 청혼을 받아들이고, 결혼하고 나서도 행여 가문에 누가 될까 발언하지도, 함부로 행동하지도 않고 조용히 사셨어요. 혼자 걱정 없이 산다는 모욕을 마님께서 어찌 모르실까요. 사람들은 모르나 봐요. 그분에게도 듣는 귀가 있고 보는 눈이 있어요. 직접적으로 표현하지 않아도 미묘하게 다른 어조와 표정으로 알 수 있는 것들을, 그분도 충분히 알아채요. 그럼에도 마님은 넘기세요. 알려 하지 않으세요. 피사리데를 위해 침묵하셨고, 베른하르트를 위해 아무것도 손에 쥐지 않으셨어요."

"……."

"평생을 그렇게 살아오셨어요."

에르셀라 님은.

하녀의 말소리는 그렇게 끝이 났다.

리엔은 발걸음을 돌리기 직전 비센테를 똑바로 바라보며 입을 열었다.

"사랑하려고……."

"……."

"도련님을 사랑하려고 정말 노력하셨어요."

"……."

"……비록 잘 안 됐지만."

그녀는 완전히 뒤돌아 사라졌다.

그는 눈을 감았다. 주먹을 쥔 손이 잘게 떨렸다.

그는 그 뒤로 집사를 찾아가 물었다.

"어머니가 이곳에서 행사할 수 있는 권한은 어디까지인가?"

집사는 잠시간 고민하더니 대답했다.

"모든 것을 하실 수 있으십니다."

그에 그의 표정이 풀어지려다…….

"주인님께선 마님이라면 뭐든 허하실 테니 말입니다."

다시 굳었다.

비센테는 가신에게도 물었다.

"자작, 어머니가 어디까지 내정에 관여할 수 있습니까?"

"그 부분은 제가 아닌 각하께 여쭈셔야 하는 걸로 압니다."

그 대답이 집사와 다르지 않았다.

하녀장에게 물었다.

"어머니가 당장 비밀리에 독약을 구해 오라 하면 그대는 함구하고 구해 오겠는가?"

"응당 주인님께 아뢸 것입니다."

그 대답이 가신과 다르지 않았다.

사용인에게 물었다.

"공작 부인이 만일 네게 누군가에게 은밀히 서한을 전해달라 하면 너는 따를 것인가?"

"……제가 어찌 주인님의 눈을 속이겠습니까."

그 대답이 하녀장과 다르지 않았다.

곳곳을 다 뒤져 마구간지기에게 물었다.

"어머니가 홀로 이 말을 타실 수 있나?"

"있습니다. 다만 위험하니 주인님의 허락이 있으셔야 합니다."

그 대답이 사용인과 다르지 않았다.

그리고······.
깊은······ 아주 깊은 무기력감이 그를 덮쳤다.

＊　＊　＊

살아생전 겪어보지 못한 무기력이었다. 뼛속까지 기운이 닳아 해지고 정신은 끝없는 무저갱으로 추락했다.

만사가 귀찮아 모든 일을 물리치고 누워 숨만 뱉었다. 어디를 가든 어머니의 잔상이 떠다녔다. 이전에는 인지하지 못했던 것들, 혹은 관조자가 되어 지나쳤던 것들이.

이제는 스쳐 가는 사람만 봐도 의심이 섰다. 저자는 어머니를 어떻게 생각할까. 제 주인의 이름에 숨어 그녀의 부탁을 외면한 적이 있을까. 그녀의 울음을 단순한 투정이라 여기며 넘겼을까. 그때마다 에르셀라는 어떤 마음이었을까.

비센테는 끊임없이 생각하면서도 왜 제가 그것을 생각하고 있는지 알지 못했다. 막연히 알아야 한다고 생각했고 알고 싶었는데 그것을 알고 나서 어쩌고 싶은지까진 정하지 못했다. 이해하고 싶었던 것인지, 당위성을 주어 용서하고 싶었던 것인지.

한편으론 제가 그걸 왜 이해해야 하는지, 왜 그 삶을 변명으로 받아들여야 하는지와 같은 반발도 들었다. 혼란이 머리를 뒤덮어 뇌리까지 파고들었다.

권력에 취하지 않았다고 생각했다. 삿된 유혹에 잠시간 흔들릴 순 있어도 뜻대로 통제할 수 있다고 여겼다. 그러나 에르셀라의 청을 거절한 케이런의 의지를 단숨에 꺾을 때부터, 그것을 당연하게 생각했을 때부터 자신은 취해 있던 것이다.

그는 태어날 때부터 쥐고 있었고, 그저 휘두르기만 하면 되는 것들. 그에게는 한없이 당연한 것인데, 에르셀라에게는 당연하지 않은 것들이었다. 그렇다면 이 암묵적 규율은 어디에서 왔는가. 거슬러 올라가면 끝도 없다.

그는 아버지가 틀렸다고 생각하지 않았다. 어디서 나올지 모르는 적을 대비해야 함은 마땅하며, 에르셀라는 여인으로 스스로를 지킬 힘이 없었다. 고작 제 몸 하나 건사해 주길 바라는 게 잘못된 것인가.

하르젠이 에르셀라를 선택한 것에 책임을 진 것처럼, 에르셀라도 하르젠을 선택한 것에 책임을 지는 것뿐이었다. 비록 제한된 자유이나 그녀가 가진 것에 비하면 풍족한 자유일 것이다.

그러나 제아무리 타당성을 부여해 보았자 어찌 모르겠는가. 아도라의 논지가 그것이 아님을. 그녀는 에르셀라를 위해 행해지는 그 모든 것에 그녀의 의지가 있는지를 묻고 있었다.

크고 작은 일에 예외 없이 타인의 허락이 선행되어야 한다. 그녀는 이곳에서 모든 것을 할 수 있지만, 그 역시도 타인의 관대함이 전제되어 있었다.

하르젠이 그리 명한 것인지, 아랫사람들이 알아서 그리 정한 것인지는 모른다. 그러나 비록 전자일지라도 그는 사랑해서 그런 것일 텐데…….

"꿈에 자꾸만 피를 뒤집어쓴 파센 영식이 자신에게 다가온다고, 무섭다고, 그런데 더 무서운 건 그 앞에 칼을 들고 무표정하게 서 계신 주인님이라고…….."

사랑이라는 미명하에 행해지는 것들이 에르셀라를 해한다. 그 잔혹한 손속이 어머니가 아버지를 사랑하지 못하게 만드는 원천이었을까. 하면 그것을 사랑이라 할 수 있을까.

그는 실없이 웃었다. 아버지는 그 마음 때문에 출정하지 않아도 될 전쟁에 나가고, 오명을 뒤집어써 가며 손을 더럽히고, 그 손에 쓰러진 자들에게 숱한 질시와 원망을 받았다.

"……배 속의 아이도 그렇게 자라면 어떡하느냐고."

그런데 돌아오는 것은 허망하기만 하다. 그럼 어찌할까. 그 사람은 평생을 그리 살아왔는데. 평생을 그런 방법밖에 모르며 살아왔을 텐데. 이제 와 그것이 사랑이 아니라 하면…….
생각이 덮이고, 해일처럼 밀어닥치기를 반복했다. 아무리 생각해도 옳고 그름의 답이 나질 않았다. 그는 어머니를 연민했지만, 그 삶을 고스란히 끌어안고 살아온 아버지도 연민했다.
그렇기에 에르셀라를 온전히 이해하지 못하는 것도 사실이었다.

서걱서걱 종이를 긁던 펜촉이 우두커니 섰다. 오전에 리엔이 부리나케 달려와 들려준 소식이 마음에 걸렸던 탓이다.

"오늘도 교습 선생을 돌려보내셨대요."
"오늘도?"

비센테의 교습 선생이 이유 없이 돌아가는 사태가 며칠째 빈번히 발생했다. 처음에는 기사 시험 때문인가 했더니 연무장에도 잘 발길 하지 않는다고 한다. 에르셀라가 무슨 일 있냐고 물어도 비센테는 송구하다고만 대꾸할 뿐이었다.

"근래 생각할 것이 많으신 거겠죠."

리엔은 걱정 말라 이르며 에르셀라를 안심시켰다. 그러나 비센테가 외출한 날부터 쭉 그 상태인 게 마음에 걸린 나머지 에르셀라는 아도라를 불러와 무슨 일이 있었냐고 물어보았다.

"직접 물어보심이 나을 것 같아요, 부인."

내실 없는 답은 근심을 걷어 가주진 못했다. 비센테에게 똑같이 되물어도 똑같은 말만 되돌아왔다. 정말 별일 없다는데 에르셀라가 가타부타 간섭할 수도 없었다.

'하긴 그럴 나이기도 하지.'

끝내 결론은 그렇게 났다. 열다섯이면 한창 번뇌에 빠질 나이였다. 약혼까지 하고 곧 기사가 될 참이니 생각할 것도 많을 것이다.

에르셀라는 너무 깊게 관여하지 않기로 했다. 고민이 있다면 밤을 새워서라도 들어주고 싶으나 제가 간섭하면 역효과만 날 것 같았기 때문이다.

에르셀라는 업무를 마저 하기 위해 눈의 초점을 다시 펜 끝에 맞추었다. 그런데 딴생각을 했다고 그새 일이 났는지, 꾹 짓눌린 종이 면에 잉크가 좔좔 새고 있었다. 그녀는 속으로 질책하곤 여분의 종이를 꾸깃꾸깃 접어 잉크를 꾹 눌러 없앴다. 그리고 종이를 펄럭이며 마를 때까지 기다리다, 순간 그 전에 볼 때는 경황이 없어 알아채지 못한 것을 발견했다.

에르셀라는 대각선에 자리해 있는 웬델만을 쳐다보았다.

"남작."

"왜 그러십니까?"

"현재 베르덴의 시엘린성에 머물고 있는 손님이 있나요? 베른하르트 방계 혈육이라든지?"

"아닙니다."

에르셀라는 의문을 가진 채 눈을 가늘게 떴다.

"이상하네요. 빈 성이면 관리가 목적이라도 비용이 이렇게까지 많이 들진 않을 텐데요. 고용된 사용인도 기준을 넘었고요. 성의 규모가 큰 편이라고는 하지만 비슷한 규모인 체사의 트리셰성과 비교해도 관리 비용이 시엘린이 월등히 많아요."

"……."

"성의 관리자가 누구인가요? 사람을 보내 어떻게 된 일인지 알아보는 게 좋을 것 같은데."

에르셀라가 의심스러운 구석을 줄줄 읊었지만, 찾아온 건 침묵이었다.

"남작?"

대답을 종용하는 부름이 있고 나서야 웬델만은 드문드문 입을 열기 시작했다.

"그러실…… 필요는 없을 겁니다."

따로 손님도 묵고 있지 않은 성이 이리도 돈을 야금야금 먹고 있는데 진상 조사를 할 필요가 없다니.

에르셀라는 당황하여 답을 구하듯 웬델만을 보았다. 웬델만이 도와달라는 뜻으로 힐끗 남작 부인을 보았으나, 남작 부인이 급작스레 딴청을 피우는 바람에 그 간절함은 닿지 못했다.

누가 봐도 수상쩍은 행동에 '비리인가?' 하고 의심을 가졌을 때였다. 웬델만이 포기했다는 듯 이마를 짚었다.

"각하께서 지시하신 일입니다."

의심한 것이 무색하게도 담백한 답문이었다.

"그이가요? 따로 의미가 있는 곳인가요?"

"예, 그러니까……."

"빨리 말해봐요."

뜸 들이는 것에 실패한 웬델만은 결국 에라, 모르겠다는 심정으로 불어버렸다.

"그 성에 선대 공작 부인의 관이 모셔져 있습니다."

생각지도 못했던 답이 튀어나오자 에르셀라의 눈이 동그랗게 커졌다.

"선대 공작 부인이라면……."

"이세르타 베른하르트 님이십니다."

선대 베른하르트 공작 부인의 관이 그곳에 있다니. 귓등으로도 들어보지 못한 말이었다.

"선대 공작 부인의 무덤은 베른하르트 본성에 있지 않나요? 선대 공작님 옆에 안치되신 걸로 아는데요."

"틀린 말은 아니나 그것은 상징일 뿐이고 실제 시신은 시엘린성에 묻혀 있습니다. 이세르타 님께선 여생을 베르덴에서 보내셨고 별세하시기 전 베르덴에 묻히기를 소망하셨습니다. 각하께선 그 소망대로 하셨고요. 때문에 공작 부인께서 지내시던 모습 그대로 성을 유지하기 위해 손님이 머무르지 않아도 비용이 꽤 듭니다. 그러니 그곳은 따로 신경 쓰지 않으셔도 됩니다."

웬델만의 목소리는 대화를 매듭짓고자 하는 뉘앙스를 솔솔 풍겼지만 애석하게도 에르셀라의 귀는 쫑긋 세워진 상태였다.

"더 얘기해 봐요."

그가 우려했던 일이 현실로 일어났다. 웬델만은 그럴 줄 알았다는 듯이 머리칼을 헝클어뜨렸다. 하나를 대답해 주면 꼬치꼬치 캐물어 스무 개는 얻어낼 기세였다. 이번에도 제 부인을 간절히 보았지만 그녀는 '나도 궁금해요, 여보'라고 말하며 해사하게 웃을 뿐이었다. 어디에도 아군은 없다는 것을 파악하자 단념은 빠르게 찾아왔다.

"선대 공작 부인께서 어디 몸이라도 안 좋으셨나요?"

"그런 것도 있긴 하지만……."

웬델만은 구시렁거리면서도 입을 열고 있는 자신을 발견하며 경악했다. 어느새 저 여인에게 물렁해진 모양이었다.

"……그것보단 속죄의 의미가 큽니다."

"속죄라니요? 누구에게……."

에르셀라는 깜짝 놀라 목소리를 높였다.

"각하를 향한 속죄입니다."

"선대 공작 부인이 하르젠에게 무슨 잘못이라도 저지르셨나요?"

"잘못이라기엔 애매하지만 결과적으로 그리됐습니다. 이세르타 님으로 인해 각하께서 목숨을 잃을 뻔한 적이 있었으니까요."

그 말을 들은 에르셀라의 미간에 잘게 주름이 잡혔다. 하나같이 처음 듣는 소리였다. 그녀는 웬델만을 바라보았다. 반짝반짝 빛나는 호기심 덩어리인 눈이 부담스러워진 웬델만은 결국 제가 아는 사실을 전부 토해내고야 말았다.

"……각하께서 세 살 때 발생한 일입니다. 시골 변방에서 나고 자라서 그런지 이세르타 님은 공작 부인임에도 번잡한 수도 생활을 낯설게 여기셨습니다. 어느 날은 무슨 심경에 변화가 일었는지 하르젠 님을 데리고 베르덴에 내려가 있고 싶다고 선대 공작 각하께 청하시더군요. 선대 공작께선 처음엔 반대하셨지만, 이세르타 님께서 워낙 완강하게 구시는 바람에 결국 허하셨습니다. 그런데 문제가, 크흠."

웬델만은 헛기침을 하며 뒷머리를 긁적였다.

"도착한 지 며칠 지나지 않아 베르덴에 전염병이 창궐했는데, 운이 나쁘게도 하르젠 님이 걸리시는 바람에……."

에르셀라가 짤막한 신음을 삼키며 입을 틀어막았다. 베르덴에 창

궐한 전염병은 당시 베르덴에 거주했던 수많은 영민의 목숨을 앗아
간 걸로 유명했다.

"……그 소식을 듣고 선대 공작 각하께서 크게 진노하셨습니다. 겉
으론 티 내시지 않아도 하르젠 님은 하나뿐인 후계자이니 귀하게 여기
셨을 테지요. 그러나 분노와는 별개로 우선 이세르타 님을 베르덴에
계속 머무르게 할 순 없어 수도로 부르셨습니다. 그래선 안 되지만……
각하께서 역병에 대한 소문이 새어 나가는 걸 최대한 늦춰, 수도의 성
문이 통제되기 전에 이세르타 님을 빠르게 귀환시키셨습니다."

"그럼 하르젠은."

혼자 그 넓은 성에 남겨졌다는 말인가?

에르셀라의 뒷말을 알아차렸는지 웬델만이 고개를 끄덕였다.

"예. 후계자이니만큼 역병에 걸렸다는 소문이 돌면 안 되니 철저히
비밀리에 부쳐졌습니다. 돌아오지 못하는 이유로는 수도의 규제를 핑
계로 대셨고요. 다행히 천만 운이 좋게도 살아나셨습니다만…… 무
슨 생각이셨는지 선대 공작께선 당시 세 살이던 각하를 시엘린성의
성주로 임명하여 그곳에서 지내게 하셨습니다. 한데 역병이 잠잠해지
고 이세르타 님이 다시 베르덴에 내려가시려 했을 때 선대의 화가 어
찌나 크셨는지, 그…… 공작 부인을 수도 저택에서 한 발자국도 못 나
가게 하셨지 뭡니까."

사람을 감금이라도 했단 말인가. 선대 베른하르트 공작 부인이 나
서길 좋아하지 않고 조용한 성품인 건 익히 알려진 바였다. 그런데 그
런 모종의 이유가 있었다니, 에르셀라는 조금 기가 막혔다.

"각하께서 기사 서품을 받아 수도로 돌아올 때까지 이세르타 님은
친아들을 보지 못하셨습니다. 돌아온 뒤 함께 지낸 날도 각하께서 곧
전쟁에 출정하실 예정이라 며칠 안 됐고 말입니다."

그럼 하르젠은 세 살부터 열다섯 살까지 베르덴에서 혼자 지냈다는

소리가 된다. 아무리 화가 난다 해도 강제로 자식과 어미를 갈라놓다니. 에르셀라는 한 가지 궁금한 점을 물었다.

"선대 공작 부인께서 하르젠을 많이 사랑하셨나요?"

웬델만은 이번만은 거침없이 대답했다.

"물론입니다. 각하께서 이두르인을 토벌하러 루델시아에 가 계실 때 가진 아이기도 하니 얼마나 애틋했겠습니다…… 죄송합니다."

순간 눈앞의 존재를 상기했는지 웬델만이 즉시 사과를 해왔다. 그러나 에르셀라는 상처받기보단 안심했다. 하르젠이 하도 과거의 일을 얘기해 주지 않았기에 공작 부인이 그를 박대했을 것이라고만 생각했는데 아니라니 오히려 기뻤다.

"열다섯 살에 수도에 올라온 아들을 보았을 때 정말 기쁘셨겠어요."

"보자마자 끌어안고 통곡하셨긴 합니다만……."

웬델만은 저 자신도 기이한 듯 고개를 사선으로 기울였다.

"처음엔 세상을 다 가진 양 좋아하셨는데, 어느 순간부터 이상해지셨습니다. 출정일이 다가올수록 각하의 이름을 부르며 미안하다고만 부르짖으셨거든요."

"하르젠이 선대 공작 부인을…… 용서하지 않았나요?"

"그것까진 잘 모르겠습니다. 그러나 제 생각으로는 각하께선 그런 것에 연연하실 분은 아닙니다."

웬델만의 말대로 확실히 하르젠은 그런 걸 마음에 담아두고 있을 사람은 아니었다.

"결국 참회하겠다며 각하께서 출정하신 뒤에 이세르타 님은 베르덴으로 가셨습니다. 그 후 베르덴에서 여생을 보내다 얼마 못 가 잠드셨습니다."

그 옛날 하르젠은 선대 공작 부인을 불쌍한 여자라고 말한 적이 있었다. 그가 제 어머니를 불쌍하게 여긴 이유가 그러한 죄책감을 가지고 죽은 탓이었을까. 아직도 뭐가 뭔지 갈피를 잡지 못하겠는 느낌에 에르셀라가 조금 더 캐보려고 입을 열려는 찰나였다.

"웬델만 자네, 아주 재미난 이야기를 하는구먼."

게리언 클레이먼트 자작이 문을 열고 들어왔다. 싸늘한 낯을 보아하니 그도 알고 있는 이야기인 듯하다.

"잠시 나 좀 보게."

"……알았네."

곤란하게 됐다는 듯이 웬델만이 꾸물거리며 자리에서 일어섰다. 게리언은 그가 완전히 일어난 것을 확인한 다음 에르셀라를 바라보며 말했다.

"신경 쓰실 필요 없습니다. 잊으십시오."

더할 나위 없이 상냥한 어조였다.

에르셀라는 그런 게리언 자작을 물끄러미 보다 입술을 달싹였다.

"……만날 신경 쓰지 말래."

그 작은 중얼거림을 들은 게리언이 입가를 부드럽게 올렸다.

"뭐라 하셨는지요?"

그 부드러움에 호응하듯 에르셀라가 상냥한 말씨로 답했다.

"별것 아니니 신경 쓰지 말아요. 잊으세요, 자작."

그러자 친절함을 뒤집어쓴 남자의 껍데기가 와자작 무너지기 시작했다. 어찌 모르겠는가. 방금 저 여자가 제가 한 말을 그대로 읊은 것을.

"부인."

무게를 실은 목소리가 에르셀라를 불렀다. 웃고 있지 않은 게리언은 본디 냉랭한 인상이라 에르셀라는 조금 위축되고 말았다. 그러나 이렇게 된 이상 그녀에게도 할 말은 있었다.

"선대 공작 부인에 관해 내가 알면 안 되는 이유라도 있나요?"

게리언은 대답하지 않았다. 에르셀라는 재차 질문했다.

"오히려 그대들보다 내가 아는 게 이치에 맞지 않나요?"

입에 자물쇠라도 걸어 잠근 것일까. 고집스레 일자로 닫힌 입술은 열릴 기미가 보이지 않았다. 다만 심사가 틀어지긴 했는지 성성한 눈썹이 설핏설핏 꿈틀거리긴 했다.

"……부인."

점점 바짝 말라가는 기류에 웬델만이 중재할 낌새를 보였다. 눈동자만 좌우로 굴려대는 걸 보니 그만하시라는 뜻일 터다. 제게만 그러는 것에 불만이 솟아 에르셀라는 그쪽으론 다시 눈길 하지 않았다.

"세 번 물어야 하나요?"

조곤조곤 타이르는 듯한 목소리가 게리언을 지그시 내리눌렀다. 감정을 배제한 채 웃고 있는 얼굴은 이제껏 투정으로 불만을 잠깐잠깐 내보였던 방식과는 달랐기에 그는 내심 애먹는 중이었다.

"어찌 공작 부인께 수고를 끼치겠습니까. 다시 하문하지 않으셔도 됩니다."

점잖은 신사는 얼음장 같던 눈빛도 지우고 공손히 말했다.

"또한 이세르타 님에 관한 일도 부인의 말씀이 옳습니다. 저희보단 부인께서 아시는 게 합당합니다."

흠잡을 데 없이 깔끔한 인정이었다. 그럼에도 마음이 편치 못한 이유는 다음에 나올 그의 말을 알았기 때문이다.

"하나 송구하게도 선대 공작 부인의 일이 저희 같은 자들의 입에서 오르내려선 안 된다 사료됩니다. 마땅히 그리하실 수 있는 분을 찾아 친히 여쭈심이 어떠실는지요."

그는 정중하고도 정중하게 하르젠에게 물어보라는 말을 잘도 돌려 말했다. 에르셀라는 새삼 궁금해졌다. 저 속에 들어 있는 능구렁이는 대체 몇 마리일까. 가르텐 공작과 겨루어도 지지 않을 것 같았다.

"그렇군요. 일 보세요."

에르셀라는 자주 안 봤으면 좋겠다고 소망하며 게리언을 보냈다.
그러나 그 소망은 하루도 못 가 깨지고 말았다.

"오셨습니까, 공작 부인."

이건 또 무슨……. 에르셀라는 찌릿 눈에 힘을 주며 웬델만을 보았
다. 게리언이 왜, 여기에, 이 시간에, 이곳에 있는지를 설명하라는 눈
빛이었다. 웬델만은 올 것이 왔구나, 하며 절망했다.

"자네……."

"왜 그런가?"

게리언은 말쑥하게 다듬은 콧수염을 만지작거리며 대답했다.

"……아닐세."

태연하게 구는 낯짝은 웬델만이 보아도 뻔뻔하기만 했다. 하는 수
없이 웬델만은 달랠 대상을 바꾸기로 했다.

그러나 착석하지 않은 채 우아하게 턱을 치켜세우고 있는 저 귀부
인도 만만치 않았다. 근래 그가 에르셀라 앞에서 물러 터진 모습을
너무 많이 보인 게 문제라면 문제였다.

"부인, 그게……."

"그리 서 계시면 다리 아프십니다."

말이 빠르게 가로채였다. 게리언이 작대기처럼 꼿꼿하게 서 있는 에
르셀라를 보고 한 말이었다. 그 매서운 시선을 오래 견디지 못한 에
르셀라는 슬그머니 꼬리를 내렸다.

"……앉을 거였어요."

웬델만이 속으로 혀를 쯧쯧 찼다. 저리 유약하니 당하고만 살지. 제
가 할 말은 아니나 불순한 생각은 끊이지 않았다.

에르셀라는 업무를 보면서도 불편했는지 게리언을 흘긋거렸는데,
그 모습이 여간 안쓰러운 게 아니었다.

쯔쯔. 혀를 찍찍 갈기며 목을 꺾고 있자니 따끔한 시선이 느껴졌다. 남작 부인이었다. 그에겐 바락바락 호통을 쳐대는 아내도 게리언은 어려운 모양이었다. 눈짓으로만 성화를 부리니 말이다. 달싹이는 입 모양을 보니 밖으로 데리고 나가라는 것 같았다. 웬델만은 관자놀이를 문질렀다. 이젠 아주 동네북 취급이었다.

"자네, 같이 나가지. 할 말이 있네."

"미쳤구먼. 일하는 중에 어딜 나가자는 겐가."

매정한 거절에 게리언을 데리고 나가려는 시도는 싹둑 잘려 나갔다. 이 뻔뻔한 친구는 일하는 그를 불러 젖힌 어제는 생각하고 있지도 않은 듯했다.

웬델만은 남작 부인을 보며 어깨를 들먹였다. 자신도 이젠 어떻게 할 수 없다는 의미였다. 저 우직한 사내는 겉으로 보이는 것만큼이나 꼬장꼬장 융통성이 없어 그도 별수 없었다.

남작과 남작 부인의 눈빛 교환을 지켜보던 에르셀라도 이내 포기했다. 일에 열중하다 보면 게리언의 존재감은 희미해질 것이라 세뇌하며 에르셀라는 서류를 넘겼다.

그렇게 숨 막히는 적막이 부연 먼지처럼 쌓여갔다. 아슬아슬하게 돌아가던 톱니바퀴 사이로 장애물 하나가 낀 건 시간이 꽤 흐른 후였다.

"올해는 풍년인데도 세금을 따로 증액하지 않았네요?"

불행히도 그것은 에르셀라의 목소리였다. 게리언이 콧수염을 매만지며 에르셀라를 보자, 그녀는 그제야 제 몹쓸 행동을 자각했다.

"그냥…… 신기해서요."

변명은 의지와 다르게 튀어나왔다. 에르셀라는 자신의 위치가 게리언보다 높다는 사실을 알고 있었다. 그러나 그것과 별개로 각인된 기억 속 게리언의 앞에서 그녀는 여전히 열여섯 여자아이였을 뿐이었다.

그렇기에 게리언 클레이먼트의 직위가 자신보다 한참 밑이었음에도 저 정나미 없는 눈만 보면 지레 겁을 먹곤 했다.

"풍년이 들었다고 해서 따로 증액하진 않습니다."

게리언은 설명 없이 그 말만을 건성으로 내놓았다. 에르셀라의 귀에는 마치 그걸 이제 알았냐며 타박하는 것처럼 들렸다. 꾸짖어도 할 말은 없었기에 에르셀라는 머쓱해졌다. 그러면서도 무슨 용기였는지 그녀는 한마디 더 붙였다.

"조금 올려도 괜찮을 텐데요. 흉년이면 내리기도 하니."

그녀의 아버지는 그리함으로써 상황에 따라 적절하게 자비를 베풀고 거둬들였다. 풍년이면 세율을 높이고, 흉년이면 구휼금을 풀어 영민을 돕는다. 전자만 보면 반발이 있을 법했다. 그러나 아예 그조차도 하지 않으며 폭리를 취하는 영주가 태반이었기 때문에 풍년 때 더 걷어도 불만 있는 사람은 몇 없다고 들었다.

"각하께서 원치 않아 하십니다."

아까까지만 해도 서늘했던 기세가 약간 물렁해졌다. 에르셀라는 게리언을 바라보았다. 시선이 느껴졌을 텐데도 그는 하던 일을 멈추지 않으며 평연히 말했다.

"기근 때는 내리긴 하나 그 외에는 일정한 세율을 유지합니다."

쌀쌀맞은 낯 위로 누군가를 향한 경애심이 떠올랐다. 그 대상이 누구인지 모를 리가 없었다.

에르셀라는 얼떨떨했다. 열아홉에 가주가 된 그를 공손히 받들어 모시는 건 알았다. 그러나 진정한 존경보다는 그가 내보인 위압감으로 인한 단순한 복종일 것이라 생각했었다.

에르셀라는 하르젠을 생각했다. 그녀가 아는 그는 언제나 원리·원칙대로 행동하는 사람이었다. 그 틀에 박힌 고정관념 때문이었을까. 에르셀라는 하르젠이 어떤 사람인지 더더욱 알기가 어려워졌다.

에르셀라는 침대 머리에 기댄 채 서류를 펄럭펄럭 넘겼다. 흐트러진 이불보 위에는 서류가 수두룩했다. 그녀는 내일 할 일감을 미리 당겨서 하는 중이었다.

어떻게 하면 게리언과 한 공간에 같이 있는 시간을 줄일 수 있을까 궁리하다 떠올린 묘책이었다. 게리언이 하르젠을 좋아하는 것과 별개로 그가 불편한 건 극복하지 못했다.

그의 존재가 주는 정신적 압박이 어찌나 해로운지 업무만 끝나면 몸이 녹초가 됐다. 전에는 마주쳐도 인사만 쏙 건네고 사라지던 남자가 근래에는 꼬박 얼굴도장을 찍는다.

웬델만에게 선대 공작 부인에 대해 캐물을까 봐 걱정이라도 됐던 것일까. 그러나 호기심은 본디 대놓고 막으면 죽기보단 반발하며 일어서는 놈이라, 에르셀라의 호기심은 날이 갈수록 몸집이 불어나는 중이었다.

이세르타 베른하르트.

에르셀라는 기억 속에서 그녀의 초상화를 끄집어냈다. 갈색 머리에 갈색 눈은 부드러운 인상의 미인이었으나 하르젠과는 닮은 구석이 전혀 없었다.

"공작 부인…… 어머님은, 어떤 분이셨어요?"

"불쌍한 여자."

성장기 동안 십여 년을 넘게 떨어져 산 탓일까. 불쌍하다 말하면서도 동정하는 눈빛은 아니었다. 그 긴 시간을 갇혀 살았다고 하는데,

저와는 상관없다는 태도였다. 비록 죽을 위기에 몰아넣었다지만, 그녀는 그를 사랑했다고 했는데.

에르셀라는 때때로 하르젠이 보이는 비정함이 적응이 안 될 때가 많았다. 그래서 솔직히 그가 비센테를 사랑스럽다고 말했을 때 얼마나 놀랐는지 모른다. 자식이라서 그런 것일까. 후계자라서 그런 것일까.

그때 문소리가 났다.

"왔어요? 치워야겠다."

하르젠이 들어오자 에르셀라는 너저분한 주변을 정리하기 시작했다.

"놔둬. 내가 하지."

"아, 이것도."

에르셀라는 거절하지 않고 서류를 그에게 넘겨주었다. 서류를 가지런히 겹쳐 올리던 하르젠의 시선이 문득 한곳에 멈췄다. 그녀가 의도적으로 펴놓은 페이지였다.

"베르덴의 시엘린이에요."

"그렇군."

그는 다시금 손을 움직였다.

"이세르타 님이 계신 곳이죠."

검은 눈이 그녀를 향했다.

"당신이 이세르타 님이 살아 계실 때처럼 보존해 두라 일러두었다던데."

"묻고 싶은 게 뭐지?"

"궁금하다고 하면 대답해 줄 거예요?"

에르셀라는 하르젠을 빤히 올려다보았다. 그녀는 그의 손을 잡지도, 그의 얼굴을 만지지도, 그의 품에 안기지도 않고 물었다.

"시엘린성. 이세르타 님을 사랑해서 그런 거예요?"

"……아니."

그의 대답은 다소 늦었다. 답하기 어려운 질문은 아니었다. 그저 다소곳이 손을 모아두고 차분한 얼굴을 한 여자가 멀게 느껴진 탓이었다.

"그럼 이세르타 님을 원망해요?"

"누구에게, 어디까지 들었지?"

"내가 누구에게 들었는지가 중요해요?"

"……."

에르셀라는 입술을 꾹 붙였다. 타인도 아는 걸 아내인 자신은 16년 동안 몰랐다. 그런데 그 이야길 누구에게 들었는지가 그렇게 중요한 것일까. 가슴 한쪽이 시렸다.

"묻고 싶은 게 뭐냐고 물었죠. 사실 아주 많아요."

"……."

"당신의 어머니는 어떤 분인지."

"……."

"베르덴에서 홀로 지냈을 때 당신은 어땠을지."

"……."

"기사인 당신이 신어를 어떻게 알고 있는 것인지."

"……."

"우리에게 가르텐과의 약혼이 왜 필요한지."

그가 흐르는 물처럼 넘기면 그녀도 더는 궁금해하지 않았던 것들.

"이젠 나도 알고 싶어요."

"……."

"……알려주면 안 돼요?"

에르셀라는 시큰한 눈가에 힘을 주었다. 이제껏 꾹꾹 눌러 묵혀둔 서운함은 꺼내놓자면 끝도 없을 것이다.

"당신이 내게 아무 이유 없이 그럴 사람 아닌 거 알아요. 다 나를 위해서라는 것도…… 알아. 하지만 내가 언제까지 몰라야 해요? 내가 당신에게 의지가 될 만한 존재가 아닌 거 알지만 그래도……."

"후작과 연을 끊을 수 있나?"

나는……. 말이 끊어지며 숨이 잠시간 멎었다. 둘만의 문제였다. 왜 여기서 카르온이 언급되는 것인지, 그녀는 이해하지 못했다. 입술만 달싹이는 그녀를 향해 그가 다시 한번 물었다.

"항상 날 좋아한다, 입버릇처럼 달고 살지. 그럼 묻지. 날 어느 정도로 좋아하지? 당신 가문을 버릴 만큼 좋아하나?"

"……."

"당신 오라비와 내가 대척에 선다면, 당신은 날 택할 건가?"

여느 때와 같은 목소리는 일견 절박하게 들리기도 했다. 그러나 예고 없이 들이닥친 충격에 그녀는 그 감정의 변화를 읽어내지 못했다.

"대척에…… 왜 서는데요? 그럴 일이 왜……."

생각하고 싶지도 않았다. 두 사람 다 소중했고, 두 사람 다 잃고 싶지 않았다. 그리고 그것이 큰 욕심은 아닐 것이다.

"오라버니와 무슨 문제라도 있는 거예요? 뭔데요? 오해라면 내가 오라버니와 잘 말해볼 테니까……."

"그렇게 말할 줄 알았어."

금방이라도 부스러질 듯한 얼굴로 하르젠은 웃었다. 기대 따윈 처음부터 하지 않았다는 듯이.

"당신은 날 위해 아무것도 버리지 않을 테니."

※　◆　※

에르셀라는 하르젠의 말이 이상했다. 그녀는 언제나 포기하고 포기해 왔다. 그런데 왜 그는…….

"당신은 날 위해 아무것도 버리지 않을 테니."

어쩌면 그 말이 맞을 수도 있다. 그녀 딴에는 포기하고 살아왔다 해도 하르젠의 입장에서 보면 에르셀라는 버린 것이 없었을 수도 있다.

그러나 피사리데는 그녀가 가진 것 중 몇 안 되는 안식처였다. 그것을 버리면 자신은…….

하르젠이 바라는 건 무엇일까.

"내가 바라는 건…… 외려 당신을 괴롭힐 텐데."
"후작과 연을 끊을 수 있나?"

당신이 바라는 게, 정말 그거야?

그녀는 그날 밤 처음으로 두 사람을 저울질했다. 카르온과 하르젠이 대척에 설 만한 일이 뭐가 있을까. 대척에 선다면 누구를 버리고 누구를 택해야 할까. 하르젠을 좋아한다. 그러나 그를 위해 가문을, 오라비를 버릴 수 있을까?

에르셀라는 제가 그러지 못할 것을 알았다. 그 반대도 마찬가지였다. 카르온을 위해 하르젠과 비센테를 버릴 수 없다.

그렇다면 자신은 어떻게 해야 하는 걸까. 이제 와 각자에게 가진 애정의 크기를 재어보라 한들, 단시간에 판가름 낼 수 있을 리 없었다.

"괜찮으십니까?"

의식이 끌어 올려진다. 고개를 돌리니 비센테가 그녀를 바라보고 있었다.

"무슨 걱정거리라도 있으신가요?"

그 옆에 있던 올리비아 역시 의아쩍은 눈망울로 물었다. 에르셀라는 그제야 셋이서 티타임 중이었음을 떠올렸다.

"미안해요. 내가 공녀를 앞에 두고 잠시 딴생각을 했네요."

"아니에요, 부인."

올리비아가 싱긋 웃으며 차를 홀짝였다.

"이리 초대해 주신 것만으로도 좋아요. 공자께서 단련에 집중해야 할 시기임을 알지만, 너무 마음이 급해서 이리 결례를 저질렀네요. 제 철없는 응석을 받아주셔서 감사드려요."

"응석이라니. 그 나이대 여인은 대개 그런걸요."

"그렇게 봐주신다면 다행이지만요."

찻잔을 내려놓으며 올리비아가 에르셀라의 뒤편을 보았다.

"그런데 오늘은 자르데아 영애가 없네요?"

그 말에 비센테의 고개가 왼쪽으로 돌아갔다. 에르셀라의 뒤에는 올리비아의 말대로 아도라가 아닌 다른 사용인들이 자리를 지키고 있었다. 처음 안 사실에 묘한 기분이 들 무렵 에르셀라가 입을 열었다.

"아도라는 지금 다트너가에 가 있어요."

흥미가 솟았는지 올리비아의 얼굴에 화색이 돌았다.

"아! 다트너가의 차남분과 혼담이 오가는 중이라 했나요?"

"그렇답니다."

비센테는 가만히 경청하다 전에 마주쳤던 다트너가의 차남을 떠올렸다. 관심이 없어 캐론 다트너에 대해 자세히 알아본 적은 없으나, 그 럭저럭 추저분한 소문을 달고 다니진 않는 것 같았다.

아도라가 모종의 이유로 결혼을 기피한다는 것은 알지만, 그만하면 괜찮은……. 그는 옅게 눈살을 찌푸렸다. 문득 제가 왜 이걸 생각하고 앉아 있는지 이해가 안 갔던 까닭이다. 어처구니없는 잡념은 올리비아의 말에 빠르게 휘발되었다.

"세상에, 아도라 영애는 참 운이 좋네요."

"왜 그렇게 생각하나요?"

"여러 사람의 부러움을 살 정도로 과분한 분과 혼사를 진행하게 되었으니 어찌 운이 좋다고 말하지 않을 수 있을까요."

당사자가 없어서일까. 자르데아는 아도라가 다트너에 한참 못 미친다는 걸 돌려 말하지도 않았다.

에르셀라는 올리비아가 왜 이렇게 아도라를 깎아내리는지 알았다. 아도라는 이제껏 시녀를 들이지 않았던 에르셀라가 유일하게 시녀로 삼은 아이다. 그녀가 따로 의미 부여를 하지 않아도 그것에 가치를 매기는 사람은 넘쳐났고, 당연히 자르데아의 영애를 비센테의 짝으로 생각해 두고 있는 것이 아니냐는 말도 나돌았다.

에르셀라의 심중을 모르는 올리비아로서는 당연히 기분 나쁠 수 있었다.

"공녀."

에르셀라가 올리비아를 주의를 주듯 불렀다. 어찌 됐든 아도라는 그녀의 시녀로, 더 이상의 모욕은 봐줄 수 없었다.

올리비아는 저보다 아도라를 우선시하는 듯한 에르셀라의 태도에 기분이 안 좋아졌지만, 더는 말하지 않았다. 에르셀라도 올리비아의 기분을 풀어주지 않고 놔두었다. 안 그래도 신경 쓸 게 많았다. 언행은 결혼 후에 주의를 주어도 충분할 것이다.

"다른 걸 내오라 해야겠습니다."

비센테의 말에 에르셀라는 흠칫했다. 저도 모르게 포크로 케이크 표면을 겹겹이 벗겨내고 있었다. 에르셀라는 그러지 말란 뜻으로 포크를 내려놓았다.

"괜찮아."

"입에 안 맞으십니까?"

"그냥, 오늘은 생각이 없구나."

"생각이 없더라도 주방장의 성의를 봐서라도 드시지요."

……저 아이가 언제부터 주방장의 성의를 생각했을까. 케이크가 맛있어서 같이 그 맛을 느껴봤으면 해서…… 는 아닐 테고.

에르셀라가 멀뚱히 시선을 내렸다. 딸기가 시트마다 촘촘히 들어가 있는 케이크는 보기만 해도 군침이 돌았지만 정말 생각이 없었다. 적게 먹는 걸 버릇하다 보니 식욕도 자연스레 줄어들었다. 그녀가 다시 한번 거절하려는 때였다.

"예쁘십니다."

들려온 말에 에르셀라의 표정이 석상처럼 굳었다.

"살 좀 붙는다 해도 여전히 아름다우실 겁니다."

"……."

"그러니 드십시오."

비센테 입에서 나왔다기에는 과장되고 낯간지럽기 그지없는 말이었다. 올리비아도 의외라는 시선으로 비센테를 바라보고 있었다.

"주, 주방장이 모처럼 실력 발휘 좀 했나 보구나. 네가 그리 말할 정도면."

어렵사리 입술을 떼며 케이크를 포크로 한 입 베어 물었다. 달콤한 크림과 딸기가 입안에서 어우러졌기 때문일까, 미소가 지어진다. 기분이 좋은 것 같기도 하고.

에르셀라는 아주 오랜만에 그 자리에서 케이크 한 조각을 다 먹었다. 포크를 내려놓으려 할 때마다 비센테가 '예쁘실 테니……'를 시전한 탓이다. 그것이 너무나 민망하여 에르셀라는 손과 입을 계속 움직이지 않을 수 없었다.

비센테는 약혼녀를 배웅하기 위해 올리비아와 회랑을 거닐고 있었다.

"기사 시험이 끝나면 제 어머니의 살롱에 공작 부인과 와주시겠어요?"

"어머니가 괜찮으시다면 그리하겠습니다."

별안간 푸흡, 하는 웃음소리가 났다. 비센테가 걸음을 멈추고 올리비아를 돌아봤다.

"대답이 똑같아서요. 그날 일로 저와 제 어머니가 마음에 안 드신 거죠?"

비센테는 짤막하게 고개를 저었다.

"아니요. 그날은 명백히 제 잘못이었으니 공녀를 탓할 생각은 없습니다."

"하지만 제 눈에는 여전히 그렇게 보이는걸요."

올리비아의 눈썹이 밑으로 처졌다.

"아니면 따로 마음에 담아두고 있는 분이라도 있으신가요?"

"없습니다. 하지만 다음부터 이런 질문은……."

"상관없어요."

"……."

"공자가 누구를 마음에 두든, 결혼 후 정부를 두든 전 상관없어요. 친부의 방탕한 행실을 보고 살아왔는데 혼약 시 한 사람만 사랑할 거라는 영원의 맹세를 믿을 리가요. 전 그저 공작 부인의 지위면 돼요. 물론 허울뿐인 건 아니어야 하고, 후계도 제 아이여야 해요. 이 두 가지만 지켜주신다면 공자가 무얼 하든 신경 쓰지 않을게요."

올리비아는 진지한 얼굴이었다.

"제 어머니를 너무 미워하진 마세요. 그렇게 안 보여도 안쓰러운 분이시니까요. 어머니는 한미한 가문 출신으로 아버지의 후처로 들어왔어요. 그마저도 제가 생기니 어쩔 수 없이 후처로 들였다는 풍문도 있지요. 세간의 눈총이 없었을 리가요. 어머니는 사람들의 곱지 않은 시선을 받으며 지금의 자리까지 오르셨어요. 하지만 공자의 어머니는 어떤가요? 공작 부인은 아무것도 안 해도 사람들이 모이죠. 아름다운 얼굴에 피사리데이며 베른하르트니까요. 상대적 박탈감에 제 어머니가 분함을 느끼는 건 당연하지 않나요?"

대관절 여자의 의중을 파악하기 힘들었다. 그걸 알았는지 올리비아가 살포시 웃었다.

"안 그런 척하지만 어머니는 공작 부인을 부러워하세요. 부족한 것 없이 살아오신 분이잖아요, 공작 부인은. 어머니가 시샘 좀 하신다고 그것이 사라질 것도 아니고요. 이사벨라 왕비 전하의 보관에 관한 일로 어머니도 충분히 자존심을 다치셨어요. 그러니 그만 넘어가자는 말이에요. 어차피 할 결혼, 이럴수록 서로가 더 힘만 들어요."

대적할 또래가 없는 공녀라는 신분 때문인가. 전에도 느꼈지만 말하는 것에 거침이 없었다. 빙빙 돌려 말하는 건 그도 질색이라 그편이 대화하긴 더 편했다.

비센테는 올리비아의 말을 끝까지 듣고 나서야 입을 열었다.

"공녀가 보는 것이 전부는 아닙니다."

제삼자의 시선으로 재면 그녀의 말대로 보일 것이다. 어찌 됐든 에르셀라는 가진 자였고, 무얼 하든 배부른 투정으로밖에 비치질 않을 터다.

그러나 사람마다 고유의 삶이 있다. 타인에게 그것을 재단할 자격이 있을까. 적어도 그는 자신에게 에르셀라의 삶을 함부로 논할 자격이 없음을 알았다.

저편에서 마차가 미끄러지다 세워진 건 그 무렵이었다. 밀빛 머리의 여자가 그 안에서 풀썩 뛰어내렸다. 꽃 모양으로 수놓은 드레스 자락이 바람에 하느작거리다 잠잠해진다. 짜증이 역력한 기색의 아도라가 헝클어진 머리를 쳐서 뒤로 넘겼다.

올리비아는 비센테를 바라보다 표정을 굳혔다.

'그 새끼…….'

오면서 마차 바닥을 몇 번이나 내리찍었는지 모른다. 아도라는 캐론 다트너, 다섯 음절을 입안으로 짓씹었다.

'연인이 있었어?'

연인을 두고 정략혼 한다는 이야기는 흔했다. 연인이 여럿도 아니었으니 여자 관련으로 추문이 돌 만한 문제가 있는 것도 아니다.

품행이 방자하고 여인이나 희롱해 대는 남자들보다는 확실히 질적으로 나았다. 그러나 연인이 있는 주제에 감히 자르데아가의 재산을 집어삼키려 했다는 게 괘씸했다.

"미안해요. 하지만 결혼하면 다 정리하고 영애의 남편으로만 살아갈 테니……."

그걸 믿을 수가 있어야지. 당연히 아도라는 혼담을 무를 생각으로 부모님을 찾아갔다. 불행히도 그들의 반응은 더 가관이었다.

심약한 자르데아 백작은 헛기침만 해대며 대화를 피했고, 자르데아 백작 부인은 네 심정은 알지만 일단 추이를 지켜보자는 말만 내뱉을 뿐이었다.

아도라는 될 대로 되라는 심정으로 차라리 신분이 낮아도 괜찮으니 여자에 숙맥인 남자와 결혼시켜 달라 청했다. 백작 부인은 한번 알아보겠다고 말했지만, 먼젓번 일로 인해 썩 신뢰가 가진 않았다. 아도라는 진심으로 그냥 신학교로 튀고 싶었다.

'공작 부인에게 돈 좀 빌릴까.'

극단적으로 빗질 생각까지 하고 있으니 이 상황이 어지간히 어이가 없는가 보다.

'개자식, 아껴준다며!'

실낱같은 기대라도 품은 제가 천치지. 땅이 꺼지도록 한숨을 내쉬니 어느덧 베른하르트저에 도착했다. 벌컥 마차의 문을 열어젖힌 그녀가 마차에서 내렸다.

머리를 한 번 괴팍하게 정리해 준 다음 아도라는 심호흡을 했다. 제 기분과는 별개로 타인 앞에서 꼴사나운 모습을 보여 공작 부인의 품위를 훼손시킬 순 없었다. 그런데…….

"다트너가에서 오시나 봐요."

아도라는 점점 가까워지는 인물을 보고 파삭파삭 말라갔다. 그제야 오늘 가르텐 공녀가 방문한다는 사실을 기억해 낸 것이다. 이제 막 가려는 참이었는지 뒤에는 약혼자를 배웅하기 위해 나온 비센테가 있었다.

그가 격식에 까다롭다는 것도 추가적으로 떠올랐다. 그녀가 귀족이며 공작 부인의 시녀이니만큼 한 소리를 하진 않겠지만, 좋게 보이지도 않았을 터다.

"맞아요. 올리비아 양은 이제 가시나 보군요. 좋은 시간 보내셨나요?"

"물론이에요. 영애도 다트너 영식과 즐거운 시간을 함께하셨는지요?"

"네, 뭐…….''

"캐론 영식이라면 저도 좀 알아요. 캐더 영애 말로는 참 점잖으신 분이라더군요."

그 캐더 영애가 캐론 다트너의 애인인 건 알고 하는 소리니?

"그렇군요."

아도라는 떫은 입안을 침으로 적셨다. 그때 비센테가 다가오며 올리비아에게 손을 내밀었다.

"들어가십시오."

"아, 그래야겠네요."

올리비아는 환하게 웃으며 그의 손을 잡고 마차에 올라섰다.

"다음에 또 초대해 주세요."

"찾아뵙겠습니다."

모호한 의미에 올리비아의 입가에서 웃음기가 걷어졌다. 그러나 마차는 이미 출발한 후였다.

아도라는 억지로 입꼬리를 당겨 웃었다. 또 아까 일이 생각났다. 캐론 다트너를 좋아하는 건 절대 아닌데도, 정인이 있다는 소리에 왜 이렇게 열불이 나는지 모를 일이었다.

'내가 속이 좁은 건가?'

그녀는 곧 도리질 쳤다. 잘못한 것도 없는데 진짜 속 좁은 인간이 된 것 같지 않은가. 그러다 문득 느껴지는 시선에 그녀가 옆을 돌아보았다.

"제게 무슨 볼일이라도 있나요?"

금방이라도 아니라고 하고 제 갈 길 갈 줄 알았던 소년은 의외의 말을 하였다.

"잠시 시간 되십니까?"

시간이야 많았기에 내주는 건 어렵지 않았다. 아도라는 옷매무새를 정리하며 비센테를 따랐다.

이윽고 두 사람의 발길이 닿은 곳은 분수대 근처였다. 저편에는 사용인들이 까르르 재잘대고 있었는데, 아도라는 멀리나마 사람이 있는 것에 안심했다. 안 그랬다면 어색함에 체기가 올라왔을 것이다.

발치에 내려앉는 단풍잎이 눈에 띄었다. 이제 보니 사방이 붉은 단풍에 가려져 있었다. 발그레 물든 잎사귀가 자연의 섭리에 따라 떨어지고 허공에 휘날렸다. 가을이 찾아든 베른하르트 저택은 가히 고혹적이라 절로 감탄이 터져 나왔다.

"영식은 좋겠네요. 굳이 시간 들여 단풍놀이를 가지 않아도 되겠어요."

부럽다는 투에 비센테가 서늘하게 대꾸했다.

"내 어머니를 말려 죽였다는 곳을 부러워하실 줄은 몰랐습니다."

"그건……!"

얼음장같이 쌀쌀맞은 태도에 아도라는 말을 잇지 못했다. 설마 그 일로 아직까지 꽁해 있는 것인가. 자신은 그저 관상화가 되어 시든다는 시적인 비유를 했을 뿐이다. 결단코! 말려 죽였다는 둥 격정적인 말을 한 적은 없었단 말이다.

"그저 비유였을 뿐이에요. 비난할 의도는 아니었다고요!"

뒤늦게 부랴부랴 발뺌해 보려 했지만, 어림도 없었는지 비센테의 차가운 표정은 녹을 기미가 보이지 않았다.

"그러니까…… 저 개인의 생각이었을 뿐, 별다른 의도는…….."

사실 그녀도 제가 한 말이 옳다 그르다를 떠나 경솔했음은 인지하고 있었다. 자칫하면 베른하르트 전체를 싸잡아 비난한 것으로 간주될 수 있는 아슬아슬한 상황이었다.

만일 눈앞의 소년이 작정하고 꼬투리를 잡으려 한다면 빠져나갈 구석은 없을 것이다. 식은땀이 주르르 흘렀다. 뭐라도 변명하고자 했을 때였다.

"영애가 결혼하기 싫어하는 이유도 그와 같습니까?"

돌아온 건 꼬투리가 아니었다. 일말의 악의도 깃들지 않은 순수한 물음이었다. 이어진 비센테의 말은 아도라가 예상한 것과는 한참 달랐기에 그녀는 떨떠름한 얼굴을 했다. '그'와 같다니.

'공작 부인을 말하는 건가?'

앞뒤 맥락을 따져보면 그런 것 같았다.

"비슷…… 하죠? 무도회나 티파티를 전전하며 보고 들은 게 너무 많았거든요."

구구절절한 사연은 간소화하기로 했다. 이 정도만 해도 저 소년은 알아들을 터였다.

"사람들의 입담에 씹히고 싶지도 않고."

사실 지금도 충분토록 잘근잘근 씹히는 중이었지만, 아도라는 그런 사소한 건 생략하기로 했다.

비센테가 말했다.

"영애는 다를 수도 있지 않습니까."

물론 그렇긴 하다. 그러나 중요한 건 '나는 저들과 다를 거야'라는 가정이 상당히, 몹시, 매우 위험하다는 것이다.

불확실한 희망에 자신을 던지기엔 아도라는 가진 게 너무 없었다. 즉, 그것은 상상과 정반대의 상황에 놓이게 되었을 때 미래를 보증해 줄 만한 뒷배가 없다는 뜻이기도 했다.

"공자도 알고 있듯이 전 자르데아 말곤 쥐뿔도 없어요. 그마저도 대단한 건 아니고요."

백작가라 하지만 그래 봤자 시골 구석에 있던 가문이었다. 수도 출신인 어머니만 아니었다면 영영 촌구석에 처박혀 있었을 가문. 수도에서 대대로 역사를 다졌던 남작가보다 폄하되는 건 당연했다.

자르데아 이야기를 하자니 자연히 캐론 다트너가 연상됐다. 아도라가 눈을 세모꼴로 모았다. 빼먹을 게 없어서 어머니가 평생 일궈놓은 가문을 날로 먹으려 하다니. 그와 결혼한다면 멀쩡한 가문을 타인의 품속에 냉큼 안겨주는 것과 뭐가 다를까.

캐론 다트너 따위보단 팔촌 오라비에게 작위를 물려주는 게 백번 천 번 나았다.

아도라는 문득 비센테가 침묵하고 있다는 것을 알아차렸다. 예의상으로라도 자르데아가 떨어진다는 것을 부정하지 않는 속내가 유리구슬만치 투명해서 웃음이 났다. 모처럼 마음에 들어 그녀는 성큼 다음 말을 내놓았다.

"그러니 걱정일 수밖에요. 처음엔 그 걱정이 내가 별 볼 일 없는 가문의 여식이기 때문이라고 생각했어요. 그래서 나보다 더 높은, 웬만한 사람은 범접할 수 없을 정도로 고귀한 사람이면 뭔가 다를지도 모른다고 기대했죠."

공작 부인의 시녀가 되기로 결심한 이유에 그것도 어느 정도 포함되어 있었다. 이 불안감의 근원이 가문 탓인지, 자신의 탓인지 알고 싶었다.

"막상 보고 느낀 건 조금 달랐지만요."

에르셀라도 다르지 않다는 투에 비센테는 손을 한 번 쥐었다 놓았다.

"저는."

소년이 말했다.

"저는 사랑이 별것 없다고 생각합니다."

"……."

"그 사람을 위해 하지 않아도 될 일을 하고, 생각하여 행동하고, 위하여 결정하고, 사소한 것까지도 맡아 하고 싶어 하는 것. 저는 그것이 사랑이라고 생각합니다."

어쩌면 아도라에게 확인받고 싶었는지도 모른다.

"아버지는 어머니를 사랑하십니다."

아도라는 담담하게 비센테의 말을 경청했다.

"그 방식이 영애의 눈에 어떻게 보일지도 압니다. 하지만 그렇다고 그것이 사랑이 아니라곤 생각하지 않습니다."

비센테는 믿고 싶었다. 사랑하는 이를 벼랑으로 몰아갔을지언정 그럼에도 그것은 사랑이라고, 그 본질은 결국 사랑과 같다고. 아도라는 곰곰이 생각하다 이내 그것에 응답하듯 흐릿하게 미소 지었다.

"맞아요. 사랑일 거예요."

"……."

"하지만 모든 사랑이 옳은 건 아니에요."

의식적으로 피했던 명제가 되돌아와 뒤통수를 가격한다. 그녀 위로 붉은 단풍잎이 우수수 떨어졌다. 그는 계절에 물든 밀빛 머리의 주인을 바라보다 헛웃음을 흘렸다.

듣고 싶은 말을 해주는 법이 없었다.

✶　✦　✶

티타임을 끝내고 에르셀라는 클리프턴을 불러들였다.

"부르셨습니까."

"집사인 그대에게 몇 가지 물을 게 있어서."

그녀의 말에 심상치 않은 느낌을 받았는지 꾸물거린 적이 없던 노집사는 '물으십시오'란 흔한 말조차 하지 않았다.

에르셀라가 그의 불편함을 다잡고자 말을 걸었다.

"곤란한 질문은 답하지 않아도 좋아."

주인의 입에서 나온 것치곤 파격적인 관용이었다. 클리프턴은 제 실수를 반성하며 깊이 허리를 구부렸다.

"하문하십시오, 마님."

"하르젠이 십 년 넘게 베르덴에서 지냈다는데. 선대 공작께서 그 사람을 혼자 두었다지."

"선대 공작님께선 간혹 베르덴에 들르시긴 하셨으나 대체로 그러셨습니다."

"선대 공작 부인께서는 반대하지 않으셨어? 하르젠을 몹시 사랑하셨다고 들었는데."

"그게, 매일 밤 이세르타 님이 공작님께 눈물로 호소하셨지만……."

클리프턴은 미미하게 고개를 저었다. 들어주지 않았다는 뜻이었다.

에르셀라의 눈이 불편한 빛을 머금었다. 하나뿐인 아들이자 자신의 뒤를 이을 자식이니 이세르타의 경거망동한 행동에 화가 날 수는 있었다. 그러나 그것을 감안한다 해도 어머니와 아들을 십몇 년 동안 떨어져 지내게 한 것은 지나치게 가혹한 처사였다.

"왜 수도로 부르지 않고 베르덴에 두었는지는?"

"송구합니다, 마님. 전 정말 아는 게 없습니다."

클리프턴은 결백해 보였다. 물론 에르셀라는 그를 의심하지 않았다. 고작 집사인 그에게 선대 공작이 무언가를 일러주었을 리 없었다.

"가봐도 좋아."

더 물어도 집사에게선 수확이 없으리라.

그래서 에르셀라는 공략 대상을 바꾸기로 했다. 웬델만을 닦달할까 잠시간 고민했지만 두 가지 이유로 금방 관두었다. 하나는 웬델만이 말 좀 꺼낼라 치면 번뜩이는 게리언의 하이에나 같은 눈빛 때문이었고, 다른 하나는 곰곰이 생각해 보니 그도 상세한 것은 모르는 것 같다는 이유에서였다.

결국 그녀는 게리언을 구슬리기로 반쯤 미친 결심을 했다. 불행인지 다행인지 마침 오늘은 콘타르 남작 부처가 영지에 내려가는 날이기도 했다.

그 말은 게리언과 단둘이서 일해야 한다는 것을 의미했다. 에르셀라는 처음엔 낙담했지만, 곧 희망을 가졌다. 제아무리 철통같은 수비를 자랑하는 자라도 약점은 있는 법이었다.

"자작은 콘타르 남작보다 더 오래 이곳에서 일했다고 들었는데, 맞나요?"

에르셀라의 상냥한 목소리에 게리언의 안면 근육이 움찔했다. 밤낮을 가리지 않고 그만 보면 뚱해 있던 여자가 태도를 바꾸니 불길한 기운이 엄습했다.

"······예. 그 친구가 아카데미에서 공부할 동안 전 이곳에서 선대 공작 각하를 모셨습니다."

게리언은 경계를 풀지 않으며 덧붙였다.

"참고로 이세르타 님에 관해선 저 역시 잘 알지 못합니다."

이런. 눈치 하나는 기막히기도 해라.

"이 저택엔 비밀이 참 많은가 보네요. 공작 부인인 나도 모르는 게 아직 산더미니."

그녀는 꼬아 말했다. 은근히 빈정대는 듯한 말투에 게리언은 한숨을 내쉬었다.

"애초에 산나르는 왜 받으셨습니까."

그것은 그 자신도 모르게 나온 말이었다. 게리언은 뒤늦게 깜짝 놀라 수습하려 했지만 에르셀라는 듣고 난 뒤였다.

"그게 뭐가 문제죠?"

그녀는 약간 발끈하며 맞섰다. 대뜸 피사리데를 걸고넘어지는 게 시비 건다고 단정 지어도 무방했다.

"산나르는 공작 부인 것이 아닌 피사리데 후작의 것입니다."

"제가 살아 있는 동안은 제 것이에요."

그의 말대로 상속은 유한했다. 카르온이 물려주긴 했다지만 한시적인 상속으로, 에르셀라가 죽으면 산나르는 다시 피사리데에 귀속된다. 그러므로 그녀는 산나르에서 나오는 자원을 자식에게 물려줄 순 있지만, 산나르 자체를 상속해 줄 순 없었다.

그러나 에르셀라는 상관없다 여겼다. 베른하르트의 주인이 될 비센테에게 그깟 땅덩어리가 중요할 리도 없었고, 살아 있는 동안 산나르의 혜택을 누리기만 해도 충분하다고 생각했기 때문이다.

그러나 게리언은 다르게 생각했는지 고개를 완강히 저었다.

"그 말대로 온전히 공작 부인 것이 아닌 게 문제입니다."

그는 외알 안경을 탁자에 내려두고 에르셀라를 응시했다.

"부인이 한시 상속으로 피사리데의 것을 받는다는 게, 피사리데 소속의 영주가 된다는 게, 무슨 뜻인지 아십니까? 후작께서 왜 그리하셨는지도요."

"그거야 그 땅은 본디 피사리데의 것으로 내가 죽으면 당연히 피사리데로 돌아가야 하기 때문, 아닌가요?"

에르셀라의 대답에 게리언은 얼굴을 쓸어내렸다. 그는 자신이 현재 이성적임을 알고 있었다. 흥분한 것도, 발끈한 것도 아니었다. 그러니 평소처럼 침묵하면 될 일인데도 눈앞의 여자를 보니 오늘따라 인내가 힘들었다.

"부인께서는."

"……."

"본인이 베른하르트라고 여기지 않습니다."

"자작."

그에 에르셀라의 이마에 살짝 금이 갔다. 게리언은 자신이 선을 넘고 있다는 것을 알았다. 여기까지가 저 소심한 여자가 봐줄 수 있는 한계치라는 것도. 그러나 알고 있음에도 그는 기어코 입을 열었다.

"묻겠습니다. 도움이 필요하실 때 가장 먼저 각하를 찾으신 적 있으십니까?"

"자작."

"없을 겁니다. 매번 후작에게 가셨을 테니까요. 공작 부인인 당신께서 오라비에게 의지하는 게, 그것이 무엇을 의미하는지 정말 모르십니까?"

"자작."

에르셀라가 그만하라는 듯이 게리언을 불렀지만, 그는 멈추지 않았다.

"각하께서 그걸 어떤 마음으로 지켜봐 왔는지 아시긴 합니까?"

"날 베른하르트 취급하지 않은 건 당신들이에요!"

에르셀라는 격화된 감정을 누르지 못하고 소리쳤다.

화가 났다. 게리언이 그런 말을 하는 게. 자신이 그런 말을 들어야 하는 게. 그것에 참을 수 없이 화가 치밀었다.

"당신이야말로 날 이 가문의 안주인 취급한 적 있어요? 성가시고 귀찮은 가문의 계집이라 생각하진 않고요?"

"그런 적, 없습니다."

짓씹듯 내뱉는 허울뿐인 부정에 에르셀라는 하, 실소를 터뜨렸다.

"거짓말 말아요. 내가 공작 부인의 역할을 하려 할 때 도와준 적 있어요? 매번 웃는 얼굴로 하지 않아도 된다, 자기들이 다 하겠다는 말 뿐이었죠! 그래 놓고서 이제 와서……."

문득 말을 멈춘 에르셀라가 게리언을 쏘듯이 보았다.

"이 가문에서 내 역할은 뭐죠?"

"……."

"나는 이곳에서 내가 뭘 했는지 기억이 없어요. 당신들이 하라는 것만 하고, 책을 읽고, 밤이 되면 방에서 당신들 주군이 오길 기다려요."

"……."

"당신들이 날 어떻게 생각하는지 빤히 보이는데……."

"……."

"이게, 내 잘못이에요?"

"부인."

"오라비에게 의지하는 게, 내 잘못만이에요?"

그리고 그때였다. 문이 열리며 이 순간 가장 마주하고 싶지 않은 남자가 보인 것은.

게리언은 언제 언성을 높였냐는 듯 그를 향해 차분하게 묵례했다.

"……각하."

에르셀라는 하르젠을 바라보았다.

그간 애써 외면해 왔던 의심을 직면하며 그녀는 잘근 입술을 당겨 물었다.

이 사람이, 몰랐을 거라 생각하지 않는다.

"물의를 일으켜 면목이 없습니다."

게리언의 얼굴에 낭패감이나 억울함은 서려 있지 않았다. 마치 처음부터 이렇게 될 줄 알았다는 양 각오한 태도였다. 그것에 에르셀라는 방금 들은 말이 그가 충동적으로 내뱉은 것이 아님을 알 수 있었다. 그녀가 그랬듯 그도 참아왔던 말을 터뜨린 것이다.

"치죄하셔도 할 말이 없습니다."

게리언은 알량한 변명을 대지도, 주군의 자비를 갈망하지도 않았다. 그것이 에르셀라의 분한 마음을 더욱 치밀어오르게 했다. 차라리 그녀를 맹렬하게 비난했더라면 더 나았을까.

"일단 나가 있으라."

하르젠이 에르셀라를 눈짓하며 말했다.

"무슨 일인지 먼저 듣고 정하지."

"알겠습니다."

에르셀라의 말을 먼저 듣는다는 게 제게 불리하게 작용할 수 있다는 것을 알면서도 게리언은 반문하지 않고 의연히 순응했다.

"송구할 따름입니다."

에르셀라의 다문 입안으로 실소가 맴돌았다. 송구하다니. 그것은 그녀가 들어야 할 말이다. 하르젠이 아니라.

"그럼 부르실 때까지 자숙하고 있겠습니다."

"가지 말아요!"

게리언을 붙잡는 에르셀라의 고함이 방 안을 채웠다. 그녀는 아직 게리언과 할 말이 남아 있었다.

"멈춰요!"

그러나 게리언은 그녀에게 시선도 주지 않고 방을 나갔다. 저 매정한 자는 나가 있으라는 주군의 명을 끝까지 충실히 이행했다. 에르셀라의 표정이 처참히 무너졌다.

"내가, 가지 말라고……."

"……."

"가지 말라고……."

에르셀라는 그 순간 분노보다 절망을 느꼈다. 게리언을 뒤쫓으려 했지만 하르젠이 그녀의 손목을 붙드는 바람에 그러지 못했다.

"놔요."

"나와 먼저 얘기해."

"내가 받았어야 할 사과였어요!"

탁, 하고 거센 마찰음이 방 안을 울렸다. 하르젠은 뿌리쳐진 제 손을 짧은 시간 응시하다 얼굴을 쓸어내렸다.

"그게 문제라면 나중에 따로 일러두지."

그 말에 온몸에 힘이 빠졌다. 갈피를 잡을 수 없던 허탈감이 점점 가까워지는 듯했다.

"그런 문제가 아니잖아요."

당신이.

"그게 문제가, 아니잖아."

날 소유물로 생각하는 게 아니라면…….

"그럼 뭐가 문젠데."

이해하지 못하겠다는 눈으로 그가 그녀를 바라봤다. 그와의 간격이 이토록 가까운데도 이상하게 시선만은 멀다고 느껴졌다.

모르는 걸까. 제 의지가 아닌 누군가의 명으로 듣는 사과가 뭐가 잘못된 건지. 그녀가 받아야 할 사과가 자연히 그에게로 돌아가는 게,

얼마나 그녀를 비참하게 만드는지.

"당신…… 알았지."

아니, 모를 거라 생각하지 않는다. 그는 언제나 알았으니까.

"내가 얼마나 내정을 맡고 싶어 했는지. 저 사람들이 내게 어떻게 했는지도."

이번에도 알았을 것이다. 지금도 일절 흔들림 없는 눈으로 그녀를 보고 있는 것처럼. 그러나 대답은 그와 달랐다.

"내가 어떻게 아는데."

"……뭐?"

숨이 끊어졌다. 형언할 수 없는 무언가가 목 아래까지 가득 차 있었다. 에르셀라는 멍하니 하르젠을 바라보았다.

"네가 말을 안 하는 걸, 내가 무슨 수로 아는데."

평연한 어조였다.

"내정을 맡길 원하는지, 원하지 않는지. 지금 삶이 좋은지, 좋지 않은지. 그걸 내가 어떻게 알아."

"알잖아."

"몰라."

"당신은 항상……."

"모른다고."

……알았잖아.

그러나 하르젠이 빨랐다.

"어느 날은 잘 웃는가 싶다가도 다음 날은 울어. 내가 뭘 잘못했는지도 당신은 말 안 하지. 그러면 나 혼자 맞춰야 돼. 이 이상 내가 뭘 어떻게 해야 하지?"

억양 없이 차가운 목소리에 가슴 언저리가 서늘해졌다.

"그럼 묻지. 저들이 당신을 모욕했나?"

에르셀라는 그렇다고 대답할 수 없었다. 표면적으로 받은 모욕은 없었다. 그들은 그녀에게 공손했으며 정중했다. 부탁을 거절하는 것에 미안해했으며 은연중 그녀를 무시하는 말을 하지도 않았다. 하지 말라는 말을 힘들 거라는 말로 보기 좋게 치장하고, 쓴소리도 돌려 말하는 정성을 들였다.

겉으로만 보면 그들은 에르셀라에게 완벽히 친절했다. 그래서 그녀는 그들이 자신을 어떻게 무시했는지, 어떻게 모욕했는지 객관적으로 설명할 수가 없었다.

구체적인 언행을 문제 삼지 않고서는, 그저 느낌뿐인 개인의 감정을 섞은 설명만으로는 그를 비롯한 어느 누구도 설득할 수 없었다.

"저들을 내치길 원하나?"

"……아니요."

그런 걸로 해결할 수 있는 문제가 아니었다. 무언가 본질적으로 뒤틀린…….

"그러면 내가 어떻게 해야 하지?"

자연스레 그녀의 손에 칼자루를 쥐어 준다. 그녀는 휘두를 자신이 없는데도. 에르셀라는 버거워서 들어 올릴 수 없는 칼의 무게에 짓눌리며 생각했다.

'몰랐, 구나…….'

모르는 게 없기에 당연히 알 줄로만 알았다. 제가 그간 하르젠을 편협한 시선으로 봐왔을 줄은 몰랐다. 그 결실이 이리 어긋난 관계로 돌아왔다는 것도.

그렇다면 자신은 하르젠이 어떻게 해주길 바라는 걸까. 게리언 클라이먼트를, 웬델만 콘타르를, 이 집안에 충성을 바친 가솔들을 다 내치길 바라는 걸까? 저를 위해서?

그것이 불가능함을 안다. 그녀만의 필부로 살아가기엔 가진 것이 많은 남자였다. 저 남자만을 바라보고 살 수밖에 없는 그녀와 위치가 너무나도 달랐다.

에르셀라는 반사적으로 뒤로 한 걸음 물러섰다. 그 지긋지긋한 동작에 하르젠이 주먹을 쥐었다. 그 모습에 그녀는 자신만이 이 관계를 버티고 살아온 것이 아님을 깨달았다.

에르셀라는 문득 물었다.

"왜 내게 청혼했어요?"

이 지경까지 왔는데 왜 날 버리지 않아.

"내 선택이었으니까."

"왜 날 선택했는데요."

확인할 게 있었다. 제게 원하는 게 무엇이기에 이때까지 고집스럽게 그녀를 놓지 않은 것인지. 그녀가 피사리데에 등 돌리길 바라는 이유가 필요에 의해서인지, 아니면⋯⋯.

"가지고 싶어서?"

카사로 데면서. 그 사람처럼, 그저 그뿐인 단순한 소유욕이었는지.

"그래, 가지고 싶어서."

발밑에서 쩌적 금이 가는 소리가 들렸다. 실금이 잔뜩 그어진 유리 바닥은 한 발이라도 내딛는 순간 무너질 듯했다.

"그랬구나⋯⋯."

그 대답에 그녀의 16년의 삶이 결정지어졌다. 그 16년이 사실 텅 비어 있었다는 것도.

"그래서, 가지니까 어때요? 생각보다 가치 있었나요. 아니면 별거 없었나요."

에르셀라가 기운 없이 비꼬았다.

"⋯⋯가졌다고."

하르젠은 에르셀라의 삐딱한 말을 가늠하듯 되뇌다 피식 웃었다.

조소였다.

"내가 당신을 가졌다고 할 수 있나?"

"……."

"이게 가진 거라면, 나는 왜 네가 아직도……."

그의 얼굴이 서서히 일그러지기 시작했다.

"피사리데 같지."

에르셀라의 속눈썹이 파르르 떨렸다. 하르젠이 그녀의 어깨를 부서질 정도로 세게 쥐자, 에르셀라의 다리가 금방이라도 주저앉을 것처럼 휘청였다.

새까만 시선이 칼날 끝처럼 날카로워지며 감정을 드러낸다. 카사로데먼셔, 그 남자와 비교할 수 없을 정도의…… 아.

"그 가문에서 뺏어 와 베른하르트의 이름을 달고 별짓을 다 해도 너는."

그가 원하는 게 결국 이거였나. 서로를 좋아한다고 고백했던 기억의 편린이 눈앞에서 하얗게 흐려졌다. 그제야 깨달은 것이다.

"단 한 번도 내 것이었던 적이 없었어."

정녕 부스러기조차 남아 있지 않은 고백이었음을.

그 순간 거짓말처럼 비센테가 생각났다.

방 안에 짙은 그림자가 내리깔렸다. 얼마간의 시간이 흐르자 사물이 찬찬히 눈에 익었다.

비센테는 탁자를 짚으며 맞은편 문짝을 보았다. 그는 이곳에서 단 한 번 생사의 갈림길에 선 적이 있었다. 그것도 하나뿐인 제 아버지에 의해. 그의 아버지는 이 자리에 앉아 어린 날의 그를 건조하게 응시했다.

자식이 아닌 타인을 바라보는 듯한 눈이었다.

비센테는 그 눈이 의미하는 바를 알았다. 죽이는 게 나을지를 가늠하는 시선이었다. 제 아비란 사람이 저를 머리부터 발끝까지 훑어내릴 동안 본능적으로 몸이 얼었다. 고작 그 시선 하나가 그를 두려움에 떨게 만들었다.

숨 막히는 시간을 인내한 끝에 이윽고 죽을지도 모른다는 생각이 드는 순간이었다. 헛웃음 소리가 들려온 것은.

그 웃음소리에 정적은 순식간에 무뎌지고 사슬로 얽힌 듯했던 몸은 자유로워졌다. 비센테는 딱딱하게 고개를 들어 올렸다. 그리고 눈에 들어온 광경에 멈칫했다. 하르젠이 그를 향해 팔을 뻗고 있었다.

"이리 와."

명령이 아니었다. 외려 그 목소리가 다정한 것 같다는 착각도 들었다. 그는 망설임을 동반하면서도 한 발짝 한 발짝 힘겹게 발을 뗐다. 선득한 긴장감에 심장이 빠르게 뛰다 멎기를 반복했다.

어느 순간 발이 멈추고 저도 모르게 눈을 내리감았을 때, 몸에 팔이 감겼다. 비센테는 제가 아버지에게 안겨 있다는 사실을 깨닫곤 눈을 깜빡였다.

"버리지 않을게."

그의 눈동자를 바라보며 어색하게나마 머리를 쓰다듬는 손길이 환상 같았다. 그것이 애정이었는지 동정이었는지 알지 못한다. 다만 어린 날의 아이가 아비의 말을 무조건적으로 따르게 된 계기로는 충분했다.

번잡한 상념에 잠이 오지 않았다. 그는 저택 주위를 뚜벅뚜벅 걷다가, 그림자에 묻혀 있는 인영을 발견하곤 걸음을 멈추었다.

숄을 두른 에르셀라가 망부석처럼 계단에 앉아 있었다. 비센테가 에르셀라의 옆에 걸터앉았다.

"날이 제법 쌀쌀합니다."

"어?"

에르셀라가 놀란 듯 그를 바라보았다.

"안 추우십니까?"

"숄을 두르고 와서 괜찮아. 넌 안 춥니? 이거 덮으렴."

비센테는 에르셀라가 숄을 벗어 덮어주려 하는 걸 고민 없이 사양했다.

"괜찮습니다. 한데 왜 나와 계십니까."

에르셀라는 머쓱해하며 숄을 도로 어깨에 둘렀다.

"생각할 게 있어서……. 너는?"

"……저도."

비센테의 말에 에르셀라는 다정하게 웃었다. 다감하게 휘어진 눈을 보고 싶지 않아 비센테는 돌계단만 내려다보았다.

"여기서 만날 줄은 몰랐는데."

"저도 그렇습니다. 한데 생각할 것이라면 무슨?"

"그냥……."

에르셀라는 말꼬리를 뭉개며 추운지 숄을 여몄다. 부스럭부스럭하는 소리가 귓가에 울린다.

에르셀라는 바싹 마른 낙엽을 의미 없이 찢고 있었다. 그녀는 손안에 가득한 거스러미 같은 낙엽 조각을 다 털고서야 입을 열었다.

"네가 기사가 되면 많이 바쁠까? 얼굴 볼 시간도 없을 정도로?"

불현듯 그것이 걱정이었던 것일까.

"그 정도는 아닙니다. 아침이나 저녁 정찬은 같이할 테고, 지나가다 마주칠 일도 많을 테니까요."

"……다 집에서네."

"……."

"그러면……."

에르셀라는 별안간 잠잠해졌다가 이내 조심스레 입술을 달싹였다.

"만일 내가 영지에 내려가 있거나…… 후작저에 머물러 있을 때는 많이 못 볼까?"

비센테는 질문 자체에서 약간 이상함을 느꼈지만, 일단 대꾸했다.

"그렇겠죠."

"……."

"여행이라도 가고 싶으신 겁니까?"

"그렇다면 같이 가주겠니?"

"안 되는 거 아시잖습니까."

그의 대답에 에르셀라는 입술을 꾹 붙였다.

"아니면 외숙이 보고 싶으십니까? 아버지에게 여쭤 잠시 후작가에 머무르는 건……."

말이 끊겼다. 제 말이 가솔들과 다르지 않음을 깨달았기 때문이다.

"다녀오고 싶으시면, 다녀오십시오."

그는 바로 고쳐 말했다. 에르셀라는 두 손으로 다리를 끌어모으며 장난스럽게 웃었다.

"그러면 만나러 와줄래?"

"아니요."

의식을 거치지 않은, 반사에 가까운 대답이었다. 그는 아직 만나러 와달라는 가당찮은 소리를 순순히 따를 정도로 과거의 잔해를 쓸지 못했다. 한데 비센테는 그리 말하고서도 거슬거슬한 찝찝함을 느껴야만 했다.

아니요.

그리 답한 이유가 정말 그 때문인가?

틀림없이 마땅할 대답 사이로 어떠한 의심 하나가 끼어 있었다.

"라셀리온과 로웨나가 있습니다. 굳이 제가 있을 필요가 있겠습니까."

어쩐지 알겠다고 답하면 안 될 것 같았다.

"역시 와주지 않을 거구나."

비센테의 대답을 예상한 듯 에르셀라는 담담하게 웃었다. 웃기 전 그 얼굴에 무언가 기대 같은 것이 있었던 듯한데…… 지금은 깨끗하게 걷어져 있다.

비센테가 의아함에 미간을 좁힐 무렵, 에르셀라가 덧붙인 말이 혼란을 꺼뜨렸다.

"그리고 라셀리온과 로웨나가 있다 하더라도 그 애들과 네가 어떻게 같겠어."

같지 않다.

그는 가끔 에르셀라가 저런 말을 할 때면 설익은 무언가가 안에서 달그락달그락하는 것 같았다. 비센테는 혹여 이 어수선한 속을 들킬까 재빠르게 입을 열었다.

"피사리데가 그리우십니까."

그립다고 하지 않았으면 좋겠다. 물으면서도 그런 바람을 가졌다.

"아니."

그리고 기대에 부응하듯 돌아온 대답에 안도하려는 순간.

"내가 그리워하는 건 피사리데가 아닌 피사리데로 살았던 시절이니 지금 돌아가도 그때와 같진 않겠지."

가슴에 묵직한 돌덩이가 끼었다.

"돌아간다 한들 무슨 소용이겠어. 내 아버지와 어머니, 언니는 이미 그곳에 없는 것을."

밤하늘에 흐무러지는 음성이 섬약했다. 낯선 곳을 표류하는 이방인이 저러할까. 그녀가 바라는 시간은 이미 저물었다. 그러니, 돌아가지 못할 것이다.

"행복하지 않으십니까."

비센테의 물음에 에르셀라가 소리 없이 시선을 주었다. 그저 눈이 마주쳤을 뿐인데 속이 막혀왔다. 비센테는 꾹 쥐어 짜내듯 내뱉었다.

"모두가 어머니를 부러워합니다."

길가의 비렁뱅이도, 흔한 평민도, 대다수의 귀족도 당신이 되기를 꿈꿉니다. 어쩌면 비참하게 삶을 마감한 어느 왕족도 당신의 삶을 선망할지 모릅니다. 당신보다 불행한 사람은 지천에 깔렸습니다. 그것을 잠시나마 위안 삼아 행복하다 여기면 안 되겠습니까. 그렇게 이곳에서 웃으며 살아주시면 안 되겠습니까.

제 생각 하나하나가 모순이란 것을 알고 있다. 그 이기심이 에르셀라를 무력하게 만드는 데 일조한다는 것도 알고 있다. 자신은 그녀의 삶을 함부로 재단할 자격이 없다는 것도 알고 있다.

전부 알고 있음에도 비센테는 에르셀라가 이곳에서의 삶을 저버리지 않기를 바랐다. 떠나지 않기를 바랐다. 책임지기를 바랐다.

에르셀라의 입술이 웃는 듯 웃지 않는 듯 휘어졌다. 나른한 것 같기도 피곤한 것 같기도 했다. 적요한 밤공기에 파묻히듯 그들은 가만가만 자리에 머물러 있었다.

"있지."

고요한 밤을 가르며 에르셀라가 운을 뗐다.

"나는 가진 게 많은 사람이었어."

행복하십니까.

그에 대한 대답은 아니었다.

"좋은 가문의 여식으로 많은 사람의 축복 속에서 태어나, 하고 싶은 건 다 하며 살았어. 어릴 적 오라비가 왜 나랑 안 놀아주지 하는 그런 걱정 같지 않은 것을 걱정이라 부르는 삶이었어. 정말……."

한없이 부드러운 목소리가 비센테의 귓가에 괴롭게 흐드러졌다.

"정말 감사하게도 많이 사랑해 주셨어. 아버지도, 어머니도, 언니도, 오라버니도. 막내라는 이유만으로 과분할 정도로 많이 예뻐해 주셨어. 하르젠도, 날 참 많이 아껴줬던 것 같아. 그래서…… 행복하다고 생각했는데……."

목소리가 잦아들었다. 에르셀라는 한 손으로 턱을 괴며 멋쩍은 듯 코끝을 찡그렸다.

"근데 생각보다 내가 욕심이 많은 사람이었나 봐. 뭔가 자꾸 부족한 것 같고, 허전하고, 바라는 게 많아지더구나. 난 부족할 게 없는 사람인데. 더 바랄 거 없이 가진 게 많은 사람인데도 그랬어."

"……."

"어느 날은 자꾸 이런 생각이 들었어."

비센테는 에르셀라를 바라보았다.

"나는 행복해야 하는데."

"……."

"나는 불행할 게 없는 사람인데."

"……."

"나는 행복할 수밖에 없는 사람인데."

"……."

"그런데 행복하지 못했어."

에르셀라는 어깨를 늘어뜨린 채 푸스스 웃었다.

"그걸 인정하기 싫었나 봐. 깨닫기까지 이리 오래 걸린 걸 보면."

후련한 듯 다소 개운한 얼굴의 에르셀라가 비센테를 돌아보았다.

"너는 행복해야 할 텐데."

가슴이 낙막하게 가라앉는다.

사랑한다 말하면서도 가문을 위해 그녀를 이르게 결혼시킨 그녀의 아버지, 행복할 거라는 말뿐인 어머니, 잇속을 챙기느라 그녀의 삶을 관조했을지도 모르는 그녀의 오라비, 아들을 사랑하라 다그친 그녀의 언니, 그리고 자신의 아버지.

그들은 모두 어디에 있나.

죽음에 숨었고, 다정함과 사랑에 모습을 감추었다. 그녀를 몰아갔던 것은 모두 사라지고 종내 남아 있는 것은 그녀 혼자다.

그는 눈앞의 여자를 연민했다. 안쓰럽다고 생각했다. 하지만…….

"아니요."

표면 아래 내재된 반감은 연민 따위로 사그라지는 유의 것이 아니었다. 그래서 뭐 어쨌다는 건지. 그걸 왜 제가 이해해야 하는 건지. 그런 가시 돋친 말들이 자꾸만 입안에 맴돌았다.

"전 행복하지 못할 것입니다."

아직 그의 가슴 한구석에는 경멸, 증오, 원망 따위가 옅게 깔려 있었다. 비센테는 여전히 그의 어머니가 아프길 바랐고, 상처 입길 바랐다.

"가르텐 공녀와 결혼하면 그 삶은 당신들과 다르지 않겠죠."

그러나 우습게도, 한편으로는 아프지 않기를 바랐다. 더 이상 날 선 말로 상처 주고 싶지 않기도 했다.

"전 그 공녀와 결혼해서 당신들처럼 살아갈 것입니다."

그리하여 선택한 것이 결국 이것이었다.

이것이 당신을 괴롭게 한다면, 이 정도면 되지 않을까.

그는 사랑 없이, 혹은 사랑인 것도 모르는 채로 부모의 삶을 되풀이할 것이다.

그렇게 행복하지 않을 것이다. 득 볼 것 없는 자기 파괴적인 행위였음에도 제가 행복하지 않아 에르셀라가 슬프다면 그걸로 만족했다.

비센테는 에르셀라를 바라보았다.

"그러니."

금방이라도 어찌할 줄 몰라 할 것 같던 여자는 의외로 명료한 얼굴을 하고 있었다.

"그래, 알겠어."

비센테는 그것이 어머니가 무언가를 결심했기 때문임을 알지 못했다.

어둠 사이로 가느다란 손가락이 남자의 얼굴을 더듬었다. 그의 위로 금빛 머리채가 폭포수처럼 쏟아져 내렸다.

하르젠은 음영 진 얼굴의 여자가 소리 없이 미소 짓는 것을 가만히 지켜보았다. 그림자에 묻힌 미소가 점차 짙어지며 입술이 열렸다.

"당신이 원하는 게 그런 거라면……."

사랑하는 여자가 말했다.

"남은 생은 당신의 '것'으로 살아갈 테니……."

또 우나.

"이번만은 당신이 물러서요."

그것만이 머리에 가득해 하르젠은 에르셀라의 말을 깊이 생각하지 못했다.

"이른 아침부터 초대해 주실 줄은 몰랐어요."

올리비아는 놀란 듯하면서도 다소 상기된 기색이었다.

"갑작스러운 초대로 공녀의 시간을 빼앗은 건 아닌지 모르겠네요."

"전혀요, 부인. 오히려 기쁜걸요. 그런데……."

올리비아의 눈길이 아도라에게로 맹렬히 꽂혔다.

"다과 좀 내와줄래요, 자르데아 영애? 마들렌으로."

"네?"

올리비아의 요청에 아도라가 황당한 듯 반문했다. 자질구레한 심부름은 하녀가 할 일이지 시녀인 그녀의 역할이 아니었기 때문이다.

그것을 공작 영애나 되는 사람이 모르진 않을 터였다. 아도라는 불쾌한 속마음을 감추고 옆에 있던 하녀에게 명령했다.

"안나, 마들렌을 부탁해요."

"알겠……."

"직접 갖다주셨으면 해요."

올리비아가 끼어들었다.

"최근에 전담 하녀가 제 음식에 못된 장난질을 친 적이 있어서요. 베른하르트에서 일하는 하녀가 그럴 리는 없겠지만, 제게는 오래 지나지 않은 일이기도 하고 워낙 좋지 않은 기억인지라 자르데아 양이 도와주면 고맙겠네요."

좋지 않은 기억을 읊는 사람치고 올리비아는 무척 당당했다. 아도라는 이제 어이가 없어졌다. 하녀가 바보겠는가? 제가 모시는 주인에게 그런 짓을 하다간 무슨 사달이 날지 뻔히 알 텐데, 간덩어리 부은 짓을 하게?

사실 그깟 다과, 갖다주는 것이야 상관없지만, 대놓고 하녀 취급을 당하니 기분이 저조해졌다. 아도라는 영혼 없이 고개를 까딱이며 에르셀라의 허락을 기다렸다.

"다녀와도 될까요?"

"그러렴."

"그럼 잠시만 기다려 주세요."

아도라는 공손히 꾸벅이곤 응접실을 나갔다. 얼마간 정적이 흐르자 올리비아가 슬쩍 에르셀라를 바라보았다.

"혹 제가 부인의 시녀를 함부로 다뤄서 기분 나쁘셨나요?"

"공녀가 언제 자르데아 영애를 함부로 다뤘나요?"

에르셀라는 천진한 어조로 되물었다. 올리비아는 뒤늦게 찾아든 찜찜함에 서둘러 수습하려 했다.

"공작 부인께서 아끼는 영애인 건 알겠으나, 애초에 이 자리에 있는 것부터가 맞지 않았어요. 분수에 맞게…….'

"올리비아 양이 생각하는 분수는 뭐죠?"

생각지도 못한 질문이 돌아왔다. 올리비아는 순간 당혹감을 겪었지만 이내 평정심을 되찾았다.

"그야 천민은 천민답게, 평민은 평민답게, 귀족은 귀족답게 사는 거지요. 그 안에서도 수준이 나뉜다고 저는 생각해요. 자기 자리에서 벗어나지 않는 삶이야말로 분수를 지키는 것이라 할 수 있고요."

에르셀라는 여전히 입을 다문 채였다. 그에 올리비아가 한숨을 내쉬며 말을 이었다.

"부인께서 제게 왜 이런 질문을 했는지 알고 있어요. 자르데아 양에게 너무 심하게 구신다고 생각하신 거겠죠. 하지만 부인, 부인께서 무슨 혜안으로 저와 공자의 약혼이 오가는 중에 자르데아 양을 시녀로 들인 건진 모르겠지만, 제 심정도 이해해 주셨으면 해요. 그리고 멀리 생각해 보면 오히려 이것이 백작 영애에게 도움이 될 거예요. 저는 자르데아 영애가 좀 더 현명하게 굴길 바라니까요. 부인은 그렇게 생각하시지 않나요?"

올리비아의 반문을 기점으로 에르셀라는 잔을 내려놓았다.

"올리비아 양, 물론 내 생각도 공녀와 다르지 않아요. 자신의 분수를 아는 것은 중요하죠. 하지만 공녀가 그런 말을 하니 별로 와닿지 않아 잠시 말을 아껴두었네요."

"……무슨, 말씀이세요?"

파들파들 되묻는 목소리를 에르셀라는 인자한 미소로 받아주었다.

"비센테의 어머니인 내가 누군지 모르지 않을 텐데요. 나는 루델시아의 왕녀를 어미로 두었고, 피사리데의 주인이었던 분을 아비로 두었으며, 피사리데를 잇고 있는 자를 오라비로, 이 나라에서 가장 높은 지위에 올랐던 여성을 언니로 두었어요."

올리비아는 시선을 굳혔다. 눈앞의 여인이 일부러 외가 쪽 혈육만 족족 골라 늘어놓는 이유를 알았기 때문이다.

"하니 타산이 빠른 공녀라면 그런 생각을 할 수는 없을 텐데요."

그녀의 어머니 가르텐 공작 부인은 에르셀라에 비하면 가문의 격이 현격히 낮았다.

"공녀. 공녀가 감히 내 아들을 탐낼 만한 분수가 되나요?"

"공작 부인!"

올리비아는 에르셀라가 비로소 무엇을 하려는지 알아채고 겁먹었다.

"이 결혼은 제 아버지와 베른하르트 공작 각하의 약속이에요!"

"결혼이 아니라 약혼이죠."

에르셀라가 올리비아의 말을 단호하게 정정했다. 그러나 결혼을 전제로 한 약혼이다. 올리비아에게 중요한 건 그거였다.

"그게 그거죠. 공작 부인, 이러시는 이유가 뭐죠? 어차피 약혼은 깨지지 않아요. 공자와의 약혼은 국왕 폐하께서 허가한 거나 마찬가지니까요."

"올리비아 양, 그렇지 않아요. 사실 약혼만큼 아슬아슬한 관계는 없을 거예요."

"그게 무슨……!"

경악이 섞인 외침에도 에르셀라는 차분히 할 말을 이어나갔다.

"결혼을 하면 이혼하는 데 큰 각오를 해야 하죠. 가문의 명성, 개인의 명예, 재산 분할, 양육권. 더하여 좋게 합의하든 재판까지 가든 그 뒤에 평생 따라붙는 꼬리표까지 감수해야 해요. 그 과정에서 잃는 건 돈으로도 환산할 수 없는 가치를 지니고 있기에 귀족은 웬만하면 이혼하지 않아요. 하지만 겨우 패물만이 몇 번 오간 약혼은 좀 다르죠."

"……."

"약혼 따위, 엎으면 그만이니까."

이어진 에르셀라의 목소리는 다소 냉랭했다.

"가르텐과 척을 지길 원하시나요?!"

"공녀가 날 겁박할 게 그것밖에 없듯 그것만 감당한다면 파혼은 참 쉽지 않겠어요?"

올리비아는 이 자리에 가르텐 공작 부인이 없는 것에 이를 바득바득 갈았다.

"이것은 부인께서 함부로 엎을 만한 것이 아니에요! 두 가문의 주인께서 결정한 부분으로 부인은 권한이 없을 텐데요? 공인한 분이 두 공작이세요. 부인께선 후작 각하의 도움을 받을 수도 없어요!"

그러나 높아진 언성에도 에르셀라는 결정을 바꾸지 않았다. 그녀가 올리비아에게 무언가를 내밀었다.

"돌아가요, 공녀."

올리비아는 그것이 무엇인지 알자 잘근 입술을 깨물었다.

이사벨라 가르텐 왕비의 보관이었다.

***   ✦   ✳

"마님, 마님! 어쩌시려고요!"

올리비아가 떠나고 리엔은 발을 구르며 염려를 표했다. 그러나 에르셀라는 평온해 보이기만 했다.

"곧 나갈 것이니 외출 준비를 하렴."

"예?"

따로 전해 들은 것이 없던 리엔이 얼떨떨하게 되물었다.

"어디 가세요?"

"궁에."

"아, 궁…… 예에?!"

까무러치게 놀란 것도 잠시, 이어진 에르셀라의 말에 리엔의 몸이 빳빳하게 굳어버렸다.

"폐하를 뵐 거란다."

***   ✦   ✳

"폐하, 기침하셨나이까?"

침실 문 너머, 주군의 잠을 깨우기 위한 시종장의 목소리가 문을 두드렸다.

"폐하, 기침하셨나이까?"

시종장이 다시 한번 되뇌자 왕은 눈을 감은 채로 미간을 찌푸렸다.

"폐하, 기침……."

"시끄럽다."

"……하셨나이까!"

그러나 케니언스의 잠긴 꾸중을 듣지 못한 시종장은 세 번째로 고함했다.

귀찮은 놈. 진즉 갈아치웠어야 했는데. 여전히 잠에 취해 있는 왕은 불평했다.

"폐하, 폐하. 일어나셔요."

그때 가냘픈 미성이 들리며 위로 누군가가 올라타는 게 느껴졌다. 그 가벼운 무게감에 케니언스의 눈이 서서히 반개했다.

"폐하."

"시끄……."

흐릿했던 시야가 선명해지자, 케니언스는 저도 모르게 숨을 멈췄다.

"폐하?"

탐스러울 정도로 구불구불한 금발이, 여름날의 무성한 숲을 떠올리게 하는 녹안이 그의 눈앞에 있었다.

"너……."

왕의 눈동자가 미세하게 흔들렸다.

"잠은 깨셨나요?"

화려한 외양의 여자가 그의 위에 올라탄 채 사르르 미소 짓고 있었다. 홀릴 듯이 요사한 미소에 케니언스가 신경질적으로 마른세수를 했다. 그러나 형상은 사라지지 않았다.

'환상은 아닌가 보군.'

"젠장."

그가 낮게 읊조리며 목청을 높였다.

"시종장!"

굵직하게 떨어지는 왕의 부름에 시종장은 기다렸다는 듯 헐레벌떡 문을 열었다.

"부르셨나이까."

"꺅!"

"크흠."

동시에 울려 퍼진 새된 비명에 시종장이 황망히 고개를 돌렸다. 스스럼없이 왕의 몸에 올라 있는 여자는 실오라기 하나 걸치지 않은 상태였다.

여자는 허둥지둥 손에 잡히는 대로 천을 낚아채 자신의 몸을 가렸다. 왕이 시야를 차단하고 있는 시종장에게 명한 건 그때였다.

"설명해라."

이 상황을. 조금 전까지만 해도 제 살에 닿아 있던 여자를 턱짓하며 그가 차가운 목소리로 말했다. 시종장은 그럴 줄 알았다는 듯이 의연하게 자세를 고쳐 잡았다.

"어제 연회 때 재주를 부린 무희이옵니다. 연회가 끝나고 폐하께서……."

"그만하면 됐다."

왕이 욕설을 삼키며 손을 내저었다. 뒷말은 안 들어도 뻔했다. 또 그놈의 술에 취해 천한 무희 따위와 배를 맞춘 것이리라. 그것도 이따위로 생긴…….

'빌어먹을 계집.'

다시금 떠오른 형상에 케니언스는 입술을 비틀어 조소했다. 시종장은 그런 왕의 눈치를 슬슬 살피다 무희에게 넌지시 말했다.

"너는 나가 있거라."

"예……? 예!"

나이를 지긋하게 먹은 남자 앞에서 여체를 들킨 게 창피했는지 무희는 재빠르게 대답했다. 허겁지겁 옷가지를 주워대는 모양새를 보니 사내와의 잠자리는 처음인 듯했다.

무희는 대강 구색을 갖추자 쏜살같이 침실을 나갔다. 무희의 외양을 스치듯 눈에 담은 시종장이 속으로 혀를 쯧쯧 찼다.

그는 다시 왕을 바라보았다. 하룻밤을 보낸 여자가 사라지자 케니언스는 그제야 상반신을 일으켰다. 그는 붉은 머리칼을 흐트러뜨리며 시종장에게 물었다.

"내가 어제 저 무희에게 약조한 것이 뭐 있나?"

시종장이 소태 씹은 듯한 표정을 지었다. 침대 위의 사정을 제게 하문하는 게 어처구니없었다.

"자세한 건 모르겠으나…… 연회 때라면 그녀와 그녀의 가족이 평생 쓰고도 남을 땅과 보화를 약속하셨습니다."

"아, 그렇군."

왕이 자리에서 일어나자 시종들이 다가와 그의 옷시중을 들었다. 시중을 받으며 케니언스가 일상적인 어조로 명령을 내렸다.

"약속한 대로 그것들을 쥐여 주고, 저 여자는 죽여라."

"예."

으레 있어왔던 일이다. 시종장은 놀라지도 않으며 태연히 말을 받았다. 시종장이 그의 일정을 읊기 시작한 건, 왕이 대강 옷을 갖춰 입은 무렵이었다.

"오늘은 칼릭스 대공과 오찬을 하시는 날인 것을 기억하시는지요?"

"안다. 그러고 보니 아우의 얼굴은 오랜만에 보는군."

"주기적으로 정찬을 함께하시니까요."

"그래. 또 뭐가 있지?"

"오전에 베른하르트 공작 부인의 알현 요청이 있습니다."

뻐근한 뒷목을 문지르던 움직임이 멈추었다.

"……아, 그랬지."

어제 미리 전해 들은 바 있었지만, 그만 잊고 있었다.

"공작도 아닌 공작 부인이 알현 요청을 했다니, 좀 의왼데."

케니언스가 의아해하며 목을 기울였다. 베른하르트 공작 부인이라

하면 제 친언니인 왕비가 죽은 뒤로 사람들의 시선을 의식해 궁에도 잘 들지 않던 여인이 아니던가.

"희한하군. 부탁할 일이 있으면 공작을 거쳤을 텐데. 아, 공도 못 들어주는 것이려나?"

"그저 안부 인사를 올리는 걸 수도 있지 않겠습니까."

"공작이 생각보다 더 목석인가 보지? 그 정도의 여자가 청을 하면 거절이란 있을 수 없을 텐데."

왕이 이미 제 말을 듣고 있지 않다는 것을 확인한 시종장의 탄식이 깊어졌다.

"음, 그렇다 하기엔 공작이 후작의 손에 놀아나 준 일이 많아서 영······. 뭐, 몇 밤이면 나도 후작에게 놀아나 줄 의향은 있다만."

"폐하!"

"농일세."

시종장의 소스라치는 기함에 케니언스가 천연덕스레 언사를 거두었다. 그리고 어깨를 으쓱이며 덧붙였다.

"짐도 이제 피사리데는 질색이거든."

케니언스는 창밖을 바라보았다. 투명한 유리 너머에는 온통 황갈색으로 흐드러진 세상이 펼쳐져 있었다. 날이 조금 궂었다. 바람을 못 이겨 떨어지는 낙엽에 그는 쓸쓸하게 미소 지었다.

세실리아.

그 이름이 떠오르는 계절이다.

왕이 기거하는 백색 궁에 베른하르트가의 문장을 단 마차가 들어섰다. 시녀로 추정되는 밀빛 머리 소녀가 궁전지기에게 신분 패를 내밀었다.

"베른하르트 공작 부인이신 에르셀라 베른하르트 님의 마차입니다."

"확인되셨습니다."

신분 패를 확인한 궁전지기가 꾸벅 고개를 숙였다. 간단한 신원 확인을 마친 그가 길을 비키자 마차는 다시 내달렸다.

아도라는 손을 벌벌 떨었다. 이게 꿈인지 생시인지 분간이 되질 않았다.

'내가 궁에 와 있다니.'

그녀로서는 궁에 처음 발을 디딘 것이었다. 가파르게 깎아 오른 성벽과 화려하기 짝이 없는 궁의 위엄에 절로 기가 눌렸다. 아도라는 맞은편의 에르셀라에게 물었다.

"궁엔 많이 와보셨어요?"

질문하고서도 아차 했다. 그녀가 누군데! 참으로 바보 같은 질문이었다고 아도라는 생각했다.

"비 전하를 뵈러 가끔."

공작 부인은 일상을 접하는 것처럼 아무렇지 않아 보였다. 그제야 그녀가 왕비와 혈연지간이란 게 똑똑히 와닿았다. 대단하다고 생각할 무렵 에르셀라의 상태가 눈에 들어왔다. 왕을 뵈러 가는 길인 만큼 에르셀라는 평소보다 화사한 치장을 하고 있었는데, 여느 때보다 눈부신 외모와는 달리 표정은 수심에 잠겨 있었다.

그러고 보니 궁에는 왜 온 걸까. 왕자 전하를 뵈러 왔다 하기엔 너무 뜬금없었다. 그녀는 아기 왕자를 그리워하는 기색을 보인 적이 없었다.

아도라는 궁금하기도 하고 걱정되기도 했지만 말을 아꼈다. 사방에 눈과 귀가 달린 궁이다. 입을 함부로 놀리다간 큰코다칠 테다.

"오셨습니까, 공작 부인. 폐하께서 기다리고 계십니다."

마차에서 내리자 시종 한 사람이 마중 나와 있었다.

"안내해 주겠어요?"

"따라오시지요."

시종이 앞장서 길을 안내했다. 왕이 시종을 보내오다니. 역시 고위 귀족은 상당히 대접받는구나 싶었다. 아도라는 입이 벌어지려는 것을 겨우겨우 막으며 광활한 궁의 내부를 둘러보았다.

그사이 시종장과 에르셀라는 관습적인 인사말을 나누는 중이었다.

"오랜만에 본다며 폐하께서도 공작 부인의 접견을 기대 중이십니다."

"저런, 그저 안부를 묻는 것이니 기대하실 것은 없을 텐데요."

에르셀라는 대수롭지 않다는 듯이 말을 받았다.

사실 오늘의 목적은 안부가 아니었지만, 굳이 말하지 않아도 이 자리에 있는 모두가 그것을 알 터였다. 자연스레 벽면에 세워진 기둥을 반쯤 돌았을 때였다.

"그것만으로도 폐하께서는 충분히……."

"무려 공작 부인이 묻는 안부인데 형님께서 기뻐하지 않을 리가요."

그들 사이를 가른 목소리에 세 사람의 걸음이 멈추었다. 에르셀라는 자신의 앞길을 가로막은 자가 누구인지 확인하고 애꿎은 입술을 물어뜯었다.

"내 오늘 이곳에서 공작 부인을 보다니. 운이 좋다고 해야 할까요?"

부드럽게 웃고 있지만 왕만큼이나 날카로운 눈빛을 하고 있는 남자가 그들의 앞을 가로막고 있었다. 그가 누군지는 에르셀라도 잘 알았다. 많은 시간이 흘렀지만 저 얼굴은 잊을 수 없었다. 에르셀라는 우아한 선을 그리며 무릎을 굽혔다.

"……대공 전하."

베델 빈 소생의 칼릭스 대공이었다.

"폐하와 오찬을 즐기고 오신 건가요?"

"그래요."

칼릭스의 눈매가 은은하게 접혀 올라갔다.

"평안해 보이세요."

"평안하다라. 뭐, 형님의 하해와 같은 은혜에 평안하긴 했습니다."

에르셀라는 그가 말하는 '하해와 같은 은혜'가 무엇을 일컫는지 알 았다. 수족의 숨통은 끊어버린 주제에 아우인 저는 살려둔 것을 뜻하 는 것이리라.

에르셀라는 메슥거리는 신음을 욱여넣으며 마른 입술을 달싹였다.

"그렇다면 다행이에요, 전하. 그럼 모쪼록, 돌아가는 길이 편안하시길."

더 이상 말을 섞고 싶지 않다는 명백한 의사에 칼릭스는 낮게 웃 음을 터뜨렸다.

"그대가 폐하를 뵈어 무슨 짓을 할지는 모릅니다."

기묘한 정적이었다. 마치 그녀가 무엇을 할지 안다는 듯이.

"하지만 조언을 하나 드리자면 더 이상 그자를 자극하지 않는 게 좋을 거예요, 부인."

칼릭스가 무슨 말을 하는지 정확히 파악하지 못했기에 에르셀라는 섣불리 대답하지 못했다.

"그대의 아름다움이 어디까지 인내를 가능하게 할지는 나도 궁금하 지만요. 부디 길가의 들꽃처럼 시들지 않아야 할 텐데……."

유유하게 미소 짓고 있는 대공이 그녀에게 마지막으로 건넨 말이었다.

"폐하, 베른하르트 공작 부인께서 지금 도착하셨습니다."

"들라 하라."

왕의 허락과 함께 알현실의 문이 열리자, 문 사이로 펼쳐진 붉은 융 단이 한눈에 들어왔다.

'4년 만인가.'

변한 것은 없었다. 방 안의 구조, 길게 드리워진 붉은 융단, 햇빛이 뻗치는 거리, 그리고…….

"여전하군."

붉은 머리의 왕까지.

에르셀라는 차근차근 왕과의 거리를 좁혔다. 그리하여 단층 하나만을 사이에 둔, 왕의 지근거리까지 이르러서야 그녀가 궁중 예법을 취하며 인사했다.

"위대한 카자라이넬의 피를 이으신 분을 뵙습니다. 갑작스러운 알현 요청을 받아주셔서 감사합니다, 폐하."

"짐이 어찌 그대를 보는 것을 마다하겠나."

붉은 속눈썹이 능글맞게 휘어졌다.

"그래, 잘 지냈고? 마지막으로 만났을 때가…….

"비 전하의 장례를 치를 적입니다."

"거의 1년 만이군."

그렇게 오래되었나, 비가 죽은 지. 케니언스는 묘한 기분을 느끼며 애써 입을 열었다.

"보아하니 알렉시스를 만나러 온 것은 아닐 테고. 정답게 옛이야기를 미주알고주알 나누고자 한 것도 아닐 테지. 서론은 각설하고 요점만 말하라."

에두르게 서술하는 귀족식의 화법은 맞지 않았다. 그런 대화 방식이 필요할 때가 있음은 인정하지만, 적어도 눈앞의 귀부인을 상대로 필요하진 않을 것이다.

정치에 일절 관여하지 않았던 여인이다. 머리론 알 수 있다 하나 경험이 없다. 그녀의 가문을 생각하면 꿍꿍이가 있다고 여겼을지 모르겠지만…….

'제 아내를 뒤로 물리기에 바쁜 공작이 그녀가 나와 접견하는 걸 의도했을 리는 없겠지.'

하니 경계할 필요는 없으리라. 또한 정치와 무관한 태도가 저 여인과 대담을 나누는 것을 편하게 했다.

"그리하길 원하시니 그러겠습니다."

에르셀라는 난색을 표하지도 않으며 바라던 바라는 듯이 이어 말했다.

"제 아들과 가르텐 공녀에게 내리신 약혼 인가를 거두어가셨으면 합니다."

그녀를 뜯어보는 케니언스의 눈빛이 흥미를 띠었다. 그런 것을 요구해 올 줄은 몰랐기 때문이다.

"음, 그건 곤란해. 왕이 신하에게 한 약조를 바꾸면 어떡하겠나. 유감이지만 들어주기 어렵겠어."

에르셀라는 그것이 일단 던져본 첫 번째 거절인 것을 알았다. 이제 부탁에 상응하는 것을 제시할 차례였다. 그녀는 이보다 더 고귀한 분을 뵌 적 없다는 듯이 허리를 한층 깊이 숙이며 입을 열었다.

"그리해 주신다면 왕자께서는 언제든 니사르 평원에서 뛰노실 수 있으며 티보네의 금광을 손에 쥐실 것입니다."

니사르 평원, 티보네의 금광. 왕의 입가에 맺혀 있던 미소가 순식간에 사그라졌다.

산나르를 바치겠다는 소리였다.

"어찌하여?"

왕은 초연함을 겉에 두르고, 머리로는 빠르게 베른하르트와 피사리데 사이를 가늠했다. 최근 받은 밀정의 보고에 의하면 두 가문 사이에 금이 갈 만한 사건은 없었다. 아마 이변이 없는 한 앞으로도 그럴 것이다. 무엇보다.

'저 여인이 제 가문을 버릴 리 없다.'

그리 단정 지을 수 있는 이유는 하나였다. 그의 비, 에샤힐드가 바로 그런 여인이었기 때문이다. 그들은 그들의 아비, 선대 피사리데 후작이 애지중지 돌본 권력의 수단이다.

애초에 피사리데 자체가 그런 가문이었다. 역대 왕비를 열한 명이나 배출한 만큼, 결혼을 통해 기반을 다진 가문. 그들에게 여식이란 다른 가문과 같이 그저 가문 간을 이을 징검다리에 불과했다.

차이가 있다면 여인에게 굳이 상위의 지식을 가르치는 것이랄까. 그것으로 자신들이 여타 여인과 다른 존재라 믿도록 하는 듯했다.

왕으로선 골치 아픈 일이었다. 그런 인식이 뿌리박힌 채로 자라면 시시때때로 정치에도 관여하려고 했으니. 그러나 그렇게 오만하게 굴다가도 사실 저 자신이 아무것도 아닌 존재임을 깨달을 때가 오곤 하는데…….

"폐하, 저의 삶은 길가에 흩뿌려진 고엽만큼이나 허무합니다. 폐하 또한 다르지 않으시겠죠."

고아한 대리석을 빚어 만들었을 것 같은, 감정 하나 없어 뵈는 여인이 그리 말하니 실로 이상하기만 했다. 더하여 어처구니가 없었다. 이 악의 고리가 누구로부터 시작됐는지 안다면 그따위 말을, 내놓아서는 안 될 터였다.

"제정신이 아니군."

그는 끝내 왕비의 말을 비웃었다. 왕비는 대답하지 않고 그저 불러온 제 배만 쓰다듬을 뿐이었다.

"그저 철없는 자의 변덕입니다."

다시 현실이었다. 케니언스는 떼로 몰려오는 피로감에 등을 뒤로 기 댔다. 아침도 그렇고 지금도 그렇고 오늘따라 유독 그 여자의 생각이 잦았다.

"철없는 자의 변덕이라."

그가 나직하게 에르셀라의 말을 따라 읊었다.

피사리데령에서 산나르의 지분은 적지 않다. 그런 영지를 이양하는 일을 그저 철없는 귀부인의 변덕으로 포장하는 에르셀라가 우스울 따 름이었다.

"그러니까, 산나르를 쥐여 줄 테니 나보고 다 감당하라는 거군, 그 대는?"

훤히 보이는 속내에 케니언스가 비아냥거리듯 되물었다. 에르셀라 는 그 말이 틀리지 않음을 증명하듯 대답이 없었다.

"구태여 왕자를 언급한 이유는 이번 돌아오는 왕자의 탄일을 기념 하여 산나르를 바치겠다는 뜻이겠고, 산나르가 흐른 명분이 그쪽으로 마련되어 있으니 그대가 이 파혼에 관여했다는 사실은 묻히겠군."

케니언스는 팔걸이를 툭툭 두드려 가며 거래 속의 의미를 하나하나 짚어냈다.

"그렇다면 명분 없이 짐의 변덕으로 인한 파혼이 되겠지. 결국 두 가문 사이를 벌린 일의 여파는 나보고 책임지라는 말이 아닌가, 공작 부인께서는."

에르셀라는 그 말 역시 맞는다는 듯이 부정하지 않았다.

"고작 땅덩어리 때문에 그걸 짐이 받아들일 거라 생각하나?"

에르셀라는 단단히 심사가 틀어진 왕의 말을 끝까지 듣다 조용히 입을 열었다.

"폐하, 이 지엄한 왕궁에 감히 눈과 귀를 박은 무도한 자가 몇 정도 될 것이라 생각하십니까?"

케니언스는 그저 웃었다. 무도한 자라. 설마 개중에 제 남편, 오라비가 없다고 생각하는 것은 아닐 테니 역시 그 피가 어딜 가진 않는 모양이었다.

에르셀라가 말했다.

"외적으로는 폐하의 변덕이나, 내적으로는 다를 것이라 약속드립니다."

케니언스의 눈동자가 이채를 띠었다. 그 말대로라면 뒤로는 베른하르트 공작 부인의 개입이 있었다는 이야기가 새도 된다는 뜻이었다. 그렇다면 케니언스는 손해 볼 것이 없었다. 궁에서 죽은 듯이 살아가는 이야기꾼은 많았다. 간 보듯 미끼만 던져도 덥석 물어댈 자들. 그들이 훌륭히 뒷소문을 퍼다 나를 것이다.

겉으로는 변덕을 핑계 삼으면서도 내막에는 공작 부인의 탄원이 있었다고 흘리면 가르텐은 몰라도 베른하르트는 반발하지 못할 터였다. 가르텐의 앙심 또한 왕이 아닌 베른하르트에 향할 수밖에 없었다. 그 사이 케니언스는 두 공가의 결합이 와해되는 이점을 얻을 수 있었다.

기실 에르셀라의 제안은 이것이 주였다. 산나르는 부차적으로 딸려오는 것일 뿐이리라.

"이제 좀 수지가 맞는군."

에르셀라의 말대로 케니언스는 손해 볼 것이 없었다. 제아무리 훌륭한 치세를 펼친 왕이라 해도 사사로운 권력 남용은 있어왔고, 이 정도로는 그의 치적에 흠을 낼 수 없었다.

손해는 에르셀라 쪽이었다. 암묵적이나 평판은 깎일 것이며, 또한 가르텐과 앙금이 생길 것이다. 무엇보다 베른하르트 공작과 뜻이 합치한 것처럼 보이지 않았다.

케니언스는 뒤에 시립해 있는 시종장에게 눈짓을 보냈다. 그녀가 왜 이런 불이익을 감수하면서까지 파혼을 진행하려는지 알아야 했다. 시종장은 알아들은 듯 머리를 푹 조아렸다.

"그대의 말대로 나쁘지 않은 건 사실이야. 한데 상속은 어떻게 할 거지? 왕자의 몸에 피사리데의 피가 흐른다 하더라도 문제인 게, 그 땅은 본디 공작 부인의 것이 아니잖은가. 법적으로 한시적 상속은 완전한 이양이 불가하다. 짐이 법까지 뜯어고쳐야 하나?"

"그 점은 걱정 않으셔도 되나이다. 오라비께는 이미 통보해 두었습니다."

케니언스가 멈칫했다.

"통보, 라 하면……"

에르셀라가 부드럽게 미소 지었다.

"누이의 목이 광장에 내걸리는 걸 지켜볼 정도로 무정한 분은 아니십니다."

"……허."

그 말뜻을 알아챈 케니언스는 탄식하고 말았다. 약조를 지키지 않으면 왕이 저를 왕족모독죄로 처형할 것이라 후작을 겁박이라도 했다는 말인가.

무모하다고 생각하는 동시에 기가 막혔다. 생각 없이 행동하는 귀족 여인은 많지만, 에르셀라가 그 부류라고 생각하진 않았다. 눈에 띌 수밖에 없는 위치에 있으면서도 그 행위에 결코 과함이 없던 여인이다. 철이 없다 치더라도 적어도 저렇게 막무가내식은 아닐 것이다.

'후작이 골 좀 썩겠군.'

후작이 오늘 궁에 든 제 누이를 바로 불러들일 것이라는 짐작도 되었다.

"그럼 그리해 주시는 걸로 알고 물러가겠습니다."

에르셀라가 공손히 읊조렸다. 왕의 시선이 축객을 기다리는 에르셀라의 이목구비를 훑었다. 탐색하는 듯한 시선에 에르셀라는 마른 입술을 축였다. 뭔가가 잘못된 건가 싶었지만, 아직까진 짜둔 계획과 어긋난 것이 없었다.

"무슨 하문이라도……?"

"비와 닮지 않았군."

불현듯 두 자매에 대한 감상이 왕에게서 나왔다. 에르셀라는 잠시간 할 말을 잃었다. 바짝 조여왔던 긴장은 다른 의미로 풀리고 말았다.

"그야 전 어머니를 닮았고, 비 전하께서는 아버지를 닮았으니……."

식상하다 싶을 정도로 당연한 사실을 되풀이하다, 그녀는 문득 물었다.

"비 전하가 보고 싶으신가요?"

정부를 여럿 두었던 만큼 왕비와 정다운 관계는 아니었을 텐데. 죽으니 그리워지기라도 한 것일까.

"물러가라."

들려온 것은 대답이 아닌 축객이었다. 에르셀라는 반응이 석연찮다고 느꼈지만, 토 달지 않고 등을 돌렸다.

알현실에서 몇 걸음 지나지 않아 왕의 예상대로 그녀에게 사람이 찾아왔다.

"베른하르트 공작 부인 맞으십니까?"

"그런데, 누구시죠?"

"아, 역시 맞군요. 전 궁내부 소속 관료인 헬몬 빈드라 합니다."

귀부인의 경계를 풀어주려는 듯 남자가 자신의 신분을 밝히며 말했다.

"오라비 되시는 후작 각하께서 잠시 뵙자 하십니다."

궁내부 관료 헬몬 빈드는 에르셀라를 장관실로 안내했다. 들어서기 전 에르셀라는 아도라에게 말을 붙였다.

"잠시 기다려 줄래?"

"예, 부인."

헬몬 빈드가 방문을 열었다.

"모셔왔습니다."

"수고했네, 그만 나가 있게."

카르온은 서류에 시선을 꽂은 채 그를 보지 않고 대답했는데, 다정하다고만 여겨왔던 목소리가 낯설었다.

"예."

남자는 이것이 일상이라도 된다는 양 대꾸하며 방을 나갔다. 가끔 쌀쌀맞은 말투를 구사한다 해도 실상 속은 따듯한 오라비였기에 에르셀라는 카르온의 지금 모습에 기묘한 간극을 느꼈다. 카르온은 헬몬 빈드가 나간 뒤에야 펜을 내려놓았다.

"궁에서 널 보니 새롭구나."

그녀가 알고 있는 다정한 오라비의 얼굴이었다. 목소리에도 분노나 질책은 담겨 있지 않았다. 다만 궁에서 보니 새롭다는 말에는 뼈가 있었다. 기어코 왕을 알현하였구나, 라는.

카르온이 왕에게 호의적이지 않다는 것은 안다. 그래서 그 심정을 이해하지 못하는 것은 아니었다. 어쩌면 그녀가 성급했을 수도 있었다.

그러나 에르셀라에게도 이 일은 단순히 비센테의 혼약을 깨는 것에만 목적이 있진 않았다.

"아까우세요?"

이제 와 피사리데에 제 인생을 바쳤으니 그 정도는 가질 자격이 있다는 주장은 하지 않을 것이다. 그녀는 단지 알고 싶었다.

"그럴 리가. 다만 내가 이걸 어떻게 해석해야 할지 고민하고 있었다. 말해봐. 네 뜻이 내가 생각하는 게 맞는지."

"베른하르트로 살아가겠어요."

원치 않는 답이었는지 카르온의 이마에 구김살이 올랐다.

"그래서 네 정체성을 결정짓는 산나르를 왕에게 바친 거라고."

"이게 최선이었어요."

"최선?"

황당하다는 듯한 반문이었다. 에르셀라는 신경 쓰지 않고 담담히 받았다.

"네, 최선이요. 만일 제가 산나르를 피사리데로 반환한다면 베른하르트와 피사리데 사이에 균열이 생겼다는 걸 선전하는 거나 다름없을 거예요. 이 균열은 가르텐에게 빌미를 줄 것이고, 지금은 결맹 중이나 언제 돌변해 저희를 누르고 올라설 준비가 되어 있는 다트너나 라페인에게 덜미를 내줄지도 모르죠. 베른하르트와 피사리데가 단단하게 맺어져 있다면 상관없겠지만, 하르젠과 오라버니가 어디 그랬던가요?"

남들 시선에는 견고해 보여도 에르셀라의 눈에 그들의 관계는 언제 끊어져도 이상하지 않을 정도로 아슬아슬했다.

그리고 어렴풋이 그것을 가르텐 공작도 알고 있을 거라고 에르셀라는 짐작 중이었다. 비록 지난 정찬 때의 분위기를 보아 넘겨짚은 것뿐이지만, 조심해서 나쁠 건 없었다.

"하지만 고작 파혼을 이유로 왕에게 산나르를 바치는 건 제 독단에 불과해요. 어쩌면 뭘 모르는 사람들은 제가 친언니의 아이에게 갖는 애정이 남달라 그리했다고 생각할 수도 있겠죠. 제아무리 그럴싸한 이유를 갖다 붙인다고 해도 의심하는 자는 있게 마련이에요. 하지만 그쪽으로 여론이 흐른다면 정치적 이해가 아닌 한 여인의 감정적 판단이 돼요."

그렇게 된다면 그녀는 그저 정 많고 철모르는 귀부인 행세를 하면 되었다. 에르셀라에게는 어려운 일이 아니었다. 세간에는 이미 그녀를 그렇게 생각하는 사람이 차고 넘쳤다.

"또한 폐하가 아닌 왕자 전하께 상속하는 것이니, 왕자가 자라면 오라버니가 다시 찾아올 수도 있겠죠. 그렇게 된다면 산나르는 자연스럽게 피사리데에게 귀속될 테고요."

"그리고 넌 베른하르트로 살겠다고."

카르온이 이를 갈았다.

"결혼한 지 꽤 됐어요. 전 이제 피사리데가 아니에요, 오라버니."

"에르셀라."

"이번에는 제가 물을게요. 절 무슨 생각으로 피사리데의 영역 안에 두신 건가요?"

"……."

카르온은 난감해졌다. 에르셀라가 그의 의도에 불순물을 섞은 적은 처음이었다.

자신을 어째서 피사리데로 두었느냐고.

그는 그 말을 입안으로 씁쓸히 곱씹었다.

처음에는 누이에 대한 애정이 전부였다. 저를 위해 어린 나이에 시집간 것에 대한 안쓰러움, 미안함. 그런 것들에 기인한 판단. 그러나 더 나아가 그녀를 산나르의 영주로 임명해 피사리데에 묶어둔 이유는…….

"말씀해 주세요."

널 원하는 그자를 좀 더 쉽게 휘두르기 위해.

그것을 말할 수 있을 리가 없었다.

'말하지 않는다.'

그것만으로 게리언의 말대로 선의에 찬 상속은 아니었다는 걸 알 수 있었다. 그녀에게 온전히 진실할 것이라 믿었던 가족마저도 한 점의 거짓이 섞여 있었다. 그것이 과연 한 점일까.

에르셀라는 이제 무엇 하나 확신할 수 없었다.

"제게 솔직해지는 게 그리 어렵나요?"

서운함을 넘어선 허망함이 목소리를 가득 메웠다. 아무것도 말해 주지 않으면서 따르길 원하는 오라비의 모습이 누군가와 겹쳐 더욱 울컥했다.

"에르."

제게 실망한 듯한 에르셀라의 모습에 카르온의 낯빛이 암담하게 굳었다. 카르온은 한숨을 쉬며 어쩔 수 없다는 듯이 입을 열었다.

"……그래."

종국에 그가 짧게 인정했다.

"그때는 아직 세력을 안정시키기엔 나 혼자 무리였고, 그렇다고 라페인이나 다트너의 조언을 구해 가문에 관여할 구실을 줄 수도 없었어. 그래서 공작의 도움이 필요했다. 그자는 피사리데에 관심이 없었고, 무엇보다도……."

카르온은 대충 말끝을 흐렸다. 네게 마음이 있었다는 말은 앞으로의 이야기에 도움이 되지 않는다.

"내친김에 좀 더 솔직해져 볼게."

"……."

"이혼했으면 해."

그 말에 에르셀라의 두 눈이 찬찬히 감겼다 뜨였다.

"지금 뭐라고……."

숨이 탁 막혀 말이 이어지지 않았다. 충격에 정신이 얼얼하건만, 카르온은 오래전부터 계획한 일이라는 양 자못 구체적으로 말했다.

"서부 펠비온가의 차남이 이제 막 스물여섯이 되었다는구나. 늦도록 결혼하지 않은 이유는 아카데미 때문이니 그쪽으로는 걱정하지 않아도 된다. 알아보니 너와 성정이 비슷하기도 하고 펠비온령의 펠라체는 휴양지로도 유명하니 지내기에도 부족함은 없겠지. 일단 한번 만나봐. 마음에 안 들면 다른 놈을 골라줄 테니."

"오라버니."

"아니면 후작가에서 지내도 좋아. 다만 수도에 있기엔 사람들이 떠들어대는 말이 네게 상처가 될까 걱정되는구나. 후작가에 있겠다고 하면 수도 사교계가 잠잠해질 때까지는 본성에 내려가 있다가……."

"오라버니!"

에르셀라의 일갈에 카르온이 그제야 말을 멈추었다.

"지금 무슨 말씀을 하시는지 알고 계세요?"

"말 그대로야."

잘못 들은 게 아니라는 듯이 카르온은 담담해 보였다. 그 태연함에 에르셀라의 안색이 희게 질렸다.

가르텐 공녀의 성년회 때도 그저 농을 친 줄로만 알았는데, 아니었다니. 너무 말도 안 되는 이야기라 대강 흘려 넘긴 게 화근이었나.

"산나르는 지나간 일이니 어쩔 수 없다 치지. 너도 앞으로는 귀찮게 머리 굴려가며 그렇게 열성을 다하지 않아도 돼."

"……"

"이제 베른하르트와 틀어져도 상관없어."

세력은 어느 정도 안정되었으며, 과거 저지른 일에서 빠져나갈 구실은 만들어뒀다. 이제 에르셀라만 데려오면 모든 게 완벽했다.

근래 궁에 심은 밀정이 하나둘 끊기며 왕의 동태를 전부 파악하지 못해 조바심이 난 까닭도 있었다. 왕이 어디까지 알고 있는지 정확히 파악하지 못한 현 상황에서 에르셀라를 남의 손에 맡길 순 없었다. 그의 보호 안에 두는 게 안전했다. 아니, 가능한 왕자가 자라 왕좌에 오를 때까지 어디 멀리 보내두고 싶었다. 하나 남은 누이까지 정쟁에 휘말리도록 두고 싶진 않았다.

"당황스럽다는 거 알아. 하지만 널 위해서이기도 해."

널 위해서. 에르셀라의 텅 빈 가슴은 그 말을 받아들이지 못하고 흘려보냈다. 왜였을까. 기쁘기는커녕 거북한 것은.

"못 들은 걸로 하겠어요."

에르셀라가 싸늘한 얼굴을 마지막으로 등을 돌렸다. 그녀가 문고리를 돌리려던 순간이었다.

"죽을 수도 있어!"

서슬 퍼런 외침에 그녀의 움직임이 멈추었다. 뒤를 도니 차분함을 잃고 그녀를 바라보는 카르온이 보였다.

"베른하르트에 있다간…… 휘말려 죽을 수도 있다고."

절박하게 뭉개진 목소리는 에르셀라에게 깊이 와닿지 않았다. 이변이 없는 한 그녀는 죽을 것이다. 피를 토하고 몇 달이 지나면 죽음은 걷잡을 수 없이 번질 터였다. 다만 베른하르트에 있다간 죽을 수도 있다는 말은 의아했다.

'독은 아니라 했는데…….'

과거에 독살로 죽었다 하기엔 수많은 의원이 아니라고 확진을 내렸다.

"피사리데나 펠비온이라고 안전하다는 보장은 없어요. 독살은 언제나 유의하고 있으니 걱정 말아요."

실제로 외지에서 들여온 찻잎이나 선물받은 술은 검열을 거친다. 그것은 피사리데에 있을 때나 베른하르트에 있을 때나 변함없는 어느 가문이든 뿌리박힌 생활양식이었다. 하물며 식탁에 내온 음식도 주방 하인들에게 미리 맛보게 함으로써 독살의 위험을 철저히 배제했다.

암살자를 보내는 경우도 생각해 보았지만, 살해당할 가능성은 높지 않았다. 대낮에 암살자가 경비를 뚫고 저택에 들어올 확률은 지극히 낮았다. 밤이라도 하르젠이 있으니 괜찮았다. 밤중 적의 침입에 대비해 베개맡에 칼까지 두는 사람이니, 그의 곁에만 있으면 안전할 것이다.

"내가 걱정하는 게 그런 같잖은 수작질이었으면 네게 이런 말을 꺼내지도 않았겠지."

그러나 카르온은 처음부터 그런 걸 염두에 둔 게 아니라는 투였다.

"만일, 그런 것보다 더 큰 문제라면 어떡할 거냐."

에르셀라가 씁쓸하게 미소 지었다. 귀족 간의 중상모략보다 더 큰 문제라면 실상 하나밖에 없었기 때문이었다.

"폐하와 관련된 일인가 보군요."

"그래."

"로베르트나 데먼셔와 연관된 거라면……."

"단순히 그런 게 아니야. 정통성에 관한 거지."

둔탁한 충격이 등골을 훑고 지나갔다.

에르셀라는 지끈거리는 관자놀이에 한 걸음 뒤로 물러섰다. 동그랗게 열린 눈동자가 엷게 흔들렸다. 믿을 수가 없었다.

"비센테는…… 제 아들이 확실해요."

"그런 걸 말하는 게 아니란 걸 잘 알 텐데."

카르온의 냉담한 부인에 심장이 불안감으로 뛰었다. 에르셀라는 손을 쥐다 펴기를 반복했지만 두근거리는 가슴은 진정되지 않았다. 당장에라도 농이라며 웃을 줄 알았던 카르온이 무표정으로 있자 더욱 그랬다.

"그건, 말도…… 말도 안 돼요."

하르젠의 정통성에 문제가 있다니. 말이 안 되는 일이었다.

에르셀라는 넋이 나간 사람처럼 고개를 멍하니 도리질 쳤다.

"그건 정말 말도……."

"너는."

그러나 카르온은 칼날같이 두려운 발언을 뒤집지 않았다.

"고작 세 살짜리 아이가 역병에 걸렸다 살아남을 확률이 얼마나 된다고 생각하지?"

"다행히 천만 운이 좋게도 살아나셨습니다만……."

어디선가 웬델만의 목소리가 카르온의 말과 겹쳐 들려오는 듯했다.

"죽었어. 그 집안의 후계자는, 이미."

머리가 찌르르 울리며 등허리에 식은땀이 흘렀다. 뇌로는 끊임없이 부정 중이나 입은 저절로 기정사실화하고 있었다.

"그럼…… 그 사람은……."

"전쟁 중에 남자가 여자를 사는 경우는 많아."

"전쟁 중이라면……."

에르셀라는 막막함에 눈을 감았다. 그 시기에 있던 전쟁이라 하면 선대 공작이 이두르인 토벌을 위해 루델시아로 출정했을 때밖에 없었다.

그때 선대 공작 부인은 임신 중이라고 들었는데. 추측한 게 맞다면 기가 막힐 노릇이었다.

"……그럼 사생아라도 된다는 건가요?"

"그래."

"모친은 누구죠?"

"정확히는 모른다만, 전시 중 타국의 기사에게 몇 밤 불려 간 걸 보니 천민일 거야. 사실상 몸 파는 여인이라고 보는 게 맞겠지."

입에 붙이기도 더럽다는 듯 그가 경멸을 보였다. 에르셀라는 그것이 선대 공작에 대한 경멸인지, 하르젠에 대한 경멸인지 알기 두려워졌다.

"몇 살 때부터인지는 모르겠지만, 추측해 보면 어릴 때부터 죽은 친자식과 대체되어 키워졌던 것 같아. 더 깊이 캐내보려 해도 시엘린성에서 일한 사용인이나 그자를 담당했던 가정교사는 전부 행적이 묘연하고, 자료도 폐쇄되어 있더군. 외출도 거의 안 한 채 갇혀 살다시피 한 것 같으니 성에서 지낸 기록도 전무하고."

에르셀라는 카르온의 말을 온전히 믿기 힘들었다. 사생아라 해도 가문에 입적하여 후계자가 된다면 가문을 이끌 수 있었다. 에이레네의 동생 글라디엠 백작도 그런 유였다. 사생아 신분으로 귀족 사회에 받아들여지기까지 꽤 시간이 걸리겠으나, 굳이 이런 위험을 감수하면서까지 죽은 자식과 바꿔치기할 이유가 없었다.

그러나 그것은 어디까지나 에르셀라의 기준이었다. 에르셀라의 생각을 알았는지 카르온이 덧붙였다.

"선대 공작, 그자가 무슨 생각으로 그랬는지는 모른다. 어쩌면 제 고결한 가문을 사생아 따위가 잇는다는 걸 흠이라고 여겼을 수도 있고, 제 부도덕한 성생활을 타인에게 알리고 싶지 않았을 수도 있어."

에르셀라는 카르온의 말을 걸고넘어지지 못했다. 카르온의 말대로 선대는 권위적이며 명예를 중시하는 성정이었으니. 그래서 이세르타를 저택에 가두다시피 둔 것일까. 하나뿐인 완벽한 혈통의 후계자가 죽었다는 오점을 지우기 위해?

불현듯 선대 공작이 살아 있는 동안 제 아비의 명을 단 한 번도 거스른 적 없던 하르젠이 떠올랐다. 희생된 이세르타와 하르젠은 대체 무슨 죄란 말인가.

카르온이 목소리를 조금 낮췄다.

"하지만 여기서 중요한 건 그게 아니다. 기어코 그놈이 적통이라 속이고 왕의 승인 아래 작위를 계승했다는 거야."

그것은 왕을 기만한 중죄였다. 귀족으로 입적되지 않은 자가 귀족 행세를 하는 것부터 시작되어, 자식의 죽음을 알리지 않아 선왕을 속였다는 선대 공작의 죄까지 껴안을 수도 있었다. 결국 무덤까지 가져가야 할 비밀인 것이다.

"왕이 그 사실을 알면 어떻게 나올지 몰라."

에르셀라는 카르온이 진심으로 걱정하고 있는 것이 무엇인지 알아차렸다. 그는 자신이 모른다는 걸 두려워했다.

의심이 깊어 다방면의 정보를 모은 후에도 몇 번이나 확인하는 성격이다. 하지만 이번 일에는 선례가 없었다. 선례가 없다는 것은 제 입맛대로 처리하면 그만이라는 것을 뜻했다. 그것은 위험했다. 군주가 자기를 왕으로 세운 자를 내버려 둘 리 없었다.

'아니야. 일단 사실 확인을……'

하지만 이 중대한 일을 누구에게 확인해야 하는가. 조심성 없이 말했다가 그녀로 인해 작은 의심이라도 싹틔우게 된다면…….

그러다 문득, 그녀의 정신이 퍼뜩 일깨워졌다.

"이걸 오라버니는 어떻게 알고 있죠?"

이 위험한 사안을 두고 그 철두철미한 선대 공작이 대비하지 않았을 리 없었다. 하르젠에 관한 정보는 전부 말소시켰을 것이며, 그를 모셨던 사용인, 그를 가르쳤던 가정교사도 모두 죽었을 확률이 높았다.

시간상으로도 꽤 차이 나는 사건을 카르온은 어떻게 알고 있는가. 카르온은 대답을 머뭇거리고 있었다.

"우연히…… 어머니와 공작이 한 대화를 엿들었어."

"……."

"처음엔 에우리피테를 물으시더군. 일반적으로 에우리피테는 보관이 어려운데, 멀쩡한 상태로 그라니아까지 운반하려면 루델시아 북쪽 토양을 이용해야 한다나 봐. 에우리피테의 희소성을 지키기 위해 루델시아에서 공공연히 감춘 비밀이라 이 사실을 아는 자 자체가 드물었기에 의심하신 것 같아. 여기까지 당신 혼자 긴가민가하시다가 '비센테' 그 이름에 의심이 어느 정도 확신이 된 것 같고."

확실히 그라니아 귀족이 루델시아의 지역적인 지식을 아는 일은 드물었다.

"어머니는 사람 한 명을 찾고 있었어."

"혹시 그 사람이……."

카르온은 고개를 저었다.

"어머니가 찾는 이가 공작의 모친인지 아닌지는 몰라. 알아보려 해도 이미 죽은 듯했고."

카르온은 뒷얘기는 아는 바 없다며 일축한 뒤, 어머니가 모종의 이유로 공작과의 이야기에 침묵을 택하신 것 같다고 덧붙였다.

에르셀라는 한참을 침묵하다 입을 열었다.

"……그럼 오라버니만 눈감으면 증거는 없는 거네요."

피사리데로 돌아가지 않겠다는 암시였다. 그가 골치 아픈 듯 관자놀이를 문질렀다.

"세상에 영원한 비밀이 있을 거라 생각하지 마. 넌 언제 터질지 모르는 불안감을 지니고 평생을 살고 싶어?"

그 말을 반대로 하면 하르젠은 그 불안감을 가지고 평생을 살아왔다는 얘기가 된다. 에르셀라는 그런 하르젠이 이해가 안 되는 건 아니면서도 화가 났다.

"그자는 이미 쓸모를 다했어. 에르셀라, 너만 이리 오면……."

"하르젠 앞에서도 쓸모, 쓸모, 그리 운운하셨어요?"

에르셀라의 눈가에 눈물이 맺혔다.

"출신으로 그렇게 약점 잡고 아무렇게나 이용하셨어요?"

에르셀라는 저 혼자 끌어안고 침묵한 하르젠이 미웠다. 하지만 그보다 더 원망스러운 건 눈앞의 혈육이었다.

"전 그이가 절 속였다고 하니 배신감을 느껴요. 미워요. 하지만 그보다 오라버니에게 더 속은 느낌이 들어요. 아버지, 어머니, 언니가 죽고 오라버니를 가장 믿었는데…… 뒤에서 제가 소중히 여기는 사람한테 그랬다니……. 제가 그 사람을 어떻게 봐야 해요?"

울음에 목이 자꾸만 잠겼다. 배신감, 미움, 야속함, 원망이 꽉 차 눈 밖으로 줄줄 새었다.

"베른하르트로 살겠어요."

"네 인생을 살아."

에르셀라는 비위 좋게 웃었다. 다른 남자를 갖다 붙이며 멋대로 자신의 인생을 종용하려는 카르온의 입에서 나올 말은 아니었다.

그녀는 생각했다. 차라리 무지했다면 나았을까. 아무것도 모른 채 후회만 안고 죽었던 그때가 더 나았다. 살아나지 않았다면 그래도 행복했다 착각하며 죽음을 맞이했을 것이다.

하지만 그럼에도 새로운 생을 포기할 수 없는 이유가 있었다. 자꾸만 버티게 만드는 이유가.

'너로구나.'

"비센테가 제 인생이에요."

그거면 되었다.

"부인, 부인!"

에르셀라는 장관실에서 벗어나자마자 복도를 내리 걸었다. 아도라가 쫓아오는 걸 알았지만 운 흔적을 들킬지도 모른다는 생각에 돌아보지 못했다. 괴로움이 마음 한구석을 깊이 침식해 올수록 걷는 속도 또한 빨라졌다.

카르온은 변했다. 아무것도 없던 고아에게 기사가 될 수 있을 거라 희망을 불어넣어 주던 오라비는 이제 사람을 도구로밖에 보지 않을 만큼 비정하게 변모해 있었다. 카르온이 하르젠을 향해 쓸모 운운하는 순간 그들의 우위는 정해진 것이다.

어디서부터 잘못된 것일까. 자문이 우습게도 실은 알고 있었다. 자신들 문제에 하르젠을 끌어들인 것이 문제였으며, 에샤힐드를 왕자비로 올린 그녀의 가문이 이 일의 원흉이었다.

치열한 아귀다툼을 거쳐 그들은 승리했다. 하나 이 승리 속에서 웃는 자는 누구인가. 진창에서 건져낸 승리는 오물을 뒤집어쓴 채 영광을 잃었다. 남겨진 건 겉만 번지르르한 명예일 뿐이었다.

"……."

그리고 그들 탓에 눈앞의 이는 그것마저 쟁취하지 못했다. 에르셀라가 후안이 어떻게 궁에 있는지 파악하기까지는 오랜 시간이 걸리지 않았다. 옷깃에 달려 있는 배지는 궁의 관료를 상징하는 것이었으니.

에르셀라와 마주 선 후안은 그때처럼 웃고 있지 않았다. 그는 지나가는 궁인들을 훑다 그녀를 지나치려 했다.

"원망스럽지 않나요?"

그 물음이 후안을 붙잡았다. 후안은 가벼운 한숨을 내쉬더니 곤혹스럽다는 듯이 대꾸했다.

"당신은 그때의 평민 여자가 아닙니다."

후안의 말대로 공작 부인의 신분을 가진 채로 궁에서 그를 알은체해선 안 될 것이다. 궁에 포진되어 있는 이들이 누구의 귀를 자처하고 있는지 알지 못한 상태에선 더더욱.

그러나 지금이 아니면 시장터에서처럼 우연히 마주칠 기회는 없었다. 따로 연락하는 건 아예 불가능했다.

"원하는 걸 말해줘요."

에르셀라는 끌지 않고 직선적으로 말했다.

"사과를 원한다면 사과를 하고, 다른 바라는 게 있다면 어떻게 해서든 마련해 볼게요."

　그녀는 그들의 비극을 의도한 적도, 바란 적도 없었다. 직접적으로 가해한 적도 없었다. 그러나 방관도 죄라면 값을 치를 생각이었다. 어쩔 수 없었다는 변명도 어느 순간 한계에 부딪혔다. 그러기엔 그녀의 귀에 박혀오는 이야기들이 시도 때도 없이 그녀를 괴롭혔다. 너무 많은 이가 죽었다.

　에르셀라는 가끔 하르젠과 카르온의 처분에 의문을 가졌다. 죽일 필요까지 있었나. 꼭 죽였어야 했나. 안일하고 낙관적인 생각을 누군가는 비웃을 것이 분명함에도.

　"보상이라면 최대한 할 테니……."

　죽어 땅에 묻힌 루더스 백작 영애와 에르셀라는 한때 친분이 있기도 했다. 가끔 꿈에 나타난 루더스 백작 영애에게서 조롱하는 말을 듣기도 했다. 그러니 제 잘못이 아니라고 생각하려 해도 일말의 죄의식은 들고 마는 것이다.

　"혹여 복수할 생각이라면 그만두어요, 경."

　타인의 삶을 파탄 냈다는 게 두려웠다. 그들과 연관된 어떤 이들이 대갚음할까 두려웠다.

　"남편은……."

　"제 어머니의 간청을 외면했죠."

　후안이 한 발 다가붙자 에르셀라는 순간 움찔했다. 이제껏 보지 못한 얼굴로 그가 그녀를 응시하고 있었다.

　"평생을 격조 높게 살아오신 내 어머니가 베른하르트저에 가서 처절하게 빌었음에도 공작께서는 듣지도 않고 내쫓았다고 전해 들었습니다. 공작의 바짓자락을 붙들었을 그분께서 설마 귀족의 긍지를 모르셨겠습니까. 명예가 없으셨겠습니까. 죽어도 잊지 못할 오욕이었을 겁니다."

　그는 약간 난처한 듯 미소 지었다.

"그 시간은 어떤 것으로든 보상될 수 없습니다, 부인."

전과 다르지 않은 부드러운 목소리에 부끄러움이 물에 퍼진 잉크처럼 그녀의 안에서 뻗어나갔다.

가족을 잃었다. 그에겐 참혹했던 시간은 그녀의 얄팍한 마음가짐으로 보상될 수 있는 종류가 아니었다.

"그럼 사죄할까요? 당신 어머니가 당했던 치욕만큼 빈다면, 용서는 할 수 없을지라도 그대들의 마음이 조금이라도 풀릴까요?"

에르셀라는 더 이상 누군가가 다치는 것을 원하지 않았다. 하르젠이 피를 보는 것도, 그로 인한 후환을 걱정하는 것도 지긋지긋했다.

피는 피를 부른다. 에르셀라는 이 악연을 불살라 없앨 수만 있다면 몇 번이든 용서를 구할 생각이었다. 그러나 후안은 고개를 저었다.

"부인께서 사과한다 한들 그날의 모욕을 어떻게 잊겠습니까. 부인의 오라비, 남편의 목을 가져와도 족하지 않을 것입니다."

공작과 후작의 죽음은 그의 한을 풀어줄 수 없었다. 한편 알기도 했다. 이미 흙으로 돌아간 시체에 숨결을 불어넣는 일은 불가능하다는 것을.

"어릴 땐 당신들에 대한 복수만을 생각했습니다. 어머니와 누이를 그렇게 만든 사람을 모두 용서치 않을 것이라 증오를 키워갔던 때도 있었습니다. 하지만 인과관계란 몹시도 묘하기만 합니다, 부인."

에르셀라는 눈도 깜빡이지 않고 후안을 보았다. 그의 눈빛에는 증오나 복수심 같은 어두운 감정이 없었다. 믿을 수 없게도 부정적인 감정 한 조각 없이 깨끗했다.

"어느 순간부터 그러더군요. 집요하게 파고들수록 원망해야 할 대상을 구분하기가 힘들어졌습니다. 단순히 당신들만을 원망하는 게 옳은 것인지, 내 누이와 가문을 버리고 피사리데를 택한 왕을 원망해야 하는 것인지, 제 욕심에 못 이겨 끝내 1왕자에게 버려진 딸을 2왕자비로 올린 내 아버지를 원망해야 하는 것인지, 그도 아니면 사랑하는 이를 잃고 비가 되지 못해 자살한, 남겨진 이들의 슬픔은 생각하지 않았던 누이를 원망해야 하는 것인지."

그저 신기하기만 했다.

"저희의 불행은 누구로부터 비롯된 것입니까."

올곧으면서도 꺾이지 않는 나무가 그녀 앞에 있었다. 굵은 비바람에 휘어질지언정 굴복하지 않는 나무가. 사람이 어떻게 저리 단단할 수가 있을까. 그는 패자였다. 그러나 승자인 그녀보다 더욱 우직해 보였다.

"저는 가려내지 못했습니다. 그래서 대상이 불분명한 복수 따윈 하지 않으려 합니다."

내리쬐는 봄볕을 옮겨놓은 듯한 눈이 늘어진 잎사귀처럼 휘었다. 마냥 가뿐한 웃음이 아닌 여러 감정이 얽혀 있는 웃음이었으나, 그 안의 온기만으로도 위로받는 느낌이었다. 기이한 뭉클함이 솟는 가운데 그녀의 입술 새로 미진한 체념이 흘렀다.

"정말…… 절 부끄럽게 만드시네요."

에르셀라는 부끄러움에 고맙다는 인사조차 꺼내놓지 못했다. 정작 후안은 멋쩍은 듯 뒷머릴 긁적였다.

"사실 이렇게 말해도 속을 파헤쳐 보면 그저 도망치는 겁니다. 가문의 복수를 위해 피를 묻혀야 할 제 숙명에서."

후안은 그렇게 말했지만, 에르셀라는 도망치는 것이라 말하는 저 당당함이 부럽기만 했다. 그 시간을 겪은 다른 자들은 퇴색되기만 했는데 저 사람 혼자만이 온전하다. 저런 결심을 할 때까지 얼마나 괴로웠을까.

갖은 시련에도 무결할 수 있던 그를 부러워하고 있을 때였다. 후안의 시선이 에르셀라 너머 우두커니 서 있는 소녀에게 흘렀다.

"실례했군요."

아도라가 경계 가득한 눈초리로 후안을 괴인 쳐다보듯 보고 있었던 것이다. 그는 유쾌함을 가장하며 산뜻하게 말했다.

"들어온 지 얼마나 됐다고 선임에게 꾸지람을 듣게 생겼습니다. 그럼 가보겠습니다, 부인."

"⋯⋯네."

에르셀라가 기진맥진한 목소리로 답했지만, 충분했는지 후안은 미련 없는 태도로 에르셀라를 지나쳤다. 에르셀라는 멀어져 가는 그를 보다 빠르게 걸었다. 하고 싶은 일이 생겼다.

✳ ✦ ✳

귀가하자마자 서재를 찾았다. 책장을 뒤적거리며 부산스럽게 움직이는 에르셀라를 따라 리엔의 시선이 졸졸 흘렀다. 리엔은 에르셀라가 궁에 가서 무슨 짓을 했는지 걱정하는 눈치였다.

"무슨 찾으시는 거라도 있으세요?"

"헤테론의 신학론 좀 찾아줄래? 신어로 되어 있는 책이라 이쪽 책장에 있을 텐데, 잘 안 찾아지네."

리엔은 쪼르르 달려와 에르셀라를 거들려 하다 낭패하고 말았다.

"전 신어를 몰라요, 마님."

신어만 모르는 게 아니었다. 글 자체를 몰랐다. 리엔의 호기롭던 기색이 시무룩하게 변했다. 에르셀라는 리엔이 새삼 얼마나 불편한 삶을 살고 있을지를 생각해 보았다. 그녀가 문득 물었다.

"가르쳐 줄까?"

그 말에 리엔은 말도 안 되는 소리를 들은 것처럼 정색했다.

"무슨 말씀이세요. 평민이 어떻게 글을 배워요. 그것도 귀족에게."

"평민이어도 글을 알고 있는 사람은 많아."

"괜찮습니다."

"알아두면 좋을 텐데……."

"왜 안 하던 말씀을 하고 그러세요."

그야 그 전까지는 리엔은 그저 저를 보필하기만 하면 되었고, 시간이 지나면 적당히 좋은 남자를 만나서 결혼하면 된다고 여겼기 때문이다. 이전에는 하지 않았던 생각이다.

리엔은 에르셀라가 또 이상한 소리를 하기 전에 빠르게 화제를 돌리기로 했다.

"그보다 그 책은 왜 찾으세요?"

리엔의 의도에 걸려든 것도 모른 채 에르셀라는 순순히 입을 열었다.

"그라니아어로 번역해 볼까 해서."

"번역이요?"

예상외의 대답이었는지 리엔의 눈이 휘둥그레 커졌다. 눈에 띄는 반응에 쑥스러워진 에르셀라는 목덜미를 손끝으로 살살 긁어 내렸다. 그녀가 생각해도 번역을 한다는 게 갑작스럽고 얼떨떨하기만 한데, 리엔은 오죽할까.

"물론 셀론 부인의 도움도 받을 거야. 신어도 할 줄 아신다 하셨거든."

아직 셀론 부인에겐 말하진 않았지만.

에르셀라는 뒷말은 생략했다. 걱정하지 않아도 도와줄 것이다. 하고 싶은 게 뭔지 종종 물었던 사람이니 오히려 무언가를 하겠다고 하면 잘했다며 기뻐할 사람이었다. 에르셀라의 혼을 나가게 하는 레어리의 칭찬 세례는 아직 유효했다. 분명 기쁜 마음으로 동참해 주리라.

그러면서 에르셀라는 셀론 부인이 못 하는 건 대체 무엇일까 하는 심심한 생각을 했다. 잠깐 대화해 보니 외교나 역사에도 빠삭했다. 콘라드와 아즈렐에 관해 조언을 구해볼까. 레어리도 그쪽에서 전문가는 아니지만 어쩐지 잘 알 것 같기도 했다.

"그런데 갑자기 번역은 왜 하려 하세요?"

리엔의 물음에 기억 속의 목소리가 귓가에 잔잔히 펼쳐졌다.

"부인께서는 루델시아 신어를 알고 계시죠. 혹, 헤테론의 신학론을 아십니까?"

"들어는 봤지만 읽지는 않았어요."

"아쉽네요. 언뜻 들은 내용이 흥미로워서요. 그라니아 번역본이 따로 없어서 더욱 궁금했던 참이었거든요."

"굳이 말하면 보은이야."

"보은이요?"

에르셀라는 더 말해주지 않고 엷게 미소 지었다. 리엔은 알쏭달쏭한 말만 하는 마님을 의아하게 바라보다 입을 열었다.

"그럼 일단 자르데아 영애를 모셔올게요. 그분은 신어를 할 줄 아시니까요."

에르셀라는 고개를 주억였다. 리엔의 말대로 아도라가 있다면 책을 찾는 게 한결 수월해질 것이다.

"부탁할게."

책장을 헤집다 손에 걸린 먼지를 털어내며 에르셀라가 대답했다. 그러나 책을 찾는 일은 아도라가 오기도 전에 그만두어야 했다.

"주인님이 귀택하셨어요."

하르젠의 귀가를 전해온 하인의 말에 에르셀라의 맥박은 조금씩 빨라지기 시작했다. 무슨 감정인지는 알지 못했다. 다만 그를 마주하는 게 두렵진 않았다.

"방에서 기다리고 있겠다고 그러셨어요."

그 말을 따라 책을 찾던 일을 그만둔 에르셀라는 서재를 나왔다. 계단을 오르며 드는 갖가지 상념에 마음이 산란했다. 그녀가 오늘 입궁한 사실을 그가 모를 리 없었다.

이윽고 문 앞에 멈춰 선 에르셀라가 머뭇거리며 문고리를 돌렸다.

끼이이, 철문보다 무겁게 느껴지는 문이 열렸다. 하르젠이 그곳에 있었다.

"피사리데의 것을 바칠 정도로 담대할 줄은 몰랐군."

고저 없이 평연한 목소리. 에르셀라의 시선이 침대에 걸터앉아 있는 그에게로 못 박혔다. 아직 왕은 파혼을 발표하지 않았다. 그런데도 알고 있다는 것은…….

"궁에 사람을 너무 많이 두면 위험해요."

대답 없이 손을 뻗는다. 에르셀라는 한숨을 내쉬며 그와의 거리를 좁혀갔다. 그의 발치에 발끝이 닿아서야 그녀의 걸음이 그쳤다.

하르젠은 조심스레 여자의 손끝만을 잡은 채로 시선을 올렸다.

"그날도 이런 의미였나. 미리 사죄하는?"

웃는다, 지독히도 서늘하게.

"미리 말 못 한 건 미안해요."

"차라리 베갯머리송사라도 했다면 억울하지도 않았겠지."

에르셀라가 이를 꾹 악물었다.

"마음에도 없는 말, 하지 말아요."

"글쎄. 마음에도 없는 말이라…….”

말끝을 흐리며 그가 그녀의 손바닥까지 올라와 감아쥐었다. 연인을 에스코트하듯 우아한 동작으로 끌자, 에르셀라의 몸의 중심이 하르젠 쪽으로 작게 기울었다. 가까워진 에르셀라의 뺨을 하르젠이 가볍게 쓸어내렸다. 다시 웃으며 그가 말했다.

"셋이서 같이 살까."

잡혀 있는 손아귀가 움찔거린 순간, 이어진 하르젠의 목소리에 그녀의 몸이 뚜렷하게 굳었다.

"나는 다 버릴 수 있는데, 당신은 어때."

말의 무게가 가벼웠다. 열없이 미소하는 얼굴에 넘어가 마주 웃을 만큼. 두 손으로 차가운 뺨을 감싸며 어디에서 살지 생각해 두었냐고 새치름히 물을 만큼. 뭐 하고 지내면 좋을지 까르르 웃으며 같이 고민해 볼 만큼.

손에 실린 묵직한 힘만 아니었다면 에르셀라는 딱 그 무게만큼 가볍게 받아쳤을 것이다.

"싫어?"

하르젠의 입 끝이 살짝 올라갔다. 적요한 수면에 던져진 돌 조각이 일으키는 물결만큼이나 작은 변화였다. 그것은 얼핏 장난스러웠지만, 에르셀라의 눈에는 폭풍 전야에 잠긴 고요한 바다와도 같아 보였다.

"그날 내 것으로 산다고 한 것, 산나르를 놓아버린 것. 당신이 말하고자 하는 바가 명료하다고 생각했는데, 내 해석이 틀린 건가?"

뺨을 쓸어내리던 손이 팔을 타고 미끄러지며 에르셀라의 다른 손등을 덮었다.

에르셀라의 시선이 각각 잡힌 양손에서 그의 얼굴로 이어졌다. 대답을 갈구하는 듯한 눈으로 하르젠이 에르셀라를 보고 있었다. 에르셀라는 고개를 저었다.

"틀리지 않았어요. 당신이 생각한 대로예요."

"그러면?"

에르셀라는 가만히 입술만 당겼다. 손에 쥔 모든 걸 버린다는 게, 누군가를 대신하여 걸어온 '완벽한' 길을 버린다는 게 하르젠에게 어떤 의미인지 알지 못한다. 그녀는 그의 삶의 이면을 들여다본 적도, 들여다볼 기회도 없었다. 그렇기에 에르셀라는 하르젠이 어떤 마음으로 그런 말을 한 것인지 추측하는 것조차 힘겨웠다.

그의 제안은 지금까지 했던 포기와는 차원이 다른 문제였다. 에르셀라는 무언가를 포기한 적은 있어도 그것이 저를 이루고 있는 귀족적인 성질과 직결된 적은 없었다. 명예와 긍지를 버린 적도, 버릴 날이 올 것이라 생각한 적도 없었다.

"그러면?"

드물게도 질문이 한 번 더 이어졌다. 재촉이었다. 불안했던 것일까. 에르셀라는 선뜻 입술을 떼지 못했다. 지위, 명예, 명성, 이름. 그는 정말 그 모든 것을 다 버릴 수 있는 걸까.

하면 자신은? 자신은 다 버릴 수 있나? 공작 부인의 지위를, 이름을, 누려온 특혜를 하르젠만을 믿고 다 버릴 수 있을까. 버리면, 그와 자신은 행복해질 수 있을까. 서로를 이해할 날이 올까. 하지만…….

"내게…… 할 말 없어요?"

나는 왜 당신을 믿지 못할까.

슬프게도 에르셀라는 더 이상 눈앞의 남자만을 믿고 자신을 내던질 수 없다는 것을 깨달았다. 보이지 않는 앞날이 두려운 것도, 존귀하게 살아온 삶을 끊어내기 힘든 것도 있었다.

그러나 하르젠이 그녀에게 16년간 진실을 감췄다는 게 가장 큰 이유를 차지했다.

"내게 하고 싶은 말, 정말 없어요?"

그녀는 진실로 간절했다. 이제라도 말하길. 제가 실망하기 전에 그 입으로 제발 말해주길.

"어차피 가문을 등지고 내게 온 거면, 그냥 따라주면 안 되나?"

에르셀라는 대답하지 않았다. 그것이 따를 수 없다는 또 다른 표현인 것을 안 하르젠이 그녀의 손목을 붙잡은 채 고개를 숙였다.

"당신이 날 정말로 가족이라고 생각한다면, 이번만 온전히 날 선택해 주면, 안 되나?"

부탁이었다. 한 번만 그녀의 가문이 아닌 자신을 선택해 달라는.

쥐인 손에 떨림이 전해졌다. 에르셀라는 그것이 제 손의 떨림인지 하르젠의 떨림인지 분간하지 못했다.

에르셀라는 가만히 눈을 감았다. 생각이 끊임없이 교차했다. 어차피 죽을지도 모르는 목숨, 한 번만 눈 감고 따르면 되지 않을까. 지금 당장은 아무것도 몰라도 살다 보면 서로에게 전부를 털어놓을 날이 오지 않을까. 그러면 모든 게 해결되지 않을까. 그렇게 자신들도 그림 속의 평범한 여느 가정처럼 진정한 '가족'이 될 수 있지 않을까. 여기서 그저 제가 알겠다고만 대답하면…….

에르셀라의 눈 안에 눈물이 맺혔다. 목까지 차오르는 감정에 그녀는 이를 악물며 고개를 저었다. 믿고 싶다. 하지만 믿지 못하겠다. 서리만큼 얕았던 배신감이 어느새 눈만큼 불어나 있었다.

왜 당신은 내게 말하지 않는 걸까.

뭐가 그리 두려워서.

에르셀라는 감았던 눈을 느릿하게 떴다. 그리고 천천히 입을 열었다.

"지금은 말고 나중에요. 나중에 우리가……."

"제발."

"……."

에르셀라의 경직된 시선이 그의 얼굴 위로 멈추었다.

"제발 한 번만."

그녀는 가까스로 숨만 뱉었다. 흡사 아이가 어른에게 조르거나 억지를 부리는 듯한 낯선 모습에 에르셀라는 아무 말도 할 수 없었다. 떨림이 손끝을 타고 올라 팔까지 닿았다. 그의 것이었나. 어쩐지 하르젠에게 두 손이 단단히 잡혀 있음에도 그가 간신히 붙들고 있는 것 같다는 느낌을 받았다.

"비센테도 생각해야죠."

그 말이 주문이라도 된 듯 하르젠의 손이 밑으로 내려갔다. 그러나 완전히 자유를 찾은 손과는 반대로 심장이 더욱 죄여왔다.

에르셀라가 천천히 무릎을 굽혔다. 몸을 낮춘 상태로 팔을 뻗어 하르젠의 뺨을 감아올리자, 시선이 만났다.

"당신도 알잖아."

당장은 안 된다는 걸. 아니, 평생 그럴 수 없다는 걸.

꺼내지 않은 뒷말을 그녀도 알고 그도 알았다. 그들은 축제 때 마주친 평범한 가족처럼 살아갈 수는 없었다.

권좌에서 내려오는 순간 하르젠이 어떻게 될지가 눈에 보였다. 추악한 귀족의 습성이 그러하듯 악착같이 끌어내려질 것이다. 이 길을 선택한 이상 그들은 가시밭길이라도 나아갈 수밖에 없었다.

무엇보다 에르셀라는 하르젠을 위해 다 버릴 자신이 없었다.

어쩌면 당신 말이 맞을지도 모르지. 그녀는 버리지 못할 것이다. 찬란한 영광이 예견되어 있는 비센테에게 그런 미래를 안겨주고 싶지도 않았다.

살짝 눈을 휘며 에르셀라는 그를 바라보았다.

"무슨 일인지는 모르지만, 힘든 게 있다면 나도 최선을 다해 도울게요."

그는 웃지 않았다.

"물론 당신 스스로 말해줄 때까지 언제든 기다릴 거예요."

그것은 그가 감춘 진실을 말해줄 때까지 기다리겠다는 뜻 또한 내포하고 있었다.

하르젠이 에르셀라를 바라보았다. 침묵이 길었다. 좋게 포장했다지만, 눈치챘을 것이다. 결국 그녀가 온전히 그를 선택한 게 아님을.

"그 결정에 후작이 없다고 단언할 수 있나?"

그 물음에 에르셀라가 어색한 표정을 지었다.

"당신이 원하는 대로 살 거예요. 하지만 하르젠."

"내가 원하는 건 이미 알 텐데."

그녀는 한숨을 내쉬었다.

"그래도 솔직히 오라버니와 완전히 연을 끊는 건 힘들어요. 가족이
잖아요."

"……."

"대신 안 만날게요. 하지만 수도에서는 지내고 싶어요. 잘 지내는지
소식이라도 들을 수 있게."

그 말을 가만히 듣던 하르젠이 피곤한 듯 눈가를 문질렀다.

"당신과 나 사이에, 언제나 피사리데가 있었지."

기이할 정도로 침잠된 음성에 에르셀라의 표정이 단번에 얼어붙었다.

"이번에도 다를 건 없는 듯하지만."

제 뺨에 닿아 있는 그녀의 손을 잡아 내리며 하르젠이 체념하듯이
웃었다.

"내가 잘못 생각한 모양이야. 처음부터 그랬어야 했는데."

"……하르젠?"

"내 것으로 살겠다고."

그는 그녀의 말을 나른하게 뇌까리다 자리에서 일어났다. 숙였던 허
리를 편 에르셀라가 그를 올려다보았다.

지루한 얼굴이었다. 지금의 대화에 싫증 난 듯이.

"그래, 앞으로 한번 내 것으로 살아봐."

그가 에르셀라의 팔을 뿌리치듯 놓자, 에르셀라의 몸이 허물어지듯
휘청거렸다.

"기대하지."

그러나 그는 돌아보지 않고 방을 나갔다.

챙그랑!

벽면에 부딪힌 유리잔이 사방의 귀를 찢었다.

"미친 계집!"

"가, 각하!"

가르텐 공작의 흥분에 찬 노호에 사람들의 안색이 파리하게 물들었다.

"멍청한 년이 이 약혼에 뭐가 걸려 있는 줄 알고 감히!"

여전히 분이 안 풀리는 듯 그는 손에 물건이 잡히는 대로 집어 던졌다. 날카로운 소리가 끊이질 않았다. 깨진 유리 파편이 이리저리 튀어 생채기가 났지만 사람들은 숙연히 앉아 있었다. 가르텐 공작이 이번에는 술병을 집어 들었을 때였다.

"각하, 진정하십시오."

판테츠 백작이었다. 가르텐 공작이 신경질적으로 씹어뱉듯 내뱉었다.

"지금 고작 여자 하나 때문에 무슨 일이 벌어졌는데, 내가 진정하게 생겼는가?"

"하지만 지나친 흥분이 건강을 해칠까 염려됩니다."

판테츠 백작이 달래듯이 온후하게 말하자 가르텐 공작은 그제야 진정할 마음이 생긴 듯했다.

공작은 깊게 심호흡을 하며 흥분을 가라앉혔다. 그럼에도 화가 누그러지지 않았는지 종잇장 찌그리듯 그의 얼굴을 와락 구겼다.

"제 가문 사정도 모르는 계집을 뭐가 좋다고 끼고 사는지."

"워낙 익애하시지 않습니까."

"그러니 미친 게 아닌가!"

다시금 열이 뻗쳤다. 그는 수많은 여자를 총애했으나 애지중지하여 제멋대로 설치게 놔둔 적은 없었다. 이 일은 명백히 베른하르트 공작의 실책이었다.

"각하, 일단 진정하십시오. 대책은 강구하면 있을 것입니다."

판테츠 백작에 이어 다른 사람의 만류까지 더해지자 가르텐 공작은 입술을 비죽 꺾으면서도 자리에 앉았다. 때마침 조심스레 문을 두들기는 소리가 나며 집사의 목소리가 들려왔다.

"주인님, 주인님 앞으로 사람이 도착하였는데……."

"들여보내라."

다리를 꼬고 시가에 불을 붙인 가르텐 공작이 퉁명스레 말했다. 애써 침착하려 했지만 본디 성질이 괴팍하여 가라앉히기가 힘들었다.

연기를 한 번 피우자, 문이 열리며 로브를 쓴 남자가 방 안에 들어섰다. 집사의 안내를 받고 이곳까지 왔다는 것 자체가 그들만의 암호문을 알고 있다는 증명이었으니 따로 경계하지는 않았다.

수상한 태도를 보이면 즉시 죽이면 될 일이다. 그리 생각하며 가르텐 공작이 시큰둥하게 남자를 향해 턱짓했다. 그 신호에 남자가 로브를 벗으며 모습을 드러냈다.

"가르텐 공작 각하를 뵙습니다."

"인사는 됐네. 용건만 하게."

남자가 무릎을 꿇으려는 걸 가르텐 공작이 일축하며 물렸다. 남자는 간단한 묵례로 인사를 대신한 뒤, 품에서 편지 봉투 하나를 꺼내 그에게 내밀었다.

"베른하르트 공작 각하의 서신입니다."

가르텐 공작이 눈을 빛냈다. 그의 말 그대로 서신은 베른하르트 가문의 인장이 찍혀 밀봉되어 있었다.

"뒤는 안 밟혔나?"

"따라오는 자는 없었습니다."

"가는 길도 조심하게."

"예."

다시 로브를 뒤집어쓴 남자가 방에서 나가자 사람들이 그제야 입을 열었다.

"무엇입니까?"

가르텐 공작은 대답하지 않고 서신을 뜯었다. 편지를 샅샅이 뜯어본 그에게서 웃음소리가 터져 나왔다.

"……하."

그것이 시발점이었다.

"하, 하하하하하!"

연이은 폭소에 사람들이 어리둥절해하며 그를 보았다. 가르텐 공작은 배라도 잡을 기세로 발작이라도 하듯이 웃고 있었다.

"각하."

판테츠 백작이 설명을 요하듯 그를 불렀다. 공작은 여전히 웃음기를 지우지 않은 채 지극한 환희를 드러냈다.

"공작이 이번에 일을 칠 때, 피사리데도 쓸자는군."

서신엔 분명 그렇게 적혀 있었다.

"피사리데는 남겨두는 게 각하께서 내거신 조건 아닙니까?"

레데아 백작이 눈에 띄게 놀라며 반문했다. 레데아 백작뿐만 아니라 이 자리에 있는 사람들 모두 그렇게 알고 있었다.

"마음이 바뀐 모양이야."

"……."

"사랑하는 여자의 가문이 절멸하길 바라는 걸 보면."

공작의 입술이 이보다 더 즐거울 수 없다는 듯이 씰룩였다.

"베른하르트와의 연락책은 새로 준비하지."

"약혼이 이미 한 번 깨져 다시 평소처럼 접근했다간 의심을 살 게 분명합니다. 새로운 연락망을 뚫어야 하는데 이 또한 피사리데 후작의 눈이 워낙 넓어 쉽진 않습니다. 워낙 저희 쪽과 접점이 없던 분이기도 하고요."

"시일이 걸려도 좋으니 천천히 하게."

카르온이 얼마나 정보에 빠삭한지 알고 있기에 성질이 급한 가르텐 공작도 이번에는 판테츠 백작의 말에 동의할 수밖에 없었다.

"그런데 의외긴 하군요."

판테츠 백작이 턱수염을 쓸어내렸다. 서신의 내용을 말하는 것이었다.

"의외라."

가르텐 공작이 입술을 비틀었다. 파도치지 않는 바다가 어디 있으며, 바람에 흔들리지 않는 나무가 어디 있단 말인가. 초연한 척 굴어도 그 안에 품은 음심을 꿰뚫고 있었다. 이러한 일은 예정된 것이었다.

"고고한 척해도 너도 별수 없는 인간이거늘."

가르텐 공작이 비릿하게 웃으며 서신을 불에 가져갔다.

왕이 가르텐과 베른하르트의 파혼을 공시했다.

그의 독단적인 행동에 많은 이가 불만을 토로했다. 군주가 말을 엎은 것에 몇몇 가문은 들고일어났으며, 길가의 벽면에는 가문의 인이 찍힌 선전이 우후죽순으로 붙었다.

그러나 당사자가 아닌 자들의 주장은 효력이 약할 뿐 아니라, 애초에 왕의 노여움을 살까 두려워 대놓고 불만을 표출하지는 못했다. 결과적으로 그들의 목소리는 케니언스에게 큰 영향을 미치지 못했다.

사람들은 베른하르트와 가르텐이 이 일에 대해 거세게 항의할 것이라 생각했지만, 의외로 그들은 죽은 듯이 있었다.

그렇게 여러 뜬소문이 오가던 차에 베른하르트 공작 부인이 왕자의 탄일 때 산나르를 진상한다는 소문이 돌았다. 베른하르트와 가르텐의 결맹이 깨진 이유가 그것과 무관하다고 생각하는 귀족은 없었다. 어느 정도 물밑 다툼이 있었다는 확신이 들자 항의하던 소수의 귀족마저도 슬그머니 자취를 감추었다.

가르텐 공작이 왕을 알현한 건, 살을 더하며 불어나던 소문이 사람들의 관심에서 점차 멀어졌을 때였다.

"미천한 가르텐이 카자라이넬을 뵙습니다."

왕의 앞에서 공작이 무릎을 꿇었다. 공작 부인의 전단에 길길이 날뛸 줄 알았던 공작은 생각보다 구태의연한 태도를 보이고 있었다.

"그래, 무슨 일로?"

가르텐 공작의 행동에 짐작 가는 바가 있지만, 케니언스는 일단 모르는 체했다.

"이번 일은 유감입니다, 폐하."

가르텐 공작은 그 말만을 내놓았다. 질책하는 어조는 아니었다. 하지만 그의 심정을 대변하기엔 충분했다.

"서운하게 했다면 짐이야말로 유감이네."

책임이라곤 일절 지지 않겠다는 말에 가르텐 공작의 눈썹이 일순 들썩였지만, 곧 안정되었다. 그 모습을 보고 피식 웃던 케니언스가 덧붙였다.

"그대의 여식에게는 따로 좋은 혼처를 마련해 주지."

지나가던 개도 비웃을 소리였다. 왕이 주선하는 혼인이 어떨지는 실로 눈에 빤했다. 그러나 결국 눈에 빤한 도발. 공작은 발발거려 왕에게 먹이를 주지 않았다. 대신 그는 거기서 하나 더 보태었다.

"제가 감히 먼저 청해도 되겠습니까?"

벌써 새로운 혼처라도 물색해 둔 모양이군. 참 빠르다고 생각하며 케니언스가 혀를 내둘렀다.

"일단 한번 들어보지."

왕은 퍽 자애로운 낯으로 물었다. 무릎을 꿇은 상태의 공작이 고갤 들어 케니언스를 직시했다.

"올리비아의 짝으로 폐하의 자식을 깊이 원합니다."

'이건 무슨……'

조금의 예상도 못 한 케니언스가 어렴풋이 미간을 찌푸렸다.

"왕자는 아직 한 살이다."

젖도 안 뗀 갓난아기를 짝으로 주라니. 뒤에 기립해 있는 시종장도 황당무계한 말을 들었다는 듯이 콧바람을 냈다.

권력에 미쳤다 해도 정도가 있지 한참 핀트가 엇나간 요구 아닌가. 그러나 가르텐 공작은 염치없음에 얼굴을 붉히지도 않았다. 천연덕스러운 요구를 계속해 올 뿐이었다.

"저는 폐하의 자식이라고 했지 왕자 전하라 말씀드린 적이 없습니다, 폐하."

케니언스는 턱을 쓸었다. 그에겐 공식적으로 왕자로 인정받지 못한 아들이 한 명 있었다. 왕비를 모시던 시녀의 몸에서 태어난 아이가.

"이해가 안 가는군."

불가해한 의문이 솟았다. 왕의 자식이라 하지만 사생아였고, 그의 어미인 여인도 그다지 명망 높은 가문이 아니었다. 그 어디에도 가르텐 공작이 적녀를 앞세워 탐낼 이유는 없었다. 짚이지 않는 속내에 순식간에 머리가 복잡해져, 그가 관자놀이를 문질렀을 때였다.

가르텐 공작이 공손하게 말했다.

"폐하의 변심으로 봉변까지 당한 제가 무리한 부탁을 드리는 것은 아니리라 생각합니다."

점잖은 볼멘소리에 케니언스가 짧게 한숨을 내뱉었다. 결국 그가 한발 물러났다.

"우선 약혼부터 하고 결혼은 차후에 진행하도록 하지."

사생아다. 그리 가치 있는 아이도 아니니 상관없겠지.

"황송합니다."

가르텐 공작이 이를 드러내며 환하게 웃었다.

"어머니는 어디 계시지?"

다급한 목소리가 하녀를 잡아챘다.

"아! 도련님! 마님께서는 지금 후원에 계십……!"

그녀의 말이 끝나기도 전에 비센테는 후원을 향해 내달렸다. 이전의 기억들에 의지해 아는 대로 다 뒤져보니 에르셀라는 정방형의 작은 후원에서 꽃가지를 잘라내고 있었다. 꽤나 진지한 손동작에 비센테는 걸음을 멈추고 그녀 옆에 놓인 바구니를 응시했다.

노란색이 아름답게 물든 꽃이 그 안에 있었다.

비센테는 그것이 제 방의 빈 화병을 채울 꽃인 것을 알았다. 없어도 된다, 있으면 좋다. 그와 실랑이를 벌인 끝에 에르셀라가 얻어낸 승리의 산물이라는 것도.

"여긴 웬일이야?"

문득 드는 인기척에 꽃을 한 아름 안고 일어선 에르셀라는 땀에 흠뻑 젖은 비센테의 모습에 크게 놀랐다.

허다하게 비센테를 찾는 그녀와 달리 그 반대의 경우는 몇 없었기에 에르셀라는 땀투성이인 비센테가 당황스럽기만 했다.

"세상에, 땀 좀 봐. 뭘 뛰기까지 했어."

그러면서도 에르셀라의 낯빛에서는 반가운 기색이 떠나갈 생각을 하지 않았다. 감동받은 얼굴이었다. 그것을 보자 저 끝에서부터 무언가가 울컥 치밀었다.

"잘못했습니다."

비센테는 말했다. 그 치미는 무언가가 자신의 감정을 더욱 엉망으로 만들기 전에. 속을 완전히 헤집어 망가진 감정에 허우적대기 전에.

"제가…… 제가 다 잘못했습니다."

그날 알겠다고 말한 게 그런 의미였을 줄은 몰랐다. 그런 걸 원한 것도 아니었다.

"그저 객기를 부려본 것뿐입니다. 어머니께서 무언가를 바쳐가면서까지 깨뜨릴 정도의 약혼도 아닙니다."

산나르는 이곳에서 에르셀라가 유일하게 가지고 있던 그녀의 '것'이었다. 비센테는 어머니가 그녀의 것을 저로 인해 버렸다는 사실이 스스로가 못 견디게 싫었다.

"행복할 것입니다. 누구와 결혼해도 전 행복할 테니……."

처음부터 그따위 말을 해서는 안 되었는데.

"그러니 지금이라도 부디 왕과의 언약을 물리십시오."

지금이라도 충동적인 행동이었다고 왕에게 간청한다면 왕도 그 정도는 용인해 줄 것이다. 에르셀라가 못 하겠다고 하면 그가 하면 된다. 왕에게 빌어서 그녀가 산나르를 되찾는다면 비센테는 기꺼이 그렇게 할 수 있었다.

하지만 에르셀라는 그러지 않았다.

"난 괜찮아."

지금도 저렇게 아무렇지 않아 보이는 것처럼, 에르셀라는 그러지 않았다.

"너는 또 내가 바보 같다고 생각하겠지만, 사실 내겐 별로 필요 없는 것이라서 없어도 괜찮아. 그 많은 재산, 묵혀놔 봤자 쓸 일도 없거든."

"제가 괜찮지 않습니다!"

비센테가 처음으로 소리쳤다. 그녀가 하는 말이 그가 화낼까 미리

처두는 변명처럼 들렸다. 그것이 그의 화를 더욱 치밀게 했다.

대체 왜.

참을성 있게 누르고 눌렀던 감정이 밖으로 흘러넘쳤다. 비센테는 눈앞의 여자를 원망스럽다는 듯이 쳐다보며 또박또박 말했다.

"제가, 싫습니다."

싫었다. 에르셀라가 자신 때문에 그녀의 것을 포기하는 것 자체가. 이럴 거면 차라리 그가 있든 없든 신경 쓰지 않았던 때가 나았을 것이다.

에르셀라는 저를 노려보다시피 보는 비센테의 시선에 그날처럼 움츠러들지 않았다. 다만 에르셀라는 웃었다. 이상할 정도로 행복해 보이는 얼굴로 웃으며 말했다.

"너 때문에 잃은 거라 생각하지 않아. 너를 위해 잃을 게 있다는 게 기쁜 거지."

"제가 괜찮지 않……."

"사랑해."

일순 비센테가 멍한 얼굴로 에르셀라를 바라보았다.

세상의 소리가 전부 날아간 듯 귀에는 어떤 소음도 들려오지 않았다. 머릿속이 새하얗게 지워지고 화가 가라앉았다.

그는 아무것도 생각할 수 없었다. 그저 단 하나만을 생각했다.

사랑.

그 하나에 대해 그는 끈질기게 생각했다.

지금 그가 뭘 들은 건가. 사랑? 사랑이라 하였나? 그는 귀를 수백 번 의심했다. 그러나 에르셀라는 그가 잘못 들은 게 아니라는 듯이 환하게 웃고 있었다.

"네가 있어 내 하루하루가 얼마나 행복한지 모를 거야. 꽃은 춤추고 바람은 노래하지. 너를 사랑하기에 세상은 내게 그리 보여."

그 순간 에르셀라의 얼굴이 꽃이 만개하듯 피어올랐다.

"지금……."

무엇을 부정하는지도 모르고 비센테는 고개를 저었다. 두려웠다.

"사랑한다."

그러나 사랑한다, 환상처럼 단 그 말은 기어이 그의 귓가를 점령했다. 걷잡을 수 없이 벅차오르는 환희가 넝쿨처럼 그의 전신을 휘감아 올라왔다.

도망칠 수 없다.

깨달았을 때는 이미 늦은 뒤였다. 발이 땅에 묶인 채 비센테는 에르셀라를 바라보았다.

그리고 눈앞에 보이는 그녀의 모습에 그는 눈 하나 함부로 깜빡이지 못했다. 밤하늘을 가르는 여명처럼 반짝이는 푸른 눈이, 다사로운 온기를 품으며 당겨 올라간 입꼬리가, 사랑한다 말해주는 그 목소리가 숨 막히게 아름다웠다.

사랑한다.

비센테는 번연히 깨달았다.

참으로 별것 아니라 생각했던 그 말을 사실 원하고 있었음을.

'원해?'

비센테는 반사적으로 뒤로 물러났다. 무형의 가면에 금이 가며 그의 맨얼굴이 드러났다. 그는 영락없이 당황한 소년의 얼굴을 하고 있었다. 비센테는 강하게 부정했다.

말도 안 된다.

그러나 안절부절못하며 불안하게 숨 쉬는 심장은 처음으로 살아 있음을 깨달은 듯이 뛰고 있었다.

그는 다시 에르셀라를 보았다. 두 눈이 바보처럼 깜빡였다.

"……어머니."

그가 에르셀라를 멍하니 불렀다.

"왜?"

도대체 언제부터였을까.

저 여자 입에서 나오는 그의 이름이 익숙해지고, 그가 저 사람을 '어머니'라 지칭하기 시작한 게. 이전에도 의식 없이 그리 불렀던 듯한데…….

언젠가 자연스러워질 것이라 생각한 적은 있었다. 그러나 그렇게 되고 나서 인지할 줄은 꿈에도 알지 못했다. 그의 안에서 절대적으로 타인이라 분류됐던 여자가 어느새 '어머니'로 정의되었다는 사실 또한 믿기 힘들었다. 경계했다고 여겼고 경계하고 있다고 생각했거늘…….

"아무것도…….."

스며들었다. 저도 모르게.

"……아무것도 아닙니다."

그는 그 순간 그 사실을 인정하지 않을 수 없었다.

그날 밤 하르젠이 비센테를 불러들였다.

집무실에 들어온 비센테를 일별한 하르젠은 서류에 시선을 둔 채 대수롭지 않은 투로 입을 열었다.

"당분간 셀모르에 내려가 있는 게 좋겠구나."

터무니없는 명령이 비센테의 뒤통수를 치고 지나갔다.

"기사 시험이 있습니다."

"그곳에서 치르는 걸로 하지."

비집고 들어갈 틈 없는 대답이었고, 예전 같았으면 이유를 재지 않고 무조건 따랐을 명령이었다. 그러나 비센테는 이전이라면 절대 하지 않았을 말을 망설임 없이 내밀었다.

"갈 수 없습니다. 재고해 주십시오."

"*갈 수 없습니다.*"

과거의 편린이 비센테의 목소리와 겹쳐진다. 서류를 읽어 내려가던 하르젠의 시선이 허공을 가로질러 비센테에게 박혔다.

"아버지가 정확히 무엇을 하시려는지 알지 못합니다. 하지만 그것 때문에 저를 보내시려는 거라면."

쿵. 비센테의 한쪽 무릎이 바닥을 묵직하게 울렸다.

"장님과 귀머거리로 살겠습니다."

"……."

"아무것도 알지 않겠습니다. 아무것도 하지 않겠습니다. 못 믿으시 겠다면 영영 이곳에 고립되어 살겠습니다."

비센테가 머리를 조아렸다.

"어머니를 두고 갈 수 없습니다, 아버지."

"*부인이 아직 심약합니다.*"

그리고 다시 이명. 하르젠은 묘한 눈으로 비센테를 내려다보았다. 현재의 저 아이에게 과거 자신의 모습이 있었다.

태산같이 높았던 남자가 떠올랐다. 살아 있는 동안 그가 감히 거역 할 수 없었던 그 남자가.

저 아이는 벌써 자신의 길을 가려 하는가.

부복한 비센테의 모습에 하르젠의 얼굴 위로 설핏 쓴웃음이 떠올 랐다 사라졌다. 그렇다 하여도 그의 아들은 그를 꺾지 못할 것이다.

"불복은 불허한다."

과거의 그가 그랬듯이.

하르젠의 말에 비센테가 고개를 들어 올렸다. 단단한 갑주를 두른 듯한 남자는 호수 하나 품고 있지 않은 척박한 땅 같았다. 그가 원하는 꽃 한 송이 피워내기 힘든.

그런 그에게 비센테가 물었다.

"어머니를 사랑하십니까."

"……."

"가지고 싶으십니까."

하르젠은 대답하지 않았다. 그의 침묵에 비센테는 뼈마디가 도드라질 정도로 손을 움켜쥐었다. 그는 그 비틀린 사랑의 끝을 알았다.

"그런 방식으로는 그분의 마음 한 자락 얻지 못할 것입니다."

가질 수 없을 것이다. 온갖 수단을 동원해도 에르셀라가 그 사랑을 온전히 받으며 행복해할 일은 없을 것이다. 그간 살아온 그들의 시간이 그에 대한 방증이었다.

"그러니 부디 다시……."

"너를."

무덤덤한 음성이 그의 말을 잘라냈다. 비센테는 하르젠의 표정을 보고 말았다.

"볼 때마다 괴로워했었지."

표정 하나 일그러뜨릴 줄 모르는 사람처럼 하르젠은 지극히 평연한 모습으로 그 자리에 있었다.

"너를 도저히 사랑하지 못하겠다며 매일 밤 우는데……."

하르젠의 상처에 무뎌진 듯한 공허한 시선과 반대로 비센테의 표정은 조금씩 일그러져 갔다.

"그러니 그런 걸 바라지 않게 된 지는 꽤 되었다."

그렇다면 껍데기라도 가지겠다는 것인가. 그 이야기의 끝이 비극인 것을 알 텐데도.

"두 번 말하지 않겠다."

이어진 말에 비센테는 깨달았다.

"……따르겠습니다."

하르젠은 멈추지 않을 것이다.

부산스러운 아침이었다.

"마님, 마님!"

에르셀라는 눈을 뜨자마자 들려온 소식에 정신없이 뛸 수밖에 없었다. 에르셀라의 뒤를 따르는 사용인들이 넘어질지도 모른다며 소리쳤지만 에르셀라는 멈추지 못했다. 그녀는 흐르려는 눈물을 거듭 삼키며 내달렸다.

아닐 거야. 잘못 들은 걸 거야.

간절하게 되뇌었지만 두려움에 가파르게 뛰는 심장은 진정되질 않았다.

절박한 달음박질은 투명한 햇살이 눈부시도록 내리쬐는 채광창이 가까워지며 느려졌다. 홀 양옆으로 늘어선 사람들의 모습에 그녀의 걸음이 뚝 그쳤다.

에르셀라는 난간을 짚으며 몽롱한 정신으로 계단을 내려갔다. 한 계단 한 계단 내려갈수록 선명해지는 현실에 몸이 비틀거렸지만 그녀는 멈출 수 없었다.

이윽고 마지막 층계를 내디뎠을 때 절망이 그녀를 덮쳤다. 하르젠 앞의 비센테가 신하가 주인을 섬기듯 무릎 꿇고 있었다.

비센테의 목소리가 들려왔다.

"비센테 베른하르트, 가주님의 명을 이행하여 셀모르에 머무르며 영지민을 지키겠습니다."

초점이 흐려진 그녀의 시선이 하르젠의 검은 눈과 정면으로 맞물렸다. 그는 에르셀라를 정확히 직시하며 입을 뗐다.

"다녀오라."

에르셀라는 멍한 눈으로 그들에게 느리게 다가갔다. 그러나 하르젠과의 거리가 가까워질수록 눈시울이 아프게 아려왔다.

무너뜨릴 수 없는 성이 있다. 오르기엔 너무 높고…… 무너뜨리기엔 너무나 단단해서, 고개를 들고 아득히 올려다볼 수밖에 없는, 그런 성이.

말을 나누어도 허물어지지 않고 진심을 꺼내도 전해지지 않는다. 오랜 시간 쌓아 올린 그 남자의 성벽은 그렇게나 단단했다.

그리고 그녀는 알았다.

자신조차도 저 남자와 다르지 않다는걸.

그렇다면 자신들은 뭘까.

하르젠. 당신과 나는 부부였던 적이 있을까.

묻는다면 아니라는 대답이 나올까 두려웠다. 저 또한 그리 생각했기에. 이상한 일이었다. 그와 자신은 끝없이 숨을 얽었는데도…… 서로가 어렵기만 했다.

"어머니."

자리에서 일어난 비센테가 에르셀라를 돌아보며 마주했다. 부드러움이 실린 목소리의 의미를 에르셀라는 모르지 않았다. 막을 수 없다는 것도.

"무사히……."

에르셀라는 고요히 미소 지었다.

"다녀오렴."

울진 않았다. 다시 만날 걸 알기에.

말하지 않은 믿음이 전해진 듯 비센테도 조금은 웃은 채 그녀의 앞에 무릎을 굽혔다.

"이전에 약조드렸던 것처럼 저는 무사할 것입니다."

비센테가 에르셀라의 손등에 입을 맞추었다.

에르셀라는 그것이 무슨 의미인지 잘 알았다.

과거의 맹세였다.

9장
운명

비센테에게.

네가 떠난 지 벌써 일주일이 되었구나. 내 예상이 맞는다면 네 여정은 이 편지가 당도할 때쯤 끝나 있겠지. 긴 여로에 일호의 고된 일은 없었기를 바란 다. 이 엄마는 자나 깨나 네가 고생하지 않을까 걱정이니 말이야.

셀모르의 땅을 밟은 후에는 일체 무리 없이 여독을 푸는 데만 몰두하렴. 연무라든가 공부라든가 하는 일은 하지 않을 거라 믿어. 이렇게 말해도 넌 그 럴 애란 걸 알지만.

셀모르는 수도의 영향을 덜 받은 곳이라 많이 낯설 거야. 나는 먹어본 적 없지만 듣자 하니 독특한 향신료를 쓴다고 해. 한창 성장기인 네 입맛에 부 디 맞아야 할 텐데. 안 맞는다 하더라도 너무 낙심하지 말렴.

그래도 셀모르는 국경 지대인 셀몬과 가깝다 하니 말이야. 폐하께서 셀몬 을 개방하셨으니 콘라드와의 교역도 활발할 테지.

콘라드식 음식은 특색은 없지만 무난하기로 잘 알려져 있으니 그 점은 천 만다행이야. 아니면 이곳의 요리사를 그쪽으로 보내줄까? 네 입맛을 맞출 요리사는 몇 명이든 있으니 원한다면 언제든 말하렴. 애써 참으며 그곳의 음식에 적응할 필요는 없어.

벌써부터 네가 없으니 참 허전하다. 근래 식사하다 네가 없는 빈자리를 몇 번이나 바라봤는지 몰라. 내가 채신머리없이 말 좀 붙여보려 하면 바로 대화를 끊어내려 하는 단문형의 대답조차 그리울 줄이야.

넌 모르겠지만 이곳엔 널 그리워하는 사람이 꽤 된단다. 특히 클리프턴과 주방장이 많이 아쉬워해. 빨리 시간이 지나 돌아오기를 간곡히 바란다고 내게 전해달라는구나.

나도 그들과 같은 마음이야. 사실 이 편지도 몇 번째 고쳐 쓰는지 모르겠어. 밤에 홀로 책상에 앉아 편지를 썼다 버리는 걸 자꾸 반복하게 되네.

네가 잘할 걸 알면서도 공연히 마음이 어수선하여 눈을 붙일 수 없는 밤이구나.

그럼 다시 만나게 되는 그날을 고대하며 글 마치마.

−사랑을 담아, 에르셀라 베른하르트가.

어머니께.

저는 무사히 잘 도착했습니다. 음식 또한 입에 맞으니 걱정 내려놓으시길 바랍니다.

서늘한 바람이 부는 가을입니다. 사색이 길지 않으셨으면 좋겠습니다. 그날처럼 바깥에 머무르는 일이 오지 않도록.

−비센테.

그리운 아들에게.

이제 한 달이 되었구나. 찾아오는 겨울에 낙엽은 진 지 오래니. 내가 예언가는 아니지만 하나 말하자면 올해 추위는 꽤 기승을 부릴 예정이란다.

수도에도 눈이 내릴 듯하니 북쪽인 거긴 말할 것도 없겠지. 감기에 들지 않도록 각별히 몸을 챙기렴. 겨울에 걸린 감기는 잘 낫지도 않는단다.

아무래도 그라니아는 북쪽의 나라보다 기후가 온화하여 사람들이 상대적으로 추위에 약한 편이니 걱정이 되지 않을 수 없구나. 네게 루멜시아의 가호가 있기를. 나도 이번 겨울은 벽난로 앞에서만 살 계획이라 땔감을 나르는 하인들이 고생 좀 할 예정이란다.

어때, 그곳은 좀 지낼 만하니?

나는 네가 잘 지냈으면 하면서도 너무 그곳의 삶에 물들지 않았으면 해. 본디 익숙해지면 쉬이 발을 떼지 못하는 법이니 말이야. 돌아오는 길이 멀어지는 일 없었으면 한다.

아도라마저 라페른으로 떠나니 더욱 쓸쓸한 한 해구나. 네가 더욱 보고 싶어.

-에르셀라.

어머니께.

서품을 받았습니다. 기사가 되어 위국의 길을 걸을 수 있으니 더없는 영광입니다.

저는 잘 지내고 있으니 너무 마음 쓰지 않길 바랍니다. 겨울도 주의 주신 대로 무탈하게 넘길 테니 그것 또한 걱정 마십시오.

그리고 신은 믿지 않으시는 걸로 압니다.

-비센테.

비센테에게.

기사가 되었구나! 축하해. 사실 네가 당연히 될 줄 알았기에 걱정은 하지 않았어. 다만 네가 수도에서 서품을 받지 못한 걸 속상해할까 걱정이야. 그래도 네 실력은 이 세상 사람이 다 알 테니 너무 마음 상하지 않았으면 해. 원래 진정한 무인은 실력을 숨기고 다닌다는 말도 있잖니. 나중에 무공을 세워 세상을 놀라게 해주렴.

아차, 무공을 세우려면 전쟁에 나가야 하겠네. 그냥 조용히 살도록 하자. 네가 다치면 내 억장이 무너질 거야.

-그래도 아들이 기사가 된 게 기쁜 어머니가.

어머니께.

책을 너무 많이 읽으신 듯합니다. 서재 한편에 왜 통속소설이 가득 차 있는가 언제나 의문이었는데 그게 다 어머니의 공로였군요. 그래도 농을 할 여유가 있으신 걸 보니 기운을 차리신 듯하여 기쁩니다.

훈련이 있어 당분간 바쁠 예정입니다. 편지 자주 못 해도 양해하십시오.

-비센테.

감감무소식인 비센테에게.

훈련이 고되긴 한 건지 편지가 뜸하구나. 많이 힘드니? 재촉은 아니란다. 그냥 아쉬운 것일 뿐이니 부담 가질 필요 없어. 부디 편하게 생각해 주렴. 그런데 다음 편지는 언제쯤……?

-에르셀라.

어머니께.

일부러 그러시는 거 다 압니다. 아무튼 진상을 말씀드리자면 어머니의 편지가 누락된 듯합니다. 고의는 아니니 용서하십시오.

그리고 저 역시 기다리고 있긴 했습니다.

-비센테.

비센테에게.

편지가 누락됐다니, 그게 정말이야? 네가 무시한 게 아니라 참말 다행이지만, 내가 쓴 걸 누군가 봤을지도 모른다고 생각하니 낯을 들고 다닐 수가 없구나! 새벽에 쓴 거란 말이야. 정말 누락된 거 맞아? 잘 찾아보렴. 응?

네 어머니가 지금 얼마나 당황하고 있는지 네가 알아야 할 텐데.

-에르셀라.

어머니.

누락된 줄 알았던 편지가 조금 늦게 당도한 모양입니다. 전번의 편지를 보내고서야 오더군요. 그리고 읽어보니 그리 반응하시는 이유를 알겠군요. 애정은 신어로 보여주십시오. 제삼자가 보면 부끄러움은 제 몫이기도 하니까요.

공용어가 가장 좋긴 합니다만, 이곳에 있는 몇몇은 공용어를 할 줄 알아 조금 염려되는군요.

-비센테.

사랑하는 아들.

봄볕이 다사로운 해구나. 후원 테라스에 앉아 편지를 쓰는데 날아오는 꽃향기가 몹시 향기롭다. 이 향을 한 아름 담아 네게 보낼 수 있다면 좋으련만 그럴 수 없어 아쉬움이 커. 어쩔 수 없지. 동봉한 말린 꽃잎에 향이 머물러 있기를 바랄 수밖에.

수행은 잘하고 있니? 네가 고된 시간을 보낸다는 생각에 마음이 편치 않아. 혹여 기사가 싫증 난다면 말하렴. 이전에 말했듯 이 가문은 너 하나 건사할 재력이 있으니. 사실 이런 말을 쓰면서도 네가 또 화낼까 걱정이야. 진심이지만 장난으로 받아들여 주렴.

아, 오랜만에 아도라를 만났단다. 백작 부인의 호출로 잠시 수도에 들른 모양이야. 어찌나 싫은 티가 나던지, 그 얼굴에도 물러서지 않는 백작 부인이 새삼 대단하다 싶었어. 나는 네가 결혼하기 싫다 하면 차마 반대하지 못하겠구나 싶었단다.

날이 풀려서 그런가. 그간 움직이지 않았더니 몸이 찌뿌둥하여 말타기를 배우는 중이란다. 예전에 배운 기억은 있다만, 나는 본디 마차를 애용하는 사람인지라 몸이 퇴화하고 말았지 뭐니. 그래도 기억이 되살아나는지 점차 실력이 좋아지고 있어.

비록 최근엔 말이 갑자기 내달리는 바람에 낙마할 뻔도 하였지만 말이야. 항상 무표정이던 린튼 경의 눈이 최대치로 커지는데, 어찌나 웃기던지. 빨리 실력을 키워 너와 각자 말을 타고 너른 땅을 달려보고 싶기도 하구나.

그날이 머지않은 날이길 바라며.

－에르셀라.

어머니께.

……말을 타시는군요. 말을 타는 건 좋습니다만, 낙마를 너무 가벼이 여기지 마시길 바랍니다. 잘못 떨어졌다간 죽음을 면치 못할 것입니다.

청컨대 귀가하자마자 생사의 고비에 선 어머니를 보지 않게 해주십시오.

그리고 수행은 원래 힘든 겁니다.

－비센테.

비센테에게.

바쁜 날이 연이어 찾아온 것을 보니 추수의 계절이 온 모양이야. 겨울에 눈이 와서 그런가. 금년은 풍작이라 이것저것 신경 써야 할 게 많네.

사실 너에게만 말하는 건데 같이 일하는 이와 의견 충돌이 잦아 더 그러는 것 같아.

이런, 그럴 생각은 없었는데 하소연이 되어버렸구나. 이해하렴. 지금도 시간을 쪼개어 이리 편지할 정도로 몸이 고단하니 머리에 든 게 투정 부릴 생각밖에 없나 봐. 대신 너도 한 번 부려보렴. 내 언제든 받아줄 테니.

－에르셀라.

어머니께.

게리언 자작을 말씀하시는 거군요. 자작은 충성스러우나 본디 타고난 기질이 고지식한 사람입니다. 하나 그럼에도 어머니를 위축시킬 위인은 되지 못합니다. 존경은 강제할 수 없는 법이니 애쓰실 필요도 없습니다. 총관리자는 어머니란 것. 그것만 언제나 명심하십시오.

부릴 투정은 없으나 굳이 편지에 적으라 하시니, 한 가지 언급하고 말겠습니다. 같이 수행하는 동기들은 대개 격을 갖춘 훌륭한 재원들이나 불행히도 상관이 그렇지 못합니다. 그자가 헤르고이가의 후계자라는 게 믿을 수 없게 말씨나 행동거지가 경망한 게 저의 큰 불운입니다.

어머니의 말씀대로 셀몬을 통한 콘라드와의 교류가 많아졌습니다. 셀모르에도 콘라드의 상인처럼 보이는 이방인이 종종 보입니다. 가져온 품목을 보니 꽤나 상등품인 것도 몇몇 있더군요. 뭘 좋아하시는지 몰라 우선 제 선호에 맞춰 하나 사보았습니다. 마음에 안 들면 지나가는 길가에 버리셔도 무방합니다. 원하시는 것을 말씀해 주시면 마련해 보겠습니다.

불운이 저를 부르는군요. 이만 글 마칩니다.

그리고 많이 바쁘신가 봅니다. 편지가 가볍습니다.

—비센테.

점점 글이 길어지는 비센테에게.

언제나 짧더니 이번 편지는 꽤 길구나. 맙소사! 브로치도 동봉되어 있는 걸보고 얼마나 놀랐는지 아니? 너무 예쁘다! 잘 쓸게.

연회에 참석하지 않은 지 꽤 됐는데 이걸 사람들에게 내보이기 위해서라도 꼭참석해야겠구나. 이리 기특한 너를 자랑하고 싶은 마음을 어찌 감출 수 있겠어.

덕분에 행복한 시간을 조금 더 길게 보냈단다. 리엔도 네 편지 중 이토록정성스러운 글은 처음 본다며 얼떨떨해할 정도니 말이야.

그나저나 상관이 별로라니 그것 참 안됐다. 네가 누구인지 아는데도 그리 괴롭힌단 말이야? 사람 앞에서 지위를 내세우는 건 심히 유치한 일이라 생각하지만 정 심하면 네 아버지에게 말해볼게.

네 아버지가 워낙 널 험하게 다루고 셀모르까지 보낸 피도 눈물도 없는 매정한 사람이라지만 그 정도는 들어주겠지. 글에서 반감이 느껴지는 것은 기분 탓이라 여기렴. 그래도 그 사람 외엔 다 좋은 사람이라니 다행이다. 사실 인간사 좋은 이만 있는 건 아니니 다 좋을 순 없겠지만 그래도 그중에 뜻이 통하는 친구를 사귀었으면 좋겠다.

곧 네가 저택을 나선 지 햇수로 이 년이 채워지겠구나. 그동안 난 네가 기사로 자라는 모습 하나 보지 못했다니 어쩐지 억울해. 키는 많이 자랐겠지? 늠름하게 자란 네 모습을 상상하니 벌써부터 눈물이 나려 해. 옆에서 리엔이 우냐고 놀리네. 조만간 저 아이를 떠나보낼 때가 된 모양이야.

아, 너무 보고 싶은 아들, 널 언제쯤 볼 수 있을까.

네 초상화를 보며 자란 얼굴을 그려보는 게 내 일상이란다.

─네 어머니가.

편지를 읽어 내려가는 비센테의 입가에 저도 모르게 미소가 맺힌 순간이었다. 편지가 확 낚아채지며 그의 손아귀에서 사라졌다. 비센테가 반사적으로 뒤를 돌아보니 그의 상관, 로드만 헤르고이가 씨익 웃으며 그곳에 있었다.

"베른하르트 경, 여기 있었나."

비센테가 딱딱한 어조로 입을 열었다.

"돌려주십시오."

로드만은 개의치 않아 하며 편지를 비센테의 눈앞에서 팔랑팔랑 흔들어 보였다. 그리고 건들거리는 목소리로 말했다.

"실실 웃는 걸 보니, 애인?"

그 말에 비센테는 이보다 한심한 사람을 본 적 없다는 듯이 그를 쳐다보며 말했다.

"어머니입니다."

"이런."

로드만의 손길 아래 날갯짓하던 편지가 공중에 우뚝 섰다.

"또냐."

로드만은 김이 팍 새버렸다. 딱딱한 자식이 웬일로 연애 놀음을 하나 했건만, 이번에도 편지의 발신인은 어김없이 공작 부인이었던 것이다. 달아오른 흥분이 식는 건 순식간이었다.

"뭘 바라십니까."

비센테가 한심하다는 눈길을 거두지 않으며 손을 내밀었다.

로드만은 입술을 비죽이며 비센테의 손안에 옜다 편지를 내려놓았다. 제아무리 뻔뻔하기가 이를 데 없는 그라도 당사자가 두 눈 시퍼렇게 뜨고 있는데 공작 부인의 편지를 엿볼 수는 없는 노릇이었다. 대신 로드만은 해소되지 않은 욕구에 툴툴거리기 시작했다.

"도대체가 이 년 동안 편지를 주고받은 사람이 공작 부인밖에 없다니, 성자가 따로 없군."

심지어 촌구석도 아닌 수도에서 왔다는 놈이 말이다. 로드만이 부루퉁하게 구시렁댔다. 수도에 널린 게 여인이었다. 시즌마다 유행에 맞춰 아름다움을 선보일 귀족 여성이 도처에 널려 있을 터였다. 그런데 정작 베른하르트의 귀공자씩이나 되는 저 소년은 그 흔한 연애 한 번 안 해봤다고 한다.

로드만은 변경백인 아버지 때문에 수도에 발 한 번 들이민 적 없었다. 앞으로도 일생을 국경을 전전하며 살아가야 할 인생이었다.

고로 겪어본 적 없는 수도 생활은 그의 로망의 집약체인 셈이다. 그렇기 때문에 그는 비센테의 지루한 생활 패턴을 알게 되었을 때 큰 충격을 받기까지 했다. 이놈은 지금까지 수도에서 뭘 하고 지내온 것일까. 하루 종일 심각하게 그것만 고민했던 날도 있었다. 저 잘나 빠진 얼굴을 쓰레기통에 처박아두는 것과 뭐가 다르단 말인가.

"약혼도 해봤다는 놈이."

"언제 적 얘깁니까."

"그 공녀가 어지간히 별로였나 보군."

"인연이 아니었을 뿐입니다."

참 귀족스럽기 그지없는 고상한 대답에 로드만이 코웃음을 쳤다.

"인연은 무슨. 수도에도 예쁜 여자는 그다지 없나 보지?"

"……."

어? 방금 망설인 것 같은데.

그러나 잠깐의 망설임은 착각이었다는 듯이 비센테는 반응하지 않고 편지를 고이 접는 데만 열중할 뿐이었다.

'얼씨구?'

편지가 구겨지지 않을까 조심조심 다루는 모양새가 눈 뜨고 못 봐줄 지경이었다. 그래 봐야 고작 종이 쪼가리 아닌가. 알면 알수록 모를 녀석이라고 생각하며 로드만은 고개를 저어댔다.

"그렇게 만날 편지만 붙잡고 살 거면 대체 여기까진 왜 온 건지, 원. 정말 공작 각하께 버려지기라도 했나?"

군내에서 금기시되는 일화였다. 베른하르트가의 후계자가 가주의 눈 밖에 나 셀모르까지 흘러들었다는 것은. 당사자가 해명도 않으니 신빙성은 점점 높아져 갔다.

"마음대로 생각하십시오."

저리 해석의 여지까지 남겨두니 안 그럴 수가 있나. 헛소문이 생성되는 데에는 저 소년의 침묵도 한몫할 것이라고 로드만은 생각했다.

"사람들이 어떻게 생각하든 전 상관없습니다."

사실 비센테 입장에서야 사람들이 그를 버림받은 자식이라고 생각해 주는 게 훨씬 편했다.

베른하르트가 군내에 미치는 파급력은 어마어마했기에 비센테가 처음 셀모르에 왔을 때 그에게 붙어보려는 자가 적지 않았다. 그러나 한번 버림받았다는 풍문이 나돌자 아부하거나 과할 정도로 들러붙던 이가 자연스레 나가떨어졌다. 헛소문이 주는 이점에 비센테는 굳이 해명할 필요를 못 느꼈다. 이대로가 좋았다.

무엇보다 그가 셀모르로 오게 된 연유를 설명하기 힘들었다. 비센테도 정확히 하르젠이 왜 그를 이곳에 보낸 것인지를 알지 못했다. 어렴풋이 짐작만 하고 있을 뿐이었다.

"뭐 그렇게 말해도 몇 달 뒤면 수도로 돌아갈 거 다 안다."

로드만이 부럽다는 투로 말했다.

"어때?"

"무엇이 말입니까."

"수도 출신인 네게 셀모르는 지낼 만한 곳인가? 난 여기에 짱박혀 있어야 하니까 궁금해서."

로드만이 덧붙였다. 비센테는 셀모르에 도착한 첫날을 떠올렸다. 셀모르는 국경 근거리에 위치해 있는 것치곤 활기찬 곳이었다. 물론 활기도 수도와는 미묘하게 달랐다. 수도가 기품 있는 자들로 이루어진 숨죽인 활기라면, 셀모르는 좀 더 정제되지 않은 활기였다.

집과 집 사이의 거리가 가까워서인지 이웃 간의 소통이 잦았고, 주민들 자체도 인정이 많았다. 귀족들도 비교적 소박한 편이었다. 수도 사람들처럼 화려함을 두르고 있진 않지만 언제나 싱그럽게 상기되어 있는 사람들을 보면 비센테는 종종 살아 있다는 게 무엇인지 느낄 때가 많았다.

"좋은 곳입니다."

꽤 후한 평가에 로드만이 호오, 하며 눈을 반짝였다.

"수도보다도?"

"어찌 보면 그렇습니다."

"그럼 여기서 평생 살지, 왜."

이제 보니 부러운 게 아니라 섭섭한 얼굴이었다. 그에게까지 전해지는 감정에 비센테는 모호한 기분을 느꼈다.

시도 때도 없이 귀찮게 굴던 상관이기에 정이 안 들었을 줄 알았는데……. 뿐만 아니라 같이 훈련했던 동료들이 하나둘 뇌리를 스쳤다.

"어찌 그러겠습니까."

그러나 마음은 이미 기울어 있었다.

"그리운 분이 그곳에 계십니다."

비센테는 에르셀라를 생각했다. 뭘 하고 계실까. 말타기만 아니기를 바랐다.

"부인!"

두려움도 모르고 질주하는 말에 경악한 린튼이 땅이 꺼질세라 고함을 내질렀다.

"부인! 천천히 달리셔야 합니다!"

"나도 알아요!"

"모르시는 것 같아 드리는 말씀입니다!"

그의 속도 모르고 마냥 해맑은 공작 부인의 대꾸에 린튼이 가슴을 탕탕 쳤다. 남자가 모는 말과 비교하면 빠른 속도라 할 수 없지만, 저 위에 탄 사람을 생각하면 걱정을 안 하려야 안 할 수가 없었다.

낙마라도 한다면 어떡하겠는가. 저 연약한 몸에 생길 외상도 걱정이었고, 자신의 달아날 목숨도 걱정이었다.

"빠릅니다!"

"아직 버틸 수 있어요!"

제 심장이 못 버틸 것 같습니다!

린튼은 당장 그렇게 소리치고 싶은 마음이 굴뚝같았다. 말 위에 올라탄 여인이 그의 아내였다면, 하다못해 동기의 아내기라도 했다면 곧바로 멈추게 했을 것이었다. 그러나 애석하게도 그는 미혼이었으며 그녀는 평범한 아낙네가 아닌 공작 부인이었다.

"하, 부인……."

에르셀라는 졸아든 가슴에 손을 얹는 린튼의 모습에 웃음을 터뜨렸다. 주군을 닮아 무뚝뚝하던 사내는 그녀가 낙마할 뻔한 이후로 내내 저자세였다. 그녀가 언제 떨어질까 노심초사하는데, 미안하게도 구경하는 재미가 있었다.

린튼의 근심을 이해하지 못하는 건 아니지만, 승마를 할 때마다 뻥 뚫리는 가슴을 생각하면 자제가 어려웠다.

마음 같아선 이런 좁은 마장이 아니라 들판 위를 내달리고 싶었다. 린튼이 조금만 더 실력을 키운 뒤 그러자고 사정하지만 않았더라면 진작 해봤을 텐데 말이다.

그녀는 아쉬움에 입맛을 다시며 말을 멈추었다. 린튼이 그것을 확인하자마자 부랴부랴 다가와 손수건을 건넸다.

"고마워요."

에르셀라가 손수건으로 땀을 훔쳤다.

혹시 끝인가. 린튼의 기대 어린 시선이 에르셀라에게 다가붙었다.

"이만 내려오시는 건 어떻겠습니까?"

린튼이 어깨를 들이밀었다. 빨리 밟고 내려오라는 뜻이었다.

"조금만 더요."

그러나 그의 간절한 바람은 오늘도 사뿐히 지르밟힐 뿐이었다.

"그렇다면 속도라도 좀 늦춰주십시오!"

"그것도 생각해 보고요."

늦추지 않겠다는 말이었다. 린튼은 반쯤 포기한 심정으로 한숨을 푹푹 내쉬었다.

"낙마하시면 공작 부인께 제 목숨값을 청구할 겁니다."

에르셀라는 재미있는 이야기를 들었다는 듯이 까르르 웃었다.

"이제 농담도 하네요?"

'……농담으로 들리십니까.'

저번에 그녀가 낙마할 뻔한 일로 그가 어떤 고초를 겪었는지 안다면 그런 말은 하지 못할 텐데 말이다.

그 이후로 린튼은 에르셀라를 보필하는 데만 사력을 쏟게 되었다. 처음에 그녀 앞에서 내보였던 기사의 위엄 따위 버린 지 오래였다.

그는 부인에게 사정하는 다소 굴욕적인 모습을 보이더라도 공작 부인의 안전을 최우선으로 삼기로 했다. 이러나저러나 윗사람들의 의견이 상충하면 치이는 건 아랫사람이라고 생각하며 린튼은 고단한 자신의 삶을 위로했다.

"걱정 마요, 경."

에르셀라가 부드럽게 미소 지었다. 일순 넋이 나갈 만큼 아름다운 얼굴에 린튼이 입을 헤벌렸다.

'소문대로 예쁘긴 어마어마하게 예뻐……'

"목숨값은 톡톡히 쳐줄 테니까."

'미친.'

섬뜩한 뒷말이 등골을 타고 미끄러졌다. 팔에 소름이 돋은 듯도 해 그는 칠색 팔색 하며 제 팔을 쓱쓱 문질렀다.

에르셀라가 즐거운 듯 킥킥 웃음을 쏟아댔다.

"놀리지 마십시오."

아무래도 저 귀부인은 그를 놀리는 데 재미 들린 게 분명했다. 에르셀라는 린튼의 말을 흘리곤 놀리듯 웃음으로 대답을 대신한 뒤 말고삐를 세게 쥐었다.

그때였다.

"마님!"

"리엔?"

멀찍이서 달려오는 리엔의 모습에 말고삐를 잡은 힘이 느슨해졌다.

"으앗!"

에르셀라 곁으로 가까이 다가온 리엔이 푸르릉 투레질하는 말에 질겁하며 후다닥 물러섰다. 말굽에 내리찍히지 않을까 하는 두려움에 리엔이 못마땅함을 표출했다.

"너무 험악한 거 아니에요?"

"마구간지기가 얘는 온순한 편이라 했단다."

"제가 보기엔 전혀요. 언제든 마님을 떨어뜨릴 준비가 돼 있어 보여요."

누가 보면 말에 억하심정이라도 있는 줄 알겠다. 에르셀라는 어깨를 으쓱였다.

"아예 악담을 퍼붓지 그러니. 그보다 왜?"

"아! 이거요!"

그제야 제가 온 목적을 떠올린 듯 리엔이 편지를 꺼내 들었다. 그것이 편지임을 확인한 에르셀라의 만면에 화색이 돌기 시작했다.

"비센테구나!"

"네. 방금 온 거예요."

에르셀라가 부랴부랴 말 위에서 편지를 뜯었다.

"부인! 말고삐 좀!"

말고삐를 아예 놓은 에르셀라를 향해 린튼이 핀잔했다. 그러나 에르셀라는 가뿐히 무시하곤 편지를 두 손으로 잡기까지 했다. 이 정도

균형을 잡는 것쯤이야 쉬웠다. 편지를 펼치자 정갈한 필치가 눈에 들어왔다.

이번 겨울을 지나 봄이 찾아드는 사이쯤 찾아뵐 수 있을 것 같습니다. 그때까지 건강하시길 바라겠습니다.

아, 드디어! 기다렸던 소식에 에르셀라가 함박웃음을 머금었다.

'이제 조금이면 되는구나.'

드디어 조금만 더 지나면 비센테를 볼 수 있다. 그녀의 다리가 흥겨움으로 살랑살랑 흔들렸다.

지켜보던 린튼의 가슴이 철렁 내려앉았다. 혹시라도 저 다리가 말 옆구리를 찰까 봐 걱정이 이만저만 아니건만, 거기에 한술 더 떠서 몸마저 앞뒤로 박자를 타는 게 아닌가!

린튼은 안절부절못하며 손을 휘둘렀다. 그러나 감히 저 여인의 다리를 붙잡을 수도 없었기에 그의 손은 허공을 어정쩡하게 맴도는 것 말곤 할 수 있는 게 없었다. 그는 생각을 고쳐 손이 아니라 입을 움직이기로 했다.

지척에 나타난 남자만 아니었다면 그는 지금쯤 고래고래 고함을 질렀을 것이었다.

"각하⋯⋯?"

그 작은 중얼거림을 잡아챈 듯 줄곧 편지에만 고정되어 있던 그녀의 시선이 오른편으로 미끄러졌다. 설핏 감돌던 미묘한 기류는 언제 그랬냐는 듯이 금세 풀어졌다. 입술만을 올린 채 그녀는 그를 맞았다.

"일찍 왔네요?"

하르젠이 고개를 끄덕였다. 그리고 에르셀라를 향해 거리를 좁혀왔다.

"내려올 건가?"

그가 두 팔을 뻗었다. 뒤늦게 그 의미를 알아챈 에르셀라가 작게 고개를 저었다.

"혼자 내려갈 수 있어요."

이제 그녀는 린튼 경의 도움 없이도 말에서 혼자 내려갈 수 있었다. 그것을 그도 알 것이다.

에르셀라가 가만히 있자 하르젠의 고개가 비스듬히 기울어졌다. 표정 변화는 없었지만 그녀의 거절이 만족스럽지 않다는 것 정도는 알 수 있었다.

에르셀라는 가끔 하르젠이 무슨 생각으로 이러는지 궁금했다. 단순히 그녀가 의존하길 바라는 걸까. 그러나 이어진 대답은 그녀가 예상한 방향과는 살짝 달랐다.

"내려주고 싶어서."

에르셀라가 묘한 얼굴로 그를 내려다보았다.

주군의 등장에 린튼은 쭈뼛거리며 구석으로 피신했다. 저 사이에 있다간 뻘쭘해질 게 분명했다. 그가 새로 자리 잡은 곳은 리엔의 옆이었는데, 갓 들어온 신입 기사보다 이런 일에 노련했던 하녀는 앞서 일찌감치 떨어져 있었다.

"마님께선 잘하고 계신가요?"

리엔이 예고 없이 질문을 던졌다. 이 햇병아리 기사가 현 상황을 어색해하고 있다는 것을 안 듯했다.

"근력이 부족하셔서 자세가 간혹 흐트러지시긴 하지만 잘하고 계십니다. 다만 너무 속도를 내지 않으셨으면 합니다."

린튼의 목소리는 딱딱했지만 그 내용이 걱정임은 변함없었다.

"마님께서는 이런 울타리 쳐져 있는 마장이 아닌 넓은 곳에서 말을 타고 싶어 하세요."

리엔의 말에 린튼이 얕게 한숨을 내쉬었다. 그 일은 그가 가장 염려하는 것 중 하나였다.

"제한되어 있지 않은 공간에서 통제력을 잃으실까 두렵습니다. 건장한 성인 남성도 낙마하면 목숨이 위험합니다. 부인의 마음은 잘 알겠으나…… 마장 외의 장소는 역시 무리입니다. 승마 교습은 각하께서 전적으로 제게 위임하신 일이니, 죄송하지만 이 점은 저도 양보해 드리기 힘들 것 같습니다."

사실 이렇게 위임 운운해도 공작 부인이 하겠다고 하면 그에겐 거절할 권한이 없었다. 그녀가 그보다 윗사람인 것은 변함없는 사실이었으니.

"귀부인이 말을 빠르게 몰 일이 뭐가 있겠습니까. 그대가 언제 날 잡고 한번 말려주면 안 되겠습니까?"

린튼은 다소 구차했지만 리엔을 포섭하기로 했다. 그녀도 주인을 끔찍이 여기니 이것이 상부상조하는 길이리라. 그러나 린튼의 바람과는 다르게 리엔은 곤란함을 표시했다.

"저도 마님이 다치는 건 원하지 않아요. 하지만 저렇게 좋아하시는 모습을 보니 말리지 못하겠는 것도 사실인걸요."

드디어 쳇바퀴처럼 도는 일상에서 벗어난 에르셀라를 보게 되었다. 그런 에르셀라에게 그만두라는 말이 어떻게 나오겠는가. 린튼의 걱정을 모르는 건 아니었지만 리엔은 그럴 수 없었다.

"매 순간이 위기 같습니다."

리엔마저 협조할 생각이 없어 보이자 린튼은 심란한 마음을 그대로 내보였다.

"다른 분도 많은데 각하께서는 왜 저를 호위로 두신 걸까요? 그렇다고 절 딱히 마음에 들어 하시는 것도 아닙니다."

고단함이 덕지덕지 묻어 있는 목소리가 작게 덧붙여졌다.

리엔은 린튼을 바라보았다. 나이가 어려서인가. 첫인상만 보면 과묵할 줄 알았던 기사는 의외로 투정이 잦았다. 에르셀라가 말에서 떨어질 뻔하고 나서부터인 것 같은데…….

"좋게 좋게 생각하세요. 그만큼 신뢰하신다는 거겠지요."

"들어온 지 고작 구 개월밖에 안 된 저를 말입니까?"

믿지 않는 걸 보니 눈치는 있나 보다. 하긴, 그녀도 제 말이 썩 일리 있게 들리진 않았다.

베른하르트가의 기사로 임명된 지 얼마 안 된 그가 공작 부인의 호위를 맡을 수 있었던 이유는 알려져 있지 않았다.

처음엔 그녀도 왜 미숙한 자를 에르셀라의 호위로 붙여주었는지 의아했다. 하지만 의문은 린튼이 어떤 사람인지 알수록 사라져 갔다. 그는 아직 이곳에 물들지 않은 자였다. 몸담은 기간이 짧아 주인에 대한 충성심이 높지 않았으며, 그렇기에 에르셀라에게 적의를 보이지도 않았다. 배려였을까.

"사이가 좋으신 것 같습니다."

린튼이 두 사람에 대한 감상을 내놓았다. 리엔은 정면으로 시선을 돌렸다.

"공작 부인께서 공자가 떠나고 많이 슬퍼하셨다고 들었는데, 괜찮아 보이십니다."

"그러네요."

리엔의 대꾸는 싱거웠다. 린튼의 말대로 에르셀라는 비센테가 떠난 직후와 비교하자면 많이 밝아진 모습이긴 했다. 그러나 2년 전을 떠올려 보면…….

'난리도 아니었지.'

두 사람 사이에만 있어도 방 안에 서릿발이 내리던 날을 생각하면 아직도 몸이 부르르 떨렸다.

비센테가 셀모르로 내려간 직후 에르셀라는 울진 않았지만 속까지 잠잠한 건 아니었다. 하르젠에 대한 반발심은 눈물이 아닌 다른 형태로 나타났다.

"먹어."
"내 마음이에요."

식사를 거르는 것이 그중 하나였다. 그녀는 그것이 하르젠을 화나게 할 것을 알았음에도 매번 식사 때를 넘겼다. 예상대로 그의 반응은 화로 직결되었지만 에르셀라는 신경 쓰지 않았다.

처음부터 그러라고 한 짓인데 거리낄 게 뭐가 있겠는가. 그녀는 그가 멋대로 비센테를 내보낸 것에 화난 만큼 그도 그 감정을 고스란히 느끼기를 바랐다.

그렇게 매일매일 억지로라도 음식을 먹이려는 자와 먹지 않으려는 자의 고요한 사투가 계속되었다.

에르셀라의 단식에 가까운 투쟁에 죽어나가는 것은 주방장 소속 사람들이었다. 그는 어디 한번 해보라는 듯이 주방 소속의 사용인들을 해고했다. 디저트를 잘 만들어 에르셀라가 평소에 총애하던 주방장도 장렬히 갈아치워졌다.

에르셀라는 화가 났지만 꿋꿋하게 버텼다.

하르젠은 그녀가 입가에 음식을 댈 때까지 사람을 들이고 내치기를 그만두지 않았다. 그녀가 죄책감을 느낄 걸 알고 한 것이리라.

결국 죄 없는 이들이 눈물을 쏟으며 저택을 나가자 참다못한 에르셀라가 그에게 한마디 했다.

"유치하게 정말 이럴 거예요?"
"지금 유치하게 구는 게 누군데."

그러나 냉담한 대답은 가차 없었다.

어느 날은 비센테를 보내도 하필 국경 근처로 보낸 그에게 화가 머리 꼭대기까지 일어 베개를 던진 적이 있었다. 하르젠은 피하지 않았는데, 일부러 맞아주는 듯한 그 모습에 외려 그녀의 짜증만 더욱 늘었다.

무의미한 줄다리기가 종언을 맞이한 건 비센테와 주고받은 편지가 쌓여갈 즈음이었다.

비센테가 돌아오기를 간절히 기도하던 어느 날, 그녀는 문득 어른스럽지 못하고 초라한 자신의 모습을 보고 비센테가 실망하는 건 아닐까 하는 걱정이 되었다.

그 아이는 지금도 성장하고 있을 텐데, 저 혼자 고여 있을 거라고 생각하니 찬물이라도 끼었은 듯 정신이 퍼뜩 깼다. 그녀는 새삼 억울해졌다. 생각해 보니 이래 봤자 혹사되는 것은 자신의 몸뿐인 것이다. 하르젠은 잃는 게 없었다.

에르셀라는 그날 이후로 꼬박꼬박 식사를 들었다. 처음부터 내기한 건 아니었으니 졌다는 생각은 하지 않기로 했다. 긍정적 합리화를 거치며 그녀는 앞으로의 행보에도 관심을 쏟았다.

책을 읽었고, 공부를 했다. 내정을 돌보는 데 열성을 다했으며, 금년에는 하르젠을 따라 영지 시찰을 가기도 했다. 취미도 찾아 하려 노력했다.

에르셀라는 관성적으로 아무것도 하고 싶지 않을 때마다, 비센테가 마냥 보고 싶어 울적할 때마다 거울에 자신을 비춰보았다. 그 아이와의 만남을 그려보았다. 차후의 만남을 생각하자면 도저히 아무것도 하지 않을 수가 없었다.

시도 때도 없이 머리와 몸을 움직인 게 효과가 있었는지 만성적인 무기력함은 조금씩 닳아 없어져 갔다.

그녀는 혼자 하는 법을 터득해 갔다. 그러니 말에서도 혼자 내릴 수 있었다. 혼자 내려갔을 것이다.

"내려주고 싶어서."

어울리지도 않는 그 말만 아니었다면.

에르셀라는 입술을 오래오래 꾹 붙였다. 확 샘솟은 감정이 수 초 간 머물다 사그라졌다. 그녀는 휙 고개를 돌렸다.

"생각이 바뀌었어요. 조금 더 탈 거예요."

괜한 심술이었다. 단순히 그가 바라는 대로 행동하고 싶지 않다는 유치한 의사 표명. 그것을 스스로도 잘 알았지만 에르셀라는 말을 주워 담지 않았다.

하르젠은 그녀의 완강한 고집이 꺾이지 않을 걸 알았는지, 조용히 팔을 내렸다.

"허리 펴."

무심한 명령이 그녀의 귓속을 비집었다. 물렁해진 그녀의 자세를 지적하는 말이었다. 에르셀라는 즉시 허리를 세웠다. 그러나 무방비한 상태에서 급작스레 고쳐 잡은 자세는 그를 만족시키지 못한 듯했다.

"어깨를 수평으로 맞추고 체중이 한쪽으로 쏠리지 않도록 집중해.

중심이 무너지는 순간 떨어질 테니."

"알아요."

"그럼 낙마해서 잘못되면 평생 산송장처럼 살아야 한다는 것도 잘 알겠군."

'산송장······.'

에르셀라가 섬뜩한 단어를 곱씹다가 치를 떨었다. 경각심을 가지라고 한 말이면 그는 성공했다. 반년 넘게 산송장으로 살아본 경험은 농담으로라도 유쾌하다고 할 수 없었으니 말이다.

잊고 있던 기억을 되새겨 준 게 몹시 고마워 하르젠을 흘겨보고 있을 때 다리가 꽉 움켜쥐어지며 고정됐다.

"······다리 흔들지 말고."

한숨이 짧지 않았다. 아까 편지를 받고 신이 나서 다리를 마구 움직여 댔던 걸 본 듯했다.

"이것도."

하르젠이 에르셀라의 드레스 자락을 밑으로 내렸다. 뛰다 보니 밑단이 말려 올라간 모양이었다.

칠칠치 못한 아이를 보는 듯한 눈빛에 에르셀라가 입술을 비죽였다. 귀부인의 다리는 함부로 드러내선 안 되는 것이라지만 고작 발목 조금 위였다. 리엔과 린튼을 돌아볼 것까진 없을 텐데.

에르셀라는 이쯤 그의 시선을 가져오기로 했다.

"알아요, 나도."

"에르셀라."

그럴 의도는 아니었지만 목소리가 조금 삐딱했나 보다. 저리 낮게 이름을 부르는 걸 보면.

"진짜로."

어찌 됐든 시선을 모으는 것에 성공한 에르셀라는 생긋 웃음 지었다. 효과는 없었는지 온기 한 점 돌지 않는 눈빛은 그대로였지만.

"고삐는……."

에르셀라가 고삐 쥔 양손을 자신 있게 들어 보였다.

"……괜찮은 것 같군."

여전히 잘했다는 말 한 번 없는 걸 보니 아직도 그녀가 승마를 배우는 게 기껍지 않은 듯했다.

에르셀라는 한숨을 삼키며 말의 갈기를 부드럽게 쓸어주었다.

"가자, 그레이스."

움직이라는 신호를 알아챈 새하얀 말이 다리를 뻗기 시작했다. 일련의 상황을 지켜보던 하르젠이 타박타박, 말굽 소리를 따라 걸음을 옮겼다.

에르셀라는 대화도 할 겸, 일부러 말을 그의 속도에 맞춰 몰았다.

"말에도 이름을 지어주나?"

이번엔 뭐가 마음에 안 드는 것일까. 에르셀라는 알다가도 모르겠다며 그레이스의 갈기를 쓰다듬었다.

"그럼요. 당신도 그렇지 않아요?"

"의미가 없으니 붙이지도 않지."

하르젠은 열의 없이 대답했다. 에르셀라는 흑색의 머리칼이 겨울에 접어든 바람에 엷게 흔들리는 것을 보다가, 입술을 열었다.

"비센테가 내년 봄에 온다고 편지 보냈어요."

"그래."

이미 알고 있다는 투였다. 귀환 명령을 내린 사람이 그일 테니 모르는 게 이상한 건가.

"후회돼요."

"뭐가."

"이렇게 늦게 부를 줄 알았다면 그때 베개를 던지는 건데."

"언제는 안 던진 것처럼 말하는군."

오해의 소지가 있는 그 말이 어이가 없었는지 하르젠이 에르셀라를 돌아보았다.

"다, 당신도 던져요!"

그는 아직도 자기가 던지고서 당황으로 새하얗던 얼굴이 머리에 선연했다. 에르셀라도 그제야 그날의 상황을 제대로 되짚었는지 머쓱하게 웃었다. 그러나 곧 과거와 다른 태도로 도도하게 턱을 추어올리며 말했다.

"억울하면 당신도 던져요."

속 편한 소리에 나오는 건 헛웃음이다. 던지라니. 그는 저 여자가 화낼까 봐 피하는 것조차 하지 못하는데. 숨결이 공기를 흩뜨리기만 하는, 보통 때와 다를 것 없는 정적이었다. 실낱같이 희미한 변화를 보이다 잠잠해지는 하르젠의 얼굴은 여느 때와 같이 어떤 감정도 덧입지 않은 채 깨끗했다.

에르셀라는 문득 드러날 만하면 속속들이 감춰지는 감정이 이제는 별상관 없다는 생각이 들었다. 꿰뚫듯 빤히 바라봐도 알 수 없을 테니까.

"싫다면 됐어요."

눈꺼풀을 반쯤 내리며 에르셀라가 고삐를 잡아당겼다. 말이 멈추었다. 한순간에 지표를 잃은 하르젠의 걸음도 더는 이어지지 않았다.

에르셀라는 하르젠을 향해 말없이 팔만 내렸다. 그것이 무엇을 의미하는지 안 남자는 묵묵히 양팔을 뻗었다. 드레스 자락이 안장에서 스르륵 미끄러지며 허공에 펄럭였다. 다리가 공중에 부유한 채 시선이 한 번 마주했다.

에르셀라는 하르젠의 손길 아래 힘없는 인형처럼 땅에 발을 붙였다. 그리고 잠시 고개를 젖혔다.

하늘 본연의 색을 가린 희뿌연 구름이 한 치 앞이 보이지 않는 그들의 관계를 나타내는 듯했다. 이대로 괜찮은 걸까. 뺨을 스치는 선득한 공기를 느끼며 에르셀라는 하르젠을 보았다.

데일 버그만을 제외하고 피사리데와의 접점은 전부 끊어냈다. 카르온도, 에이레네도, 조카들도, 일가친척도 만나지 않았다.

그렇다면 이제 당신은 행복한가.

에르셀라는 불거지는 의문을 구겨 넣으며 대신 다른 것을 물었다.

"무거웠어요?"

행복하다는 대답을 듣고 싶지 않았다.

"아니."

가슴 부근으로 퍼지는 씁쓰름한 감각을 느끼며 에르셀라는 애매하게 웃었다. 왜일까.

"음……."

이제 그가 무겁다고 해도 상관없을 것 같은 건.

에르셀라는 그것이 주는 해방감이 후련하기도 하고 두렵기도 했다.

"들어가요."

명징하지 못한 감정은 여전히 하나의 형상을 갖추지 못한 채 사금파리처럼 조각나 있었다.

✻ ✦ ✻

그림 속 여인은 아름다웠다. 다만 갈색 눈에 갈색 머리칼인 특별할 것 없는 외양 때문인지 비교적 평범해 보였다.

이세르타 베른하르트.

결혼 전의 이름은 이세르타 로슈엘로, 로슈엘 자작 영애였던 그녀는 선대 베른하르트 공작의 부관이었던 오라비를 통해 인연이 닿아 공작 부인이 되었다고 한다.

한미한 자작가의 여식을 아내로 맞이한 선대 공작의 이례적인 행보에 사람들은 놀람을 금치 못했다. 결벽적일 정도로 명성에 흠결이 생기는 걸 기피하는 사내가 고작 로슈엘을 선택했으니 그럴 만도 했다.

여러 뜬소문에 사람들이 이목을 집중했다. 가장 유력한 소문은 선대 공작이 뜻하지 않게 전쟁에서 몰릴 때 로슈엘 경의 도움을 받았으며, 그 보답으로 로슈엘 영애를 아내로 맞이한 것이라는 이야기였다.

에르셀라도 어느 것이 진실인지는 알지 못했다. 딱히 알고 싶지도 않았다. 지금에 와서 소문의 진의를 캐는 건 길가에 나뒹구는 휴지 조각만큼이나 가치 없을 테니.

에르셀라는 다시 한번 하르젠과 전혀 닮지 않은 외모의 여자를 꼼꼼히 살폈다. 닮지 않았다. 그것만으로 친모의 여부를 의심할 수는 없었다.

하지만 만일, 카르온의 말이 진실이라면 이 여인은 알았던 것일까. 그녀는 제 품으로 돌아온 하나뿐인 아들을 각별히 여기다, 어느 순간 울부짖으며 하르젠의 이름만 불렀다고 한다. 그것을 보면 끝에 가서 하르젠이 자신의 자식이 아니라는 걸 알았다고밖에 해석할 여지가 없었다.

죄책감이라도 들었던 것인지 이세르타 베른하르트는 아들이 역병에 걸려 죽은 베르덴에서 죽음을 맞이했다. 여생을 보내고 숨결이 끊겼다 하기엔 그녀의 나이가 몹시도 젊었다. 따로 중병을 앓았다는 기록도 없으니 스스로 죽음으로 돌아갔을 가능성이 높았다.

그렇다면 선대 공작은 영원한 비밀을 위해 알면서도 그녀의 죽음을 방조했다는 얘기가 된다. 사실이라면 이세르타에게 너무 가혹한 현실이었다. 에르셀라는 그 허망한 예측 가운데 이세르타가 살다 간 시엘린성을 그녀의 살아생전 모습대로 보존해 둔 하르젠의 저의가 궁금해졌다.

이세르타를 위해 안락하게 보존된 시엘린성.

사랑하지도 않는다면서 왜 그랬던 것일까. 에르셀라는 시선을 돌렸

다. 초상화 속 여인은 답을 주지 않을 것이다. 에르셀라는 불현듯 생
각했다.

'친어머니와는 닮았으려나.'

머리 색과 눈동자 색은 선대 공작에게 물려받은 듯한데…….

에르셀라는 그간 그의 생모가 누구인지 은밀히 알아보고자 했으나
단서 한 조각 발견하지 못했다. 하르젠과 루델시아의 연결은 완벽히
끊어져 있었다.

하르젠의 생모는 어떤 사람이었을까. 정녕 화대를 받고 몸을 주는,
그런 길가의 천한 여인이었을까.

그는 신어를, 개중 어렵다는 고어를 알았다. 아도라의 말에 따르자
면 그것은 천민 신분의 여인이 익힐 수 있는 유의 것이 아니었다.

하지만 루델시아의 긍지 높은 귀족이 국외자에게 함부로 하룻밤을
내줄 리는 없었다. 또한 한순간에 눈 맞은 사랑이라 하기엔 선대 공
작이 머무른 장소는 마을 단위도 구성하지 못한 외지였다. 결코 귀족
이 둥지를 틀 곳이 아니었다. 그러니 명령에 따라 오라 가라 할 수 있
는 신분의 여인을 전장에서 안았다는 얘긴데…….. 그렇다면 결국 그
여인은 유녀로밖에 귀결되지 않았다.

천한 여자. 그리고…….

'그 여자의 아들.'

그 범주에서 너무나도 멀찍이 떨어진 에르셀라에겐 솔직히 잘 와닿
지 않았다. 귀족 간에도 엄연히 계급이 있다. 사생아는 멸시당하기 일
쑤였다. 에이레네의 동생인 글라디엠 백작도 귀족 사회에 자리 잡기
까지 얼마나 많은 모욕을 감내해 왔는가.

신분을 숨긴다는 건 작위 계승 의식을 주도한 왕을 모독하는 행위
였다. 알려지면 어떠한 처벌을 받을지 생각만 해도 끔찍했다. 반기 한
번 들지 못하고 꼼짝없이 포박당한 채 왕의 자비를 구걸해야 할 것이

다. 아무것도 모르는 비센테마저도.

에르셀라는 거듭 참은 숨을 푸욱 몰아쉬었다. 차라리 사생아의 신분으로 공작위를 받았더라면 괜찮았을 텐데…….

선대 공작은 끝끝내 진실을 밝히지 않은 채 죽었다. 남겨진 이들은 생각지 않은 이기적인 처사에 에르셀라는 선대 공작의 이름을 잘근 짓씹었다.

기십 년간 그런 비밀을 안고 살아온 하르젠의 심정이 어떠할지는 모른다. 에르셀라는 그가 가여우면서도 하르젠에게 갖는 감정 중 배신감과 연민, 무엇이 더 큰지 판가름하기가 어려웠다.

그것은 카르온과 어머니인 베아트리스도 크게 다르지 않았다. 모두가 작당하고 그녀를 속인 기분이었다.

에르셀라는 베아트리스가 누군가를 찾고 있었다는 카르온의 말을 떠올렸다. 어쩌면 베아트리스의 침묵이 그것과 무관하지 않을지도 모르겠다.

다만 고귀하신 왕녀 신분인 어머니가 한낱 그런 여인과 관련 있을 거라는 생각은 좀처럼 하기 힘들었다.

눈 씻고 찾아봐도 그들은 공통분모가 없었다. 어머니 덕에 루델시아 귀족 몇과 연고는 있었지만, 함부로 연통할 수 없는 이유 또한 베아트리스에게 있었다.

가족도 모르게 내밀하게 사람을 찾고 있었다면 응당 그럴 만한 이유가 있을 터였다. 에르셀라는 시종일관 어긋나는 가설에 급격히 피곤해졌다.

"마님, 손님이 찾아오셨습니다."

그녀를 부르는 소리에 에르셀라는 몸을 돌렸다. 리엔이었다.

"알았다."

에르셀라는 마지막으로 이세르타의 초상화에 시선을 한 번 준 뒤

방에서 나왔다. 그리고 복도를 걸으며 리엔에게 물었다.

"버그만 경에게 온 연통은 없었니?"

"아직요."

그에 에르셀라가 한숨을 뱉어냈다. 2년이 지났건만 데일에게선 헛수고했다는 보고만 줄줄이 이어질 뿐 그럴싸한 소식이 없었다.

"경과를 보고하라 서신을 보내야겠구나."

"네."

리엔은 곤해 보이는 에르셀라의 얼굴을 바라보며 고개를 끄덕였다.

"오셨군요."

접빈실에서 기다리고 있는 손님은 메이언스 백작 부인이었다. 차가 준비되어 있는 걸 보니 백작 부인이 생각보다 일찍 와 있던 듯했다.

"제가 너무 오래 기다리게 한 건 아닌지 모르겠어요."

"기다림은 길지 않았으니 그런 말 말아요, 공작 부인."

백작 부인은 예의 기품 있는 미소를 한 번 지어 보일 뿐, 기다림을 불평하지 않았다.

"영애는 무사히 내려갔나요?"

에르셀라의 질문에 백작 부인은 차를 마시다 말고 반색을 표했다.

"식을 마치고 지금은 테일론에서 지내고 있답니다."

듣던 중 반가운 소리였다.

"다행이군요."

"공작 부인께서 마음 써준 덕분이죠."

에르셀라는 말없이 미소하는 것으로 대답을 대신했다. 결혼 적령기가 지난 메이언스 백작 영애는 며칠 전 에르셀라의 소개로 결혼식을 치렀다.

상대는 토르데 후작가로, 귀족 사회 중심에서 떨어져 있지만, 그라니아보다 역사가 긴 유서 깊은 귀족가였다. 비록 이제는 유력가라 지칭하긴 힘들었지만 메이언스는 체면치레를 하는 것에 만족했고, 토르데 가문은 메이언스를 통해 중앙으로 진출할 수 있었기에 혼인을 받아들였다. 여러모로 상호 이득이 되는 혼인인 셈이다.

토르데는 베른하르트, 피사리데 그 어느 곳에도 발 걸치지 않은 가문이었는데, 순전히 에르셀라 자신이 쌓은 인맥이었다. 일전 빌레네로 내려가 있을 때 몬드로 남작 부인을 통해 토르데 후작 부인을 소개받아 연을 이어온 것이다.

처음엔 아무 연고도 없는 두 사람을 억지로 붙여주는 모양새가 껄끄러웠지만, 백작 영애와 후작 영식의 혼기가 차고 서로 두고 있는 정인이 없다는 걸 확인하자 소개를 주선하기로 결심했다.

마침 같은 고민을 했던 것인지 당사자들도 에르셀라의 제안을 기탄없이 받아들였다. 에르셀라에겐 다행이라면 다행이었다.

"딸아이 일로 은혜를 입었으니 이를 어찌 갚아야 할지요."

사실 백작 부인은 지나치게 고마워하지 않아도 되었다. 에르셀라도 백작 부인이 필요했으니 말이다.

사교계의 주요 인사 중 하나인 그녀와 친분을 쌓아두면 살롱에서 은밀히 떠도는 소문들을 알 수 있을 테고, 그러다 보면 콘라드에 관해 건질 수 있는 게 있을지 몰랐다.

"자식을 가진 부모의 마음이 어찌 다를까요. 백작 부인의 고민을 지나칠 수 없던 것뿐이지, 보답을 바라고 한 일은 아니랍니다."

'자식' 이야기가 나오자 백작 부인이 안타깝다는 눈빛을 지었다.

"공자는 아직 안 돌아온 건가요?"

아들과 떨어져 지내는 에르셀라를 가련히 여기는 듯했다.

"그저 제 직분을 다하는 아들이 기특할 따름입니다. 그만큼 믿고 기다리는 게 제 역할이겠죠."

"이런 말이 위로가 될지는 모르겠지만 차라리 지금은 수도에서 벗어나 있는 게 잘된 일이라 생각합니다."

메이언스 백작 부인이 슬며시 덧붙였다.

"곧 가르텐 양과 레오폴드 경이 식을 올릴 테니 말이에요."

벌써 시간이 그렇게 되었나.

"왕궁 기사단에서 근무하면 주목받고 싶지 않아도 한때 공녀의 약혼자였던 영식에게 사람들의 관심이 쏠릴 거랍니다. 수도에 있다간 귀찮아지기만 하죠."

"그럴 수도 있겠네요."

에르셀라가 가볍게 말을 받으며 차를 홀짝였다. 백작 부인의 목소리가 한 뼘 낮아졌다.

"레이디 세글리에의 책봉식이 곧 진행된다고 하더군요."

찻잔을 기울이던 행위가 멈추었다. 그 안에 담겨 있는 찻물이 미동하며 잔물결을 그려냈다.

에르셀라는 굳은 얼굴로 백작 부인을 바라보았다.

레이디 세글리에. 레오폴드 왕자의 생모이자 에샤힐드의 시녀였던 여자. 왕의 사생아인 레오폴드가 가르텐 공녀에게 부족하다는 건 알았지만, 왕이 세글리에를 왕비로 올릴 줄은 몰랐다.

"이제 레오폴드 경이 아니라 레오폴드 전하가 되시겠군요."

그것은 고작 사생아에 머물렀던 이가 왕자가 되어 적법한 지위를 가지게 된다는 말이었다.

"경하드릴 일이군요. 다만……."

에르셀라는 말끝을 흐리며 찻잔을 내려놓았다.

"책봉이 이렇게나 이를 줄 알았다면 저도 미리 준비했을 텐데요."

서두르는 건 책봉식만이 아니었다.

"책봉 뒤에 치러지는 성혼도 이른 감이 있어 걱정이 크답니다. 레오 폴드 경이 아직 어리니 충분히 숙고할 시간도 있을 텐데 말이에요."

"뭐든 여유를 가지고 진행하는 편이 좋죠."

에르셀라는 포크로 케이크를 자르며 백작 부인에게 동조했다.

그녀의 말대로 레오폴드 피테츠는 이제 겨우 열다섯이었다. 남자는 열여덟에 성인이 된다는 것을 고려해 보면 결혼을 미루어도 충분할 나이다.

성인식도 치르지 않은 자녀가 결혼하는 건 옛날에나 비일비재했지 지금은 아니었다. 조혼의 관습은 헤르몬트 황제 때 적지 않은 수의 가문이 역모죄로 멸문당한 뒤부터 줄어들기 시작했다. 이유인즉 헤르 몬트가 역모를 꾀한 가문과 결혼으로 얽힌 가문도 예외 없이 처형시 켰기 때문이었다. 그 사건 이후로 그라니아에는 자녀의 나이가 어릴 경우 결혼보다는 언제든 빠져나갈 길이 있는 약혼을 선호하는 풍조 가 생겼다.

그러니 조혼이 사라지고 있다시피 한 지금, 나이가 차지 않은 결혼 은 눈에 띌 수밖에 없었다.

"급하셨어요."

명확히 지칭하진 않았지만 가르텐 공작을 말하는 것이리라.

"공녀를 품에서 떠나보내기 아쉬웠을 텐데요."

가르텐 공작의 됨됨이가 거기까지 미쳤을 리 없었지만, 에르셀라는 말을 아끼기로 했다.

"듣기로는 폐하께서 왕자이실 적 머물렀던 궁도 새 단장 중이라고 합니다."

듣는 것만으로도 머리가 콕콕 쑤셨다. 현왕은 빈 소생의 왕자였으 니, 새로운 왕자에게 주어질 궁은 왕태자의 것보단 소박할 것이다. 그러나 케니언스가 왕자로 지냈을 때 사용하던 궁이다. 어떻게든 뒷말이 나기 좋을 소재였다.

레오폴드가 지금까지도 궁에 머무르고 있긴 했지만 어디까지나 비공식적인 거주일 뿐, 왕가의 일원으로 인정받은 것은 아니었다.

엄연히 행동반경에 제한이 있었으며 궁인들도 그를 왕자로 예우하지 않았다. 공식 석상에도 설 수 없는 입장이니 정치적 상징이 될 리도 만무하다. 그를 보아도 관료들은 알은체하지 않았을 게 뻔했다.

신분이 애매한 반쪽짜리 왕자는 철저한 이방인일 뿐이다. 하지만 그의 모친인 세글리에가 비의 관을 쓴다면 얘기는 달라진다. 다른 것도 아닌 적통 왕자가 되는 것이다.

알렉시스와 같이 왕비의 자식으로 동일 선상에 놓인다면 계승권에도 도전할 수 있었다. 심지어 나이로는 알렉시스 왕자보다 월등히 앞서 있었다.

레오폴드 피테츠는 성인도 아니니 결혼을 한 뒤에도 출궁하지 않을 터. 궁에 남은 그는 존재만으로도 어린 왕자의 자리를 위협할 수 있었다.

이것도 가르텐 공작의 안배일까. 만일 가르텐 공작이 결혼을 감행한 이유가 차기 국왕의 외척 자리가 탐났기 때문이라면……. 어린 왕자의 앞날이 순탄치 않으리란 게 불 보듯 뻔했다. 결국 짐승처럼 서로를 물어뜯는 힘겨운 싸움이 예고된 것이나 마찬가지였다.

'이 역시도 과거엔 없던 일.'

한차례 비틀리니 연이은 사건까지 옛 흐름대로 가지 않는다. 이제는 과거를 토대로 미래를 예측하는 일은 부질없는 짓이었다.

에르셀라는 이번 일이나 콘라드에 관해서나 언제나 몇 발짝 떨어져서 사태를 관망할 수밖에 없는 자신의 처지를 잇새로 뇌까렸다.

공작 부인의 지위만으로는 한계에 부딪힌다. 사교 모임을 열어 정치 유력 인사를 움직일 영향력을 발휘하려면 만만찮은 시간과 정성을 들여야 했다. 더군다나 지금의 사교계는 가르텐 공작 부인과 다트너 후작 대부인이 장악하고 있었다.

누군가를 움직일 필요 없이 직접 움직일 수 있는 위치였다면 좋았을 테지만, 그건 사실상 불가능하다고 봐야 했다. 작위가 필요하기 때문이다.

'작위는 어떻게 얻더라…….'

남자라면 첫째로 태어난 경우 아버지의 것을 잇는다. 첫째로 태어나지 못했다면 아버지가 가진 여분의 작위를 받거나 능력을 인정받아 왕에게 하사받기도 했다. 그러나 여자가 작위를 승계하는 경우는 자세히 알려진 바가 없었다. 아예 없진 않았지만 그런 상황 자체가 희소했다.

에르셀라가 기억을 헤집으며 몇 안 되는 경우를 찾느라 혼신의 힘을 다할 즈음이었다. 백작 부인이 넌지시 물어왔다.

"후작 각하께서는 별말 없으셨나요?"

꿈에서 깬 기분에 에르셀라는 괜한 생각을 했다며 스스로를 타박했다. 이룰 수 없는 걸 바라다 시간을 허비해선 안 된다.

에르셀라는 백작 부인을 보았다. 대답을 기다리는 듯했지만, 그녀는 해줄 수 있는 말이 없었다. 카르온과는 연락이 끊긴 상태였으니 그가 향후 어떠한 행동을 취할 것인지에 대해 그녀는 아는 게 없었다.

에르셀라는 습관적으로 케이크를 베어 물었다. 입안에 달달한 과일 향이 퍼지니 착잡한 마음이 사르르 녹는 듯했다. 응급처치였지만 그런대로 효과가 있었다. 에르셀라가 그로부터 몇 입 더 떠먹었을 때였다.

"어머, 그러고 보니 뵐 때마다 디저트에 자주 손을 가져가시는데 의원에게는 가보셨나요?"

백작 부인이 진지하게 말했다. 한 박자 더디게 그 뜻을 알아차린 에르셀라는 자칫 포크를 떨굴 뻔했다. 움칫 포크를 내려놓은 에르셀라가 손사래를 치려 했을 때였다.

"설마 이미 진단을 받으신 건가요?"

"……."

"어쩐지 근래 살이 조금 찌신 듯했는데, 이리 좋은 소식이었다니! 나이가 들었는지 눈치가 사라졌나 보네요. 용서하세요."

그녀의 당황을 다르게 해석했는지 메이언스 백작 부인이 경탄을 감추지 않았다. 그래서 에르셀라는 다음 말도 겨우겨우 할 수 있었다.

"……아니에요, 부인."

하르젠과 그런 일이 없던 건 아니지만 피임은 철저히 하는 편이었고, 무엇보다 월경이 불과 며칠 전에 끝났다. 고로 메이언스 백작 부인이 어떤 상상의 나래를 펼쳤든 그녀와는 관계없는 일일 가능성이 컸다. 그러나 백작 부인은 그다지 믿는 눈치가 아니었다.

"그래도 혹시 모르니 의원을 한 번 부르심이……."

"그냥!"

에르셀라는 침을 꼴깍 삼키며 기어들어 가는 목소리로 말했다.

"……찐 거예요."

많이, 많이 먹어서.

서로를 어색하게 만드는 실토에 백작 부인의 입술이 바짝 말라갔다.

"실례…… 했군요."

에르셀라는 부끄러움에 쥐구멍에라도 숨고 싶어졌다.

카르온이 머리칼을 쓸어 올리며 고개를 젖혔다. 손을 떼자 쓸려 간 백금발이 다시금 이마 위로 늘어졌다.

"도통 쉴 틈을 안 주시는군, 폐하는."

블래노버 백작은 면목 없다는 듯 시선을 내리깔았다.

"죄송합니다."

"그대가 죄송할 게 뭐가 있나. 다 내 불찰이지."

"어찌 각하의 잘못이겠습니까. 비 전하께서 그 시녀를 몸소 감싸신 것을."

그간 카르온이 낙관적으로 굴며 손 놓고 있던 것은 아니다. 무딘 칼날도 다듬다 보면 벼려질 수 있다. 언제 터질지 모르는 폭탄을 내버려 둘 만큼 카르온은 관대하지 않았다.

몇 번이나 죽이려 했다. 에샤힐드가 친히 제 시녀를 비호하고 나서지 않았더라면 지금쯤 세글리에와 그녀의 아들은 살아 있지 못했을 것이다.

"누님께서 내버려 두라 간청하셨었지."

그래서 살려두었다. 언제든 해할 수 있음에도.

"결국 이렇게 됐지만."

그런데 돌아오는 건 배은망덕한 결과였다.

"지금이라도 손쓸까요?"

"늦었어."

왕비가 될 여인이다. 피살당한다면 제일 먼저 누가 용의선상에 오를지는 뻔했다. 죽이려면 그 전에 죽였어야 했다. 블래노버 백작도 늦었다는 걸 알면서도 혹시나 한번 물어본 것이었다.

"……에샤힐드 님이 성급하게 자비를 베푸셨습니다."

"그만큼 아끼던 여인이었으니."

세글리에 피테츠의 얼굴을 떠올린 카르온은 불쾌해지는 기분을 억누르며 시가에 불을 피웠다. 왕이 그녀에게 별다른 관심을 보이지 않는 듯해 방심했던 게 문제였다.

"그래도 이럴 때를 대비해 안전 조치를 취해두었으니 그나마 다행입니다."

안전 조치란 카르온이 피테츠가를 수도 밖으로 밀어둔 것을 말했다. 그것을 상기한 카르온은 무미하게 입매를 비틀었다.

"가르텐이 후위를 맡겠다는데 그것이 무슨 소용이겠나."

쓸었든 없었든 가르텐이 발 벗고 나선 이상 피테츠는 논외다. 오히려 그 작자는 존재감 없는 외척을 더욱 환영할 터였다. 왕비의 가문이란 이유로 사사건건 간섭하는 것보단 없는 게 나을 테니.

"이제 어찌하실 겁니까?"

하필 여자는 지금까지 있는 듯 없는 듯 살아와 구설수로 끌어내리는 것도 불가했다.

"가르텐부터 끊지."

"제 생각도 같습니다."

우선은 힘이 돼줄 수족을 잘라내는 게 급선무리라.

"일단 콘라드와 관련해서 한 번 더 조사해 보도록 하게. 사절단으로 갔을 때 수행원을 갈아치웠으니 뒤지다 보면 뭔가 나오는 게 있을 거야. 워낙 뒤가 구린 작자기도 하니."

"알겠습니다. 그런데 저, 베른하르트는……."

"마, 마님!"

그때 문이 열리고 에이레네가 들어왔다.

"주인님, 그것이……."

사색이 된 하인이 에이레네와 카르온을 번갈아 보자, 카르온이 급히 시가를 꺼뜨렸다. 카르온에게 측은한 눈길을 흘린 백작만이 온전한 정신으로 에이레네를 맞아들였다.

"오셨습니까, 후작 부인."

그는 에이레네가 매캐한 연기를 들이마시지 않도록 그녀 반대편으로 손부채질하는 것도 잊지 않았는데, 그 정성에 감동했는지 에이레네가 다정한 어조로 말했다.

"수고가 많아요, 백작."

그 수고가 시가 연기를 치우는 걸 말하는 건 아니겠지. 속으로 의문을 던진 백작의 구두코가 곧 문 쪽으로 방향을 바꾸었다. 비켜줄 생각이었다.

"자리 피해 드리겠습니다. 말씀 나누십시오."

"어머, 고마워라."

산뜻한 톤이 방 안에 봄기운을 가져다주는 듯했다.

"그럼."

백작이 굳이 기척까지 죽이며 방을 나가자, 그제야 카르온이 데면데면한 낯으로 자리에서 일어섰다.

"어쩐 일이십니까?"

"뭐 하는지 궁금해서. 부쩍 피우는 횟수가 많아졌네?"

에이레네는 테이블 위로 지저분히 쌓인 잿더미를 보다, 설핏 미소를 흐렸다.

"많이 힘들어?"

카르온이 엷게 웃으며 고개를 저었다.

"당신이 걱정할 만큼은 아닙니다."

"혹시 세글리에 피테츠와 관련해 후회하고 있어?"

한순간에 카르온의 얼굴에 감돌던 미소가 지워졌다. 죽이지 않은 걸 후회하고 있느냐고 묻고 있었다. 대답하기 곤란한 질문이었다.

"에이레네."

카르온은 에이레네의 이름을 온유하게 한 번 부름으로써 대화를 마무리 짓고자 했다. 에이레네는 손수 잿더미를 손에 담으며 조곤조곤 입을 열었다.

"비 전하는 폐하를 사랑하시지 않아. 사랑하지도 않는 분 때문에 아끼는 시녀를 잃고 싶지 않아서 네게 그녀를 살려달라고 부탁했던 거고."

"……압니다."

"카르온, 그것도 아니?"

"……."

"네가 그 여자를 살려두기로 했을 때, 내가 얼마나 기뻐했는지."

카르온의 웃음기 없는 시선이 에이레네를 좇았다. 모처럼 보는 꾸밈없는 미소였다.

"널 탓하는 게 아니야. 너는 네가 해야 할 일을 한 것일 뿐이니. 하지만 이따금 네 안에 남아 있는 온정을 확인할 때면 기쁘지 않을 수가 없어."

카르온이 피식 웃었다.

"온정을 느껴서 그녀를 살려둔 건 아닌데요."

"어쨌든."

"……."

"가족을 지키기 위해 노력하는 네 마음을 모르지 않아. 이해하고 있어. 내가 안락하게 살 수 있는 것도 네 덕분이겠지. 이 재만큼 네 고민이 쌓인 것도 모르고."

"제가 어떻게 하길 바라십니까."

에이레네는 대답 없이 창밖으로 손안의 잿더미를 흘려보냈다.

"무겁지 않니?"

"……."

"전부는 아니더라도 어느 정도는 놓아버리고 편히 살았으면 좋겠어. 지쳤잖아, 사실."

카르온은 못 당하겠다는 듯이 웃으며 에이레네의 손에 묻은 재를 정성스레 쓸어내렸다.

에이레네는 눈을 내려 손바닥을 바라보았다.

"당신의 안위가 제 행복입니다."

카르온의 손으로 재가 옮겨 갔기에 그녀의 손은 먼지 한 점 없이 깨끗했다.

※ ✦ ※

역대 국왕이 귀애하던 여인에게만 하사했다는 서쪽의 별궁이 세글리에 피테츠에게 내려졌다. 긴 시간, 주인 없이 침체되어 있던 별궁이 모처럼 새 주인을 맞이한 것이다.

세글리에는 사양했지만, 왕의 과분한 은총이 계속되자 끝내 받아들였다. 세간에서는 그것을 두고 이렇게 숙덕였다.

주인을 배반한 몹쓸 고양이와 다르지 않다.

왕비의 시녀 된 몸으로 왕을 모셨다. 괘씸할 법도 하건만 왕비는 처벌은커녕 온정을 베풀었다. 그리 제 주군이 자비를 내리셨거늘 이제 비의 자리까지 넘보려 하는가.

그 흉한 말은 돌고 돌아 궁의 주인에게까지 닿을 정도로 널리 퍼졌다. 그러나 세글리에는 그 악의의 씨앗이 어디서 뿌려졌는지 알려 하지 않았으며 누가 수확해 갔는지 또한 궁금해하지 않았다.

이렇듯 그녀에 대한 구설이 끊임없었으나, 헐뜯는 분위기와는 별개로 새로운 권력을 쥐게 될 사람에게 잘 보이려는 이들은 어디에나 있게 마련이었다.

세글리에가 초연한 태도로 일관하는 동안 세는 걸 포기할 만큼 많은 사람이 궁문을 들락날락했다. 선물을 빙자한 상납을 하는 자, 수발을 들거나 비위를 맞추는 자가 부지기수였다. 그들은 한결같이 왕비의 보관을 쓸 여인의 아름다움을 노래하듯 칭송했다.

"세상에, 어쩜 이렇게 피부가 고우세요?"

"향이 좋은데, 혹시 어떤 향유를 사용하시나요?"

"드레스 하단의 자수 좀 보세요! 전 그라니아에서 이만큼이나 섬세한 자수를 본 적이 없어요."

"재질 또한 최상이에요."

"폐하께서 선물해 주신 것이니 당연하죠! 베른하르트 공작 부인조차도 이런 옷은 입어보지 못했을 걸요?"

친절함을 가장한 시녀들의 목소리가 방 안 곳곳을 장식했다. 정말로 장식물이었다면 궁의 주인은 진즉 버리고도 남았을 터인.

"정말이지, 세글리에 님을 모실 수 있어 영광이에요."

세글리에는 제 손을 덥석덥석 잡아대는 시녀가 불편했다. 상냥해보였지만 사실 이러한 행동의 기반에는 그녀를 얕보고 있다는 전제가 깔려 있었다.

그녀들이 과연 에샤힐드의 손을 감히 만질 수나 있었을까? 이리 대놓고 눈에 띄는 아첨을 할 수 있었을까?

세글리에는 시녀에게 잡힌 손을 슬며시 빼내었다. 그녀 뒤에 주르르 서서 탄성을 지르던 여인들이 그것을 주시했다.

불편하다. 뒤돌면 꼭 저들끼리 속닥일 것 같았다. 말라비틀어져 아무 효용 없는 험담이 두려운 건 아니었다. 다만, 그들의 입을 거칠지 모르는 어떠한 이름 하나가 두려웠다.

세글리에는 정면의 거울에 제 모습을 비추어 보았다. 거울 속 여자는 실내용치곤 과한 드레스를 입고 있었다. 연보라색 천 자락에 고풍스러운 자수가 수놓아져 있었으며 크고 작은 보석들이 은하수를 이루듯 반짝거렸다. 미적 감각이 부족한 사람이 보아도 옷은 흠잡을 데 없었다.

그러나 세글리에는 남들이 부러워할 이 드레스가 철 갑옷이라도 되는 듯 버거게만 느껴졌다. 맞지 않는 옷을 입은 느낌이었다. 이런 것은 제가 아닌 마땅히 '그분'이 입어야 했다.

세글리에는 본심을 삼키며 시녀에게 답했다.

"폐하의 은혜에 감사할 뿐이에요."

"어쩜, 겸손도 하세요."

겸손을 떤 것은 없지만 겸손하다는 말이 돌아왔다. 할 말이 없어 세글리에는 연하게 웃기만 했다.

"겸손은 미덕이라지만 지나친 겸손은 좋지 않아요, 전하."

"……."

아직은 허락되지 않은 호칭에 주변 온도가 미적지근하게 내려갔다. 세글리에가 불쾌한 소릴 들었다는 듯 가늘게 눈살을 찌푸렸다.

"말을 신중히 하라 가문에서 일러주지 않았나요? 전 아직 왕비위에 오르지도 않았답니다."

나긋나긋한 질책이었다. 시녀는 목에 가시라도 걸린 기분으로 세글리에를 바라봤다. 어차피 왕비가 될 몸, 호칭 좀 미리 당겨 부른다고 문제 될 게 무어 있나.

'이제 와서 양심에 찔리기라도 한 거야 뭐야.'

그런다고 죽은 왕비가 기특하다 칭찬해 줄 것도 아닌데 말이다. 제 딴에는 좋은 게 좋은 거라 생각하여 한 말인데 별것도 아닌 걸로 지적 당하니 기분이 좋지 않았다. 하지만 기분과는 별개로 시녀의 표정은 곧 풀렸다. 예전 같았으면 무시했겠지만 가르텐이 있는 이상 이제는 그래선 안 됐다. 그녀는 아무 일 없었다는 듯이 입꼬리를 끌어 올려 웃었다.

"그럼요, 제 생각이 짧았네요. 불편하셨다면 사죄드리겠습니다."

"괜찮아요."

세글리에가 조금 차갑게 문장을 완성했다. 그 옆에서 눈치를 보던 시녀가 서둘러 화제를 옮겼다.

"아! 헤리트 백작 부인에게서 선물이 도착하였는데 한번 보시겠어요?"

여차여차 식은 분위기가 간신히 본래의 온기를 되찾을 무렵이었다.

"세글리에 님. 폐하께서 궁으로 찾아오셨습니다."

시종이 부랴부랴 달려와 전한 소식에 사방이 웅성거렸다.

"어머나, 폐하께서 오셨나 봐요!"

"좋으시겠어요, 전…… 세글리에 님!"

세글리에는 시녀들의 호들갑 떠는 소리를 제치고 확인하듯 되물었다.

"폐하께서요? 직접요?"

그때였다.

"슬슬 그만 하대해도 좋을 텐데."

"폐, 폐하를 뵙습니다!"

방 안으로 여유롭게 걸어든 왕의 모습에 사람들이 재깍 무릎을 꿇었다. 그들의 입장에서 왕은 갑작스레 날아든 불청객이었으나, 그의 태연함은 외려 처음 있던 자들을 불청객처럼 느끼게 했다.

"폐, 하……."

세글리에가 겨우 부름을 맺으며 궁중식 절을 올렸다. 무릎을 꿇은 세글리에를 일으키지도 않으며 케니언스는 성큼성큼 의자에 가 앉았다.

"둘만 있고 싶군. 나가들 있으라."

귀찮다는 듯 휘이휘이 젓는 손이 마치 칼날과도 같았다. 거기에 위계까지 스며들어 있으니 그들은 순리를 따르며 조르르 방을 나갔다.

"일어나."

마지막으로 시종까지 나간 뒤에야 케니언스는 예를 차리지 않을 것을 허락했다.

"예……."

풀 죽은 목소리가 목에 걸려 질질 끌렸다. 케니언스가 세글리에를 유심히 바라보다 헛헛하게 웃었다.

"별로 기뻐하는 얼굴이 아닌데. 바라는 일이 아니었나?"

"이런 걸 바란 적 없어요."

"레오폴드를 사생아로 두는 걸 원하지 않았잖아."

"······."

반박할 말이 떠오르지 않았다. 에샤힐드를 생각하면 왕비가 될 수 없었으나, 자식을 생각하면 왕족이 되어야 했다. 하지만 후궁에만 봉작돼도 충분하다고 생각했다. 왕이 가르텐 공작과 작당하여 이리 농간을 칠 줄은 진심으로 몰랐다. 세글리에는 문득 물었다.

"저를 비로 올리신 이유가 레오폴드를 위해서인가요?"

그렇다면 이 만행을 눈감고 용서할 수도 있을 것 같았다. 돌아가신 왕비 전하께 죄송하다 백번 사죄하는 마음으로 살아갈 수 있을 것 같았다.

"마치 꼭 내가 레오폴드를 후계로 세울 마음이 있다는 것처럼 들리는군."

그에 세글리에의 양 볼에 확 붉은 기가 올랐다.

어, 어떻게 감히 그런 생각을······. 생각만으로도 불경이지 않은가. 이 나라의 후계는 알렉시스 왕자 하나뿐이어야 한다.

그러나 세글리에는 스스로가 내린 확고부동한 결말 사이로 하나의 틈을 발견했다.

'레오폴드는 정말 자격이 없나······.'

세글리에는 제가 생각하고 제가 깜짝 놀랐다. 미친 게 분명했다. 그녀는 순간적으로 든 의문을 잔상 하나 남지 않도록 지우는 데 열중했다.

"그런 건 아닙니다."

"뭐 두고 봐야 알겠지."

시험하는 듯한 어조는 도무지 훗날의 아내를 대하는 것처럼 보이지 않았다. 항간에는 왕이 그녀를 총애하여 별궁까지 내렸다 떠들지만 세글리에는 케니언스가 저를 아끼지 않는다는 걸 알았다. 척하지도 않아 그녀를 후궁에도 봉작하지 않은 사람이다. 그마저도 전 왕비보단 나은 취급인 것을 다행으로 여겨야 할까.

전 왕비가 자잘한 실수만 해도 농담을 빙자한 폭언을 날리기가 빈번했으니 말이다.

"정말로 그런 생각은 하지 않았어요. 하지만 레오폴드도 폐하의 자식이에요."

애초에 왕의 사랑을 얻는 것은 불가능하단 걸 알고 있다. 다만, 레오폴드는 달라야 했다. 그 아이는 왕의 자식이었다.

"아들이라고…… 생각하긴 하세요?"

가늘게 떨리는 목소리는 절실하기만 하다. 수 초간 장고를 거듭하던 케니언스는 이내 대답했다.

"……그래, 뭐."

생명력이 깃들어 있지 않은 바짝 메마른 대답이었다. 세글리에는 질문을 바꾸어 하나 더 묻고 싶었다.

그럼 알렉시스 전하는요?

감히 입에 담지 못했다. 어디선가 열등감이 길길이 솟고 있었다.

루델시아 님이 세상에 현신하시어 인간을 돌보기를 사람들은 그분을 태초의 신이라 일컬었다.

……(중략)……

인간 남자와 사랑에 빠진 신께서 자신의 피가 섞인 태아 둘을 품으셨다 ……(중략)…… 첫째는 여아로 이리아나, 둘째는 남아로 세크로트로 정하니 ……(중략)…… 첫째 이리아나가 신을 이어 왕좌에 올랐다.

국왕 폐하께서 신료들의 의견을 수용해 티티스가의 남자를 부군으로 맞이하여 딸 셋을 낳으니 각각 메델리, 틸리아나, 시오네라 명명했다.

이 중 메델리 왕녀, 시오네 왕녀가 죽고 틸리아나 왕녀가 왕위를 계승했다.

그러나 틸리아나 여왕 또한 마찬가지로 이른 나이에 죽음을 맞이했다. 틸리아나의 딸인 헤이스 왕녀가 치세를 펼쳤다. 그녀는 74세의 나이까지 무병장수하였으나 딸인 베네릿 왕녀가 36세의 나이로 일찍이 죽어 손녀인 스피아나 왕녀가 왕위를 이었다.

스피아나가 16세의 나이로 왕좌에 올랐을 때 그녀의 외숙부인 키엔테 대공이 신의 피를 이은 여인은 불길하다며 모반을 꾀하다 제압당했다.

여기서 키엔테 대공의 주장을 살펴보자면 몇 가지 진실성과 몇 가지 논증의 오류를 알 수 있다. 일례로 트리나스 왕녀…….

후안은 책을 덮으며 표지를 살폈다. 붉은색 벨벳 겉면에 덩그러니 새겨진 모국어는 여전히 이질적이기만 했다. 몇 번을 보아도 〈헤테론의 신학론〉이었다. 그는 조금 얼떨떨한 마음으로 중얼거렸다.

"번역본을 구할 수 있을 줄은 몰랐는데……."

그것도 그라니아어로 말이다.

"대체 누가……."

습관적으로 서점에 들렀다가 예기치 못한 횡재를 만났다.

누구의 소행이냐 서점 주인에게 거듭 물으니, 주인은 누군가 한 달 전부터 팔아달라 책을 부탁하였고, 신원은 드러내지 않기에 그 사람이 누군지는 알 수 없다고 설명했다. 그러면서 서점 주인은 그동안 한 권밖에 팔리지 않았다며 깔깔 웃었는데, 보다 보니 참 못마땅하기만 했다. 하여 후안은 보란 듯이 서점에 있는 번역본 전부를 구매했다.

다급히 펼쳐본 번역은 전문가의 솜씨가 아니었다. 글의 흐름이 매끄럽지 못했고, 주술 관계가 맞지 않는 경우도 더러 있었다. 그러나 내용은 누구나 알아보도록 쓰여 있어 읽기 어렵지 않았다.

확실히 인기는 없었는지 사람들의 손을 탄 흔적도 없었다. 후안은 누가 이런 비생산적인 짓을 한 것인지 궁금해졌다.

그는 책을 서류 위에 겹치며 장관실 문을 열었다. 보고만 끝나면 귀가하여 나머지 장을 읽을 생각이었다.

"어…… 자네 왔는가?"

"예, 보고드릴 게 있어서요."

외무부 장관 라페인 후작이 개운치 못한 얼굴로 그를 맞이했다. 분명 그와 반가운 관계가 아니긴 했으나, 저만큼 흔들리는 눈동자는 처음이라 후안이 의아할 참이었다.

방 안에 있는 이가 후작만이 아니라는 사실을 깨달았다. 라페인 후작 옆쪽으로 서늘한 인상의 남자가 앉아 있었다. 소파 등받이에 기댄 채 그를 가만히 응시하는 남자는 어딘가 모르게 긴장하게 만드는 구석이 있었다.

"아, 이게…… 별로 보기 좋은 그림은 아니군요."

라페인 후작이 난감한 듯 말했다.

저보다 훨씬 젊어 보이는 남자에게 하는 존대. 가문 특유의 상징일 흑발, 그리고 흑안. 그것만으로 후안은 그가 누구인지 알아챌 수 있었다.

"베른하르트 공작 각하를 뵙습니다."

후안이 절제된 어조로 인사하며 허리를 숙였다. 굴종이 아닌 예의 였으니 굴욕을 느끼진 않았다. 제 형제인 카일이라면 모르겠지만. 침묵이 흐르고 물음이 떨어졌다.

"날 아나?"

고저 없는 목소리가 그의 뒷덜미를 차게 식혔다. 다리에 힘을 실은 후안은 꼿꼿이 허리를 세웠다.

"어찌 모르겠습니까."

"그래, 내 아내도 잘 알 테고."

이어진 건 자비 없는 정적이다. 기류가 팽팽하게 당겨졌다.

"후안 로베르트, 맞나?"

후안은 그 질문이 확인이 아닌 확신임을 알았다.

"예. 현재 외무부 소속입니다."

제게 감시까지 붙인 사람이니, 자신의 얼굴을 모를 거라 생각하지 않았다. 관료로 일하고 있는 이상 궁에서 마주칠 수 있다고 생각했는데, 예감은 그를 비켜나지 않았다.

"네 번이더군."

앞뒤 잘린 맥락이었지만 후안은 그의 말을 알아들었다. 네 번.

서점, 축제, 성년회, 왕궁.

베른하르트 공작 부인을 만난 횟수를 말하는 것이리라.

"로베르트가 피사리데에 악감정을 가지고 있는 건 누구나 다 아는 사실이고."

후안은 침착을 잃지 않으려 애쓰며 숨을 내쉬었다. 면을 튼 적 없으니 서로를 드러낼 일도 없을 거라 생각했다.

하물며 지금 이 자리에는 전혀 관계없는 사람까지 있었다. 일어날 수 있는 일은 전부 생각해 두었음에도 눈앞의 상황은 그의 각본에서 철저히 벗어난 것이었다. 그것이 그를 당혹스럽게 만들었다.

의도한 것인가, 충동인가. 어딘가 이성이 결여된 행동이 후안을 혼란에 빠뜨렸다.

'일단 그런 쪽으로는 생각하지 않는 건가.'

그나마 그것이 다행이라면 다행이었다. 로베르트에만 초점이 맞춰져 있으니 망정이지 불건전한 쪽으로 오해하고 있었으면 더욱 곤란해졌을 것이다. 그는 속으로 안심하며 입을 열었다.

"아닙⋯⋯."

"아니면 그 이상인가?"

다잡은 호흡이 다시금 흐트러졌다. 후안은 목 뒤로 훅 넘어가는 숨에 헛기침을 하지 않으려 서류에 힘을 주었다.

그는 조금 얼떨떨한 기분이었다. 별달리 감정을 실은 목소리는 아니었다. 그렇지만 후안은 본능적으로 그 이면에 무언가가 숨겨져 있음을 알아차렸다. 그 이상 만난 적 있냐는 물음에 한 번 그런 일이 있었다고 말해선 안 될 것 같은 그런…….

"아닙니다. 말씀하신 게 전부입니다."

그는 에르셀라가 호위 없이 저를 쫓아왔던 날을 없던 일처럼 얼버무렸다. 실제로도 그녀와 저는 결백하니 거짓을 고하여도 문제는 없을 것이다.

"또한 당시 공작 부인의 신분은 몰랐습니다."

변명으로 들릴 게 분명하나 조금의 의심이라도 벗을 수 있다면 아무래야 좋았다.

대답은 체감상 꽤 긴 시간이 흐른 뒤에야 돌아왔다.

"……그런가."

종전보다 물러진 음조였다. 후안은 문득 손가락 마디마디로부터 전해지는 떨림을 느꼈다. 속이 급격히 울렁거렸다. 뇌리에 한차례 세실리아와 로베르트 후작 부인이 떠오르고 나니 그제야 저 남자가 어떤 사람인지 자각이 들었다. 그리고 그 떨림은 그의 불안감을 곧이곧대로 나타내 주듯 점차 거세졌다.

탁.

"아……."

끝내 들고 있던 것을 우르르 바닥에 떨구자 후안의 잇새로 낮은 탄식이 흘렀다.

그 순간이었다. 느닷없이 웃음 치는 소리가 들려온 건.

"이런, 조심하게나!"

라페인 후작이었다. 내용과 다르게 타박하는 말투는 아니었으며 오히려 칭찬에 가까웠다. 후안은 그제야 라페인 후작 역시 긴장하고 있었음을 깨달았다.

말 그대로 로베르트와 베른하르트다. 서로가 분별없이 칼을 빼내어 휘둘러도 이상하지 않을 관계인 것이다.

"실례했습니다."

후안은 그렇게 말한 뒤 떨어진 물건을 줍기 위해 한쪽 무릎을 접었다. 책을 주워 들려던 동작은 공작의 말에 바로 그쳤다.

"헤테론인가."

그의 시선이 비스듬히 내리깔려 있었다.

"그렇습니다."

후안이 짧게 대답했다. 더불어 저 남자가 어떻게 유명하지 않은 루델시아의 신학자를 아는지 의문이었다. 신을 믿는 걸로 보이진 않아 신기한 것도 있었다.

"번역본이군. 공용어는 아닌 듯한데."

"……예. 드물게도 그라니아어로 되어 있습니다."

공작의 눈길이 표지에 머물렀다. 후안은 책 표지에 손을 올려놓은 채였다. 들려오는 말이 없어 이내 그가 책을 주워 들고 일어섰을 때였다.

"읽었나? 끝까지."

묻는 저의가 짐작 가질 않았다. 후안은 잠시 망설이다 입을 뗐다.

"반절 정도 읽었습니다."

그러면서 그는 자신의 대답에 묘한 웃음으로 일관하는 남자를 보았다. 후안은 그 웃음이 미묘하게 비틀려 있는 것 같다고 생각했다.

"경. 서류는 이만 두고 나가게."

라페인 후작은 더 이상 두고 보기가 힘들었는지 후안을 내보내려 했다. 후안도 더는 이곳에 있고 싶지 않은지라 흔쾌히 축객 요구를 받아들였다.

"예, 각하. 저는 먼저 가보겠습니다."

뒤돌아서도 등 언저리에 꽂히는 시선은 유효하다. 후안은 집무실에서 나오자마자 길게 숨을 뱉어냈다.

"……하아."

숨 막혀.

공기가 휘발된 것도 아닌데, 숨 쉬는 게 자유롭지 않았다. 시간이 지났다지만 가문을 말려 죽인 원수를 속 편히 마주하는 건 아무래도 무리인 듯했다. 이제야 카일이 가진 원한을 어느 정도 이해할 수 있을 것 같기도 했다. 수면 밑에 잠겨 있던 감정이 그를 보는 순간 단번에 휘몰아쳤다.

후안은 숨을 고르며 진정하다, 표지에 묻어 있는 먼지를 가볍게 털어냈다. 그리고 문득 떠올렸다.

"읽었나? 끝까지."

끝에 뭐가 있기에. 후안은 조심스레 끝장을 펼쳐보았다. 마지막 장 가장자리에는 책에 쓰인 것과 똑같은 필치로 한 문장이 적혀 있을 뿐이었다.

나의 세상을 밝힌 분께,
약소하게나마 그 은혜를 갚습니다.

이게 뭐 어쨌다는 것일까. 그의 눈에는 별것 아닌 것처럼 보였다.

"본의 아니게 불편한 자리가 되었군요. 거참……."

넌덕스러운 라페인 후작을 뒤로하고 하르젠은 궁을 나섰다. 사용인들이 몇 시간이나 이른 귀가에 놀라며 황망히 주인을 마중했다.

"오셨습니까, 주인님."

"에르셀라는?"

"마님께선 지금 셀론 부인과 교습 중이십니다."

하르젠은 고개를 들어 그녀가 교습을 받고 있을 위층을 올려다보았다.

"꽤 길어지는군."

그가 알기로는 지금쯤이면 교습이 끝났을 시간이었다. 클리프턴이 조용히 미소 지으며 부연했다.

"가끔 제시간보다 늦게 끝나곤 합니다. 마님께선 워낙 셀론 부인과의 교습을 즐거워하시니 말입니다."

알고 있다. 간간이 레어리 셀론이라는 자에 대해 말하곤 했으니까.

하르젠은 클리프턴을 지나쳐 위층으로 향했다. 계단을 올라갈수록 정면으로 뻗쳐오는 햇살이 그를 에워쌌다.

후안 로베르트, 그자가 떠올랐다. 햇살을 받으면 금빛으로 변하는 머리 색이 기억에 남아 있다. 그는 아주 오래전, 여자가 지나가듯 한 말을 되뇌었다. 그런 머리 색을 좋아한다고 그랬던 것 같기도 하고.

레어리 셀론이라는 여자가 방에서 나온 건 그가 제 머리칼을 흐트러뜨린 무렵이었다. 그를 본 레어리의 두 눈이 휘둥그레졌다.

"공작 각하를 뵙습니다. 모처럼 일찍 귀가하셨군요. 방금 공작 부인의 교습이 끝났습니다."

레어리는 차분하게 에르셀라의 상황을 알리고 아래층으로 내려가려 했다.

"잘하고 있나?"

레어리의 그림자가 붙박이처럼 바닥에 고정되었다. 레어리는 더없이 흔연한 얼굴로 고개를 끄덕였다.

"물론이에요. 배움에 대한 의지도 확고하시고 간혹 탁월한 고견을 내보이시기도 하니, 이만하면 훌륭하시죠."

약간 띄워주는 듯한 뉘앙스를 풍기긴 했으나, 기본적으로 진심이었다. 레어리는 에르셀라가 수업 때 보인 흐뭇한 일화들을 선별해서 말해주었다.

"공작 부인은 아주 잘하고 계십니다."

레어리는 확언하듯 말미를 맺었다. 레어리의 기대와 다르게 하르젠은 에르셀라가 있을 방을 말없이 바라만 보았다. 잘하고 있다. 그 말에 어떻게 반응해야 할지 모르는 사람처럼.

하르젠의 침묵에 민망해진 레어리는 무언가 생각난 듯 입을 열었다.

"아, 그리고……."

기꺼워하는 레어리의 말을 들은 후 하르젠은 방에 들어왔다. 그곳에는 눈을 감은 채 엎드려 자고 있는 에르셀라가 있었다. 예전과 달리 휴식이 충분하지 않아서 그런지 부쩍 초췌해 보였다.

하르젠은 그녀의 맞은편에 앉았다. 턱을 괴고 그녀를 보았다. 시선이 잠든 얼굴의 이목구비를 더듬으며 내려갔다. 종착지는 그녀가 펼쳐놓은 책이었다.

헤테론의 신학론. 저 책을 번역하고 있다는 것은 알았다. 어디에 쓰나 했는데……. 어떤 표정으로 그녀를 바라봐야 할지 갈피가 잡히지 않았다. 잘했다고, 대견하다고 해야 할지 아니면…….

레어리 셀론의 말을 떠올렸다. 피식 웃음이 샜다.

"작위를 가지고 싶어 하시더군요."

그 말을, 어떻게 해석해야 할까.

에르셀라의 집요한 눈 맞춤에 레어리가 눈을 깜빡였다.

"뭐 더 궁금한 거 있으신가요?"

"부인은 아즈렐에 관해 어떻게 생각하세요?"

에르셀라는 기다렸다는 듯 덥석 물었다. 그러면서도 내심 가슴을 졸았다.

선왕 타메우스가 정당치 못한 방법으로 빼앗아 온 영토이니만큼 이 주제로 이야기만 꺼내면 괜스레 예민하게 구는 사람이 많았기 때문이다.

"아즈렐이라 하면 타메우스 폐하께서 강제로 조약을 맺고 가져온 일을 말하는 건가요?"

에르셀라의 조마조마한 심경과 다르게 레어리는 무덤덤해 보였다. 그녀는 반감 한 톨 내비치지 않고 있었다.

에르셀라는 그것에 일차적으로 기뻐 고개를 흔들다시피 끄덕였다.

"부인은 혹…… 그 땅을 돌려주어야 한다는 생각이 들지 않나요?"

"예, 들지 않습니다."

깔끔하게 떨어지는 담백한 답문에 에르셀라는 그만 할 말을 잃었다. 그녀는 버벅거리다 마침내 입을 열었다.

"……왜죠?"

"빼앗았다 하더라도 백 년이 지난 땅인지라 그런지 아무래도 별생각이 없군요."

"하지만 그 일로 타국의 비난이 끊이질 않잖아요."

"음…… 사실 그들에게도 백 년 전 일은 별 상관이 없어요. 그저 회담 전에 원하는 것을 얻기 위해 그라니아 관료의 기세를 꺾어두는 게 자기들에게 편할 테니 그러는 것일 뿐. 사실상 지금 그 일을 곱씹고 있는 건 패자뿐일 거예요. 승자는 그럴 필요가 없으니까요."

레어리의 어투는 날아갈 듯이 가벼웠지만 조목조목 따져보면 틀린 말은 없었다.

백 년 넘게 점유했으니 사람들의 인식도 아즈렐은 처음부터 그라니 아 것이라 뿌리내렸을 것이다.

에르셀라는 한숨을 내쉬었다. 콘라드가 전쟁을 선포한다면, 그 이유가 아즈렐 외엔 생각나지 않았기 때문이었다. 한데, 사람들의 인식이 굳었고 레어리조차도 이렇게 말한다면 가망이 없는 일 아닌가.

"표정을 보아하니 부인은 돌려주는 게 낫다는 입장인가 보네요. 왜 그렇게 생각하시나요?"

에르셀라는 아직까지 레어리 앞에서 의견을 내기가 두려웠다. 레어리의 생각과 다르면 어떡하지? 생각이 다를 수 있다는 건 안다. 하지만 반대 의견에 맞서야 하는 건 여전히 무섭기만 했다.

잠시 후 드문드문 그녀의 입술이 열렸다.

"제 생각은…… 선왕 타메우스는 앞뒤 분간 못 하는 폭군이라 평가되어 왔어요."

서두는 그렇게 열렸다.

"하지만 아즈렐에 관해선 눈치를 본 편이라고 생각해요. 아즈렐을 점유한 사태에 대해 레나르트와 렌투아의 비난이 점점 거세지자, 아즈렐에 부분적으로나마 자치권을 인정해 주셨으니까요. 땅을 반환하기엔 국격과 자존심이 상할 거라고 생각하셨을 거예요. ……실제로 그렇게 주장한 지식인도 몇 있고요."

레어리 셀론이 이렇다 할 반응을 보이지 않자 에르셀라가 한발 늦게 타인의 의견을 끌어왔다. 소심한 태도는 덤이었다.

그런 에르셀라를 보고 레어리가 고개를 끄덕거렸다. 더 해보라는 것 같았다.

에르셀라는 다시 어물어물 입을 열었다.

"하지만 자치권을 인정해 준 게 오히려 문제가 됐어요. 아즈렐에 살고 있는 영민들이 그라니아에 섞여들지 못하고 콘라드의 언어, 생활 풍습이 백 년이 지난 지금까지도 이어져 오고 있으니까요. 가장 먼저 복속시켰어야 할 언어를 그러지 못했으니 그들은 법적으로 그라니아 인이지만, 뿌리는 여전히 콘라드에 두고 있는 셈이죠. 저들끼리 똘똘 뭉쳐 있으니 부외자도 잘 받지 않아요. 당연히 이주율도 낮고요."

레어리는 눈도 깜빡하지 않고 경청한 뒤 말을 보탰다.

"맞아요. 양국을 당해낼 재간이 없으니 폐하께서도 대책을 세우셔야 했을 거예요. 아즈렐에 자치권을 주어 그곳의 주민들이 콘라드 복식을 입고, 콘라드의 말을 한다고 알려지면서 외신의 비난이 이전보다 수그러지긴 했었죠. 하지만 여러모로 기회비용이 컸죠. 분명 아즈렐은 비옥한 땅이긴 해요. 나라의 국고에 일정 부분을 기여하기도 하죠. 하지만 이래서야 양날의 검밖에 되지 못해요. 그 작은 땅 하나 없다고 나라에 큰 문제가 생기는 것도 아닌데다, 그라니아에도 그만한 옥토는 얼마든지 있으니까요."

레어리는 마치 처치 곤란한 쓰레기를 대하듯 아즈렐을 평했다.

"그러나 전 여전히 돌려줄 필요성은 못 느껴요. 시간이 많이 흘렀고, 그 일도 꽤 잠잠해졌어요. 굳이 들쑤셔 수면 위로 떠오르게 할 필요 없잖아요? 하지만 부인의 생각이 틀리다고 생각하지도 않아요. 콘라드의 야욕이 끝나지 않는 이상 언젠가는 큰 마찰이 생기겠죠."

"……."

"그럼 돌려주면 되겠네요."

레어리는 아주 간단한 문제의 해답을 내놓듯 천진하게 말했다. 그러나 에르셀라는 그녀의 시험에 말려들지 않았다.

"그럴 수 없어요."

"왜 그리 말씀하시나요?"

그야 간단했다. 여유 만만히 웃고 있는 그녀가 알고 있을 답을, 에르셀라도 직시하고 있었으니.

"돌려줄 명분이 없어요."

땅을 빼앗은 명분이 없었듯, 돌려줄 명분 또한 가지고 있지 않았던 것이다.

"아무 조건 없이 반환하는 것은 폐하와 신료들이 허락하지 않을 거예요."

허락은커녕 발의나 될 수 있을지 모르겠다. 에르셀라는 무심결에 입 밖으로 한숨을 내보냈다. 그녀의 생각과 별반 다르지 않은 카르온조차 지금까지의 행보에 다른 귀족들과 차이를 두지 않았다. 그도 알았을 것이다. 애초에 실패하리란 것을.

'별로 중요하지 않은 문제라 여긴 걸 수도 있겠지.'

에르셀라는 무심코 생각했다. 그도 지배의 한 축을 담당하고 있으니 콘라드와의 관계에 관해 미적지근히 일관했을 수도 있었다.

선례라도 있으면 좋으련만, 역사서를 뒤져봐도 상대보다 우위를 선점하고 있는 나라가 솔선수범하여 약탈한 영토를 돌려주는 경우는 없었다.

"부인께서 해보시는 건 어떠세요?"

"……제가요?"

에르셀라는 반쯤은 그 말의 진의를 의심했고, 반쯤은 무구하게 받아들여 얼떨떨해했다. 레어리는 드물게 웃음기 없는 얼굴로 말을 이었다.

"체면도 있으니 대가성 없는 반환은 불가능하겠지만, 거래하는 건 나쁘지 않지요."

"거래는 이미 몇 차례나 시도했지만 실패했잖아요."

"그거야 이쪽에서 터무니없는 요구를 하니까요."

무모하긴 했다. 자국은 아즈렐을 볼모로 삼아 콘라드로서는 들어 주기 힘든 요구를 하곤 했으니 말이다. 결렬된 협상만 일곱이나, 그라니아는 아쉬울 게 없다는 태도를 유지해 왔다.

"이번에 적당히 타협안을 제시하면 그쪽에서도 받아들이지 않겠어요?"

그것은 사실상 실현되기 어려운, 듣기에만 그럴듯한 소리였다.

"분명 그렇게 되면 좋지만, 만일 제가 의견을 낸다 해도 그건……."

사교계의 여론을 이용해 발의를 유도하는 방법도 있긴 하다.

문제는 그 방법은 그녀의 생각이 사람들에게 매력적으로 들릴 때야 가능한 이야기라는 점이었다. 혹하지도 않는 의견에 귀를 기울이고 손을 보태는 얼간이가 어디 있으랴.

그리고 에르셀라는 자신의 제안이 귀족들을 홀릴 만한 주제가 되지 못함을 알았다. 멀쩡히 잘 귀속되어 있는 땅을 주라니. 말하고서 미쳤냐는 눈길만 안 받으면 영광이었다.

"작위가 있었다면 좀 더 나은 상황이었을 텐데요."

불쑥 한탄이 튀어나왔다. 의식하고 한 말은 아니었지만, 레어리에게는 영향을 끼친 듯했다. 심상했던 눈에 호기심이 들어차 있었다.

"작위를 얻고 싶으세요?"

"음, 그냥…… 있으면 편할 것 같아서요."

레어리의 고개가 추를 단 천칭처럼 기울어졌다. 있으면 편할 것 같아서라니. 물론 작위를 가지고 정계에 들면 발의할 자격을 얻게 되니 일차적인 난관을 넘기에 한결 수월할 것이다. 다만 그 뒤에 굳이, 라는 의아심이 따라붙었다. 굳이 그렇게까지 하면서 아즈렐을 콘라드의 품으로 돌려보내 주어야 하나, 하는.

레어리로서는 납득이 어려웠으나, 그와 별개로 그녀는 에르셀라에게 도움이 될 만한 이야기를 찾아 머릿속을 헤맸다.

"받을 수야 있긴 하죠. 그러한 사례가 없는 건 아니니까요."

에르셀라도 알고 있었다.

"아말리아 카니트 백작, 캐서린 다트너 후작. 두 분이 작위를 받은 대표적인 여성인 걸로 알고 있어요."

두 사람은 같은 성별로 비슷한 지위에 올랐다. 하지만 그 지위에까지 오르게 된 경위는 확연한 차이가 있었다. 아말리아 카니트의 경우엔 전쟁이 끝나고 전역에 퍼진 역병의 유일한 생존자였다.

카니트가에 작위를 이을 만한 남아가 전부 죽어버린 것이다. 양자를 들일 권한이 있는 그녀의 부모조차 목숨을 잃자, 그녀는 여성의 몸으로 작위를 받아 백작이 되었다.

반면 캐서린 다트너의 경우엔 조금 달랐다. 그녀는 킬레이튼 1왕자의 비였는데, 킬레이튼 왕자가 정체불명의 사고로 죽어버린 것이다.

아이도 없었기에 왕자비 신분으로 궁에 머무르는 건 불가하다고 판단한 나머지 캐서린은 후작가로 되돌려 보내졌다.

그 뒤 그녀는 후작가의 후계자였던 손아래 동생을 죽음으로 몰아넣고 후작위를 계승할 것을 왕에게 요구했다. 어떠한 암묵적 약속이 오갔는지는 몰라도 왕은 이례적으로 허락했다.

그 당시의 기록을 보면 엄청난 반향을 일으켰던 사건이었다. 다트너나 되는 유서 깊은 가문에서 처음으로 여성이 작위를 받은 일화를 혹자는 유난스럽게 다루기도 했다.

"하지만 제 경우는 없네요."

"그렇긴 하지만요."

상념은 더욱 짙어졌지만 제자리였다. 아말리아 카니트처럼 되기엔 에르셀라는 연결되어 있는 친족이 무수히 많았다. 살육을 할 수도 없으니 캐서린 다트너를 본보기 삼을 수도 없었다.

기울어져 가는 시곗바늘을 확인한 에르셀라가 흘리듯 말했다.

"바쁜 분을 너무 오래 붙잡아 두었군요. 이만 수업을 끝내도 좋아요."

레어리는 안타깝다는 듯 눈썹 사이를 모으며 자리에서 일어났다.

"다음 교습 때 뵙죠."

"살펴 가시길."

무릎을 굽혔다 펴는 레어리를 에르셀라가 고갯짓으로 배웅했다. 에르셀라는 레어리가 나간 뒤 책을 펼쳤다. 그녀가 몸소 번역한 책이었다. 어설프긴 해도 자신이 처음으로 무언가를 하여 세상에 내보인 결과물이다. 뿌듯하지 않을 리 없었다.

에르셀라는 종이를 넘기며 한 글자 한 글자를 읽어나갔다. 오역이 있으면 수정할 생각이었다.

……여기서 키엔테 대공의 주장을 살펴보자면 몇 가지 진실성과 몇 가지 논증의 오류를 알 수 있다. 일례로 트리나스 왕녀가 여자인 왕족은 일찍이 단명한다는 그의 주장에 오류를 증명하는 살아 있는 증거이다. 트리나스 왕녀가 그 법칙을 깨부수듯…….

빼곡하게 나열된 글자를 보니 하품이 몰려온다. 꾸벅 고개가 위아래로 흔들리며 세상이 흐릿해졌다.

에르셀라는 잠시 엎드려 잠을 청하기로 했다. 요사이 고단하긴 했는지 수마가 하늘하늘 그녀의 전신을 감쌌다.

잠에서 깨 하르젠을 마주한 건 그로부터 한 시간이 흐른 후였다.

사락.

종잇장 넘어가는 소리가 귓가에 감겼다. 깜빡깜빡 시야가 점멸했다.

에르셀라는 엎드렸던 몸을 일으키며 눈을 떴다. 완전히 깨지 않은 정신에 눈앞이 가물거렸지만, 시야쯤이야 선명하지 않아도 괜찮았다. 그녀는 새로이 찾아든 손님이 누군지 잘 알았으니.

"언제 왔어요?"

"방금."

그녀의 맞은편에 앉은 하르젠이 낱장을 넘겼다. 종이 맞붙는 소리가 사락사락 기분 좋게 울렸다.

에르셀라는 책상 위로 착란한 빛줄기를 멍하니 시선에 담았다. 아직 해가 지지 않았으니 그는 일이 남아 있을 터였다. 그런데 벌써 귀가하여 책까지 읽는다.

그녀가 이런저런 걱정에 사로잡혀 있는데, 그는 아무렇지 않아 보였다. 그 태연함에 에르셀라는 시름을 덜기로 했다. 뭐, 알아서 잘할 것이다. 언제나 그랬으니.

"왜요?"

빤히 꽂히는 시선에 문득 에르셀라가 물었다.

하르젠은 말없이 책을 덮었다. 에르셀라는 그제야 그것이 자신이 번역한 책임을 알고 소리 없는 경악을 질렀다.

"당신이 읽을 게 못 돼요. 공용어로 다시……."

"읽었어, 이미."

에르셀라는 시간을 가늠했다. 속독을 하더라도 그 짧은 시간에 다 읽기란 힘들…….

"그리고 공용어면 읽을 일도 없었겠지."

마치 그녀가 손댄 것이기에 한번 읽어봤다는 어투였다. 에르셀라는 가늘게 눈을 좁혔다.

"어땠어요?"

"잘했던데."

응?

이상한데. 엉망이라는 말이 나올 줄 알았는데…… 아니었다. 음, 칭찬은 칭찬이니 나쁜 건 아닌데…….

"힘든…… 점은 있었지만, 보람찼어요. 내용이 생각보다 재미있었기도 하고."

"당신 스승이 대견하다며 칭찬 일색이더군."

할 말이 없어 에르셀라는 웃음으로 대답을 대체했다.

에르셀라는 이 어색함이 조금 불편했지만 내색하지 않았다. 그러나 이어진 그의 말에 그녀는 곤란해질 수밖에 없었다.

"작위 욕심까지 있는 줄은 몰랐지만."

셀론 부인에게 들었나. 어떻게 들렸는지는 대강 알 것 같다. 좋은 쪽으로 들리진 않았을 것이다. 에르셀라는 난감한 듯 웃으며 입을 열었다.

"그저 한번 생각해 본 것뿐이에요."

"가지고 싶어?"

"……."

그의 말에 절벽에 다다른 사람처럼 그녀의 심장이 불안하게 뛰었다.

"작위는 내가 가진 것 중 하나를 내주면 될 듯하고, 땅은……."

"……무슨 말이에요, 그거."

"루체든."

"……."

"시작하기엔 나쁘지 않겠지."

"당신."

이가 으드득 악물렸다. 에르셀라는 기가 막혔다. 루체든이 어떤 영토인지 알면서…… 어떻게…….

"원한다면 가져가."

어떻게…… 데먼셔령을…….

"……왜 이래요, 정말."

꼬이다 못해 단단히 뒤틀린 그 제안은 그녀를 괴롭힐 작정이 아닌 이상 꺼내어선 안 될 말이었다.

"공작 부인보단 작위가 있는 편이 낫겠지."

"삐딱하게 굴지 말아요."

참다못한 에르셀라가 서늘하게 쏘아붙였다.

"당신 꼭 나에게 미움받고 싶어서 안달 난 사람 같아요."

도대체 뭐가 문제일까. 어딘가 고장 난 수레바퀴처럼 잘 가다 삐꺽거리고, 잘 가다 흔들리고, 잘 가다 멈추고, 잘 가다, 잘 가다…… 또 이렇게 되어버리는 이유는. 파도 앞에 세워진 모래성이 그러하듯, 햇살 아래 숨죽인 눈밭이 그러하듯, 쌓고 허물어지고 쌓이고 녹아내리길 거듭하고 거듭하는…….

"여기까지 해요."

짧게 한숨 뱉으며 말을 잘라내자, 하르젠이 얼굴을 쓸어내렸다. 그조차도 제 말을 뒤늦게 자각한 듯했다.

"……사과하지."

그녀는 냉랭히 언 시선에 햇살을 들이부었다.

에르셀라가 천천히 팔을 뻗었다. 어쩐지 납덩이라도 매달린 듯 무거웠지만, 끌고 끌어 하르젠의 손을 그러모았다.

"요즘 우리…… 서로 날 서 있는 거 알죠."

차가운 손을 소중하게 문지르며 애틋한 숨결을 속삭였다.

"조금만, 서로 더 노력하도록 해요. 당신과 나."

비센테도 곧 오잖아요. 응?

그 절실한 애원에 응답하듯 그의 고개가 한 번 끄덕여졌다. 그 대답에 에르셀라는 영영 굳어 미동하지 않을 것 같은 근육을 움직였다. 겨우, 웃음이 그려졌다.

그렇게 에르셀라는 웃었다.

젖은 숨소리가 흩어지는 밤이었다.

좋아한다, 귓가에 내려앉는 숨결이 꿈처럼 감미로웠다. 꿈처럼 깨어질 듯 아슬아슬했다. 마치 한 치 앞을 헤아릴 수 없는 아주 어두운 밤을 유영하는 기분이었다.

그렇게 달빛도 별빛도 존재하지 않는 그 몇 밤을 보내며 흐른 시간은…….

"마, 마님!"

또다시 그녀를 운명의 기로에 놓이게 했다.

초봄입니다. 뵈러 가겠습니다.

3권에서 계속…